KB055549

용재수필 1

이 책은 (재)한국연구재단의 지원으로 학고방출판사에서 출간, 유통합니다.

한국연구재단 학술번역총서 동양편 615

용재수필
容齋隨筆

1

[송宋]홍 매洪邁 지음
홍승직 · 노은정 · 안예선 옮김

學古房

◂ 일러두기 ▸

1 역주는 공범례孔凡禮가 교감한 『용재수필容齋隨筆』(중화서국中華書局, 2006)을 저본으로 하였다. 글자와 표점에 의문이 있는 경우 상해고적출판사(上海古籍出版社, 1996)에서 출판한 것을 참조하였다.

2 저본에 수록된 내용을 모두 한국어로 옮겼으며, 주석은 번역문에 각주로 달았다. 원문은 각 권의 말미에 수록하였다. 시가 인용된 경우는 원문을 번역문 옆에 함께 제시하였다.

3 번역문에서 한자를 표기할 경우 독음이 같으면 괄호 없이 병기하였고, 독음이 다르면 [ ]를 사용하였다. 인용문의 경우는 " "와 ' '를 사용하고, 서명에서는 『 』를, 편명에서는 「 」를 사용하였다.

4 인물, 지명, 관명, 주요 사건, 관련 고사, 주요 개념 중 필요하다고 판단될 경우 각 권에서 처음 출현할 때 각주를 달았다. 다만, 단순 예시로서 나열되어있거나 의미의 이해에 문제가 없는 경우에는 각주를 생략하였다.

5 『용재수필容齋隨筆』·『용재속필容齋續筆』·『용재삼필容齋三筆』·『용재사필容齋四筆』·『용재오필容齋五筆』 각 권의 뒤에 서명과 인물 색인을 두었다.

容齋隨筆

역자의 말

2010년 봄, 서울 삼선교 근처에 세 사람이 모여 결의했다. 그 기세가 약 1,800년 전 도원결의桃園結義와 맞먹는지라, '삼선결의三仙結義'라고 할 만했다. 중국 송나라 때 홍매洪邁가 쓴 글을 모은 『용재수필容齋隨筆』을 한글로 번역하기로 결의한 것이다. 중국 고전 번역에 뜻이 있어서 그 전부터 의기투합했던 세 사람은 마침 한국연구재단 학술명저번역 지원 목록에 『용재수필』이 등재되었다는 공고를 보고 응모하기로 결의를 굳혔다. 짧은 기간 동안 자료 수집, 지침 토의, 샘플 번역 작업을 거쳐서 응모한 결과 세 사람에게 임무가 맡겨지게 되었다.

『용재수필』은 일단 '수필隨筆'이란 용어가 유통되는 신호탄이었다. 번역을 마치고 그동안 섭렵한 내용을 돌이켜보면, 자기 글을 모은 것에 홍매가 '수필'이라고 이름을 붙이지 않을 수 없었던 연유가 짐작된다. 유난히 책에 애착을 가진 사람을 종종 본다. 애착이라는 말로는 모자라 '광적狂的'이라는 수식어를 붙여야 하는 사람도 드물게 있다. 홍매도 그 중 한 사람이다. 마치 샘에 물이 차오르듯 독서량이 늘어나서 어느 시점부터 자연적 용출이 일어난다. 범위와 깊이를 헤아릴 수 없는 독서의 결과로 샘물처럼 용출되는 그의 글 속에는 세상만사 망라되지 않은 것이 없다. 때로는 주위에서 마주치는 사소한 물건의 이름 한 글자에 집착하여 온갖 독서의 이력과 폭넓은 지식이 동원되기도 하고, 때로는 무수한 시공을 넘나들며 역사와 천문이 펼쳐지기도 한다. 이런 그의 글이 두루 모였으니 뭐라고 이름 짓기가 수월하지 않았을 것이다. 그러니 그저 '붓 가는대로 썼다'는 뜻에서 '수필隨筆'이라고 했을 것이다. 홍매가 21세기에 활동했다면 세계에서 손꼽히는 파워블로거이자 SNS 파워유저가 되었을 것이다.

현재 가장 권위 있는 것으로 인정되는 원문은 중화서국에서 출판한 『용재수필』 '상, 하' 두 권이다. 그러면서 그 안에는 출간된 시기의 선후에 따라

서 『용재수필容齋隨筆』, 『용재속필容齋續筆』, 『용재삼필容齋三筆』, 『용재사필容齋四筆』, 『용재오필容齋五筆』 다섯 가지로 분류 수록되었다. 즉 '용재수필'이라고 하면 다섯 가지 모두를 포함하는 시리즈 명칭이기도 하고, 그 중 첫 번째 것만을 일컫기도 한다. 이 번역 출판에서는 위와 같이 다섯 가지를 나누어 다섯 권으로 출판하면서 전체를 '용재수필' 시리즈로 간주하여 각각 '용재수필' 다음에 일련번호를 붙이고, 원문에 쓰였던 각 책의 명칭을 작은 글씨로 병기하였다.

2010년 가을에 정식으로 번역을 시작했다. 홍매의 방대한 독서량과 깊이 있는 지식을 조금이라도 따라가고자 참고 자료를 계속 수집하면서 번역을 진행해나갔다. 현대 한국의 독자가 쉽게 이해할 수 있도록 평이한 언어를 사용하고 풍부한 주석을 수록하는 것을 대원칙으로 삼았다. 1년 후 중간 심사와 2년 후 최종 심사를 순조롭게 통과하여 '출판 가' 판정을 받았다. 그럼에도 불구하고 세 사람은 마치 이제부터 다시 시작이라는 듯, 세 사람이 분담함으로써 피할 수 없었던 상이한 문체를 통일하고 해석을 가다듬고 주석을 보충하기 위해 여러 차례 윤독과 교정을 거듭했다.

지난한 과정이 드디어 결실을 보이게 되었다. 그럼에도 불구하고 지식의 넓이와 깊이가 원저자 홍매에 훨씬 못 미침으로 인하여 그 뜻을 충분히 풀어내지 못한 부분을 면할 수 없다. 여러 차례 교정과 윤독을 거쳤지만 그래도 발견하지 못한 미숙과 오류가 적지 않을 것이다. 독자 여러분이 무언가 얻는 게 있다면 남송의 독서광 홍매에게 그 공을 돌리고, 어딘지 부족한 구석이 있다면 역자 세 사람의 무능과 소홀을 탓해야 하리라.

예측하지 못한 방대한 분야에 걸친 내용, 겉보기와 다른 끝없이 집요한 교정 요구 등으로 인하여 힘들고 지쳤을텐데도 변함없이 꾸준하게 좋은 번역서를 만드느라 고생하신 학고방 하운근 사장님과 편집부 여러분에게 뜨거운 격려와 끝없는 감사의 마음을 표시한다.

2016년 6월 삼선교에서 마지막 윤독회를 마치면서

홍승직, 노은정, 안예선

容齋隨筆 『용재수필』 해제

『용재수필容齋隨筆』은 남송시대 홍매洪邁(1123~1202)가 독서하며 얻은 지식과 심득을 정리해 집대성한 것으로 역사, 문학, 철학, 정치 등 여러 분야의 고증과 평론을 엮은 학술 필기이다.

홍매洪邁(1123~1202)의 자는 경로景盧, 호는 용재容齋이며, 시호는 문민공文敏公으로 강서성江西省 파양鄱陽 사람이다. 홍매의 부친과 두 형들은 모두 당시의 저명 인사였다. 부친인 홍호洪皓는 금나라에 사신으로 갔다가 억류되어 15년 만에 송나라로 돌아왔는데, 당시 고종 황제는 "한나라 시기 흉노에게 억류되었다가 19년 만에 돌아왔던 소무蘇武와 같은 충절"이라며 칭송하였다. 홍매의 두 형들 또한 재상과 부재상을 지낸 고위 관료이자 학자였기에 당시 '홍씨 삼 형제의 학문과 문학적 명성이 천하에 가득했다[三洪文名滿天下]'(『송사宋史』)는 평판이 있었다.

홍매는 고종 소흥紹興 15년(1145) 박학굉사과博學宏詞科에 급제한 후 천주泉州, 길주吉州, 공주贛州, 건녕建寧, 무주婺州, 진강鎭江, 소흥紹興 등에서 지방관을 지냈다. 중앙에 있는 기간 동안에는 기거사인起居舍人, 중서사인겸시독中書舍人兼侍讀, 직학사원直學士院, 한림학사翰林學士 등의 관직을 거쳐 단명전학사端明殿學士로 관직생활을 마감하였다.

저작으로는 기이한 이야기 모음집인 『이견지夷堅志』, 당시唐詩 선집인 『만수당인절구萬首唐人絶句』, 학술 필기인 『용재수필』, 문집으로 『야처류고野處類稿』가 있다. 또한 30여 년 동안 사관史官을 지내면서 북송 신종神宗, 철종哲宗, 휘종徽宗, 흠종欽宗 4대의 왕조의 역사인 『사조국사四朝國史』와 『흠종실록欽宗實錄』, 『철종보훈哲宗寶訓』을 집필하였다.

『용재수필』은 『용재수필』16권, 『속필續筆』16권, 『삼필三筆』16권, 『사필四筆』16권, 『오필五筆』10권인 5부작, 총 1220여 조목으로 구성되어 있다. 『오필』을 제외하고는 매 편마다 서문이 있는데 『사필』의 서문에서 "처음 내가 용재수필을 썼을 때는 장장 18년이 걸렸고, 『이필』은 13년, 『삼필』은 5년, 『사필』은 1년도 채 걸리지 않았다"고 했다. 이와 『오필』을 합쳐본다면 근 40년의 세월을 『용재수필』과 함께 한 셈이다. 그러나 후반부로 갈수록 집필기간이 점점 짧아졌고, 말년에는 『이견지』의 집필에 치중하느라 『용재수필』에 쏟는 시간과 정력은 예전만 못할 수밖에 없었다. 실제로 『사필』과 『오필』은 내용의 충실도와 정확함이 이전만 못하며 오류가 있기도 하다.

홍매는 『수필』의 서문에서 "생각이 가는 대로 써 내려갔으므로 두서가 없어 수필이라 했다"고 하였다. 생각이 가는 대로 써 내려갔다는 말에서 문학적이고 감성적인 내용을 기대할 수도 있지만 실제는 그렇지 않다. 『용재수필』은 경전과 역사, 문학 작품에 대한 견해와 고증, 전인의 오류에 대한 교정이 주를 이루는 공부의 산물이다. 그의 '생각'은 주로 학문에 국한된 것이었다. 다만 시종일관 엄중한 태도로 치밀하고 객관적인 논증이나 규명의 과정을 거치기보다는 학문적 심득과 단성을 자유롭게 풀어냈기에 일반적인 학술 저작에 비해 덜 무겁고 덜 체계적이다. 매 조목의 제목도 임의적으로 붙인 것이며, 의문이나 격앙된 감정을 그대로 표출하기도 한다.

『용재수필』과 같은 저서를 중국 문학에서는 '필기'라고 한다. 필기란 사대부들의 사교나 일상, 시문 창작과 관련된 일화와 평론, 문화와 풍속, 학술적 고증 등을 자유롭게 기록한 잡기식의 글쓰기 모두를 포함한다. 잡록雜錄, 잡기雜記, 쇄어鎖語, 한담閑談, 만록漫錄 등의 제목에서 볼 수 있듯이 필기는 정통적이고 주류적인 고문과는 달리 잡스럽고 자잘하며 가볍다. 이러한 글쓰기는 송대부터 성행하였는데 홍매가 자신의 저작에 '수필'이라는 제목을 붙인 것은 동시대 다른 필기 작가들의 태도와 크게 다르지 않다.

홍매는 바로 이 필기 문체를 학문의 영역으로 끌어왔다는 점에서 의미가 있다. 진지하고 치밀한 학문의 영역과 필기의 만남은 일견 어울리지 않는 듯하다. 그러나 한 방면에 국한되지 않는 다양한 독서와 지식의 습득, 무르익지 않은 단상과 심득, 고민과 의문을 담아내기에 필기는 제격이었다. 정해진 격식이 없고 오류로부터도 덜 엄격하며 보편적 인식과는 다른 자신만의 견해를 풀어낼 수 있기 때문이다. 홍매는 이러한 필기의 장점을 일상의 학문 생활과 연결하여 반평생에 걸친 공부의 기록을 남긴 것이다.

당대唐代에도 학술 필기가 있기는 했지만 그 내용이 경전의 의미 고증에 편중되어 있었으며 편폭도, 수량도 많지 않았다. 『용재수필』이 출현하면서 학술 필기가 전반적으로 유행하게 되었고, 경전의 고증에 국한되었던 내용에서 확장되어 경사자집뿐만 아니라 당시 사회의 풍속, 문화까지 모든 담론을 대상으로 하게 되었다.

『용재수필』이 다루고 있는 내용은 경학 및 문자학, 언어학, 역사, 제자백가, 고고학, 전장 제도, 천문과 지리, 역법과 음악, 문화와 풍속, 점술과 의학 등 일일이 열거할 수 없을 정도로 다양하다. 『용재수필』에 인용된 사서와 문집이 총 250종에 달한다는 통계는 얼마나 광범위한 내용을 다루고 있는지를 보여준다. 『용재수필』의 내용을 대상으로 한 연구만 보더라도 문학, 역사학, 문헌학, 고증학, 훈고학, 어학, 민속학 등이 있다. 하나의 원전을 중심으로 이처럼 다양한 연구가 가능하다는 것은 내용이 다양할 뿐만 아니라 학술적으로도 가치 있음을 의미한다. 이처럼 모든 학문 영역을 아우르는 박학과 탁월한 식견, 정확한 고증과 논리로 『용재수필』은 '남송 필기 중 최고 작품'(『사고전서총목四庫全書總目』)이라 인정받으며 이에 있어서는 고문의 대가인 구양수歐陽脩와 증공曾鞏도 따를 수 없다는 찬사까지 받았다.(청淸, 주중부周中孚, 『정당독서기鄭堂讀書記』)

남송 가정嘉定 16년(1223), 홍매의 후손인 홍급洪伋이 쓴 『용재수필』의 발문에 "사대부들이 다투어 전하고자 했다"고 한 것으로 보아 당시 지식인들 사이에서 상당한 반향을 불러일으켰던 것으로 보인다. 홍매는 자신이 의구심을 가진 문제나 대상에 대해 최대한 자료를 종합하여 검토하고 최종 판단을 내리게 되기까지의 과정과 근거를 기록하였기 때문에 지식의 습득에 상당히 유용했을 것이다. "고증이 정확하고 의론이 심오하면서도 간결하여 독서와 작문의 법이 여기에 모두 담겨있다"(명明, 마원조馬元調, 「서序」), "학문에 크게 도움이 되는 것이니 마땅히 집집마다 한 권씩 두어 독서와 글을 짓는 도움으로 삼아야 한다"(청淸, 경문광耿文光)는 전인의 평가는 『용재수필』의 유용함과 영향력을 대변한다.

『용재수필』 이후 학술 필기는 하나의 유파를 형성할 정도로 영향력 있는 글쓰기이자 학문의 방법으로 자리 잡게 되었으며 중국 학술사에서 큰 비중을 차지하게 된다. 청대淸代에 이르러 '차기箚記'를 제목으로 하거나 '차기'식의 학술 필기가 대거 등장하였고 이러한 학술 필기가 청대의 고증학을 선도하였다. 차기는 청대 학자들의 공부 방법에서 가장 보편적이고 중요한 것이었다. 학문을 하는 선비들은 모두 '차기책자'를 가지고 있었다. 독서를 할 때마다 심득이 있으면 이곳에 기록하였고 오랜 시간 축적되면 내용을 정리하고 체계적으로 엮어 한 권의 저작으로 만들어냈다. 청대 고증학을 대표하는 역작의 대부분은 이러한 '차기'에서 만들어졌으며, 이는 홍매의 『용재수필』에서 비롯되었다고 할 수 있다.

容齋隨筆 목차

··· 용재수필 서

··· 용재수필 권1

1. 구양순의 글씨첩 歐率更帖 ········ 3
2. 나처사의 묘지 羅處士誌 ········ 3
3. 당나라 남만 평정비 唐平蠻碑 ········ 4
4. 반택가 半擇迦 ········ 5
5. 64 가지 나쁜 말 六十四種惡口 ········ 6
6. 8월 단오 八月端午 ········ 7
7. 찬공과 소공 贊公少公 ········ 8
8. 곽박의 묏자리 郭璞葬地 ········ 8
9. 황정견의 시 黃魯直詩 ········ 9
10. 우임금의 치수 禹治水 ········ 11
11. 「칙륵가」 敕勒歌 ········ 12
12. 허망한 서적 淺妄書 ········ 14
13. 오신주 『문선』 五臣注文選 ········ 16
14. 문장의 번잡함과 간략함 文煩簡有當 ········ 17
15. 험난한 지형 地險 ········ 18
16. 『사기』의 세차 史記世次 ········ 20
17. 경전의 해석 解釋經旨 ········ 20
18. 곤괘의 의미 坤動也剛 ········ 22
19. 백거이의 시녀들 樂天侍兒 ········ 23
20. 백거이의 영사시 白公詠史 ········ 23

21. 10년을 1질이라 한다 十年爲一秩 ······ 25
22. 배도의 계제사 裴晉公禊事 ······ 25
23. '司사'자를 입성으로 쓰다 司字作入聲 ······ 27
24. 백거이의 「신거시」 樂天新居詩 ······ 28
25. 백거이 시 중 '황색 임명장'의 표현 黃紙除書 ······ 29
26. 두보의 시구를 응용한 백거이 白用杜句 ······ 29
27. 복식을 중시한 당나라 사람 唐人重服章 ······ 30
28. 시참은 옳지 않다 詩讖不然 ······ 33
29. 백거이의 청룡사시 青龍寺詩 ······ 34

••• 용재수필 권2

1. 당나라 사람들의 모란 사랑 唐重牡丹 ······ 43
2. 긴 노래의 슬픔 長歌之哀 ······ 45
3. 위응물 韋蘇州 ······ 47
4. 고행궁시 古行宮詩 ······ 48
5. '隔是격시'의 의미 隔是 ······ 49
6. 장량의 후손이 망한 이유 張良無後 ······ 50
7. 주아부 周亞夫 ······ 51
8. 멸족을 쉽게 여긴 한나라 漢輕族人 ······ 52
9. 궁중에서의 말을 누설한 죄 漏洩禁中語 ······ 53
10. 전숙 田叔 ······ 55
11. 맹서와 위상 孟舒魏尙 ······ 56
12. 출신지를 불문한 진나라의 인재등용 秦用他國人 ······ 58
13. 조참과 조괄 曹參趙括 ······ 59
14. 『논어』의 '信近於義신근어의'의 의미 信近於義 ······ 62
15. 강직하고 의연하면 인에 가깝다 剛毅近仁 ······ 63
16. 『중용』의 '忠恕違道충서위도' 忠恕違道 ······ 64
17. 『논어·이인里仁』의 해석 求爲可知 ······ 66
18. '里仁이인'의 의미 里仁 ······ 67
19. 다수의 의견을 채택한 한나라 황제들 漢采衆議 ······ 68

20. 한나라의 태후 漢母后 …… 72
21. 전천추와 질운 田千秋郅惲 …… 74
22. 여태자 戾太子 …… 76
23. 관부와 임안 灌夫任安 …… 76
24. 선우의 입조 單于朝漢 …… 77

••• 용재수필 권3

1. 진사 시험 문제 進士試題 …… 87
2. 유자가 불서를 논하는 일 儒人論佛書 …… 89
3. 「귀거래사」에 대한 창화 和歸去來 …… 90
4. 사해는 하나다 四海一也 …… 91
5. 이백 李太白 …… 92
6. 이백의 「설참시」 太白雪讒 …… 93
7. 염유가 공자에게 위나라 임금을 묻다 冉有問衛君 …… 95
8. 상송 商頌 …… 96
9. 속어도 근거가 있다 俗語有所本 …… 97
10. 파양의 학궁 鄱陽學 …… 98
11. 국기일의 휴무 國忌休務 …… 99
12. 한나라 소제와 순제 漢昭順二帝 …… 100
13. 절개를 지킨 여인들 三女后之賢 …… 102
14. 현명한 부모와 형제 賢父兄子弟 …… 103
15. 채양의 글씨첩 蔡君謨帖 …… 106
16. 친왕과 시종관의 왕래 親王與從官往還 …… 107
17. 『춘추』 삼전의 기사 三傳記事 …… 108
18. 장가정 張嘉貞 …… 111
19. 장구령의 「우공비」 張九齡作牛公碑 …… 112
20. 임명장 唐人告命 …… 113
21. 제도를 쉽게 폐지하다 典章輕廢 …… 114

••• 용재수필 권4

1. 장순민의 서신 張浮休書 ······ 121
2. 사마광의 족자 溫公客位榜 ······ 122
3. 이기의 시 李頎詩 ······ 123
4. '茱萸수유'라는 어휘를 사용한 시 詩中用茱萸字 ······ 124
5. 귀수성이 은하를 건너다 鬼宿渡河 ······ 126
6. 부명군액 府名軍額 ······ 129
7. 마융과 황보규 馬融皇甫規 ······ 129
8. 촉본 석경의 피휘 孟蜀避唐諱 ······ 131
9. 한림원 翰苑親近 ······ 132
10. '寧馨영형'과 '阿堵아도'의 의미 寧馨阿堵 ······ 133
11. 봉황의 깃털 鳳毛 ······ 135
12. 우미 牛米 ······ 136
13. 한유의 「석고가」 爲文矜誇過實 ······ 136
14. 한유의 「송맹동야서」 送孟東野序 ······ 137
15. 『시경·종풍終風』의 해석 嚏噎 ······ 138
16. 믿을 수 없는 야사 野史不可信 ······ 138
17. 비방서 謗書 ······ 141
18. 왕단 王文正公 ······ 142
19. 진 문공 晉文公 ······ 143
20. 남이를 정복한 제갈량 南夷服諸葛 ······ 144
21. 소식의 「이소찬」 二疏贊 ······ 145
22. 이밀의 남조 정벌 李宓伐南詔 ······ 146
23. 부량 도자기 浮梁陶器 ······ 148

••• 용재수필 권5

1. 한나라와 당나라의 여덟 재상 漢唐八相 ······ 157
2. 육괘 六卦有坎 ······ 158
3. 동진의 멸망 晉之亡與秦隋異 ······ 158

4. 상관걸 上官桀 …… 160
5. 김일제 金日磾 …… 161
6. 한 선제가 창읍왕을 의심하다 漢宣帝忌昌邑王 …… 161
7. 평진후 공손홍 平津侯 …… 162
8. 한신과 주유 韓信周瑜 …… 163
9. 한 무제의 논공행상 漢武賞功明白 …… 165
10. 주공과 소공, 방현령과 두여회 周召房杜 …… 166
11. 옛사람의 이름과 자 三代書同文 …… 166
12. 서주 시기 중국 周世中國地 …… 167
13. 이후주와 양무제 李後主梁武帝 …… 168
14. 『시경』의 '什십' 詩什 …… 169
15. 『주역거정』 易擧正 …… 169
16. 『주역·건괘乾卦』 중 '其惟聖人乎기유성인호'의 해석 其惟聖人乎 …… 171
17. 『주역』의 설괘 易說卦 …… 172
18. 元二원이의 재앙 元二之災 …… 173
19. 『맹자·공손추公孫丑』의 '聖人汙성인오'에 대한 해석 聖人汙 …… 174
20. 20, 30, 40을 의미하는 글자 廿卅卌字 …… 176
21. 간체자 字省文 …… 177
22. 『예기·곡례曲禮』의 '負劍辟咡부검벽이' 負劍辟咡 …… 177
23. 북송 초기 관료들의 진심 國初人至誠 …… 178
24. 사관의 옥첩소 史館玉牒所 …… 179
25. 가짜 승려 稗沙門 …… 181

••• 용재수필 권6

1. 건무중원 建武中元 …… 189
2. 관리의 승진 帶職人轉官 …… 190
3. 상하사방 上下四方 …… 191
4. 위상과 소망지 魏相蕭望之 …… 192
5. 성씨의 출현 姓氏不可考 …… 193
6. 어려움이 없음을 걱정하다 畏無難 …… 194

7. 『시경·위풍衛風·기오淇奧』의 '綠竹青青녹죽청청' 綠竹青青 …… 195
8. 공자는 제나라를 토벌하려 했다 孔子欲討齊 …… 196
9. 한유 韓退之 …… 198
10. 황제의 생일 축하연 誕節受賀 …… 200
11. 『좌전』의 서사 左氏書事 …… 201
12. 호돌의 언사 狐突言詞有味 …… 203
13. '宣髮선발'의 의미 宣髮 …… 204
14. 주 문공과 초 소왕 邾文公楚昭王 …… 205
15. 당나라 재상 두종 杜悰 …… 206
16. 『신당서』의 재상표 唐書世系表 …… 208
17. 노 소공 魯昭公 …… 210
18. 옛 명칭을 잃은 주현 州縣失故名 …… 211
19. 엄주는 장주라 해야 한다 嚴州當爲莊 …… 212

••• 용재수필 권7

1. 맹자가 기록한 백리해 孟子書百里奚 …… 219
2. 한유와 유종원이 말하는 글쓰기의 요지 韓柳爲文之旨 …… 220
3. 이고의 문장론 李習之論文 …… 221
4. 위징의 간언 魏鄭公諫語 …… 224
5. 우세남 虞世南 …… 224
6. 칠발 七發 …… 225
7. 장군이라는 관직 명칭 將軍官稱 …… 226
8. 북도주인 北道主人 …… 227
9. 낙양과 우강의 여덟 현인 洛中盱江八賢 …… 228
10. 왕도의 아명 王導小名 …… 231
11. 『한서』의 문자 사용법 漢書用字 …… 232
12. 강원과 간적 姜嫄簡狄 …… 234
13. '羌강'과 '慶경'은 동음 羌慶同音 …… 235
14. 임금을 보좌했던 뛰어난 신하 佐命元臣 …… 236
15. 명재상 名世英宰 …… 239

16. 『예기·단궁』의 오자 檀弓誤字 …… 240
17. 설능의 시 薛能詩 …… 241
18. 한나라와 진나라의 태상 漢晉太常 …… 244

••• 용재수필 권8

1. 제갈공 諸葛公 …… 253
2. 패옥을 차고 목욕을 하다 沐浴佩玉 …… 256
3. 『담총』에서 누락된 사실 談叢失實 …… 256
4. 석노 石砮 …… 259
5. 도연명 陶淵明 …… 261
6. 동진의 장수와 재상들 東晉將相 …… 262
7. 상어대 賞魚袋 …… 264
8. 오계에 남겨진 글들 浯溪留題 …… 264
9. 황보식의 시 皇甫湜詩 …… 265
10. '義의'의 다양한 의미 人物以義爲名 …… 267
11. 군주의 수명 人君壽考 …… 268
12. 한유의 일화 韓文公佚事 …… 269
13. 한유의 문장 論韓公文 …… 272
14. 먹고 사는 것과 벼슬살이 治生從宦 …… 274
15. 진종 말년 眞宗末年 …… 275

••• 용재수필 권9

1. 곽광의 논공행상 霍光賞功 …… 285
2. 영원히 사라지지 않는 회초리 尺棰取半 …… 286
3. 인재를 알아보지 못한 한 문제 漢文失材 …… 286
4. 진진의 상소 陳軫之說疏 …… 288
5. 아이 같은 견해를 내놓은 안솔 顏率兒童之見 …… 289
6. 황보식의 정윤론 皇甫湜正閏論 …… 290
7. 간사의 현명함 簡師之賢 …… 292

8. 노인공경 老人推恩 ······ 293
9. 당나라의 세 인걸 唐三傑 ······ 294
10. 충의는 하늘이 내린다 忠義出天資 ······ 294
11. 불효자 유흠 劉歆不孝 ······ 295
12. 한나라 법의 금기 漢法惡誕謾 ······ 296
13. 한나라 관명 漢官名 ······ 297
14. 오랑캐가 중원을 어지럽히다 五胡亂華 ······ 298
15. 혜성이 된 석선 石宣爲彗 ······ 300
16. 삼공의 전임 三公改它官 ······ 302
17. 관직을 지닌 채 사직하는 경우 帶職致仕 ······ 302
18. 친구사이의 의리 朋友之義 ······ 303
19. 최우수 과거 급제자들 高科得人 ······ 304
20. 신경기 辛慶忌 ······ 306
21. 초 회왕 楚懷王 ······ 307
22. 범증은 위인이 아니다 范增非人傑 ······ 309
23. 한림원의 옛 제도 翰苑故事 ······ 310
24. 당나라 양주의 번영 唐揚州之盛 ······ 310
25. 장호의 시 張祜詩 ······ 312
26. 옛 사람들에게는 금기가 없었다 古人無忌諱 ······ 313
27. 재아는 기만하지 않았다 宰我不詐 ······ 315
28. 이익과 노륜의 시 李益盧綸詩 ······ 316

••• 용재수필 권10

1. 양표와 진군 楊彪陳群 ······ 325
2. 원앙과 온교 袁盎溫嶠 ······ 327
3. '日飲亡何일식망하' 구절의 뜻 日飲亡何 ······ 328
4. 소인배 원앙 爰盎小人 ······ 329
5. 당나라의 관리 선발기준인 서와 판 唐書判 ······ 331
6. 고대의 제기 古彝器 ······ 332
7. 옥예화와 두견화 玉蘂杜鵑 ······ 333

8. 직무를 다 하지 못한 예시 禮寺失職 …… 334
9. 서응의 시 徐凝詩 …… 336
10. 매화 꽃 가지에 비스듬히 뜬 삼성 梅花橫參 …… 338
11. 사라진 치사의 전통 致仕之失 …… 339
12. 남반종실 南班宗室 …… 342
13. 낭관의 호칭 省郎稱謂 …… 342
14. 수형도위의 두 가지 일 水衡都尉二事 …… 344
15. 정영과 공손저구 程嬰杵臼 …… 346
16. 스스로 멸망을 자초한 전국시기 여섯 나라 戰國自取亡 …… 347
17. 전쟁 시 장수 교체 臨敵易將 …… 349
18. 사공도의 시 司空表聖詩 …… 350
19. 한나라 승상 漢丞相 …… 352
20. 책례를 중시하지 않다 冊禮不講 …… 353

••• 용재수필 권11

1. 장수가 전공을 탐하다 將帥貪功 …… 361
2. 한나라 두 황제의 도적 소탕 漢二帝治盜 …… 364
3. 한나라와 당나라의 봉선의식 漢唐封禪 …… 365
4. 한나라의 봉선에 대한 기록 漢封禪記 …… 368
5. 양우경 楊虞卿 …… 370
6. 둔괘와 몽괘 屯蒙二卦 …… 372
7. 한나라의 비방법 漢誹謗法 …… 373
8. 가의와 유향이 금기를 범하다 誼向觸諱 …… 375
9. 작은 변혁과 큰 변혁 小貞大貞 …… 376
10. 당시의 희어 唐詩戲語 …… 378
11. 하진과 고예 何進高睿 …… 380
12. 남향의 연사 南鄉掾史 …… 382
13. 한나라 경제의 잔인함 漢景帝忍殺 …… 383
14. 연나라 소왕과 한나라 광무제의 현명함 燕昭漢光武之明 …… 385
15. 「주남」과 「소남」 周南召南 …… 387

16. 『주역』의 중효 易中爻 ······ 387

••• 용재수필 권12

1. 큰 내를 건너는 이로움 利涉大川 ······ 395
2. 광무제가 풍연을 버리다 光武棄馮衍 ······ 396
3. 홍공, 석현과 소망지 恭顯議蕭望之 ······ 397
4. 조조과 장탕 晁錯張湯 ······ 399
5. 『시경』과 『상서』 중 전해지지 않는 시와 글 逸詩書 ······ 400
6. 형벌과 관련된 괘 刑罰四卦 ······ 401
7. 손괘는 물고기를 말한 것이다 巽爲魚 ······ 402
8. 삼성의 장관 三省長官 ······ 403
9. 왕규와 이정 王珪李靖 ······ 405
10. 호랑이가 울타리를 공격하네 虎夔藩 ······ 410
11. 조조의 용인술 曹操用人 ······ 411
12. 한나라 선비들의 주군 선택법 漢士擇所從 ······ 412
13. 유창 劉公榮 ······ 416
14. 원풍 때의 관제 元豐官制 ······ 417
15. 장이와 진여, 원소, 유장 耳餘袁劉 ······ 419
16. 주나라 한나라 때 제후국의 존속 周漢存國 ······ 420
17. 양수를 죽인 조조 曹操殺楊脩 ······ 422
18. 나라의 체통을 중시한 옛 사람들 古人重國體 ······ 423

••• 용재수필 권13

1. 간언과 유세의 어려움 諫說之難 ······ 433
2. 한복과 유장 韓馥劉璋 ······ 436
3. 소하와 방현령의 사람 보는 안목 蕭房知人 ······ 438
4. 유사의 시 兪似詩 ······ 440
5. 오격의 짤막한 사 한 수 吳激小詞 ······ 441
6. 군자의 통치 여부 君子爲國 ······ 442

7. 태괘는 양이다 兌爲羊 …… 443
8. 안자와 양웅 晏子揚雄 …… 444
9. 일이관지 一以貫之 …… 445
10. 배잠과 육사 裴潛陸俟 …… 446
11. 망할 뻔한 위기로부터의 생존 拔亡爲存 …… 449
12. 손씨 정권 오나라의 뛰어난 네 장수 孫吳四英將 …… 449
13. 소식의 「나부산시」 東坡羅浮詩 …… 451
14. 간언을 허용한 위 명제 魏明帝容諫 …… 455
15. 한나라 때 여러 대신의 의견을 묻다 漢世謀於衆 …… 456
16. 『국조회요』 國朝會要 …… 457
17. 손빈의 감조전법 孫臏減竈 …… 458
18. 벌레와 새의 지혜 蟲鳥之智 …… 460

••• 용재수필 권14

1. 장뢰의 『시경』 논의 張文潛論詩 …… 469
2. 한 고조의 세 차례 속임수 漢祖三詐 …… 470
3. 화를 피하려는 마음 有心避禍 …… 470
4. 건괘와 해괘에서 말하는 어려움 蹇解之險 …… 472
5. 처세 士之處世 …… 473
6. 장전의의 낙양 통치 張全義治洛 …… 473
7. 박고도 博古圖 …… 475
8. 정책의 이해득실을 논하는 사대부의 자세 士大夫論利害 …… 477
9. 서원여의 글 舒元輿文 …… 479
10. 화답할 수 없을 만한 절창 絶唱不可和 …… 479
11. 추증의 경중 贈典輕重 …… 481
12. 양지수 揚之水 …… 482
13. 이릉의 시 李陵詩 …… 484
14. 대곡 중의 '伊이'와 '涼양' 大曲伊涼 …… 485
15. 원결의 『원자』 元次山元子 …… 487
16. 원결의 사직 표 次山謝表 …… 488

17. 광무제는 어진 군주 光武仁君 490

••• 용재수필 권15

1. 소식 두보 시 애호가 장뢰 張文潛哦蘇杜詩 499
2. 임안과 전인 任安田仁 501
3. 두연년과 두흠 杜延年杜欽 502
4. 범엽의 역사 저술 范曄作史 503
5. 이름을 날리지 못한 당나라 시인 唐詩人有名不顯者 504
6. 소철의 시 蘇子由詩 505
7. 왕에 대한 호칭 '爾이'와 '汝여' 呼君爲爾汝 506
8. 예측할 수 없는 세상 일 世事不可料 507
9. 채양의 서신 蔡君謨帖語 508
10. 공의보의 야사 孔氏野史 510
11. 유약 有若 511
12. 장천각의 사람 됨됨이 張天覺爲人 512
13. 글을 써서 일을 논하기 爲文論事 514
14. 연창궁사 連昌宮詞 516
15. 두 인물의 회담 二士共談 517
16. 장구성의 제문 張子韶祭文 517
17. 경사의 늙은 관리 京師老吏 518
18. 조조와 후당의 장종 曹操唐莊宗 519
19. 운중 태수 위상 雲中守魏尙 520

••• 용재수필 권16

1. 문장은 작은 재주가 아니다 文章小伎 529
2. 삼장월 三長月 531
3. 형제가 서원에서 근무하다 兄弟直西垣 532
4. 『속수훤록』 續樹萱錄 533
5. 관직의 존폐 館職名存 534

6. 남궁괄 南宮适 ······ 535
7. 오왕전 吳王殿 ······ 536
8. 왕위위 王衛尉 ······ 537
9. 앞 시대를 본보기로 삼다 前代爲監 ······ 538
10. 도적을 다스리는 방법 治盜法不同 ······ 540
11. 화답시는 그 뜻에 맞게 화답해야 한다 和詩當和意 ······ 542
12. 후직의 천하 稷有天下 ······ 544
13. 한 시대의 인재 一世人材 ······ 544
14. 왕봉원 王逢原 ······ 545
15. 가소로운 공문 吏文可笑 ······ 546
16. 정강 때의 일 靖康時事 ······ 547
17. 병소 幷韶 ······ 548
18. 참위지학 讖緯之學 ······ 548
19. 진짜와 가짜의 혼동 眞假皆妄 ······ 550

••• 찾아보기 / 559

••• 용재수필 서

나이가 드니 게을러지고 독서도 줄었다. 생각 가는 대로 두서없이 써 내려간 글이라 '수필隨筆'이라 제목을 붙였다.

순희淳熙 연간 경자庚子년(1180) 파양鄱陽[1] 홍매洪邁 경로景盧 씀.

1 鄱陽 : 지금의 강서성江西省 파양鄱陽.

••• 容齋隨筆 序

予老去習懶, 讀書不多, 意之所之, 隨即紀錄, 因其後先, 無復詮次, 故目之曰隨筆。

淳熙庚子, 鄱陽洪邁景盧。

••• 용재수필 권1(29칙)

1. 구양순의 글씨첩 歐率更帖

임천臨川[1]의 『석각잡법첩石刻雜法帖』에 구양순歐陽詢[2]의 글이 수록되어 있다.

> 스무 살 무렵 파양鄱陽으로 왔다. 이곳은 땅이 광활하고 비옥하며 물산은 저렴하고 풍부하여 많은 선비들이 모여든다. 날마다 꽃놀이를 즐기고 먹고 싶은 것을 실컷 먹으며 지낸다. 두 장씨張氏는 재주와 언변이 뛰어나 준걸이라 할 만하다. 은殷씨, 설薛씨 두 선비의 탁월한 재능에 대해서는 더 설명이 필요 없다. 대군戴君은 인물 품평에 뛰어나다. 소중랑蕭中郞은 자유분방하면서도 고상하다. 팽군彭君은 화려한 문사를 구사하면서도 자연스러움을 겸비하였다. 특히 「각산신閣山神」시 같은 작품은 선배라 하더라도 더 잘 쓸 수 없을 정도다. 그러나 지금은 이들 중 아무도 세상에 남아있지 않으니 마음이 더욱 아프구나.

이는 우리 고향의 옛 일들이다.[3]

2. 나처사의 묘지 羅處士誌

양양襄陽[4]에 「수처사나군묘지隋處士羅君墓誌」[5]가 있다.

1 臨川 : 지금의 강서성江西省 임천臨川.

2 歐陽詢(557~641) : 당나라의 서예가. 자 신본信本. 태자솔갱령太子率更令을 역임하였기에 구양솔갱이라고 칭하기도 한다. 홍매는 '구솔갱歐率更'이라 약칭하였다.

3 홍매의 고향은 파양이다. 구양순은 원래 담주潭州 임상臨湘(지금의 호남성湖南省 장사長沙) 사람인데 20세에 홍매의 고향인 강서성 파양으로 옮겨왔다. 이 글은 구양순이 당시 교유하였던 파양의 뛰어난 인재들에 대해 기록한 것이다.

4 襄陽 : 지금의 호북성湖北省 양번襄樊.

5 處士 : 덕행과 학문을 갖추고 있으면서도 벼슬길에 나가지 않은 사람.

나군羅君의 이름은 정竫이고, 자字는 예禮로 양양襄陽 광창廣昌 사람이다. 고조부 장경長卿은 제齊[6]나라의 요주자사饒州刺史[7]를 지냈다. 증조부 굉지宏智는 양梁[8]나라 전중장군殿中將軍을 지냈다. 조부 양養과 부친 정竫은 학문이 뛰어났음에도 벼슬길에 나가지 않았다. 그 명성이 당대에 자자했다.

비석의 글씨가 힘 있고 반듯하여 저수량褚遂良[9]의 서체와 비슷하다. 그러나 부자가 모두 이름이 정竫이라니 이해할 수가 없다. 북위北魏[10]의 안동安同은 부친의 이름이 굴屈인데, 안동의 장자長子도 굴屈이니 조부와 손자가 같은 이름이다. 오랑캐야 말할 필요가 없지만, 나처사의 경우는 옳지 않다.

3. 당나라 남만 평정비 唐平蠻碑

성도成都[11]에 있는 당나라의 「평남만비平南蠻碑」[12]는 개원開元 19년(731) 검남절도부대사劍南節度副大使[13] 장경충張敬忠이 세운 것이다. 당시 남만南蠻의 수장 염染과 낭주자사浪州刺史[14] 양성전楊盛顚이 변경 지방에서 반란을 일으켰다. 현종玄宗[15]은 내상시內常侍[16] 고수신高守信을 남도초위처치사南道招慰處置使[17]로 임

6 齊 : 남조南朝시대 두 번째 왕조(479~502).
7 饒州 : 관아는 지금의 강서성 파양에 위치했다. ○ 刺史 : 한 주州의 장관.
8 梁 : 남조의 세 번째 왕조(502~557).
9 褚遂良(596~658) : 당나라의 서예가. 자 등선登善, 우세남虞世南·구양순歐陽詢과 함께 초당삼대가初唐三大家로 불린다.
10 北魏 : 남북조 시대 북조 최초의 왕조(386~534). 선비족鮮卑族의 탁발씨拓跋氏가 세웠다.
11 成都 : 지금의 사천성四川省 성도成都.
12 南蠻 : 중국이 남방 민족을 멸시하여 부르던 이름. 북방 민족은 북적北狄, 서방 민족은 서융西戎, 동방의 민족은 동이東夷라 하였고, 남방 민족을 남만이라 하였다. 「평남만비」란 남만을 평정한 것을 기념하여 세운 비석이다.
13 節度使 : 당나라 지방의 군정軍政 장관.
14 浪州 : 당나라 영휘永徽 2년(651), 강족羌族 부락 지역에 설치하였다. 지금의 사천성四川省 문천汶川, 보흥현寶興縣 일대에 해당한다.
15 玄宗(685~762 / 재위 712~756) : 당나라 제6대 황제 이융기李隆基.
16 內常侍 : 환관으로 정오품하正五品下에 해당한다.
17 處置使 : 당나라 현종 이후, 탐방探訪·관찰觀察·도통都統 등의 일에 '처치處置'라는 표현을 더하여 재단·처리의 권한을 부여하였다. 초위招慰란 변경지방의 백성들을 살피고 위로한다는 의미이다.

명하여 토벌하게 하였고 9개의 성을 함락하였다. 이 일은 『신당서新唐書』와 『구당서舊唐書』, 야사野史 어디에도 기록되어 있지 않다.

숙종肅宗[18]은 어조은魚朝恩[19]을 관군용처치사觀軍容處置使[20]로 임명하였고, 헌종憲宗[21]은 토돌승최吐突承璀[22]을 초토사招討使[23]로 임명하였다. 사람들은 이때부터 환관이 병권을 주관하게 되었다고 비난한다. 그러나 이는 현종이 고수신을 등용한 선례가 있음을 알지 못한 것이다. 현종 시기 재상이었던 배광정裴光庭[24]과 소숭蕭嵩[25]을 탓할 일이 아닌 것이다.

양씨의 후예들은 지금까지 양성전의 이름을 '성晟'자로 쓰고 있다.

4. 반택가 半擇迦

『대반야경大般若經』[26]에 의하면 산스크리트어의 '선채반택가扇搋半擇迦'[27]를

18 肅宗(711～762 / 재위 756～762) : 당나라 제7대 황제 이형李亨. 현종의 셋째 아들. 756년 안록산의 난으로 현종과 함께 사천四川으로 피신하던 도중 금군禁軍의 일부를 이끌고 북상하여 영무靈武에서 스스로 제위에 올랐다.

19 魚朝恩(722～770) : 숙종, 대종 시기에 권력을 장악했던 환관.

20 觀軍容處置使 : 당 후기 감군監軍에서 발전한 직함으로 주로 환관이 담당한다. 정식 명칭은 관군용선위처치사觀軍容宣慰處置使. 숙종肅宗 건원乾元 원년(758) 곽자의郭子儀, 이광필李光弼 등 9개 지역의 절도사들이 안경서安慶緖를 상주相州(지금의 하남성河南省 안양安陽 북쪽)에서 포위하였다. 숙종은 곽자의와 이광필이 모두 공신들이라 서로 통솔하기가 어렵다고 판단하여 원수를 임명하지 않고 환관인 어조은을 관군용선위처치사로 임명하여 구군을 통솔하게 하였다. 관군용처치사는 여기에서 시작되었다.

21 憲宗(778～820 / 재위 805～820) : 당나라 제11대 황제 이순李純. 안사安史의 난 이후 세력이 거세진 번진藩鎮(지방군벌) 때문에 약해진 중앙을 강화하고, 배도裵度 등 재정가를 재상으로 삼아 양세법兩稅法에 바탕을 둔 경제정책을 추진하였다.

22 吐突承璀(?～820) : 자 인정仁貞. 환관. 현종시기 좌신책호군중위左神策犒軍中尉를 역임하였으며, 계국공薊國公에 봉해졌다.

23 招討使 : 전시 상황에 임시로 설치하는 관직으로 대신, 장수 혹은 절도사 등의 지방 장관이 겸임한다.

24 裴光庭(678～733) : 자 연성連城. 강주絳州 문희聞喜 출신으로 배행검裴行儉의 아들이다. 현종 개원開元 시기 재상이 되었다.

25 蕭嵩(668～749) : 당나라 현종 시기 재상.

26 『大般若經』: 한문으로 번역된 불경 중 가장 방대한 양으로 원제는 『대반야바라밀다경大般若波羅蜜多經』이다. 당나라 현장玄裝이 번역 작업을 주도하였다고 전해진다.

27 扇搋 : 산스크리트어 'Sandha'에서 온 것으로 생식기가 없는 사람을 가리킨다.

당나라에서는 '황문黃門'[28]이라 했는데 다섯 종류가 있다고 한다.

> 첫째는 반택가半擇迦로 총칭에 해당한다. 남근이 있어 쓸 수 있지만 자식을 낳을 수 없다.
> 둘째는 이리사반택가伊利沙半擇迦로 '투妬'라고 하기도 한다. 다른 사람이 음행하는 것을 보면 발기가 되지만 보지 못하면 발기하지 못하며 남근은 있지만 자식을 낳지 못한다.
> 셋째는 선채반택가扇搋半擇迦이니 본래 남근이 불완전한 경우로 역시 자식을 낳을 수 없다.
> 넷째는 박차반택가博叉半擇迦로 반달 동안은 남자 노릇을 할 수 있고, 반달 동안은 할 수 없다.
> 다섯째는 유나반택가留拏半擇迦로 남근이 잘린 즉, 궁형을 당한 자를 이른다.

이 다섯 가지는 모두 신체에 가장 치욕스런 고통이다. '체搋'의 음은 '축丑'과 '개皆'의 반절反切[29]이다.

5. 64 가지 나쁜 말 六十四種惡口

『대집경大集經』[30]에 64가지 나쁜 말[惡口]의 업業이 있다.

> 거친 말[麁語], 무른 말[軟語][31], 때에 맞지 않는 말[非時語], 망언[妄語], 누설하는 말[漏語], 과장된 말[大語], 잘난 체 하는 말[高語], 경솔한 말[輕語], 깨뜨리는 말[破語], 분명하지 않은 말[不了語], 산만한 말[散語], 낮은 말[低語], 우러르는 말[仰語], 그릇된 말[錯語], 악한 말[惡語], 남을 두렵게 하는 말[畏語], 되풀이 하는 말[吃語], 다투는 말[諍語], 아첨하는 말[諂語], 기만하는 말[誑語], 남을 괴롭게 하는 말[惱語], 겁을 주는 말[怯語], 사악한 말[邪語], 죄가 되는 말[罪語], 소리없는 말[啞語], 쌓인 말[入語],

---

半擇迦 : 산스크리트어 'pandaka'에서 온 것으로 남근이 온전하지 않은 사람을 말한다.

28 黃門 : 남자로서 남근男根을 갖추고 있지 않거나 남근이 불완전한 자.

29 反切 : 한자의 음을 표시하는 방법으로 첫 글자의 초성과 두 번째 글자의 운을 합하여 한 음으로 읽는다. 축과 개의 반절이라면 축의 'ㅊ'과 개의 'ㅐ'를 합쳐 '채'로 읽는다.

30 『大集經』 : 부처가 시방十方의 불보살들에게 대승의 법을 설명한 경전으로 공사상空思想과 밀교적인 요소가 강한 경전이다. 원제는 『대방등대집경大方等大集經』이며 모두 60권이다.

31 홍매의 인용은 『대집경』의 원문과 다소 차이가 있다. 『대집경』에는 '혼탁한 말濁語'로 되어 있다.

조급한 말[嬈語], 지옥의 말[地獄語][32], 빈 말[虛語], 오만한 말[慢語], 애정이 없는 말[不愛語], 죄와 허물을 말하는 말[說罪咎語], 실언[失語], 이별의 말[別離語], 이해관계가 얽힌 말[利害語], 앞뒤가 달라 시비를 일으키는 말[兩舌語], 교묘하게 꾸민 말[無義語], 삼가함이 없는 말[無護語], 기뻐하는 말[喜語], 미친 말[狂語], 해치는 말[殺語], 해가 되는 말[害語], 집착하는 말[繫語], 쓸데없는 말[閑語], 속박하는 말[縛語], 두드리는 말[打語], 노래하는 듯한 말[歌語], 법도에 맞지 않는 말[非法語], 자화자찬하는 말[自讚歎語], 다른 사람의 허물에 대한 말[說他過語], 불가의 기본 요소인 불佛·법法·승僧에 대한 말[說三寶語]

6. 8월 단오 八月端午

당나라 현종은 8월 5일생으로 이 날을 천추절千秋節[33]로 삼았다. 장열張說[34]은 「상대연력서上大衍曆序」[35]에서 다음과 같이 썼다.

> 개원開元 16년(728) 8월 단오 황제께서 탄생하신 날 밤[36], 삼가 「대연력」을 바칩니다.

『당유표唐類表』에 송경宋璟[37]의 「청이팔월오일위천추절표請以八月五日爲千秋節表」가 수록되어 있는데 "8월 단오 날"이라는 표현을 썼다. 그러므로 고대에 일반적으로 매 월 5일을 단오라 칭했음을 알 수 있다.

32 중화서국본의 원문에는 '地語、獄語'로 되어있는데 의미가 통하지 않는다. 『대집경』에는 '地獄語'로 되어있다. 『대집경』의 원문에 근거하여 풀이하였다.

33 千秋節 : 현종 때부터 황제의 생일을 천추절이라 하였다.

34 張說(667~730) : 당나라 문학가이자 정치가. 자 도제道濟.

35 『大衍曆』 : 당나라 현종 때 당시 전해져 오던 여러 가지 역법曆法에 능통하였던 승려 일행一行이 황제의 명령을 받아 지은 역서曆書. 일행이 초고만 완성하고 사망하자 뒤를 이어 장열 등이 정리하여 개원 17년 반포하였고 이후 숙종肅宗 지덕至德 2년(757)까지 사용되었다.

36 『후한서後漢書·광무제기光武帝紀』에 의하면 동한 건평建平 원년(B.C.6) 12월 갑자일 밤, 광무가 현사縣舍에서 태어났는데 붉은 빛이 방 안을 비추었다. 기이하게 여겨 왕장王長에게 점을 치게 하였더니 '이루 말할 수 없을 정도로 길한 징조'라고 하였다. 붉은 빛은 황제의 탄생을 가리킨다.

37 宋璟(663~737) : 자 광평廣平. 요숭姚崇과 함께 명재상으로 현종 시기 개원開元의 태평성세를 이끌었다.

7. 찬공과 소공 贊公少公

당나라 사람들은 현령縣令을 명부明府, 현승縣丞[38]을 찬부贊府, 현위縣尉[39]를 소부少府라 했다. 『이태백집李太白集』 중 「전양곡왕찬공가소공석애윤소공서餞陽曲王贊公賈少公石艾尹少公序」는 양곡현陽曲縣의 현승·현위, 석애현石艾縣의 현위와 전별하면서 쓴 것이다. 찬공贊公과 소공少公이라는 표현은 이상하다.

8. 곽박의 묏자리 郭璞葬地

『세설신어世說新語』[40]에 이런 내용이 있다.

> 곽박郭璞[41]은 남하 후 기양暨陽[42]에 거주하였는데 강물에서 채 백보도 떨어져 있지 않은 곳에 자신의 묏자리를 마련하였다. 사람들이 강물과 너무 가깝다고 하자 곽박은 "이곳은 장차 육지가 될 것이다"라고 했다. 지금은 퇴적된 모래가 육지를 만들어 무덤에서 수 십리가 모두 뽕나무 밭이 되었다.

이는 곽박의 선견지명을 보여주는 것이다.

『금낭장경錦囊葬經』[43]은 곽박이 지은 것이라 전해지는데 묏자리의 길흉을 점치는 사람들은 이 책을 경전으로 받든다. 그러나 곽박은 물이 육지가 되리라는 것은 알았으면서도 자신이 비명횡사를 면할 방법은 알지 못했다![44]

38 丞 : 중앙과 지방 관리 중 부직을 승이라 한다. 현승은 현령의 부관에 해당한다.

39 尉 : 현령 아래 속한 관직으로 치안을 담당한다.

40 『世說新語』 : 남조南朝 송宋나라의 유의경劉義慶(403~444)이 편찬한 후한後漢 말부터 동진東晉까지 명사들의 일화집.

41 郭璞(276~324) : 자 경순景純. 진晉나라 시인, 학자. 문희聞喜(지금의 산서성山西省) 사람. 원제元帝(사마예司馬睿) 때 저작좌랑著作佐郎과 상서랑尙書郎을 역임하였으며, 나중에 정남대장군征南大將軍 왕돈王敦의 기실참군記室參軍이 되었는데, 왕돈이 무창武昌에서 반란을 일으켰을 때 반대하였다가 살해당하였다. 대표작으로 「유선시遊仙詩」 14수와 「강부江賦」 등이 있다.

42 暨陽 : 지금의 강소성江蘇省 강음현江陰縣 동남쪽.

43 『錦囊葬經』 : 풍수서적. 『장경葬經』이라고도 불리며, 귀하기 때문에 비단주머니인 금낭에 넣어 간직한다는 의미로 금낭장경이라 부른다. 이 책에 언급된 '장풍득수藏風得水(바람이 불어오는 곳은 틀림없이 물이 난다)'에서 '풍수'라는 말이 유래되었다.

44 동진 시기, 왕돈王敦이 무창武昌에서 반란을 일으키자 명제는 토벌군을 파견했다. 군대를

그가 뒷간에서 칼을 물었던 식견은 너무 천박한 것이었다.[45]

9. 황정견의 시 黃魯直詩

서릉徐陵[46]의 「원앙부鴛鴦賦」는 다음과 같다.

꿩은 물에 비춰 보지만 짝을 얻을 수 없고,	山雞映水那相得,
외로운 난새에게 거울 비춰 주어도 한 쌍이 될 수 없네.	孤鸞照鏡不成雙.
천하에 진정 오래토록 함께 있는 것은,	天下眞成長會合,
나란한 날개의 두 원앙만한 것이 없네.	無勝比翼兩鴛鴦.

황정견黃庭堅[47]의 「제화수압題畫睡鴨」을 살펴보자.

출동하려던 왕돈은 곽박에게 길흉을 점치게 하였는데 곽박은 실패할 것이라고 대답했다. 불쾌해진 왕돈은 "그렇다면 내 수명은 얼마나 되겠느냐?"고 물었고 "명공께서 거사를 하시면 재앙이 눈앞에 있고 무창으로 돌아가면 장수하실 것입니다." 왕돈이 다시 물었다. "그럼 너는 얼마나 살 것 같으냐?" 곽박은 태연히 대답했다. "제 목숨은 점심을 넘기지 못합니다." 곽박은 결국 그날 점심 왕돈이 보낸 군사에게 죽임을 당했다.

45 곽박은 평소 환이桓彝와 사이가 좋았다. 곽박은 환이에게 "그대가 온다면, 다른 곳이라면 그냥 곧장 나갈 수 있지만, 측간에서는 곧장 만나볼 수가 없으니, 필시 주인과 손님 모두 재앙이 있게 될 것"이라고 했다. 이후 환이가 술에 취해 곽박의 집으로 갔는데, 바로 곽박이 측간에 있을 때였다. 그가 숨어서 보니, 곽박은 벌거벗고 머리를 풀어헤치고, 칼을 입에 머금고 제를 드리고 있었다. 곽박은 환이를 보더니 크게 놀라 말했다. "나는 번번이 그대에게 오지 말라고 했거늘, 도리어 이 같이 하다니! 비단 나에게만 재앙이 되는 것이 아니라 그대도 화를 면하지 못할 것이요. 하늘이 실로 재앙을 내린다면 장차 누구를 원망하겠소."

46 徐陵(507～583) : 자 효목孝穆. 남조 양梁·진陳의 문인. 이부상서吏部尚書, 상서복야尙書僕射, 시중侍中, 중서감中書監 등의 요직을 역임했다. 태자의 명으로 남녀의 상사相思 시를 주로 수록한 『옥대신영玉臺新詠』을 편찬하였다.

47 黃庭堅(1045～1105) : 자 노직魯直, 호 산곡山谷. 홍주洪州 분녕分寧(지금의 강서성江西省 수수현修水縣 출생. 송대 저명 시인으로 강서시파의 시조이며, 화가와 서예가로서도 명성이 높다. 황정견은 시의 창작에 있어 점철성금點鐵成金과 환골탈태換骨奪胎를 주장하였는데 모두 옛 사람의 시구를 모방하여 자신의 작품에서 새롭게 활용함을 이르는 것이다. 이는 옛 시인의 시구를 정련하여 새로운 이미지를 창출한다는 긍정적 측면이 있기도 했지만 표절에 가깝다는 부정적 측면도 있었다. 홍매는 여기서 황정견이 타인의 시구를 운용한 실례를 원작과 비교하여 분석하였다. 열거된 황정견의 시는 원작을 거의 그대로 차용하면서도 약간을 변용하여 원작과는 차별화된 의미와 깊이를 창출해냈다.

꿩은 자신의 물 그림자를 부질없이 사랑하고, 山雞照影空自愛,
외로운 난새는 거울보고 춤추지만 한 쌍이 되지 못하네. 孤鸞舞鏡不作雙.
천하에 진정 오래토록 함께 있는 것은, 天下眞成長會合,
서로 기대어 졸고 있는 가을 강가의 두 마리 오리. 兩鳧相倚睡秋江

황정견은 시 전체에서 서릉의 표현을 쓰면서도 약간의 변화를 가미하였고 마지막 구는 더욱 정교하게 썼다.

황정견의 「검남십절黔南十絶」 10수[48]는 모두 백거이白居易[49]의 표현을 차용하였다. 이 중 7수는 모두 백거이의 시를 활용하였고, 3수는 바꾼 곳이 꽤 있다. 백거이의 「기행간寄行簡」[50]은 전체 8운韻[51]인데 후반부 4운은 이러하다.

서로 떨어져 육천 리, 相去六千里,
하늘과 땅처럼 아득하게 떨어져 있네. 地絶天邈然.
열 통 편지 중 아홉 통 도착하지 못하니, 十書九不達,
무엇으로 근심스런 얼굴을 펼까? 何以開憂顔.
목마른 자는 마시는 꿈을 꾸고 渴人多夢飮,
배고픈 자는 먹는 꿈을 꾼다. 饑人多夢飡.
봄 왔으니 꿈 어디로 갈까? 春來夢何處,
눈 감으면 동천으로 향한다. 合眼到東川.

황정견은 이를 두 수로 나누었다.

서로 바라보아 육천 리, 相望六千里,
천지는 강산을 격했네. 天地隔江山.
열 편지에 아홉은 닿지 않으니, 十書九不到,

48 원제는 「적거검남십수謫居黔南十首」이다. 황정견은 정치적으로 구법당에 속해 있었는데 1095년 신법당이 정권을 장악하면서 신법新法을 비난하였다는 죄목으로 검주黔州(사천성四川省 팽수현彭水縣)로 폄적되어 1100년까지 이곳에서 지냈다. 이 시기 지은 10수의 5언 절구이다.

49 白居易(772~846) : 자 낙천樂天. 호 취음선생醉吟先生 또는 향산거사香山居士. 원화 10년(815) 강주江州(지금의 강서성江西省 구강시九江市) 사마로 폄적되었다. 그는 원진과 함께 신악부운동新樂府運動을 제창하여 현실주의적 작품을 다작하였으며 이 외에 「장한가長恨歌」, 「비파행琵琶行」 같은 낭만적인 작품도 유명하다.

50 「寄行簡」 : 동생 백행간에게 보내는 시.

51 韻 : 시에서 두 구句를 일운一韻이라 한다.

어찌하면 한번 얼굴을 펼까? 何用一開顔.[52]

병자는 낫는 꿈을 꾸고 病人多夢醫,
죄수는 풀려나는 꿈을 꾸지 囚人多夢赦.
봄의 꿈을 어찌할까? 如何春來夢,
눈 감고서 고향을 생각하네. 合眼在鄉社.[53]

백거이의 「세만歲晩」은 전체 7운인데 이렇게 시작한다.

서리에 흘러내린 물 골짜기로 다시 돌아오고, 霜降水返壑,
바람에 낙목은 산으로 돌아간다. 風落木歸山.
뉘엿뉘엿 세월은 저물어가고 冉冉歲將晏,
만물은 본원으로 되돌아간다. 物皆復本源.

황정견은 뒤 두 구절에서 일곱 글자를 바꾸어 이렇게 표현하였다.

뉘엿뉘엿 세월은 저물어가고 冉冉歲華晚,
벌레는 모두 땅 속으로 들어간다. 昆蟲皆閉關.[54]

10. 우임금의 치수 禹治水

『서경書經·우공禹貢』은 우禹[55] 임금의 치수에 대해 서술하고 있는데, 기주冀州·연주兗州·청주青州·서주徐州·양주揚州·형주荊州·예주豫州·양주梁州·옹주雍州의 순서로 되어있다.[56] 지리적으로 생각해보면 예주는 9주의 중간이고, 연주·서주와 경계를 접하고 있다. 그런데 왜 서주 다음에 양주를 서술하고 예주는 뒤로 미루었을까?

52 「謫居黔南十首」 중 제1수.
53 「謫居黔南十首」 중 제10수.
54 「謫居黔南十首」 중 제2수.
55 禹 : 전설상 하夏왕조의 시조. 대홍수가 발생하자 순舜임금이 우임금에게 치수를 명하였고 13년간 노력하여 성공적으로 치수사업을 완수했다.
56 이를 구주九州라 한다. 구주란 우임금이 치수를 할 때 중국 전역을 9등분 한 것에서 유래한다. 여기서의 '주州'는 이후 행정단위로서의 '주州'와 다르며, 광범위한 영역을 포괄한다.

우임금은 오행五行의 순서에 따라 치수를 했기 때문이다. 기주는 하夏나라의 수도이므로 첫 번째로 하였다. 기주는 북방에 있으므로 오행 중 수水에 해당한다. 수水는 목木을 낳고 목은 동쪽에 해당한다. 그러므로 그 다음으로 연주·청주·서주의 순서대로 한 것이다. 목은 화火를 낳고, 화는 남쪽이므로 그 다음으로 양주와 형주를 서술하였다. 화는 토土를 낳고 토는 중앙에 해당하므로 그 다음 예주를 서술하였다. 토는 금金을 낳고 금은 서쪽이므로 양주과 옹주를 마지막으로 한 것이다.[57] 『서경』에서 말하는 '이륜유서彝倫攸敍'라는 것이 이것이다.[58] 곤鯀[59]이 오행의 순서를 뒤섞은 것과는 사뭇 다르다고 할 수 있다. 위기도魏幾道가 내게 이야기 해 준 것이다.

11. 「칙륵가」 敕勒歌

황정견黃庭堅은 「제양관도題陽關圖」에서 이렇게 읊었다.

> 양관陽關[60] 지나 더 서쪽으로 가면　　想得陽關更西路,
> 북풍에 풀 눕고 소떼 양떼 보이겠지　　北風低草見牛羊.

문집 중 「서위심도제첩書韋深道諸帖」에 이런 내용이 있다.

> 곡률명월斛律明月은 오랑캐로 글이 뛰어나지는 않다. 늙은 오랑캐가 칙륵천敕勒川

57 오행은 만물을 구성하는 기본 요소인 금金·목木·수水·화火·토土를 말한다. 이들이 서로 상생하는 관계를 오행상생五行相生이라 하는데, 금생수金生水·수생목水生木·목생화木生火·화생토火生土·토생금土生金의 이치이다. 이 오행은 다섯 가지 방향 즉 오방五方과 연계되어 있는데 동쪽은 목, 서쪽은 금, 남쪽은 화, 북쪽은 수, 그리고 중앙은 토이다. 우임금은 이 오행과 오방의 원칙에 근거하여 치수를 한 것이다.

58 彝倫攸敍 : 사람으로서 지켜야할 도리 또한 하늘과 자연의 질서를 본받아 차례가 있다는 의미로, 『서경·홍범洪範』에 나온다. "옛날에 곤이 홍수를 막아 오행을 어지럽히자 하늘이 크게 노하여 홍범구주洪範九疇를 주지 아니하니 인륜이 무너지게 되었다. 곤은 귀양 가서 죽고 우임금이 이어받아 일으키니 하늘이 이에 홍범구주를 내리셨고 인륜이 베풀어지게 되었다.[彝倫攸敍]"

59 鯀 : 전설의 인물. 우왕禹王의 아버지로 요堯임금의 명령을 받고 홍수를 다스리려 하였으나 실패, 마침내 순舜임금에 의해 우산羽山으로 추방당하여 죽게 된다.

60 陽關 : 서역으로 가는 길목. 지금의 감숙성甘肅省 돈황시敦煌市 서남쪽에 있다.

에서 강적을 만나 곤경에 처하자 곡률명월에게 노래를 지어 부르게 하여 불안함을 떨쳤다. 긴박한 와중에도 표현은 굳세고 당당하니 솔직하게 사실을 표현했을 따름이다.

나는 고악부 중 「칙륵가敕勒歌」[61]를 찾아보았다. 북제北齊[62]의 고환高歡[63]이 북주北周[64]의 옥벽玉壁[65]을 공격하였으나 패전하였다. 화병이 난 고환은 곡률금斛律金에게 「칙륵가」를 부르게 하였고 고환이 직접 화창하였다. 이 노래는 원래 선비족鮮卑族[66]의 언어로 되어있다. 가사는 다음과 같다.

칙륵의 냇가	敕勒川,
음산의 기슭.	陰山下.
하늘은 둥근 천막처럼	天似穹廬,
사방을 뒤덮는다.	籠罩四野.
하늘은 푸르고 푸르고	天蒼蒼,
들판은 아득하고 아득한데	野茫茫,
바람 부니 풀은 눕고 소떼 양떼 보이네.	風吹草低見牛羊.

황정견이 「제양관도題陽關圖」 시에서 사용한 구절은 바로 이 「칙륵가」이다. 그러나 '곡률금'을 '곡률명월'로 잘못 알았다. 명월의 이름은 광光으로 곡률금의 아들이다. 고환은 옥벽에서 패한 것이지 칙륵천에서 곤경에 처했던 것이 아니다.

61 「敕勒歌」 : 북조의 악부 민가.
62 北齊 : 남북조 시대 북조의 왕조(550~577). 동위東魏의 실권자 고양高洋(高歡의 아들)이 건국하였다. 국호는 제이지만 남조의 제와 구별하기 위해 북제라고 불린다.
63 高歡(496~547) : 동위東魏의 실권자로 사실상의 북제北齊 창업자.
64 北周 : 우문호宇文護가 세운 북조北朝의 왕조(557~581).
65 玉壁 : 지금의 산서성山西省 직산현稷山縣 서남쪽
66 鮮卑族 : 남만주에서 몽골에 걸쳐 살았던 유목민족. 흉노가 후한後漢에 의해 멸망되면서 몽골 지역에서 번영하였다. 5호16국五胡十六國 시대에는 연燕(모용씨慕容氏)·진秦(걸복씨乞伏氏)·양涼(독발씨禿髮氏)이 화북에서 각각 나라를 세웠고, 북위北魏(탁발씨拓拔氏)는 화북 전체를 통일하여 이른바 북조北朝의 기초를 열었다.

12. 허망한 서적 淺妄書

세상에 전해지는 『운선산록雲仙散錄』[67]과 『노두사실老杜事實』,[68] 『개원천보유사開元天寶遺事』[69] 등은 모두 가소로운 책들이다. 그러나 사대부들 중에 간혹 그것을 믿는 자들이 있다. 『노두사실』은 소식蘇軾[70]이 편찬한 것이라고 하여 근자에 성도成都에서 간행된 두보집의 주석에서까지 인용되고 있다. 공전孔傳은 『육첩六帖』[71]의 속편을 지으면서 당나라의 숨은 일화逸話들을 수집하는데 특히 공을 들였다. 그러나 『운선산록』의 기록을 모두 수록함으로서 그 책에 오점을 남겼다. 『개원천보유사』는 왕인유王仁裕가 지었다고 전해진다. 왕인유는 오대五代 사람으로 비록 문장에 기골이 없긴 하지만 이 정도는 아닐 것이다. 그 몇 가지 부분을 재미삼아 따져보면 다음과 같다.

> 첫째, "요숭姚崇[72]이 개원開元[73] 초에 한림학사翰林學士[74]로 임명되었다. 황제는 가마를 보내 요숭을 태워오게 했다."[75] 그런데 요숭은 무후武后[76] 시기에 이미 재상

67 『雲仙散錄』: 후당後唐의 풍지馮贄 편찬이라고 전해지는 것으로 당·오대 인물에 관한 일사 모음집.

68 『老杜事實』: 『두시사실杜詩事實』이라고도 하며 일실되었다. 제목으로 보아 두보의 시와 관련된 일화들의 모음집일 것이다.

69 『開元天寶遺事』: 오대五代 후주後周의 왕인유王仁裕 편찬. 당 개원·천보 년간의 일사 모음집.

70 蘇軾(1036~1101): 북송 시기 저명 문학가이자 학자. 자 자첨子瞻, 호 동파東坡, 사천성四川省 미산현眉山縣 출생. 시·서·화에 두루 능하였으며 부친 소순蘇洵, 동생 소철蘇轍과 함께 당송팔대가 중 한사람이다.

71 송대 공전孔傳이 백거이의 『육첩』을 이어 『후육첩後六帖』을 편찬하였다. 백거이가 편찬한 육첩은 유서類書로서 『백씨육첩白氏六帖』이라고도 하며 30권이다. 후대 사람들이 이 두 권을 합쳐 『백공육첩白孔六帖』이라고 하였다.

72 姚崇(650~721): 자 원지元之. 중종·예종과 현종 초기에 걸쳐 여러 번 재상을 역임하였다.

73 開元 : 당나라 현종玄宗 시기 연호(713~741).

74 翰林學士 : 황제를 모시며 조서詔書 작성업무를 수행한다. 현종 시기 한림학사는 황제의 심복으로 종종 재상으로 승진할 수 있는 직위였다.

75 가마는 원문에 '보련步輦'으로 되어있는데 가마와 비슷한 것으로 사람이 들어서 이동하는 수단이다. 『개원천보유사』에 따르면 현종은 요숭과 함께 시무를 논하고 싶었으나 연일 비가 내려 길이 진흙탕이 되자 보련을 보내 요숭을 데려오도록 했다고 한다.

76 武后(624~705): 성은 무武, 원래 고종의 후궁이었으나 황후가 되었다가 690년 스스로 황제가 되어 국호를 주周로 고치고 15년간 통치하였다.

의 지위에 올랐고, 개원 초에 생애 세 번째 재상직의 임명장을 받았다. 둘째, "곽원진郭元振[77]은 젊었을 적 외모가 준수하였는데 재상 장가정張嘉貞[78]이 그를 사위 삼으려 했다. 결국 붉은 실을 당겨 셋째 딸을 얻었고 그녀는 남편을 따라 귀한 신분이 되었다.[79]" 그러나 곽원진은 예종睿宗[80] 시기의 재상으로 현종 초년에 이미 폄적되어 죽었으며, 그로부터 10년 후에 장가정은 비로소 재상이 되었다. 셋째, "양국충楊國忠[81]이 득세했을 때 조정의 문무 대신들은 다투어 그에게 아부하며 부귀영화를 구하였지만, 오직 장구령張九齡[82]만이 한 번도 그 문을 드나들지 않았다." 그러나 장구령이 재상을 사직한지 10년 후에야 양국충이 관직을 얻었다. 넷째, "장구령이 소정蘇頲[83]의 글을 보고서 그를 문단의 걸출한 인재라며 칭찬했다." 확인해보니 소정이 재상이 되었을 때 장구령은 아직 출세를 하지 못한 상태였다.

이 모든 것은 잘못된 것임을 분명히 알 수 있는 것으로 반박조차도 할 필요 없는 것들이지만, 후학들이 오해하고 의심할 만한 것들이다. 다만 장단張彖이 양국충을 가리켜 '빙산冰山'이라고 했던 일은 『자치통감資治通鑑』에 기록되어 있는데,[84] 다른 어떤 근거가 있는 것인지는 모르겠다. 근년에 흥화군興化軍 학궁에서 간행한 『개원천보유사』나 남검주南劍州에서 간행한 『운선산록』은 모두 없애버려야 할 것들이다.

77 郭元振(656~713) : 본명은 곽진郭震이나 자로 유명했다. 당나라 장수 겸 정치가.
78 張嘉貞(665~729) : 당나라 무측천에서 현종 시기까지 활동한 정치가.
79 장가정이 다섯 명의 딸에게 각자 장막 뒤에서 붉은 실을 한 가닥씩 잡고 있게 하고 곽원진에게 그 중 한 가닥을 잡아당기게 했다. 곽원진은 셋째 딸의 실을 잡았다. 이후 붉은 실, 붉은 실을 끈다는 것은 사위를 고르거나 아내를 택한다는 의미로 사용된다.
80 睿宗 : 당나라 황제 이단李旦. 무후 즉위 전후로 제위에 있었다.
81 楊國忠(?~756) : 현종 시기 재상. 본명은 소釗이나 양귀비의 친척으로 등용되었고 현종에게 중용되어 '국충'이라는 이름을 하사받았다.
82 張九齡(673~740) : 현종 시기 재상. 자 자수子壽. 재상으로 '개원開元성세'의 치적을 이루는데 공헌을 했으나 이림보李林甫의 배척을 받아 형주자사荊州刺史로 폄적되었다.
83 蘇頲(670~727) : 현종 시기 재상 겸 문학가.
84 장단이 출세하기 전, 주변사람들은 그에게 양국충에게 가면 금방 관직을 얻어 출세할 수 있다며 양국충을 찾아가 보라고 권하였다. 그러나 장단은 그들에게 "자네들은 모두 양국충을 태산泰山처럼 든든하게 생각하는 모양이지만, 그는 한 덩이의 빙산에 지나지 않는다네. 장차 천하에 변고가 있게 된다면, 그는 즉시 태양에 빙산이 녹듯 무너지고 말걸세" 라고 말했다.

13. 오신주 『문선』 五臣注文選

소식은 오신주五臣注 『문선文選』[85]이 오류가 많고 저속하다고 비난했다. 『문선』중 사조謝朓[86]가 왕융王融[87]에게 창화한 시가 있다.

> 위태로움에 임해서 우리 선조에게 의지했고　　阽危賴宗袞,
> 관중管仲이 아니어도 현명한 주목에게 기대었다.[88]　　微管寄明牧.[89]

바로 사안謝安[90]과 사현謝玄[91]을 이른 것이다. 사안은 사조의 선조로 재상의 직위에 있었기에 '종곤宗袞'[92]이라 한 것이다. 그러나 이주한李周翰은 주에서 이렇게 설명했다.

> '종곤宗袞'은 왕도王導[93]를 가리킨다. 왕도는 왕융과 같은 집안이다. 진晉 나라에 위기가 닥쳤을 때 왕도의 힘으로 부견苻堅[94]을 물리쳤던 것을 이른다. '목牧'은 사현을 이르는 것으로 함께 부견을 물리쳤다.

85 『文選』: 양梁나라의 소통蕭統(소명태자昭明太子)이 진秦·한漢나라 이후 제齊·양나라의 대표적인 시문을 모아 엮은 책이다. 주석본이 여러 종류가 있는데 당나라 이선李善이 주註한 것이 가장 유명하다. 이 외에 당대 여연제呂延濟·유량劉良·장선張銑·여향呂向·이주한李周翰 등 5명이 주를 단 것을 '오신주五臣註'라고 한다.

86 謝朓(464~499): 남조 제齊나라 시인. 자 현휘玄暉.

87 王融(467~493): 남조 제나라 문학가. 자 원장元長.

88 원문의 '미관微管'이란 『논어·헌문憲問』의 "관중이 아니었으면 우리는 아마 머리를 풀고 옷깃을 왼쪽으로 여미었을 것이다[微管仲, 吾其被髮左衽矣]"에서 인용한 것이다. 사현은 사안의 조카로 연주자사兗州刺史를 맡고 있다가 비수肥水의 싸움에서 부견苻堅을 격파하였다. 사현의 공적이 제齊나라 관중과 비견됨을 말한 것이다.

89 「和王著作八公山」.

90 謝安(320~385): 동진東晉 중기의 명재상. 자 안석安石. 제위를 찬탈하려는 환온의 야망을 저지했고 재상 재직 시 전진왕 부견의 남하를 막았으며 사현과 부견의 군대를 비수에서 격파했다.

91 謝玄(343~388): 동진東晉의 장군. 자 환도幻度. 사안謝安의 조카.

92 宗袞: 동족 중 지위가 높은 사람을 이르는 말이다. '곤袞'이란 천자와 상공上公의 예복이다.

93 王導(276~339): 동진의 재상. 자 무홍茂弘.

94 苻堅(338~385): 전진前秦의 제3대 왕. 자 영고永固. 한인漢人의 명신 왕맹王猛을 등용하여 치적을 쌓았고, 당시 화북에 난립한 전연前燕·전량前涼·대代 등 여러 나라를 병합하여 화북을 통일하였다. 강남까지 정복하고자 383년 대군을 거느리고 동진을 공격하였으나 비수肥水에서 대패하였다.

종곤을 왕도라 한 것은 정말 우습다. 왕융과 창화한 것이기 때문에 그렇게 말할 수 있는 여지가 약간 있다고 볼 수도 있지만, 왕도가 사현과 함께 부견을 물리쳤다고 한 것은 역사적 사실을 제대로 파악하지 못한 것이다. 멋대로 망령된 해석을 덧붙였으니 어린 아이가 억지로 아는 척 하는 것이나 마찬가지다. 이 시에 대해 이선李善만이 정확하게 해석하였다.

14. 문장의 번잡함과 간략함 文煩簡有當

구양수歐陽脩[95]는 「진신당서표進新唐書表」[96]에서 이렇게 말했다.

"사건은 전보다 증가했지만 글은 예전 것보다 간략합니다."

무릇 글은 의미의 전달이 중요한 것이며 번다함과 간략함은 각자 마땅함이 있는 것이다.

『사기史記·위청전衛青傳』에 다음과 같은 내용이 있다.

교위校尉 이삭李朔, 교위 조불우趙不虞, 교위 공손융노公孫戎奴는 각각 세 차례 대장군을 따라 흉노의 왕을 사로잡았으니 이삭에게 1300호를 하사하여 섭치후涉軹侯에 봉하고, 조불우에게 1300호를 주어 수성후隨成侯에 봉하고 공손융노에게 1300호를 하사하여 종평후從平侯에 봉한다.

그러나 『한서漢書』에는 이 부분을 이렇게 처리했다.

교위 이삭, 조불우, 공손융노는 각자 세 차례 대장군을 따랐으니 이삭을 섭치후에, 조불우를 수성후에, 융노는 종평후에 봉한다.

95 歐陽脩(1007~1072) : 북송 저명 정치가 겸 문학가. 자 영숙永叔, 호 취옹醉翁, 육일거사六一居士. 길안吉安 영풍永豊(지금의 강서성江西省)인. 송나라 초기의 미문조美文調 시문인 서곤체西崑體를 개혁하고, 당나라의 한유를 모범으로 하는 시문을 지었다. 당송8대가唐宋八大家의 한 사람으로 후배들에게 많은 영향을 주었고, 『신당서新唐書』와 『신오대사新五代史』를 편찬하였다.

96 「進新唐書表」: 구양수는 송기宋祁와 『신당서新唐書』를 편찬하였다. 이 글은 『신당서』를 바치면서 쓴 글이다.

『사기』의 58자 중에서 23자를 줄인 것이다.[97] 그러나 『사기』만큼 질박하면서 풍성하지 못하다.

15. 험난한 지형 地險

고금의 험난한 지형을 논하는 사람들은 진秦나라가 함곡관函谷關[98]과 황하의 지리적 우세를 차지하고 있었고, 제齊나라는 바다와 태산을 등지고 있고, 조趙나라와 위魏나라는 황하를 기대고 있으며, 진晉나라는 안과 밖으로 황하와 산이 있으며 촉蜀은 검문관劍門關[99]과 구당협瞿唐峽[100]의 방어막이 있고, 초楚는 북쪽 변경의 방성方城[101]을 성으로 삼고 한수漢水를 못으로 하며, 오吳는 장강을 장성으로 삼고 오호五湖의 험하고 견고함을 겸하고 있으니 이들 모두 나라를 세우기에 충분한 곳이라고 말한다. 그러나 송宋나라와 위衛나라 만은 사통팔달하여 의지할만한 지형이 하나도 없다.

동한東漢 말, 원소袁紹는 청주青州·익주冀州·유주幽州·병주並州 네 주를 근거지로 했고, 한수韓遂와 마등馬騰은 각자 관중關中 땅을 점거하였고, 유장劉璋은 촉蜀을, 유표劉表는 형주荊州를, 여포呂布는 서주徐州를, 원술袁術은 남양南陽과 수춘壽春을, 손책孫策은 강동江東을 차지하였다. 당시 천하의 유리한 요충지는 모두 이들에 의해 다 차지된 듯했다. 그러나 맨 마지막에 연주兗州를 차지한

97 원문은 다음과 같다. 『사기』: 校尉李朔、校尉趙不虞、校尉公孫戎奴, 各三從大將軍獲王, 以千三百戶封朔爲涉軹侯, 以千三百戶封不虞爲隨成侯, 以千三百戶封戎奴爲從平侯.
『한서』: 校尉李朔、趙不虞、公孫戎奴各三從大將軍, 封朔爲涉軹侯、不虞爲隨成侯、戎奴爲從平侯.

98 函谷關 : 하남성河南省 북서부에 있어 동쪽의 중원中原으로부터 서쪽의 관중關中(섬서陝西)으로 통하는 관문. 깊은 골짜기에 있고 모양이 함函처럼 깊이 깎아 세워져 있어 붙은 이름이다.

99 劍門關 : 사천성 최고봉인 대검산 협곡에 있는 관문. 양쪽으로 깎아지른 듯한 절벽이 있고 그 봉우리가 마치 검처럼 날카롭다 하여 붙여진 이름이다. 예로부터 '천하 제일의 험한 요새[劍門天下險、天下第一關]'라는 명성이 있었다.

100 瞿唐峽 : 사천성 동쪽 끝에 있는 양자강 삼협 중의 하나. 삼협 중 가장 짧지만 가장 험하다.

101 方城 : 춘추시대 초나라 북쪽의 장성. 지금의 하남성 방성현方城縣에서 시작하여 우산牛山을 돌아 등현鄧縣에 이른다. 고대 9대 요새 중의 한 곳이다.

조조曹操가 강자로 우뚝 서게 되었고 결국은 군웅을 평정하고 한나라 왕실을 전복시켰다. 논자들은 조조가 천자를 끼고서 자신의 정치적 입장을 굳혔기 때문에 성공할 수 있었다고 말한다.

당나라 희종僖宗[102]·소종昭宗[103] 시기 지방 번진이 할거하던 무렵, 왕씨王氏가 조趙땅을 백년간 점거하였고, 나홍신羅洪信은 위魏 땅을, 유인공劉仁恭은 연燕을, 이극용李克用은 하동河東을, 왕중영王重榮은 포주蒲州를, 주선朱宣·주근朱瑾은 연주兗州와 운주鄆州를, 시부時溥는 서주徐州를, 왕경무王敬武는 치주淄州와 청주靑州를, 양행밀楊行密은 회남淮南을, 왕건王建은 촉蜀 땅을 차지하고 있었다. 황제가 장안에 있었으나 봉상鳳翔·분주邠州·화주華州는 장안을 두고 팽팽히 맞서면서 조정의 명령을 듣지 않았고, 이무정李茂貞과 한건韓建은 황제를 협박하였다.[104] 그러나 결국엔 보잘 것 없는 변주汴州, 송주宋州, 박주亳州, 영주潁州를 차지하고 있었을 뿐이었던 주온朱溫[105]이 조조처럼 중원을 제압하는 뜻을 이루었다. 그러므로 흥망의 관건은 지형의 여하가 아니라 덕德에 달려 있는 것이라고 한다면 조조와 주온의 덕행 또한 볼만한 것이 있다고 할 수 있다.

102 僖宗(862~888 / 재위 873~888) : 당나라 제18대 황제. 재위 중 황소黃巢의 난이 일어나 황소군이 장안을 점령하자 성도로 피난하였다. 결국 10년에 걸친 농민봉기는 평정되었지만 조정은 피폐해졌고 각지의 번진은 반란을 진압하는 과정에서 세력을 확장하고 근거지를 쟁탈하며 할거 세력을 형성하게 된다. 이후 당나라는 왕조의 명맥만 유지하는 멸망의 길을 걷게 된다.

103 昭宗(867~904 / 재위 888~904) : 당나라의 제19대 황제. 의종懿宗의 일곱 번째 아들이며 희종僖宗의 동생. 904년 소종은 그의 뒤를 이어 애제哀帝로 등극한 13세의 아들을 제외한 나머지 아들과 함께 주전충의 손에 죽음을 당했다. 소종의 사후 애제가 뒤를 이었지만 소종이 실질적으로는 당唐의 마지막 황제로 여겨지고 있다.

104 당시 이무정은 봉상절도사, 한건은 화주절도사, 왕행유王行瑜는 분주절도사였다.

105 朱溫(852~912 / 재위 907~912) : 오대五代 후량後梁의 건국자. 당나라 말기 '황소의 난'에 가담하였으나 형세의 불리함을 간파하고 관군에 항복, 정부로부터 '전충全忠'이라는 이름을 하사받고 반란의 잔당을 평정하여 그 공으로 각지의 절도사를 겸하는 등 화북 제일의 실력자가 되었다. 이후 양梁나라를 세우고 당 왕조를 멸망시켰다.

16. 『사기』의 세차 史記世次

『사기』의 역대 제왕 순서는 믿을 수가 없다. 직稷[106]과 설契[107] 두 사람은 모두 제곡帝嚳[108]의 아들로, 요·순 시기에 벼슬을 했다. 설의 후손이 상商나라를 세웠는데 설부터 성탕成湯까지 13세로 약 500여년을 거쳤다. 직의 후손은 주周나라를 세웠는데 직에서 무왕武王까지 15대로 약 1100여년을 흘러왔다. 왕계王季[109]는 탕湯과 형제뻘인데 600년의 시간이 동떨어져 있으니 의심스럽다. 주나라의 선조 15대가 모두 각각 재위 기간이 7,80년이고 만년에 후사를 얻었다고 해야 이 수와 부합할 수 있으니 그렇게 되면 그들은 모두 100세 이상까지 살았다고 해야 된다. 너무나 황당무계해서 의심을 할 필요조차 없다.

『국어國語』에 태자진太子晉의 말이 수록되어 있다.

> 후직后稷이 기틀을 닦고 백성을 안정시키고 15명의 왕 이후에 문왕文王이 비로소 천하를 얻었다.

이들 모두 믿을 수 없다.

17. 경전의 해석 解釋經旨

경전의 의미는 간명하게 해석하는 것이 중요한데 오직 『맹자』만이 그러하다. 『시경』의 「공유公劉」를 보자.

106 稷 : 전설상 주나라의 시조. 농경의 신이다. 성은 희姬, 이름은 기棄. 후에 요임금의 농관農官이 되고 태邰(섬서성陝西省 무공현武功縣 부근)에 책봉되어 후직이 되었다.

107 契 : 전설상 상나라의 시조. 제곡의 둘째 부인인 간적簡狄이 현조玄鳥(제비)의 알을 삼키고 설을 낳았다고 한다. 우禹의 치수를 도와준 공이 있어 순임금은 설에게 사도司徒라는 벼슬을 주어 백성을 다스리게 하고, 상商에 봉하였다. 설의 정치로 백성은 평화를 찾고, 성탕成湯 시대에 상商은 하夏나라를 멸하여 천하를 통일하였다.

108 帝嚳 : 전설상의 제왕. 고신씨高辛氏라고도 함. 황제皇帝의 증손이요, 요임금의 할아버지라고도 말함. 원비元妃는 주나라의 시조인 후직后稷, 곧 기棄를 낳은 유태씨有邰氏의 딸 강원姜原임.

109 王季 : 주나라 문왕의 아버지.

밖에는 노적이 있고 집에는 창고가 있으며, 乃積乃倉,
마른 양식을 乃裹餱糧.
전대와 자루로 싸서 도읍을 옮길 계획을 하여, 于橐于囊,
인민을 모아 화합하여 국가를 빛낼 것을 생각하고, 思戢用光,
활과 화살을 베풀며, 弓矢斯張,
방패와 창과 작은 도끼와 큰 도끼를 갖추어서, 干戈戚揚,
바야흐로 갈 길을 열어서 도읍을 빈 땅으로 옮겼다. 爰方啓行.

맹자는 이 시를 해석하면서 단지 이렇게 말했다.

그러므로[故] 거처하는 자는 노적과 창고가 있고 길을 떠나는 자는 마른 양식을 싼 것이 있은 후에야 가는 길을 여는 것이다.[110]

『시경』의 「증민烝民」을 보자.

하늘이 뭇 백성을 내시니, 天生烝民,
사물이 있으면 법칙이 있도다. 有物有則,
백성이 잡은 떳떳함이라, 民之秉夷,
이 아름다운 덕을 좋아한다. 好是懿德.

맹자는 이 시에 대해서 공자의 말을 인용하여 해석하면서 이렇게 말했다.

그러므로 만물에는 법칙이 꼭 있고 백성은 떳떳함을 잡은 고로 이 덕을 좋아하는 것이다.[故有物必有則, 民之秉夷也, 故好是懿德.]

'故'자 두 개, '必' 한 글자, '也' 한 글자를 썼을 분인데 네 구절의 의미가 명확해졌다.

『서경』의 첫 문장인 「요전堯典」의 '옛날을 상고하건데[曰若稽古]'를 3만자로 해석한 것은 실로 장독 뚜껑으로나 쓸 수 있을 뿐이다.[111]

110 『맹자·양혜왕장구상』. 재물을 좋아하는 병통 때문에 왕도를 실천할 수 없다는 제나라 선왕에게 맹자는 『시경』에 수록된 시를 인용하여 재물을 좋아하는 것을 백성에게까지 미칠 수 있게 할 수 있다면 그것이야말로 왕도의 실천이라고 설명하였다.

111 한나라 학문의 가장 큰 문제점은 '사법師法'을 고수하며 새로운 해석을 제시하지 못하고 스승의 설에 중언부언하며 글자와 문구의 해석에 천착하였다는 것이다. 안사고顔師古는

18. 곤괘의 의미 坤動也剛

『곤괘坤卦 · 문언전文言傳』에 이르길,

곤은 지극히 유순하나 움직이면 강해진다.[坤至柔而動也剛]

이 부분에 대해 여러 학자들은 이렇게 해석하였다.

왕필王弼[112] : "움직임이 바르고 사악하지 않다."

정이程頤[113] : "곤의 도는 지극히 부드러우나 그 움직임은 강하니 움직임이 강하기 때문에 건괘와 위배되지 않는다."

장횡거張橫渠[114] : "부드러움 가운데 강함이 있고 고요함 가운데 움직임이 있다. 한 가지만을 고르면 굽힘과 폄, 움직임과 고요함, 시작과 끝이 모두 포함되어 있다."

또 "대세大勢를 축적해야 이러한 경지에 도달할 수 있다."

소식蘇軾 : "사물은 강한 것만 강할 수 있는 것이 아니다. 오직 부드러운 것만이 강할 수 있다. 터뜨리지 않고서 축적하여 극점에 이르렀을 때 터뜨리면 그 세는 막을 수가 없게 된다."

장보광張葆光은 이 구절로 육이六二 효爻의 속성을 해석했다.

진관陳瓘[115] : 지유至柔와 지정至靜은 곤의 지극함이다. 강剛은 도의 움직임이고 방方은 고요함의 속성이다. 부드러움[柔], 강함[剛], 고요함[靜], 움직임[動]은 곤원지도坤元之道[116]의 속성이다.

곽옹郭雍[117] : 곤은 부드러움과 고요함이 위주가 되지만 방강方剛의 속성이 없다면

『한서 · 예문지』의 주에서 환담桓譚의 말을 인용하였다. "「요전堯典」의 제목 두 글자의 뜻을 풀이한 것만도 10만 여자에 이르렀고, '曰若稽古'라는 문구를 설명한 것만도 3만자였다."

112 王弼(226~249) : 자 보사輔嗣. 삼국시기 위魏나라 사람으로, 위진 현학을 대표하는 학자이다. 18세에 『노자주老子註』를, 20세 초반에 『주역주周易註』를 지었다.

113 程頤(1033~1107) : 북송北宋 중기의 유학자. 자 정숙正叔, 호 이천伊川. 형 정호程顥와 함께 '이정二程'으로 불리며 정주학程朱學의 창시자로 알려졌다.

114 張橫渠(1020~1077) : 북송 중기 유학자. 본명은 장재張載이나 횡거진橫渠鎮 출신이었기 때문에 당시 횡거 선생橫渠先生이라고 불렀다.

115 陳瓘(1057~1124) : 북송시기 정치가이자 학자. 자 형중瑩中, 호 료옹了翁. 『주역周易』에 특히 밝았다.

116 坤元之道 : 곤원이란 건원의 상대되는 것으로 대지가 만물을 키워내는 것을 말한다.

117 郭雍(1106~1187) : 자 자화子和. 부친이 정이에게서 수학하였고 『주역』에 대해 깊이 연구하였고 곽옹은 부친의 학문을 계승하였다.

빛을 발할 수 없다.

제가의 설은 대략 이를 벗어나지 않는다. 최근 임안臨安 퇴거암退居庵의 승려 담영曇瑩을 만난 적이 있는데 그는 이렇게 해석했다.

> 동이라는 것은 효의 변화를 말한 것이다. 곤은 움직임이 없을 때는 가만히 있지만 움직이면 양강陽剛의 기운이 드러난다. 양이 처음에 있으면 복復이 되고, 두 번째에 있으면 사師가 되고, 세 번째에 있으면 겸謙이 되면서 이 때부터 양강陽剛이 된다.[118]

이 해석이 가장 분명하고 일리가 있다.

19. 백거이의 시녀들 樂天侍兒

세상 사람들은 백거이의 시녀가 소만小蠻과 번소樊素 두 사람 뿐이었다고 한다. 백거이 시집에서 「소정역유월小庭亦有月」시를 보았다.

능각菱角은 생황을 잡고	菱角執笙簧,
곡아谷兒는 비파를 어루만지며,	谷兒抹琵琶.
홍소紅綃는 자유로이 손짓하며 춤을 추고	紅綃信手舞,
자소紫綃는 마음대로 노래하네.	紫綃隨意歌.

백거이는 "능각과 곡아·홍소·자소는 모두 어린 하녀들의 이름이다"라고 직접 주를 달았다. 그런즉 홍소와 자소 모두 시녀이다.

20. 백거이의 영사시 白公詠史

소식의 『동파지림東坡志林』에 이런 내용이 있다.

118 주역에서 양효는 '⚊'이고 음효는 '⚋'이다. 여섯 개의 음효가 나란히 배치된 것이 곤괘[䷁]이다. 맨 아래만 양효가 되면 복괘[䷗]가 되고, 두 번째가 양효면 사괘[䷆], 세 번째가 양효면 겸괘[䷎]가 된다.

백거이는 왕애王涯의 참소로 강주사마江州司馬로 폄적되었다. 감로지변甘露之變[119]이 일어났을 때, 백거이는 이런 시를 지었다.

그대들 흰머리로 조정으로 돌아가던 날	當君白首同歸日,
나 홀로 청산으로 돌아왔었지.	是我青山獨往時.

잘 알지 못하는 사람은 백거이가 이를 다행이라 여겼다고 하지만, 그가 어찌 다른 사람의 화를 다행으로 여겼겠는가? 슬픈 마음에서 읊은 것일 것이다.

백거이 문집의 「영사詠史」 시에 "9년 11월에 지었다"고 주가 달려 있다.

진나라는 날카로운 칼을 갈아 이사를 참수했고	秦磨利刃斬李斯,
제나라는 기름 솥에 역이기酈食其를 삶아죽였네.	齊燒沸鼎烹酈其.
하황공夏黃公과 기리계綺里季[120]는 상산으로 들어가	可憐黃綺入商洛,
백운 속에서 한가롭게 「자지가紫芝歌」[121]를 불렀다네.	閒臥白雲歌紫芝.
저들은 인간젓갈이 되어 제사상 위에서 사라졌고	彼爲葅醢機上盡,
이들은 난새와 봉황이 되어 하늘 높이 날아오르네.	此作鸞凰天外飛.
떠난 자는 소요하고 속세로 들어온 자는 죽음을 맞이했으니	去者逍遙來者死,
이제야 알았다네, 화와 복은 하늘이 주관하지 않는다는 것을.	乃知禍福非天爲.

바로 감로甘露의 변 때문에 지은 시이니, 그의 비탄한 심경을 알 수 있다.

119 甘露之變 : 당나라 문종 때인 태화大和 9년(835)에 일어난 관료와 환관의 싸움. 관료파 재상 이훈李訓은 환관의 전횡을 미워하여, 절도사 정주鄭注와 더불어 환관세력을 일소하려고 하였다. 정주가 아직 군대를 모아들이기도 전에 이훈은 궁원宮苑에 감로가 내렸다고 속여 환관들을 밖으로 불러내서 숨겨 두었던 병사로 하여금 주살하게 하려다가, 사전에 발각되어 오히려 환관의 군사들에게 주살되었다.

120 진秦나라 말기 난세를 피하여 상산商山에 은거하였던 동원공東園公과 하황공夏黃公·녹리선생甪里先生·기리계綺里季 4인을 '상산사호商山四皓'라 한다.

121 「紫芝歌」 : 상산사호가 은거하여 불렀다는 노래로 "무성한 자지紫芝를 먹으며 배고픔을 달래네[曄曄紫芝, 可以療飢]"라는 구절에서 제목을 취한 것이다. '자지紫芝'는 먹으면 신선이 될 수 있다는 버섯이다.

21. 10년을 1질이라 한다 十年爲一秩

백거이에게 이런 시가 있다.

이미 육십대에 접어들었으니, 已開第七秩,
배불이 먹고 편히 잔다. 飽食仍安眠.[122]

육십 줄에 접어든 사람, 年開第七秩,
손 꼽아보니 얼마나 되나. 屈指幾多人.[123]

이 두 수는 백거이가 62세를 맞이한 새해 첫날에 지은 시이다.

일흔에 접어들었으니, 行開第八秩,
천수를 다했다 할 수 있다. 可謂盡天年.[124]

이 구절의 주에서 "사람들이 일흔 이상을 '개제팔질開第八秩'이라고 한다"는 설명을 달았다. 10년을 1질이라 하는 것이다. 사마광司馬光[125]은 「경문노공팔십회치어慶文潞公八十會致語」에서 "여든이 되어 새로 달력을 펼치네[歲曆行開九帙新]"라고 했으니, 또한 이 표현을 쓴 것이다.

22. 배도의 계제사 裴晉公禊事

당나라 개성開成 2년(837) 3월 3일, 하남윤河南尹 이대가李待價는 낙수洛水가에서 계제사禊祭祀[126]를 지낼 계획을 세우고, 하루 전 유수留守 배도裴度[127]에게

122 「思舊」.
123 「七年元日對酒五首」 제2수.
124 「喜老自嘲」.
125 司馬光(1019~1086) : 사 군실君實. 속수선생涑水先生이라고도 하며 죽은 후 온국공溫國公에 봉해졌으므로 사마온공司馬溫公이라고도 한다. 북송北宋 시기 사학자로 『자치통감資治通鑑』을 편찬했다.
126 禊祭祀 : 음력 3월 3일, 재앙을 물리치고 복을 구하기 위해 물가에서 지내는 제사.
127 裴度(765~839) : 자 중립中立. 당 헌종 시기 재상에 임명되었으며, 회서淮西를 평정한 공으로 진공에 봉해졌기 때문에 배진공裴晉公이라 불렸다.

알렸다. 배도는 다음날 태자소부太子少傅[128] 백거이와 태자빈객太子賓客[129] 소적蕭籍, 이잉숙李仍叔, 유우석劉禹錫[130], 중서사인中書舍人[131] 정거중鄭居中 등 15명을 초대하여 배에서 연회를 베풀었다. 아침부터 저녁까지 배 앞쪽에서는 물놀이를 하고 뒤쪽에서는 기녀의 음악이 연주되고 여기는 지필연묵이, 저기는 주전자와 술잔이 가득하였다. 멀리서 바라보면 신선들 같은 이들의 모습에 구경꾼들이 인산인해를 이루었다. 배도가 먼저 부賦를 한 수 짓자 사방에서 창화하였다. 이 때 백거이가 바친 12운의 시는 그의 시집에도 남아있다.

지금은 음력 3월 3일인 상사일上巳日에 시를 지으면서도 이 일을 거의 언급하지 않는다. 「배공전裴公傳」을 보니 개성 2년부터 배도는 하동절도사河東節度使를 역임하였고, 개성 3년에 병으로 낙양으로 돌아갔다. 문종文宗[132]이 상사일 신하들과 곡강曲江에서 연회를 베풀었는데 배도는 참석하지 못했다. 문종은 배도에게 시를 하사하였는데, 사신이 배도의 집 대문에 당도했을 때 배도가 세상을 떠났다. 그 성대한 연회로부터 바로 1년 후의 일이었다. 백거이에게 시 한 편이 있는데 제목이 「봉화배령공삼월상사일유태원룡천, 억거세계락지작奉和裴令公三月上巳日遊太原龍泉, 憶去歲禊洛之作」 즉 「배령공이 3월 상사일 태원의 용천을 노닐다가 작년 낙양에서 계제사를 지낸 일을 회상하며 지은 시에 화답하다」이다. 이것이 개성 3년의 시이니, 배도는 개성 4년(839) 3월에 죽은 것이다. 『신당서』에는 3년에 죽었다고 되어 있으니, 잘못된 것이다. 「재상표宰相表」에는 배도가 개성 3년 12월에 중서령中書令이 되고,

128 태자태사·태자태부·태자태보는 동궁에서 태자의 교육을 책임지며, 소사·소부·소보는 이들의 부관이다.

129 太子賓客 : 당나라 때 신설된 관직으로 태자를 모시면서 간언하는 일을 하며 정삼품正三品에 해당한다.

130 劉禹錫(772~842) : 중당의 시인. 자 몽득夢得. 유종원과 함께 왕숙문王叔文의 정치개혁에 동참했는데 그것이 실패하고 왕숙문이 실각하자 낭주朗州(지금의 호남성湖南省 상덕시常德市) 사마로 좌천되었다. 중당의 사회현실이 반영된 작품을 창작하여 환관의 횡포, 번진 세력의 할거, 정치 권력에 대한 풍자와 비판을 아끼지 않았다.

131 中書舍人 : 중서성의 관직으로 황제의 조령인 제고制誥의 작성을 담당한다.

132 文宗(809~840 / 재위 826~840) : 당나라 제14대 황제 이앙李昂.

4년 3월에 죽었다고 하였으나 본기에는 사망 시일에 대한 기록이 전혀 없다. 『구당서』의 본기와 전에는 옳게 기록 되어 있다.

23. '司사'자를 입성으로 쓰다 司字作入聲

백거이는 시에서 '사司'자를 입성入聲[133]으로 즐겨 사용하였다. 예를 들면 다음과 같다.

마흔에 붉은 비단 옷 입은 사마가 되었으니,	四十著緋軍司馬,[134]
남아의 관직으로 못한 것은 아니지.	男兒官職未蹉跎.[135]
한번 강주의 사마가 되어,	一爲州司馬,
세 번 중양절을 본다.	三見歲重陽.[136]

또 '상相'자를 입성으로 쓰곤 했다.

장안의 달이 어떤가 물으니,	爲問長安月,
누가 떠나지 말라 했는가.	誰教不相離.[137]

'상相'자 아래에 "사思와 필必의 반절"이라고 직접 주를 달아 놓았다.

133 入聲 : 한자음 사성四聲의 하나로 우리음의 ㄱ,ㄹ,ㅂ,ㅅ 받침이 붙어 짧게 끊어지는 소리.
134 著緋 : 일반적으로 중급 관리를 가리킨다.
○ 관복의 색은 관직의 고하를 나타낸다. 당나라 상원 원년에 정해진 제도에 의하면 문무관 3품 이상은 자紫색, 4품은 짙은 붉은색[深緋], 5품은 옅은 붉은색[淺緋], 6품은 짙은 녹색[深綠], 7품은 옅은 녹색[淺綠], 8품은 짙은 청색, 9품은 옅은 청색을 입는다. 이후 '저비著緋'라 하면 일반적으로 중급관리를 가리킨다.
135 「聞李六景儉自河東令授唐鄧行軍司馬以詩賀之」.
○ '사마司馬'와 대응되는 '차타蹉跎'는 두 글자 모두 평성平聲이다. 그러므로 '사마'는 측성仄聲이 되어야 한다. 현대 중국어에서 1성과 2성은 평성, 3성과 4성 및 입성은 측성에 해당한다.
136 「九日醉吟」.
137 「山月問月」.
○ 상구의 '장안월長安月'이 '평평측'이므로 하구의 '불상리不相離'는 '측측평'이 되어야 한다. '상'을 측성으로 맞추기 위해 입성으로 한 것이다.

'십十'자를 평성으로 읽기도 했다.

이곳에서 지낸 육백일 동안, 在郡六百日,
12번 산에 갔네. 入山十二回.[138]

초록빛 파도 동서남북 길, 綠浪東西南北路,
붉은 난간 삼백 구십 개 다리. 紅欄三百九十橋.[139]

'비琵'자를 입성으로 읽은 경우 :

네 줄은 비파소리 같지 않아, 四絃不似琵琶聲,
구슬 쏟아지는 듯 가볍게 울리는 방울 같네. 亂寫眞珠細撼鈴.[140]

문득 물가에 비파소리 들려오네. 忽聞水上琵琶聲.[141]

무원형武元衡[142]의 시에도 이런 구절이 있다.

오직 흰 수염의 장사마만이, 唯有白須張司馬,
명리를 말하지 않고도 함께 할 수 있다네. 不言名利尙相從.[143]

24. 백거이의 「신거시」 樂天新居詩

백거이가 항주자사杭州刺史에서 낙양洛陽으로 옮겨갔을 때 「제신거정왕윤겸간부중삼연題新居呈王尹兼簡府中三掾」을 지었다.

누추한 집 새로 지붕을 이어야 하는데, 弊宅須重葺,

138 「留題天竺靈隱兩寺」.
○ 상구의 '육백일六百日'이 '측측측'이므로 하구의 '십이회十二回'는 '평평평'이 되어야 한다.
139 「正月三日閑行」.
○ 원문은 "綠浪東西南北水"이다.
140 「春聽琵琶兼簡長孫司戶」.
141 「琵琶引」.
142 武元衡(758~815) : 당나라 재상 겸 시인. 자 백창伯蒼.
143 「送崔舍人起居」.

가난한 살림이라 재물이 없네.	貧家乏羨財.
다리는 군수가 지어주었고,	橋憑州守造,
나무는 관원이 심어주었네.	樹倩府寮栽.
붉은 판자 새것이라 아직 축축하고,	朱板新猶濕,
붉은 꽃은 따뜻한 날씨에 점점 피어난다.	紅英暖漸開.
약속을 잡아 다시 술을 잡고,	仍期更携酒,
난간에 기대어 꽃을 본다.	倚檻看花來.

당대의 풍속은 그래도 좋았다는 것을 알 수 있다. 만약 지금 어떤 사람이 한거를 한다는데, 군수가 그를 위해 다리를 지어주고 관원이 나무를 심어준다면 분명 논쟁거리가 될 것이니, 이를 시까지 써서 드러내려 하겠는가!

25. 백거이 시 중 '황색 임명장'의 표현 黃紙除書

백거이는 '황색 임명장[黃紙除書]'[144]이라는 표현을 즐겨 사용하였다.

붉은 깃발 휘날리며 적을 무찌르는 것은 나의 일이 아니니,	紅旗破賊非吾事,
황색 임명장에는 내 이름이 없네.	黃紙除書無我名.[145]
산새 소리 들으며 햇볕 향해 잠자는데,	正聽山鳥向陽眠,
황색 임명장이 베갯머리에 떨어지네.	黃紙除書落枕前.[146]
황색 임명장이 도달하니,	黃紙除書到,
청궁에서 조서를 내려 명령을 재촉하네.	靑宮詔命催.[147]

26. 두보의 시구를 응용한 백거이 白用杜句

두보杜甫[148]는 시에서 다음과 같이 노래했다.

144 除書 : 관직에 임명될 때 받는 문서.
145 「劉十九同宿」.
146 「別草堂三絶句」.
147 「留題天竺靈隱兩寺」.

밤에는 가랑비에 발이 젖고, 夜足霑沙雨,
봄에는 물바람을 많이 맞는다. 春多逆水風.[149]

백거이는 두보의 시구를 인용해 이렇게 읊었다.

무산의 저녁에는 발이 꽃비에 젖고, 巫山暮足霑花雨,
농수의 봄에는 물결 바람을 많이 맞는다. 隴水春多逆浪風.[150]

27. 복식을 중시한 당나라 사람 唐人重服章

당나라 사람들은 복식을 중시했다. 두보의 시로 이런 구절을 들 수 있다.

은장銀章[151]을 노옹에게 준다. 銀章付老翁.[152]

평생을 붉은 인끈에 매어 지냈네. 朱紱負平生.[153]

병든 몸으로 붉은 인끈을 드리운다. 扶病垂朱紱.[154]

백거이는 시에서 은銀과 붉은 비단緋이라는 표현을 가장 많이 사용했다. 7언으로는 다음과 같은 구절들이 있다.

붉은 비단 관복을 입었으니 나이가 많겠지. 大抵著緋宜老大.[155]

한 조각 붉은 비단 적삼 말할 것이 뭐있는가? 一片緋衫何足道.[156]

148 杜甫(712~770) : 시성詩聖이라 불린 성당 시기 시인. 자 자미子美, 호 소릉少陵. 사실적이고 현실 비판적인 시풍으로 유명하다.
149 「老病」.
150 「入峽次巴東」.
151 銀章 : 은으로 만든 도장으로 한나라 때에는 비이천석比二千石 이상의 관리에게 은장을 수여하였다. 수당隋唐 시대 이후에는 은도장을 차지 않고 어대魚袋를 휴대하였다. 금은 어대를 장복章服이라 하고 줄여 은장銀章이라고도 한다.
152 「春日江郵五首」 중 제3수.
153 「獨坐」.
154 「春日江郵五首」 중 제4수.
155 「聞行簡恩賜章服喜成長句寄之」.

엷은 붉은 비단 적삼이 내 몸에 맞다.	闇淡緋衫稱我身.[157]
술값으로 전당 잡힌 꽃 비단은 예전에 하사받은 도포.	酒典緋花舊賜袍.[158]
붉은 비단 도포를 빌려 입었으니 그대는 웃지 마소.	假著緋袍君莫笑.[159]
허리 춤 붉은 끈 잘 매어있지 못했네.	腰間紅綬繫未穩.[160]
붉은 인끈 맨 선랑仙郎[161]이 백설가를 부른다.	朱紱仙郎白雪歌.[162]
허리에 은 거북이를 차고 붉은 두 바퀴 수레를 타다.	腰佩銀龜朱兩輪.[163]
붉은 인끈 두고 집무실로 돌아간다.	便留朱紱還鈴閣.[164]
내 붉은 적삼을 비춰보니 흐려서 보이지 않는다.	映我緋衫渾不見.[165]
백발은 생겼으나 붉은 적삼은 아직 입지 못했네.	白頭俱未著緋衫.[166]
붉은 두루마기 입었으니 귀전하기 좋다.	緋袍著了好歸田.[167]

156 「日漸長贈周殷二判官」.
157 「故衫」.
158 「初到洛陽閒遊」.
159 「行次夏口先寄李大夫」.
160 「醉歌」.
161 仙郎 : 상서성尙書省 각 부의 낭중郎中, 원외랑員外郎을 부르는 호칭.
162 「聽水部吳員外新詩因贈絶句」.
163 「對鏡吟」.
164 「初除尙書郎脫刺史緋」.
165 「落句之戲」.
166 「重和元少尹」.
167 「酬元郎中同制加朝散大夫書懷見贈」.

은어부銀魚符[168]를 차고 금대를 두르니 허리가 빛난다. 銀魚金帶繞腰光.[169]

은장을 잠시 빌려 태수가 되었네. 銀章暫假爲專城.[170]

새로 받은 구리 병부를 아직 붉은 옷에 달지 않았다. 新授銅符未著緋.[171]

꽃무늬 도포만 불처럼 붉구나. 徒使花袍紅似火.[172]

붉은 적삼이 옷걸이에 걸려 있는 듯 하구나. 似掛衫緋衣架上.[173]

5언으로는 다음과 같은 구절들이 있다.

아직 은도장과 청색 끈[174]으로 바꾸지 못했는데, 未換銀青綬,
흰 수염만 느는구나. 唯添雪白鬚.[175]

내 푸른 도포가 낡았다고 비웃지만, 笑我青袍故,
그대의 새로운 자홍색 인끈을 불쌍히 여긴다. 饒君茜綬新.[176]

노년이 다가오니 흰머리 드리웠는데, 老逼教垂白,
관에서는 붉은 관복을 입으라 하네. 官科遣著緋.[177]

168 銀魚符 : 당대 5품 이상의 관리에게 수여하여 패용佩用하게 하는 것으로 군대를 동원하거나 궁성을 출입할 때 사용한다.
169 「自歎二首」 제1수.
170 「又答賀客」.
171 「初授官蒙裴常侍贈鶻銜瑞草緋袍魚袋因謝惠貺兼紓離情」.
172 「初著刺史緋答友人見贈」.
173 「又答賀客」.
174 銀青綬 : '은인청수銀印青綬'의 줄임말로 보인다. 은도장과 도장을 묶는 청색 끈을 말하는 것으로 한대漢代에는 녹봉이 비이천석比二千石 이상인 관리에게 수여하였다. 이후 고급관료를 지칭하는 표현으로 사용되었다.
175 「對酒吟」.
176 「待漏入閣書事奉贈元九學士閣老」.
177 「贈沙鷗」.

흰 머리가 난 날을 어찌 아는가, 那知垂白日,
처음 붉은 비단 옷을 입은 때부터. 始是著緋年.[178]

늙어서 때를 만난 것 뭐 말할 것이 있으랴, 晩遇何足言,
백발이 붉은 인끈 비추네. 白髮映朱紱.[179]

자색 관복[180]과 어대魚袋[181]를 형용한 시구로는 다음과 같은 것이 있다.

백금으로 만든 물고기 조각들이 걸음 따라 튀어 오르고, 魚綴白金隨步躍,
고니 상감 붉은 인끈 몸을 휘두르고 날아오르는 듯하네. 鵠銜紅綬繞身飛.[182]

28. 시참은 옳지 않다 詩讖不然

사람들은 부귀할 때 여의하지 않은 말을 하거나 젊어서 늙고 병드는 것을 말하는 것이 시 짓는 사람들에게 종종 참讖[183]이 된다고 여긴다. 백거이가 18세 때 병든 와중에 이런 시를 지었다.

오랫동안 힘든 일을 하면서, 久爲勞生事,
섭생의 도를 배우지 못했네. 不學攝生道.
젊은 시절 이미 병이 많으니, 少年已多病,
이 몸이 어찌 늙음을 감당할까. 此身豈堪老.[184]

그러나 백거이는 75세까지 살았다.

178 「初著緋戲贈元九」.
179 「曲江感秋二首」 제1수.
180 3품 이상의 관직은 자색 관복을 입는다.
181 魚袋 : 물고기 모양의 부절符節을 담는 주머니. 함형咸亨 3년(672), 5품 이상의 관리에게 은으로 장식한 어대를 차도록 했고 수공垂拱 2년(686), 각 주의 자사와 준準 경관京官들에게 어대를 차도록 했다.
182 「初授官蒙裴常侍贈鶻銜瑞草緋袍魚袋因謝惠貺兼紓離情」.
183 '참讖'은 예언이란 의미이며, 시참詩讖이란 무심코 지은 시가 뒷일과 꼭 맞는 일을 가리킨다.
184 「病中作」.

29. 백거이의 청룡사시 青龍寺詩

백거이의 「화전원외청용사상방망구산和錢員外青龍寺上方望舊山」 시는 다음과 같다.

옛 봉우리 눈 덮인 소나무, 구름 덮인 계곡, 舊峯松雪舊溪雲,
오늘 아침 멀리 그대가 있는 곳을 슬피 바라본다. 悵望今朝遙屬君.
모두들 사신은 속리가 아니라고 하니, 共道使臣非俗吏,
남산은 북산문을 쓸 필요가 없다네.[185] 南山莫動北山文.

얼마 전 효종 건도乾道 4년(1168) 강연을 시작하던 날, 폐하께서 이 글귀를 부채에 적어 하사하셨는데, '사신使臣'을 '시신侍臣'으로 바꾸어 써 주셨다.[186]

185 백거이 시 제목의 '전원외錢員外'는 전휘錢徽를 가리키는 것으로 전휘는 남전산藍田山(남산)에 머물렀었다. '북산문'이란 「북산이문北山移文」을 가리킨다. 「북산이문」은 남북조시대 남제南齊의 문인인 공치규孔稚珪(447~501)가 쓴 것으로 내용은 다음과 같다. 주옹周顒이라는 사람이 한때 북산北山(지금의 남경시南京市 동북쪽 자금산紫金山)에서 은사 생활을 하다가 조정의 부름을 받자 은거 생활을 버리고 관직에 나갔다. 북산에서 그리 멀지 않은 산음에서 현령을 지내던 중 당시의 수도 건업으로 가게 되었다. 주옹은 건업으로 가던 길에 잠시 은사 생활을 하던 북산에 들러보고자 했다. 이에 북산의 신령이 진노한 것이다. 속세를 버리고 깨끗하게 살겠다던 은사의 생활을 버리고 도리어 속세로 나갔던 주옹이 다시 돌아온다면 북산을 더럽히는 것이기 때문이다. 이에 북산의 신령이 북산의 구성원 즉, 초목·암석·운무·계곡 등에게 격문을 전달하여 일치단결하여 주옹이 절대 북산에 발을 들이지 못하도록 성토한 글이다.

186 황제는 부채를 홍매에게 하사하는 것이므로 사신보다는 시신이 더 적합하다고 여겼을 것이다. 당시 홍매의 관직은 중서사인中書舍人 겸 시독侍讀이었다.

••• 卷第一(二十九則)

1. 歐率更帖

臨川石刻雜法帖一卷, 載歐陽率更一帖云：「年二十餘, 至鄱陽, 地沃土平, 飲食豐賤, 衆士往往湊聚。每日賞華, 恣口所須。其二張才華議論, 一時俊傑；殷、薛二侯, 故不可言；戴君國士, 出言便是月旦；蕭中郎頗縱放誕, 亦有雅致；彭君擒藻, 特有自然, 至如閣山神詩, 先輩亦不能加。此數子遂無一在, 殊使痛心。」茲蓋吾鄉故實也。

2. 羅處士誌

襄陽有隋處士羅君墓誌曰：「君諱靖, 字禮, 襄陽廣昌人。高祖長卿, 齊饒州刺史。曾祖弘智, 梁殿中將軍。祖養, 父靖, 學優不仕, 有名當代。」碑字畫勁楷, 類褚河南。然父子皆名靖。爲不可曉。拓拔魏安同父名屈, 同之長子亦名屈, 祖孫同名。胡人無足言者, 但羅君不應爾也。

3. 唐平蠻碑

成都有唐平南蠻碑, 開元十九年, 劍南節度副大使張敬忠所立。時南蠻大酋長染、浪州刺史楊盛顚爲邊患, 明皇遣內常侍高守信爲南道招慰處置使以討之, 拔其九城。此事新、舊唐書及野史皆不載。肅宗以魚朝恩爲觀軍容處置使, 憲宗用吐突承璀爲招討使, 議者譏其以中人主兵柄, 不知明皇用守信蓋有以啓之也。裴光庭、蕭嵩時爲相, 無足責者。楊氏苗裔, 至今猶連「晟」字云。

4. 半擇迦

大般若經云：梵言「扇搋半擇迦」, 唐言黃門。其類有五：一曰半擇迦, 總名也, 有男根用而不生子；二曰伊利沙半擇迦, 此云妬, 謂他行欲卽發, 不見卽無, 亦具男根而不生子；三曰扇搋半擇迦, 謂本來男根不滿, 亦不能生子；四曰博叉半擇迦, 謂半月能男, 半月不能男；五曰留拏半擇迦, 此云割, 謂被割刑者。此五種黃門, 名爲人中惡趣受身處。搋, 音丑皆反。

5. 六十四種惡口

大集經載六十四種惡口之業, 曰：麁語, 軟語, 非時語, 妄語, 漏語, 大語, 高語, 輕語,破語, 不了語, 散語, 低語, 仰語, 錯語, 惡語, 畏語, 吃語, 諍語, 諂語, 誑語, 惱語, 怯語, 邪語, 罪語, 啞語, 入語, 燒語, 地語, 獄語, 虛語, 慢語, 不愛語, 說罪咎語, 失語, 別離語, 利害語, 兩舌語, 無義語, 無護語, 喜語, 狂語, 殺語, 害語, 繫語, 閑語, 縛語, 打語, 歌語, 非法語, 自讚歎語, 說他過語, 說三寶語。

6. 八月端午

唐玄宗以八月五日生, 以其日爲千秋節。張說上大衍曆序云:「謹以開元十六年八月端午赤光照室之夜獻之。」唐類表有宋璟請以八月五日爲千秋節表云:「月惟仲秋, 日在端午。」然則凡月之五日皆可稱端午也。

7. 贊公少公

唐人呼縣令爲明府, 丞爲贊府, 尉爲少府。李太白集有餞陽曲王贊公賈少公石艾尹少公序, 蓋陽曲丞、尉, 石艾尉也。贊公、少公之語益奇。

8. 郭璞葬地

世說:「郭景純過江, 居于暨陽。墓去水不盈百步, 時人以爲近水。景純曰:『將當爲陸。』今沙漲, 去墓數十里皆爲桑田。」此說蓋以郭爲先知也。世傳錦囊葬經爲郭所著, 行山卜宅兆者印爲元龜。然郭能知水之爲陸, 獨不能卜吉以免其非命乎! 厠上銜刀之見淺矣。

9. 黃魯直詩

徐陵鴛鴦賦云:「山雞映水那相得, 孤鸞照鏡不成雙。天下眞成長會合, 無勝比翼兩鴛鴦。」黃魯直題畫睡鴨曰:「山雞照影空自愛, 孤鸞舞鏡不作雙。天下眞成長會合, 兩鳧相倚睡秋江。」全用徐語點化之, 末句尤精工。又有黔南十絶, 盡取白樂天語, 其七篇全用之, 其三篇頗有改易處。樂天寄行簡詩, 凡八韻, 後四韻云:「相去六千里, 地絶天邈然。十書九不達, 何以開憂顏! 渴人多夢飮, 飢餓人多夢飡。春來夢何處? 合眼到東川。」魯直翦爲兩首, 其一云:「相望六千里, 天地隔江山。十書九不到, 何用一開顏?」其二云:「病人多夢醫, 囚人多夢赦。如何春來夢, 合眼在鄕社!」樂天歲晩詩七韻, 首句云:「霜降水返壑, 風落木歸山。冉冉歲將晏, 物皆復本源。」魯直改後兩句七字, 作「冉冉歲華晩, 昆蟲皆閉關」。

10. 禹治水

禹貢叙治水, 以冀、兗、靑、徐、揚、荊、豫、梁、雍爲次。攷地理言之, 豫居九州中, 與兗、徐接境。何爲自徐之揚, 顧以豫爲後乎！蓋禹順五行而治之耳。冀爲帝都, 旣在所先, 而地居北方, 實於五行爲水, 水生木, 木東方也, 故次之以兗、青、徐；木生火, 火南方也, 故次之以揚、荊；火生土, 土中央也, 故次之以豫；土生金, 金西方也, 故終於梁、雍。所謂「彝倫攸叙」者此也。與鯀之汨陳五行, 相去遠矣。此說予得之魏幾道。

11. 敕勒歌

魯直題陽關圖詩云：「想得陽關更西路, 北風低草見牛羊。」 又集中有書韋深道諸帖云：「斛律明月, 胡兒也, 不以文章顯, 老胡以重兵困敕勒川, 召明月作歌以排悶。倉卒之間, 語奇壯如此, 蓋率意道事實耳。」予按古樂府有敕勒歌, 以爲齊高歡攻周玉壁而敗, 恚憤疾發, 使斛律金唱敕勒, 歡自和之。其歌本鮮卑語, 詞曰：「敕勒川, 陰山下, 天似穹廬, 籠罩四野。天蒼蒼, 野茫茫, 風吹草低見牛羊。」魯直所題及詩中所用, 蓋此也, 但誤以斛律金爲明月。明月名光, 金之子也。歡敗於玉壁, 亦非困於敕勒川。

12. 淺妄書

俗間所傳淺妄之書, 如所謂雲仙散錄、老杜事實、開元天寶遺事之屬, 皆絶可笑。然士大夫或信之, 至以老杜事實爲東坡所作者, 今蜀本刻杜集, 遂以入注。孔傳續六帖, 采摭唐事殊有工, 而悉載雲仙錄中事, 自穢其書。開天遺事託云王仁裕所著, 仁裕五代時人, 雖文章乏氣骨, 恐不至此。姑析其數端以爲笑。其一云：「姚元崇開元初作翰林學士, 有步輦之召。」按, 元崇自武后時已爲宰相, 及開元初三入輔矣。其二云：「郭元振少時美風姿, 宰相張嘉貞欲納爲壻, 遂牽紅絲線, 得第三女, 果隨夫貴達。」按, 元振爲睿宗宰相, 明皇初年卽貶死, 後十年, 嘉貞方作相。其三云：「楊國忠盛時, 朝之文武, 爭附之以求富貴, 惟張九齡未嘗及門。」 按, 九齡去相位十年, 國忠方得官耳。其四云：「張九齡覽蘇頲文卷, 謂爲文陣之雄師。」按, 頲爲相時, 九齡元未達也。此皆顯顯可言者, 固鄙淺不足攻, 然頗能疑誤後生也。惟張彖指楊國忠爲冰山事, 資治通鑑亦取之, 不知別有何據？ 近歲, 興化軍學刊遺事, 南劍州學刊散錄, 皆可毁。

13. 五臣注文選

東坡詆五臣注文選, 以爲荒陋。予觀選中謝玄暉和王融詩云：「阽危賴宗袞, 微管寄明牧。」正謂謝安、謝玄。安石於玄暉爲遠祖, 以其爲相, 故曰宗袞。而李周翰注云：「宗袞謂王導, 導與融同宗, 言晉國臨危, 賴王導而破苻堅。牧謂謝玄, 亦同破堅者。」夫以宗袞爲王導, 固可笑, 然猶以和王融之故, 微爲有說。至以導爲與謝玄同破苻堅, 乃是全不知有史策, 而狂妄注書, 所謂小兒强解事也。唯李善注得之。

14. 文煩簡有當

歐陽公進新唐書表曰：「其事則增於前, 其文則省於舊。」夫文貴於達而已, 繁與省各有當也。史記衛靑傳：「校尉李朔、校尉趙不虞、校尉公孫戎奴, 各三從大將軍獲王, 以千三百戶封朔爲涉軹侯, 以千三百戶封不虞爲隨成侯, 以千三百戶封戎奴爲從平侯。」前漢書但云：「校尉李朔、趙不虞、公孫戎奴各三從大將軍, 封朔爲涉軹侯、不虞爲隨成侯、戎奴爲從平侯。」比於史記五十八字中省二十三字, 然不若史記爲樸贍可喜。

15. 地險

古今言地險者, 以謂函秦宅關、河之勝, 齊負海、岱, 趙、魏據大河, 晉表裏河山, 蜀有劍門、瞿唐之阻, 楚國方城以爲城, 漢水以爲池, 吳長江萬里, 兼五湖之固, 皆足以立國。唯宋、衛之郊, 四通五達, 無一險可恃。然東漢之末, 袁紹跨有靑、冀、幽、幷四州, 韓遂、馬騰輩分據關中, 劉璋擅蜀, 劉表居荊州, 呂布盜徐, 袁術包南陽、壽春, 孫策取江東, 天下形勝盡矣。曹操晩得兗州, 倔强其間, 終之夷羣雄, 覆漢祚。議者尙以爲操挾天子以自重, 故能成功。而唐僖、昭之時, 方鎭擅地, 王氏有趙百年, 羅洪信在魏, 劉仁恭在燕, 李克用在河東, 王重榮在蒲, 朱宣、朱瑾在兗、鄆, 時溥在徐, 王敬武在淄、靑, 楊行密在淮南, 王建在蜀, 天子都長安, 鳳翔、邠、華三鎭鼎立爲梗, 李茂貞、韓建皆嘗刦遷乘輿。而朱溫區區以汴、宋、亳、潁巀然中居, 及其得志, 乃與操等。以在德不在險爲言, 則操、溫之德又可見矣。

16. 史記世次

史記所紀帝王世次, 最爲不可考信。且以稷、契論之。二人皆帝嚳子, 同仕於唐虞。契之後爲商, 自契至成湯凡十三世, 歷五百餘年。稷之後爲周, 自稷至武王凡十五世, 歷千一百餘年。王季蓋與湯爲兄弟, 而世之相去六百年, 旣已可疑。則周之先十五世, 須每世皆在位七八十年, 又皆暮年所生嗣君, 乃合此數, 則其所享壽皆當過百歲乃可。其爲漫誕不稽, 無足疑者。國語所載太子晉之言曰：「自后稷之始基靖民, 十五王而文始平之。」皆不然也。

17. 解釋經旨

解釋經旨, 貴於簡明, 惟孟子獨然。其稱公劉之詩「乃積乃倉, 乃裹餱糧。于橐于囊, 思戢用光, 弓矢斯張, 干戈戚揚, 爰方啓行」, 而釋之之詞但云：「故居者有積倉, 行者有裹囊也, 然後可以爰方啓行。」其稱烝民之詩「天生烝民, 有物有則, 民之秉夷, 好是懿德」, 而引孔子之語以釋之, 但曰：「故有物必有則, 民之秉夷也, 故好是懿德。」用「兩」故字, 一「必」字, 一「也」字, 而四句之義昭然。彼訓「曰若稽古」三萬言, 眞可覆醬瓿也。

18. 坤動也剛

坤卦文言曰：「坤至柔而動也剛。」王弼云：「動之方正, 不爲邪也。」程伊川云：「坤道至柔, 而其動則剛, 動剛故應乾不違。」張橫渠云：「柔亦有剛, 靜亦有動, 但擧一體, 則有屈伸動靜終始。」又云：「積大勢成而然。」東坡云：「夫物非剛者能剛, 惟柔者能剛爾。畜而不發, 及其極也, 發之必决。」張葆光但以訓六二之直。陳了翁云：「至柔至靜, 坤之至也。剛者道之動, 方者靜之得, 柔剛靜動, 坤元之道之德也。」郭雍云：「坤雖以柔靜爲主, 苟無方剛之德, 不足以含洪光大。」諸家之說, 率不外此。予頃見臨安退居庵僧曇瑩云：「動者謂爻之變也, 坤不動則已, 動則陽剛見焉。在初爲復, 在二爲師, 在三爲謙, 自是以往皆剛也。」其說最爲分明有理。

19. 樂天侍兒

世言白樂天侍兒唯小蠻、樊素二人。予讀集中小庭亦有月一篇云：「菱角執笙簧, 谷兒抹琵琶, 紅綃信手舞, 紫綃隨意歌。」自注曰：「菱、谷、紫、紅皆小臧獲名。」若然, 則紅、紫二綃亦女奴也。

20. 白公詠史

東坡志林云：「白樂天嘗爲王涯所讒, 貶江州司馬。甘露之禍, 樂天有詩云：『當君白首同歸日, 是我青山獨往時。』不知者以樂天爲幸之, 樂天豈幸人之禍者哉！ 蓋悲之也。」予讀白集有詠史一篇, 注云：「九年十一月作。」其詞曰：「秦磨利刃斬李斯, 齊燒沸鼎烹酈其。可憐黃綺入商洛, 閑臥白雲歌紫芝。彼爲葅醢機上盡, 此作鸞凰天外飛。去者逍遙來者死, 乃知禍福非天爲。」正爲甘露事而作, 其悲之之意可見矣。

21. 十年爲一秩

白公詩云：「已開第七秩, 飽食仍安眠。」又云：「年開第七秩, 屈指幾多人。」是時年六十二, 元日詩也。又一篇云：「行開第八秩, 可謂盡天年。」注曰：「時俗謂七十以上爲開第八秩。」蓋以十年爲一秩云。司馬溫公作慶文潞公八十會致語云「歲曆行開九帙新」, 亦用此也。

22. 裴晉公禊事

唐開成二年三月三日, 河南尹李待價將禊於洛濱, 前一日啓留守裴令公。公明日召太子少傅白居易、太子賓客蕭籍、李仍叔、劉禹錫、中書舍人鄭居中等十五人合宴于舟中, 自晨及暮, 前水嬉而後妓樂, 左筆硯而右壺觴, 望之若仙, 觀者如堵。裴公首賦一章, 四坐繼和, 樂天爲十二韻以獻, 見於集中。今人賦上巳, 鮮有用其事者。予案裴公傳, 是年起節度河東, 三年以病丐還東都。文宗上巳宴羣臣曲江, 度不赴, 帝賜以詩, 使者及門而度薨。與前事相去正一年。然樂天又有一篇, 題云：「奉和裴令公三月上巳日游太原龍泉, 憶去歲禊洛之作。」是開成三年詩, 則度以四年三月始薨。新史以爲三年, 誤也。宰相表却載其三年十二月爲中書令, 四年三月薨。而帝紀全失書, 獨舊史紀、傳爲是。

23. 司字作入聲

白樂天詩好以「司」字作入聲讀, 如云：「四十著緋軍司馬, 男兒官職未蹉跎」,「一爲州司馬, 三見歲重陽」是也。又以「相」字作入聲, 如云：「爲問長安月, 誰敎不相離」是也。「相」字之下自注云：「思必切。」以「十」字作平聲讀, 如云：「在郡六百日, 入山十二回」,「綠浪東西南北路, 紅欄三百九十橋」是也。以「琵」字作入聲讀, 如云：「四絃不似琵琶聲, 亂寫眞珠細撼鈴」,「忽聞水上琵琶聲」是也。武元衡亦有句云：「唯有白鬚張司馬, 不言名利尙相從。」

24. 樂天新居詩

白樂天自杭州刺史分司東都, 有題新居呈王尹兼簡府中三掾詩云：「弊宅須重葺, 貧家乏羨財, 橋憑州守造, 樹倩府寮栽。朱板新猶濕, 紅英暖漸開。仍期更携酒, 倚檻看花來。」乃知唐世風俗尙爲可喜。今人居閑, 而郡守爲之造橋, 府寮爲之栽樹, 必遭譏議, 又肯形之篇詠哉!

25. 黃紙除書

樂天好用「黃紙除書」字。如：「紅旗破賊非吾事, 黃紙除書無我名。」「正聽山鳥向陽眠, 黃紙除書落枕前。」「黃紙除書到, 靑宮詔命催。」

26. 白用杜句

杜子美詩云：「夜足霑沙雨, 春多逆水風。」白樂天詩：「巫山暮足霑花雨, 隴水春多逆浪風。」全用之。

27. 唐人重服章

唐人重服章, 故杜子美有「銀章付老翁」、「朱紱負平生」、「扶病垂朱紱」之句。白樂天詩言銀緋處最多, 七言如「大抵著緋宜老大」、「一片緋衫何足道」、「闇淡緋衫稱我身」、「酒典緋花舊賜袍」、「假著緋袍君莫笑」、「腰間紅綬繫未穩」、「朱紱仙郞白雪歌」、「腰佩銀龜朱兩輪」、「便留朱紱還鈴閣」、「映我緋衫渾不見」、「白頭俱未著緋衫」、「緋袍著了好歸田」、「銀魚金帶繞腰光」、「銀章暫假爲專城」、「新授銅符未著緋」、「徒使花袍紅似火」、「似挂緋衫衣架上」。五言如「未換銀青綬, 唯添雪白鬚」、「笑我青袍故、饒君茜綬新」、「老逼教垂白, 官科遣著緋」、「那知垂白日, 始是著緋年」、「晩遇何足言, 白髮映朱紱」。至於形容衣魚之句, 如「魚綴白金隨步躍, 鵠銜紅綬繞身飛」。

28. 詩讖不然

今人富貴中作不如意語, 少壯時作衰病語, 詩家往往以爲讖。白公十八歲, 病中作絶句云:「久爲勞生事, 不學攝生道。少年已多病, 此身豈堪老。」然白公壽七十五。

29. 青龍寺詩

樂天和錢員外青龍寺上方望舊山詩云:「舊峯松雪舊溪雲, 悵望今朝遙屬君。共道使臣非俗吏, 南山莫動北山文。」頃於乾道四年講筵開日, 蒙上書此章於扇以賜, 改「使臣」爲「侍臣」云。

••• 용재수필 권2(24칙)

1. 당나라 사람들의 모란 사랑 唐重牡丹

구양수歐陽脩[1]의 「모란석명牡丹釋名」에 이런 내용이 있다.

> 모란은 처음에 문학의 소재로 쓰이지 않았다. 당나라 문인 중 심전기沈佺期[2], 송지문宋之問[3], 원진元稹[4], 백거이白居易[5] 등이 모두 즐겨 꽃을 노래했다. 당시 사람들은 독특한 꽃이 있으면 반드시 시의 소재로 삼았는데 모란에 대해서는 전해지는 것이 없다. 유우석劉禹錫[6]의 시 중 「영어조은댁모란詠魚朝恩宅牡丹」이 있지만, 그저 천 송이 꽃이 한 무더기 피어났다고만 했을 뿐 꽃의 아름다움이나 특이함에 대해 읊은 것은 아니다.

1 歐陽脩(1007~1072) : 북송 저명 정치가 겸 문학가. 자 영숙永叔, 호 취옹醉翁, 육일거사六一居士. 길안吉安 영풍永豊(지금의 강서성江西省)인. 송나라 초기의 미문조美文調 시문인 서곤체西崑體를 개혁하고, 당나라의 한유를 모범으로 하는 시문을 지었다. 당송팔대가唐宋八大家중 한 사람이었으며, 『신당서新唐書』와 『신오대사新五代史』를 편찬하였다.

2 沈佺期(656?~714?) : 초당의 궁정시인. 자 운경雲卿.

3 宋之問(656?~712) : 초당의 궁정시인. 자 연청延清. 심전기沈佺期와 함께 측천무후와 중종의 궁정시인으로, '심송沈宋'이라 불렸다.

4 元稹(779~831) : 중당의 시인. 자 미지微之. 백거이와 함께 진사에 급제하였으며, 문학적 성향도 비슷하여 함께 신악부운동新樂府運動을 주도하였다.

5 白居易(772~846) : 중당의 시인. 자 낙천樂天. 호 취음선생醉吟先生 또는 향산거사香山居士. 원화 10년(815) 강주江州(지금의 강서성江西省 구강시九江市) 사마로 폄적되었다. 그는 원진과 함께 신악부운동新樂府運動을 제창하여 현실주의적 작품을 창작하였다. 「장한가長恨歌」, 「비파행琵琶行」 같은 낭만적인 작품도 유명하다.

6 劉禹錫(772~842) : 중당의 시인. 자 몽득夢得. 유종원과 함께 왕숙문王叔文의 정치개혁에 동참했는데 실패하고 왕숙문이 실각하자 낭주朗州(지금의 호남성湖南省 상덕시常德市) 사마로 좌천되었다. 중당의 사회현실이 반영된 작품을 창작하여 환관의 횡포, 번진 세력의 할거, 정치 권력에 대한 풍자와 비판을 아끼지 않았다.

내가 찾아보니 백거이의 문집에 「백모란白牡丹」 14운이 있고, 또 「진중음秦中吟」 10편 속에 「매화買花」 1장이 있는데, 100언이다.

다들 모란꽃 필 때라고 말하며 共道牡丹時,
서로서로 모란꽃 사러간다네. 相隨買花去.
…… ……
한 떨기 짙고 고운 모란꽃 값이 一叢深色花,
중산층 열 가구의 세금인 것을. 十戶中人賦.

『풍유악부諷諭樂府』에 수록된 「모란방牡丹芳」은 347자에 달하는 것으로 꽃의 화려함과 아름다움에 대한 모든 것을 표현했다.

결국 왕공들과 대신들, 遂使王公與卿士,
꽃구경 나온 관모와 수레 가득가득. 游花冠蓋日相望.
…… ……
모란꽃이 피고 지는 스무날 동안에는, 花開花落二十日,
장안성의 사람들은 모두 다 미친듯하네. 一城之人皆若狂.

「기미지백운寄微之百韻」 시에서도 다음과 같이 노래했다.

당창관[7]의 옥예화 감상 모임, 唐昌玉蕊會,
숭경사[8]의 모란화 구경 약속. 崇敬牡丹期.

그리고 "숭경사 모란꽃 구경은 대부분 원진과 약속을 했었다"는 주가 달려있다.

「석모란惜牡丹」
내일 아침 바람 불면 다 떨어질 것이니, 明朝風起應吹盡,
밤에 지는 꽃이 아쉬워 횃불 잡고 본다. 夜惜衰紅把火看.

「취귀주질醉歸盩厔」

7 唐昌觀 : 도교 사원으로 당나라 장안 안업방安業坊 남쪽에 있으며, 현종의 딸 당창공주의 이름을 따서 지었다. 사원 안의 옥예화가 아름다워 당송 시인들이 이를 소재로 시를 지었다.
8 崇敬寺 : 장안 정안방靖安坊에 있는 사찰로 이곳의 모란은 당시 아주 유명했다.

수일동안 국사에 얽매이지 않고, 數日非關王事繫,
모란꽃이 다한 뒤에야 비로소 돌아간다. 牡丹花盡始歸來.

원진은 「입영수사간모란入永壽寺看牡丹」 8운, 「화락천추제모란총和樂天秋題牡丹叢」 3운, 「수호삼영모란酬胡三詠牡丹」 1절이 있고, 5언 절구 두 편이 있다. 허혼許渾[9]도 모란을 노래했다.

근자에 모란꽃은 어찌할 수가 없구나, 近來無柰牡丹何,
수십 천금을 주어야 한 송이를 사다니. 數十千錢買一窠.

서응徐凝도 모란을 노래한 시가 있다.

도성의 대로마다 꽃피는 시절, 三條九陌花時節,
천만 승의 말과 수레가 모란꽃을 보러간다. 萬馬千車看牡丹.
누구인들 모란을 사랑하지 않으리, 何人不愛牡丹花,
성 안의 아름다운 물색을 독차지 했도다. 占斷城中好物華.

원진과 백거이 모두 모란에 관한 시를 썼다. 당나라 사람들은 모란을 몹시 좋아했다.

2. 긴 노래의 슬픔 長歌之哀

'히히 웃음 속에는 부릅뜬 눈으로 노려볼 때보다 더 심한 분노가 담겨있고, 긴 노래 속에는 통곡보다 더 깊은 슬픔이 담겨있다.'[10]는 말이 있다. 정말 그렇다. 원진이 강릉江陵[11]에 있을 때 병상에 누워있던 중 백거이가 강주江州[12]로 폄적되었다는 소식을 듣고는 다음과 같은 시를 지었다.

9 許渾(791?~858?) : 만당시기 시인. 자는 중회仲晦·용회用晦.
10 유종원柳宗元의 「대하자對賀者」에 나오는 구절이다.
11 江陵 : 지금의 호남성湖南省 형주시荊州市. 원화元和 5년(810), 원진은 직간으로 환관과 수구세력들의 노여움을 사서 강릉으로 폄적되었다.
12 江州 : 지금의 강서성江西省 구강시九江市. 원화 10년(815), 백거이는 재상 무원형武元衡을 살해한 범인을 잡으라는 상소를 올렸다가 강주로 폄적되었다.

타다 남은 등잔불 가물가물 꺼지는 밤, 殘燈無焰影幢幢,
그대 강주로 좌천된 소식 듣고, 此夕聞君謫九江.
앓아서 죽게 된 몸 소스라쳐 일어나니, 垂死病中驚起坐,
어둠 속에 비바람 싸늘히 창문으로 불어드네. 暗風吹雨入寒窗.[13]

백거이는 "이 구절은 다른 사람이라 하더라도 끝까지 들을 수 없을 정도인데, 하물며 내 마음에랴"라고 했다. 원진의 시 중에 "앓아서 죽게 된 몸 슬픔으로 멍하다垂死病中仍悵望"라는 구절이 있는데, '잉창망仍悵望' 세 글자는 뛰어나지도 않고, 병 중에 지은 작품도 아니므로 감정에 충실한 표현이라 할 수 없다.

소식蘇軾[14]이 팽성彭城[15]의 태수로 지낼 때였다. 동생 소철蘇轍[16]은 형을 보러 왔다가 100여 일을 머물렀다. 돌아가면서 시 두 수를 지었다.

소요당 뒤 천길 아름드리 나무, 逍遙堂後千尋木,
긴 이별 한 밤 중 비바람 소리. 長送中宵風雨聲.
함께 침상을 마주하자는 옛 약속은 지켰지만,[17] 悞喜對牀尋舊約,
몰랐네, 팽성에서 떠돌게 될 줄은. 不知漂泊在彭城.

동각에 가을오니 물처럼 싸늘한데 秋來東閣涼如水,
객은 떠나고 산공은 만취하였네. 客去山公醉似泥.
피곤하여 북창에 누우니 불러도 깨지 못하고, 困臥北牕呼不醒,

13 「聞樂天授江州司馬」.

14 蘇軾(1036~1101) : 북송 시기 저명 문학가이자 학자. 자 자첨子瞻, 호 동파東坡. 사천성四川省 미산현眉山縣 출생. 시·서·화에 두루 능하였으며 부친 소순蘇洵, 동생 소철蘇轍과 함께 당송팔대가 중 한 사람이다.

15 彭城 : 지금의 강소성江蘇省 서주시徐州市. 소식은 희녕년간 항주杭州로 좌천되었다가 다시 서주지주徐州知州로 옮겼다. 서주의 관아가 팽성에 있다.

16 蘇轍(1039~1112) : 북송의 저명 정치가 겸 문인. 자 자유子由. 소식의 동생으로 당송팔대가 중 한 사람이다.

17 위응물韋應物의 시에 이러한 구절이 있다. "어찌 비바람 부는 날 밤 이렇게 다시 침상을 마주하고 자게 될 줄 알았겠는가寧知風雨夜, 復此對床眠" 이 시에 감동한 소식은 동생 소철과 은퇴 후 고향에서 함께 한가로운 생활을 누리자고 약속하였다. 그러나 정치적 소용돌이와 부침을 겪으면서 두 형제는 거의 대부분의 시간을 떨어져 지내야 했고 팽성에서 다시 만났을 때는 헤어진 지 7년만의 만남이었다.

바람이 송죽에 불어오고 비는 쓸쓸하다. 風吹松竹雨淒淒.[18]

소식은 이 두 수의 시를 읽자 슬픔을 견딜 수 없어 화답하는 시를 지어 자신을 위로했다. 소철의 시는 지금 보아도 여전히 처량함을 느끼게 한다.

3. 위응물 韋蘇州

『위소주집韋蘇州集』에 「봉양개부逢楊開府」라는 시가 있다.

젊어서 현종 황제를 섬겼을 땐 少事武皇帝,
은총만 믿고 무례하기 그지없었네. 無賴恃恩私.
마을에서 거리낌 없이 행동하였고 身作里中橫,
집안에 악한들을 숨겨주곤 했었지. 家藏亡命兒.
아침에는 도박판이나 드나들고, 朝持摴蒱局,
저녁에는 동쪽 이웃의 계집을 훔쳤었네. 暮竊東鄰姬.
사예도위도 나를 감히 체포하지 못한 것은 司隷不敢捕,
황제 모시는 백옥대에 있었기 때문이라. 立在白玉墀.
바람 불고 눈 내리는 밤이면 여산으로 온천가고 驪山風雪夜,
황제 따라 장양궁에서 사냥했을 때는 長楊羽獵時.
일자무식꾼처럼 一字都不識,
술 마시는 일에 빠져 우둔했었지. 飮酒肆頑癡.
황제가 승하해 버린 뒤로는 武皇升仙去,
초췌해져 남에게 업신여김 받았네. 憔悴被人欺.
독서하는 일 이미 늦었으나 讀書事已晩,
붓 잡고 시 짓는 법 배웠네. 把筆學題詩.
양부에 비로소 내 작품 받아들여져 兩府始收跡,
어울리지 않게 상서성에 추천 받았네. 南宮謬見推.
재간 없어 경사에는 용인되지 않고 非才果不容,
지방 태수 되어 가없은 백성을 보살피게 되었네. 出守撫惸嫠.
문득 양개부를 만나게 되니 忽逢楊開府,
옛일 이야기하며 눈물만 흘릴 뿐이라. 論舊涕俱垂.

18 「逍遙堂會宿二首」.

이 시는 위응물韋應物[19]이 자신의 젊은 시절을 서술한 것으로 얽매이지 않는 자유분방한 성격이 이와 같았다. 이조李肇의 『국사보國史補』에 위응물에 관한 기록이 있다.

> 위응물은 성품이 고결하고 소식하며 욕심이 없었다. 처소에 향을 사르고 정갈한 곳에 거하였으며, 그의 시는 건안建安[20] 시기 이후의 각종 풍격을 흡수하였다.

이는 위응물이 자신의 기질을 굽힌 후의 일이다. 『당서唐書』에는 이 일이 누락되어 있고 그의 열전도 없다. 고적高適[21] 또한 젊은 시절 곤궁하게 지내다가, 50세에부터 시를 짓기 시작하였고 매우 뛰어난 성취를 이루었다. 이들은 모두 천부적 재능이 탁월한 것이므로 일반적인 상리로 논할 수 있는 자들이 아니다. 위응물이 숙위宿衛로 있을 때는 바로 천보天寶[22] 연간 이었다.[23] 그의 행동이 이러하였는데도 관리가 체포할 수 없었으니, 또한 당시 정치의 일면을 알 수 있다.

4. 고행궁시 古行宮詩

개원開元[24] 연간 궁궐의 일을 묘사한 작품으로 백거이의 「장한가長恨歌」[25],

19 韋應物(737~804) : 당나라 자연파 시인. 소주자사蘇州刺史를 역임하였으므로 위소주韋蘇州라 했다.

20 建安 : 후한 헌제獻帝 시기 연호(196~220). 이 시기에는 조조曹操, 조비曹丕, 조식曹植과 건안칠자建安七子가 현실적이며 격정적이고 남성적 시풍의 시를 창작하였다. 문학사적으로 이 시기 이러한 시풍을 건안풍골建安風骨이라 한다.

21 高適(707~765) : 당나라 시인. 자 달부達夫. 변경에서의 외로움과 전쟁·이별의 비참함을 읊은 변새시邊塞詩로 유명하다.

22 天寶 : 당나라 현종 시기의 연호(742~756).

23 위응물은 천보 10년(751) 15세부터 천보 말년까지 현종의 경호 책임자인 숙위宿衛로 지내면서 황제의 총애를 믿고 방자하고 무례한 행실을 하고 다녔으나 관리들도 어찌할 수 없을 만큼 막강한 배경을 지니고 있었다. 「봉양개부」시의 1연부터 8연까지는 위사衛士로 지낼 당시의 이 같은 생활을 서술하였다.

24 開元 : 당 현종 시기 연호(713~741).

25 「長恨歌」 : 현종과 양귀비의 비극적 사랑을 읊은 장편 서사시.

「상양인上陽人」[26], 원진의 「연창궁사連昌宮詞」가 가장 사실적이다. 원진의 「행궁行宮」 시는 다음과 같다.

적막한 옛 행궁 寥落古行宮,
꽃은 쓸쓸히 붉게 피었고, 宮花寂寞紅.
흰 머리 궁녀는 白頭宮女在,
한가로이 현종 때의 일을 말하네. 閑坐說玄宗.

간결하면서 풍성한 의미가 담겨있어 긴 여운이 느껴진다.

5. '隔是격시'의 의미 隔是

백거이의 시에 다음과 같은 것이 있다.

강주 떠나는 날 쟁 소리 듣는 밤 江州去日聽箏夜,
백발이 처음 나던 때는 듣고 싶지 않았는데, 白髮新生不願聞.
지금 이미 백발이 되었으니 如今格是頭成雪,
날 밝을 때까지 치시게나, 그대 맘대로! 彈到天明亦任君.[27]

원진은 이렇게 읊었다.

이미 꿈속에 사는 듯 隔是身如夢,
자주 오는 것은 공명을 위함이 아니라네. 頻來不爲名.
그대가 남쪽에 가까이 지내는 것 부러워 憐君近南住,
자주 산에 오는 것이라네. 時得到山行.[28]

'格격'과 '隔격' 두 글자의 의미는 같으며, '格是격시'는 이미 그렇다는 의미이다.

26 「上陽人」: 원제는 「상양백발인上陽白髮人」. 당나라 낙양 상양궁에서 지내던 궁녀를 이르는 말이다. 평생 깊숙한 궁궐에 유폐되어 청춘과 행복을 묻어버려야 했던 궁녀들의 비참하고 가련한 삶을 읊었다.

27 「聽夜箏有感」.

28 「日高睡」.

6. 장량의 후손이 망한 이유 張良無後

장량張良[29]과 진평陳平[30]은 모두 한漢 고조高祖[31]의 참모였다. 그러나 장량의 재주는 진평보다 훨씬 뛰어났다.

진평은 이런 말을 한 적이 있다.

> "나는 속임수를 많이 썼는데 이는 도가道家에서 꺼리는 것이다. 내 죄가 많으니 내 후손은 잘되지 못할 것이다."

과연 그의 말대로 진평의 집안은 증손에 이르러 죄를 받아 작위를 박탈당했다.[32] 그러나 진평보다 뛰어난 장량의 집안은 그가 죽은 지 겨우 10년 만에 작위를 박탈당했고, 이후의 후손은 부귀영화를 누리지 못했다.[33] 장량은 어째서 진평보다 먼저 화를 당했을까?

나는 이에 대해 생각해 보았다. 패공沛公[34]이 요관嶢關[35]을 공격할 때 진秦나라는 패공과 연합작전을 펴려 했다. 이때 장량이 패공을 설득했다.

29 張良(?~B.C.168) : 전한 초기의 정치가. 자 자방子房. 할아버지와 아버지는 한韓나라 소후昭侯·선혜왕宣惠王 등 5대에 걸쳐 승상을 지냈다. 진秦이 한을 멸하자 그는 자객들과 사귀면서 한의 회복을 도모했다. 박랑사博浪沙에서 진시황제를 공격했으나 실패했다. 그 후 진나라에 반대하는 무리를 모아 유방劉邦과 합세했고, 이후 주요전략가가 되어 한나라 건국에 큰 공을 세웠다.

30 陳平(?~B.C.178) : 한나라 개국 공신. 처음에는 항우를 따랐으나 후에 유방을 섬겨 한나라 통일에 공을 세웠다. 재상 조참曹參이 죽은 후 좌승상左丞相이 되어, 여씨呂氏의 난 때에 주발周勃과 함께 이를 평정한 후 문제文帝를 옹립하였다.

31 高祖(B.C.247~B.C.195) : 한나라 개국 황제 유방劉邦.

32 진평이 죽자 그의 아들 공후共侯 진매陳買가 후작을 세습하였고, 2년 뒤 공후가 죽자 그 아들 간후簡侯 진회陳恢가 후작을 세습하였다. 간후가 죽자 그의 아들 진하陳何가 후작을 세습하였는데, 23년 후, 진하가 남의 아내를 강탈한 죄로 사형당하면서 후국은 폐지되었다.

33 장량은 유후留侯에 책봉되었다. 그가 죽은 뒤 그 아들 장불의張不疑가 후작을 이어받았으나, 문제 5년 불경죄를 범하여 작위가 폐지되었다.

34 한 고조 유방은 처음 추종자들의 추대를 받아 진나라 타도를 위해 기병했을 때 패공沛公이라 칭해졌고, 진나라가 멸망한 뒤 항우로부터 한왕漢王에 봉해졌다. 패공과 한왕 모두 한 고조 유방을 이르는 것이며, 홍매가 유방의 호칭을 시기별로 나누어 사용한 것이다.

35 嶢關 : 지금의 섬서성陝西省 상현商縣 서북쪽.

"저들이 해이해진 틈을 타 공격을 하는 것이 좋습니다."

패공은 장량의 말에 따라 병력을 이끌고 싸워 진나라 군대를 격파했다.[36] 항우項羽는 한왕漢王과 천하를 나누기로 약속하고 병력을 철수해 팽성彭城[37]으로 돌아갔다. 장량은 항우를 놓아주는 것은 호랑이를 길러 후환을 남기는 것과 마찬가지라는 말로 한왕을 설득하며 군대를 돌려 항우를 추격할 것을 권유했다. 결국 한왕은 항우의 군대를 섬멸하였다. 이 두 가지 일은 항복한 적군을 죽인 것보다 지나친 것이니 장량이 후손이 없는 것도 당연하지 않겠는가!

7. 주아부 周亞夫

주아부周亞夫[38]가 오초칠국의 난[39]을 진압할 때 군영을 굳건히 지키기만 하고 나와서 응전하지 않았다. 어느 날 밤, 군중에서 아군끼리 서로 공격하는 소동이 일어나, 그 난리가 주아부의 군막까지 이르렀지만, 주아부는 누워서 꼼짝도 하지 않았다. 얼마간의 시간이 지나자 소란이 가라앉고 다시 안정을 되찾았다.

36 패공이 요관을 지키는 진나라 군대를 공격할 때 장량은 진나라 장수를 매수할 것을 권했다. 과연 진나라 장수가 진나라를 배반하고 패공과 연합하려 하자 장량은 다시 진나라 군대가 태만해진 틈을 타서 공격하도록 권했고, 패공은 진나라 군대를 공격하여 대파하였다.

37 彭城 : 지금의 강소성江蘇省 서주시徐州市.

38 周亞夫(B.C.199~B.C.143) : 한나라 개국공신 주발周勃의 아들로, 장군으로 임명되어 군사들을 근엄하게 다스린 것으로 유명하다. 경제 시기 태위와 승상을 지냈으며 '오초吳楚 7국의 난'을 평정하는데 큰 공을 세웠다.

39 吳楚七國의 亂 : 한 경제 시기(B.C.154)에 제후국인 오나라와 초나라 등 7국이 일으킨 반란. 한나라 경제는 즉위한 뒤 당시 점차 세력을 확대해 가던 오吳나라를 견제하기 위해 그 영지를 삭감하고 세력을 약화시켜야 한다는 조조의 건의를 받아들여, 오의 3군 가운데 회계會稽와 예장豫章 2군을 삭감한다는 결정을 내렸다. 오나라뿐만 아니라 초楚와 조趙나라까지 영토 삭감을 도모했고, 이에 반발한 제후들은 교서膠西왕·교동膠東왕·치천菑川왕·제남濟南왕 등과 연합해 반란을 일으켰다. 경제는 결국 반란군에 대한 회유책으로 조조를 처형했고 반란은 일단락되었다.

후에 오나라 군대가 주아부 군영의 동남쪽을 공격하자, 주아부는 서북쪽의 방어를 강화하도록 명령하였다. 오나라 군대가 과연 서북쪽으로 돌아와 공격을 하였으나, 침입할 수 없었다. 『한서漢書』에 이 일이 기록되어 있는데, 주아부가 군사를 잘 다루어 안정을 되찾았다고 평가하였다.

주아부가 세류細柳[40]에 군대를 주둔하고 있을 때였다. 문제文帝[41]가 뒤따르는 무리들보다 먼저 도착했지만 군영에 들어갈 수 없었다. 문제는 주아부의 군대가 다른 사람들이 들어갈 수 없게 한 것을 칭찬하였다.[42]

지금 군영에서 밤중에 놀라 서로 공격하는 일이 벌어진다면, 어찌 주아부처럼 신중하게 일을 처리할 수 있겠는가!

8. 멸족을 쉽게 여긴 한나라 漢輕族人

원앙爰盎[43]이 조조晁錯[44]를 모함하여 말하였다.

"지금 세울 수 있는 계책은 조조를 참수하는 것밖에 없습니다."

40 細柳 : 지금의 섬서성陝西省 함양시咸陽市 서남쪽.

41 文帝(B.C.202~B.C.157 / 재위 B.C.180~B.C.157) : 전한의 5대 황제. 이름은 항恒, 고조의 넷째아들이다. 여씨呂氏의 난이 평정된 후 태위太尉 주발周勃, 승상 진평陳平 등 중신의 옹립을 받아 즉위하였다.

42 문제 후원後元 6년(B.C.158), 흉노가 한나라 변경을 침략하였다. 문제는 주아부를 장군으로 임명하여 세류에 주둔시켜 흉노를 방비하게 했는데 이 때 친히 군대를 위문하러 간 것이다. 문제보다 앞서 군영에 도착한 선발대가 곧 천자께서 도착하신다고 했지만, 군문을 지키는 도위는 "군중에서는 단지 장군의 명령만 듣고, 천자의 조령도 듣지 말라"했다며 문을 열지 않았다. 문제는 도착해서도 군영에 들어갈 수 없었고, 문제가 부절을 지닌 사자를 파견하여 장군에게 알리고서야 군영에 들어갈 수 있었다. 주아부 군영의 이처럼 엄격한 기강과 군기에 문제는 몹시 감동하였다.

43 爰盎(?~B.C.148) : 한나라 문·경제 시기 명신. 오왕吳王에게 뇌물을 받고 그의 모반 사실을 숨겨주었다가 조조의 고발로 파직되어 평민이 되었다. 오초칠국의 난이 일어나자 경제에게 조조를 죽일 것을 건의했다.

44 晁錯(B.C.200~B.C.154) : 제후들의 봉지를 점진적으로 회수하여 중앙집권의 기반을 공고히 하고자 하였으나, 그로 인하여 오초칠국吳楚七國의 난이 유발되었다. 결국 제후들에 대한 회유책으로서 조조는 처형되었다.

결국 경제景帝는 승상丞相[45] 및 관료들에게 조조를 탄핵하게 하고 그의 부모, 처자, 형제, 자매까지 노소를 가리지 않고 모두 기시棄市[46]하였다.

주보언主父偃[47]이 제왕齊王 사건으로 모함을 당해 죽게 되었을 때,[48] 무제武帝는 그를 죽일 생각이 없었다. 그러나 승상이었던 공손홍公孫弘[49]이 주보언을 죽일 것을 주장하였고, 결국 주보언의 일가는 멸족을 당했다.

곽해郭解[50]의 수하가 사람을 죽였는데, 담당 관리가 곽해에게는 죄가 없다고 상주하였다.[51] 그러나 공손홍이 죄가 있다고 주장하여 곽해 일가는 멸족을 당했다.

주보언과 곽해 두 사람은 본래 사형을 당하지 않을 수도 있었다. 사형에 처해야 한다는 주장이 있었으므로 당사자만 죽이면 되는 것을 무슨 근거로 멸족까지 한 것인지! 한나라는 이처럼 형벌을 내리는 것을 너무도 가벼이 여겼다.

9. 궁중에서의 말을 누설한 죄 漏洩禁中語

경방京房[52]과 원제元帝[53]가 주나라 유왕幽王[54]과 여왕厲王[55]의 일에 대해서

45 丞相 : 조정을 총괄하는 최고 직위로 시기에 따라 승상, 상국相國, 재상宰相으로 명칭을 달리하였다.

46 棄市 : 사람들이 많이 모인 곳에서 죄인의 목을 베고 그 시체를 길거리에 버리던 형벌.

47 주보언(?~B.C.127) : 한 무제武帝 시기 승상.

48 주보언은 원래 제齊나라 출신이었으나, 제나라 유생들로부터 외면당했고, 타지를 떠돌 수밖에 없었다. 훗날 그가 무제에게 인정받고 승승장구하게 되면서 제왕의 승상으로 임명되어 제나라로 금의환향하게 된다. 주보언은 지난날 자신에 대한 무시와 박대를 이야기하며 꾸짖었다. 그리고 제왕이 그 맏누이와 간통한 일을 가지고 제왕을 위협하였다. 두려움에 떨던 제왕은 결국 자살하고 만다. 이 소식을 들은 무제는 진노하며 주보언을 문책하게 했다.

49 公孫弘(B.C.200~B.C.121) : 한 무제 시기 유학자이자 재상.

50 郭解 : 한 무제 시기 협객. 용기와 의협심으로 무제 당시 상당한 명성을 얻었다.

51 곽해를 모욕한 한 선비를 곽해의 문객이 죽였다. 관리는 이 일로 곽해를 문책했으나 선비를 죽인 사람을 찾아낼 수 없었으므로 황제에게 곽해는 죄가 없다고 보고하였다.

52 京房(B.C.77~B.C.37) : 한 원제元帝 시기의 사상가.

53 元帝(B.C.76~B.C.33 / 재위 B.C.49~B.C.33) : 한의 11대 황제 유석劉奭.

10문 10답의 토론을 하였다. 기록으로 남아있는 서한西漢 시기 군신간의 대화 중 이처럼 상세하고 곡진하게 기록된 것은 없다.[56]

한나라의 법률에 의하면, 궁궐에서 황제와 나눈 말을 누설하는 것은 큰 죄이다. 예를 들어 하후승夏侯勝[57]은 황제와 나누었던 대화를 궁에서 나와 다른 사람에게 말한 것 때문에 선제宣帝[58]에게 엄중한 질책을 받았다. 그 이후로 하후승은 감히 황제와 나누었던 대화를 입 밖으로 꺼내지 않았으며, 다른 사람들도 무슨 말이 오갔는지 알 수 없었다.

경방은 먼저 황제를 알현하고 나온 후 어사대부御史大夫[59] 정홍鄭弘에게 황제와 나눈 이야기를 말해주었고, 장박張博에게도 흘렸다. 장박은 이를 몰래 기록하였다. 경방은 훗날 결국 이 일로 인해 옥에 갇히고 기시棄市에 처해졌다.[60] 지금 역사에 기록된 말들도 모두 문책을 받을만한 것들이 아니겠는가!

왕장王章[61]이 성제成帝[62]에게 왕봉王鳳[63]을 탄핵했던 말도 왕음王音[64]이 옆에서

54 幽王 : 주周나라 12대 왕 희궁열姬宮涅. 향락과 주색에 빠져 정사를 돌보지 않다가 견융犬戎이 침략하자 처형되었고, 서주西周의 시대는 막을 내린다.

55 厲王 : 주나라 10대 왕 희호姬胡. 포악과 사치로 백성의 원한을 샀으며, 결국 반란으로 왕위에서 쫓겨나 주나라의 쇠락을 가져왔다.

56 원제와 경방의 대화는 『한서·경방전京房傳』에 보인다. 경방은 유왕과 여왕 시기 나라가 쇠락하고 멸망한 것은 신하를 제대로 기용하지 못했기 때문이며 지금 세상이 다스려지지 못하는 이유도 황제의 신임을 믿고 권세를 휘두르는 신하가 있기 때문이라고 했다. 원제 당시 막강한 권력을 장악하였던 중서령中書令 석현石顯을 겨냥하여 한 말이다.

57 夏侯勝 : 한나라의 유학자. 자 장공長公. 선제宣帝의 두터운 신임을 받았는데, 황제와의 대화를 궁 밖에서 누설한 일로 선제가 책망하자, "폐하의 말씀이 훌륭하여 고의로 퍼뜨린 것"이라 하였다.

58 宣帝(B.C.91~B.C.49 / 재위 B.C.74~B.C.49) : 한의 10대 황제 유순劉詢.

59 御史大夫 : 삼공三公의 하나로 승상丞相의 다음 서열. 감찰과 법률의 집행을 관장하는 동시에 중요한 전적의 관리를 겸하였다.

60 장박은 경방에게서 수학하였고, 딸을 경방에게 시집보냈다. 경방은 매번 입조해서 황제를 알현한 후에는 장박에게 이야기를 해 주었고, 유왕과 여왕에 대해 대화를 나누었던 날에는 정홍에게도 이야기를 해 주었다. 경방이 두 사람에게 흘린 원제와의 대화는 경방이 비판하였던 석현의 귀에까지 들어가게 되었다. 석현은 경방과 장박이 조정을 비방하고 반역을 모의한다는 내용을 탄핵하였다. 결국 경방과 장박은 기시되었고, 정홍도 파직되어 서인庶人으로 강등되었다.

듣고 전한 것이다.[65]

10. 전숙 田叔

관고貫高[66]가 고조高祖의 암살을 모의하다가 발각되었다. 조정은 감히 조왕趙王[67]을 따르는 사람이 있으면 삼족三族을 멸하는 죄로 다스리겠다는 조서를 내렸다. 그러나 전숙田叔과 맹서孟舒는 스스로 머리를 깎고 목에 칼을 쓰고 조왕을 따랐다. 결국 조왕은 풀려났고 고조는 전숙 등을 군수로 임명하였다.[68]

문제文帝가 처음 즉위하였을 때, 전숙을 불러 물었다.

> "공은 천하에 가장 뛰어난 현인이 누구인지 아는가?"
> "운중雲中[69]의 태수 맹서孟舒가 가장 뛰어난 현인입니다."

61 王章(?~B.C.24) : 한 성제 시기 경조윤京兆尹을 지냈던 충신. 외척인 왕봉의 추천을 받아 경조윤으로 발탁되었지만, 자기 마음대로 권세를 휘두르는 왕봉의 처사에 불만이 많았다. 성제에게 왕봉을 탄핵하는 글을 올렸다가 도리어 왕봉의 모함으로 억울하게 피살당하였다.

62 成帝(B.C.52~B.C.7 / 재위 B.C.32~B.C.7) : 전한前漢 제11대 황제.

63 王鳳(?~B.C.22) : 성제의 외삼촌으로 조정대사를 모두 관장하며 막강한 권세를 휘둘렀다.

64 王音(?~B.C.14) : 왕봉의 사촌형제로 시중侍中의 직책으로 있으면서, 왕장이 왕봉을 탄핵한 일을 왕봉에게 고자질하였고, 이것으로 왕봉의 신임을 얻어 어사대부의 직책에까지 올라갔다.

65 성제는 왕장이 알현할 때마다 좌우를 내 보냈으나, 시중인 왕음만이 남아 있었으므로, 둘의 대화를 엿들을 수 있었고 이를 왕봉에게 고했다.

66 貫高(?~B.C.198) : 조趙나라의 승상. 고조가 한나라 조정에 충직한 조왕을 이유 없이 꾸짖자 분개하며 고조의 암살을 기도하다가 체포되었다. 고조는 조왕이 지시한 것으로 생각하여 관고를 고문하였지만, 관고는 끝까지 부인하였다. 결국 고조는 그 충의에 감동하여 관련자들을 모두 석방하였다. 조왕이 풀려난 후 관고는 자살하였다.

67 趙王 : 고조의 사위 장오張敖.

68 고조는 관고의 충의에 감동하여 반란자들을 모두 석방하였고, 조왕은 왕위를 박탈당한 후 선평후宣平侯로 강등되었다. 조왕은 고조에게 전숙 등의 신하들에 대하여 진언하였고, 고조는 조왕의 신하들과 이야기를 나눈 후 한나라 조정의 신하들 중 그들을 능가할 사람이 없다는 것을 깨닫고, 그들을 모두 군수와 제후들의 재상으로 임명하였다.

69 雲中 : 지금의 내몽고內蒙古 탁극탁托克托현.

그때, 맹서는 흉노족이 대거 운중 땅으로 침입했을 때 제대로 방어하지 못하여 파면당한 상황이었다. 문제가 말했다.

> "흉노가 침입했을 때 맹서가 운중을 지키지 못하여, 병사들 중 수백 명이 죽어나갔소. 가장 뛰어난 현인이 다른 사람을 죽음으로 몰아넣는 사람이란 말이오?"

전숙은 고개를 조아리며 말했다.

> "관고 등이 모반했을 때, 폐하께서는 감히 조왕 장오張敖를 따르는 자는 삼족을 멸하는 벌을 내리신다는 조서를 내리셨습니다. 그러나 맹서는 스스로 머리를 깎고 목에 큰 칼을 찬 채 조왕을 따르며, 그를 위해 사력을 다하였습니다. 그런데 그가 운중의 태수가 될 줄 누가 알았겠습니까?[70] 이것이 그가 가장 뛰어난 현인인 이유입니다."

문제는 맹서가 분명 현명하다고 여겨 그를 불러들여 운중의 태수로 삼았다.

생각건대, 전숙과 맹서는 함께 조왕을 따랐으므로 전숙이 맹서의 일을 말하는 것은 스스로를 내세우는 것과 마찬가지였다. 그러나 전숙은 이를 꺼리지 않고 맹서의 일을 직접 변호하였으며, 문제 또한 이를 잘못되었다고 여기지 않고 전숙의 한 마디 말에 다시 맹서를 중용하였다. 군신 간에 진심으로 대하는 것이 이와 같았다.

11. 맹서와 위상 孟舒魏尙

운중雲中 태수 맹서孟舒는 흉노족이 대거 운중 땅으로 침입했던 일로 파면되

---

70 다음 편 「孟舒魏尙」 참조.

○ 『사기·전숙열전』에 따르면, 약간의 내용이 생략되었다. "한나라와 초나라의 오랜 기간 전쟁으로 인해 병사들은 지쳐 있었습니다. 흉노가 한나라 변경을 침입하여 해를 입혔지만, 병사들은 이미 힘들고 고통스러운 상황이었기 때문에 맹서는 나가서 싸우라는 말을 할 수 없었습니다. 그럼에도 불구하고 병사들은 앞 다투어 나아가 목숨을 걸고 싸웠고, 전사한 병사가 수백 명이나 되었던 것입니다."

었다.

전숙이 문제에게 아뢰었다.

"흉노는 예전부터 변방의 약탈자로, 맹서는 병사들이 흉노를 이기지 못할 것을 알고 차마 싸우라고 명령하지 못했습니다. 그런데 병사들이 성벽으로 가 죽기를 각오하고 적과 싸웠습니다. 마치 자식이 부모를 위하듯 했기에, 죽은 이가 수백 명이나 되었는데, 어찌 맹서를 내쫓으시는 것입니까?"

문제가 말했다.

"맹서가 확실히 현명하구나!"

문제는 다시 맹서를 불러들여 운중의 태수로 삼았다.

풍당馮唐[71]이 문제에게 아뢰었다.

"위상魏尙[72]이 운중 태수를 맡고 있을 때 흉노들이 침입하자 군대를 이끌고 나가 공격하였습니다. 병사들도 종일 힘을 다해 싸웠습니다. 그러나 공적을 관아에 보고할 때, 흉노의 수급首級[73] 여섯 개가 차이가 난다고 해서 그의 관직을 삭탈하였습니다.[74] 저는 위상에게 내린 벌이 너무 지나치다고 생각됩니다."

문제는 위상을 사면하여 다시 운중의 태수로 삼았다.

생각해보니 맹서와 위상은 모두 문제시기 운중의 태수로, 두 사람 모두 흉노의 침입에 연루되어 죄를 지었고, 죽을 각오로 싸우는 병사들을 거느렸으며, 다른 이의 진언으로 관직에 다시 복귀했다. 상황이 아주 비슷한 것으로

71 馮唐 : 문제 시기 낭중서장郎中署長을 역임했으며, 경제 시기 초楚나라 승상이 되었다. 직간에 능했다.

72 魏尙 : 문제 시기 운중雲中 태수. 군대를 잘 다스려 흉노가 감히 운중에 범접하지 못했다. 후에 전공을 평가하는 과정에서 착오가 생겨 관직을 삭탈 당했으나, 풍당의 간언으로 복직되었다.

73 首級 : 전장에서 베어 온 적군의 목을 가리킨다. 진나라 법에 적군의 목을 하나 베면 한 계급(級)을 더 올려준 데서 연유한다.

74 위상이 적군을 참살한 수를 상부에 보고하였는데, 수급 여섯이 차이가 났다. 문제는 바로 그를 사법관에게 넘겨 죄를 다스리게 하였고, 그의 작위를 삭탈하였으며 1년간의 도형에 처하였다.

보아 실제로는 한 사건인 듯하다.

12. 출신지를 불문한 진나라의 인재등용 秦用他國人

칠국七國[75]은 천하의 패권을 다투며, 사방의 유사游士들을 초빙하였다. 그러나 육국六國에서 임용한 재상은 모두 그 나라 왕실의 인척이거나 적어도 그 나라 출신이었다. 예를 들면 제齊나라의 전기田忌[76]와 전영田嬰[77]·전문田文[78], 한韓나라의 공중公仲·공숙公叔[79], 조趙나라의 봉양군奉陽君[80]·평원군平原君[81] 등이다. 심지어 위魏나라는 태자를 재상으로 삼았다.[82]

오직 진秦나라만이 그렇지 않았다. 처음으로 정사를 논의하면서 패업의 기틀을 세운 이는 위魏나라 사람 공손앙公孫鞅[83]이다. 이 외에 누완樓緩[84]은 조趙나라, 장의張儀[85]와 위염魏冉[86]·범저范雎[87]는 모두 위魏나라, 채택蔡澤[88]은

75 七國 : 전국시대의 강대국인 전국칠웅으로, 진秦·초楚·연燕·제齊·한韓·위魏·조趙를 가리킨다.

76 田忌 : 전국초기 제나라의 명장.

77 田嬰 : 제나라 위왕威王의 막내아들이며 선왕宣王의 이복동생으로 선왕 시기 재상을 지냈다.

78 田文 : 전영의 아들이며 맹상군孟嘗君으로 불린 제나라의 명재상. 삼천 명의 식객을 거느렸다.

79 公仲, 公叔 : 한나라 귀족. 공중은 공중치公仲侈로 한 선혜왕宣惠王 시기에 재상이 되어 진나라와의 연횡을 주장하였다.

80 奉陽君 : 조나라 숙후肅侯의 동생으로서 조나라 재상을 지냈다.

81 平原君 : 조나라 왕자. 이름은 조승趙勝. 세 번 재상을 지냈으며, 수천 명의 문객을 두었다.

82 위나라 애왕哀王 9년, 위나라 재상 전수田需가 죽자 초나라는 장의張儀 등이 재상이 될까 염려하였다. 결국 초나라 재상은 소대蘇代(소진의 아우)를 설득하여 위왕의 태자 양왕襄王을 재상으로 삼도록 설득한다.

83 公孫鞅(?~B.C.338) : 상앙商鞅. 위나라 태생이나 자신의 나라에서는 뜻을 펼치기가 어렵다고 여겨 위나라로 건너갔다가 결국 진나라 효공孝公에게 등용되었다. 20년간 진나라의 재상으로 있으면서 엄격한 법치주의 정치를 펼쳐 나라를 강국으로 성장시켰으나 한편으로는 그 때문에 많은 사람들의 원한을 샀다. 결국 반대파에게 반역죄로 몰려 처형되었다.

84 樓緩 : 조趙나라 사람. 조나라 무령왕武靈王의 신하였으나 후에 진秦나라로 들어와 진 소왕昭王 10년에 재상이 되었다.

85 張儀 : 위나라 출신이나 진나라 재상이 되었다. 연횡책을 주창하면서, 위·조·한나라 등 동서로 잇닿은 6국을 설득, 진나라를 중심으로 하는 동맹관계를 맺게 하였다.

86 魏冉 : 진나라의 대신으로 소왕昭王을 옹립하여 재상에 임명되었다.

87 范雎(?~B.C.255) : 위나라 출신이나 진秦나라에서 재상을 지냈다. 변설에 능했으며, 원교근

연나라, 여불위呂不韋[89]는 한韓나라, 이사李斯[90]는 초楚나라 사람이다. 진나라는 이들에게 나라를 맡기고 그들의 말을 의심 없이 받아 들였다. 결국 천하를 얻을 수 있었던 것은 모두 이들의 힘에 의한 것이었다.

연나라 소왕昭王은 곽외郭隗[91]와 극신劇辛[92] · 악의樂毅[93]를 기용하여 강대국 제나라를 거의 멸망시킬 수 있었다. 극신과 악의는 모두 조나라 사람이다.

초나라 도왕悼王이 오기吳起[94]를 기용하자 제후국들은 초나라의 강성함을 근심하게 되었다. 오기는 위나라 사람이었다.

13. 조참과 조괄 曹參趙括

한 고조가 위독하자 여후呂后[95]가 물었다.

공遠交近攻 정책을 제안해 큰 성공을 거뒀는데, 이것이 나중에 진나라가 육국六國을 통일하게 되는 기초가 되었다.

88 蔡澤 : 연나라 출신이나 진나라 재상이 되었다. 공을 세운 후에는 물러나는 것이 최상의 도라는 말로 당시 재상인 범저를 설득하여 물러나게 한 후 자신이 재상 자리에 올랐다.

89 呂不韋(?~B.C.235) : 전국시대 말기 대상인. 진나라의 볼모로 조나라에 와 있던 자초子楚가 진나라로 귀국할 수 있도록 물심양면으로 투자하였고, 결국 자초가 장양왕莊襄王으로 왕위에 오르자 그 공로로 진나라 승상이 되었다. 장양왕이 죽자 아들 정政이 진시황제로 제위에 오르고 여불위는 최고의 지위에 올랐다.

90 李斯(?~B.C.208) : 초나라 출신. 원래는 여불위의 식객이었으나 후에 승상이 되어 진시황을 도와 중앙집권의 군현제를 확립하였고, 분서갱유 정책을 추진하였다.

91 郭隗 : 연나라 사람. 제나라의 침략으로 초토화되었던 연나라의 소왕은 재건의 계책을 곽외와 의논하였다. 곽외는 '천금시마千金市馬'의 비유를 들며 곽외 자신을 후대한다면 천하의 뛰어난 선비들이 소왕에게로 모여들 것이라고 진언했다. 소왕은 곽외에게 집을 지어주고 스승으로 모셨으며, 이후 위나라에서 악의가, 제나라에서 추연이, 조나라에서는 극신이 모두 연나라로 모여들게 된다.

92 劇辛 : 조나라 사람인데 후에 연나라의 대장이 되었다.

93 樂毅 : 연나라의 무장. 위나라 출신. 조·초·한·위·연의 군사를 이끌고 당시 강대국이던 제를 토벌했다.

94 吳起 : 전략가로서 위나라의 좌씨左氏(지금의 산동성 조현曹縣 북쪽) 사람이다. 나중에 초楚나라의 영윤令尹을 역임하였고, 초 도왕悼王을 보필하여 변법을 시행하며 부국강병을 촉진시켰다.

95 呂后(B.C.241~B.C.180) : 고조 유방의 황후인 여치呂雉.

"재상인 소하蕭何[96]가 죽으면 누가 그를 대신할 수 있을까요?"

고조가 말했다.

"조참曹參[97]이면 될 것이오."

소하는 혜제惠帝[98]를 보좌했다. 소하가 병이 나자 혜제가 물었다.

"그대가 가고 나면 누가 그대를 대신할 수 있소?"

소하가 대답했다.

"신하를 제일 잘 아는 사람은 주군입니다."

혜제가 말했다.

"조참이 어떻소?"

소하가 대답했다.

"상께서 적당한 사람을 고르셨습니다."

당시 조참은 제齊나라에서 상국相國의 벼슬을 지내고 있었다. 조참은 소하가 죽었다는 얘기를 듣자 하인에게 짐을 꾸리라 하고 수도로 가서 재상이 될 준비를 했다. 얼마 지나지 않아 과연 조참을 부르러 온 사신이 당도하였다.

조괄趙括[99]은 어렸을 때 병법을 공부했다. 그의 부친 조사趙奢는 아들 조괄이

96 蕭何(?~B.C.193) : 유방과 함께 한나라 개국의 기틀을 닦아 고조가 즉위할 때 논공행상에서 일등가는 공신이라 인정하여 찬후酇侯에 봉하였다. 한신의 반란을 평정하고 재상에 임명되었다.

97 曹參(?~B.C.190) : 한나라 개국 공신으로 평양후平陽侯에 책봉되었으며, 고조가 죽은 뒤 소하의 추천으로 상국相國이 되어 혜제惠帝를 보필하였다.

98 惠帝(B.C.211~B.C.188) : 한나라 2대 황제 유영劉盈.

99 趙括(?~B.C.260) : 전국시대 조趙나라 장군으로 장평長平 전투에서 진나라秦의 백기白起에게 패해 전사하였다.

병법에 뛰어나지 않다는 것을 알고는 아내에게 말했다.

> "조나라가 만약 우리 괄이를 장군으로 삼는다면 이 아이가 우리나라의 군사를 망칠 것이오."

후에 염파廉頗[100] 장군이 진秦나라와 대치했을 때였다. 진나라의 범저范雎는 천금의 뇌물을 써서 "진나라가 가장 두려워하는 것은 조괄"이라는 말로 조나라 조정을 이간질했다. 조나라 왕은 이 말을 믿고 장수를 염파 장군에서 조괄로 교체했다. 인상여藺相如[101]가 안 된다고 간언했지만 조나라 왕은 듣지 않았다. 조괄의 모친도 자신의 아들을 장수로 삼아서는 안 된다고 상소를 올려 간언했으나, 왕은 여전히 듣지 않았다. 진나라 왕은 조괄이 조나라의 장수가 되었다는 것을 듣고, 바로 왕흘王齕[102]을 가장 뛰어난 장수인 백기白起[103]로 교체해 총공격했고 조나라는 결국 대패했다.

조참은 재상을 맡기에 적절한 인물이었다. 고조도, 혜제도, 소하도 그가 충분하다고 여겼고 조참 자신도 맡을 수 있다고 생각했다. 이 때문에 그를 등용하자 한나라는 강성해질 수 있었던 것이다. 조괄은 장수를 맡기에 적합하지 않았다. 그의 부친도, 모친도, 대신들도 그가 적합하지 않다고 했고, 진나라 왕과 진나라 재상인 범저도, 진나라 대장인 백기도 이를 알았는데 오직 조나라 왕만 몰랐다. 그러므로 조괄을 기용했다가 패한 것이다. 아! 장군과 재상은 국가의 안위와 관련되어 있는 자들이니 어찌 신중히 살피지 않을 수 있겠는가! 진나라는 왕흘 대신 백기를 내보냈고, 조나라는 염파 대신 조괄을 장수로 삼았으니 이 싸움은 굳이 해보지 않더라도 그 결과를 뻔히 알 수 있는 것이다.

---

100 廉頗 : 전국시대 조나라 장군으로 전국 4대 명장 중의 한 명.

101 藺相如(B.C.329~B.C.259) : 전국시대 조나라 재상.

102 王齕 : 전국시대 진나라 장수.

103 白起(?~B.C.257) : 전국시대 진나라 명장으로 전국 사대명장 중의 한 명. 70여 차례의 전투에서 연전연승하여 무안군武安君에 봉해졌다.

14. 『논어』의 '信近於義신근어의'의 의미 信近於義

『논어論語 · 학이學而』에 다음과 같은 구절이 있다.

> 약속[信]이 도의에 가까워야 그 약속한 말을 지킬 수 있으며, 공손함[恭]이 예절[禮]에 가까워야 치욕을 당하지 않게 된다. 이것을 지키면서 자신과 가까운 사람을 잃지 않는다면 존경할만하다.

정호程顥[104]가 이에 대해 논했다.

> 공손함과 신의를 지키면서도 가까운 사람을 잃지 않으면 예의에 가까운 것이므로 존경할 만하다고 한 것이다.

정이程頤[105]는 다음과 같이 설명했다.

> 공손함과 신의를 지키며 예의에 가까우면 존경할 수 있다.
>
> 도리와 예절에 가까우면서 자신과 가까운 사람을 잃지 않으면 존경할만하다. 하물며 온전히 예의에 맞는 사람이야 말할 필요가 있겠는가.

범조우范祖禹[106]가 말했다.

> 군자가 근거해야 하는 것은 근본이다. 친한 마음은 반드시 가까운 사람으로부터 시작해야 한다. 자신의 가족과 친척을 사랑하는 것에서 시작해서 다른 사람에게까지 이르게 되는 것이니 이것이 바로 공손함과 신의에 근거하면서 친함을 잃지 않는 것이다.

여대림呂大臨[107]은 신信, 공恭, 예禮의 세 단계로 나누어 설명하였다.

---

104 程顥(1032~1085) : 북송 중기의 유학자. 자 백순伯淳, 호 명도明道. 그의 사상은 아우인 정이와 함께 남송 주자에게 큰 영향을 미쳐 송나라 이학의 기초가 되었다. 아우인 정이程頤와 함께 '이정二程'으로 불린다.

105 程頤(1033~1107) : 북송 중기의 유학자. 정호의 아우. 자 정숙正叔, 호 이천伊川.

106 范祖禹(1041~1098) : 북송 중기의 사학가. 자 순보純父 · 몽득夢得. 사마광司馬光의 『자치통감資治通鑑』 편찬에 참여하였다.

107 呂大臨(1040~1092) : 북송시기 이학가이자 금석학자. 자 여숙與叔. 처음에는 장재張載에게

사량좌謝良佐[108]는 이렇게 말했다.

> 군주와 스승, 벗 세 가지는 비록 태어나면서 엮어진 혈연관계는 아니지만 역시 가까운 사람들이다. 이 세 가지 이외의 친함은 아첨과 비굴함을 면하기가 힘들다. 친해야 할 사람과 가까이 지내고서야 존경할 수 있는 것이다.

양시楊時[109]는 다음과 같이 논했다.

> 신의가 도리를 잃지 않고, 공손함이 예를 어기지 않으며, 이 두 가지를 지키면서 친함을 잃지 않는다면 이는 존중할 만한 것이다.

윤돈尹焞[110]은 이렇게 말했다.

> 예의에 가깝기 때문에 비록 예의의 본질에 완전히 부합하지는 않는다 하더라도 존중할 만 한 것이다.

나는 "도의와 예절이 지나치게 되면 대개 관계가 소원해지게 된다. 도의와 예절을 지키면서도 친함을 잃지 않을 수 있다면 이는 존중할 만 것이다"라고 해석하고 싶다. 하지만 나의 생각이 옳다고 만은 할 수 없다.

15. 강직하고 의연하면 인에 가깝다 剛毅近仁[111]

강직하고 의연한 사람은 아마도 얼굴빛을 좋게 꾸미려고[112] 하지 않을

수학했으나, 장재가 죽은 후 이정 문하에서 수학하여 사량좌謝良佐, 유초游酢, 양시楊時와 함께 '정문사선생程門四先生'이라 일컬어진다.

108 謝良佐(1050~1103) : 북송시기 저명 이학자. 자 현도顯道. 정호程顥에게서 수학하였고, 우주의 근원적 이법理法을 직관적으로 파악하여 따른다는 정호학설을 이어받아 발전시켰다. 남송南宋 육상산陸象山 심학心學의 선구가 되었다.

109 楊時(1053~1135) : 북송시대 이학자. 자 립中立, 호 구산龜山. 이정二程의 도학을 전하여 낙학洛學의 대종大宗이 되었다.

110 尹焞(1071~1142) : 북송시대 이학자. 자 언명彥明·덕충德充. 호 화정처사和靖處士.

111 『論語·子路』 : 강하고 굳세며, 질박하고 어눌함은 인에 가까운 것이다.[剛毅木訥, 近仁.]

112 『論語·學而』 : 말을 좋게 하고, 얼굴빛을 곱게 하는 자는 인한 사람이 드물다.[巧言令色, 鮮矣仁.]

것이요, 질박하고 어눌한 사람은 아마도 말을 꾸미려고 하지 않을 것이다.[113] 인仁에 가까운지 아닌지의 여부는 여기에서 판가름 난다.

16. 『중용』의 '忠恕違道충서위도' 忠恕違道

증자曾子는 말했다.

선생님의 도道는 충서忠恕일 뿐이다.[114]

『중용中庸』에서는 "충서忠恕는 도道와 멀지 않다"고 했다. 그런데 학자들은 도道와 충서忠恕가 다른 것이라고 의심하였다.

정이가 말했다.

사람들이 '중용'을 이해하지 못할까봐 염려하여 비근한 것을 들어 설명한 것이다.

그리고 또 다음과 같이 말했다.

충서忠恕는 본래 도道를 관통할 수 있는 것이다. 자사子思는 사람들이 이해하기 어려워할까봐 염려하여 한 등급 낮추어 설명한 것이다.

증자가 그렇게 말하긴 했지만, 『중용』에서는 그래도 사람들이 충서忠恕가 도道라고 할 수는 없는 것 아니냐고 의심할까봐 염려하여, 도와의 거리가 그리 멀지 않다고 한 것이다.

유초游酢[115]는 다음과 같이 말했다.

113 이 말은 홍매가 『논어』의 「자로」편과 「학이」편에 나오는 두 구절을 조합하여 말한 것이다.

114 『論語·里仁』: 공자가 말씀하시길 "삼아, 나의 도는 하나로써 꿰뚫었다." 증자가 답했다. "예" 공자께서 나가시자 문인들이 물었다. "무엇을 말씀하신 것입니까?" 증자가 말했다. "선생님의 도는 충서忠恕일 뿐이다." [子曰 "參乎, 吾道一以貫之." 曾子曰 : "唯." 子出, 門人問曰 "何謂也?" 曾子曰 "夫子之道, 忠恕而已矣."]

115 游酢(1053~1123) : 북송의 이학자. 자는 정부定夫. 이정二程을 스승으로 모셨고, 특히 『주역』을 중시했다.

도는 하나일 뿐이다. 어찌 다른 것과 비교해서 알아낼 수 있는 것이겠는가! 여기서 충서가 도와 거리가 있는 이유는 아직 그것으로 일이관지一以貫之할 수 없기 때문이다. 비록 그렇지만, 도에 들어가려고 한다면 이보다 더 가까운 길이 없다. 그래서 도와 그리 멀리 떨어지지 않은 것이다.

양시楊時가 말했다.

충서로는 도를 다 했다고 할 수 없다. 그러나 도에서 그리 멀리 벗어나지 않았다고 할 수 있다.

후중량侯仲良[116]은 말했다.

자사子思의 충서는 자신에게 적용해보아서 자신이 원하지 않으면 다른 사람에게도 적용하지 않는 것이다. 이는 이미 도와 거리가 있는 것이다. 만약 성인이라면 자신에게 적용해보아서 원하지 않은 다음에야 다른 사람에게도 적용하지 않는 식으로는 하지 않을 것이다.

여러 학자들의 설이 대체로 다르다. 나는 도道란 한 마디로 딱 정의 내릴 수 없다고 생각한다. 충서忠恕라고 비슷하게 이름 붙이면, 구체적 형상이 있게 되는 것이다. 그러므로 도와 거리가 있다고 한 것이다. 그러나 충서忠恕 두 글자가 아니면 또한 도를 설명할 수 있을 만한 것이 없다. 그러므로 벗어나지 않았다고 한 것이다. 그것으로는 도를 다할 수 없다는 말은 아니다. '위도違道'에서의 '위違'는 거리가 떨어져 있다는 말이지 위배나 위반을 말한 것이 아니다.

노자老子는 말했다.

가장 훌륭한 것은 물과 같다. 물은 모든 것에 혜택을 주면서 다투지 않으며 사람들이 싫어하는 곳에 머무른다. 그러므로 도에 가깝다.[117]

소철蘇轍은 이를 다음과 같이 해설했다.

116 侯仲良 : 북송의 이학자. 자 사성師聖. 정이와 주돈이周敦頤, 호안국胡安國에게 배웠다.
117 『도덕경道德經』 8장.

> 도는 없는 곳이 없고 혜택을 주지 않는 것이 없다. 물 또한 그렇다. 그러나 이미 유형적으로 드러났으므로 도와는 거리가 있다. 그러므로 도에 가깝다고 한 것이다. 그렇지만 훌륭하다고 평가할 수 있는 것으로는 이만한 것이 없다. 그러므로 가장 훌륭하다고 하였다.[118]

노자의 도道에 대한 해석이 '충서는 도와의 거리가 그리 멀지 않다'는 설명과 대략 비슷하다.

17. 『논어·이인里仁』의 해석 求爲可知

『논어·이인里仁』에 다음과 같은 구절이 있다.

> 지위 없음을 근심하지 말고 지위에 설 자격을 갖추었는지를 근심하며, 남이 알아주지 않는 것을 걱정하지 말고 알려질 만한 일을 하려고 노력해야 한다.

대부분의 사람들은 이 문장을 응당 알려질 만한 행실을 추구해야 한다는 것으로 해석했다. 오직 사량좌만 다음과 같이 풀이하였다.

> 이는 마치 지위를 추구하고 유명해지는 것을 구하는 방법을 논한 것처럼 보이지만, 깊이 따져보면 그렇지 않다. 등용되기도 어렵고 나를 알아주는 사람이 없어도 나는 귀한 것이다. 또 무엇을 추구하겠는가?

나는 이렇게 해석하고 싶다.

> 군자는 지위가 없는 것을 걱정할 것이 아니라 성취한 것이 없음을 걱정해야 하고, 남이 자신을 알아주는 않는 것을 걱정할게 아니라 명성을 좇는 것을 경계해야 한다.

"알려질 만한 일을 하려고 노력하라[求爲可知也]"는 구절은 그저 앞 구절을 이어서 말한 것일 뿐이다. 추구하는 것에도 도의가 있어야 하니, 알려지는

118 소철의 『노자해老子解』卷上에 보이는 내용이다.

것을 쫓는데 급급하다면 또한 못할 짓이 없게 된다.

18. '里仁이인'의 의미 里仁

『논어·이인』에 다음과 같은 구절이 있다.

> 사는 곳은 인덕이 있는 곳이어야 좋은 것이다. 인덕이 있는 곳을 선택해서 거하지 않는다면 어찌 지혜롭다 하겠는가?[里仁爲美. 擇不處仁, 焉得智?]

맹자는 갑옷과 투구, 방패를 만드는 장인, 활과 화살을 만드는 장인, 그리고 병을 치료하는 무당과 관을 짜는 목수의 직업을 거론하면서 이를 논증했고,[119] 많은 학자들이 '이里'를 '거居'로 보아, 거주지를 정할 때는 인仁한 사람 가까이에 정하는 것이 좋다고 해석했다.

이런 해석이 기억난다.

> 갑옷과 방패를 만드는 장인, 활과 화살을 만드는 장인, 그리고 무당과 목수는 모두 마을의 인仁한 사람들이다. 그러나 인仁한 사람 중에서도 인仁하지 않은 사람이 있다. 그러하니 인仁의 여부는 역시 선택에 달려 있는 것이다.

정경망鄭景望에게 이 말을 했더니, 그는 그렇게 생각하지 않았다.

이들은 다만 마을에서 인仁한 사람이라고 추천하는 것일 뿐이니, 선택에 달려있다고 보는 것이 바로 맹자의 뜻에 합치된다고 나는 생각한다. 그렇지

119 『맹자孟子·공손추상公孫丑上』: 맹자가 말했다. "화살을 만드는 사람이 방패를 만드는 사람보다 본성이 설마 잔인하겠느냐? 만약 그렇지 않다면 왜 화살을 만드는 사람은 그의 화살이 사람을 해치지 못할까 줄곧 걱정하고, 방패를 만드는 사람은 그의 방패가 칼과 화살을 막지 못할까 줄곧 걱정하겠느냐? 무당과 목수도 이와 같아서, 무당은 오직 자기의 술법이 영험하지 않아 환자가 치료되지 못할까 염려하고, 목수는 오직 환자가 나아서 관으로 쓰이는 목재가 팔리지 않을까 염려한다. 사람이 생계를 꾸려가는 방법을 선택하는 것에 신중하지 않을 수 없음을 알 수 있다. 공자는 '인仁과 함께 처하는 것이 좋다. 자기의 선택에 의하여 인仁과 함께 처하지 않는다면, 어찌 총명하다고 할 수 있겠느냐?'고 말했다. 인仁은 하늘에서 가장 존귀한 작위이며, 사람에게 가장 편안한 집이다. 너를 가로막는 사람이 없는데, 너는 도리어 인仁하지 않다면, 이는 어리석은 것이다."

않다면, 인仁이 내포하는 의미가 너무나 큰데, 어느 곳을 선택하여 거처해야 한단 말인가?

19. 다수의 의견을 채택한 한나라 황제들 漢采衆議

한 원제元帝 때, 주애珠厓에서 반란이 일어나 몇 해가 지나도 평정되지 않았다.[120] 원제는 대대적으로 군대를 동원하여 공격할 것을 관련 부처 관리들과 논의했다. 그런데 대조待詔[121] 가연지賈捐之는 공격하는 것이 부당하다고 건의했다.[122] 원제가 승상과 어사대부에게 묻자 어사대부 진만년陳萬年[123]은 공격해야한다고 했고, 승상 우정국于定國[124]은 가연지의 건의가 옳다고 했다. 원제는 승상의 의견을 따라, 결국 주애군珠厓郡을 폐지하였다.

흉노 호한야呼韓邪 선우單于[125]가 한漢나라에 복속되고 나서 글을 올려 변경 상곡上谷[126]으로부터 서쪽 지역을 자신이 보위 할 테니 변경을 지키러 파견된 관리와 군사를 귀향시켜 천자의 백성을 쉬게 해달라고 청원했다. 천자는

120 한 원제 초원初元 3년(B.C.46), 주애군珠厓郡 산남현山南縣(지금의 해남海南 해구海口 일대) 주민들이 기근에 시달리다 난을 일으켰다.

121 待詔 : 조정에서 수시로 임용을 기다리게 했던 비정규 관직. 가연지의 자는 군방君房, 가의賈誼의 증손으로 원제가 그를 불러 대조금마문待詔金馬門으로 삼았다.

122 가연지는 주애가 본래 군현을 두기에는 부족한 곳이라는 말로 원제를 설득했다. 주애군을 포기한다 해도 애석할 것이 없으며, 군사를 보내 공격하지 않아도 국가의 위엄이 손상될 것이 없는데, 왜 막대한 비용을 손해보고 군사를 수고롭게 하면서 그 먼 곳까지 가서 공격을 하겠느냐며, 주애를 포기하고 차라리 관동 지방의 궁핍한 백성을 긍휼히 여겨 줄 것을 청하였다.

123 陳萬年 : 전한의 정치가. 자는 유공幼公. 군리郡吏 출신으로, 어사대부에까지 올랐다.

124 于定國 : 후한의 정치가. 자는 만천曼倩. 옥리 출신으로, 승상에까지 올랐고, 서평후西平侯에 책봉되었다. 송사訟事를 처리하는 것이 아주 신중해서 죄가 있다고 의심만 되는 사람은 가볍게 처리하여 백성들 가운데 원망하거나 억울해 하는 사람이 없었다고 한다.

125 呼韓邪 單于 : 흉노의 군주를 선우라 한다. 호한야 선우는 원제에게 신하로서 귀순하여, 원제가 후궁 왕소군王昭君을 그에게 시집보냈다. 선우는 한 왕조의 사위 신분으로 글을 올려 변경에 파견한 관리와 병사를 철수시켜 줄 것을 부탁했다.

126 上谷 : 군명郡名. 현재 북경 서북쪽 거용관居庸關 일대. 선우는 상곡부터 서쪽으로 돈황敦煌까지 변경의 방어와 수비를 철수해달라고 부탁했다.

관련 부서 관리들에게 안건을 내려 보내 논의하도록 했다. 논의에 참여한 사람들은 모두 그렇게 하는 것이 좋겠다고 했으나 변경 지역의 상황을 잘 파악하고 있던 낭중郎中 후응侯應[127]은 안 된다고 하였다. 원제가 상황을 묻자, 후응은 열 가지 조목을 들어 대답했다. 결국 원제는 변경의 철군에 관한 일을 더 이상 논의하지 말라는 조서를 내렸다.

성제成帝 시기, 흉노의 사자가 항복을 해왔다.[128] 공경들에게 이 문제를 논의하도록 하였는데 논의에 참여한 자들은 예전 사례처럼 항복을 받아들여야 한다고 말했다. 광록대부光祿大夫 곡영谷永[129]만이 받아들여서는 안 된다고 했고 천자는 이것을 따랐다. 항복은 과연 거짓이었다.

애제哀帝[130] 시기, 선우가 조근朝覲을 청해왔다.[131] 애제는 선우가 오지 못하도록 하려고 공경들에게 의견을 물었다. 공경들도 국가의 예산을 허비하게 될 것이므로 허용하지 않는 것이 좋겠다고 했다. 선우의 사자가 작별을 고하고 떠났는데, 황문랑黃門郎 양웅揚雄[132]이 상소를 올려 선우의 입조를

127 낭중 후응은 그동안 변경의 많은 일과 곤경에 처하면 자기를 낮추어 순종하고 강해지면 교만하고 거역하는 흉노의 천성에 근거하여, 변경의 철수를 비준하면 안 되는 이유 열 조목을 제시했고, 원제는 이를 채택했다.

128 하평河平 원년(B.C.28), 선우가 우고림왕右皐林王·이야막연伊邪莫演 등을 보내 새해 축하 인사를 하도록 했는데, 이야막연은 한에 투항하고 싶다고 하면서 "내 청을 받아들이지 않으면 나는 자살하는 한이 있더라도 절대 돌아가지 않겠다"고 했다. 성제가 광록대부 곡영·의랑議郎 두흠杜欽의 의견을 받아들여 투항을 받아들이지 않자, 이야막연은 "내가 병이 들어 미친 말을 지껄인 것일 뿐이다"라고 했다.

129 谷永 : 전한의 유학자. 자 자운子雲. 흉노의 투항 의사를 받아들이면 안 된다고 곡영이 주장한 이유는 이러하다. 축하 인사를 하러 온 흉노의 사신이 변심하여 투항하였는데 이 투항을 받아들이게 된다면 "한 사람을 얻을 것을 탐하다가 한 나라의 마음을 잃게 되고, 죄가 있는 신하를 받아들여서 의리를 지키는 그의 주군과의 관계가 끊기게 된다"는 것이었다. 성제는 이 의견을 받아들였다.

130 哀帝(B.C.26~B.C.1 / 재위 B.C.7~B.C.1) : 전한 12대 황제.

131 이는 건평建平 4년(B.C.3)의 일을 말하는 것이다. 선우가 사신을 보내 글을 올려 조공을 바치기를 원한다고 말했다. 당시 애제는 와병 중이어서, 공경들과 의논하여 입조칭신入朝稱臣을 허용하지 않기로 결정했다. 본권의 「單于朝漢」 참조.

132 揚雄(B.C.53~18) : 전한 말의 저명 학자 겸 문인. 자는 자운子雲. 상서에서 양웅은 흉노의 입조를 거절하여 흉노가 원망하는 마음을 품게 된다면 그간 한나라 조정이 회유와 포섭으로 쌓아왔던 흉노와의 관계에 틈이 생길 것이고 저들이 더 이상 북면北面하지 않게 되면 결국

허락해야 한다고 간언하였다. 결국 애제는 상황을 깨닫고, 흉노의 사자를 불러 돌아오게 하여, 선우에게 다시 답장을 써서 조근을 허용해주었다.

안제安帝 시기, 대장군 등척鄧隲[133]이 양주涼州[134]를 포기하고 북쪽 변경 지역에 힘을 집중시키고자 했다. 마침 공경들도 의논을 거쳐 모두 그렇게 하는 것이 좋겠다고 했다. 그런데 낭중 우후虞詡[135]가 세 가지 조목을 들어 양주를 포기해서는 안 된다고 하였다. 안제는 다시 4부府[136] 회의를 소집하였고 모두 우후의 의견을 따라 결정하였다.

북흉노가 다시 강성해져 서역의 여러 나라들이 한나라와 단절되자, 공경 중에서는 옥문관玉門關[137]을 폐쇄하고 서역과의 관계를 끊어야 한다고 주장하는 사람이 많았다. 등태후鄧太后가 군사마軍司馬 반용班勇[138]을 불러 의견을 물어보자, 반용은 서역과의 관계를 끊어서는 안 된다고 주장했다. 결국 반용의 의견을 따랐다.

순제順帝 때, 교지交阯의 원주민이 반란을 일으켰다.[139] 순제가 공경백관과

흉노를 제압할 수 없게 될 것이라는 말로 애제를 설득하였다.

133 鄧隲 : 전한의 장수. 자는 소백昭伯, 영평永平 4년(61) 강호羌胡가 반란을 일으키자 등척은 군역의 경비 때문에 양주를 포기할 것을 건의하였다.

134 涼州 : 지금의 감숙성甘肅省 장가천張家川 회족자치현回族自治縣.

135 虞詡 : 후한의 명장이자 지략가. 자는 승경升卿. 우후가 양주를 포기해서는 안 된다고 한 세 가지 이유는 다음과 같다. 첫째는 강역은 선제가 개척한 것으로, 포기해서는 안 된다는 것이요, 둘째는 양주를 잃으면 삼보三輔(경성 부근 지역)가 변경이 된다는 것이며, 셋째는 강호羌胡는 싸움을 잘하고 용감한데 이제까지 감히 삼보에 들어오지 않은 것은 양주가 있기 때문이라는 것이다.

136 四府 : 태부太傅·태위太尉·사도司徒·사공司空의 부府.

137 玉門關 : 현재 감숙 돈황 서북 지역에 있으며, 옛날 서역으로 통하는 중요한 길목이었다.

138 班勇 : 후한의 명장. 자 의료宜僚. 반초班超의 아들이다. 영초永初 원년(107) 서역이 반란을 일으키자 군사마軍司馬에 임명되었다. 원초 6년(112), 흉노가 다시 강성해지자 돈황태수 조종曹宗이 출병하여 흉노에게 반격하여, 다시 서역을 차지했다. 이 때문에 등황후가 반용을 불러 일을 논의한 것이다. 옥문관을 폐쇄하고 서역을 포기하자는 공경들의 주장을 반대했다.

139 영화永和 2년(137), 일남日南(현재 월남 광치廣治 일대)·상림象林(현재 월남 순화順化 동남 지역 일대) 변경 밖 소수민족이 난을 일으켜, 교지交阯(현재 월남 하노이 동북 지역 일대) 자사 번연樊演이 출병하여 구원하려고 했는데, 원거리 출동을 원하지 않은 병사들이 도리어 군청을 공격하여, 한 해 남짓 대치했다. 다음 해, 순제가 백관을 소집하여 이 일을 논의했는

4부府 소속 관리들을 불러 대책을 묻자, 모두들 대장을 파견해서 군대를 징발하여 공격해야 한다고 주장했다. 그런데 의랑議郎 이고李固가 반박하여, 자사와 태수를 선발하여 보낼 것을 요청하였다.[140] 결국 4부가 모두 이고의 의견을 따랐고 영남嶺南 지방은 다시 안정을 찾았다.

영제靈帝 때, 양주涼州의 병란이 해결되지 않자[141], 사도司徒 최열崔烈은 포기해야 한다고 주장했다. 회의를 열어서 공경백관들의 의견을 구하자 의랑 부섭傅燮[142]은 양주를 포기해서는 안 된다고 했고 영제는 부섭의 제안을 따랐다.

이상 여덟 가지 일은 연계된 이해관계가 매우 중대하며, 일시에 공경백관이 모두 같은 입장에 서 있었던 상황이었다. 그런데 가연지 이하 여덟 사람은 모두 낭대부郎大夫[143]의 미미한 신분이면서도 혼자서 용감히 다른 의견을 내놓았다. 한나라 원제와 성제·애제·안제·순제·영제 등은 모두 현명한 군주라고는 할 수 없다. 그러나 이들은 다수의 의견을 마다하고 소수의 의견에 귀 기울였으며, 대신들도 현명한 자 모자란 자 가릴 것 없이 처음의 주장을 계속 고집하지 않았으니, 여기에 공도公道가 있는 것이 아닐까 싶다. 매사에 이와 같을 수만 있다면, 천하가 잘 다스려지지 않을 수 있겠는가!

데, 이고가 공경백관과 상반되는 7조목 의견을 제시하여, 형荊·양揚·연兗·예豫 4만 명을 징발하여 토벌하러 가는 것은 안 되고, "용기와 지략과 인덕과 인심이 있어서 장수를 맡을 만한 사람을 선발하여 자사·태수로 삼아서 모두 함께 교지로 가게 해야 한다"고 했다.

140 조정은 이고의 의견을 받아들여 축량祝良을 구진군九眞郡(현재 월남 하노이 이남 지역) 태수로 임명하고, 장교張喬를 교지군(구진군 이남 지역) 자사로 임명했다. 장교가 교지에 도착하여 원주민을 위무하자 그들은 모두 투항하여 흩어졌고, 축량에게도 반란군 수만 명이 와서 투항하였다. 영남지방은 안정을 되찾았다.

141 서강西羌이 양주에서 반란을 일으키자 최열崔烈은 양주를 포기할 것을 주장하였다. 그러나 부섭傅燮은 양주가 천하의 요충지며, 나라의 울타리이니 포기해서는 안 된다고 했다.

142 傅燮 : 자는 남용南容. 효렴으로 추천을 받아 호군사마護軍司馬에까지 올랐고, 후에 의랑議郎에 임명되었다.

143 郎大夫 : 궁정 내에서 잡무를 보는 소관小官들을 지칭한다.

20. 한나라의 태후 漢母后

한나라 황태후들은 황제가 어리고 장성함에 관계없이 정사에 간여했다. 문제文帝가 주발周勃[144]을 하옥시키자 박태후薄太后[145]가 말했다.

"주발은 황제의 옥새를 관장하고 궁궐의 친위대를 통솔했던 사람이오. 그때에도 모반하지 않았거늘 지금 작은 현縣 하나를 근거로 하고 있는 그가 반역을 했겠소?"

문제는 사과하면서 말했다.

"관리가 조사하고 있으니 곧 석방될 것입니다."

결국 주발은 사면되었다.[146]

오초칠국吳楚七國의 반란이 평정되고 모반을 일으킨 자들에 대한 처형이 일단락된 후, 경제景帝[147]는 다시 그들의 자식을 왕으로 책봉하려 했다. 두태후竇太后[148]가 말했다.

"오왕吳王은 나라의 어른으로, 마땅히 종실의 표상이 되어야 하거늘 반란 세력의 우두머리가 되어 천하를 어지럽혔소. 그의 후손을 어찌 왕으로 책봉할 수 있겠소!"

---

144 周勃(?~B.C.169) : 전한의 명신. 유방과 동향으로 한나라 건립에 군공이 뛰어나 강후絳侯로 봉해졌으며, 문제 때 우승상右丞相을 지냈다.

145 薄太后 : 원래 항우項羽의 부장 위표魏豹의 아내였으나, 위표가 한신韓信에게 패한 후 한 왕실로 들어오게 되었다. 아들이 문제로 등극한다.

146 문제는 즉위하여 주발을 우승상으로 삼았다. 최고 권세의 자리에 오른 주발은 오히려 재앙이 자신에게 미칠지도 모른다는 두려움에 항상 무장을 하고 다녔다. 어떤 사람이 주발이 모반을 준비한다고 모함하였고, 주발은 심문을 받게 되었다. 주발은 평소 황제로부터 받았던 포상을 모두 박태후의 동생인 박소에게 보냈었기에, 주발이 심문을 받게 되자 박소는 박태후에게 통사정을 했다. 이에 박태후는 문안을 온 문제에게 주발이 그럴 리가 없다는 말을 했고, 문제는 태후에게 사죄하며 주발을 사면시키고 그의 작위와 식읍을 회복시키게 하였다.

147 景帝(B.C.188~B.C.141 / 재위 B.C.157~B.C.141) : 전한 6대 황제 유계劉啓. 황제 일족의 영지 삭감을 시도하자 오·초 등 7국이 반란을 일으켰다.

148 竇太后 : 한나라 문제의 황후.

두태후는 결국 오나라의 후손을 왕으로 봉하는 것을 허락하지 않았고, 초나라 후손을 세우는 것만 허락하였다.

질도郅都[149]가 임강왕臨江王[150]을 모함하자 두태후는 노발대발했다. 마침 일어난 흉노의 한 사건에 질도를 연루시켜 그를 처단하려 했다. 경제가 "질도는 충신입니다"라며 풀어주려 하자 두태후는 "그럼, 임강왕만 충신이 아니란 말이냐?"며 불편한 심기를 드러냈고 결국 질도는 참수되었다.[151]

무제武帝[152]가 왕장王臧, 조관趙綰을 등용했다.[153] 두태후는 이들 유학자의 등용에 불만을 품고 있었다. 때마침 조관이 무제에게 두태후와 국사를 의논하지 말 것을 건의하자 두태후는 진노했다. 결국 두태후는 왕장과 조관이 위법한 일을 들추어내어 무제를 질책했고, 무제는 조관과 왕장을 옥리에게 보내 사형에 처할 수밖에 없었다.

두영竇嬰[154]과 전분田蚡[155]이 조정에서 말다툼을 벌였다는 소식에 왕태후王太后는 노하여 밥을 먹지 않았다.

> "내가 버젓이 살아 있는데 어떤 놈이 내 동생 전분을 모욕했소. 황제는 돌로 된 사람입니까?"

149 郅都 : 문제·경제 대에 청렴과 강직함, 엄혹한 법 집행으로 유명했다.

150 臨江王 : 한 경제의 장자 유영劉榮. 태자에 봉해졌으나, 후에 모친이었던 율희栗姬의 불손한 행동으로 인해 폐위되어 임강왕이 되었다.

151 임강왕은 종묘 경내의 토지 침해라는 죄명으로 중위부中尉府에 소환되어 심문을 받았다. 붓을 빌려 황제에게 사죄의 편지를 쓰려 했으나 질도가 부하에게 붓을 주지 못하게 했다. 이때 위기후魏其侯였던 두영竇嬰이 몰래 사람을 보내어 임강왕에게 붓을 주게 했고, 임강왕은 황제에게 사죄의 편지를 쓴 뒤 자살했다.

152 武帝(B.C.156~B.C.87 / 재위 B.C.265~B.C.290) : 한나라 7대 황제 유철劉徹.

153 왕장과 조관은 모두 무제 당시에 유명한 유학자들이다. 두태후는 노자의 학설에 심취하여 유학을 좋아하지 않았으므로, 조관과 왕장의 과오를 찾아내 무제를 책망하였고, 무제는 조관과 왕장을 형리에게 맡겼다. 그 후 두 사람은 자살하였다.

154 竇嬰(?~B.C.131) : 두태후의 조카. 오초칠국의 난에 대장군에 임명되어 공로를 세웠으며, 위기후魏其侯에 봉해졌고, 승상에까지 올랐다.

155 田蚡 : 경제景帝 왕황후王皇后의 동생이다. 왕태후의 모친 장아藏兒는 먼저 왕중王仲에게 시집을 갔다가 왕중이 죽자 전씨田氏에게로 개가하였다. 유학을 좋아하며 무제 때 무안후武安侯에 봉해졌고, 승상丞相의 직위에까지 올랐다.

무제는 원래 전분을 사람으로 치지도 않았지만, 결국 태후 때문에 두영을 죽일 수밖에 없었다.

한언韓嫣이 무제에게 총애를 받았다. 무제의 아우인 강도왕江都王 유비劉非가 태후에게 한언처럼 궁궐에서 숙위의 관직을 맡게 해달라고 울면서 애원했다. 태후는 이 때문에 한언을 미워하고 있었는데, 한언의 치정 사건이 드러나자 태후는 사람을 보내 한언을 죽게 했다. 무제가 한언 대신 사죄했지만 끝내 태후의 승낙을 얻지 못했다.[156]

성제成帝[157]가 장방張放을 총애하자 태후는 이를 문제 삼았다. 황제는 울면서 장방을 쫓아낼 수밖에 없었다.[158]

21. 전천추와 질운 田千秋郅惲

한 무제가 여戾태자[159]를 죽인 후 전천추田千秋[160]는 태자의 억울함을 호소하며 이렇게 말했다.[161]

156 한언은 무제가 교동왕이었던 시절부터 우애가 있었고, 후에 천자가 되자 더욱더 한언을 아껴 기거를 함께 하였다. 강도왕이 입조하여 황제와 함께 사냥을 하기로 되어 있었다. 무제는 한언에게 먼저 출발하여 상황을 살피도록 하였고, 강도왕은 한언 일행을 천자의 행차인줄 알고 엎드려 배알하였으나, 한언은 빨리 달려가며 왕을 보지도 않고 지나가버렸다. 강도왕은 노하여 태후에게 한언처럼 궁중에서 폐하를 모실 수 있게 해 달라며 울면서 사정했고 태후는 이 일로 한언에게 원한을 품었다. 결국 한언이 궁녀와 밀통하고 있다는 소문이 있자 사자를 시켜 죽음을 내리게 했다.

157 成帝(B.C.52~B.C.7 / 재위 B.C.32~B.C.7) : 전한前漢 제11대 황제. B.C. 14년 농민과 형도 등의 반란이 일어나, 황제지배의 체제는 무너지기 시작하여 궐내에서도 왕王·허許·조趙의 외척이 권력을 잡았다. 특히 어머니인 왕황후王皇后의 지지로 왕씨들은 고관 자리를 독점하였고 왕망의 출현을 초래했다.

158 명문가문의 후손인 장방은 준수한 외모와 총명함을 겸비해 성제의 지극한 총애를 받게 되는데, 총애의 도가 지나친 나머지 다른 귀족들의 시기를 사게 되자 황태후는 나랏일에 힘써야 할 황제가 장방 때문에 일을 그르치고 있다며 장방을 먼 곳으로 추방시켰다.

159 戾太子 : 무제와 위자부 사이의 아들 유거劉據.

160 田千秋 : 무제의 태자 유거가 강충의 무고를 받자 강충을 죽이고 자살하였다. 고조高祖의 능 참봉이었던 전천추는 태자의 원통한 상황을 무제에게 말했고, 이 일로 전천추는 승진하여 재상에까지 임명된다.

161 한 무제가 병으로 눕게 되자 강충江充은 한 무제와 태자 사이를 이간질했다. 즉 누군가

"자식이 아버지의 무기를 갖고 놀면 무슨 죄에 해당합니까?"

무제는 이 말에 깨달은 바가 있었다.

"부자지간의 일은 남이 말하기 어려운 부분이다. 오직 그대만이 태자가 반란하지 않았다는 것을 알고서 이렇게 말해주었으니, 그대는 나를 보좌할 만하다."

결국 전천추를 승상으로 임명했다.

후한後漢의 광무제光武帝[162]가 곽황후郭皇后[163]를 폐위시키자 질운郅惲[164]이 말했다.

"부부 사이의 문제는 아버지도 자식에게 간섭할 수 없거늘 하물며 신하가 군주에게 간언할 수 있겠습니까? 이는 제가 감히 말할 수 없는 부분입니다. 다만 천하 사람들이 군주의 일에 대해 왈가왈부하지 않도록 폐하께서 심사숙고하셔서 신중히 결정하시기를 바랍니다."

광무제가 말했다.

"질운이 짐의 마음을 잘 헤아리는구나!"

주술로 사람을 죽이는 무고巫蠱를 행해 황제를 해하려 하는데, 태자가 관련되어 있다는 것이었다. 한 무제는 이 때문에 태자를 의심하게 되었다. 별궁에서 휴양하던 무제에게 태자가 문안 인사를 갔다가 이러한 이유로 저지당하자 태자는 분노 끝에 강충을 붙잡아 살해했다. 사태가 이렇게 되자 태자가 모반하려고 한다는 유언비어가 퍼졌고, 삽시간에 소문은 전 장안에 퍼지고 만다. 형세가 이렇게 돌아가자 태자는 거병하여 관군과 장안성에서 5일간을 싸웠고, 실패하자 자결했다. 한 무제는 태자의 모후를 폐출시킨 뒤 사형에 처했고, 태자의 처가 일족 전체를 사형에 처했다.

162 光武帝(B.C.4~57 / 재위 25~57) : 후한의 초대 황제 유수劉秀. 신나라를 세운 전한의 재상 왕망의 군대를 격파하고 즉위해 한나라를 재건하였다. 왕조를 재건, 36년에 전국을 평정하였다. 묘호는 세조世祖이며, 그가 재건한 왕조를 후한 또는 동한東漢(25~220)이라고 한다.

163 郭皇后(?~52) : 명문 귀족 출신으로 태자인 유강劉彊까지 낳았으나 외삼촌인 유양劉揚이 모반했다가 피살당하자 총애를 잃었고 결국 폐위되었다. 차남인 유보劉輔를 중산왕中山王으로 책봉하고 중산왕의 태후로 지내게 하였다.

164 郅惲 : 자 군장君章. 광무제 시기 태자교서太子教書로 임명되어 태자 유강을 가르쳤다. 곽황후와 태자 유강이 폐위되었을 때 질운의 적절한 간언으로 황후는 중산왕의 태후로, 태자는 동해왕東海王으로 변고 없이 지낼 수 있었다.

그러고는 곽황후를 중산왕中山王의 모후로 삼아 천수를 누리게 했다.

전천추와 질운, 두 사람은 민감할 수 있는 황제의 집안일을 잘 처리했다고 할 수 있다. 간언하는 말이 명료하면서도 완곡해 황제가 받아들이기 쉬웠던 것이다.

22. 여태자 戾太子

여태자를 죽인 뒤 한 무제는 후회막급이었다. 그래서 태자를 모함한 강충江充 일가를 멸족시켰고, 황문랑黃門郎 소문蘇文은 강충을 도와 태자를 모함했다는 이유로 화형에 처했다. 직접 태자를 죽인 이수李壽도 역시 구실을 찾아 멸족시켰다. 반면 전천추田千秋는 무제에게 태자는 억울했다는 간언 한마디로 재상의 직위에 올랐다. 또 무제는 사자궁思子宮과 귀래망사지대歸來望思之臺를 지어 태자를 그리워하는 마음을 담았다. 그러나 태자의 유일한 손자는 감옥에 갇혀 지냈고, 후에 궁정의 한 관리가 거두어 양육할 때도 무제는 손자의 일을 알려 하지 않았다.[165] 한나라의 법이 지엄했기 때문인가? 아니면 이미 태자가 모반죄로 죽었기 때문에 비록 속으로는 그의 억울함을 알고 있었지만 사면할 수 없었기 때문인가?

23. 관부와 임안 灌夫任安

승상이었던 두영竇嬰과 태위太尉[166]였던 전분田蚡이 같은 날 면직되었다.

165 여태자의 유일한 손자란 선제宣帝를 가리킨다. 선제는 무고의 난 당시 아기였는데, 연좌제에 의해 처형을 당해야 했으나, 병길邴吉이라는 간수가 가엾게 여겨 처형하지 않고 감옥에서 여죄수의 젖을 먹여가며 몰래 키웠다. 후에 무제는 조서를 내려 증손의 왕실 적을 회복시켜주지만, 여전히 궁정의 한 관리 손에서 양육되었다. 후에 곽광霍光의 추천으로 제위에 오른다.

166 太尉 : 관직 이름. 전군을 통솔하는 최고의 우두머리. 승상丞相, 어사대부御史大夫와 함께 삼공三公으로 불린다.

전분은 훗날 승상이 되었지만, 두영은 다시 임용되지 못하고 권세를 잃었다. 조정의 여러 대신들이 점점 두영을 멀리했고 심지어 그를 무시하기까지 했는데 오직 관부灌夫[167]만이 그렇지 않았다.

위청衛靑[168]이 대장군大將軍[169]일 때 곽거병霍去病[170]은 겨우 교위校尉[171]였지만, 얼마 후 대사마大司馬[172]가 되었다. 위청은 점점 세력을 잃어갔고, 곽거병은 승승장구했다. 위청의 식객들은 대부분 그를 떠나 곽거병을 섬겼지만, 오직 임안任安[173]만은 떠나지 않았다.

관부와 임안은 어질고 의리를 아는 사람이라 할 수 있다. 그러나 두 사람 모두 다른 일로 죽음을 면치 못했으니, 세상일은 정말 알 수 없는 것이다.

24. 선우의 입조 單于朝漢

한나라 선제宣帝 황룡黃龍 원년(B.C.49) 정월, 흉노 선우가 알현을 왔다가 2월에 귀국하였고, 12월에 선제가 붕어하였다.

원제元帝 경녕竟寧 원년(B.C.33) 정월, 또 선우가 알현을 왔고 5월에 원제가 붕어하였다.

애제哀帝 때 다시 선우가 입조를 청하여왔다. 당시 애제가 병환으로 누워

---

167 灌夫 : 경제 때 군공으로 중랑장이 되었고, 무제 때 연燕나라 재상이 되었다. 위기후 두영과 친분이 깊어 두영의 정적인 승상 전분에게 사사건건 행패를 부렸고, 결국 처형되었다.

168 衛靑(?~B.C.106) : 한나라 대장군. 자 중경仲卿. 무제의 총애를 받은 위자부衛子夫의 동생.

169 大將軍 : 한대 장군 중 가장 높은 칭호. 지위는 삼공三公과 비슷하다.

170 霍去病(B.C.140~B.C.117) : 위청의 누이 위소아의 아들로 흉노 정벌에 큰 공을 세워 무제의 총애를 받았으나 24세의 나이로 병사했나.

171 校尉 : 무관 이름. 직위는 장군將軍보다 아래이다.

172 大司馬 : 관직 이름. 대장군大將軍과 표기장군驃騎將軍·거기장군車騎將軍을 거느리며 최고의 통수권을 갖는다.

173 任安(?~B.C.91) : 자 소경少卿. 무제 때 대장군 위청의 사인이 되었으며, 위청이 세력을 잃은 후에도 끝까지 의리를 지켰다.

있었는데 어떤 이가 말하길 흉노가 북쪽에서 내려와 사람을 내리누르는 형세가 되기 때문에 황룡, 경녕 연간부터 선우가 왔을 때마다 중국에 큰 변고가 생긴 것이라고 했다. 애제는 난처하여 처음에는 선우의 알현을 거절했다가[174] 얼마 후에 양웅揚雄의 상소 때문에 다시 선우의 입조를 허락하였다. 그러나 원수元壽 2년(B.C.1) 정월, 선우가 입조하였고, 6월에 애제가 붕어하였다. 상황이 우연히 맞아 떨어진 것이 이와 같았다.

174 건평建平 4년(B.C.3) 선우가 사신을 보내 글을 올려 조공을 바치기를 원한다고 했는데, 당시 애제는 와병 중이어서, 공경들과 의논하여 입조칭신入朝稱臣을 허용하지 않기로 결정했다.

1. 唐重牡丹

歐陽公牡丹釋名云：「牡丹初不載文字, 唐人如沈、宋、元、白之流, 皆善詠花, 當時有一花之異者, 彼必形於篇什, 而寂無傳焉, 唯劉夢得有詠魚朝恩宅牡丹詩, 但云一叢千朵而已, 亦不云其美且異也。」予按, 白公集有白牡丹一篇十四韻, 又秦中吟十篇, 內買花一章, 凡百言, 云：「共道牡丹時, 相隨買花去。一叢深色花, 十戶中人賦。」而諷諭樂府有牡丹芳一篇, 三百四十七字, 絶道花之妖艷艷, 至有「遂使王公與卿士, 游花冠蓋日相望」、「花開花落二十日, 一城之人皆若狂」之語。又寄微之百韻詩云：「唐昌玉蘂會, 崇敬牡丹期。」注：「崇敬寺牡丹花, 多與微之有期。」又惜牡丹詩云：「明朝風起應吹盡, 夜惜衰紅把火看。」醉歸盩厔詩云：「數日非關王事繫, 牡丹花盡始歸來。」元微之有入永壽寺看牡丹詩八韻, 和樂天秋題牡丹叢三韻, 酬胡三詠牡丹一絶, 又有五言二絶句。許渾亦有詩云：「近來無奈牡丹何, 數十千錢買一窠。」徐凝云：「三條九陌花時節, 萬馬千車看牡丹。」又云：「何人不愛牡丹花, 占斷城中好物華。」然則元、白未嘗無詩, 唐人未嘗不重此花也。

2. 長歌之哀

嬉笑之怒, 甚於裂眥, 長歌之哀, 過於慟哭。此語誠然。元微之在江陵, 病中聞白樂天左降江州, 作絶句云：「殘燈無焰影憧憧, 此夕聞君謫九江。垂死病中驚起坐, 暗風吹雨入寒窗。」樂天以爲：「此句他人尙不可聞, 況僕心哉！」微之集作「垂死病中仍悵望」, 此三字旣不佳, 又不題爲病中作, 失其意矣。東坡守彭城, 子由來訪之, 留百餘日而去, 作二小詩曰：「逍遙堂後千尋木, 長送中宵風雨聲。悞喜對床尋舊約, 不知漂泊在彭城。」「秋來東閤涼如水, 客去山公醉似泥。困臥北窗呼不醒, 風吹松竹雨淒淒。」東坡以爲讀之殆不可爲懷, 乃和其詩以自解。至今觀之, 尙能使人悽然也。

3. 韋蘇州

韋蘇州集中有逢楊開府詩云：「少事武皇帝,　無賴恃恩私。身作里中横,　家藏亡命兒。朝持摴蒲局, 暮竊東鄰姬。司隸不敢捕, 立在白玉墀。驪山風雪夜, 長楊羽獵時。一字都不識, 飮酒肆頑癡。武皇升仙去, 憔悴被人欺。讀書事已晚, 把筆學題詩。兩府始收跡, 南宮謬見推。非才果不容, 出守撫惸嫠。忽逢楊開府, 論舊涕俱垂。」味此詩, 蓋應物自叙其少年事也, 其不羈乃如此。李肇國史補云 :「應物爲性高潔, 鮮食寡欲, 所居焚香掃地而坐, 其爲詩馳驟建安已還, 各得風韻。」蓋記其折節後來也。唐史失其事, 不爲立傳。高適亦少落魄, 年五十始爲詩, 卽工。皆天分超卓, 不可以常理論云。應物爲三衛, 正天寶間, 所爲如是, 而吏不敢捕, 又以見時政矣。

4. 古行宮詩

白樂天長恨歌、上陽人歌, 元微之連昌宮詞, 道開天間宮禁事, 最爲深切矣。然微之有行宮一絶句云 :「寥落古行宮, 宮花寂寞紅。白頭宮女在, 閑坐說玄宗。」語少意足, 有無窮之味。

5. 隔是

樂天詩云 :「江州去日聽箏夜, 白髮新生不願聞。如今格是頭成雪, 彈到天明亦任君。」元微之詩云 :「隔是身如夢, 頻來不爲名。憐君近南住, 時得到山行。」「格」與「隔」二字義同, 「格是」猶言已是也。

6. 張良無後

張良、陳平皆漢祖謀臣, 良之爲人, 非平可比也。平嘗曰 :「我多陰謀, 道家之所禁。吾世卽廢矣, 以吾多陰禍也。」平傳國至曾孫, 而以罪絶, 如其言。然良之爵但能至子, 去其死財十年而絶, 後世不復紹封, 其禍更促於平, 何哉? 予蓋嘗考之, 沛公攻嶢關, 秦將欲連和, 良曰 :「不如因其解怠擊之。」公引兵大破秦軍。項羽與漢王約中分天下, 旣解而東歸矣。良有養虎自遺患之語, 勸王回軍追羽而滅之。此其事固不止於殺降也, 其無後宜哉!

7. 周亞夫

周亞夫距吳、楚, 堅壁不出。軍中夜驚, 內相攻擊擾亂, 至於帳下。亞夫堅臥不起。頃之, 復定。吳奔壁東南陬, 亞夫使備西北。已而果奔西北, 不得入。漢史書之, 以爲亞夫能持重。按, 亞夫軍細柳時, 天子先驅至, 不得入。文帝稱其不可得而犯。今乃有軍中夜驚相攻之事, 安在其能持重乎?

8. 漢輕族人

爰盎陷鼂錯, 但云 :「方今計, 獨有斬錯耳。」而景帝使丞相以下劾奏, 遂至父母妻子同產無少長皆弃市。主父偃陷齊王於死, 武帝欲勿誅, 公孫丞相爭之, 遂族偃。郭解客殺人, 吏奏解無罪, 公孫大夫議, 遂族解。且偃、解兩人本不死, 因議者之言, 殺之足矣, 何遽至族乎！ 漢之輕於用刑如此。

9. 漏泄禁中語

京房與漢元帝論幽、厲事, 至於十問十答。西漢所載君臣之語, 未有如是之詳盡委曲者。蓋漢法, 漏泄省中語爲大罪。如夏侯勝出, 道上語, 宣帝責之, 故退不敢言, 人亦莫能知者。房初見帝時, 出爲御史大夫鄭君言之, 又爲張博道其語, 博密記之, 後竟以此下獄弃市。今史所載, 豈非獄辭乎？ 王章與成帝論王鳳之罪, 亦以王音側聽聞之耳。

10. 田叔

貫高謀弑漢祖, 事發覺, 漢詔趙王, 有敢隨王罪三族, 唯田叔、孟舒等自髡鉗隨王, 趙王旣出, 上以叔等爲郡守。文帝初立, 召叔問曰：「公知天下長者乎？」曰：「故雲中守孟舒, 長者也。」是時, 舒坐虜大入雲中免。上曰：「虜入雲中, 孟舒不能堅守, 士卒死者數百人, 長者固殺人乎？」叔叩頭曰：「夫貫高等謀反, 天子下明詔, 趙有敢隨張王者, 罪三族。然孟舒自髡鉗, 隨張王, 以身死之, 豈自知爲雲中守哉！ 是乃所以爲長者。」上曰：「賢哉孟舒。」復召以爲雲中守。按, 田叔、孟舒同隨張王, 今叔指言舒事, 幾於自薦矣。叔不自以爲嫌, 但欲直孟舒之事, 文帝不以爲過, 一言開悟, 爲之復用舒, 君臣之誠意相與如此。

11. 孟舒魏尙

雲中守孟舒, 坐虜大入雲中免。田叔對文帝曰：「匈奴來爲邊寇, 孟舒知士卒罷敝, 不忍出言, 士爭臨城死敵, 如子爲父, 以故死者數百人。孟舒豈驅之哉！」上曰：「賢哉孟舒。」復召以爲雲中守。又, 馮唐對文帝曰：「魏尙爲雲中守, 虜嘗一入, 尙率車騎擊之。士卒終日力戰。上功幕府, 坐首虜差六級, 下吏削爵。臣以爲陛下罰太重。」上赦魏尙, 復以爲雲中守。案, 孟舒、魏尙, 皆以文帝時爲雲中守, 皆坐匈奴入寇獲罪, 皆得士死力, 皆用他人言復故官, 事切相類, 疑其只一事云。

12. 秦用他國人

七國虎爭天下, 莫不招致四方游士。然六國所用相, 皆其宗族及國人, 如齊之田忌、田嬰、田文, 韓之公仲、公叔, 趙之奉陽、平原君, 魏王至以太子爲相。獨秦不然, 其始與之謀國以開霸業者, 魏人公孫鞅也。其它若樓緩趙人, 張儀、魏冉、范雎皆魏人, 蔡澤燕人, 呂不韋韓人, 李斯楚人, 皆委國而聽之不疑, 卒之所以兼天下者, 諸人之力也。燕昭王任郭隗、劇辛、樂毅, 幾滅强齊, 辛、毅皆趙人也。楚悼王任吳起爲相, 諸侯患楚之强, 蓋衛人也。

13. 曹参趙括

漢高祖疾甚, 呂后問曰：「蕭相國旣死, 誰令代之。」上曰：「曹參可。」蕭何事惠帝, 病, 上問曰：「君卽百歲後, 誰可代君？」對曰：「知臣莫若主。」帝曰：「曹參何如？」曰：「帝得之矣。」曹參相齊, 聞何薨, 告舍人趣治行, 吾且入相。居無何, 使者果召參。趙括自少時學兵法, 其父奢不能難, 然不謂善, 謂其母曰：「趙若必將之, 破趙軍者必括也。」後廉頗與秦相持, 秦應侯行千金爲反間於趙, 曰：「秦之所畏, 獨趙括耳。」趙王以括代頗將。藺相如諫, 王不聽。括母上書言括不可使, 王又不聽。秦王聞括已爲趙將, 乃陰使白起代王齕, 遂勝趙。曹參之宜爲相, 高祖以爲可, 惠帝以爲可, 蕭何以爲可, 參自以爲可, 故漢用之而興。趙括之不宜爲將, 其父以爲不可, 母以爲不可, 大臣以爲不可, 秦王知之, 相應侯知之, 將白起知之, 獨趙王以爲可, 故用之而敗。嗚呼, 將相安危所係, 可不監哉！ 且秦以白起易王齕, 而趙乃以括代廉頗, 不待於戰, 而勝負之形見矣。

14. 信近於義

「信近於義, 言可復也。恭近於禮, 遠恥辱也。因不失其親, 亦可宗也。」程明道曰：「因恭信而不失其所以親, 近於禮義, 故亦可宗。」伊川曰：「因不失於相近, 亦可尙也。」又曰：「因其近禮義而不失其親, 亦可宗也。況於盡禮義者乎！」范純父曰：「君子所因者本, 而立愛必自親始, 親親必及人, 故曰因不失其親。」 呂與叔分爲三事。謝顯道曰：「君、師、友三者, 雖非天屬, 亦可以親, 捨此三者之外, 吾恐不免於諂賤。惟親不失其所親, 然後爲可宗也。」楊中立曰：「信不失義, 恭不悖禮, 又因不失其親焉, 是亦可宗也。」尹彦明曰：「因其近, 雖未足以盡禮義之本, 亦不失其所宗尙也。」予切以謂義與禮之極, 多至於不親, 能至於不失其親, 斯爲可宗也。然未敢以爲是。

15. 剛毅近仁

剛毅者, 必不能令色；木訥者, 必不爲巧言。此近仁、鮮仁之辨也。

16. 忠恕違道

曾子曰：「夫子之道, 忠恕而已矣。」中庸曰：「忠恕違道不遠。」學者疑爲不同。伊川云：「中庸恐人不喩, 乃指而示之近。」又云：「忠恕固可以貫道, 子思恐 人難曉, 故降一等言之。」 又云：「中庸以曾子之言雖是如此, 又恐人尙疑忠恕未可便爲道, 故曰違道不遠。」游定夫云：「道一而已, 豈參彼此所能豫哉！ 此忠恕所以違道, 爲其未能一以貫之也。雖然, 欲求入道者, 莫近於此。此所以違道不遠也。」楊中立云：「忠恕固未足以盡道,然而違道不遠矣。」 侯師聖云：「子思之忠恕, 施諸己而不願亦勿施於人。此已是違道。若聖人, 則不待施諸己而不願, 然後勿施諸人也。」諸公之說, 大抵不同。予切以爲道不可名言, 旣麗於忠恕之名, 則爲有迹。故曰違道。然非忠恕二字, 亦無可以明道者。故曰不遠。非謂其未足以盡道也。違者違去之謂, 非違畔之謂。老子曰：「上善若水, 水善利萬物而不爭, 處衆人之所惡, 故幾於道。」蘇子由解云：「道無所不在, 無所不利, 而水亦然。然而旣已麗於形, 則於道有間矣。故曰幾於道。然而可名之善, 未有若此者。故曰上善。」其說與此略同。

17. 求爲可知

「不患無位, 患所以立, 不患莫己知, 求爲可知也。」爲之說者皆以爲當求爲可知之行。唯謝顯道云：「此論猶有求位求可知之道, 在至論則不然, 難用而莫我知, 斯我貴矣, 夫復何求。」予以爲君子不以無位爲患, 而以無所立爲患；不以莫己知爲患, 而以求爲可知爲患。第四句蓋承上文言之。夫求之有道, 若汲汲然求爲可知, 則亦無所不至矣。

18. 里仁

「里仁爲美。擇不處仁, 焉得智？」孟子論函矢、巫匠之術, 而引此以質之, 說者多以里爲居, 居以親仁爲美。予嘗記一說云：「函矢、巫匠, 皆里中之仁也。然於仁之中, 有不仁存焉。則仁亦在夫擇之而已矣。」 嘗與鄭景望言之, 景望不以爲然。予以爲此特謂閭巷之間所推以爲仁者, 固在所擇, 正合孟子之意。不然, 仁之爲道大矣, 尙安所擇而處哉。

19. 漢采衆議

漢元帝時, 珠厓反, 連年不定。上與有司議大發軍, 待詔賈捐之建議, 以爲不當擊。上以問丞相、御史, 御史大夫陳萬年以爲當擊, 丞相于定國以爲捐之議是, 上從之, 遂罷珠厓郡。匈奴呼韓邪單于旣事漢, 上書願保塞上谷以西, 請罷邊備塞吏卒, 以休天子人民。天子令下有司議, 議者皆以爲便, 郎中侯應習邊事, 以爲不可許。上問狀, 應對十策, 有詔勿議罷邊塞事。成帝時, 匈奴使者欲降, 下公卿議, 議者言宜如故事受其降。光祿大夫谷永以爲不如勿受, 天子從之。使者果詐也。哀帝時, 單于求朝, 帝欲止之, 以問公卿, 亦以爲虛費府帑, 可且勿許。單于使辭去。黃門郎揚雄上書諫, 天子寤焉, 召還匈奴使者, 更報單于書而許之。安帝時, 大將軍鄧騭欲弃涼州, 幷力北邊, 會公卿集議, 皆以爲然, 郎中虞詡陳三不可, 乃更集四府, 皆從詡議。北匈奴復强, 西域諸國旣絶於漢, 公卿多以爲宜閉玉門關絶西域, 鄧太后召軍司馬班勇問之, 勇以爲不可, 於是從勇議。順帝時, 交阯蠻叛, 帝召公卿百官及四府掾屬, 問以方略, 皆議遣大將發兵赴之, 議郎李固駁之, 乞選刺史太守以往, 四府悉從固議, 嶺外復平。靈帝時, 涼州兵亂不解, 司徒崔烈以爲宜棄, 詔會公卿百官議之, 議郎傅燮以爲不可, 帝從之。此八事者, 所係利害甚大, 一時公卿百官旣同定議矣, 賈捐之以下八人, 皆以郎大夫之微, 獨陳異說。漢元、成、哀、安、順、靈, 皆非明主, 悉能違衆而聽之, 大臣無賢愚亦不復執前說, 蓋猶有公道存焉。每事皆能如是, 天下其有不治乎！

20. 漢母后

漢母后預政, 不必臨朝及少主, 雖長君亦然。文帝繫周勃, 薄太后曰:「絳侯綰皇帝璽, 將兵於北軍, 不以此時反, 今居一小縣, 顧欲反邪?」 帝謝曰:「吏方驗而出之。」 遂赦勃。吳、楚反, 誅, 景帝欲續之, 竇太后曰:「吳王, 老人也, 宜爲宗室順善, 今乃首亂天下, 奈何續其後?」 不許吳, 許立楚後。郅都害臨江王, 竇太后怒, 會匈奴中都以漢法。帝曰:「都忠臣。」 欲釋之。后曰:「臨江王獨非忠臣乎?」 於是斬都。武帝用王臧、趙綰, 太皇竇太后不悅儒術, 綰請毋奏事東宮, 后大怒, 求得二人姦利事以責上, 上下綰、臧吏, 殺之。竇嬰、田蚡廷辯, 王太后大怒不食, 曰:「我在也, 而人皆藉吾弟, 且帝寧能爲石人邪！」 帝不直蚡, 特爲太后故殺嬰。韓嫣得幸於上, 江都王爲太后泣, 請得入宿衛比嫣, 后繇此銜嫣, 嫣以姦聞, 后使使賜嫣死。上爲謝, 終不能得。成帝幸張放, 太后以爲言, 帝常涕泣而遣之。

21. 田千秋郅惲

漢武帝殺戾太子, 田千秋訟太子冤曰:「子弄父兵當何罪?」 帝大感悟, 曰:「父子之間, 人所難言也。公獨明其不然, 公當遂爲吾輔佐。」 遂拜爲丞相。光武廢郭后, 郅惲言曰:「夫婦之好, 父不能得之於子, 況臣能得之於君乎！ 是臣所不敢言。雖然, 願陛下念其可否之計, 無令天下有議社稷而已。」 帝曰:「惲善恕己量主。」 遂以郭氏爲中山王太后, 卒以壽終。此二人者, 可謂善處人骨肉之間, 諫不費詞, 婉而能入者矣。

22. 戾太子

戾太子死, 武帝追悔, 爲之族江充家, 黃門蘇文助充譖太子, 至於焚殺之。李壽加兵刃於太子, 亦以它事族。田千秋以一言至爲丞相。又作思子宮, 爲歸來望思之臺。然其孤孫囚係於郡邸, 獨不能釋之, 至於掖庭令養視而不問也, 豈非漢法至嚴, 旣坐太子以反逆之罪, 雖心知其冤, 而有所不赦者乎?

23. 灌夫任安

竇嬰爲丞相, 田蚡爲太尉, 同日免。蚡後爲丞相, 而嬰不用, 無勢, 諸公稍自引而怠驁,唯灌夫獨否。衛靑爲大將軍, 霍去病財爲校尉, 已而皆爲大司馬。靑日衰, 去病日益貴。靑故人門下多去事去病, 唯任安不肯去。灌夫、任安, 可謂賢而知義矣。然皆以它事卒不免於族誅, 事不可料如此。

24. 單于朝漢

漢宣帝黃龍元年正月, 匈奴單于來朝, 二月歸國, 十二月帝崩。元帝竟寧元年正月, 又來朝, 五月帝崩。故哀帝時, 單于願朝, 時帝被疾, 或言匈奴從上游來厭人。自黃龍、竟寧時, 中國輒有大故。上由是難之。旣不許矣, 俄以揚雄之言, 復許之。然元壽二年正月, 單于朝, 六月帝崩。事之偶然符合有如此者。

••• 용재수필 권3(21칙)

1. 진사 시험 문제 進士試題

당나라 목종穆宗[1] 장경長慶 원년(821), 과거 시험의 총감독관이었던 예부시랑禮部侍郎 전휘錢徽[2]는 진사 정랑鄭郎 등 33인을 합격시켰다. 후에 단문창段文昌이 시험이 공정하지 못했다고 상소를 올렸다. 중서사인中書舍人 왕기王起와 지제고知制誥 백거이白居易[3]에게 조서를 내려 재시험을 주관하도록 하였다. 그 결과 노공량盧公亮 등 10인의 합격이 취소되었고 전휘도 강주자사江州刺史로 폄적되었다.

백거이의 문집에는 이 사건에 대해 논평한 상소문이 있는데 대략의 내용은 이러하다.

> 조정에서 진사 선발 재시험을 보려고 했을 때부터 상소를 올려 이 일에 대해 논평한 사람이 무척 많습니다. 본래 예부禮部에서 진사 시험을 볼 때 서적을 사용하는 것과 밤새도록 시험 보는 것을 허용하였습니다. 밤새 궁리를 하다보면 사고

1 穆宗(795~824 / 재위 820~824) : 당나라 12대 황제 이항李恒.

2 錢徽(755~829) : 자는 울장蔚章 혹은 울장尉章. 대력십재자大曆十才子의 필두로 칭송받았던 저명한 시인 전기錢起의 아들. 정원貞元 초년에 진사에 합격하였고, 한림학사翰林學士를 역임했다. 장경長慶 원년 당시 재상이던 단문창段文昌과 한림학사 이신李紳이 양혼楊渾과 주한빈周漢賓을 급제시켜 달라고 청탁했지만, 받아들이지 않았다. 이에 대해 화가 난 단문창의 무고로 강주자사로 강등되었는데, 그의 누명을 벗게 하기 위해 주변 사람들이 단문창과 이신의 편지를 증거물로 제출하려고 하였다. 그러나 전휘는 마음에 부끄러움이 없는 것으로 만족해 하면서 사사로운 편지를 증거로 삼을 수 없다며 거절했다.

3 白居易(772~846) : 자 낙천樂天. 호 취음선생醉吟先生 또는 향산거사香山居士. 원화 10년(815) 강주江州(지금의 강서성江西省 구강시九江市) 사마로 폄적되었다. 그는 원진과 함께 신악부운동新樂府運動을 제창하여 현실주의적 작품을 창작하였다. 「장한가長恨歌」, 「비파행琵琶行」 같은 낭만적인 작품도 유명하다.

가 치밀해지고 서책을 사용하여 문장을 쓰면 착오가 없기 때문입니다. 그러나 어제 재시험을 치룰 때는 서책을 허용하지 않았고 시간도 제한을 두어 촛불 두 개가 타는 동안의 시간을 주었습니다.[4] 고시생들이 시간에 쫓기어 당황하기는 했지만, 다행히 답안지를 완성을 할 수 있었습니다. 그렇지만 예전 예부에서 보았던 시험과 비교해보면 큰 차이가 납니다.

노공량 등을 낙방시킨 이유에 대해 「고죽관부孤竹管賦」[5]의 출처는 『주례周禮』인데 답안지를 보면 대부분 그 맥락을 제대로 이해하지 못한 것이 많았기 때문이라고 했다. 이러한 내용을 통해 당나라 진사 시험에서 서책을 지참하는 것과 촛불을 사용했음을 알 수 있다.

송나라 태종太宗 순화淳化 3년(992), 황제는 진사 시험에서 「치언일출부卮言日出賦」[6]라는 제목을 출제하였다. 출처를 알지 못한 손하孫何[7] 등 사람들은 모두 궁전 앞에서 머리를 조아리며 황제에게 알려줄 것을 간청하였고, 황제는 그들에게 대의를 설명해 주었다.

진종眞宗 경덕景德 2년(1005), 황제는 「천도유장궁부天道猶張弓賦」[8]라는 시제를 출제하였다. 후에 과거를 관장하는 예부에서 상서를 올렸다.

요새 진사들은 고금의 문장과 부賦만 베껴서 품에 감춰 시험장에 들어오는데,

4 거자들이 시험장에서 시부詩賦를 쓸 때는 하루가 다 가도록 글을 완성하지 못했다. 따라서 당나라 시기에는 밤에 촛불을 켜고 시험을 치르는 것을 허락했지만 초는 단 3개만 쓰도록 제한했다. 이 경우는 재시험이었기에 초를 2개만 사용할 수 있도록 한 것이다. 이후 송대에는 시험 시간을 낮 시간까지만 한정하고 초를 사용할 수 없도록 하였다.

5 '부賦'란, 시와 문의 중간 형태에 해당하는 문체이다. 당唐·송宋대의 진사시험에서는 부를 짓는 것으로 문학적 능력을 테스트하였다. '고죽관孤竹管'이라는 용어의 출처는 『주례周禮·춘관春官·대사악大司樂』의 '고죽으로 만든 관악기孤竹之管'에서 나온 것으로 '고죽'은 대나무 뿌리 옆에서 홀로 자라난 대나무를 가리킨다.

6 출처는 『장자莊子·우언편寓言篇』이다. "치언은 날마다 새롭게 나와 자연과 조화를 이룬다.[卮言日出, 和以天倪]" '치언'이란, 자신의 주관을 고집하지 않고 시의 적절하게 상대의 뜻에 맞추는 화법을 말한다.

7 孫何(961~1004) : 자 한공漢公. 이 해에 시행된 진사 시험에서 손하는 장원급제하여 조정의 요직까지 승진하게 된다.

8 『도덕경』 77장 : 하늘의 도는 활에 줄을 매는 것과 같아서, 높은 것은 누르고 낮은 것은 들어 올리며 남는 것을 덜어내고 모자라는 데를 채운다.[天之道, 其猶張弓與, 高者抑之, 下者擧之, 有餘者損之, 不足者補之.]

어제 황제께서 출제하신 문제가 경전에서 나온 것이라 대부분이 출처를 알지 못하고 당황해하였습니다.

이로써 제목의 출처를 알려주지 않았음을 알 수 있다.

진종 대중상부大中祥符 원년(1008), 예부의 진사 시험에서 「청명상천부清明象天賦」[9] 등의 제목을 출제하면서부터 시험 문제의 해제를 함께 인쇄하여 알려주었다.

인종仁宗 경우景祐 원년(1034)에 이르러서야 어약원御藥院[10]에 조서를 내려 어시御試를 보는 날 진사의 시험 제목은 모두 경전과 사서史書에서 출제하여 모사하고 인쇄하여 고시생에게 배포하도록 하고 황제에게 묻지 못하도록 했다.

2. 유자가 불서를 논하는 일 儒人論佛書

한유韓愈[11]는 「송문창서送文暢序」[12]에서 유학자는 승려에게 불가의 학설을 말해 주어서는 안 된다고 했다. 그 말은 다음과 같다.

문창文暢은 승려이다. 만약 불가의 학설을 듣고 싶다면 그의 스승에게 가서 물어

9 『예기禮記·악기樂記』: (음악이 표현하는) 깨끗하고 밝은 소리는 하늘을 본뜬 것이며, 광활한 소리는 대지를 본뜬 것이다.[清明象天, 廣大象地]

10 御藥院 : 황제와 궁정에서 쓰는 약제를 담당하던 곳.

11 韓愈(768~824) : 당唐나라 문학가 겸 사상가. 자 퇴지退之, 시호는 문공文公이며 조적祖籍이 하남河南 창려현昌黎縣이기 때문에 한창려韓昌黎라고도 부른다. 유가 사상을 추존하고 불교를 배격하여 송대 성리학의 선구자가 되었으며, 기존의 대구對句를 중심으로 짓는 변문駢文에 반대하고 자유로운 고문古文을 주창하여 문체개혁을 주도하였다.

12 원제는 「送浮屠文暢師序」.

○ 문창이라는 승려는 글짓기를 좋아하여 천하를 유람하면서 어디를 가든 지식인들에게 시를 청탁하였다. 그의 행장에는 그렇게 수집한 시가 수백편이나 되었다. 한유는 그 시의 내용이 성인의 도에 대한 것은 없고 부처의 이론을 써 준 것이 대부분이었다는 점을 애석해하며 불자가 우리 유학자에게 의견을 요청했다면 성인의 도가 천하에 시행되고 만물이 조화를 이루게 하는 유가에 대해 이야기 해 주어야 한다는 요지로 이 글을 썼다.

야 할 것이지 어찌하여 우리 유학자들에게 와서 가르침을 청하는가?

원진元稹[13]은 「영복사석벽기永福寺石壁記」[14]에서 이렇게 말했다.

불경의 오묘함에 대해 승려들이 나에게 이야기 해 주는 것이 당연하지, 내가 승려에게 설명해 주는 것은 합당하지 않다.

두 사람의 말은 모두 지당하다.

3. 「귀거래사」에 대한 창화 和歸去來

요새 사람들이 「귀거래사歸去來詞」에 창화[15]하기를 좋아하는데 나는 조이도晁以道[16]가 한 말을 가장 존경한다. 그의 「답이지국서答李持國書」에 이런 내용이 있다.

그대가 도연명陶淵明[17]의 「귀거래사」를 좋아하여 동파東坡선생[18]과 함께 창화시를 지었다는데 저는 이해를 할 수 없습니다. 건중정국建中靖國 원년(1101), 동파의 「화귀거래和歸去來」가 처음 개봉에 전해지자 그의 문하와 빈객들 수십 명이 다투어 창화하였으며, 모두들 스스로 만족해했습니다. 하루 아침에 모두 도연명이 된 것입니다. 참료參寥[19]는 그가 지은 창화시를 나에게 보여주면서 함께 창화하자고

13 元稹(779~831) : 중당의 시인. 자 미지微之. 백거이와 함께 진사에 급제하여 절친한 벗이 되었으며 문학적 성향도 비슷하여 함께 신악부운동新樂府運動을 주도하였다.

14 원제는 「永福寺石壁法華經記」이다.

15 창화唱和라는 것은 동시대나 전대 문인의 문학작품에 대해 화답하여 지은 것을 말한다.

16 晁以道(1059~1129) : 조설지晁說之, 자 이도. 문재가 뛰어나 소식蘇軾의 추천을 받았다.

17 陶淵明(365~427) : : 남조 동진東晉·송대宋代의 시인. 자는 원량元亮 또는 연명淵明, 본명 잠潛. 오류五柳 선생이라고도 불리며, 시호는 정절靖節이다. 기교를 부리지 않고, 평담平淡한 시풍이었기 때문에 당시의 사람들로부터는 경시를 받았지만, 당대 이후는 남북조 시기 최고의 시인으로서 그 이름이 높아졌다. 그의 시풍은 당대唐代의 맹호연孟浩然, 왕유王維 등 많은 시인들에게 영향을 주었다.

18 東坡(1037~1011) : 본명 소식蘇軾, 자는 자첨子瞻, 호는 동파. 송나라의 저명 문학인, 예술가, 사상가. 당송팔대가唐宋八大家 중 한 사람이다. 시문서화詩文書畵에 모두 일가견이 있었으며, 중국 문학뿐만 아니라 고려·조선 문학에까지 지대한 영향을 미쳤다. 소식은 도연명의 삶과 시풍에 대한 흠모와 추앙을 담아 화도시和陶詩 109수를 지었다.

19 參寥 : 북송 시대 승려로서 소식의 절친한 친구.

요청했습니다. 나는 사양하며 이렇게 말했습니다.

“어린 아이가 감히 높은 자리에 앉지 않듯이 선생님과는 나란히 걸을 수 없습니다. 나와 대사가 소동파와 도연명을 함께 존중하는 것으로 족하다고 생각합니다.”

참료는 곧바로 글을 소매에 넣고 돌아서면서 오吳지방 사투리로 말했습니다.

“그대에게 면목이 없습니다. 일찍 그대에게 가르침을 받지 않은 것이 후회됩니다.”

나는 지금 참료에게 했던 것보다 더 엄중한 말로 그대에게 말하는 것입니다.[20] 송상宋庠[21]은 도연명의 「귀거래사」가 남북조 시기 최고의 문장이자 오경五經의 정신이 깃들어 있다고 했습니다. 그러나 근자에 「귀거래」를 그리는 화가들은 모두 도연명을 성인의 모습으로 그리고, 「귀거래사」를 창화하는 자들은 소일거리 시 읊듯 하는데 모두 도연명의 뜻에 맞지 않는 것입니다.

4. 사해는 하나다 四海一也

바다는 하나다. 땅의 형세가 서북쪽이 높고 동남쪽이 낮기 때문에 삼해三海 즉, 동해·북해·남해로 부르는 것이지 실은 하나의 바다이다. 북쪽으로 청주青州[22]·창주滄州[23] 이북을 북해北海라 하고, 남쪽으로 교주交州[24]·광주廣州[25] 이남을 남해南海라 한다. 오吳·월越 지방에 가까운 곳을 동해東海라 한다. 서해西海라는 말은 들어보지 못했다. 『시詩』, 『서書』, 『예禮』의 경전에서 사해라고 하는 말은 함께 묶어 말한 것이다. 『한서漢書·서역전西域傳』에 나오는 포창해蒲昌海[26]란 아마 늪 정도에 지나지 않을 것이다. 반초班超[27]가 파견한

20 중화서국본 『용재수필』의 표점에 근거하면 「답이지국서答李持國書」의 내용은 여기까지다. 그러나 실제 서신 원문과 대조해 본 결과 이후의 문장은 홍매 자신의 의견이 아니라 조이도의 서신 중 일부에 해당한다.

21 宋庠(996~1066) : 북송 초기 재상이자 문학가.

22 青州 : 지금의 산동성山東省 치박시淄博市 동북쪽.

23 滄州 : 지금의 하북성河北省 창주시滄州市 동남쪽.

24 交州 : 지금의 광동성廣東省과 광서성廣西省 일부와 베트남 북부, 중부 지역.

25 廣州 : 지금의 광동성廣東省 광주시廣州市.

26 蒲昌海 : 지금의 신장 위구르자치구 동남쪽에 있는 로브노르(Lop Nor) 호수.

27 班超(33~102) : 후한 초기의 무장. 흉노의 지배하에 있던 50여 나라를 한漢나라에 복종시켰고 중국과 서역西域간의 경제와 문화 교류를 촉진시키는데 공헌을 하였다. 『한서漢書』의

감영甘英[28]이 조지국條支國[29]으로 가던 중 큰 바다를 보았다고 했는데[30], 아마 남해의 서쪽일 것이다.

5. 이백 李太白

세상 사람들은 이백李白[31]이 당도當塗[32]의 채석강采石江에서 술에 취해 뱃놀이를 하던 중 강에 비친 달을 건지려고 하다가 물에 빠져 죽었다고 말한다. 때문에 채석강에 착월대捉月臺가 있다.

그러나 이양빙李陽冰[33]이 쓴 이백의 「초당집서草堂集序」에 이런 기록이 있다.

> 내가 당도의 현령으로 있을 때에 이백이 병들어 위독했다. 그에게는 수정을 마치지 못한 초고 만 권이 있었는데, 침상에서 내게 주면서 서문을 써달라고 했다.

또 이화李華[34]가 쓴 「태백묘지太白墓誌」를 보니, "이태백이 「임종가臨終歌」를 짓고 죽었다"고 되어 있다. 이 글들을 보고서야 세상에 전해지는 이야기가 믿을 수 없다는 것을 알았다. 이런 얘기들은 두보杜甫[35]가 너무 굶주리다가 술과 상한 고기를 먹고 죽었다는 것과 마찬가지이다.

저자인 반고班固의 동생이다.

28 甘英 : 후한 초기의 무장. 반초의 명을 받고 로마 제국의 사신으로 파견되었다.

29 條支國 : 서역 고대 국가 중 하나. 지금의 중동지역 시리아에 해당한다.

30 『후한서後漢書·서역전西域傳』 : 감영이 로마제국으로 가던 중 조지국條支國까지 다다랐을 때 앞을 가로막는 망망대해를 건너려고 하였으나, "이 바다는 너무나 광대하여 순풍이라도 3개월, 역풍일 때에는 2년이나 걸리는 일도 있어 살아서 건너는 사람이 얼마 되지 않는다"는 뱃사람의 말을 듣고 건너기를 단념했다.

31 李白(701~762) : 성당의 시인. 자 태백太白. 호 청련거사靑蓮居士. 시선詩仙이라 불리며, 두보와 쌍벽을 이루는 시인으로 뛰어난 상상력과 충실한 감정표현을 바탕으로 자유분방하고 웅장한 기세의 시를 지었다.

32 當塗 : 지금의 안휘성安徽省 당도현當塗縣.

33 李陽冰 : 자는 중온仲溫. 이백의 당숙. 보응寶應 원년(762) 당도의 현령으로 임명되었고, 이백은 그에게 가서 의탁하였다.

34 李華 : 자는 하숙遐叔. 천보天寶 년간에 감찰어사가 되었으나 이후 관직을 버리고 은거하였다.

35 杜甫(712~770) : 중당의 시인. 자 자미子美, 호 소릉少陵. 시성詩聖이라 불리며, 사실적이고 현실비판적인 시풍으로 유명하다.

6. 이백의 「설참시」 太白雪讒

이백은 평민의 신분으로 한림원翰林院[36]에 출입하게 되었지만 관직을 얻지는 못했다. 『당서唐書』에는 고력사高力士[37]가 이백의 신발을 벗겨 준 일을 수치스럽게 여겨 이백의 시구를 가져다가 양귀비楊貴妃[38]를 격분시켰고 양귀비가 이백의 관직 임용을 제지했다고 되어있다.[39] 지금 『이태백집』에 있는 「설참시雪讒詩」를 보면, 음란한 부인네가 나라를 망하게 하는 내용이다.

저 여인네의 방자함	彼婦人之猖狂,
끼리끼리 나는 까치보다 못하고,	不如鵲之彊彊.
저 여인네의 음탕함	彼婦人之淫昏,
짝 지어 나는 메추라기만 못하네.[40]	不如鶉之奔奔.
흉금 넓은 군자는	坦蕩君子,
그녀의 거짓에 즐거워하지 않는다네.	無悅簧言.

36 翰林院 : 조서詔書와 칙서勅書를 작성하는 일을 담당하는 곳으로 주로 문학적 재능이 뛰어난 문사를 기용하였다.

37 高力士(684~762) : 현종 시기의 환관. 풍앙馮盎의 증손으로, 환관 고연복高延福의 수양아들이 되어 성을 고씨로 바꾸었다. 위황후韋皇后와 태평공주太平公主 세력을 제거하는 데 공을 세워 현종玄宗의 두터운 신임을 받았으며, 이를 바탕으로 권세를 부려 당唐 후기에 환관 세도정치의 길을 열었다.

38 楊貴妃(719~756) : 현종의 비. 본명은 양옥환楊玉環. 현종의 며느리였다가 현종의 귀비가 되어 극진한 총애를 받으며 무소불위의 권력을 휘둘렀지만 안사의 난 때 처형되었다.

39 당시 이백의 명성은 천하에 자자했고 황제였던 현종이 그의 문재를 아껴 연회에 자주 불러 시를 짓게 하였는데 어느 날 술에 취한 이백은 고력사에게 신발을 벗기게 했다. 수모를 당한 고력사는 이백이 시에서 양귀비를 조비연에게 비유한 것은 몹시 불경스러운 일이라는 말로 양귀비를 자극했다. 결국 양귀비는 이백을 못마땅해 했고, 현종이 세 차례나 이백에게 관직을 내리려고 했으나 양귀비의 반대로 번번이 실패하였다.

40 『시경詩經 · 용풍鄘風 · 순지분분鶉之奔奔』 : 메추라기 짝 지어 날고 까치도 끼리끼리 나는데, 사람 같지도 않은 사람을 내가 형으로 모셔야 하나. 까치는 끼리끼리 날고 메추라기도 짝 지어 나는데, 사람 같지도 않은 사람을 내가 임금으로 모셔야 하나.[鶉之奔奔, 鵲之彊彊, 人之無良, 我以爲兄. 鵲之彊彊, 鶉之奔奔, 人之無良, 我以爲君.]

○ 이 시는 위衛나라 사람들이 선공宣公의 부인인 선강宣姜을 비난하는 내용으로, 그녀의 행실이 메추라기나 까치만도 못하다는 것이다. 선강은 선공의 아들인 공자 완頑과 간통했다.

또 이런 내용도 있다.

달기妲己는 주왕紂王을 망하게 했고,[41]	妲己滅紂,
포사褒姒는 주周나라를 미혹되게 했네.[42]	褒女惑周.
한나라 여呂태후 옆에는,	漢祖呂氏,
심이기審食其가 있었고,[43]	食其在傍.
진시황제의 모후는,	秦皇太后,
노애嫪毐와 음란한 짓을 했지.[44]	毒亦淫荒.
저녁 무렵 무지개,	螮蝀作昏,
결국 태양을 가리네.[45]	遂掩太陽.
일국의 황제도 오히려 이와 같거늘,	萬乘尙爾,
하물며 필부야 어떻겠는가.	匹夫何傷.
말을 다하고 뜻을 다하여,	詞殫意窮,
간절한 마음과 곧은 도리를 말한 것이니.	心切理直.
만약 헛된 말이 있다면,	如或妄談,
하늘이 나를 죽일 것이다.	昊天是殛.

이 시를 음미해보니, 모두 다 양귀비와 안록산의 사통에 관한 이야기이다. 이백은 그들의 간음을 알고 있었던 것일까? 그렇지 않고서야 '조비연이 소양궁에 있다飛燕在昭陽'[46]는 구절이 그리도 깊은 원한을 살 만한 것이었겠

41 妲己 : 상나라 마지막 왕인 주왕의 애첩. 주왕과 달기가 잔인한 형벌과 방탕한 유흥을 즐기는 동안 조정과 백성의 공분은 극에 달했으며, 결국 상나라는 주 무왕武王에 의해 타도된다.

42 褒姒 : 서주西周시대 마지막 왕인 유왕幽王의 애첩. 좀처럼 웃지 않는 포사를 웃게 하기 위해 장난으로 자주 봉화를 피워 제후의 신뢰를 잃었다. 후에 실제로 견융이 침입하여 봉화를 피워 구원을 요청했으나 제후 중 아무도 달려오지 않았다. 결국 유왕은 살해되고, 서주는 멸망한다.

43 審食其 : 한 고조와 동향 사람으로 오랫동안 여태후를 섬겼고, 여태후와 간통하였다. 여태후의 총애로 관직이 좌승상까지 이르렀으며 벽양후辟陽侯에 봉해졌다.

44 嫪毐 : 진나라의 환관. 진시황제의 모후와 사통하여 두 아이를 낳았다. 사태가 발각되자 노애는 반란을 일으켰으나 실패하고 죽임을 당하였다.

45 『시경詩經·용풍鄘風·체동螮蝀』 : 무지개가 동쪽에 있으니 감히 가리킬 수 없도다. 여자가 시집을 가면 부모 형제를 멀리하는 것이니라.[螮蝀在東, 莫之敢指. 女子有行, 遠父母兄弟.]
○ 주희의 해석에 따르면 무지개는 음양의 기운이 만나서는 안 될 때 만나 생기는 천지의 음기淫氣로서 이 시는 여인의 음란함을 풍자한 시이다.

46 「궁중행락사宮中行樂詞」 8수 중 2번째 : 궁중에서 누가 제일 아름다운가? 조비연이 소양궁에 있다네.[宮中誰第一, 飛燕在昭陽.]

는가?

7. 염유가 공자에게 위나라 임금을 묻다 冉有問衛君

『논어論語·술이述而』에 다음과 같은 내용이 있다.

염유冉有가 물었다.
"선생님께서는 위衛나라 임금을 도우실까?"
자공子貢이 대답했다.
"내가 여쭤보지."
자공은 들어가서 공자에게 물었다.
"백이伯夷와 숙제叔齊[47]는 어떤 사람입니까?"
공자가 말했다.
"옛 현자들이지."
자공이 물었다.
"원망하는 마음이 있었습니까?"
공자가 말했다.
"인仁을 구해서 인을 얻었거늘, 어찌 원망이 있었겠는가?"
자공은 방에서 나와 염유에게 말했다.
"선생님께서는 위나라 임금을 돕지 않으실 것이네."[48]

○ 조비연 : 한 성제成帝의 황후. 가냘픈 몸매로 '나는 제비飛燕'라 불리며 성제의 총애를 한 몸에 받았다. 그러나 성제의 총애에도 불구하고 회임을 하지 못했던 조비연은 성제의 시랑 풍천방과 간통하였고 그래도 회임을 하지 못하자 다른 남자들로 바꿔가며 계속해서 음란한 행각을 벌렸는데, 그 장소가 바로 소양궁이었다. 이러한 배경 때문에 '조비연이 소양궁에 있다'는 얘기에 양귀비는 격분하였던 것이다.

47 伯夷, 叔齊 : 본래는 은殷나라 고죽국孤竹國(지금 하북성河北省 창려현昌黎縣 부근)의 왕자였다. 부친 사후 서로 후계자가 되기를 사양하다가 끝내 두 사람 모두 나라를 떠났고 가운데 아들이 왕위를 이었다. 그 무렵 주나라 무왕이 은나라 주왕을 멸하고 주나라를 세우자 신하가 천자를 토벌하는 것은 인의에 위배된다고 반대하였다. 결국 주나라의 곡식을 먹기를 거부하고 수양산首陽山에서 굶어 죽었다.

48 이는 당시 위나라 왕실의 부자시간에 있었던 내분과 관련된 내용이다. 위나라 영공靈公의 아들 괴외蒯聵는 영공의 애첩에게 미움을 받아 축출되어 진陳 나라로 갔다. 후에 영공이 죽자, 나라 사람들은 괴외의 아들 괴첩을 세웠다. 진나라에서는 이 소식을 듣고 괴외를 위나라로 돌려보냈는데, 괴첩은 군사를 내어 부친이 입국하지 못하도록 저지했다. 4년 뒤 괴외는 권신의 도움으로 괴첩을 몰아내고 군주가 되는데 그가 장공莊公이다. 괴첩은 노魯나라로 망명했다가 3년 뒤 환국해서 다시 군주가 된다.

이 부분에 대해 사람들은 대부분 몇 백 자에 걸쳐 위나라 임금인 괴첩蒯輒과 그의 부친인 괴외蒯聵의 시비是非를 비교하며 장황하게 해석하였다. 그러나, 왕봉원王逢原[49]은 단 열 글자로 이 의미를 간략하게 개괄했다.

> 백이와 숙제 형제가 서로 천하를 양보한 것을 현명하다 했으니, 공자께서는 부자의 다툼을 싫어했음을 알 수 있다.

이 말이 가장 간결하고 정확하다. 공자는 형제인 백이와 숙제가 서로 나라를 양보한 것을 현명하다고 했기에, 위나라 왕실이 부자지간에 서로 나라를 다투는 것에 대해 간여하지 않을 것이라는 것을 충분히 알 수 있다.

조설지晁說之[50]도 이 말을 했는데, 결론이 다르다.

윤돈尹焞[51]의 해석도 왕봉원과 같다.

양시楊時[52]만 다음과 같이 해석했다.

> 세상 사람들은 형제가 서로 나라를 양보한 것을 칭찬했기 때문에 부자의 다툼을 미워한 것을 알 수 있다고 했으나, 그 요지를 놓친 것이다.

그런데 그의 말은 이해가 안 된다.

8. 상송 商頌

송宋나라는 미자微子[53]에서 대공戴公에 이르는 동안 예악이 모두 붕괴되었다.

49 王逢原(1032～1059) : 북송의 문장가. 본명 왕령王令, 자 봉원. 문장과 학술로 상당한 명성을 얻었으나 28세의 나이로 요절하였다.

50 晁說之(1059～1129) : 자 이도以道. 저서로 『유언儒言』, 『조씨객어晁氏客語』, 『경우생집景迂生集』이 전한다.

51 尹焞(1071～1142) : 북송시대 이학자. 자 언명彥明, 호는 화정처사和靖處士.

52 楊時(1053～1135) : 북송시대 이학자. 자 중립中立. 호는 귀산선생龜山先生.

53 微子 : 이름은 계啓. 중국 상商의 마지막 임금인 주왕紂王의 이복형. 상商이 멸망한 뒤에 주周 성왕成王에게 송宋의 제후로 봉해져 탕임금의 제사를 받들었다. 상나라의 전통을 계승한 송나라는 춘추시대에는 정鄭·위衛나라와 함께 중원의 큰 세력으로 활약하였으나 점차 쇠퇴해갔다. 10대 임금인 대공 시대에 정고보가 상송 12편을 주나라 태사에게 얻어

정고보正考甫가 「상송商頌」[54] 12편을 주나라 태사에게서 얻었지만, 이후에 그 중 7편이 없어지고 공자 시기에는 5편만 남아있었다. 송나라는 상왕商王의 후예인데도 선대의 시를 보존하고자 하는 노력을 하지 않았으니, 그 나머지 문헌자료를 어떻게 했을지는 보지 않아도 알 수 있다. 공자가 "상나라의 예법에 대해서는 내가 말할 수 있으나, 상나라의 후예인 송나라는 고증자료가 부족하다[商禮吾能言之, 宋不足徵也]"[55]라고 한 것은 이를 탄식한 것이다. 기杞나라는 하후夏后의 후예인데도 오랑캐의 예를 사용할 지경이 되었는데 하물며 무슨 문헌이 남아 있겠는가?

담국郯國은 기杞나라와 송宋나라보다 작고, 소호씨少昊氏는 하夏나라와 상商나라보다 요원한 시절이다. 그러나 봉조鳳鳥를 관직의 명칭으로 사용한 것에 대해 담자郯子는 하나하나 잊지 않으면서 이렇게 말했다.

> "내 선조의 제도이니 내가 잘 안다."[56]

현명하구나.

9. 속어도 근거가 있다 俗語有所本

속어에서 1관貫[57]의 돈이 우수리가 있는 경우는 천일千一, 천이千二라고 하고, 쌀 한 섬[石]에 우수리가 있는 경우는 섬일石一, 섬이石二라고 하며,

돌아가서 그 선왕에게 제사를 지냈다는 기록이 『사기·송미자세가』에 전한다.

54 商頌 : 『시경』은 내용에 따라 풍風·아雅·송頌으로 구분하는데, 풍은 여러 나라의 민요로 주로 남녀간의 정과 이별을 다룬 내용이 많다. 아雅는 공식 연회에서 사용하는 음악이며, 송은 종묘의 제사에서 쓰이는 음악이다. 송은 주송周頌, 노송魯頌, 상송商頌으로 나뉘어져 있다.

55 『논어論語·필일八佾』.

56 『좌전·소공召公 17년』 : 가을에 담자가 노나라에 내조하였고, 노소공은 연회를 베풀었다. 소공이 담자에게 소호씨少昊氏의 시대에 새 이름을 관명으로 삼은 까닭을 물었다. 담자는 "그는 나의 선조로 내가 그 이유를 잘 알고 있다"며 이렇게 설명했다. "나의 선조인 소호씨가 즉위했을 때 봉조가 날아왔소. 이 때문에 새 이름으로 관명을 삼게 되었던 것이오."

57 貫 : 천전千錢을 일관一貫이라 한다.

길이의 단위인 한 장丈에 우수리가 있는 경우는 장일丈一, 장이丈二라고 한다. 『주례周禮 · 고공기考工記』의 "창의 길이가 일 심尋 4척尺"라는 부분의 주석에 "8척을 심이라 하므로, 창의 길이는 1장 2척이다[丈二]"라고 했고, 또 『사기史記 · 장의전張儀傳』에 언급된 한척 한자짜리 격문[尺一之檄], 『한서漢書 · 회남왕안전淮南王安傳』에 나오는 1장 1척의 끈[丈一之組], 「흉노전匈奴傳」에 나오는 한척 한자짜리 목간 편지[尺一牘], 후한後漢 시기에 한척 한자짜리 조서[尺一詔], 당나라 때 성 남쪽에 하늘과의 거리가 한척 오자[尺五]라는 표현은 모두 근거가 있는 것들이다.

10. 파양의 학궁 鄱陽學

파양鄱陽[58] 학궁[59]은 성 밖 동호東湖의 북쪽에 있는데 범중엄范仲淹[60]이 군수 시절에 지은 것이라고 전해진다. 내가 역사를 고찰해보니 범중엄은 경우景祐 3년 을해乙亥년[61](1036) 4월에 요주饒州 지부를 역임했다. 4년(1037) 12월에 황제가 조서를 내려 이 해부터 주요 번진에만 학관을 세우도록 하고 다른 주는 허락하지 않았다. 이 달, 범중엄은 윤주潤州[62]로 전임되었다.

『여양공집余襄公集』[63]에 「요주신건주학기饒州新建州學記」가 있는데, 실제로 경력慶曆 5년 을유乙酉년(1045)에 건립되었고 당시 태수는 도관원외랑都官員外郎 장군張君이었다. 그 대략은 다음과 같다.

> 마을에 원래 옛 성인들의 사당이 있었으나 기둥과 지붕이 무너지고 벗겨졌었다.

58 鄱陽 : 지금의 강서성江西省 파양鄱陽.

59 學宮 : 고을에 있는 학교.

60 范仲淹(989~1052) : 북송北宋 때 정치가·문인. 자 희문希文. 부재상격인 참지정사參知政事까지 올랐다.

61 을해년은 경우 2년으로 1035년이고, 경우 3년은 병자丙子년이다. 홍매가 착각한 듯하다.

62 潤州 : 지금의 강소성江蘇省 진강시鎮江市.

63 『余襄公集』: 북송 시기 여정余靖(1000~1064)의 문집. 여정은 경력시기 사간관四諫官 중 한 명으로 시호가 '양襄'이다.

전임 태수가 마땅한 터를 봐 두긴 했지만 미처 지을 겨를이 없었다. 그래서 장군張君이 동호東湖 북쪽에 학궁을 세웠다.

부량浮梁[64] 사람 김군경金君卿 낭중郎中이 쓴 「군학장전기郡學莊田記」의 기록도 여공余公의 기록과 부합한다.

경력 4년(1044) 봄, 조서를 내려 각 지방에 학궁을 세우도록 했다. 당시 태수 도관 부랑都官副郎 장후담張侯譚이 학궁을 짓기 시작하여 이듬해 완성되었다.

범중엄이 요주에 있을 때 김군경을 초청해서 관사館舍를 짓게 하였다. 만약 범중엄이 학궁을 세울 뜻이 있었다면 기문에서 어찌 한 마디도 언급을 하지 않았겠는가? 이때 범중엄은 이미 중앙 조정의 관료로 일하고 있었으며 요주를 떠난 지 10년이 지난 시기였다. 터를 봐 두었다는 이전 태수는 누구인지 모르겠다.

11. 국기일의 휴무 國忌休務

『형통刑統』에 당나라 대화大和 7년(833)의 칙서가 수록되어 있다.

법령을 비준한다. 국기일[65]에는 음주와 음악을 금지하고 있는데 백성과 관리의 처벌에 대해서는 명문화된 규정이 없다. 이 날은 정무를 처리하기에 합당치 않아 관부에서도 안건을 처결할 수 없으나 사소한 처벌은 예제와 법률상에 문제가 되지 않는다. 지금부터는 만약 이러한 사건이 있더라도 어사대御史臺는 고발하지 말라.

『구당서舊唐書』에도 이 일이 기록되어 있다. 어사대가 균왕均王 부傅 왕감王堪의 아들이 국기일에 자택에서 일꾼을 처벌한 일을 상소하여 고발했기 때문에, 이 조서를 반포한 것이다. 당나라 때는 국기일이 개인의 기일과 같은 의미였

64 浮梁 : 지금의 강서성江西省 경덕진景德鎮.
65 國忌日 : 황제와 황후의 기일.

기 때문에 휴무였으므로 비록 형사 사건이라도 판결을 하지 않았다. 정무를 처리하기에 합당치 않다는 것이 바로 이런 의미이다.

지금 개봉의 백관들은 기일 두 개가 겹치는 쌍기일雙忌日[66]에만 공무를 쉰다. 하지만 절하는 것이 너무 많아 모든 의식이 끝나면 이미 아주 늦은 시각이 된다. 단기일에는 중서, 문하, 상서 삼성의 관원들만 쉬고 나머지 관원들은 평일과 다름없이 관사에 앉아 업무를 처리하니 고대의 제도와도 다르다. 원진元稹의 시에서도 당나라 시기에는 국기일이 휴무였음을 알 수 있다.

범인을 체포하여 심문하는 어사,	縛遣推囚名御史,
어지러이 죄수들 가득 있으나,	狼藉囚徒滿田地,
내일은 국기일이라 심문이 없다네.	明日不推緣國忌.[67]

12. 한나라 소제와 순제 漢昭順二帝

한나라 소제昭帝[68]는 불과 14살에 곽광霍光[69]의 충심을 알고 연왕燕王 상서의 거짓을 간파하여 상홍양桑弘羊과 상관걸上官桀을 죽일 수 있었다. 그러므로 후세는 그의 영명함을 칭송하였다.[70]

66 雙忌日 : 국기國忌란 조정에서 제정한 휴일로 황제와 황후의 기일을 말한다. 기일은 단기와 쌍기로 나눌 수 있는데, 쌍기란 하루에 둘 이상의 황제 혹은 황후의 기일이 겹치는 것을 말한다.

67 「辛夷花」.

68 昭帝 : 전한前漢의 8대 황제 유불릉劉弗陵.

69 霍光(?~B.C.68): 전한前漢의 정치가. 자 자맹子孟. 곽거병霍去病의 이복 동생으로, 10여 세 때부터 무제武帝를 측근에서 섬기다가, 무제가 죽을 무렵에는 대사마대장군大司馬大將軍·박륙후博陸侯가 되었다. 무제가 임종시 곽광과 김일제金日磾·상관걸上官桀·상홍양桑弘羊에게 후사를 위탁하였기에, 소제를 보필하여 정사를 집행했다.

70 한 무제는 후궁 조첩여의 아들 유불릉에게 제위를 물려주면서 곽광과 김일제·상관걸·상홍양에게 당시 8살이던 어린 황제를 보필하도록 유조를 남겼다. 무제의 후궁 이희李姬 소생인 연왕燕王 단旦은 형임에도 불구하고 제위를 소제에게 빼긴 것에 대해 원망하고 있었다. 곽광이 조정의 국사를 독점하고 있던 것에 불만과 원망이 있던 상관걸과 상홍양은 연왕 단과 공모하였고, 연왕 단의 이름을 사칭하여 상소를 올려 곽광을 탄핵하였다. 당시 14살이던

화제和帝[71] 때 두헌竇憲 형제가 권력을 농단하고 태후가 수렴청정을 하면서 함께 화제를 살해할 것을 모의하였다.[72] 화제는 그들의 음모를 알았지만 내외 신료들과 접촉을 할 수가 없었다. 오직 중상시中常侍[73] 정중鄭衆만이 간당들과 결탁하지 않았다는 것을 알고 결국 그와 함께 의논하여 두헌을 죽였다. 당시 화제의 나이 14살이었다. 그의 강단과 결단력은 소제에 뒤지지 않았으나, 범엽范曄은 『후한서後漢書』에서 이 일을 언급하지 않았고 후세 사람들도 화제를 칭송하지 않게 되었다.

순제順帝[74] 때, 대장군 양상梁商이 정사를 보좌하였다. 당시 환관인 조절曹節이 가장 최측근에서 황제를 모시고 있었기에 양상은 자신의 아들 양기梁冀를 보내 그와 사귀게 하였다. 그들의 총애를 질투한 환관들은 그들을 해치려고 했다. 중상시中常侍인 장규張逵와 거정蘧政·양정楊定 등은 황제의 주변 사람들과 함께 모의하여, 양상과 중상시中常侍 조등曹騰·맹분孟賁이 황제를 폐위하기 위한 모의를 하고 있다고 참소하며 양상 등을 잡아들여 처벌할 것을 청하였다. 순제가 말했다.

> "대장군 부자는 나와 가까운 사람이고, 조등·맹분은 내가 아끼는 사람이니, 그럴 리가 없다. 너희들이 그를 질투하는 것일 뿐이다."

소제는 상소가 거짓이라는 것을 간파하고 다시 곽광을 참소하는 자가 있다면 용서치 않겠다고 한다. 일이 틀어지자 상관괄과 상홍양은 연왕을 천자로 세울 것을 모의하였으나 발각되어 죽음을 당했다.

71 和帝(79~105 / 재위 88~105) : 후한 시기 4대 황제 유조劉肇.

72 화제는 3대 황제인 장제章帝의 넷째 아들로 태어났다. 모친 양귀인梁貴人은 장제의 황후 두씨竇氏에게 살해당했다. 9살에 즉위하였으므로 나이가 어려 두태후竇太后가 수렴청정을 하였고 태후의 오빠인 두헌竇憲이 외척으로 정권을 장악하였다. 몇 년 후, 화제는 외척 두씨를 토벌할 계획을 세웠고 환관인 정중鄭衆을 모신으로 하여 92년 두헌의 실권을 박탈하고 두씨竇氏일족을 정권에서 몰아내고 실권을 장악하였다. 그 후 화제는 측근 정치를 하게 되었고 이것이 환관 횡포의 효시가 되었다.

73 中常侍 : 전한 시기에는 황제의 측근에서 시중과 고문을 담당하였는데 독립적 관직이라기보다는 총신이 겸직하는 자리였으며 정해진 인원도 없었다. 동한 이후 구체적인 역할을 갖는 관직이 되었는데 4명으로 준 이천석二千石의 녹봉을 받았으며, 주로 환관들이 이 자리에 임명되었다.

74 順帝(115~144 / 재위 126~144) : 후한의 7대 황제 유보劉保.

장규 등은 소용없음을 알고서 결국 조서를 사칭하여 조등과 맹분을 잡아들였다. 황제는 진노하여 장규 등을 체포하여 죽였다. 이 일은 소제의 경우와 아주 비슷하다.

곽광은 나라에 충성하였으나 그 아들 곽우霍禹 때문에 멸문의 화를 당했으며, 양상은 나라에 충성하였으나 그 아들 양기로 인해 멸족되었으니 이 또한 비슷하다.[75] 다만 순제는 양기에게 다시 정사를 맡겼으니 그의 영명함은 소제보다 못하다고 할 수 있다. 때문에 후세 사람들이 순제를 칭송하지 않는 것이다.

13. 절개를 지킨 여인들 三女后之賢

왕망王莽의 딸은 한漢 평제平帝의 황후였다.[76] 유씨劉氏 황제가 폐위되고부터 황후는 항상 병을 핑계 삼아 조회에 나가지 않았다. 왕망은 껄끄럽기도 하고 가슴이 아프기도 해서 그녀를 재가시키고자 했으나 황후는 따르지 않았다. 왕망의 찬위가 실패로 돌아가자 황후는 "무슨 면목으로 한나라 종실 사람들을 대하겠는가!"라며 불구덩이에 몸을 던졌다.

양견楊堅[77]의 딸은 북주北周 선제宣帝의 황후였다. 양견이 주나라를 찬탈할 뜻이 있음을 알게 되자 불편한 마음이 말과 안색으로 드러났다. 양견이

75 양기의 동생은 순제順帝의 황후가 되었다. 양기는 외척으로서 권세를 휘둘러 대장군大將軍에 임명되었으며, 양씨 일가가 국정을 좌우하였다. 144년 순제가 죽자 여동생인 양태후梁太后와 함께 제위를 마음대로 폐립하였으며, 특히 8세의 질제質帝는 그에 의하여 독살되었다. 그는 20년간 조정을 장악했으며 152년 양태후가 죽고, 159년 환제桓帝의 황후가 된 여동생인 양황후梁皇后가 죽자, 환제는 환관과 모의하여 군사를 일으켜 그의 저택을 포위하였다. 그는 처와 함께 자살하였고, 일족은 모조리 죽음을 당했다.

76 전한 말, 애제哀帝가 1년 만에 아들 없이 죽자 왕망은 자신의 고모인 태황태후 왕씨와 쿠데타를 일으켜 평제平帝를 옹립하고 자신의 딸을 평제의 왕후로 삼았다. 그 후, 평제를 독살하였고, 결국엔 한 왕조를 멸망시키고 국호를 '신新'이라 하며 스스로 황제가 되었다.

77 楊堅(541~604) : 수나라의 초대 황제 문제(재위 581~604). 원래는 북주北周의 고관이었으나 그의 딸이 북주 선제宣帝의 비妃가 되자 외척으로서 정치적 실권을 장악하였다. 580년 선제의 아들 정제靜帝가 어린 나이로 즉위하자 정제의 보정輔政이 되어 정사를 좌우하였다. 581년 정제의 선양을 받아 수나라를 세웠다.

제위를 물려받게 되자 황후의 슬픔과 탄식은 더욱 심해졌다. 양견은 내심 미안한 마음이 들어 재가를 시키려 했으나 황후가 재가를 받아들이지 않을 것을 맹세하자 단념할 수밖에 없었다.

이변李昪[78]의 딸은 오吳나라 태자 연璉의 비妃였다. 이변은 오나라를 찬탈하고 그녀를 영흥공주永興公主에 봉하였다. 태자비는 사람들이 공주라 부르는 것을 들을 때마다 눈물을 흘리며 사양하였다.

세 여인의 일이 대략 비슷하니 존경할만하다. 세 여인의 아비 된 자들은 부끄럽지도 않단 말인가?

14. 현명한 부모와 형제 賢父兄子弟

남조南朝 송宋나라 사회謝晦[79]가 우위장군右衛將軍이 되자 권력과 대우가 대단해졌다. 팽성彭城에서 도성으로 돌아와 가족들과 상봉하는데 그를 구경하려는 사람들이 구름처럼 몰려들었다. 형인 사첨謝瞻이 놀라 말했다.

> "네 명예와 지위가 아직 높지 않은데도 사람들이 이렇게 쫓아 몰려드니, 이 어찌 우리 집안의 행운이겠느냐? 나는 차마 못 보겠구나."

그러고는 대나무 울타리로 마당을 막았다. 또 송공宋公인 유유劉裕[80]에게 자신의 직위를 강등하거나 면직시켜 달라고 청하여, 가문이 쇠락하는 것을 막고자 했다. 사회가 유유를 보필하여 송宋나라를 세우게 되자 사첨은 더욱

78 李昪(888~943) : 5대 10국의 하나인 남당의 창시자(재위 937~943). 본명 서지고徐知誥. 오吳나라의 건국자 양행밀楊行密의 부장 서온徐溫에게 발탁되어 양자로 입적, 서씨 성을 받았다. 서온이 오나라의 실권을 장악함으로써 권력을 얻기 시작하였고 서온이 죽은 후 오나라의 중추를 장악하여, 937년 황제로 즉위하였다. 스스로 당나라 현종의 여섯 째 아들 낙윤落胤의 후손이라 칭하며 '이변'이라는 이름을 썼다.

79 謝晦(390~426) : 남조 송나라 개국공신. 자 선명宣明.

80 劉裕(363~422) : 남조南朝 송宋의 제1대 황제(재위 420~422). 가난한 집안에서 태어나 일찍이 군에 투신, 동진東晉 말 내란에서 환현桓玄의 전횡을 토벌하여 중앙의 정권에 접근하였다. 이후 양주揚州를 중심으로 군사권을 장악하여, 410년 남연南燕·후진後秦을 멸망시켰다. 419년 공제恭帝의 선양으로 제위에 올라 송을 건국하였다.

걱정하며 두려워하였다. 결국 병에 걸리자 치료도 받지 않고 죽었다. 사회는 과연 그 가문을 망하게 했다.

안준顔竣[81]은 송宋 효무제孝武帝[82]에게 큰 공을 세워 신임을 받았다. 안준의 부친인 안연지顔延之[83]는 항상 그에게 이렇게 말했다.

> "나는 평생 동안 권세 있는 사람 만나는 것을 좋아하지 않았는데, 지금 불행히도 너를 만났구나."

어느 날 아침 안연지가 안준을 보러 갔었다. 대문 안에는 그를 만나려는 방문객들로 가득했는데 안준은 아직 일어나지도 않고 있었다. 이 광경을 본 안연지는 노발대발했다.

> "똥 무더기 같은 미천한 신분으로 태어난 네 놈이 높은 자리에 오르더니 오만방자해 졌구나! 이리도 교만하니 이 자리가 오래갈 성 싶으냐!"

안준은 결국 효무제에게 죽임을 당했다. 안연지와 사첨은 현명한 아비와 형이라 할만하다.

수隋나라 고경高熲[84]이 재상의 지위인 상서복야尙書僕射가 되자 모친이 그를 경계시키며 말했다.

> "너의 부귀가 이미 정점에 이르렀으니 머리 잘리는 일만 남았구나."

고경은 이 때문에 항상 변고가 생길까 걱정하였다. 그러다가 결국엔 관직을 그만두고 서민이 되었는데, 전혀 후회하는 기색 없이 기뻐하였다.

---

81 顔竣 : 자 사손士遜. 효무제가 유소를 토벌하고 제위에 오르는 과정에서 안준이 격문을 초안하였으며, 이후 효무제의 병중에도 소식의 누설을 차단하고 정무를 처리하고 군심을 안심시키며 중요한 역할을 하여 효무제의 인정을 받았다. 효무제가 황음한 생활을 하자 안준은 계속해서 간언하였고 결국 폄적되어 죽게 된다.

82 孝武帝 : 남조 송의 4대 황제 유준劉駿. 아버지를 암살한 형 유소劉劭를 죽이고 제위에 올랐다.

83 顔延之(384~456) : 남조 송나라 문인. 자 연년延年.

84 高熲(?~607) : 자 소현昭玄. 원래는 북주의 관료였으나 양견을 도와 수나라 개국에 공로를 세워 상서좌복야에 임명되었다.

하지만 후에 양제煬帝[85]에게 죽임을 당했다.

당唐나라 반맹양潘孟陽[86]이 마흔이 되지도 않은 나이에 시랑侍郎이 되자, 그의 모친이 염려하며 이렇게 말했다.

"네 재능으로 재상의 자리에 올랐으니 참으로 걱정스럽구나."

엄무嚴武가 죽자 모친은 통곡하면서 이렇게 말했다.

"이제 나는 자식의 죄로 연루되어 관가의 노비가 될 일은 없겠구나."

세 사람은 모두 현명한 모친이다.

저연褚淵은 소도성蕭道成[87]을 보좌하여 남조 송宋나라를 찬탈하고 제齊나라를 세웠다. 저연의 사촌동생 저소褚炤가 저연의 아들 저분褚賁에게 말했다.

"너희 아버지께서 무슨 생각으로 이 나라를 다른 사람에게 넘기려 하시는지 모르겠구나."

저연이 제나라 사도司徒의 자리에 오르자 저소는 한숨 쉬며 말했다.

"오늘의 승진은 우리 가문의 불행이다."

저연이 죽자 아들 저분은 아버지가 지조를 지키지 못한 것을 수치스러워하며 상을 마치고도 결국 관직에 나가지 않고 작위를 동생에게 주고서는 죽을 때까지 은거하였다.

남조 제齊나라 왕안王晏이 소란蕭鸞[88]의 제위 찬탈을 도왔다. 왕안의 사촌

85 煬帝(569~618 / 재위 604~618) : 수隋나라 2대 황제 양광楊廣. 대운하 등 토목공사로 백성을 피폐하게 하여 각지에서 민란이 일어나 수나라의 멸망을 초래했다.

86 潘孟陽(?~815) : 당나라 덕종德宗 말년, 호부시랑에 임명되었다.

87 蕭道成 : 자 소백紹伯. 남조 송나라의 순제順帝를 폐위시키고 자립하여 제나라를 세웠다.

88 蘇鸞 : 남조 제나라 명제明帝. 제나라는 제2대 황제인 무제武帝 때 11년간 '영명永明의 치'를 이룬 후 3대와 제4대 때 어린 황제들이 짧은 기간 동안 재위에 올랐다. 소란은 이들 어린 황제 소소업蕭昭業과 소소문蕭昭文을 차례로 폐위, 살해하고 스스로 494년에 황제에 즉위했다.

왕사원王思遠이 말했다.

"형님께서는 앞으로 어떻게 하려 하십니까? 만약 지금 자결을 하신다면 가문은 살릴 수 있을 것입니다."

이후 왕안이 표기장군驃騎將軍에 임명되어 집안의 모든 자제들이 모인 자리에서 축하를 받게 되었다. 왕안이 왕사원의 형인 왕사미王思微에게 말했다.

"융창隆昌[89] 말년, 왕사원이 내게 자결을 권했었네. 만약 그 말을 따랐다면 어찌 오늘 같은 날이 있을 수 있었겠는가?"

왕사원이 말했다.

"제 생각에도 아직 늦지 않았습니다."

왕안이 한숨 쉬며 말했다.

"세상에 어찌 사람더러 스스로 목숨을 끊으라 권할 수가 있단 말인가?"

후에 왕안은 결국 명제明帝에게 죽임을 당했다. 저소와 저분, 왕사원은 모두 현명한 아우들이다.

15. 채양의 글씨첩 蔡君謨帖

채양蔡襄[90]의 글에 이런 내용이 있다.

나는 예전에는 간언하는 일을 했고 지금은 글을 짓는 일을 하지만, 이는 모두 같은 일이다. 간관으로 지낼 때는 말을 해야 하는 책임이 있었기에 세상 사람들

---

89 隆昌 : 남조 제나라 울림왕鬱林王 소소업蕭昭業 시기 연호(494).

90 蔡襄(1012~1067) : 송대 서예가. 자 군모君謨. 소식蘇軾·황정견黃庭堅·미불米芾과 함께 송대 4대가로 꼽힌다.

과 소원해졌고, 지금은 그런 책임이 없으니 세상 사람들과 친해졌다. 내가 사람들을 대하는 것은 달라지지 않았지만, 사람들의 생각이 달라진 것이다.

이 글을 보고서 예전에는 어사대御史臺에서 간관의 책임을 맡는 것이 이처럼 사람들과 소원해지는 일이었다는 것을 알았다. 지금은 세상이 달라졌다. 일단 간관이 되면 그 집 대문은 문전성시를 이루다가, 다른 자리로 옮기게 되면 참새 그물을 칠만큼 찾아오는 이가 없게 되니 풍속의 야박함이 심하다.[91]

채양이 재상인 문언박文彦博[92]에게 여지荔枝를 보내는 글 한 편이 더 있다.

인사 올립니다. 평안하시고 만복이 함께하시길 기원합니다. 민중閩中의 여지는 진가자陳家紫를 제일로 칩니다. 공께 보내 드리오니 보잘것없는 성의를 받아주시기 바랍니다.

소문상공昭文相公 각하께 채양 올림

시종侍從[93]이 재상과 왕래하는 예의가 예전에는 이와 같았다. 지금의 예절은 각박하고 인정에 맞지도 않으니 참으로 개탄스럽다!

16. 친왕과 시종관의 왕래 親王與從官往還

신종神宗[94]의 친필이 있는데 영왕潁王 시절 이수李受[95]가 보낸 안부인사에

91 『사기·급정열전汲鄭列傳』: 고위관직에 있을 때는 빈객들이 문을 가득 메우다가 벼슬에서 물러나자 대문 앞에 참새를 잡는 그물을 쳐도 될 정도門外可設雀羅로 빈객의 발길이 끊겼다.
○ 門前雀羅 : 문전성시門前成市과 반대의미로, 권력의 부침에 따라 인심이 변함을 나타내는 말로 사용된다.

92 文彦博(1006~1097) : 북송 시대 정치가. 자 관부寬夫. 산서성 분주汾州 개휴介休 사람. 인종과 영종·신종·철종 조대의 중신으로 전후 50년간 장상의 지위에 있으면서 중책을 담당하였다. 신종 시기에는 왕안석의 신법을 비난하였다가 지방으로 폄적되었으나 철종이 즉위하고 구법당이 부활하면서 평장군국중사平章軍國重事에 임명되었다.

93 侍從 : 송대에는 전각학사殿閣學士, 직학사直學士, 대제待制, 한림학사翰林學士를 시종이라 칭했다.

94 神宗(1048~1085 / 재위 1067~1085) : 북송 6대 황제 조욱趙頊. 치평治平 원년(1064) 영왕潁王에 봉해졌으며, 치평 3년(1066) 태자로 책봉되었다.

95 李受 : 자 익지益之. 북송 치평治平 연간에 우간의대부右諫議大夫와 천장각대제겸시독天章閣待制侍讀을 지냈다. 신종이 즉위하자 급사중給事中과 용도각직학사龍圖閣直學士를 지냈다.

답신한 것이다.

이수의 편지 내용은 다음과 같다.

> 우간의대부右諫議大夫, 천장각대제겸시강天章閣待制兼侍講 이수가 황자대왕皇子大王의 안부를 여쭙습니다.

이수가 보낸 편지 겉봉에 "귀하께 돌려 보냅니다[台銜回納]"라고 써 있었고, 그 아래에 다음과 같은 구절이 써 있었다.

> 황자 충무군절도사忠武軍節度使, 검교태위檢校太尉, 동중서문하평장사同中書門下平章事, 상주국上柱國 영왕潁王 '이름' 삼가 보냄.

'이름' 부분은 신종이 직접 썼다. 그 후 이수의 아들이 황색 천으로 덮어 상납하였고 현모각顯謨閣에 보관되었다. 선친이 연燕땅에서 이 어찰을 얻게 되어 친왕과 수행신하 사이 왕래의 공적인 예의가 이와 같았음을 알게 되었다.

17. 『춘추』 삼전의 기사 三傳記事

진목공秦穆公이 정鄭나라를 습격한 것과 진晉나라가 주邾나라 첩치捷菑를 받아들인 일에 대해 『좌전左傳』과 『공양전公羊傳』[96] · 『곡량전穀梁傳』의 기록은 대략 비슷하다.

『좌전』은 진나라의 일을 이렇게 기록하였다.

> 정鄭나라를 수비하고 있던 진秦나라 대부 기자杞子가 은밀히 사람을 본국으로 보내 보고했다.
> "몰래 군사를 출병한다면 정나라를 취할 수 있을 것입니다."

96 『公羊傳』: 유가의 주요 경전 가운데 하나로 『춘추좌씨전春秋左氏傳』(『좌전左傳』), 『춘추곡량전春秋穀梁傳』과 더불어 '춘추삼전春秋三傳'으로 꼽히는 『춘추』의 해설서이다. 『춘추』에 담긴 '미언대의微言大義'를 문답問答 형식으로 풀이하고 있는데, 서한시대 금문경학金文經學의 주요 경전이었다.

진목공은 건숙蹇叔을 불러 이를 물었다. 건숙이 말했다.
"먼 길을 달려와 피로한 군대로 적을 습격해 성공했다는 말을 들은 적이 없습니다. 게다가 천리나 되는 길을 행군하는데 그 누가 이를 모를 리 있겠습니까?"
진목공은 이를 듣지 않고 맹명孟明을 불러 출병하게 했다. 건숙이 울면서 말했다.
"맹자孟子여, 나는 우리 군사가 출병하는 것을 보고 있지만 회군하는 모습은 보지 못하겠구려."
진목공이 말했다.
"그대가 무엇을 아는가? 그대의 천수도 다하였으니 군대가 돌아올 때면 그대 무덤 앞의 나무는 둘레가 한 아름드리가 될 것이다."
건숙의 아들도 참전하였기에 건숙은 울면서 전송하였다.
"진晉나라는 반드시 효산殽山[97]에서 우리 군사를 저지할 것이다. 효산에는 두개의 릉陵이 있는데 너희들은 반드시 그 사이에서 죽을 것이다. 내가 그곳에서 너의 뼈를 거둘 것이다."
진나라 군사는 결국 동쪽을 향해 출발했다.

『공양전』의 기록은 이러하다.

진백秦伯이 정나라를 습격하려 하자 백리자百里子와 건숙자蹇叔子가 간언하였다.
"천리를 행군하여 습격하고서 망하지 않은 자는 없었습니다."
진백이 진노하였다.
"그대들의 나이면 무덤가에 심은 나무가 한 아름이 되었을 텐데 너희가 어찌 알겠느냐!"
군대가 출발하자 백리자와 건숙자는 그 아들을 전송하며 경계시켰다.
"너희는 필히 효산殽山의 높고 험한 바위에서 죽게 될 것이다. 내가 시신을 거둘 것이다."
아들은 인사를 하고 출병하였고 백리자와 건숙자는 그 아들을 따라가며 통곡하였다. 진백이 대노하였다.
"너희는 어찌 울면서 군사를 배웅하느냐?"
그들이 대답했다.
"신은 군주의 군사 때문에 우는 것이 아닙니다. 신의 자식 때문에 우는 것입니다."

『곡량전』의 기록은 이러하다.

진백이 정나라를 습격하려하자 백리자와 건숙자가 간언하였다.

97 殽山 : 지금의 하남성河南省 섬현陝縣 동쪽. 마차 두 대가 동시에 지나지 못할 정도의 협도.

"천리를 행군하여 습격하고서 망하지 않은 자는 없었습니다."
진백이 말했다.
"그대 무덤의 나무가 아름드리 나무일 것이거늘 뭘 안다하는가?"
군대가 출발할 때 백리자와 건숙자는 아들을 전송하며 경계하였다.
"너희는 필히 효산의 높고 험란한 바위 아래서 죽게 될 것이다. 내가 그곳에서 너희의 시신을 거둘 것이다."
군대가 출발하자 백리자와 건숙자는 그 자식을 따라가며 울었다. 진백이 진노했다.
"왜 내 군사 때문에 우는 것이냐?"
두 사람이 답했다.
"군대 때문에 운 것이 아니라 제 자식 때문에 우는 것입니다. 저는 늙었습니다. 저 아이가 죽지 않으면 제가 죽겠지요."

주邾나라의 일에 대한 『좌전』의 기록은 이러하다.

주문공邾文公의 첫째 부인 제강齊姜은 정공定公을 낳았고, 둘째 부인 진희晉姬는 첩치捷菑를 낳았다. 주문공이 세상을 떠나자 주나라 사람들이 정공을 옹립했다. 이에 첩치는 진晉나라로 달아났다. 진나라 조돈趙盾이 제후들의 군사와 전차 8백승을 이끌고 첩치를 호송하여 주나라로 들여보냈다. 주나라 사람들이 거절하며 말했다.
"제강의 소생인 확저貜且(정공)의 나이가 많습니다."
조돈이 말했다.
"사리에 맞는 말을 따르지 않는다면 상서롭지 못할 것이다."
그러고는 곧바로 철수했다.

『공양전』은 이와 같다.

진晉 극결郤缺이 군대를 거느리고 전차 800승을 대동하고는 주루邾婁에서 첩치를 들여보내려 했다. 위세가 넘치는 모습을 보여주어서 그를 받아들이게 하려 한 것이다. 주루 사람들은 이렇게 말하며 거절했다.
"첩치는 진나라 여인의 소생이며, 확저는 제나라 여인의 소생입니다. 그대가 손가락의 숫자로 임금을 세우고자 한다면 첩치는 네 개고, 확저는 여섯 개입니다. 그대가 대국의 기세로 누르려 한다면, 제나라와 진나라 중 어느 나라가 강국인지 알 수 없습니다. 귀한 것으로 따지면 모두 귀하지만 확저가 장자입니다."
극결이 말했다.
"내 힘으로도 들일 수 없고, 도의상으로도 이길 수 없다."
군대를 이끌고 돌아갔다.

『곡량전』의 내용은 이러하다.

> 전차 500승을 거느리고 천리 땅을 달려 송宋과 정鄭·등滕·설薛나라를 거쳐 대국으로 들어와 군주를 바꾸고자 하였으나, 성 아래에 이른 연후에서야 알게 되었다. 어찌 그토록 늦게 깨달은 것인가! 첩치는 진나라 소생이고 확저는 제나라 소생이다. 확저는 정통이고, 첩치는 정통이 아니다.

진나라의 일은 『곡량전』의 기술이 곡진하고 흥미로우며, 주나라의 일은 『좌전』의 기술이 언어가 간결하면서도 적절하다. 사건을 기록하려는 자들은 이 두 편을 잘 봐야한다.

18. 장가정 張嘉貞

장가정張嘉貞[98]이 병주장사并州長史, 천병군사天兵軍使로 있을 때 현종이 그를 재상에 임명하려 했다. 그러나 이름을 잊어버려 중서시랑中書侍郎 위항韋抗에게 조서를 내렸다.

> 짐은 그의 인품만을 기억하고 이름을 잊었다. 지금 북방의 대장으로 성은 장張이고 두 글자 이름이다. 경이 나를 위해 생각해보라.

위항이 말했다.

> "장제구張齊丘가 아닙니까? 지금 삭방절도사朔方節度使 입니다."

현종은 즉시 그를 재상으로 임명하는 조서를 작성하게 하였다. 그런데 현종이 한밤중 대신들의 상소문을 열람하다가 장가정의 상소문을 발견하여, 자신이 임명하려던 사람이 그였음을 알게 되었고, 마침내 장가정을 재상으로 임명할 수 있었다. 사람들은 이 일화를 근거로 현종이 만약 장가정의 상소문을 보지 못했다면 장제구가 재상으로 잘못 임명될 뻔했으니, 현종이 인재를

98 張嘉貞(665~729) : 당나라 무측천과 예종·중종·현종 시기의 정치가.

중용했다고 하지만 실제로는 이처럼 경솔했다고 한다.

그러나 사실은 그렇지 않다. 장가정은 개원開元 8년(720)에 재상이 되었고 장제구는 천보天寶 8년(749)에서야 삭방 절도사가 되었다. 둘 사이에 30년 정도의 격차가 있는데 어찌 이 이야기처럼 될 수 있겠는가? 게다가 이 때 현종은 즉위하지 얼마 되지 않은 때라 한창 정치에 분발할 때였기에, 재상을 임명하면서 그 이름과 직위를 살피지 않았을 리가 없다. 이 일은 정처회鄭處誨의 『명황잡록明皇雜錄』[99]에 있는 망령된 기록으로 역사가들이 잘못 채용한 것이다. 『자치통감資治通鑑』은 이 내용을 취하지 않았다.

19. 장구령의 「우공비」 張九齡作牛公碑

장구령張九齡[100]이 재상으로 있을 때, 현종이 양주涼州 도독都督 우선객牛仙客[101]을 상서尙書에 임명하려 했다. 장구령은 불가하다며 이렇게 말했다.

> "우선객은 하황河湟[102] 지역의 일개 서리 출신일 뿐입니다.[103] 서리에서 발탁되어 문자도 제대로 알지 못하는데 폐하께서 꼭 그를 등용하시겠다니, 신은 참으로 부끄럽습니다."

현종은 기분이 상했고 이 때문에 장구령을 재상 자리에서 해임하였다.

장구령의 문집에 「증경주자사우공비贈涇州刺史牛公碑」라는 글이 있는데, '우공牛公'은 우선객의 부친을 가리킨다. 장구령은 이 문장에서 우선객을 몹시 칭송했다.

---

99 『明皇雜錄』: 당나라 정처회가 편찬한 필기로 현종 시기의 고사를 수록한 것이다.
100 張九齡(673~740) : 당 현종 시기 재상.
101 牛仙客(675~742) : 당 현종 시기 재상. 하급 관리 출신이었으나 공을 인정받아 공부상서, 동중서문하삼품에 이르렀다.
102 河湟 : 지금의 청해성靑海省과 감숙성甘肅省 경내에 있는 황하와 황수가 합류하는 지역으로 당나라 시기 당과 토번의 경계 지역.
103 우선객은 경주涇州 순고현鶉觚縣(지금의 감숙성 평량시平涼市) 출신으로 현의 하급 서리 출신이었다.

좋은 후손이 있는 것보다 더 복되고 좋은 일은 없다. 우공의 아들 우선객은 나라의 인재로서 나라의 경영에서 농경과 전쟁을 중시했던 상앙商鞅[104]의 정책을 운용하고, 조충국趙充國[105]이 오랑캐를 제압한 방략을 시행하였다. 말은 반드시 행하였고, 계획한 것은 반드시 실효를 거두었다. 변경 지역에서 장성을 수호한 공으로 황제의 중용을 받았다.

바로 우선객이 양주涼州[106]에 있던 시절을 말한 것으로 우선객의 상서 임명에 대해 간언한 것과 겨우 1년 차이가 있을 뿐이다. 우선객과 깊은 앙금이 있었던 것은 아니고 다만 나라를 위한 충심어린 생각이었을 뿐이다.

20. 임명장 唐人告命

당나라 사람들은 임명장을 중시했다. 그래서 안진경顔眞卿[107]이 직접 쓴 임명장이 지금까지도 남아 전해진다. 위술韋述의 『집현주기集賢注記』에는 이러한 상황이 매우 상세히 기록되어 있다. 여기에 대략을 적어본다.

개원開元 23년(735) 7월, 황자 영왕榮王 이하에게 관작을 수여하였다. 이에 조서를 내려 재상과 조정의 관원 중 서예가 뛰어난 자들을 집현원集賢院에 모이도록 하여 임명장을 써서 황제에게 바치도록 했다. 이리하여 재상 장구령張九齡·배요경裴耀

104 商鞅(?~B.C.338) : 전국시대 법가사상가. 위衛나라 태생이나 자신의 나라에서는 뜻을 펼치기가 어렵다고 여겨 위魏나라로 건너갔다가 결국 진나라 효공孝公에게 등용되었다. 20년간 진나라의 재상으로 있으면서 엄격한 법치주의 정치를 펼쳐 나라를 강국으로 성장시켰으나 한편으로는 그 때문에 많은 사람들의 원한을 샀다. 결국 반대파에게 반역죄로 몰려 처형되었다.

105 趙充國(B.C.137~B.C.52) : 전한의 장군. 자 옹손翁孫. 무제와 소제 시기 장군으로 흉노 토벌에 탁월한 공로를 세웠다.

106 涼州 : 지금의 감숙성 무위시武威市.

107 顔眞卿(709~785) : 당나라의 서예가. 자 청신淸臣. 산동성 낭야琅邪 임기臨沂 사람. 노군개국공魯郡開國公에 봉해졌기 때문에 안노공顔魯公이라고도 불렸다. 북제北齊의 학자이며 『안씨가훈顔氏家訓』을 저술한 안지추顔之推의 5대손이다. 왕희지王羲之의 전아典雅한 서체에 대한 반동이라고도 할 수 있을 만큼 남성적인 박력 속에, 균제미均齊美를 충분히 발휘한 글씨로 당나라 이후의 중국 서도書道를 지배했다. 해서와 행서·초서의 각 서체에 모두 능했고 많은 걸작을 남겼다. 조맹부趙孟頫와 유공권柳公權·구양순歐陽詢과 더불어 '해서 사대가'로 일컬어진다.

卿·이림보李林甫와 조정 관료인 태사太師 소숭蕭嵩, 상서尙書 이호李暠, 소보少保 최림崔琳·황문랑黃門郎 진희열陳希烈, 중서랑中書郎 엄정지嚴挺之, 병부시랑兵部侍郎 장균張均, 태상太常 위척韋陟, 간의대부諫議大夫 저정회褚庭誨 등 13명이 모두 한 건씩 작성한 후 비단을 발라 표구하여 바쳤다. 황제는 크게 기뻐하며 3인의 재상에게는 각각 비단 300필을, 나머지 관료에게도 각각 200필을 하사하였다.

『당서唐書』에서 이 일을 찾아보았다. 당시 13명의 왕자에게 개부의동삼사開府儀同三司[108]를 수여하면서 조서를 내려 동궁과 상서성으로 오게 했다. 이날 백관들이 모두 모여 임명장을 전달했고 담당관리가 연회를 베풀고 음악을 연주하며 왕부王府의 관속을 임명하였다는 내용이 있지만, 이 일은 기록되어 있지 않다.

21. 제도를 쉽게 폐지하다 典章輕廢

제도는 일단 폐지되면 다시 복구할 수 없다. 지방의 목수牧守[109]는 동어銅魚를 맞춰보는 제도가 있었다. 새로 임명된 자사刺史에게 왼쪽 물고기 반쪽을 주고 부임지에 도착한 후 창고에 있는 나머지 오른쪽 물고기를 가져다가 맞춰보는 것이다. 그러나 후주後周 현덕顯德 6년(959), 관리를 임명할 때 황제가 제서制書를 수여하기 때문에 따로 부절을 맞춰볼 필요가 없다며 결국 이 제도를 폐지하였다.

당나라 시기 중서성과 문하성의 재상이 회의를 할 때 안건이 올라오면 네 명의 재상이 한 탁자에 각자 한 귀퉁이씩을 차지하고 앉는다. 이를 '압각押角'이라 한다. 후진後晉 천복天福 5년(940)에 칙서를 내려 이 제도를 폐지하였다.

108 開府儀同三司 : 관직 명칭으로 문산관文散官의 최고 품계 대우를 받았다. 개부란 독립적으로 관아를 설치하고 속관屬官을 두는 일로 한漢 나라에서는 사도司徒, 사마司馬, 사공司空의 삼사三司와 대장군大將軍의 지위에 있는 관리에게만 허용했던 제도이다.

109 牧守 : 지방관. 주州의 장관을 목牧, 군郡의 장관을 수守라 한다.

1. 進士試題

唐穆宗長慶元年, 禮部侍郎錢徽知擧, 放進士鄭朗等三十三人, 後以段文昌言其不公, 詔中書舍人王起、知制誥白居易重試, 駁放盧公亮等十人, 貶徽江州刺史。白公集有奏狀論此事, 大略云:「伏料自欲重試進士以來論奏者甚衆。蓋以禮部試進士, 例許用書策, 兼得通宵, 得通宵則思慮必周, 用書册則文字不錯。昨重試之日, 書策不容一字, 木燭只許兩條, 迫促驚忙, 幸皆成就, 若比禮部所試事校不同。」及駁放公亮等勑文, 以爲孤竹管賦出於周禮正經, 閱其程試之文, 多是不知本末。乃知唐試進士許挾書及見燭如此。國朝淳化三年, 太宗試進士, 出巵言日出賦題, 孫何等不知所出, 相率扣殿檻乞上指示之, 上爲陳大義。景德二年, 御試天道猶張弓賦。後禮部貢院言, 近年進士, 惟鈔略古今文賦, 懷挾入試, 昨者御試以正經命題, 多懵所出, 則知題目不示以出處也。大中祥符元年, 試禮部進士, 內出淸明象天賦等題, 仍錄題解, 摹印以示之。至景祐元年, 始詔御藥院, 御試日進士題目, 具經史所出, 摹印給之, 更不許上請。

2. 儒人論佛書

韓文公送文暢序言儒人不當擧浮屠之說以告僧。其語云:「文暢, 浮屠也。如欲聞浮屠之說, 當自就其師而問之, 何故謁吾徒而來請也?」元微之作永福寺石壁記云:「佛書之妙奧, 僧當爲予言, 予不當爲僧言。」二公之語, 可謂至當。

3. 和歸去來

今人好和歸去來詞, 予最敬晁以道所言。其答李持國書云:「足下愛淵明所賦歸去來辭, 遂同東坡先生和之, 僕所未喩也。建中靖國間, 東坡和歸去來初至京師, 其門下賓客從而和者數人, 皆自謂得意也, 陶淵明紛然一日滿人目前矣。參寥忽以所和篇示予, 率同賦, 予謝之曰:『童子無居位, 先生無並行, 與吾師共推東坡一人於淵明間可也。』參寥卽索其文袖之, 出吳音, 曰:『罪過公, 悔不先與公話。』今輒以厚於參寥者爲子言。」昔大宋相公謂陶公歸去來是南北文章之絶唱, 五經之鼓吹。近時繪畫歸去來者, 皆作大聖變, 和其辭者, 如卽事遣興小詩, 皆不得正中者也。

4. 四海一也

海一而已, 地之勢西北高而東南下, 所謂東、北、南三海, 其實一也。北至於靑、滄, 則云北海, 南至於交、廣, 則云南海, 東漸吳、越, 則云東海, 無由有所謂西海者。詩、書、禮經所載四海, 蓋引類而言之。漢西域傳所云蒲昌海疑亦渟居一澤爾。班超遣甘英往條支, 臨大海, 蓋卽南海之西云。

5. 李太白

世俗多言李太白在當塗采石因醉泛舟於江, 見月影俯而取之, 遂溺死, 故其地有捉月臺。予按李陽冰作太白草堂集序云:「陽冰試絃歌於當塗, 公疾亟, 草藁萬卷, 手集未修, 枕上授簡, 俾爲序。」又李華作太白墓誌, 亦云:「賦臨終歌而卒。」乃知俗傳良不足信, 蓋與謂杜子美因食白酒牛炙而死者同也。

6. 太白雪讒

李太白以布衣入翰林, 旣而不得官。唐史言高力士以脫鞾爲恥, 摘其詩以激楊貴妃, 爲妃所沮止。今集中有雪讒詩一章, 大率載婦人淫亂敗國, 其略云:「彼婦人之猖狂, 不如鵲之彊彊。彼婦人之淫昏, 不如鶉之奔奔。坦蕩君子, 無悅簧言。」又云:「妲己滅紂, 褒女惑周。漢祖呂氏, 食其在傍。秦皇太后, 毒亦淫荒。螮蝀作昏, 遂掩太陽。萬乘尙爾, 匹夫何傷。詞殫意窮, 心切理直。如或妄談, 昊天是殛。」予味此詩, 豈非貴妃與祿山淫亂, 而白曾發其姦乎? 不然, 則「飛燕在昭陽」之句, 何足深怨也!

7. 冉有問衛君

冉有曰:「夫子爲衛君乎?」子貢曰:「吾將問之。」入, 曰:「伯夷、叔齊, 何人也?」曰:「古之賢人也。」曰:「怨乎?」曰:「求仁而得仁, 又何怨!」出, 曰:「夫子不爲也。」說者皆評較蒯聵、輒之是非, 多至數百言。惟王逢原以十字蔽之, 曰:「賢兄弟讓, 知惡父子爭矣。」最爲簡妙。蓋夷、齊以兄弟讓國, 而夫子賢之, 則不與衛君以父子爭國可知矣。晁以道亦有是語, 而結意不同。尹彦明之說, 與逢原同。唯楊中立云:「世之說者, 以謂『善兄弟之讓, 則惡父子之爭可知』失其旨矣。」其意爲不可曉。

8. 商頌

宋自微子至戴公, 禮樂廢壞。正考甫得商頌十二篇於周之太師, 後又亡其七, 至孔子時, 所存才五篇爾。宋, 商王之後也, 於先代之詩如是, 則其他可知。夫子所謂「商禮吾能言之, 宋不足徵也」。蓋有嘆於此。杞以夏后之裔, 至於用夷禮, 尙何有於文獻哉? 郯國小於杞、宋, 少昊氏遠於夏、商, 而鳳鳥名官, 郯子枚數不忘, 曰:「吾祖也, 我知之。」

其亦賢矣。

9. 俗語有所本

俗語謂錢一貫有畸曰千一、千二, 米一石有畸曰石一、石二, 長一丈有畸曰丈一、丈二之類。按, 考工記:「殳長尋有四尺。」注云:「八尺曰尋, 殳長丈二。」史記張儀傳「尺一之檄」, 漢淮南王安書云「丈一之組」, 匈奴傳, 尺一牘, 後漢, 尺一詔書, 唐, 城南去天尺五之類, 然則亦有所本云。

10. 鄱陽學

鄱陽學在城外東湖之北, 相傳以爲范文正公作郡守時所創。予攷國史, 范公以景祐三年乙亥歲四月知饒州, 四年十二月, 詔自今須藩鎭乃得立學, 他州勿聽；是月, 范公移潤州。余襄公集有饒州新建州學記, 實起於慶曆五年乙酉歲, 其郡守曰都官員外郎張君, 其略云:「先是郡先聖祠宮棟宇隳剝, 前守亦嘗相土, 而未遑締治, 於是卽其基於東湖之北偏而經營之。」浮梁人金君卿郎中作郡學莊田記, 云:「慶曆四年春, 詔郡國立學, 時守都官副郎張侯譚始營之, 明年學成。」與余公記合。范公在饒時, 延君卿置館舍, 使公有意建學, 記中豈無一言及之! 蓋是時公旣爲執政, 去郡十年矣。所謂前守相土者, 不知爲何人。

11. 國忌休務

刑統載唐大和七年勑:「准令, 國忌日唯禁飮酒擧樂, 至於科罰人吏, 都無明文。但緣其日不合釐務, 官曹卽不得決斷刑獄, 其小小笞責, 在禮律固無所妨, 起今以後, 縱有此類, 臺府更不要擧奏。」舊唐書載此事, 因御史臺奏均王傅王堪男國忌日於私第科決作人, 故降此詔。蓋唐世國忌休務, 正與私忌義等, 故雖刑獄亦不決斷, 謂之不合釐務者, 此也。今在京百司, 唯雙忌作假, 以其拜跪多, 又晝漏已數刻, 若單忌, 獨三省歸休耳, 百司坐曹決獄, 與常日亡異, 視古誼爲不同。元微之詩云:「縛遣推囚名御史, 狼藉囚徒滿田地, 明日不推緣國忌。」又可證也。

12. 漢昭順二帝

漢昭帝年十四, 能察霍光之忠, 知燕王上書之詐, 誅桑羊、上官桀, 後世稱其明。然和帝時, 竇憲兄弟專權, 太后臨朝, 共圖殺害。帝陰知其謀, 而與內外臣僚莫由親接, 獨知中常侍鄭衆不事豪黨, 遂與定議誅憲, 時亦年十四, 其剛決不下昭帝, 但范史發明不出, 故後世無稱焉。順帝時, 梁商爲大將軍輔政, 商以小黃門曹節用事於中, 遣子冀與交友, 而宦官忌其寵, 反欲害之。中常侍張逵、蘧政、楊定等, 與左右連謀, 共譖商及中常侍曹騰、孟賁, 云欲議廢立, 請收商等按罪。帝曰：「大將軍父子我所親, 騰、賁我所愛, 必無是, 但汝曹共妬之耳。」逵等知言不用, 遂出矯詔收縛騰、賁。帝震怒, 收逵等殺之。此事尤與昭帝相類。霍光忠於國, 而爲子禹覆其宗, 梁商忠於國, 而爲子冀覆其宗, 又相似。但順帝復以政付冀, 其明非昭帝比, 故不爲人所稱。

13. 三女后之賢

王莽女爲漢平帝后, 自劉氏之廢, 常稱疾不朝會。莽敬憚傷哀, 欲嫁之, 后不肯, 及莽敗, 后曰：「何面目以見漢家。」自投火中而死。楊堅女爲周宣帝后, 知其父有異圖, 意頗不平, 形於言色, 及禪位, 憤惋逾甚。堅內甚愧之, 欲奪其志, 后誓不許, 乃止。李昪女爲吳太子璉妃, 昪旣簒吳, 封爲永興公主, 妃聞人呼公主, 則流涕而辭。三女之事略同, 可畏而仰, 彼爲其父者, 安所置愧乎？

14. 賢父兄子弟

宋謝晦爲右衛將軍, 權遇已重, 自彭城還都迎家, 賓客輻湊。兄瞻驚駭曰：「汝名位未多, 而人歸趣乃爾, 此豈門戶之福邪！」乃以籬隔門庭, 曰：「吾不忍見此。」又言於宋公裕, 特乞降黜, 以保衰門。及晦立佐命功, 瞻意憂懼, 遇病, 不療而卒。晦果覆其宗。顔竣於孝武有功, 貴重, 其父延之常語之, 曰：「吾平生不喜見要人, 今不幸見汝。」嘗早詣竣, 見賓客盈門, 竣尙未起, 延之怒曰：「汝出糞土之中, 升雲霞之上, 遽驕傲如此, 其能久乎！」竣竟爲孝武所誅。延之、瞻可謂賢父兄矣。隋高熲拜爲僕射, 其母戒之, 曰：「汝富貴已極, 但有一斫頭爾！」熲由是常恐禍變, 及罷免爲民, 歡然無恨色, 後亦不免爲煬帝所誅。唐潘孟陽爲侍郎, 年未四十, 母曰：「以爾之材, 而位丞郎, 使吾憂之。」嚴武卒, 母哭, 曰：「而今而後, 吾知免爲官婢。」三者可謂賢母矣。褚淵助蕭道成簒宋爲齊, 淵從弟炤謂淵子賁曰：「不知汝家司空將一家物與一家, 亦復何謂！」及淵爲司徒, 炤歎曰：「門戶不幸, 乃復有今日之拜。」淵卒, 世子賁恥其父失節, 服除遂不仕, 以爵與其弟, 屛居終身。齊王晏助明帝奪國, 從弟思遠曰：「兄將來何以自立？ 若及此引決, 猶可保全門戶。」及拜驃騎將軍, 集會子弟, 謂思遠兄思微曰：「隆昌之末, 阿戎勸吾自裁, 若從其語, 豈有今日！」思遠曰：「如阿戎所見, 今猶未晚也。」晏歎曰：「世乃有勸人死者。」晏果爲明帝所誅。炤、賁、思遠, 可謂賢子弟矣。

15. 蔡君謨帖

蔡君謨一帖云：「襄昔之爲諫臣, 與今之爲詞臣, 一也。爲諫臣有言責, 世人自見疏, 今無是焉, 世人見親。襄之於人, 未始異之, 而人之觀故有以異也。」觀此帖, 乃知昔時居臺諫者, 爲人所疎如此。今則反是。方爲此官時, 其門揮汗成雨, 一徙它局, 可張爵羅, 風俗婾薄甚矣。又有送荔枝與昭文相公一帖云：「襄再拜， 宿來伏惟台候起居萬福。閩中荔枝，唯陳家紫號爲第一，輒獻左右，以伸野芹之誠，幸賜收納，謹奉手狀上聞，不宣。襄上昭文相公閣下。」是時，侍從與宰相往還，其禮蓋如是，今之不情苟禮，吁可厭哉！

16. 親王與從官往還

神宗有御筆一紙， 乃爲潁王時封還李受門狀者。狀云：「右諫議大夫、天章閣待制兼侍講李受起居皇子大王。」而其外封，題曰：「台銜回納。」下云：「皇子忠武軍節度使、檢校太尉、同中書門下平章事、上柱國潁王名，謹封。」「名」乃親書。其後受之子覆以黃，繳進，故藏于顯謨閣。先公得之於燕，始知國朝故事，親王與從官往還公禮如此。

17. 三傳記事

秦穆公襲鄭，晉納邾捷菑，三傳所書略相似。

左氏書秦事曰：「杞子自鄭告于秦曰：『潛師以來，國可得也。』穆公訪諸蹇叔，蹇叔曰：『勞師以襲遠，非所聞也，且行千里，其誰不知！』公辭焉，召孟明出師。蹇叔哭之，曰：『孟子，吾見師之出，而不見其入也。』公曰：『爾何知，中壽，爾墓之木拱矣。』蹇叔之子與師，哭而送之，曰：『晉人禦師必於殽，殽有二陵焉，必死是間，余收爾骨焉。』秦師遂東。」 公羊曰：「秦伯將襲鄭， 百里子與蹇叔子諫曰： 『千里而襲人， 未有不亡者也。』秦伯怒曰：『若爾之年者，宰上之木拱矣，爾曷知！』師出，百里子與蹇叔子送其子而戒之，曰：『爾卽死，必於殽嶔巖，吾將尸爾焉。』子揖師而行，百里子與蹇叔子從其子而哭之。秦伯怒，曰：『爾曷爲哭吾師？』對曰：『臣非敢哭君師，哭臣之子也。』」穀梁曰：「秦伯將襲鄭，百里子與蹇叔子諫曰：『千里而襲人，未有不亡者也。』秦伯曰：『子之冢木已拱矣，何知？』師行，百里子與蹇叔子送其子而戒之，曰：『女死必於殽之巖唫之下，我將尸女於是。』師行，百里子與蹇叔子隨其子而哭之，秦伯怒，曰：『何爲哭吾師也？』二子曰：『非敢哭師也。哭吾子也，我老矣，彼不死，則我死矣。』」

其書邾事。左氏曰：「邾文公元妃齊姜生定公，二妃晉姬生捷菑。文公卒， 邾人立定公。捷菑奔晉，晉趙盾以諸侯之師八百乘納之。邾人辭曰：『齊出貜且長。』宣子曰：『辭順而弗從，不祥。』乃還。」公羊曰：「晉郤缺帥師，革車八百乘，以納接菑于邾婁，力沛然若有餘而納之。邾婁人辭曰：『接菑， 晉出也。 貜且， 齊出也。子以其指， 則接菑也四，貜且也六，子以大國壓之，則未知齊、晉孰有之也。貴則皆貴矣，雖然，貜且也長。』郤缺曰：『非吾力不能納也，義實不爾克也。』引師而去之。」穀梁曰：「長轂五百乘，緜地千里，過宋、鄭、滕、薛，夐入千乘之國，欲變人之主，至城下，然後知，何知之晚也！捷菑，晉出也。貜且，齊出也。貜且，正也。捷菑，不正也。」

予謂秦之事，穀梁紆餘有味，邾之事，左氏語簡而切，欲爲文記事者，當以是觀之。

18. 張嘉貞

唐張嘉貞爲幷州長史、天兵軍使, 明皇欲相之, 而忘其名, 詔中書侍郎韋抗曰:「朕嘗記其風操, 今爲北方大將, 張姓而複名, 卿爲我思之。」抗曰:「非張齊丘乎? 今爲朔方節度使。」帝卽使作詔以爲相, 夜閱大臣表疏, 得嘉貞所獻, 遂相之。議者謂明皇欲大用人, 而鹵莽若是, 非得嘉貞表疏, 則誤相齊丘矣。予攷其事, 大爲不然。按開元八年, 嘉貞爲相, 而齊丘以天寶八載始爲朔方節度, 相去三十年, 安得如上所云者! 又, 是時明皇臨御未久, 方厲精爲治, 不應置相而不審其名位。蓋鄭處誨所著明皇雜錄妄載其事, 史家誤采之也, 資治通鑑弃不取云。

19. 張九齡作牛公碑

張九齡爲相, 明皇欲以涼州都督牛仙客爲尙書, 執不可, 曰:「仙客, 河湟一使典耳, 擢自胥史, 目不知書, 陛下必用仙客, 臣實耻之。」帝不悅, 因是遂罷相。觀九齡集中, 有贈涇州刺史牛公碑, 蓋仙客之父, 譽之甚至, 云:「福善莫大於有後, 仙客爲國之良, 用商君耕戰之國, 修充國羌胡之具, 出言可復, 所計而然, 邊捍長城, 主恩前席。」正稱其在涼州時, 與所諫止尙書事, 亦才一年, 然則與仙客非有夙嫌, 特爲公家忠計耳。

20. 唐人告命

唐人重告命, 故顔魯公自書告身, 今猶有存者。韋述集賢注記記一事尤著, 漫載于此:「開元二十三年七月, 制加皇子榮王已下官爵, 令宰相及朝官工書者, 就集賢院寫告身以進, 於是宰相張九齡、裴耀卿、李林甫, 朝士蕭太師嵩、李尙書暠、崔少保琳、陳黃門希烈、嚴中書挺之、張兵部均、韋太常陟、褚諫議庭誨等十三人, 各寫一通, 裝縹進內, 上大悅, 賜三相絹各三百匹, 餘官各二百匹。」以唐書考之, 是時十三王並授開府儀同三司, 詔詣東宮、尙書省, 上日百官集送, 有司供帳設樂, 悉拜王府官屬, 而不書此事。

21. 典章輕廢

典章故事, 有一時廢革遂不可復者。牧守銅魚之制, 新除刺史給左魚, 到州取州庫右魚合契。周顯德六年, 詔以特降制書, 何假符契! 遂廢之。唐兩省官上事宰臣, 送上, 四相共坐一榻, 各據一隅, 謂之押角。晉天福五年, 勅廢之。

1. 장순민의 서신 張浮休書

장순민張舜民[1]이 석사리石司理에게 보낸 편지 중 이러한 내용이 있다.

예전에 개봉에서 지내던 시절 선학들을 찾아뵙고 가르침을 청하였습니다. 매번 구양문충공歐陽文忠公(구양수)과 사마온공司馬溫公(사마광)·왕형공王荊公(왕안석)의 고담준론을 들을 때면 품행과 문장에 대한 논의가 대부분이었는데, 구양공만은 관료의 일에 대해 많은 이야기를 해 주셨습니다. 오랜 시간이 흐른 후에 그 연유에 대해 가르침을 청하지 않을 수 없었습니다.

"무릇 배움의 길에 있는 사람이 선생을 만나면 도덕과 문장에 대해 듣기를 원하는 것인데 지금 선생께서는 관료의 일을 가르쳐주시니 이유를 알 수가 없습니다."

공은 이렇게 대답하셨습니다.

"그렇지 않다네. 그대들은 모두 이 시대의 인재들로 훗날 관리의 일을 수행하게 될 터이니 그에 대해 알아야 하지. 무릇 문학은 자신을 빛나게 하는 것에서 그치지만, 나랏일은 다른 사람에게 미칠 수 있는 것이네. 내가 예전에 이릉夷陵[2]에 폄적되었을 때지. 한창 장성한 시절이라, 배움에 싫증이 나지 않았기에 『사기』와 『한서』를 구하여 보려 했다네. 그러나 아무도 가지고 있지 않더군. 시간을 보낼 것이 없어 서가에 있는 오래된 안건들을 가져다가 반복해서 들여다보았지. 그런데 그 가운데에는 시비가 뒤바뀐 것이 셀 수도 없이 많았다네. 없는 일을 있다하고 곡직이 뒤바뀌고 사사로운 정 때문에 법을 어기고 혈육을 저버리고 대의까지 해치고, 별의 별 것들이 다 있었지. 이릉이 작고 궁벽한 마을인데도 그러하니 천하의 사정이 어떨지 충분히 알 수 있지 않겠나! 그 때 나는 앞으로 그러한 사건을 만나게 된다면 소홀히 하지 않겠다고 맹세했었다네."

당시 소순蘇洵[3] 부자도 곁에 있어 이 말을 들었습니다.

1 張舜民 : 북송시기 문학가, 화가. 자 운수芸叟, 호 부휴거사浮休居士.
2 夷陵 : 지금의 호북성湖北省 의창시宜昌市.

또 손자발孫子發에게 보낸 답장이 있다. 『자치통감資治通鑑』에 대해 논의한 부분이 많은데 그 대략은 이러하다.

> 온공溫公(사마광)이 이렇게 말한 적이 있습니다.
> "내가 이 책을 지었을 때 오직 왕승지王勝之만이 끝까지 다 읽었고, 나머지 사람들은 빌려가 보기를 청했다가도 한 쪽을 넘기지 못하고 벌써 하품하며 졸려했습니다. 19년 만에 겨우 완성한 책인데 그 과정에서 얼마나 많은 사람들에게 비판과 질책을 받았는지 모른다오."

지금 사대부들 중에는 이 두 가지 일을 아는 사람이 적다. 장순민의 『부휴집浮休集』 100권에도 이 두 편의 글이 없다. 지금 예장豫章[4] 지역에서 간행된 책에는 이를 문집의 뒤에 부록으로 실어두고 있다.

2. 사마광의 족자 溫公客位榜

사마광司馬光[5]이 재상이 된 날, 다음과 같은 족자를 직접 써서 손님맞이 방에 걸었다.

> 방문 오시는 여러분께,
> 만약 정책의 소홀함이나 실수, 민생고에 대해 의견을 말씀하시고자 한다면 상소문을 써서 조정에 올려주십시오. 제가 동료들과 상의해서 실행할 수 있는 것을 선별해 황제께 아뢰고 윤허를 얻어 시행하도록 하겠습니다. 저 개인에게만 알려주신다면 효과가 없습니다. 저 자신에게 잘못이 있어 바로잡아 주시고자 한다면 서한을 넣은 봉투를 잘 봉해 저의 수하에게 주셔서 전달하게 해주시면, 제가 보고서 스스로 반성하고 겸허히 받아들여 바로잡도록 하겠습니다. 관직의 이동, 죄명의 억울함 등 개인적 일과 관련된 것은 모두 직접 조정에 문건을 올려주십시

3 蘇洵(1009~1066) : 북송 시대의 문학자. 자 명윤明允. 날카로운 논법論法과 필치에 의한 평론이 구양수의 인정을 받아 유명해졌다. 정치, 역사, 경서 등에 관한 평론도 많이 썼으며, 아들 소식蘇軾·소철蘇轍과 함께 삼소三蘇라 불렸고, 함께 당송팔대가로 칭송되었다.

4 豫章 : 지금의 강서성江西省 남창시南昌市.

5 司馬光(1019~1086) : 북송 시대 정치가, 사학자. 자 군실君實. 속수선생涑水先生이라고도 하며, 죽은 뒤 온국공溫國公에 봉해졌으므로 사마온공司馬溫公이라고도 한다. 『자치통감』을 저술하였다.

오. 제가 조정의 관료들과 공개적인 논의를 거쳐 시행하도록 하겠습니다. 개인적으로 제 집을 방문하신 분들은 이상의 일에 대해서는 말씀 말아주실 것을 부탁드립니다.

사마광 올림

건도乾道 9년(1173), 공의 증손자인 사마급司馬伋이 광주廣州로 부임하러 가는 길에 우리 집에 들렀을 때 이 글을 내게 보여주었다.

3. 이기의 시 李頎詩

구양수歐陽脩[6]는 당나라 엄유嚴維[7]와 양형楊衡[8]의 다음 두 시를 좋아했다.

버드나무 늘어선 연못에는 물이 넘실 넘실, 柳塘春水漫,
꽃 가득한 방죽에 석양이 느릿느릿. 花塢夕陽遲.

대나무 길은 그윽한 곳 竹徑通幽處,
선방 꽃나무 깊은 곳으로 통하네. 禪房花木深.

구양수는 아무도 이를 따를 수 없다며 두 구절을 즐겨 암송했다.
나는 이기李頎[9]의 시 중 이 구절을 몹시 좋아한다.

나그네 긴 밤 내내 우두커니 앉아있으니, 遠客坐長夜,
가을 빗소리 고요한 절간에 가득하다. 雨聲孤寺秋.

6 歐陽脩(1007~1072) : 북송 저명 정치가 겸 문학가. 자 영숙永叔, 호 취옹醉翁, 육일거사六一居士. 길안吉安 영풍永豊(지금의 강서성江西省)인. 송나라 초기의 미문조美文調 시문인 서곤체西崑體를 개혁하고, 당나라의 한유를 모범으로 하는 시문을 지었다. 당송8대가唐宋八大家의 한 사람이었으며, 후배들에게 많은 영향을 주었고, 『신당서新唐書』와 『신오대사新五代史』를 편찬하였다.

7 嚴維 : 자 정문正文. 대략 당나라 숙종肅宗, 대종代宗 시기 인물로 유장경劉長卿 등 저명 시인들과 교류하였고, 『전당시全唐詩』에 64수의 시가 전한다.

8 楊衡 : 자 중사仲師. 대략 당나라 대종代宗 대력大曆 연간 전후 출생한 것으로 보이며 출사하지 않고 여산廬山에서 은거하며 거문고와 음주·시를 즐겼던 것으로 보인다.

9 李頎(690~751) : 성당 시기 시인. 현종 개원開元 연간 진사에 급제하여 말단관리를 지내다 오랫동안 지위가 올라가지 않자 관직에서 물러나 은거했다.

동해 바다 깊이를 재 보시오. 請量東海水,
근심이 얼마나 깊은지 알 수 있을테니. 看取淺深愁.

먼 길을 떠나온 객은 마침 늦가을을 만나 저녁에 외딴 마을 절간에서 하룻밤을 묵게 된다. 밤이 되어도 잠을 이루지 못하고 일어나 처량하게 앉아 있다가 처마의 빗소리를 듣게 된다. 그 심정이야 말을 하지 않아도 알 수 있는 것이다. 마지막 두 구절 10자가 그 심정을 충분히 표현해주고 있으니 바닷물을 수심에 비유한 것은 과장의 말이 아니다.

4. '茱萸수유'라는 어휘를 사용한 시 詩中用茱萸字

유우석劉禹錫[10]이 말했다.

시에서 '茱萸수유'라는 어휘를 사용한 사람은 세 사람이다.

두보杜甫 :
술에 취해 수유 잡고 자세히 들여다본다. 醉把茱萸子細看.[11]

왕유王維[12] :
모두 수유가지 꽂을 때 한 사람이 적다는 것을. 揷遍茱萸少一人.[13]

10 劉禹錫(772~842) : 중당의 시인. 자 몽득夢得. 유종원과 함께 왕숙문王叔文의 정치개혁에 동참했는데 그것이 실패하고 왕숙문이 실각하자 낭주朗州(지금의 호남성湖南省 상덕시常德市) 사마로 좌천되었다. 중당의 사회현실이 반영된 작품을 창작하여 환관의 횡포, 번진 세력의 할거, 정치 권력에 대한 풍자와 비판을 아끼지 않았다.

11 「九日藍田崔氏莊」.

12 王維(701~761) : 성당 시기 시인. 자 마힐摩詰. 분주汾州(지금의 산서성山西省 분양汾陽) 사람. 그의 시는 불교의 영향을 많이 받아 그를 '시불詩佛'이라 칭하기도 한다. 전원생활과 자연의 정취를 노래한 시로 성당시기 산수시파山水詩派를 대표한다.

13 「九月九日憶山東兄弟」.

○ 중양절이 되면 누구나가 귀신을 피해 높은 곳에 올라가서 수유가지를 꺾어 몸에 꽂는 풍습이 있다. 사람이 적다는 것은 자신이 타향이 나와 있기 때문에 중양절의 행사에 형제 중에 자기 자신 한 사람이 모자란다는 의미이다. 원래 왕유 시의 마지막 구절은 "遍揷茱萸少一人"이다.

주방朱放[14] :
머리에 수유 꽂는 저 젊은이들을 배우다. 學他年少揷茱萸.[15]

세 사람 중 두보가 가장 뛰어나다.

당대 7언 시 중 수유라는 표현을 사용한 사람이 10여명 쯤 된다. 여기 기록해 둔다.

왕창령王昌齡[16] :
귀밑머리에 수유 꽂고 국화주 마시네.[17] 茱萸揷鬢花宜壽.

대숙륜戴叔倫[18] :
귀밑머리에 수유 꽂고도 모자라. 揷鬢茱萸來未盡.

노륜盧綸[19] :
수유 한 송이 꽃비녀를 가리네. 茱萸一朶映華簪.

권덕여權德輿[20] :
술에 수유 띄워 마시니 쉬이 취하네. 酒泛茱萸晩易醺.[21]

백거이白居易 :
무희의 쪽진머리에서 수유꽃이 떨어지네. 舞鬟擺落茱萸房.

수유의 색이 옅으니 아직 서리 맞지 않았구나. 茱萸色淺未經霜.

14 朱放 : 자 장통長通. 대략 당나라 대종 대력 연간 중에 출생한 것으로 보인다. 은거하였고 덕종 시기 조정에서 좌습유左拾遺에 임명하였으나 출사하지 않았다.
15 「九日與楊凝崔淑期登江上山會不得往因贈之」.
16 王昌齡(698~756) : 성당의 시인. 자 소백少伯. 개원開元·천보天寶 연간에 시로 이름을 날렸는데 변새邊塞와 궁원宮怨·규원閨怨·송별送別을 노래한 작품들이 성취가 높다.
17 9월 9일 중양절에는 높은 곳에 올라 수유를 꽂고 장수를 기원하는 국화주를 마신다.
18 戴叔倫(732~789) : 당나라 중기 시인. 자 유공幼公·차공次公.
19 盧綸(737~799) : 자 윤언允言, 당 대력大曆 연간(766~779) 활동했던 10명의 시인인 '대력십재자大曆十才子' 중 한 명. 형식적 기교를 추구한 것을 특징으로 한다.
20 權德輿(759~818) : 당나라 중기 시인. 자 재지載之.
21 「九日北樓宴集」.
   ○ 저본에는 '晩易曛'이라 했는데 원작에는 '晩易醺'으로 되어있다. 의미상으로도 '醺'자가 맞다.

양형楊衡 :
억지로 수유를 꽂고 사람들을 따른다. 強揷茱萸隨衆人.

장악張諤 :
이곳에서 몇 번이나 수유를 꽂았던가. 茱萸凡作幾年新.

경위耿湋[22] :
머리숱이 거의 없으니 어찌 수유를 꽂을까나. 鬢希那敢揷茱萸.

유상劉商[23] :
서신을 뜯지 않고 수유를 바친다. 郵筒不解獻茱萸.

최노崔櫓 :
수유꽃 핀 곳에 찬바람 불어오니
계곡이 향기롭다. 茱萸冷吹溪口香.

주하周賀 :
온 성 사람들 수유 꽂고
나는 국화주 한잔 앞에 놓고. 茱萸城裏一尊前.[24]

이들의 시를 두보와 비교해 보니, 실로 같지 않다.

5. 귀수성이 은하를 건너다 鬼宿渡河

남조시기 송나라 창오왕蒼梧王 유욱劉昱[25]이 7월 7석 밤에 양옥부楊玉夫에게

22 耿湋 : 자 홍원洪源. 대력십재자 중 한 명.
23 劉商 : 당나라 시인 겸 화가. 자 자하子夏.
24 「重陽」.
○ 주하周賀의 원시는 '茱萸風裏一尊前'으로 되어 있어 홍매가 인용한 것과 약간의 차이가 있다.
25 劉昱(463~477/ 재위 472~476) : 남조 송나라 후폐제後廢帝. 자는 덕융德融. 남조 송나라 명제明帝의 맏아들이다. 어린 시절부터 난폭한 성격이었으며 즉위 후에도 살인을 일삼으며 잔학한 행동을 서슴치 않았다. 결국 소도성蕭道成에 의해 15세의 나이로 암살당했으며 사후 창오왕蒼梧王으로 격하되었다.

직녀가 은하수를 건너는 것을 지켜보도록 했다.

"보게 되면 나에게 알리고 보지 못한다면 너를 죽일 것이다."

전희백錢希白의 『통미지洞微志』에 이런 내용이 있다.

소덕가蘇德哥가 서조徐肇를 위하여 그의 선조에게 제사지내면서 "한 밤중이 되어야 제사를 지낼 수 있다"고 했으니 귀수鬼宿[26]가 은하수를 건너길 기다린 것이다.

적공손翟公巽의 『제의祭儀』 10권에는 이러한 기록이 있다.

어떤 사람은 어두울 때 제사를 지내고 어떤 사람은 아침에 제사를 지내는데 모두 잘못된 것이다. 귀수가 은하를 건널 때를 기준으로 삼아야 한다. 귀수가 은하를 건너는 것은 한 밤중이니 반드시 사람이 하늘을 올려다보며 관찰하면서 기다려야 한다.

섭몽득葉夢得[27]은 적공손을 이렇게 평가했다.

적공손은 박학다식하고 논증이 모두 근거가 있어 일반 사람들과 같지 않다. 견식이 분명 남들보다 뛰어나다.

천체에서 경성經星은 위치를 바꾸지 않는데 귀수는 하늘을 따라 서쪽으로 일주운동을 한다.[28] 봄에는 저녁 무렵 남쪽에 보이고, 여름에는 새벽에

26 鬼宿 : 28수 중 23번째 별자리. 사신四神 중에서 남방 주작의 눈에 해당하는 별자리로, 지상의 간사한 음모 등을 관찰하고 죽음이나 제사 등을 주관한다.

27 葉夢得(1077～1148) : 북송시기 정치가이자 학자, 사인詞人. 자 소온少蘊. 호 석림거사石林居士.

28 경성經星은 항성恒星이라고 한다. 천구상에서 일정한 위치에 있어서 별자리를 형성하는 별로 항성은 전체적으로 일주운동은 하지만, 행성과 달리 서로의 위치는 바꾸지 않는다. 28수는 경성에 해당하는 것으로 하늘의 적도를 따라 그 남북에 있는 별들을 28개의 구역으로 구분한 것이다. 동방 7수는 각角·항亢·저氐·방房·심心·미尾·기箕, 북방 7수는 두斗·우牛·여女·허虛·위危·실室·벽壁, 서방7수는 규奎·누婁·위胃·묘昴·필畢·자觜·삼參, 남방 7수는 정井·귀鬼·유柳·성星·장張·익翼·진軫으로 귀수鬼宿는 남방 7수에 속한다. 위성緯星은 행성行星이라고도 하며 한 곳에 머물러 있는 붙박이별이 아니라 일정한 궤도 위를 주기적으로 운행하는 별로 금목수화토 5개의 별을 가리킨다.

동쪽에 보이고, 가을에는 한밤중에 동쪽에 나타나고 겨울에는 저녁 무렵 동쪽에 나타나는데 어찌 은하를 건너서 한 밤중에 나타날 리가 있겠는가? 직녀성은 저녁 무렵과 새벽에 나타나므로 귀수성과는 정반대지만 이치는 같다. 창오왕은 패역무도한 사람이라 우스울 것도 없지만, 전희백과 적공선·섭몽득 세 사람은 모두 석학들임에도 깊이 고찰하지 않은 것이다.

두보는 시에서 이렇게 읊었다.

견우 직녀 공연히 근심만 하나,	牛女漫愁思,
가을 칠석이면 만날 수 있겠지.	秋期猶渡河.[29]

견우 직녀 해마다 건너니,	牛女年年渡,
풍랑이 일었던 적 있었던가.	何曾風浪生.[30]

남조 양나라 유효의劉孝儀는 시에서 이렇게 말했다.

황혼이 이르길 기다렸다가,	欲待黃昏至,
교태부리며 은하를 건너네.	含嬌淺渡河.[31]

당나라 사람들도 칠석과 관련된 시에서 모두 이렇게 말하고 있으니 습속에 얽매여 단어를 오용한 것이다. 두보는 다른 시에서 이렇게 말했다.

견우성이 은하수 서쪽에서 나타나고,	牽牛出河西,
직녀성은 동쪽에 있네.	織女處其東.
만고에 서로 바라보기만 하니,	萬古永相望,
칠석날 누가 함께 있는 것을 보았는가.	七夕誰見同.
신령스런 빛은 관찰하기가 어려우니,	神光竟難候,
이 일은 결국 알 수가 없다네.	此事終蒙朧.[32]

이 시는 그가 이 사실을 알고 있었다는 것이니 다른 사람과 비할 바가

29 「一百五日夜對月」.
30 「天河」.
31 「詠織女」.
32 「牽牛織女」.

아니다.

6. 부명군액 府名軍額

옹주雍州의 군명軍名[33]은 영흥永興이고 부명府名은 경조京兆이므로, 이곳의 지방장관은 '지영흥군부사겸경조부로안무사知永興軍府事兼京兆府路安撫使'라는 직함을 사용한다.

진주鎭州의 군명은 성덕成德이고 부명은 진정眞定이기에, 이곳의 지방장관은 '지성덕군부사겸진정부로안무사知成德軍府事兼眞定府路安撫使'라는 직함을 사용한다. 휘종 정화政和 연간[34] 처음으로 '진정眞定'이라 불렀다.

형주荊州는 군명이 형남荊南, 부명이 강릉江陵이어서, 이곳 지방장관은 '지형남知荊南', 통판은 '통판형남通判荊南'이라 하고 나머지 하급관리·막료·현관은 '강릉부江陵府'라는 직함을 사용한다. 효종 순희淳熙 4년(1177)에서야 모두 '강릉江陵'이라고 칭했다.

맹주孟州는 군명이 하양삼성河陽三城이고 부명은 없으며, 지방장관은 '지하양군주사知河陽軍州事'라는 직함을 사용한다.

섬주陜州는 부명이 없으며 장관은 '지섬주군부사知陜州軍府事'라는 직함을 사용한다. 법률에 관련된 공문을 발송할 때는 '섬부陜府'라고 하기도 한다.

7. 마융과 황보규 馬融皇甫規

후한 순제順帝 때 서강西羌[35]이 모반하였다. 정서장군征西將軍 마현馬賢을 보내 10만 명을 이끌고 토벌하게 했다. 그러나 오랜 시간을 끌었는데도 성과가

33 軍 : 송대의 행정구역 단위. 송대에는 전국을 18로路로 나누고 그 아래 주州·부府·군軍·감監 322개를 두었다.

34 政和 : 북송 휘종徽宗 시기 연호(1111~1118).

35 西羌 : 중국 북서부 청해성靑海省 부근에 살던 티베트계 유목민.

없었다. 무도武都 태수太守 마융馬融[36]이 상서를 올렸다.

> 마현의 군대는 가는 곳마다 체류하면서 속히 진군하지 않으니 필시 병사들이 반란을 일으키고 탈영하는 변란이 생길 것입니다. 청컨대 마현이 쓰지 않는 관동關東의 병사 오천을 제게 주신다면 힘을 다해 군사를 통솔하여 30일 이내에 반드시 적을 격파하겠습니다.

그러나 순제는 마융의 건의를 받아들이지 않았다. 마현은 과연 서강과의 전투에서 패하였고 부자가 모두 죽임을 당했다. 서강은 결국 삼보三輔[37] 지역을 노략질하고 황제의 능을 불살랐다.

이후 순제는 무도武都 태수太守 조충趙沖에게 조서를 내려 하서河西 4군의 병력을 이끌고 적을 추격하게 했다. 안정安定[38]의 상계연上計掾[39] 황보규皇甫規[40]가 상소하였다.

> 요 몇 년 사이 신은 수차례 변경 지역의 일에 관해 말씀을 드렸습니다. 서강 오랑캐들이 아무런 움직임이 없을 때 신은 이미 그들이 곧 모반을 할 것임을 알았습니다. 마현이 출병을 하자마자 신은 그가 패배할 것을 알았습니다. 원컨대 신에게 출전하지 않은 병사 오천을 주신다면 적들이 예상치 못한 후미를 공격하여 조충과 함께 앞뒤로 협공하겠습니다. 이 일대의 자연과 지형에 대해서는 신이 훤히 알고 있으니 황상의 인수와 포백布帛이 없이도 변방의 우환을 제거할 수 있습니다.

그러나 순제는 받아들이지 않았다. 조충의 군대는 패배하였고 기세가 등등해진 서강은 양주凉州를 쑥대밭으로 만들었다. 결국 조충은 전사하였고

36 馬融(79～166) : 후한의 유학자. 자 계장季長. 재주가 높고 지식이 풍부했으며, 통유通儒로 제자만 천여 명에 이르렀고, 노식盧植과 정현鄭玄 등을 가르쳤다.

37 三輔 : 한나라 수도 장안 주변의 세 행정 구역. 장안 동쪽의 경조京兆, 장릉長陵 북쪽의 좌풍익左馮翊, 위성渭城 서쪽의 우부풍右扶風을 이른다.

38 安定 : 지금의 감숙성甘肅省 경천현涇川縣.

39 上計掾 : '상계'란 지방관이 해마다 연말에 경내의 호구와 세금·도적·소송 등에 대한 장부를 만들어 조정에 보고하여 이를 바탕으로 근무 성적을 평가하는 것이다. '상계연'은 이를 담당하는 관리를 말한다.

40 皇甫規(104～174) : 후한의 명장. 자 위명威明.

몇 년이 지나서야 서강은 겨우 평정되었다.

마융과 황보규의 분석과 견해는 정확한 것이었고 요구한 병력도 5천에 불과했지만 순제는 그들의 계책을 듣지 않았다. 선제가 조충국趙充國의 책략을 받아들인 것은 실로 쉽지 않은 일이었음을 알 수 있다. 충언은 영명한 군주에게 할 수 있는 것이다.

8. 촉본 석경의 피휘 孟蜀避唐諱

촉본蜀本 석각 구경九經[41]은 모두 후촉後蜀[42]의 맹창孟昶[43] 시기에 만든 것이다. '연淵', '세민世民' 세 글자에 대해서는 모두 한 획이 적으니 당 고조高祖과 태종太宗을 피휘避諱[44]한 것이다. 맹창의 부친 맹지상孟知祥은 후당後唐의 장종莊宗과 명종明宗의 신하였으나 '존욱存勗'과 '사원嗣源'에 대해서는 피휘하지 않았다.[45] 전촉前蜀[46]의 왕씨王氏가 황제를 칭하고 난 후 세운 용흥사龍興寺의 비석을 보면 당나라의 황제에 대해 말하는 부분에서 역시 모두 필획을 없앴으니 당나라의 은택이 오랫동안 쇠하지 않았음을 알 수 있다.

41 九經 : 9종의 경서經書. 『주역周易』, 『시경』, 『서경』, 『예기禮記』, 『춘추春秋』, 『효경孝經』, 『논어論語』, 『맹자孟子』, 『주례周禮』.

42 後蜀 : 오대십국 중 하나로 934년 맹지상孟知祥이 사천 지방에 세운 나라. 아들 맹창孟昶의 사치와 실정으로 965년 송나라에 멸망하였다.

43 孟昶(919~965) : 자 보원保元. 오대 후촉 고조인 맹지상의 셋째 아들로 후촉의 마지막 황제.

44 避諱 : 군주나 조상의 이름자가 나타나는 경우 삼가는 뜻을 표하기 위해 뜻이 통하는 다른 글자나 획의 일부를 생략하는 것이다. 당나라에서는 고조 이연과 태종 이세민의 이름인 '연淵', '세민世民' 세 글자를 피휘했다.

45 後唐 : 오대 중의 한 왕조. 돌궐突厥 사타부沙陀部 출신의 이극용李克用이 당唐을 위해 황소黃巢의 난 진압에 공을 세워, 895년 진왕晉王으로 봉해졌다. 그의 아들 이존욱李存勖이 923년 후량後梁의 뒤를 이어 후당을 세웠으니, 장종이다. 장종이 실종하자 무장들이 반란을 일으키고 이극용의 양자인 이사원을 추대하였으니 명종이다.

46 前蜀(907~925) : 오대 10국 시대 10국의 하나로 사천을 지배하던 절도사 왕건王建이 건립하였다.

9. 한림원 翰苑親近

백거이의 「위촌퇴거기전한림渭村退居寄錢翰林」[47]에서 한림원의 가까움을 말하고 있다.

새벽에는 흥경궁에서 조정의 일을 하고, 曉從朝興慶,
봄에는 백량대에서 연회를 모셨네. 春陪宴栢梁.
…… ……
정원에는 모두 비빈과 귀족 부인들, 分庭皆命婦,
맞은편 정원에는 황태자, 對院即儲皇.
공주의 관은 흔들리고, 貴主冠浮動,
친왕의 말은 잔뜩 치장했네. 親王轡鬧裝.
금비녀가 반짝반짝, 金鈿相照耀,
붉은색 자주색 관복 사이사이 번쩍번쩍, 朱紫間熒煌.
갖옷과 화살 갖춰 도화 말 타고, 毬簇桃花騎,
노래하며 죽엽주 담긴 술잔을 돌린다. 歌巡竹葉觴.
고관은 움푹 패인 은을 차고, 窪銀中貴帶,
내인은 눈썹을 높게 그려 치장한다. 昂黛內人粧.
동성 아래에서 계제사를 지내시고, 賜禊東城下,
곡수 가에서 연회를 베푸시네. 頒酺曲水傍.
술통과 술독에 성스런 술을 나누어담고, 樽罍分聖酒,
기녀들은 신선의 가무를 빌려온 듯. 妓樂借仙倡.

당나라 시절에는 궁궐과 외정이 아주 멀리 떨어져 있지 않았다. 그래서 두보도 시에서 이렇게 읊었다.

문 밖의 소용昭容[48] 자주색 소매를 드리우고, 戶外昭容紫袖垂,
두 줄로 어좌 보며 조의를 이끄네. 雙瞻御座引朝儀.[49]

47 원제는 「渭村退居寄禮部崔侍郎翰林錢舍人詩」이다. 100운의 장편 배율排律인데, 홍매가 원래 시를 임의대로 편집하여 중간을 생략하고 인용하였다. 여기서는 생략된 부분을 '……'로 표기하였다.

48 昭容 : 후비의 품계 중 하나로 당나라에는 구빈九嬪을 두었는데, 소의昭儀 · 소용昭容 · 소원昭媛 · 수의修儀 · 수용修容 · 수원修媛 · 충의充儀 · 충용充容 · 충원充媛이다. 소용은 정2품에 해당한다.

49 「紫宸殿退朝口號」.

검소한 사인은 상소문을 정리하고, 舍人退食收封事,[50]
궁녀는 함을 열어 황제 가까이 두네. 宮女開函近御筵.[51]

당시 한림학사翰林學士만 내상內相이라 부르며 귀부인과 자리를 함께하면서 공주의 관복, 궁녀들의 화장하는 모습과 선녀같은 예기藝妓들이 술시중을 드는 모습을 볼 수 있었다. 그러나 다른 사람들은 이렇게 할 수 없었다.

10. '寧馨영형'과 '阿堵아도'의 의미 寧馨阿堵

寧馨영형과 阿堵아도는 진송晉宋시대 어조사이다. 후인들은 왕연王衍이 돈을 가리켜 "저 물건을 치워라[擧阿堵物卻]"[52]고 했던 것과 산도山濤[53]가 왕연을 보고 "어느 할멈이 이런 아이를 낳았나?[何物老媼, 生寧馨兒]"[54]라고 했던 것 때문에 '阿堵아도'를 돈이라 하고 '寧馨兒영형아'를 훌륭한 아이라는 의미로 생각하지만, 실은 그렇지가 않다.

50 '退食'은 먹는 것을 검소하게 한다는 것이다. 『시경·소남召南·고양羔羊』에 "먹는 것을 줄여 검소하고 순응하니 의젓하고 당당하네[退食自公, 委蛇委蛇]"라는 구절에서 온 것이다. 이것은 정현鄭玄의 해석이고, 주희는 '退食自公'을 공무를 마치고 집으로 돌아가 저녁을 먹는다고 풀이했다. 『시경』의 해석은 다르지만 '退食'은 공통적으로 검소하고 공무에 충실하다는 의미로 사용된다.

51 「贈獻納使起居田舍人」.

52 『세설신어·규잠規箴』.

○ 왕연은 부인의 탐욕을 미워하여 '돈[錢]'자를 입에 담은 적이 없었다. 부인이 그를 시험해보려고 돈을 침상에 둘러놓고 걸어갈 수 없게 만들어놓자 왕연은 돈 때문에 발 디딜 틈이 없는 것을 보고 하녀에게 "이 물건 좀 치우도록 하라!"고 했다.

53 山濤(205~283) : 자 거원巨源. 성품이 호방하여 노장老莊의 학문을 즐겼으며, 혜강嵇康·완적阮籍과 가깝게 지내 '죽림칠현竹林七賢'의 한 사람이 되었다. 나이 40에 군주부郡主簿가 되어 은자의 길을 고집한 혜강嵇康으로부터 절교를 당했다. 사마씨司馬氏와 친하게 지내어, 사마씨가 정권을 잡자 고위직에 봉해졌다. 산도가 10여 년 동안 관리 선발을 맡아 인물을 살피고 발탁함에 각기 평가하여 상주하니, 사람들이 '산공계사山公啓事'라 일컬었다.

54 『진서·왕연전王衍傳』.

○ 왕연의 자는 이보夷甫이다. 안색이 맑고 아름다웠으며 풍채가 단정했다. 일찍이 어릴 때 산도를 찾아간 적이 있는데, 그를 본 산도가 긴 한숨을 쉬었다. 그가 자리를 뜨자 그 뒤를 눈으로 좇으며 말했다. "어느 할멈이 이 아이를 낳았을까! 천하의 백성을 그르칠 자, 이 사람이라 아니할 수 없구나."

다음의 시에 사용된 '阿堵'와 '寧馨'의 의미 또한 마찬가지다.

언어는 무미건조 하지만 금전을 말하지는 않으며, 語言少味無阿堵,
대나무를 보니 품행이 눈처럼 고결하구나. 冰雪相看有此君.[55]

집에 돈은 없지만, 家無阿堵物,
가문에는 훌륭한 아이가 있다. 門有寧馨兒.

그러나 송宋 폐제廢帝의 모친 왕태후王太后가 병이 위중한데도 황제가 가서 보지 않자 태후는 화를 내며 시중을 드는 이에게 말했다.

"칼을 가져와 내 배를 갈라라, 어디서 이런 아이[寧馨兒]를 낳았단 말인가!"

이를 보면 어찌 훌륭한 아이라는 의미겠는가?

고개지顧愷之[56]는 인물을 그릴 때 눈동자를 찍지 않았다. 그는 "정신을 전하는 초상은 바로 여기[阿堵中]에 달려있다"고 했으니, '이곳'이라는 의미로 사용하였다.

유담劉惔이 은호殷浩를 비웃으며 말했다.

"촌놈, 뜻도 모르는 주제에 억지로 남을 흉내 내어 그와 같은 말을 지껄이다니![田舍兒, 強學人作爾馨語![57]"

또 환온桓溫에게 말했다.

"사군은 이러한 곳에서 어찌 전투하여 승리를 구할 수 있겠소![使君, 如馨地寧可鬭戰求勝][58]"

55 황정견, 「次韻外舅謝師厚喜王正仲三文奉詔禱南岳回至襄陽捨驛馬就舟見過三首」 중 제3수.
56 顧愷之 : 동진東晉의 화가. 자 장강長康. 초상화와 옛 인물을 잘 그려 중국 회화사상 인물화의 최고봉으로 일컬어진다.
57 『세설신어·문학文學』.
○ 잘 이해하지도 못하면서 현리玄理를 논하려 한 은호를 유담이 비꼰 것이다.
58 『세설신어·방정方正』.

왕도王導는 하충何充과 담론할 때면 이렇게 말했다.

"정작 진실로 이와 같다.[正自爾馨][59]"

왕념王恬이 왕호지王胡之의 손을 뿌리치며 말했다.

"귀신처럼 차가운 손으로 남의 팔을 억지로 붙잡다니.[冷如鬼手馨, 彊來捉人臂]"[60]

요새 오지방 사람들의 말에서 '寧馨'자를 안부를 묻는 말로 자주 사용하는데 '어떠십니까[若何]'와 같은 말이다. 유우석劉禹錫의 시 중 "묻노니 중국의 수도하는 자 중에 몇 사람이나 지장처럼 이리 용맹하리오?[爲問中華學道者, 幾人雄猛得寧馨][61]"에서 이런 의미로 사용되었다. '寧녕'자는 평성平聲[62]으로 읽어야 한다.

11. 봉황의 깃털 鳳毛

남조 송宋나라의 효무제孝武帝[63]가 사봉謝鳳의 아들 사초종謝超宗을 가리켜 "실로 봉황의 깃털[鳳毛]"이라며 칭찬했다. 지금 사람들이 남의 자식에게 훌륭한 재능이 있을 때 '봉황의 깃털'이라 하는 것은 여기에서 나왔다. 『세설신어』에 의하면 왕소王劭의 풍모와 자태가 그 부친 왕도王導를 빼닮은 것을

59 『세설신어·품조品藻』.
   ○ 왕도가 하충과 담론할 때면 손을 들어 땅을 가리키며 "정작 진실로 이와 같다"고 한 것이다.

60 『세설신어·분견忿狷』.
   ○ 왕호지와 왕염이 이야기를 나누던 중 왕호지의 어투가 거슬린 왕염은 못마땅한 안색을 지었다. 왕호지는 왕염의 불쾌한 기색을 눈치채고 그의 팔을 붙잡으며 "어찌 이 노형과 겨루려 하느냐?"고 하자 왕염이 답한 말이다. '如~馨'은 '~과 같은'이라는 의미이다.

61 「贈日本僧智藏」.
   ○ 홍매는 유우석의 시에서 '寧馨'이 '若何'의 의미로 사용되었다고 풀이했으나, 이 시에서 '寧馨'은 '이와 같이, 이처럼'의 의미로 풀어야 한다.

62 平聲 : 4성의 하나. 상평성上平聲과 하평성下平聲의 구별이 있는데 모두 낮고 순평順平한 소리이다.

63 孝武帝(362~396) : 남조 송나라 4대 황제 유준劉駿.

보고 환온桓溫이 말했다.

> "대노[王奴]는 실로 봉황의 깃털을 지니고 있다.[64]"

이 일이 효무제보다 먼저이긴 하지만 같지 않다.

12. 우미 牛米

전연前燕[65]의 모용황慕容皝[66]은 소를 가난한 백성에게 빌려준 후 황제의 밭에서 농사를 짓게 하여 10분의 8을 세금으로 내게 했고, 자기 소로 농사를 지은 사람은 10분의 7을 세금으로 내게 했다. 참군參軍 봉유封裕[67]가 간언하길, 위진魏晉 시대에 관전官田에서 소를 빌려 농사를 짓는 자의 세금은 10분의 6을 넘지 않았으며, 자기 소가 있는 사람은 관과 반으로 나누었기에, 10분의 7,8을 세금으로 가져가지 않았다고 했다.

지금 우리 고향의 풍속을 보니 사람을 모아 경작을 하면 절반을 가져가고, 주인의 소를 쓰면 10분의 6을 가져가면서 이를 '우미牛米'라 한다. 이는 진晉나라의 제도이다.

13. 한유의 「석고가」 爲文矜誇過實

문인은 글을 쓰면서 실제보다 과장을 하곤 하는데 한유韓愈[68]도 이를 피하지 못했다. 예를 들면 「석고가石鼓歌」[69]에서는 선왕宣王의 위대한 업적을 칭송하

64 『세설신어 · 용지容止』.
65 前燕 : 5호16국五胡十六國의 하나(337~370).
66 慕容皝 : 5호16국시대 전연前燕의 1대 왕.
67 封裕 : 전연前燕의 기실감참군記室監參軍으로 여러 가지 진보적인 경제 정책을 제시하였다.
68 韓愈(768~824) : 당나라 문학가 겸 사상가. 자 퇴지退之. 시호는 문공文公. 조적祖籍이 하남河南 창려현昌黎縣이기 때문에 한창려韓昌黎라고도 부른다. 유가 사상을 추존하고 불교를 배격하여 송대 성리학의 선구자가 되었으며, 기존의 대구對句를 중심으로 짓는 변문騈文에 반대하고 자유로운 고문古文을 주창하여 문체개혁을 주도하였다.

며 이렇게 말했다.

공자가 서쪽으로 가셨을 때 진나라까지 가지 못해,[70]	孔子西行不到秦,
별들만 모아놓고 해와 달은 놓쳤네.	掎摭星宿遺羲娥.
고루한 선비가 『시경』을 엮을 때 수록하지 않아,	陋儒編詩不收拾,
「대아」와 「소아」 편협하여 편폭 큰 것이 없다네.[71]	二雅褊迫無委蛇.

이는 삼백편이 모두 별과 같고 오직 이 「석고」만이 해와 달 같다는 것이다. “대아와 소아가 편협하다”는 말은 더욱 타당하지 않다. 지금 세상에 아직 석고의 글이 남아있는데 어찌 「길일吉日」, 「거공車攻」[72]을 뛰어넘을 수 있겠는가? 어찌 성인의 평가를 거치지 않았다고 할 수 있겠는가?

14. 한유의 「송맹동야서」 送孟東野序

한유韓愈의 「송맹동야서送孟東野序」에 “만물은 평정을 얻지 못하면 소리를 낸다(物不得其平則鳴)”고 했다. 그러나 그 글에 다음과 같은 구절이 있다.

> 요堯와 순舜의 시절 구요咎陶와 우禹가 소리를 잘 내는 사람들이어서 그들을 빌려 소리를 냈다. 기夔는 글로 소리를 내지 못했기에, 소韶의 음악을 빌려 소리를 냈다. …… 이윤伊尹은 은殷 나라를 위해 소리를 냈고, 주공周公은 주周 나라를 위해 소리를 냈다. ……
> 하늘이 장차 그들의 소리를 조화롭게 하여 그들로 하여금 나라의 성대함을 소리치게 한 것이다.

69 「石鼓歌」 : 어느 제왕이 기양岐陽으로 사냥하러 나갔을 때의 상황을 칭송하는 글을 새긴 돌로 모양이 북과 비슷하기 때문에 석고라고 한다. 어느 시대의 것이냐에 대해서는 이설이 분분한데 한유는 선왕宣王 때의 시가 새겨져 있으므로 선왕 때의 것으로 보았다.

70 공자는 평생 여러 나라를 주유했으나 석고가 있는 진나라의 섬서陝西 지방에는 간 적이 없었다.

71 홍매가 인용한 이 단락은 한유의 원작과 선후가 뒤바뀌어 있다. 즉, 3-4-1-2의 순서이다.

72 『시경·소아小雅』 편명.

이 예들은 '평정을 얻지 못한[不得其平]' 것에 부합하는 예시들이 아니다.

15. 『시경·종풍終風』의 해석 噴嚏

지금 사람들은 재채기가 멈추지 않으면 침을 뱉으면서 "누군가 나를 생각한다"고 말한다. 여자들이 유독 그렇게 생각한다. 『시경詩經·종풍終風』에 이런 내용이 있다.

잠깨어 잠 못 이루며	寤言不寐,
생각에 잠기다 재채기 하네	願言則嚏.

정현鄭玄[73]은 이렇게 해석했다.

> 내게 근심과 슬픔이 있어 잠 못 이룬다. 그대 나를 생각하는 마음 나와 같을 터, 나는 재채기를 한다. 지금 풍속에 남이 재채기를 하면 "누군가 나를 말하고 있다"고 얘기하는데 예전부터 전해 내려오는 이야기다.

이 풍속이 옛날부터 전해져 내려온 것임을 알 수 있다.

16. 믿을 수 없는 야사 野史不可信

야사野史와 잡설雜說은 대부분 전해지는 소문이거나 호사자들이 꾸며낸 것이므로 사실이 아니다. 전인들도 야사의 폐단을 피하지 못했는데 이를 믿는 사대부들도 꽤 있었다. 진종眞宗 시기의 3가지 일을 모아보았다.

위태魏泰의 『동헌필록東軒筆錄』에 이러한 기록이 있다.

> 진종이 전연澶淵[74]에 주둔하고 있을 때 구준寇準[75]에게 물었다.

73 鄭玄(127~200) : 후한 말기 경학자. 자 강성康成.

74 澶淵 : 지금의 하남성河南省 복양시濮陽市. 요나라가 대군을 끌고 남하하여 송나라 영토인 전주澶州의 북성北城을 포위하자 송의 진종은 구준의 권유에 따라 전주澶州의 남성南城으로

"오랑캐들이 물러가지 않았으니 누가 천웅군天雄軍을 지킬 수 있겠는가?"

구준은 참지정사參知政事 왕흠약王欽若[76]을 추천했다. 구준은 물러나와 행부行府[77]로 왕흠약을 불러서는 진종의 뜻을 알려주고 칙서를 주며 길을 떠날 것을 재촉했다. 왕흠약이 대답을 하지도 않았는데 구준은 급히 큰 잔에 술을 가득 따라 그에게 마시게 하고는 "말에 오르는 것에 대한 건배"라고 했다. 그리고는 이렇게 말했다.

"참정은 분발하시오. 돌아오는 날에는 곧 나와 동렬이 될 것이오."

왕흠약은 말을 달려 위주魏州로 갔고 11일 후에 요나라 병사는 퇴각하였다. 황제는 왕흠약을 불러 동중서문하평장사同中書門下平章事[78]에 임명했다. 혹자는 왕흠약이 진종 앞에서 수차례 구준을 이간했기 때문에 구준이 그를 내보냈다고 하기도 한다.

전연의 일을 찾아보니 경덕景德 원년(1004) 9월의 일로 구준은 이 때 부재상의 자리에 있었으며 왕흠약은 참정의 자리에 있었다. 9월 윤달, 왕흠약은 천웅군을 맡았으며, 2년 4월 참지정사에서 물러났다. 3년, 구준이 재상직을 물러났고, 왕흠약은 다시 추밀원樞密院을 맡았다가, 천희天禧 원년(1017)에 비로소 재상에 임명되었으니, 경덕 연간과는 14년의 거리가 있다.

두 번째는 심괄沈括[79]의 『몽계필담夢溪筆談』[80]이다.

상민중向敏中[81]이 우복야右僕射[82]에 임명되었을 때 진종이 학사 이창무李昌武에게 말했다.

"짐이 즉위 이래로 복야를 임명한 적이 없으니, 상민중은 매우 기쁠 것이다."

출전하였고, 결국 1004년 송나라와 요나라는 전주에서 평화조약을 맺는데 이를 '전연의 맹약澶淵之盟'이라고 한다.

75 寇準(961~1023) : 북송 초의 정치가 겸 시인. 자 평중平仲. 시호 충민忠愍. 거란의 침입 때 많은 공을 세워 내국공萊國公에 봉해져 구래공寇萊公이라고도 한다.

76 王欽若(962~1025) : 북송 진종 시기 재상. 자 정국定國. 정치적으로 주화파主和派에 속했기에 주전파主戰派였던 구준과 대립하였다.

77 行府 : 수도 이외의 지역에 설치된 군사 업무를 담당하는 기관.

78 同中書門下平章事 : 재상의 명칭으로 사용된 관직명.

79 沈括(1031~1095) : 북송시기 학자 겸 정치가. 자 존중存中. 호 몽계옹夢溪翁.

80 『夢溪筆談』: 심괄이 편찬한 필기로 전장제도와 천문산법天文算法, 문예일사文藝軼事 등 광범위한 내용을 다루고 있으며 과학기술 관련 기록도 다량 수록되어 있다.

81 向敏中(948~1019) : 송나라 시인. 자 상지常之, 시호 문간文簡.

82 僕射 : 상서성의 상서령 아래 좌복야와 우복야가 있다.

이창무가 퇴조하여 상민중의 집을 방문하였는데, 대문 앞이 조용했다. 다음날 진종에게 그러한 상황을 보고했더니 진종은 웃으며 말했다.
"상민중은 관직을 충분히 감당할 수 있는 사람이구나!"

심괄은 주에서 "향공이 복야에 임명된 시기에 대해서는 사서에서 고증해보지 않았지만 중서성의 기록을 보건데 천희天禧 원년 8월이며, 이해 2월에 왕흠약도 복야에 임명되었다"고 설명하였다.

내가 찾아보니 진종 시기 상민중 전에 이미 복야에 6인이 임명되었다. 여단呂端과 이항李沆·왕단王旦은 모두 재상에서 복야가 되었고, 진요수陳堯叟는 추밀사樞密使[83]에서 해직된 후 복야에 임명되었으며, 장제현張齊賢은 재상을 역임한 적이 있다는 것 때문에 복야에 임명되었고, 왕흠약은 추밀사에서 복야로 전직하였다. 상민중이 우복야로 전직한 것은 왕흠약이 좌복야에 제수된 것과 같은 날 내려진 조서에 의해서이며, 이때는 이창무가 죽은 지 4년이 지난 후였다. 이창무는 이종악李宗諤이다.

세 번째도 심괄의 『몽계필담』이다.

정위丁謂[84]가 진종을 따라 순행을 나섰을 때 의식을 마친 후 보좌했던 신하들에게 옥띠를 하사하도록 조서를 내렸다. 당시 보좌했던 신하는 8인이었는데 수행하던 지후祗候의 창고[85]에는 7개의 띠밖에 없었고, 상의서尙衣署[86]에 옥띠가 하나 있었다. 비옥比玉이라는 것으로 수백만의 가치였으므로 진종은 이것으로 여덟 개를 채우려고 했다. 정위는 비옥에 욕심이 났지만, 직위가 7인보다 낮았기 때문에 분명 자신에게 오지 않을 것이라 생각하여 담당관리에게 넌지시 말했다.
"내게 개인적으로 작은 옥띠가 있으니 이것을 사용하면 되오. 경성으로 돌아간 후 따로 하나를 내려주면 되오."
신하들이 각자 옥띠를 하사 받았는데 정위 것은 폭이 겨우 손가락만한 것이었다. 진종은 가까이 있던 시종을 불러 정위의 띠를 서둘러 바꿔주도록 했다. 결국 정위는 상의서의 어대를 얻을 수 있었다.

83 樞密使 : 군사 업무를 관장하는 추밀원樞密院의 장관.
84 丁謂(962~1033) : 자 위지謂之, 진공晉公으로 봉해졌기 때문에 '정진공'이라 불려졌다.
85 祗候庫 : 태부사에 속한 관고의 이름. 돈이나 비단·그릇·의복 등과 같은 물품을 저장하였다가 황제가 신하들에게 하사할 수 있도록 준비하던 곳이다.
86 尙衣署 : 제왕의 의복을 관장하는 부서.

진종은 경덕景德 원년(1004)에 서경西京을 대중상부大中祥符 원년(1008)에 태산泰山을 4년(1011)에는 하중河中을 순행하였다. 이 시기 정위는 행재소의 삼사사三司使로 재직하고 있었으며, 아직 중앙 정부의 관료가 아니었다. 7년(1014), 박주亳州를 순행할 때 정위는 처음으로 참지정사가 되어 황제를 수행할 수 있었다. 당시 진종을 보좌한 신하가 6인이었는데, 왕단王旦과 상민중向敏中은 재상이었고, 왕흠약王欽若과 진요수陳堯叟는 추밀사로 모두 정위보다 관직이 높았고, 정위보다 관직이 낮은 이로 추밀부사樞密副使 마지절馬知節이 있었으므로 심괄이 말한 것은 실제와 부합하지 않는다. 게다가 옥띠라고 하고서 또 비옥이라 이름 한 것은 더 우습다.

위태는 논할 가치도 없지만 심괄의 글이 이처럼 정확하지 않아서는 안 된다.

17. 비방서 謗書

사마천司馬遷은 『사기史記·봉선서封禪書』에 무제武帝가 신선과 귀신·방술을 추종한 것을 매우 자세히 기록해 놓았다. 이 때문에 왕윤王允[87]은 『사기』를 '비방을 담은 책[謗書]'이라고 했다.

북송北宋 진종 경덕景德[88]·대중상부大中祥符[89] 연간, 나라는 태평성대를 구가하고 있었다. 왕흠약王欽若과 진요수陳堯叟·진고년陳鼓年·정위丁謂 등은 천서天書[90]와 부서符瑞[91]를 조작해 황제의 환심을 사고 자신들의 지위를 공고히 했다.

87 王允(137～192) : 자 자사子師. 후한 말 사도司徒, 상서령尙書令 등을 역임하였다.
88 景德 : 북송 진종시기 연호(1004～1007).
89 大中祥符 : 북송 진종시기 연호(1008～1016).
90 天書 : 도가에서 천신의 뜻이 담긴 서書. 대중상부 원년 정월, 궁궐의 좌승천문左承天門 남쪽 치미鴟尾(솔개 꼬리의 형상을 하고 있는 중국식 전통 주택 용마루 양쪽 끝의 토기 장식물)에서 황색 비단이 발견되었다. 진종은 이를 천서라 하고 대중상부大中祥符로 개원하였다.
91 符瑞 : 제왕이 천명을 받았다는 상서로운 징조.

진종이 죽자 왕증王曾은 후세의 비난을 걱정해 천서를 진종의 관에 넣어 흔적을 없앴다. 그러나 『진종실록眞宗實錄』은 왕흠약이 편찬의 전반을 책임졌기 때문에, 진종이 궁묘宮廟 · 상운祥雲 · 영지靈芝 · 선학仙鶴 등을 숭상한 일이 매우 상세하게 기록되어 있다. 그 결과 역사책으로서는 흠을 갖게 되었다. 이는 사마천의 책이 '방서謗書'라는 소리를 듣는 것과는 다른 경우지만, 결과는 같다.

18. 왕단 王文正公

대중상부 연간 이후 천서예문天書禮文이나 궁관전책宮觀典冊, 제사와 순행, 가공송덕에 관련된 일은 모두 당시 재상이었던 문정공文正公 왕단王旦[92]이 간여하였다. 왕단은 시랑侍郞에서 태보太保로 승진하기까지 자신이 한 일이 비난을 면할 수 없음을 분명히 알고 있었지만, 지위와 부귀에 연연하여 단호하게 사직하지 못했다. 그러나 죽기 직전 자신을 삭발하고 승복을 입혀 입관시켜달라고 했다. 이러한 것이 무슨 소용이 있겠는가?

은자 위야魏野[93]가 왕단에게 이런 시를 써 준 적이 있다.

서쪽서 제사 올리고 동쪽서 봉선하는 일 이제는 끝났으니,	西祀東封今已了,
적송자와 함께 짝하러 오시게나.	好來相伴赤松遊.

군자는 덕으로 사람을 아껴야 한다는 것을 말한 것으로 가르침과 훈계의 뜻이 깊다. 구양수歐陽脩는 왕단의 신도비神道碑[94]를 쓰면서 이러한 일들에 대해서는 하나도 언급하지 않았다. 아마 쓸 수 없었을 것이다.

92 王旦(957～1017) : 북송 진종시기 재상. 자 자명子明. 시호 문정文正.
93 魏野(960～1019) : 북송시기 시인. 자 중선仲先. 호 초당거사草堂居士. 교외에 초당을 짓고 직접 농사를 지으면서 지냈다. 진종이 관직을 하사하려 했으나 거절하고 나가지 않았다.
94 神道碑 : 왕이나 고관의 무덤 앞 또는 무덤으로 가는 길목에 세워 죽은 이의 사적事蹟을 기리는 비석.

왕단이 일생동안 공정하고 청렴했다는 점은 재론의 여지가 없다. 그러나 그는 서한 시대의 장우張禹[95]나 공광孔光[96]·호광胡廣[97]과 마찬가지로 명철보신했을 뿐이다.

19. 진 문공 晉文公

진晉나라 공자 중이重耳[98]는 망명할 때 적狄[99]을 시작으로 모두 일곱 나라를 거쳤다. 위衛나라 성공成公, 조曹나라 공공共公, 정鄭나라 문공文公은 모두 중이를 홀대했다. 그러나 제齊나라 환공桓公은 딸을 아내로 주었으며, 송宋나라 양공襄公은 말을 주었고, 초楚나라 성왕成王은 잔치를 베풀어주었으며, 진秦나라 목공穆公은 그의 귀국을 도와 마침내 왕위에 오를 수 있도록 해주었다. 위나라와 조나라·정나라는 모두 중이와 같은 희姬씨 성이고, 제나라와 송나라·진나라·초나라는 모두 성이 다른 나라다. 이를 볼 때 '그래도 피붙이가 낫다'라는 말은 틀렸음을 알 수 있다.

진晉 문공이 죽은 후 아직 매장하지 않았을 때, 진秦나라 군대가 정鄭나라를 치고, 활滑나라를 멸망시켰다. 본래 진晉 나라와는 무관한 일이건만, 진晉나라 대부 선진先軫은 진秦나라가 진晉나라의 국상을 애도하지 않고 진晉나

95 張禹 : 전한前漢 성제成帝 때의 승상. 자 자문子文. 외척 왕씨王氏가 정권을 장악하자 관직에서 물러났지만, 자신의 부귀를 보존하기 위해 왕씨의 전횡을 직언하지 않았다.

96 孔光(B.C.65~5) : 한나라의 유학자, 정치가. 자 자하子夏. 전한의 원제와 성제·애제·평제 등 네 황제를 거치면서 어사대부御史大夫·승상丞相을 두 번 역임하였다. 평제 즉위 뒤 왕망王莽이 권력을 장악하자 불길한 일이 닥칠 것을 염려하여 사퇴하려 했으나, 결국엔 왕망의 뜻에 따라 태부太傅와 태사太師를 역임하였다.

97 胡廣 : 자 백시伯始. 안제安帝와 순제順帝·충제沖帝·질제質帝·환제桓帝·영제靈帝 등 여섯 황제를 거치면서 30년간 관직에 있었으므로 육조원로六朝元老라는 호칭으로 불렸다. 호광은 일생동안 중용中庸을 행한 것으로 이름났으나, 후세에는 구차하게 남의 마음에 들게 하였다는 비판을 받기도 했다.

98 重耳(재위 B.C.636~B.C.628.) : 춘추오패 중 한 사람인 진문공. 진헌공晉獻公의 아들. 헌공의 총희 여희驪姬의 음모를 피해 어머니의 출신지인 적狄 땅으로 도망하였다. 이후 19년간 각 국을 떠돌아다니며 망명생활을 하다가 결국 진나라로 돌아와 제위에 올랐다.

99 狄 : 지금의 감숙성甘肅省 임조臨洮.

라의 동성 국가를 공격했다는 핑계로 전쟁을 주장했다. 결국 그들은 진秦나라의 큰 은혜를 저버리고 진 문공의 아들인 양공襄公에게 검은 상복을 입혀 진秦나라를 공격하게 했다. 효殽 땅에서 다행히 이기긴 했으나,[100] 결국 전쟁의 단초가 되었고 이후 두 나라는 수백 년 동안 계속해서 전쟁이 끊이지 않았다. 선진은 그해에 적狄 땅에서 죽었고, 손자인 선곡先穀에 이르러 멸족을 당했으니 이는 하늘의 뜻이다.

20. 남이를 정복한 제갈량 南夷服諸葛

촉蜀의 후주 유선劉禪 때 남중南中[101]의 여러 군이 모반을 일으켜 제갈량이 정벌에 나섰다. 남중의 수령이었던 맹획孟獲은 만이와 한족에게 추대되었는데, 제갈량은 그와 일곱 번 싸워 일곱 번을 사로잡았다. 맹획은 이렇게 말했다.

> "공에게는 하늘이 내린 위엄이 있으시니, 남인들은 이제 모반하지 않을 것입니다."

『촉지蜀志』에 기재된 것이니 그 당시에만 해당되는 것이다.

태종 순화淳化[102] 연간 이순李順이 촉에서 반란을 일으켰다.[103] 초안사招安使 뇌유종雷有終을 가주嘉州[104]에 파견하고 사인士人 신이현辛怡顯을 남조南詔[105]에

100 주周 양왕襄王 26년(B.C. 627년), 진 양공은 군대를 이끌고 효산殽山(지금의 하남성河南省 섬현陝縣 동쪽)의 협도에서 진나라 군대를 섬멸하였다.

101 南中 : 삼국시대 제갈량이 남중을 평정하게 되면서부터 역사에 등장하게 된다. 지금의 운남성, 귀주성, 사천성 서남부에 해당하는 지역으로 삼국시대 남중은 촉한지역에 속해 있었다.

102 淳化 : 송나라 태종 시기 연호(990~994).

103 李順의 난 : 이순(?~995)은 차농 출신으로 농민 봉기에 가담하였다. '귀천을 평등하게 하고, 빈부를 균등하게 하라[等貴賤 均貧富]'는 주장으로 민중의 압도적 지지를 받으면서 994년 1월 성도成都를 점령하고 대촉왕으로 추대되었으나 이해 5월, 정부군에 진압당했다.

104 嘉州 : 지금의 사천성四川省 낙산시樂山市.

105 南詔 : 당대唐代에 만족蠻族이 세웠던 나라의 이름. 지금의 운남성雲南省 대리현大理縣.

사신으로 보냈는데, 요주姚州[106]에 이르자 절도사節度使 조공미趙公美가 문서를 가지고 그를 마중 나왔다.

> 이곳 경내에 노수瀘水라는 곳이 있는데 옛날 제갈무후諸葛武侯께서 이렇게 경고하셨습니다.
> "조공을 바치거나 정벌을 나서는 것이 아니고서는 이 강물을 건널 수 없다. 반드시 건너고자 한다면 제를 올리고 그 후에 배에 올라야 한다."
> 지금 본부의 군장을 보내 금용金龍 2조와 금전金錢 30문을 가지고 오게 했고, 술과 말린 고기를 마련하였으니, 먼저 제를 올리고서 건널 것을 부탁드립니다.

남이南夷가 진정 마음으로 복종한 것임을 알 수 있으니, 천년이 지났으나 처음처럼 한결같았다. 아, 어질구나! 이 일은 신이현辛怡顯이 지은 『운남록雲南錄』에 보인다.

21. 소식의 「이소찬」二疏贊

의론문을 지을 때는 인용한 사실에 착오가 없는지 잘 살핀 후에 후세에 전해야 한다. 소식蘇軾이 지은 「이소도찬二疏圖贊」[107]에는 이런 내용이 있다.

> 서한 선제宣帝 중흥 시기 엄한 법령으로 백성을 다스렸다. 갑관요蓋寬饒[108]와 한연수韓延壽[109]·양운楊惲[110] 세 사람을 죽였는데, 이들은 모두 충신이었다. 소광疏廣과

106 姚州 : 지금의 운남성 대요현大姚縣.

107 二疏 : 전한 선제 때의 현인인 소광疏廣과 그의 조카 소수疏受를 가리킨다. 소광은 태자태부가 되고 소부는 태자소부가 되어, 삼촌과 조카가 모두 태자의 스승이 되는 영예를 누렸다. 贊 : 문체명. 인물을 찬송하는 글이며 주로 운문으로 쓴다.

108 蓋寬饒(?~B.C.60) : 자 차공次公. 성격이 강직하고 명예를 중시한 갑관요는 선제가 환관을 중시하고 우대하자 서슴없이 간언하였다. 선제는 조정과 황제를 무시하는 처사라며 잡아들였고, 평소 그의 곧은 말 때문에 심기가 불편했던 대신들은 갑관요가 역모를 꾀했다고 모함하며 사형할 것을 청하였다. 결국 갑관요는 자살하였다.

109 韓延壽 : 한연수는 어사대부 소망지의 시기를 받아 공금을 낭비했다는 탄핵을 받는다. 또한 소망지는 한연수가 수레 장식에 대한 규정을 위반하여 용과 범, 붉은 양진새를 그렸으며, 황색 옷에 비단 깃을 달고 윗사람처럼 행동했다고 덧붙였다. 결국 한연수는 사형을 당했다.

> 소수疏受 두 분 선생은 그들의 죽음을 애석하게 여겨, 소매를 떨치고 신을 벗어던지며 조금의 미련도 없이 고향으로 돌아갔다. 부귀영화와 같은 것은 선비들에게 자랑스러워할만한 것이 아니었다.

글의 논지가 매우 분명하다. 그러나 시기를 고증해보면 원강元康 2년(B.C.64)에 소광과 소수가 관직을 떠났다.[111] 그로부터 2년 뒤 갑관요가 주살되었고, 3년 후 한연수가 주살되었으며, 다시 3년 후 양운이 주살되었다. 소광과 소수가 떠났을 때 세 사람은 모두 살아있었다. 소식이 강물처럼 거침없고 분방하게 글을 쓰다보니, 일반 사람들처럼 자료를 고증하고 탐구하지 않은 것 같다.

22. 이밀의 남조 정벌 李宓伐南詔

당 천보天寶[112] 연간에 남조南詔가 반란을 일으켰다. 검남 절도사劍南節度使 선우중통鮮于仲通이 그들을 토벌하였는데 군사 6만을 잃었다. 양국충楊國忠[113]은 패상은 감추고 전공만을 보고하였다. 당시 남조를 공격할 군사를 모집하였는데 응모하는 사람이 없자, 양국충은 어사御史를 전국 각지로 파견하여 사람을 잡아 형틀에 묶어 군부대가 있는 곳으로 데려오게 했다. 끌려온 사람들의 걱정과 원망으로 가득 찬 울음소리가 들판에 진동하였다.

천보 13년(754), 검남 유후留後[114] 이밀李宓이 7만 군대를 이끌고 남조를

110 楊惲(?~B.C.54) : 자 자유子幼. 양운은 부귀한 가문과 출중한 재능으로 명성이 자자했다. 그러나 한 차례 파면을 당한 후에도 언행을 조심하지 않으며 조정에 대한 불만을 쏟아내다가 결국 사형을 당했다.

111 『한서·소광전』에 의하면 소광이 소수에게 "만족할 줄 알면 욕된 일을 당하지 않고, 그칠 줄 알면 위태롭지 않다[知足不辱, 知止不殆]"라고 하며, 벼슬에서 물러날 것을 제의하였다. 결국 두 사람은 선제에게 주청하여 관직에서 물러났다.

112 天寶 : 당나라 현종 시기 연호(742~756).

113 楊國忠(?~756) : 현종 시기 재상. 본명은 소釗이나 양귀비의 친척으로 등용되어 현종에게 중용되어 '국충'이라는 이름을 하사받았다. 뇌물로 인사를 문란시키고 백성으로부터 재물을 수탈하는 등 실정을 계속하였다. 안사安史의 난이 일어나자 사천四川으로 피난 중 살해되었다.

공격하였다. 남조는 이밀의 부대를 깊이 유인하고는 성벽을 굳게 닫고 싸우지 않았다. 이밀의 군대는 군량이 다하고 역병에 시달려 열에 일곱, 여덟이 굶어 죽어갔다. 결국 이밀은 군대를 철수하여 귀환하였는데, 이때 남조의 군대가 추격하여 이밀의 군대를 공격하였다. 이밀은 사로잡히고 군대는 전몰하였다. 양국충은 패망을 감추고 재빨리 다시 군대를 징발하여 토벌하였다. 이는 『자치통감』에 기록된 것이다.

『구당서舊唐書』에는 이렇게 기록되어 있다.

> 이밀이 군대를 이끌고 서이하西洱河에서 남만을 공격하였는데, 군량이 다하여 군대를 철수하던 중 말 다리[足]가 다리[橋] 사이에 빠져 합라봉閤羅鳳에게 포로로 잡혔다.

『신당서』에는 "이밀이 서이하에서 패전하여 죽었다"고 되어있다.

내가 이에 대해 조사를 해 보았다. 고적高適[115]의 문집에 「이밀남정만李宓南征蠻」이라는 시 한 편이 있는데, 그 서문은 다음과 같다.

> 천보 11년(752), 서남이를 정벌하라는 조서가 내려져 승상 양공楊公[116]에게 토벌의 지휘를 겸하도록 하였다. 양공은 전 운남雲南 태수 이밀이 바다를 건너 교지交趾에서 남조를 공격하게 할 것을 상주하였다. 수만리를 왕복하여 천보 12년 4월, 장안에 도착하였다. 사람들은 이 때문에 조정이 사람을 잘 등용한다는 것과 이공의 충성을 알게 되었다. 나는 황송하게도 이 사람의 오랜 친구이기에 이 시를 짓는다.

시는 다음과 같다.

엄숙한 묘당	肅穆廟堂上,
절도사는 신중하고 기세는 웅장하다.	深沉節制雄.
마침내 명령이 내려오니 병사들은 감격하고	遂令感激士,

114 留後 : 관명. 당 중엽이후 번진 세력이 강해지면서 절도사에게 변고가 생기게 되면 그 아들이나 측근의 장수에게 임무를 대신하게 했는데 이를 절도유후節度留後라 한다.

115 高適(707~765) : 당나라 시인. 자 달부達夫. 변경에서의 외로움과 전쟁·이별의 비참함을 읊은 변새시邊塞詩로 유명하다.

116 楊公 : 양국충楊國忠을 가리킨다.

비상한 공로를 세웠다. 得建非常功.
북 울리며 바다 밖으로 나가 鼓行天海外,
수차례 만이들과 싸웠다. 轉戰蠻夷中.
파도를 헤치며 앞으로 전진하고 長驅大浪破,
빠른 공격에 산은 텅 비게 되었네. 急擊群山空.
군량 올 길은 이미 멀어지고 餉道忽已遠,
후군의 지원도 거의 끊기자, 縣軍垂欲窮.
들에서 들쥐를 파먹고 野食掘田鼠,
해 질 무렵에는 오랑캐 아이를 먹으며, 晡餐兼僰僮.
병사를 모아 보루를 짓고 收兵列亭候,
사방으로 두루 영토를 넓혔다. 拓地彌西東.
노수를 밤에도 건널 수 있게 되었고 瀘水夜可涉,
교주가 이제 처음으로 통하게 되었다. 交州今始通.
장안으로 돌아와 歸來長安道,
감천궁에서 천자를 알현하였다. 召見甘泉宮.

이밀의 정벌을 묘사한 것이다. 비록 시인의 말이라 모두 사실은 아니겠지만, 당시 사람이 쓴 것이니 완전히 거짓말일 리는 없다. 이밀은 아마도 장안으로 돌아왔을 것이고, 패전하여 죽지도 않았을 것이며, 그 시기도 천보 13년(754)이 아닐 것이다. 시 가운데 쥐를 잡고 아이를 잡아먹는다는 구절을 통해 식량이 다 떨어져 위급한 상황이었음을 알 수 있으며, 군대가 승전하여 돌아온 것이 아니라는 점은 분명하다.

23. 부량 도자기 浮梁陶器

팽기자彭器資 상서尙書의 문집에 「송허둔전送許屯田」이라는 시가 있다.

부량의 아름다운 도자기, 浮梁巧燒甆,
그 색이 옥에 비유할 만 하네. 顔色比瓊玖.
관리들 재리를 도모하여, 因官射利疾,
모두들 좋아하지만 오직 그대만 원치 않았네. 衆喜君獨不.
부로들 다투어 감탄하니, 父老爭歎息,
이런 일 예전엔 없었다고. 此事古未有.

아래에는 다음과 같은 주가 달려있다.

> 부량浮梁[117] 노인들이 말하길 이곳에 온 지현知縣 중 도자기를 사지 않은 사람은 허군 한 명 뿐이고, 요주饒州[118]에 온 지주知州 중 지금의 정사종程嗣宗 한 사람만 부량 도자기를 사지 않았다고 했다.

그런데 애석하게도 허군의 이름을 적어두지 않았다.

117 浮梁 : 지금의 강서성江西省 경덕진景德鎮. 이 부근은 도토陶土가 많아 한나라 때부터 도자기를 굽기 시작하였다. 경덕진요景德鎮窯는 지금까지 세계적으로 유명한 도자기 생산지이다.
118 饒州 : 지금의 강서성 파양시鄱陽市.

1. 張浮休書

張芸叟與石司理書云：「頃游京師, 求謁先達之門, 每聽歐陽文忠公、司馬溫公、王荊公之論, 於行義文史爲多, 唯歐陽公多談吏事。旣久之, 不免有請：『大凡學者之見先生, 莫不以道德文章爲欲聞者, 今先生多教人以吏事, 所未諭也。』公曰：『不然。吾子皆時才, 異日臨事, 當自知之。大抵文學止於潤身, 政事可以及物。吾昔貶官夷陵, 方壯年, 未厭學, 欲求史、漢一觀, 公私無有也。無以遣日, 因取架閣陳年公案, 反覆觀之, 見其枉直乖錯, 不可勝數, 以無爲有, 以枉爲直, 違法徇情, 滅親害義, 無所不有。且夷陵荒遠、褊小, 尙如此, 天下固可知也。當時仰天誓心, 曰：「自爾遇事, 不敢忽也。」』是時蘇明允父子亦在焉, 嘗聞此語。」又有答孫子發書, 多論資治通鑑, 其略云：『溫公嘗曰：「吾作此書, 唯王勝之嘗閱之終篇, 自餘君子求乞欲觀, 讀未終紙, 已欠伸思睡矣。書十九年方成, 中間受了人多少語言陵藉。』」云云。此兩事, 士大夫罕言之, 浮休集百卷, 無此二篇, 今豫章所刊者, 附之集後。

2. 溫公客位牓

司馬溫公作相日, 親書牓稿揭于客位, 曰：「訪及諸君, 若覩朝政闕遺, 庶民疾苦, 欲進忠言者, 請以奏牘聞於朝廷, 光得與同僚商議, 擇可行者進呈, 取旨行之。若但以私書寵諭, 終無所益。若光身有過失, 欲賜規正, 卽以通封書簡分付吏人, 令傳入, 光得內自省訟, 佩服改行。至於整會官職差遣、理雪罪名, 凡干身計, 幷請一面進狀, 光得與朝省衆官公議施行。若在私第垂訪, 不請語及。某再拜咨白。」乾道九年, 公之曾孫伋出鎭廣州, 道過贛, 獲觀之。

3. 李頎詩

歐陽公好稱誦唐嚴維詩「柳塘春水慢, 花塢夕陽遲」及楊衡「竹徑通幽處, 禪房花木深」之句, 以爲不可及。予絶喜李頎詩云：「遠客坐長夜, 雨聲孤寺秋。請量東海水, 看取淺深愁。」且作客涉遠, 適當窮秋, 暮投孤村古寺中, 夜不能寐, 起坐凄惻, 而聞簷外雨聲, 其爲一時襟抱, 不言可知, 而此兩句十字中, 盡其意態, 海水喩愁, 非過語也。

4. 詩中用茱萸字

劉夢得云：「詩中用茱萸字者凡三人。杜甫云『醉把茱萸子細看』, 王維云『揷遍茱萸少一人』, 朱放云『學他年少揷茱萸』, 三君所用, 杜公爲優。」予觀唐人七言, 用此者又十餘家, 漫錄于後。王昌齡「茱萸揷鬢花宜壽」, 戴叔倫「揷鬢茱萸來未盡」, 盧綸「茱萸一朵映華簪」, 權德輿「酒泛茱萸晩易醺」, 白居易「舞鬟擺落茱萸房」, 「茱萸色淺未經霜」, 楊衡「强揷茱萸隨衆人」, 張諤「茱萸凡作幾年新」, 耿湋「髮稀那敢揷茱萸」, 劉商「郵筒不解獻茱萸」, 崔櫓「茱萸冷吹溪口香」, 周賀「茱萸城裏一尊前」, 比之杜句, 眞不侔矣。

5. 鬼宿渡河

宋蒼梧王當七夕夜, 令楊玉夫伺織女渡河, 曰：「見, 當報我；不見, 當殺汝。」錢希白洞微志載：「蘇德哥爲徐肇祀其先人, 曰：『當夜半可已。』蓋俟鬼宿渡河之後。」翟公巽作祭儀十卷, 云：「或祭於昏, 或祭於旦, 皆非是, 當以鬼宿渡河爲候, 而鬼宿渡河, 常在中夜, 必使人仰占以俟之。」葉少蘊云：「公巽博學多聞, 援證皆有據, 不肯碌碌同衆, 所見必過人。」予案天上經星終古不動, 鬼宿隨天西行, 春昏見於南, 夏晨見於東, 秋夜半見於東, 冬昏見於東, 安有所謂渡河及常在中夜之理？織女昏晨與鬼宿正相反, 其理則同。蒼梧王荒悖小兒, 不足笑, 錢、翟、葉三公皆名儒碩學, 亦不深攷如此。杜詩云：「牛女漫愁思, 秋期猶渡河。」「牛女年年渡, 何曾風浪生？」梁劉孝儀詩云：「欲待黃昏至, 含嬌淺渡河。」唐人七夕詩皆有此說, 此自是牽俗遣詞之過。故杜老又有詩云：「牽牛出河西, 織女處其東。萬古永相望, 七夕誰見同。神光竟難候, 此事終蒙朧。」蓋自洞曉其實, 非它人比也。

6. 府名軍額

雍州, 軍額曰永興, 府曰京兆, 而守臣以「知永興軍府事兼京兆府路安撫使」結銜。鎭州, 軍額曰成德, 府曰眞定, 而守臣以「知成德軍府事兼眞定府路安撫使」結銜；政和中, 始正以府額爲稱。荊州, 軍額曰荊南, 府曰江陵, 而守臣則曰「知荊南」, 通判曰「通判荊南」, 自餘掾幕縣官則曰「江陵府」, 淳熙四年, 始盡以「江陵」爲稱。孟州, 軍額曰河陽三城, 無府額, 而守臣曰「知河陽軍州事」。陝州無府額, 而守臣曰「知陝州軍府事」, 法令行移, 亦曰「陝府」。

7. 馬融皇甫規

漢順帝時, 西羌叛, 遣征西將軍馬賢將十萬人討之。武都太守馬融上疏曰：「賢處處留滯, 必有潰叛之變。臣願請賢所不用關東兵五千, 裁假部隊之號, 盡力率厲, 三旬之中, 必克破之。」不從。賢果與羌戰敗, 父子皆沒, 羌遂寇三輔, 燒園陵。詔武都太守趙沖督河西四郡兵追擊。安定上計掾皇甫規上疏曰：「臣比年以來, 數陳便宜。羌戎未動, 策其將反, 馬賢始出, 知其必敗。願假臣屯列坐食之兵五千, 出其不意, 與沖共相首尾。土地山谷, 臣所曉習, 可不煩方寸之印、尺帛之賜, 可以滌患。」帝不能用。趙沖擊羌不利, 羌寇充斥, 涼部震恐, 沖戰死, 累年然後定。案, 馬融、皇甫規之言, 曉然易見, 而所請兵皆不過五千, 然訖不肯從, 乃知宣帝納用趙充國之冊爲不易得, 所謂明主可爲忠言也。

8. 孟蜀避唐諱

蜀本石九經皆孟昶時所刻。其書「淵世民」三字皆缺畫, 蓋爲唐高祖、太宗諱也。昶父知祥, 嘗爲莊宗、明宗臣, 然於「存勖嗣源」字乃不諱。前蜀王氏已稱帝, 而其所立龍興寺碑, 言及唐諸帝, 亦皆平闕, 乃知唐之澤遠矣。

9. 翰苑親近

白樂天渭村退居寄錢翰林詩, 叙翰苑之親近云：「曉從朝興慶, 春陪宴柏梁。分庭皆命婦, 對院即儲皇。貴主冠浮動, 親王轡鬧裝。金鈿相照耀, 朱紫間熒煌。毬簇桃花騎, 歌巡竹葉觴。窪銀中貴帶, 昂黛內人粧。賜禊東城下, 頒酺曲水傍。樽罍分聖酒, 妓樂借仙倡。」蓋唐世宮禁與外廷不至相隔絶, 故杜子美詩：「戶外昭容紫袖垂, 雙瞻御座引朝儀。」又云：「舍人退食收封事, 宮女開函近御筵。」而學士獨稱內相, 至於與命婦分庭, 見貴主冠服、內人黛粧, 假仙倡以佐酒, 它司無比也。

10. 寧馨阿堵

「寧馨」、「阿堵」, 晉宋間人語助耳。後人但見王衍指錢云：「擧阿堵物却。」又山濤見衍, 曰：「何物老媼, 生寧馨兒？」今遂以阿堵爲錢, 寧馨兒爲佳兒, 殊不然也。前輩詩「語言少味無阿堵, 冰雪相看有此君」, 又「家無阿堵物, 門有寧馨兒」, 其意亦如此。宋廢帝之母王太后疾篤, 帝不往視, 后怒謂侍者：「取刀來, 剖我腹, 那得生寧馨兒！」觀此, 豈得爲佳？顧長康畫人物, 不點目睛, 曰：「傳神寫照, 正在阿堵中。」猶言此處也。劉眞長譏殷淵源曰：「田舍兒, 强學人作爾馨語。」又謂桓溫曰：「使君, 如馨地寧可鬪戰求勝！」王導與何充語, 曰：「正自爾馨。」王恬撥王胡之手, 曰：「冷如鬼手馨, 彊來捉人臂。」至今吳中人語言尙多用寧馨字爲問, 猶言「若何」也。劉夢得詩：「爲問中華學道者, 幾人雄猛得寧馨。」蓋得其義。以寧字作平聲讀。

11. 鳳毛

宋孝武嗟賞謝鳳之子超宗, 曰：「殊有鳳毛。」今人以子爲鳳毛, 多謂出此。按世說, 王劭風姿似其父導, 桓溫曰：「大奴固自有鳳毛。」其事在前, 與此不同。

12. 牛米

燕慕容皝以牛假貧民, 使佃苑中, 稅其什之八；自有牛者, 稅其七。參軍封裕諫, 以爲魏、晉之世, 假官田牛者不過稅其什六, 自有牛者中分之, 不取其七八也。予觀今吾鄉之俗, 募人耕田, 十取其五, 而用主牛者, 取其六, 謂之牛米, 蓋晉法也。

13. 石鼓歌過實

文士爲文, 有矜夸過實, 雖韓文公不能免。如石鼓歌極道宣王之事, 偉矣。至云：「孔子西行不到秦, 掎摭星宿遺羲、娥。陋儒編詩不收拾, 二雅褊迫無委蛇。」是謂三百篇皆如星宿, 獨此詩如日月也。「二雅褊迫」之語, 尤非所宜言。今世所傳石鼓之詞尙在, 豈能出吉日、車攻之右, 安知非經聖人所刪乎！

14. 送孟東野序

韓文公送孟東野序云：「物不得其平則鳴。」 然其文云：「在唐、虞時, 咎陶、禹其善鳴者, 而假之以鳴。夔假於韶以鳴, 伊尹鳴殷, 周公鳴周。」又云：「天將和其聲, 而使鳴國家之盛。」 然則非所謂不得其平也。

15. 噴嚏

今人噴嚏不止者, 必噀唾祝云「有人說我」, 婦人尤甚。予按終風詩：「寤言不寐, 願言則嚏。」鄭氏箋云：「我其憂悼而不能寐, 女思我心如是, 我則嚏也。今俗人嚏, 云『人道我』, 此古之遺語也。」乃知此風自古以來有之。

16. 野史不可信

野史雜說, 多有得之傳聞及好事者緣飾, 故類多失實, 雖前輩不能免, 而士大夫頗信之。姑摭眞宗朝三事于左。

魏泰東軒錄云：「眞宗次澶淵, 語寇萊公曰：『虜騎未退, 何人可守天雄軍？』公言參知政事王欽若。退卽召王於行府, 諭以上意, 授勑俾行。王未及有言, 公遽酌大白飮之, 命曰『上馬盃』, 且曰：『參政勉之, 回日卽爲同列也。』王馳騎入魏, 越十一日, 虜退, 召爲同中書門下平章事。或云王公數進疑詞於上前, 故萊公因事出之。」予案澶淵之役, 乃景德元年九月, 是時萊公爲次相, 欽若爲參政。閏九月, 欽若判天雄。二年四月, 罷政。三年, 萊公罷相, 欽若復知樞密院, 至天禧始拜相, 距景德初元凡十四年。

其二事者, 沈括筆談云：「向文簡拜右僕射, 眞宗謂學士李昌武曰：『朕自卽位以來, 未嘗除僕射, 敏中應甚喜。』昌武退朝, 往候之, 門闌悄然。明日再對, 上笑曰：『向敏中大耐官職。』」存中自注云：「向公拜僕射年月, 未曾考於國史, 因見中書記, 是天禧元年八月, 而是年二月, 王欽若亦加僕射。」予案眞宗朝自敏中之前, 拜僕射者六人：呂端、李沆、王旦皆自宰相轉, 陳堯叟以罷樞密使拜, 張齊賢以故相拜, 王欽若自樞密使轉。及敏中轉右僕射, 與欽若加左僕射同日降制, 是時李昌武死四年矣。昌武者, 宗諤也。

其三事者, 存中筆談又云：「時丁晉公從眞宗巡幸, 禮成, 詔賜輔臣玉帶。時輔臣八人, 行在祗候庫止有七帶, 尙衣有帶, 謂之比玉, 價直數百萬, 上欲以足其數。公心欲之, 而位在七人之下, 度必不及己, 乃諭有司：『某自有小私帶可服, 候還京別賜可也。』 旣各受賜, 而晉公一帶僅如指闊, 上顧近侍速易之, 遂得尙衣御帶。」予按景德元年, 眞宗巡幸西京, 大中祥符元年, 巡幸泰山, 四年, 幸河中, 丁謂皆爲行在三司使, 未登政府。七年, 幸亳州, 謂始以參知政事從。時輔臣六人, 王旦、向敏中爲宰相, 王欽若、陳堯叟爲樞密使, 皆在謂上, 謂之下尙有樞密副使馬知節, 卽不與此說合。且旣爲玉帶, 而又名比玉, 尤可笑。魏泰無足論, 沈存中不應爾也。

17. 謗書

司馬遷作史記, 於封禪書中, 述武帝神仙、鬼竈、方士之事甚備, 故王允謂之謗書。國朝景德、祥符間, 治安之極, 王文穆、陳文忠、陳文僖、丁晉公諸人造作天書符瑞, 以爲固寵容悅之計。及眞宗上仙, 王沂公懼貽後世譏議, 故請藏天書於梓宮以滅迹。而實錄之成, 乃文穆監脩, 其載崇奉宮廟、祥雲芝鶴, 唯恐不詳, 遂爲信史之累, 蓋與太史公謗書意異而實同也。

18. 王文正公

祥符以後, 凡天書禮文、宮觀典冊、祭祀巡幸、祥瑞頌聲之事, 王文正公旦實爲參政、宰相, 無一不預。官自侍郎至太保, 公心知得罪於淸議, 而固戀患失, 不能決去。及其臨終, 乃欲削髮僧服以斂, 何所補哉！ 魏野贈詩, 所謂「西祀東封今已了, 好來相伴赤松游」, 可謂君子愛人以德, 其箴戒之意深矣。歐陽公神道碑, 悉隱而不書, 蓋不可書也。雖持身公淸, 無一可議, 然特張禹、孔光、胡廣之流云。

19. 晉文公

晉公子重耳自狄適他國凡七, 衛成公、曹共公、鄭文公皆不禮焉, 齊桓公妻以女, 宋襄公贈以馬, 楚成王享之, 秦穆公納之, 卒以得國。衛、曹、鄭皆同姓, 齊、宋、秦、楚皆異姓, 非所謂「豈無他人, 不如同姓」也。晉文公卒未葬, 秦師伐鄭滅滑, 無預晉事。晉先軫以爲秦不哀吾喪, 而伐吾同姓, 背秦大惠, 使襄公墨衰絰而伐之。雖幸勝於殽, 終啓焚舟之戰, 兩國交兵, 不復修睦者數百年。先軫是年死於狄, 至孫縠而誅滅, 天也。

20. 南夷服諸葛

蜀劉禪時, 南中諸郡叛, 諸葛亮征之, 孟獲爲夷、漢所服, 七戰七擒, 曰 :「公, 天威也, 南人不復反矣。」蜀志所載, 止於一時之事。國朝淳化中, 李順亂蜀, 招安使雷有終遣嘉州士人辛怡顯使於南詔, 至姚州, 其節度使趙公美以書來迎云 :「當境有瀘水, 昔諸葛武侯戒曰 :『非貢獻征討, 不得輒渡此水 ; 若必欲過, 須致祭, 然後登舟。』今遣本部軍將賫金龍三條、金錢二十文, 幷設酒脯, 請先祭享而渡。」乃知南夷心服, 雖千年如初。嗚呼, 可謂賢矣! 事見怡顯所作雲南錄。

21. 二疏贊

作議論文字, 須考引事實無差忒, 乃可傳信後世。東坡先生作二疏圖贊云 :「孝宣中興, 以法馭人。殺蓋、韓、楊, 蓋三良臣。先生憐之, 振袂脫屣。使知區區, 不足驕士。」其立意超卓如此。然以其時考之, 元康三年二疏去位, 後二年蓋寬饒誅, 又三年韓延壽誅, 又三年楊惲誅。方二疏去時, 三人皆亡恙。蓋先生文如傾河, 不復効常人尋閱質究也。

22. 李宓伐南詔

唐天寶中, 南詔叛, 劍南節度使鮮于仲通討之, 喪士卒六萬人。楊國忠掩其敗狀, 仍叙其戰功。時募兵擊南詔, 人莫肯應募, 國忠遣御史分道捕人, 連枷送詣軍所, 行者愁怨, 所在哭聲振野。至十三載, 劍南留後李宓將兵七萬往擊南詔, 南詔誘之深入, 閉壁不戰, 宓糧盡, 士卒瘴疫及飢死什七八, 乃引還。蠻追擊之, 宓被擒, 全軍皆沒。國忠隱其敗, 更以捷聞, 益發兵討之。此通鑑所紀。舊唐書云 :「李宓率兵擊蠻於西洱河, 糧盡軍旋, 馬足陷橋, 爲閤羅鳳所擒。」新唐書亦云 :「宓敗死於西洱河。」予案高適集中有李宓南征蠻詩一篇, 序云 :「天寶十一載, 有詔伐西南夷, 丞相楊公兼節制之寄, 乃奏前雲南太守李宓涉海自交趾擊之, 往復數萬里, 十二載四月, 至于長安。君子是以知廟堂使能, 而李公効節。予忝斯人之舊, 因賦是詩。」其略曰 :「肅穆廟堂上, 深沉節制雄。遂令感激士, 得建非常功。鼓行天海外, 轉戰蠻夷中。長驅大浪破, 急擊群山空。餉道忽已遠, 縣軍垂欲窮。野食掘田鼠, 晡餐兼僰僮。收兵列亭候, 拓地彌西東。瀘水夜可涉, 交州今始通。歸來長安道, 召見甘泉宮。」其所稱述如此, 雖詩人之言, 未必皆實, 然當時之人所賦, 其事不應虛言, 則宓蓋歸至長安, 未嘗敗死, 其年又非十三載也。味詩中掘鼠餐僮之語, 則知糧盡危急, 師非勝歸明甚。

23. 浮梁陶器

彭器資尙書文集有送許屯田詩, 曰 :「浮梁巧燒甆, 顏色比瓊玖。因官射利疾, 衆喜君獨不。父老爭歎息, 此事古未有。」注云 :「浮梁父老言, 自來作知縣不買甆器者一人, 君是也。作饒州不買者一人，今程少卿嗣宗是也。」惜乎不載許君之名。

••• 용재수필 권5(25칙)

1. 한나라와 당나라의 여덟 재상 漢唐八相

소하蕭何[1]와 조참曹參[2] · 병길丙吉[3] · 위상魏相[4] · 방현령房玄齡[5] · 두여회杜如晦[6] · 요숭姚崇[7] · 송경宋璟[8]은 한나라와 당나라의 명재상으로 새삼 칭송할 필요도 없지만, 앞의 여섯 군자는 모두 재상의 자리에서 죽음을 맞이했다. 요숭과 송경은 현종 시기 재상을 역임했지만 3년을 넘기지 못했는데, 요숭은 두 아들과 심복 관리가 뇌물을 받았기에 그의 파면은 그래도 일리가 있다. 하지만 송경은 함량 미달 화폐의 유통을 엄금하고 죄를 지은 관리들이 상소하는 것을 막았는데도, 현종이 배우의 한 마디 농담을 듣고 그를 파면시켜 버렸다. 그리고 두 사람은 평생 다시 등용되지 못했다.

송경이 재상의 자리에서 파면되었을 때 겨우 58세였고 17년 후에 세상을 떠났다. 그의 뒤를 이어 장가정張嘉貞[9]과 장열張說[10] · 원건요源乾曜[11] · 왕준王晙

1 蕭何(?~B.C.193) : 한나라 고조 시기 재상.
2 曹參(?~B.C.190) : 고조가 죽은 뒤 소하의 추천으로 재상이 되어 혜제를 보필하였다.
3 丙吉(?~B.C.55) : 자 소경少卿. 위상의 친구로 전한 선제 시기 위상의 뒤를 이어 재상을 지냈다. 옥리로 재직할 때 후에 선제가 될 무제의 증손을 정성껏 보필하였다.
4 魏相(?~B.C.59) : 전한 선제 시기 재상. 자 약옹弱翁. 주로 사회와 국정을 안정시키는 시책을 써서 흉노와 전쟁 시도를 중단시켰다.
5 房玄齡(578~648) : 당나라 태종 시기 재상. 두여회와 함께 정관지치貞觀之治의 태평성세를 이끌었다.
6 杜如晦(585~630) : 당나라 태종 시기 재상. 자 극명克明.
7 姚崇(650~721) : 자 원지元之. 중종·예종과 현종 초기에 걸쳐 여러 번 재상을 역임하였다.
8 宋璟(663~737) : 자 광평廣平. 요숭과 함께 현종 시기 개원지치開元之治의 태평성세를 이끌었다.
9 張嘉貞(665~729) : 당나라 무측천에서 현종 시기까지 활동한 정치가.

· 우문융宇文融 · 배광정裴光庭 · 소숭蕭嵩 · 우선객牛仙客이 재상이 되었는데, 이들은 분명 뛰어난 자들이다. 그러나 뒤를 이어 재상이 된 사람들 중 두섬杜暹[12]과 이원불李元紱만이 청렴하며 절개를 지킨 현인이었다. 천리마를 버려둔채 타지 않고서 황급히 다른 말을 다시 찾았으니 애석하지 않은가! 소하가 죽을 때 추천한 현인은 조참 한 사람이었다. 위상과 병길은 함께 뜻을 합쳐 선제의 정치를 보좌하였고, 방현령은 매번 국사를 논의할 때마다 두여회가 없이는 결정을 할 수 없다고 했으며, 요숭은 재상의 자리에서 물러나면서 송경이 자신을 대신하도록 추천했다. 오직 현인만이 현인을 알아보는 것이니 후인은 결코 미칠 수 없는 것이다.

2. 육괘 六卦有坎

『역경』의 건乾 · 곤坤 두 괘 다음에 둔屯 · 몽蒙 · 수需 · 송訟 · 사師 · 비比 괘가 있다. 이 여섯 괘에 모두 감坎괘가 있는 것은[13] 성인이 환난과 위험을 막고 대비하는 뜻이 깊은 것이다.

3. 동진의 멸망 晉之亡與秦隋異

요순堯舜부터 지금까지 천하가 분열되었다가 다시 통일된 것이 네 번이다. 주周나라 말 전국칠웅을 진秦나라가 통일했고, 한나라 말 삼국으로 분열되었던 것을 진晉나라가 통일했다. 다시 진나라는 10여개의 나라로 분열되어 300년간 싸우다가 수隋나라에 의해 통합되었고, 당나라 말 또 열아홉 개의 나라로 분열되었다가 송나라가 통일을 이루었다. 진시황 사후 호해胡亥[14]가

10 張說(667～730) : 당나라 문학가이자 정치가. 자 도제道濟.

11 源乾曜(?～731) : 현종 개원시기 두 차례에 걸쳐 재상을 지냈으며, 개원 연간 가장 오랫동안 재상을 역임하였다.

12 杜暹(?～740) : 현종 시기 재상.

13 둔屯 · 몽蒙 · 수需 · 송訟 · 사師 · 비比 6괘에 모두 감괘(☵)가 포함되어 있다.

제위에 오르고, 진晉 무제武帝[15]가 혜제惠帝에게 자리를 물려주고, 수 문제文帝가 양제煬帝에게 자리를 물려주면서 그 사직은 모두 멸망했다.

오직 송나라만이 170년 동안 9명의 황제를 거쳐 왔다. 불행히도 정강의 화[靖康之禍][16]가 있었지만 삼대 이후 송나라만큼 세상이 이렇게 편안하게 다스려진 적이 없었다. 진秦과 진晉·수는 모두 비슷한 듯하다. 그러나 진秦과 수는 멸망하여 흔적도 없이 사라졌고, 동진은 비록 '우계마후牛繼馬後'[17]라는 얘기가 있기는 했지만 끝까지 사마씨의 제사를 유지하면서 100여년을 유지했다. 진秦과 수는 폐해가 사해에 퍼져 하늘이 멸망하게 한 것이지만, 진晉의 경우 팔왕八王이 군권을 전횡하고[18] 가씨賈氏 황후[19]가 정권을 장악한 것 모두가 혜제惠帝의 몽매와 무능함에서 비롯된 것이지, 백성에게 인심을 잃었던 것은 아니다. 따라서 진晉나라가 망한 것은 진나라·수나라와는 다르다.

---

14 胡亥(B.C.229?~B.C.207 / 재위 B.C.210~B.C.207) : 진秦의 제2대 황제. 성은 영嬴, 이름은 호해胡亥이며, 진秦의 제2대 황제皇帝로서 이세황제二世皇帝 혹은 진이세秦二世라고 한다. 시황제始皇帝의 막내아들로 태어났으나, 진시황이 순행 도중 병사하자 환관 조고·재상 이사와 함께 유언을 조작해 황제의 자리에 올랐다. 황위에 오른 뒤 여산驪山의 시황제능묘와 아방궁·만리장성 등의 토목사업을 서두르고, 흉노의 침공에 대비해 대규모 징병을 실시해 민심의 반발을 샀다. 조고의 정변으로 인해 결국 자살로 생을 마감하였다.

15 무제武帝 사마염司馬炎은 진을 개국하였으나 아들 혜제 때에 8명의 황족이 일으킨 내란[팔왕의 난]으로 혼란에 빠지고 북방 호족의 침입으로 멸망했다.

16 정강의 화 : 북송北宋의 정강연간靖康年間(1126~1127)에 수도 개봉開封이 금金나라 군대의 공격을 받아 함락되고, 황제인 휘종과 흠종은 포로가 되어 금나라로 압송되었다. 이로 인해 북송은 멸망하게 된다.

17 진晉나라의 예언으로 '우씨가 사마씨를 잇는다'라는 것이다. 『진서·원제기』에 따르면 이 예언 때문에 사마의는 우씨를 극히 꺼려 장수인 우금牛金을 독살하기까지 했다. 그러나 공왕恭王의 비妃 하후씨夏侯氏가 아전 우씨와 내통하여 원제를 낳았다.

18 팔왕의 난 : 16년 동안 황족인 사마씨 8명의 왕이 서로 정권을 다툰 내란이다.

19 賈 皇后 : 290년 무제武帝가 죽고 연소한 혜제惠帝가 즉위하자 무제의 황후 양씨楊氏는 선황의 유조라 하여 그녀의 아버지 양준楊駿을 재상으로 앉히고 국정을 전단하였다. 혜제의 황후 가씨賈氏는 여남왕汝南王 사마량司馬亮과 초왕楚王 사마위司馬瑋를 수도로 불러 올려서 양씨 일족을 죽이게 한 후, 구실을 만들어서 사마량과 사마위를 죽이고, 국정을 장악하여 가씨 일족이 전횡하게 되었다.

4. 상관걸 上官桀

한漢나라 상관걸上官桀[20]은 미앙궁未央宮의 말을 관리하는 책임을 맡고 있었다. 무제武帝가 병이 났다가 회복되어 말을 보러 갔더니 말들이 비쩍 야위어 있었다. 무제는 노발대발했다.

"자네는 내가 다시는 이 말들을 보러 오지 못할 줄 알았는가?"

무제가 상관걸을 하옥시키려하자 그가 머리를 조아리며 말했다.

"신은 황상의 옥체가 평안하지 않으시다는 소식을 듣고 밤낮으로 걱정을 하느라 말에 신경을 쓰지 못했습니다."

상관걸은 말을 끝맺지도 못하고 눈물만 계속 흘렸다. 무제는 그의 진심에 감동해 이때부터 상관걸을 곁에 두고 신임했으며, 임종 시 유서를 내려 어린 황제를 보필하도록 했다.

의종義縱은 우내사右內史였다. 무제가 정호鼎湖에 갔다가 병이 나 오랫동안 앓아누웠다. 그러다가 갑자기 호전되어 감천궁甘泉宮으로 행차하게 되었는데, 도로가 정비되어 있지 않자 무제는 노여워하며 말했다.

"의종은 내가 이 길을 다시는 못 갈 줄 알았나 보지?"

무제는 이 일을 마음에 두고 있다가 결국 다른 일을 끌어다가 의종을 죽였다. 두 사람이 처음 무제에게 죄를 얻는 정황은 같지만 상관걸은 한마디 말로 초고속 승진을 하게 되었고 의종은 죽임을 당했으니, 운수소관이라고 밖에 할 수 없다.

20 上官桀 : 전한의 정치가. 무제의 유조에 따라 소제昭帝를 보좌하였다.

5. 김일제 金日磾

김일제金日磾[21]가 한나라의 황궁으로 끌려와 말을 기르는 일을 맡게 되었다.[22] 어느 날, 한 무제가 연회를 베풀어 말 구경을 했는데 무제의 곁에는 후궁과 궁녀들이 가득했다. 김일제 등 말을 끌던 수십 명은 황제 곁을 지나가면서 모두들 몰래 궁녀를 훔쳐보았는데, 김일제만은 그렇지 않았다. 김일제의 용모는 매우 단정하고 점잖았으며, 그가 기른 말 또한 살찌고 기름졌다.

황제는 김일제의 재주를 훌륭하게 생각해 그날로 말을 총괄하는 관직에 임명했는데, 그는 후에 무제의 유조를 받고 어린 황제를 보좌했다. 김일제와 상관걸은 모두 말 때문에 재능을 인정받았으니, 한 무제의 인재 등용은 명철하고도 빈틈이 없다고 할 수 있다.

6. 한 선제가 창읍왕을 의심하다 漢宣帝忌昌邑王

전한 시기 창읍왕昌邑王 유하劉賀[23]가 폐위되고 선제가 즉위하자, 유하는 원래의 봉국으로 돌아갔다. 그러나 선제는 내심 그를 의심하여 산양山陽 태수太守 장창張敞에게 옥쇄가 찍힌 서신을 내려 방비하게 했다. 장창은 유하의 거처와 그가 폐위되고 봉국으로 돌아온 이후의 정황을 조목조목 아뢰었다. 선제는 유하를 경계할 필요가 없다는 것을 알고 그를 열후에 봉하였다.

후한의 광무제는 태자 유강劉彊[24]을 폐위시켜 동해왕東海王으로 봉하고 명제

21 金日磾(B.C.134~B.C.86) : 전한의 정치가. 자 옹숙翁叔. 흉노匈奴 사람으로 한나라에 항복하여 처음에 마감馬監이 되었다가 나중에 시중侍中과 거기장군車騎將軍에 임명되었다. 무제가 죽자 곽광霍光과 함께 유조遺詔를 받들어 소제昭帝를 보필했다.

22 김일제는 본래 흉노족 휴도왕休屠王의 태자였으나, 부왕이 한 무제와의 전투에서 패하면서 중국으로 끌려와 김씨金氏 성을 하사받았다.

23 劉賀 : 무제武帝의 손자. 소제昭帝의 뒤를 이어 즉위했으나, 향연과 음란을 일삼다가 곽광霍光에 의하여 즉위한 지 27일 만에 폐위되었다.

24 劉彊 : 광무제의 장자. 모친인 곽황후가 광무제의 노여움을 사 폐위되자, 유강도 태자의

明帝를을 세웠다. 명제는 즉위해서 유강을 더욱 후대하였다. 선제와 명제는 모두 패도적인 면이 있었고 가혹한 정치를 했지만, 유독 이 일에 있어서만은 명제가 선제보다 훨씬 뛰어나다.

7. 평진후 공손홍 平津侯

『사기』 열전에 의하면 평진후 공손홍公孫弘[25]은 남을 시기하고 의심을 잘 했다고 하는데, 주보언主父偃[26]을 죽이고 동중서董仲舒[27]를 쫓아낸 것도 모두 그의 힘이었다고 한다. 그러나 그에게도 칭찬할 만한 일이 두 가지 있다.

무제가 창해군蒼海郡[28]과 삭방군朔方郡[29]을 설치하려 하자 공손홍은 나라를 피폐하게하면서 쓸모없는 곳을 경영하는 일이라며 그만둘 것을 수차례 간언하였다. 무제가 주매신朱買臣[30] 등에게 반론을 펴게 하자 공손홍이 사죄하며 말했다.

> "산동 촌놈이 그런 이점을 몰랐습니다. 서남이西南夷의 일을 중지하고 삭방에만 힘쓰시기 바랍니다."

무제는 그것을 허락했다.

자리에서 물러났다.

25 公孫弘(B.C.200~B.C.121) : 한나라 무제 시기 승상. 자 계季.

26 主父偃(?~B.C.127) : 무제 시기 승상. 주보언은 제왕齊王을 협박하여 자살하게 만들었다는 혐의와 제후들에게 뇌물을 받았다는 혐의로 체포되었다. 주보언은 뇌물 수수에 대해서는 인정했지만, 제왕을 협박하여 자살하게 만들었다는 혐의는 부정하였기에, 무제는 주보언을 죽일 생각까지는 없었다. 그러나 당시 어사대부였던 공손홍은 "주보언을 죽이지 않는다면 천하의 백성에게 사과할 방법이 없다"고 했고 결국 주보언은 처형되었다.

27 董仲舒(B.C.170~B.C.120) : 전한 시기 유학자. 춘추 공양학의 대가로, 무제가 그의 건의로 유교를 통치술로 채택하게 되었다.

28 蒼海郡 : 한 무제시기 설치한 군현으로 2년 만에 폐지되었다. 지금의 연변지역과 모란강 동부, 한반도 중부.

29 朔方郡 : 지금의 내몽고 자치구 하투河套 서북부와 후투後套 지역.

30 朱買臣(?~B.C.109) : 무제시기 정치가. 자 옹자翁子.

복식卜式[31]이 자신의 재산을 내어 변경의 경영을 돕겠다는 글을 올렸는데, 이는 흉노를 정벌하려는 무제의 뜻에 영합하고자 했던 것이다. 무제가 공손홍에게 묻자 이렇게 대답했다.

"이는 일반적인 사람의 마음이 아닙니다. 상리에 맞지 않는 신하는 교화할 수 없으며 법을 문란하게 하니 허락하지 마시옵소서."

무제는 복식을 파면하였다. 큰 공을 세우는 것을 좋아하는 무제에게 이와 같이 간언을 할 수 있었으니, 후세와 비교한다면 현명한 재상이라 할 수 있다. 아쉽게도 복식의 일은 본전에 수록되어 있지 않다.

8. 한신과 주유 韓信周瑜

세상 사람들은 한신과 주유에 대해 다음과 같이 말한다.

한신韓信[32]이 조趙나라를 공격하자 조나라의 광무군廣武君 이좌거李左車[33]는 정형구井陘口[34]를 막아서 한신의 식량 보급로를 끊어야 한다고 건의했다. 성안군成安君 진여陳餘[35]는 이좌거의 말을 듣지 않았다. 한신은 정탐군을 보내서 성안군이 광무

31 卜式 : 복식은 목축업으로 막대한 부를 축적하였다. 흉노가 공격해오자 복식은 재산의 절반을 조정에 바쳐 변방을 수비하는데 보태겠다고 상소하였다.

32 韓信(?~B.C.196) : 한 고조 때의 개국 공신. 회음淮陰(강소성江蘇省) 출생. 처음에는 항우項羽 밑에 있었는데 소하蕭何가 유방劉邦에게 천거하여 대장이 되었으며, 고조의 천하 평정 때 큰 공을 세움으로써 제왕齊王 이어 초왕楚王이 되었다. 그러나 한나라의 권력이 확립되자 차차 권력에서 밀려나, 회음후淮陰侯로 격하되었고 끝내 진희陳豨의 난에 가담하였다가 멸족을 당했다.

33 李左車 : 조나라 장수. 조왕趙王 헐歇을 보좌한 공으로 광무군에 봉해졌다. 한왕 3년(B.C. 204), 한신과 장이가 군사를 이끌고 조나라를 공격해오자, 이좌거는 무리하게 공격하기보다는 먼저 지구전으로 대항하고 군수 보급을 차단시키면 충분히 승산이 있을 거라 간하였다. 그러나 진여는 이를 묵살하고 무리하게 응전하다 결국 대패하고, 조나라는 멸망하고 만다. 그를 사로잡은 한신은 그의 재능을 인정하여 참모로 중용하였다.

34 井陘 : 지금의 하북성河北省 정형현井陘縣 동북쪽의 정형산井陘山.

35 陳餘 : 대량大梁(전국시대 위魏나라 도성, 지금의 하남성河南省 개봉시開封市 서북쪽) 사람. 진나라 말기에 장이張耳와 함께 진승陳勝의 봉기에 참여하였으며, 진승의 장수 무신武臣이 조나라를 평정하자 장이와 함께 무신을 조왕으로 옹립하였다. 그러나 항우가 관중을 평정한

군의 전략을 쓰지 않게 되었다는 것을 알게 되자 크게 기뻐하며 곧바로 군사를 이끌고 공격하였고 결국 조나라를 무찔렀다. 만약 광무군의 전략이 실행되었다면 한신은 포로가 되었을 것이다. 이는 한신이 직접 말한 것이다.

주유周瑜[36]와 조조曹操[37]가 적벽赤壁에서 대치했을 때[38], 주유의 부장인 황개黃蓋[39]가 화공火攻의 계략을 바쳤다. 그리고 공격 당일 때마침 동남풍이 크게 불어와 조조의 모든 군함을 태워버렸고, 결국 위나라 군대는 대패했다. 만일 그날 동남풍이 불지 않았다면, 또 황개가 화공의 계책을 바치지 않았다면 주유는 조조를 이길 수 없었을지도 모른다.

이상의 설은 대상을 제대로 관찰하지 못해서 나온 말들로 논리가 치밀하지 못하다.

한신과 진여가 대치한 국면은 호랑이와 양이 싸우는 격이었다. 한신이 한왕漢王 유방劉邦에게 연燕나라와 조趙나라를 공격하겠다고 했기에, 그가 만약 정형구로 들어가지 못했더라도 분명 다른 묘책이 있었을 것이다. 한신이 이좌거에게 "만약 성안군(진여)이 너의 계책을 들었다면 나는 너희의 포로가 되었을 것이다"라고 한 말은 이좌거의 마음을 얻기 위한 겸손한 말이었을 뿐이다.

손권孫權이 주유에게 조조를 상대할 계책을 물었을 때, 주유는 조조가 무모하게 출병한 네 가지 단점을 지적하면서 이번 전쟁에서 분명 조조를

뒤 장이만 상산왕常山王에 봉하자, 공로를 인정받지 못한 진여는 분노하여 제齊나라에 투항하였고, 제왕 전영田榮과 함께 초나라에 반기를 들고 장이를 공격하여 몰아냈다. 장이는 한나라로 도주하였다. 진여는 결국 정형에서 한신과 장이의 공격으로 죽음을 당했고, 장이가 조왕으로 세워진다.

36 周瑜(175~210) : 삼국시대 오나라의 명장. 자 공근公瑾. 문무에 능하였으며, 유비의 청으로 제갈공명과 함께 조조의 위나라 군사를 적벽赤壁에서 크게 무찔렀다.

37 曹操(155~220) : 삼국시대 위나라의 시조. 자 맹덕孟德. 화북華北을 거의 평정하고 나서 남하를 꾀하였으나 208년 손권孫權·유비劉備의 연합군과 적벽에서 싸워 대패하였다.

38 적벽대전을 말한다. 삼국시대 208년, 호북성湖北省 가어현嘉魚縣의 북동, 양자강 남안에 있는 적벽에서 벌어진 전투이다. 조조는 화북 지방을 평정하고 10여만 대군을 이끌고 남하하였으나, 손권과 유비 연합군의 화공에 대패하여 후퇴하였다. 적벽대전 이후 손권의 강남 지배가 확정되고 유비도 형주 서부를 장악하여 천하 삼분三分의 형세가 확정되었다.

39 黃蓋(154~218) : 삼국시대 오나라 명장. 자 공복公覆. 주유에게 화공을 제안하고 조조에게 거짓 항복을 하는 계략으로 적벽대전을 승리로 이끌었다.

이기게 될 것이라고 자신했다. 유비劉備가 주유의 군대가 너무 적다고 무시하자 주유는 이렇게 말했다.

"충분하오. 그대는 내가 조조를 이기는 것을 지켜보시오."

만일 황개가 화공의 계책을 내지 않았다 하더라도 주유는 분명히 다른 승리의 방법이 있었을 것이다. 그렇지 않고서야 어찌 한신과 주유겠는가?

9. 한 무제의 논공행상 漢武賞功明白

위청衛靑[40]이 대장군이었을 때, 곽거병霍去病[41]은 겨우 교위校尉였지만 후에 전공을 많이 세워 제후에 봉해졌다. 위청은 흉노를 공격하다가 주력 부대를 잃고, 대장인 흡후翕侯 조신趙信마저도 흉노에게 투항했기에, 공로가 없어 봉작을 받지 못했다. 그 후에 위청과 곽거병이 각각 5만 기병을 이끌고 흉노 땅 깊은 곳까지 들어가 공격하게 되었다. 이 전쟁으로 곽거병은 5800호를 더 하사받았고, 부하 중에서도 여섯 명이나 상을 받았다. 그러나 위청은 상을 받지 못했고, 부하 중에서도 상을 받은 자가 없었다.

한 무제의 논공행상은 신분의 귀천과 고하를 불문하고 오직 규정에 의해서만 시행되었다. 후세에 이런 경우가 생긴다면, 대개 사람들은 위청이 대장군으로서 오랫동안 충성을 다했으니 상을 줄 수 없다면 그 마음이라도 위로해 주어야하며, 그렇게 하지 않으면 나중에 그를 부릴 수 없을 것이라고 할 것이다. 그러나 그렇지 않다.

40 衛靑(?~B.C.106) : 한나라 대장군. 자는 중경仲卿. 무제의 총애를 받은 위자부衛子夫의 동생.
41 霍去病(B.C.140~B.C.117) : 전한前漢 무제武帝 때의 명장. 흉노 토벌에 큰 공을 세웠다. 18세 때 시중侍中이 되었고 위청衛靑을 따라 흉노 토벌에 나서 공을 세워 관군후冠軍侯에 봉해졌다. 한나라의 영토 확대에 지대한 공을 세워 위청과 함께 대사마大司馬가 되었으나 불과 24세로 요절하였다.

10. 주공과 소공, 방현령과 두여회 周召房杜

소공召公[42]은 태보太保로, 주공周公[43]은 태사太師로 성왕을 좌우에서 보좌하였다. 이 두 재상은 40년 동안 형벌을 사용하지 않아 백성들의 칭송을 받았으니 주나라의 다스림은 말하지 않아도 알 수 있는 것이다.

당나라 정관貞觀 3년(629) 2월, 방현령房玄齡이 좌복야左僕射가 되고 두여회杜如晦는 우복야右僕射가 되고 위징魏徵이 정사에 참여하였다. 이 세 재상을 통해 3백년 사직의 성세를 알 수 있다.

11. 옛사람의 이름과 자 三代書同文

고대에는 글자에 대한 인식이 서로 같았다. 그래서 『춘추좌전春秋左傳』에 기록된 이름과 자의 연관성은 어느 나라든지 대체로 같다.

정鄭나라 공자公子 귀생歸生, 노魯나라 공손公孫 귀보歸父, 채蔡나라 공손公孫 귀생歸生, 초楚나라 중귀仲歸, 제齊나라 석귀보析歸父은 모두 자字가 자가子家다.

초나라 성가成嘉, 정나라 공자 자가子嘉는 모두 자가 자공子孔이다.

정나라 공손 단段과 인단印段, 송나라 저사단褚師段은 모두 자가 자석子石이다.

정나라 공자 희喜, 송나라 악희樂喜는 모두 자가 자한子罕이다.

초나라 공자 흑굉黑肱, 정나라 공손 흑黑, 공자孔子 제자 적흑狄黑은 모두 자가 자석子晳이다.

노나라 공자 휘翬, 정나라 공손 휘揮는 모두 자가 자우子羽다.

주邾나라 임금 극克, 초나라 투극鬪克, 주周나라 왕자 극克, 송나라 사마의

---

42 召公 : 성姓은 희姬. 이름은 석奭. 주 문왕의 아들이며 전국칠웅의 하나인 연燕의 시조이다. 무왕武王이 죽고 성왕成王이 어린 나이로 즉위하자 주공周公 희단姬旦과 함께 훌륭히 보필하여 주나라의 기반을 확립하였다. 소공召公과 주공周公은 각각 주周를 동서東西로 나누어 다스렸는데, 주공周公은 낙읍洛邑(지금의 하남성河南省 낙양洛陽)에 머물면서 동쪽 지역과 제후들을 관장하였고, 소공召公은 서쪽 지역을 다스렸다.

43 周公 : 성은 희姬. 이름은 단旦. 주나라 문왕의 아들이자 무왕의 동생. 어린 조카 성왕成王을 잘 보필하여 주왕조의 기초를 확립하였으므로 유가의 성인 가운데 하나로 추앙받는다.

가신 극克은 모두 자가 의儀다.

진晉나라의 적언籍偃과 순언荀偃, 정나라 공자 언偃, 오나라 언언言偃은 모두 자가 유游다.

진나라 양설적羊舌赤, 노나라 공서적公西赤은 모두 자가 화華다.

초나라 공자 측側, 노나라 맹지측孟之側은 모두 자가 반反이다.

노나라 염경冉耕, 송나라 사마경司馬耕은 모두 자가 우牛다.

안무요顔無繇과 중유仲由은 모두 자가 노路다.

12. 서주 시기 중국 周世中國地

서주西周 시기의 중원 땅은 가장 좁았다. 지금의 지리로 고증해보면 오吳와 월越·초楚·촉蜀·민閩은 모두 오랑캐가 거주하던 땅이었고, 회남淮南은 서인舒人들이 거주했으며, 진秦은 융인戎人들이 거주하는 곳이었다. 하북河北의 진정眞定과 중산中山 땅에는 선우鮮虞[44]와 비肥·고국鼓國이 있었고, 하동河東 땅에는 적적赤狄[45]과 갑씨甲氏·유우留吁·탁신鐸辰·노국潞國이 있었다. 낙양洛陽은 왕성王城이었지만 양거楊拒와 천고泉皐·만씨蠻氏·육혼陸渾·이락伊雒 등의 오랑캐가 있었다. 경동京東에는 래萊와 우牟·개介·거莒 라는 이족이 거주하고 있었다.

지금 변경汴京의 속읍屬邑에 해당하는 기杞 나라의 도성 옹구雍丘도 오랑캐의 예를 사용하는 지역이었다. 주邾 나라는 노魯나라와 가까운데도 오랑캐라 불렀다. 중원은 진晉, 위衛, 제齊, 노魯, 송宋, 정鄭, 진陳, 허許 뿐이었다. 모두 합쳐도 수십 주에 불과하니, 천하의 5분의 1에 해당하는 정도였다.

44 鮮虞 : 춘추 시대 백적白狄의 일파로 자주 진나라의 침략을 받았다. 지금의 하북성 경내에 해당하는 지역으로 정정正定(지금의 하북성 석가장石家莊)을 중심지로 한다. 춘추 말엽 중산국中山國을 세웠다.

45 赤狄 : 춘추 시대 오랑캐 일족. 지금의 산서성山西省 장치長治 일대에 분포하였다.

13. 이후주와 양무제 李後主梁武帝

소식蘇軾은 남당南唐의 이후주李後主[46]가 나라를 떠날 때의 모습을 이렇게 묘사하였다.

가장 창황하게 종묘에 하직 인사를 하는 날	最是蒼皇辭廟日,
교방에선 여전히 이별가 연주하니	教坊猶奏別離歌,
눈물 뿌리며 궁녀와 마주하였네.	揮淚對宮娥.

이후주는 나라를 잃었으니 마땅히 종묘 문 밖에서 통곡하고 백성들에게 사죄한 후에 떠났어야 했음에도 불구하고, 오히려 궁녀와 마주하고 음악을 들었다는 것을 사로 노래하였다.

양무제梁武帝[47]는 후경侯景의 난[48]을 야기하여 강동 지역을 도탄에 빠뜨리고 결국 나라를 패망하게 만들었다. 그런데도 그는 "내가 얻었고 내가 잃었으니 무슨 여한이 있겠는가"라고 했으니, 자신의 죄를 몰라도 너무 모른 것이다.

두영竇嬰[49]이 관부灌夫[50]를 구하려할 때 부인이 그를 말리자 두영은 이렇게

46 李後主(937~978) : 오대십국시대 남당南唐의 마지막 황제. 자 중광重光. 본명은 이욱李煜이며 일반적으로 후주라 불린다. 송나라 군대가 수도 금릉金陵을 점령할 때도 이욱은 국가의 존망과는 무관하게 사구詞句를 놓고 고민했다는 일화가 전해질 정도로 정치적으로는 무능했던 군주지만, 문학적으로는 탁월한 작품을 남겼다. 특히 사 작품이 뛰어나다. 975년 송나라에게 멸망당하고 송나라의 수도 변경에서 포로생활을 하다 독살 당했다.

47 梁武帝(464~549/ 재위 502~549) : 남조시대 양梁의 초대 황제 소연蕭衍. 내정을 정비하여 구품관인법을 개선하고, 불교를 장려하여 국내를 다스리고 문화를 번영시켰다. 48년의 치세 전반은 정치에 정진했으나, 후반에는 그의 불교신앙이 정치면에도 나타나서 불교사상에서는 황금시대가 되었지만 정치는 파국의 징조를 보이기 시작했다. 548년에 일어난 후경侯景의 반란으로 병사하였다.

48 侯景의 난 : 548년 남조의 양나라 말에 후경이 일으킨 반란. 후경은 동위東魏의 고환高歡 휘하 대장이었으나, 고환이 죽자 양나라 무제武帝에게 투항하였다. 그러나 후에 다시 양나라를 배반하고 반란을 일으켜 도읍인 건강建康(지금의 남경)을 함락하였고, 무제는 이로 병사하였다. 양나라는 이 난으로 멸망하였다.

49 竇嬰(?~B.C.131) : 두태후의 조카. 오초칠국의 난에 대장군에 임명되어 공로를 세웠다. 위기후魏其侯에 봉해졌고, 승상에까지 올랐다.

50 灌夫 : 경제 때 군공으로 중랑장中郎將이 되었고, 무제 때 연燕나라 재상이 되었다. 위기후 두영과 친분이 깊어 두영의 정적인 승상 전분에게 사사건건 행패를 부렸고, 결국 처형되었다.

말했다.

> "작위는 내가 얻은 것이니 내가 버린다한들 한스러울 게 없소."

양 무제는 이 말을 잘못 사용한 것이다.

14. 『시경』의 '什십' 詩什

『시경』의 대아大雅와 소아小雅 · 송頌 앞 3권에는 '○詩之什'이라고 되어있다. 육덕명陸德明[51]은 이렇게 설명했다.

> 노래를 지은 것이 한 사람이 아니며 편수가 많기 때문에, 10편을 1권으로 엮고 '십什'이라 이름 붙인 것이다.

지금 사람들이 시를 편십篇什이라 하거나 또는 다른 사람의 작품을 칭송하여 '가십佳什'이라 하는 것은 잘못된 것이다.

15. 『주역거정』 易擧正

당나라 때 소주蘇州 사호司戶 곽경郭京이 지은 『주역거정周易擧正』 3권에 이런 내용이 있다.

> 왕필王弼[52]과 한강백韓康伯[53]이 친필로 주를 달고[54] 교감을 하여 전수한 진본을 구

51 陸德明 : 당나라 초기 학자. 이름은 원랑元朗. 자는 덕명. 처음에 수隋나라를 섬겼으나, 당 고조의 초빙으로 대학박사·국자박사가 되었다. 그가 편찬한 『경전석문』은 경학經學 원전原典 정리의 효시로 불린다.

52 王弼(226~249) : 위진 현학을 대표하는 학자. 자 보사輔嗣. 삼국시기 위魏나라 사람으로, 18세에 『노자주老子註』를, 20세 초반에 『주역주周易註』를 지어 이름을 떨쳤다.

53 韓康伯 : 동진 시기 현학 학자. 이름은 백伯, 자가 강백康伯. 『주역』의 「계사전繫辭傳」과 「설괘전說卦傳」·「서괘전序卦傳」·「잡괘전雜卦傳」의 주는 모두 한강백의 주이다.

54 『주역정의』는 왕필과 한강백의 주를 취하였으며, 이 두 주가 『주역』의 해석서 중 가장 권위를 갖는다.

했는데, 지금 세상에 유통되는 판본과 국학·향공 거인들이 보는 판본과 비교해 보았다. 경문이 주에 들어가거나, 주가 경문에 들어가거나, 소상小象의 중간 이하 구문이 반대로 위에 가 있거나, 효사爻辭가 주 안으로 옮겨지거나, 뒤의 뜻이 앞에 놓이거나 누락되고 빠진 것, 두 글자가 뒤집히고 오류가 있는 것들이 있어, 정본에 의거하여 잘못된 부분을 바로잡았으니 103 가지이다.

분명히 오류인 것 20 가지를 이곳에 적어둔다.[55]

○ 곤괘坤卦 초육初六 '履霜堅冰至' 상전象傳이 "履霜, 陰始凝也. 馴致其道, 至堅冰也"으로 되어 있다. 지금 판본에서는 상전의 '霜'자 아래에 '堅冰' 두 글자가 잘못 들어가 있다.

○ 둔괘屯卦 육삼六三의 상전象傳은 "即鹿無虞何? 以從禽也"으로 되어 있다. 지금 판본에서는 '何'자가 빠져있다.

○ 사괘師卦 육오六五는 "田有禽, 利執之, 无咎"라고 되어있다. 원래 '之'자의 행서체가 아래쪽으로 끌리기 때문에 '言'자와 비슷하다. 옮겨 쓰는 과정에서 계속 그렇게 쓰다가 '言'자로 쓰게 되었다. 주석의 의미를 보아도 '言'자로는 전혀 해석이 되지 않는다.

○ 비괘比卦 구오九五 상전은 "失前禽, 舍逆取順也" 인데, 지금 판본은 앞뒤가 도치되어 있다.

○ 비괘賁卦는 "亨, 不利有攸往" 지금의 판본에서는 '不'자가 '小'자로 잘못 되어있다. "剛柔交錯, 天文也, 文明以止, 人文也"의 주는 "剛柔交錯而成文焉, 天之文也"인데, 지금의 판본에는 '剛柔交錯' 구절이 누락되었다.

○ 감괘坎卦 '習坎' 위에 '坎'자가 빠져있다.

○ 구괘姤卦 "九四, 包失魚"에 "二有其魚, 故失之也"라고 주가 달려있는데, 지금 판본에는 '無魚'로 잘못 되어있다.

○ 건괘蹇卦 "九三, 往蹇來正"은 지금 판본에는 '來反'으로 되어있다.

○ 곤괘困卦 초육初六 상전象傳의 "入于幽谷, 不明也"는, 지금 판본에서는 '谷'자 다음에 '幽'자가 더 들어가 있다.

○ 정괘鼎卦 단전彖傳 "聖人亨以享上帝, 以養聖賢"에 "聖人用之, 上以享上帝, 而下以養聖賢"라는 주가 달려있다. 지금 판본에는 원문에 '而大亨' 세 글자가 더 있기 때문에, 주에서도 '大亨' 두 글자를 잘못 첨가하였다.

○ 진괘震卦 단전彖傳 "不喪匕鬯, 出可以守宗廟社稷, 以爲祭主也"은 지금 판본에서는 '不喪匕鬯' 구절이 누락되어있다.

55 아래 인용 부분은 홍매 당시 유통되던 판본과 『주역거정』을 비교하여 자구상의 차이를 대조한 것이기에 해석하지 않고 원문을 그대로 수록하였다.

○ 점괘漸卦 상전象傳 "君子以居賢德, 善風俗"에 "賢德以止巽則居, 風俗以止巽乃善"라는 주가 달려있는데, 지금 판본의 정문에는 '風'자가 빠져있다.
○ 풍괘豐卦 구사九四 상전象傳 "遇其夷主, 吉, 志行也"은 지금 판본에서는 '志'자가 없다.
○ 중부괘中孚卦 단전彖傳 "豚魚吉, 信及也"은 지금 판본에서는 '及'자 아래 '豚魚' 두 글자가 더 있다.
○ 소과괘小過卦 단전彖傳 "柔得中, 是以可小事也"은 지금 판본에는 '可'자가 빠져있고, '事'자 아래 '吉'자가 더 들어가 있다.
○ 육오六五 상전象傳 "密雲不雨, 已止也"에 "陽已止下故也"라는 주가 달려있는데, 지금 판본에는 정문이 '已上'으로 되어 있기 때문에, 주에서도 '陽已上故止也'로 잘못 되어있다.
○ 기제괘既濟卦 단전彖傳 "既濟, 亨小, 小者亨也"은 지금 판본에는 '小'자가 하나 빠져있다.
○ 계사전繫辭傳 "二多譽, 四多懼"에 "懼, 近也"라는 주가 달려있는데, 지금 판본에는 잘못해서 '近也'가 정문에 포함되어 있고, 주에 '懼'자가 빠져있다.
○ 잡괘전雜卦傳 "蒙稚而著"는 지금 판본서에는 '稚'자가 '雜'자로 잘못되어 있다.

최근에 복주福州의 도장道藏에서 이 책을 발견하여 유통시켰다. 후에 조공무晁公武가 황제에게 바친 『역해易解』를 보니 이 책을 많이 인용하고 있었다. 쉽게 볼 수 있는 책이 아니다.

16. 『주역·건괘乾卦』 중 '其惟聖人乎기유성인호'의 해석 其惟聖人乎

건괘에 "오직 성인뿐이로다(其惟聖人乎)"라는 말이 있는데 위魏나라 왕숙王肅의 판본에는 '우인愚人'으로 되어 있고 마지막 구문에는 '성인聖人'으로 되어있다. 육덕명陸德明의 『경전석문經典釋文』에 보인다.[56]

56 주역 건괘의 마지막 구절은 다음과 같다. "亢之爲言也, 知進而不知退, 知存而不知亡, 知得而不知喪, 其唯聖人乎! 知進退存亡, 而不失其正者, 其唯聖人乎!" "其惟聖人乎"라는 표현이 두 번 중복되는데 왕숙의 판본은 앞 부분이 '愚人'으로 되어있다는 것이다.

17. 『주역』의 설괘 易說卦

순상荀爽[57]이 편찬한 『구가집해九家集解』의 『주역·설괘전說卦傳』[58]을 보면 '건乾'괘의 '나무 열매가 된다[爲木果]' 구절 아래에 또 "용, 수레, 옷, 언어가 된다[爲龍, 爲車, 爲衣, 爲言]"는 네 가지가 더 있다. '곤坤'괘 뒤에도 "암컷, 미혹, 대지, 주머니, 치마, 황색, 비단, 즙이 된다[爲牝, 爲迷, 爲方, 爲囊, 爲裳, 爲黃, 爲帛, 爲漿]"는 8가지가 더 있다. '진震'괘 다음에는 "왕, 고니, 북이 된다[爲王, 爲鵠, 爲鼓]"는 세 가지가 더 있다. '손巽'괘에도 "버드나무, 황새가 된다[爲楊, 爲鸛]" 두 가지가 더 있다. '감坎'괘 다음에는 "궁전, 가락, 옳음, 용마루, 가시밭, 여우, 남가새, 차꼬와 수갑이 된다[爲宮, 爲律, 爲可, 爲棟, 爲叢棘, 爲狐, 爲蒺藜, 爲桎梏]", '리離'괘 다음에는 "암소가 된다[爲牝牛]"는 구절이 더 있다. '간艮'괘 다음에는 "코, 호랑이, 여우가 된다[爲鼻, 爲虎, 爲狐]"는 구절이 더 있고, '태兌'괘 다음에는 "서쪽의 신, 얼굴이 된다[爲常, 爲輔]"라는 구절이 더 있는데, 주에서 "상常은 서쪽의 신"이라고 했다.

이것과 왕필의 판본이 다르기 때문에 육덕명陸德明이 『경전석문』에 이를 수록한 것이다.

진震괘의 '용이 된다[爲龍]'는 건괘와 같기 때문에 우번虞翻[59]과 간보干寶[60]의 판본에서는 '駹방'자로 되어있다.

57 荀爽(128～190) : 동한말 유학자. 자 자명慈明.

58 「說卦傳」: 주역의 구성 원리를 총괄하고 각각의 괘가 나타내는 상징이나 도안 등을 설명한 것이다. 가령 건乾은 말, 곤坤은 소, 진震은 용, 손巽은 닭, 감坎은 돼지, 이離는 눈, 간艮은 손, 태兌는 입을 말한다. 공자가 지은 것으로 전해지지만, 전국시대 한나라 초기 유학자들의 저작이라고도 추정된다.

59 虞翻(164～233) : 삼국시대 오나라 학자, 관료. 자 중상仲翔. 경학에 조예가 깊었으며 특히 『주역』에 정통하였다.

60 干寶(?～336) : 동진東晉시기 학자 겸 문인.

18. 元二원이의 재앙 元二之災

『후한서後漢書·등즐전鄧騭傳』에 다음과 같은 내용이 있다.

> 등즐鄧騭[61]이 대장군大將軍에 임명되었을 때 원이의 재앙元二之災이 일어나 사람들은 기아에 허덕이면서 끊임없이 죽어갔다. 도적 무리가 일어나고 사방의 오랑캐가 침입하였다.

'元二원이'라는 표현에 대해 이현李賢은 이렇게 설명했다.[62]

> 元二란 元元원원이다. 고대 글자에서 두 번 읽어야 하는 것은 윗 글자의 아래에 작은 '二이'자를 쓰는데, 이는 두 번 그것을 읽으라는 의미이다.[63] 후대 사람들이 알지 못하고서 결국 이를 元二라 읽은 것이다. 혹자는 陽九양구[64]로 해석하거나 또는 百六백륙[65]이라고 억지 해석을 한 것은 모두 제대로 알지 못해 이러한 착오를 범한 것이다. 지금 기주岐州의 「석고명石鼓銘」을 보면 중복되는 말들에는 모두 '二'자를 썼으니 명백한 증거라 할 수 있다.

한나라 비석 「양맹문석문송楊孟文石門頌」에는 "원이元二를 만나니 서쪽 오랑캐가 침입하여 참혹하였다"라는 내용이 있고, 「공탐비孔耽碑」에는 "원이의 재앙을 만나니 백성이 굶주려 서로 잡아먹는 지경에 이르렀다."라고 했다. 이에 대해 조명성趙明誠[66]은 「금석발金石跋」에서 다음과 같이 말했다.

> 만약 원원元元이라고 읽는다면 문리가 통하지 않는다. 당시 원이元二라는 말이 있

61 鄧騭(?~121) : 동한 화제의 황후인 등황후의 오라비. 자 소백昭伯. 화제가 죽자 생후 100일의 상제와 나이 어린 안제를 즉위시켜 등태후가 섭정을 하면서 등즐은 대장군이 되어 병권을 장악하였다.

62 『후한서』 본기本紀와 열전列傳은 당나라 측천무후則天武后(624~705)의 둘째아들인 장회태자章懷太子 이현李賢(654~684)이 주를 달았다.

63 중복부호인 '〃'를 말한다.

64 陽九 : 재앙을 이르는 말. 4617년을 일원一元이라 하는데, 일원의 처음 106년 중 9번의 가뭄과 재앙을 양구라 한다. 이 외에도 음구·음칠·양칠·음오·양오·음삼·양삼이 있는데, 양陽은 가뭄을, 음陰은 홍수의 재앙을 이른다.

65 百六 : 재액災厄을 당한 운수를 지칭하는 백륙지운百六之運의 약칭이다.

66 趙明誠(1081~1129) : 송대 저명한 금석학자. 자 덕보德甫. 송대 유명 여류사인 이청조의 남편이며, 『금석록金石錄』30권을 집필하였다.

지 않았을까 싶다. 후한서의 주가 반드시 옳다고는 할 수 없다.

이에 대해 직접 고찰해 보았다. 왕충王充의 『논형論衡·회국편恢國篇』에 이러한 내용이 있다.

> 지금의 주상께서 원년과 이년[元二之間] 사이 제위를 계승하시니 성덕이 사방에 흘러 넘치게 되었다. 3년에는 영릉零陵에서 영지가 나타났고, 4년에는 다섯 마을에 감로가 내렸다. 5년에는 영지가 또 나타났고 6년에는 황룡黃龍이 나타났다.

이는 후한 장제章帝 때의 일이다. 이를 본기와 대조해보니 왕충의 기록은 건초建初 3년(78) 이후에 나타난 여러 상서로운 징조와 일치한다. 그러므로 '元二'라는 것은 건초 원년과 2년을 가리킨다고 할 수 있다. 군주의 성덕이 사방에 넘쳐나 상서로운 징조가 나타났다고 했으니 이는 재앙과 연관된 말이 아니라는 것은 의심의 여지가 없다.

『후한서·등즐전』의 '元二'에 대해 고증해보니, 안제安帝 영초永初 원년(107)과 2년(108)에 선영先零과 진강滇羌이 모반하고, 여러 지방에서 지진과 홍수가 일어났다. 그리고 등즐은 2년 11월 대장군에 임명되었다. 그렇다면 '원이'라는 것은 영초永初 원년과 2년을 합쳐서 말한 것이다.

무릇 한나라 비석에서 중복된 문장에 모두 작은 '二'자를 쓴 것은 아닌데, 어찌 범엽의 사서에서만 그렇게 썼겠는가? 형님이신 홍적洪適이 지은 『예석隸釋』에 이에 대한 상세한 논의가 있다. 내가 송조의 국사를 편찬하면서 「흠종기찬欽宗紀贊」을 지을 때 '정강원년과 2년의 화[靖康元二之禍]'라는 표현을 쓴 것은 사실 여기에 근거한 것이다.

19. 『맹자·공손추公孫丑』의 '聖人汙성인오'에 대한 해석 聖人汙

맹자는 이렇게 말했다.

> 재아宰我와 자공子貢·유약有若의 지혜는 충분히 성인을 알아 볼 수 있으니, 이들이

가령 지혜가 낮다 하더라도 좋아하는 사람에게 아첨하는 데는 이르지 않았을 것이다.[宰我、子貢、有若, 智足以知聖人, 汙不至阿其所好.][67]

이 구절에 대해 조기趙岐[68]는 이렇게 설명했다.

세 사람의 지혜는 성인을 충분히 알아 볼만하다.[足以識聖人] '汙오'는 '아래'의 의미이다.[汙, 下也] 설사 이들이 조금 모자라고 공정하지 못한 사람이라 할지라도, 좋아하는 사람에게 영합하고 아첨하며 빈 말로 칭송하지는 않았을 것이다.

이 문장의 뜻을 자세히 살펴보면, '성인을 충분히 알아 볼 만하다'는 부분이 한 구절이며, '오汙는 아래의 의미이다'는 따로 한 구절이다. '汙오'를 '下하'로 해석하면 그 의미는 매우 분명해진다.

그러나 소순蘇洵은 이 두 구절을 한 구절로 이해하여 「삼자지성인오론三子知聖人汙論」에서 이렇게 말했다.

세 사람의 지혜는 성인의 높고 심원한 경지에 이를 수 없다. 다만 그 아래 자리를 얻을 수 있을 따름이다.

나는 이 설에 동의하지 않는다. "공자는 요와 순보다 어진 분이며, 인류가 있은 이래로 공자 같은 분은 있지 않았다"[69]라고 하면서 공자의 위대함을 말하였는데 왜 부족[汙下]하다 했는가? 정이程頤는 다음과 같이 말했다.

유약 등은 공자의 도를 이해할 수 있었다. 설사 부족하다 하더라도 영합하여 아첨하는 말을 하지는 않을 것이다.

정이의 해석은 조기의 해설과 일치한다.

한나라 사람들이 경전과 제자백가를 해석할 때 간혹 어조사를 생략하기도

67 『맹자·공손추公孫丑』.

68 趙岐(?~201) : 후한 말기의 유학자. 자 빈경邠卿. 그가 주석한 『맹자장구孟子章句』는 주자의 『맹자집주孟子集注』와 함께 가장 권위를 갖는 『맹자』 해설서이다.

69 『맹자·공손추』 : 재아는 자신이 본 바로는 선생님(공자)가 요와 순보다 훨씬 훌륭하다고 말했다. …… 자공은 …… 인류가 있은 이래로 선생님 같은 분은 없었다고 말했다. [宰我曰, 以予觀於夫子, 賢於堯舜, 遠矣. …… 子貢曰 …… 自生民以來, 未有夫子也.]

한다. 예를 들면, 정현鄭玄은 『시경詩經』의 '奄觀銍艾엄관질애'[70]를 "엄은 '오래'라는 의미이고 관은 '많다'는 의미[奄, 久. 觀, 多也]"라고 해석하였다. 근래 황계종黃啓宗은 『보예부운략補禮部韻略』에서 '淹엄'자 아래 '奄엄'자를 덧붙이고는 주에서 '久觀也구관야'라고 했는데, 정현의 해석 다섯 글자를 한 구절로 잘못 이해한 것이다.

20. 20, 30, 40을 의미하는 글자 廿卅卌字

지금 사람들은 20을 '廿입'으로, 30을 '卅삽', 40을 '卌십'으로 쓰는데 모두 『설문해자說文解字』[71]에 근거한 글자들이다. 廿은 발음이 '入입'으로 '十십'자 두 개를 한꺼번에 겹친 글자다. 卅은 발음이 '先선'과 '合합'의 반절反切[72]이며 십자 세 개를 합쳐놓은 것으로 고문자이다. 卌의 음은 '先선'과 '立립'의 반절로 수의 이름이었으나, 지금은 40을 가리킨다. 생각해보니, 진시황의 석각에서 덕을 칭송하는 글은 모두 4자가 한 구로 되어있다.

「태산사泰山辭」:
황제가 즉위하니 26년이네. 皇帝臨位, 二十有六年.

「낭야대송琅邪臺頌」:
26년에 처음 황제가 되었네. 維二十六年, 皇帝作始.

「지부송之罘頌」:
26년, 봄의 한 가운데에. 維二十九年, 時在中春.

「동관송東觀頌」:
29년, 황제께서 봄 순행을 하시네. 維二十九年, 皇帝春游.

70 『주송周頌 · 신공지십臣工之什』.
71 『說文解字』: 후한後漢의 허신許愼이 편찬한 최초의 자전. 1만여 자에 달하는 한자 하나하나에 대해, 본래의 글자 모양과 뜻, 발음을 종합적으로 해설한 책이다.
72 反切 : 한자의 음을 표시하는 방법으로 첫 글자의 초성과 두 번째 글자의 운을 합하여 한 음으로 읽는다. 선先과 합合의 반절이라면, 'ㅅ'과 '압'의 결합을 뜻하는 것으로 '삽'으로 읽는다.

「회계송會稽頌」:

덕과 은혜가 멀리까지 오래가니 37년이네. 德惠脩長, 三十有七年.

이는 『사기』에 실려 있는 것인데, 년도를 말할 때마다 5글자가 한 구이다. 「태산사」의 탁본을 얻은 적이 있는데 "廿有六年입유육년"이라고 써 있었으니 그 나머지도 모두 이와 같을 것 같다. 사마천이 잘못 바꾼 것이거나, 혹은 후세 사람들이 옮겨 쓰는 과정에서 와전된 것이지, 실제로는 4자구일 것이다.

21. 간체자 字省文

지금 사람들은 간체자를 쓰는데, '禮예'를 '礼', '處처'를 '処', '與여'를 '与'로 쓴다. 황제에게 아뢰는 글이나 과거 응시 문장·서책 등에는 감히 쓰지 않지만, 사실 이 글자들은 모두 『설문해자』의 원래 글자들이다. 허신은 '礼'자를 해석하면서 "고문자이다[古文]"라고 했고, '処'를 해석하면서는 "머무른다는 것이다. 궤를 얻어 머무르는 것이다. 혹은 '處'를 따른다[止也. 得几而止. 或從處.]"고 했다. 그리고 '与'자는 "준다는 의미이다. 与와 與는 같다[賜与也. 与、與同.]"라고 해석했다. 그러므로 간체자도 옳다고 봐야 한다.

22. 『예기·곡례曲禮』의 '負劍辟咡부검벽이' 負劍辟咡

「곡례曲禮」[73]에 어린 아이의 예절을 기록하면서 "부검벽이조지負劍辟咡詔之"[74]라는 표현을 썼는데 이에 대해 정현鄭玄은 이렇게 설명했다.

부負는 등에 지는 것을 말한다. 검劍은 몸 옆에 끼는 것을 말한다. '벽이조지辟咡詔之'라는 것은 머리를 기울여 말하는 것이다. 입을 옆에 대는 것을 이咡라고 한다.

73 「曲禮」: 『예기』의 편명. 곡례의 본래의 뜻은 '자잘한 여러 예의'라는 뜻으로, 행사行事 등에서 몸가짐을 어떻게 할 것인가를 설명한 것이다.

74 『예기·곡례』: 어른이 아이를 등에 업거나 안고서 입을 옆에 대로 말씀하시면 입을 가리고 대답한다.[負劍辟咡詔之, 則掩口而對.]

구양수歐陽脩[75]가 부친을 위해 지은 「용강천표瀧岡阡表」에 "젖먹이인 어린 너를 옆에 끼고서[劍汝] 곁에 서 있었던 것을 생각해보니"라는 구절이 있는데 바로 이 의미를 사용한 것이다. 노릉廬陵의 석각도 있고 구주衢州에서 간행한 『육일집六一集』에도 제대로 되어 있는데, 혹자는 알지 못하고서 결국 '검劍'자를 '포抱'자로 바꾸어버리니 안타깝구나!

23. 북송 초기 관료들의 진심 國初人至誠

진종眞宗 때 병주並州[76]의 장수를 선발해야 했다. 진종이 대신들에게 말했다.

> "장제현張齊賢과 온중서溫仲舒가 적임자라 생각하지만, 이들은 내 측근에서 중요 직책을 맡고 있는 관료들이라 그들이 만약에 굳이 사양한다면 강제적으로 할 수 없을 것이다. 먼저 중서성으로 그들을 불러들여 의향을 물어본 후에 원한다면 임명하도록 하라."

두 사람이 중서성으로 불려 왔다. 장제현은 지방직으로 갔다가 다른 사람의 참소를 받게 될까봐 두렵다며 사양하였다. 온중서는 이렇게 말했다.

> "감히 거역할 수 없습니다. 제가 상서성에서 일한지가 이미 10년이니, 만약 상서령으로 임명해주시고 병력을 통솔하는 관직을 내려 봉록을 더해주신다면, 어찌 명을 받들지 않을 수 있겠습니까!"

대신들이 그들의 답변을 진종에게 보고했다. 진종은 다음과 같이 말

75 歐陽脩(1007~1072) : 북송 저명 정치가 겸 문학가. 자 영숙永叔, 호 취옹醉翁, 육일거사六一居士. 길안吉安 영풍永豊(지금의 강서성江西省)인. 송나라 초기의 미문조美文調 시문인 서곤체西崑體를 개혁하고, 당나라의 한유를 모범으로 하는 시문을 지었다. 당송팔대가唐宋八大家의 한 사람이었으며, 후배들에게 많은 영향을 주었고, 『신당서新唐書』와 『신오대사新五代史』를 편찬하였다.

76 並州 : 지금의 산서성山西省 태원太原 남쪽.

했다.

"이는 모두 가지 않겠다는 것이니 억지로 하지 말라."

왕우칭王禹偁[77]이 한림학사翰林學士에서 형부랑중刑部郎中이 되어 황주黃州 지사에 임명되었다.[78] 왕우칭은 아들 왕가우王嘉祐에게 중서성과 문하성에 서신을 갖고 가게 했다.

조정의 관직 이동은 승진이든 강등이든 반드시 예법에 맞아야 합니다. 일단 실수하여 부당하게 되면 허물은 조정에 있는 것입니다. 어떤 사람이 한림학사를 지냈고 세 번의 제고사인制誥舍人을 지냈다고 한다면, 나라의 전례에 따라 급사중給事中이나 시랑侍郎 또는 간의대부諫議大夫가 되어야 합니다.
그러나 저는 그런 전례와는 달리 원래의 관직에서 진급이 되지 못하였고, 세금이나 담당하는 하급관리와 다름없는 처지가 되었습니다. 국가의 정사를 관장하고 있는 분께서 이러한 점을 말씀해주시지 않는다면 사람들이 어찌 보겠습니까?

온중서는 중서성과 추밀원을 역임하였기에 스스로 전직과 봉록의 인상을 요구하였고, 왕우칭은 당시 강직한 명신으로 이름이 났으나 공개적으로 편지를 써서 전례를 들어가며 승진을 요구하였다. 이들이 이처럼 할 수 있었던 것은 허위가 아닌 진심이었기 때문이다. 후세 사람들은 고귀한 척하며 높은 관직과 봉록에 대해 별 뜻이 없는 것처럼 행동하지만, 속으로는 수단과 방법을 가리지 않고 명리를 좇으면서 근본과 진심을 잃은 자가 많다. 풍속이 그렇게 만든 것이다.

24. 사관의 옥첩소 史館玉牒所

북송 희녕熙寧[79] 연간 이전 비서성祕書省[80]에는 저작국著作局이 없었다. 그렇기

77 王禹偁(954~1001) : 북송 정치가이자 문인. 자 원지元之. 문집으로 『소축집小畜集』이 있다.
78 왕우칭은 지원至道 원년(995)에 한림학사에 임명되었다가 조정을 비방했다는 죄목으로 폄적된다. 진종이 즉위한 후 형부낭중이 되었다가 다시 황주로 폄적되었다.
79 熙寧 : 북송 신종神宗 시기 연호(1068~1077).

때문에 사관史館을 설치하여 수찬修撰[81]과 직관直館[82]의 관직을 두었다. 원풍元豊[83] 연간 관제를 개편하면서 비서관祕書官을 설치하여 비서감祕書監·비서소감祕書少監과 저작랑著作郎·저작좌랑著作佐郎을 소속시켰다. 소흥紹興[84] 연간 또 사관수찬史館修撰과 사관검토史館檢討를 설치하여 비서성에서 분리시켰다.

종정시宗正寺[85]와 옥첩玉牒[86]의 관원들 역시 그러하다. 원풍 연간의 관제가 시행된 후 직책을 종정시경宗正寺卿과 종정시승宗正寺丞에게 맡겼다. 그러나 소흥 연간 다시 시종侍從에게 옥첩을 편찬하게 하였고 다른 관직에게 검토檢討를 맡기니, 종정시와 분리되었다. 이렇게 되어 현재 호부戶部는 따로 삼사三司를 두게 되었고, 이부와 형부도 별도로 심관원審官院[87]과 심형원審刑院[88]을 두었다.

구제舊制에 따르면 옥첩은 10년에 한 번씩 편찬하여 황제에게 바치도록 했으니, 갑자甲子년에 바쳤다면 갑술甲戌년과 갑신甲申년에 바치게 된다. 지금은 건융乾隆[89]이래의 규정에 따라 다시 보수하여 10년에 한 번씩 헌상하도록 하고 있다. 그러므로 2, 3년에 한 번씩 상을 내리는데 비서국에서 구제에 맞게 상을 하사하지 않으니 이것은 엄중한 문제다.

80 祕書省 : 남북조 시기 비서성이라는 관서를 두어 서적을 관장하도록 했다. 송 이전에는 주로 제사의 축문을 작성했으나, 원풍 연간 이후 원래의 직무로 돌아가 일력소日曆所와 회요소會要所·국사실록원國史實錄院 등을 두고 역사서 편찬을 관할하였다.

81 修撰 : 관명. 국사의 편찬을 담당한다.

82 直館 : 관명. 국가의 기사記事를 담당한다.

83 元豐 : 북송 신종神宗 시기 연호(1078~1085).

84 紹興 : 남송 고종高宗 시기 연호(1131~1162).

85 宗正寺 : 구시九寺 중 하나로 황족과 종족, 외척의 보첩과 황족의 능묘를 관리한다.

86 玉牒 : 제왕의 세계世系와 역수曆數·법령의 연혁을 기록한 것을 말한다. 송대에는 10년에 한 번씩 기록했다.

87 審官院 : 송대 경조관京朝官을 선발하는 기관. 동원東院에서는 문관을 선발하고 서원西院에서는 무관을 선발한다.

88 審刑院 : 궁중에 설치한 관서로 대리시大理寺에서 심리한 안건을 조사하여 중서성으로 보고한다.

89 乾隆 : 북송 태조 시기 연호(960~963).

25. 가짜 승려 稗沙門

『보적경寶積經』에서 수행을 하지 않는 승려를 이렇게 비유했다.

> 예를 들면 보리밭 가운데 가짜 보리의 모습이 보리와 똑같아 구분을 할 수 없는 것과 똑같다. 농부는 이러한 가짜 보리들이 모두 좋은 보리라고 생각할 수도 있다. 하지만 이삭이 열리고 난 후에야 자신의 생각이 잘못되었음을 알게 된다. 수행을 하지 않는 승려도 마찬가지로, 무리 가운데 있을 때는 계율을 지키고 덕행이 있는 것처럼 보인다. 시주가 볼 때는 다 승려처럼 보이지만, 그는 어리석은 사람으로 실은 승려가 아니니, 이를 가짜승려[稗沙門]라 한다.

이는 아주 적절한 비유인데 문인들이 인용을 잘 하지 않아, 여기에 기록해 둔다.

1. 漢唐八相

蕭、曹、丙、魏、房、杜、姚、宋, 爲漢、唐名相, 不待誦說。然前六君子皆終于位, 而姚、宋相明皇, 皆不過三年。姚以二子及親吏受賂, 其罷猶有說；宋但以嚴禁惡錢及疾負罪而妄訴不已者, 明皇用優人戲言而罷之, 二公終身不復用。宋公罷相時, 年才五十八, 後十七年乃薨。繼之者如張嘉貞、張說、源乾曜、王晙、宇文融、裴光庭、蕭嵩、牛仙客, 其才可睹矣。唯杜暹、李元紘爲賢, 亦淸介齪齪自守者。釋騏驥而不乘, 焉皇皇而更索, 可不惜哉！蕭何且死, 所推賢唯曹參；魏、丙同心輔政；房喬每議事, 必曰非如晦莫能籌之；姚崇避位, 薦宋公自代。唯賢知賢, 宜後人之莫及也。

2. 六卦有坎

易乾、坤二卦之下, 繼之以屯、蒙、需、訟、師、比, 六者皆有坎, 聖人防患備險之意深矣。

3. 晉之亡與秦隋異

自堯、舜及今, 天下裂而復合者四：周之末爲七戰國, 秦合之；漢之末分爲三國, 晉合之；晉之亂分爲十餘國, 爭戰三百年, 隋合之；唐之後又分爲八九國, 本朝合之。然秦始皇一傳而爲胡亥, 晉武帝一傳而爲惠帝, 隋文帝一傳而爲煬帝, 皆破亡其社稷。獨本朝九傳百七十年, 乃不幸有靖康之禍, 蓋三代以下治安所無也。秦、晉、隋皆相似, 然秦、隋一亡卽掃地, 晉之東雖曰「牛繼馬後」, 終爲守司馬氏之祀, 亦百有餘年。蓋秦、隋毒流四海, 天實誅之, 晉之八王擅兵, 孽后盜政, 皆本於惠帝昏蒙, 非得罪於民, 故其亡也, 與秦、隋獨異。

4. 上官桀

漢上官桀爲未央廐令, 武帝嘗體不安, 及愈, 見馬, 馬多瘦, 上大怒：「令以我不復見馬邪！」欲下吏。桀頓首, 曰：「臣聞聖體不安, 日夜憂懼, 意誠不在馬。」言未卒, 泣數行下。上以爲忠, 由是親近, 至於受遺詔輔少主。義縱爲右內史, 上幸鼎湖, 病久, 已而卒起, 幸甘泉, 道不治, 上怒, 曰：「縱以我爲不行此道乎！」銜之, 遂坐以他事弃市。二人者, 其始獲罪一也, 桀以一言之故超用, 而縱及誅, 可謂幸不幸矣。

5. 金日磾

金日磾沒入宮, 輸黃門養馬。武帝游宴見馬, 後宮滿側, 日磾等數十人牽馬過殿下, 莫不竊視。至日磾, 獨不敢。日磾容貌甚嚴, 馬又肥好, 上奇焉, 卽日拜爲馬監, 後受遺輔政。日磾與上官桀皆因馬而受知, 武帝之取人, 可謂明而不遺矣。

6. 漢宣帝忌昌邑王

漢廢昌邑王賀而立宣帝, 賀居故國, 帝心內忌之, 賜山陽太守張敞璽書, 戒以謹備盜賊。敞條奏賀居處, 著其廢亡之効。上知賀不足忌, 始封爲列侯。光武廢太子彊爲東海王而立顯宗, 顯宗卽位, 待彊彌厚。宣、顯皆雜霸道, 治尙剛嚴, 獨此事, 顯優於宣多矣。

7. 平津侯

公孫平津本傳稱其意忌內深, 殺主父偃, 徙董仲舒, 皆其力。然其可稱者兩事：武帝置蒼海、朔方之郡, 平津數諫, 以爲罷弊中國以奉無用之地, 願罷之。上使朱買臣等難之, 乃謝曰：「山東鄙人, 不知其便若是, 願罷西南夷, 專奉朔方。」上乃許之。卜式上書, 願輸家財助邊, 蓋迎合主意。上以語平津, 對曰：「此非人情, 不軌之臣不可以爲化而亂法, 願勿許。」乃罷式。當武帝好大喜功而能如是, 槩之後世, 足以爲賢相矣, 惜不以式事載本傳中。

8. 韓信周瑜

世言韓信伐趙, 趙廣武君請以奇兵塞井陘口, 絶其糧道, 成安君不聽。信使間人窺知其不用廣武君策, 還報, 則大喜, 乃敢引兵遂下, 遂勝趙。使廣武計行, 信且成禽, 信蓋自言之矣。周瑜拒曹公於赤壁, 部將黃蓋獻火攻之策, 會東南風急, 悉燒操船, 軍遂敗。使天無大風, 黃蓋不進計, 則瑜未必勝。是二說者, 皆不善觀人者也。夫以韓信敵陳餘, 猶以猛虎當羊豕爾。信與漢王語, 請北擧燕、趙, 正使井陘不得進, 必有它奇策矣。其與廣武君言曰：「向使成安君聽子計, 僕亦禽矣。」 蓋謙以求言之詞也。方孫權問計於周瑜, 瑜已言操冒行四患, 將軍禽之宜在今日。劉備見瑜, 恨其兵少。瑜曰：「此自足用, 豫州但觀瑜破之。」正使無火攻之說, 其必有以制勝矣。不然, 何以爲信、瑜！

9. 漢武賞功明白

衛靑爲大將軍, 霍去病始爲校尉, 以功封侯, 靑失兩將軍, 亡翕侯, 功不多, 不益封。其後各以五萬騎深入, 去病益封五千八百戶, 裨校封侯益邑者六人, 而靑不得益封, 吏卒無封者。武帝賞功, 必視法如何, 不以貴賤爲高下, 其明白如此。後世處此, 必曰靑久爲上將, 俱出塞致命, 正不厚賞, 亦當有以 尉其心, 不然, 它日無以使人, 蓋失之矣。

10. 周召房杜

召公爲保, 周公爲師, 相成王爲左右。觀此二相, 則刑措四十年, 頌聲作于下, 不言可知。唐貞觀三年二月, 房玄齡爲左僕射, 杜如晦爲右僕射, 魏徵參預朝政。觀此三相, 則三百年基業之盛, 槩可見矣。

11. 三代書同文

三代之時, 天下書同文, 故春秋左氏所載人名字, 不以何國, 大抵皆同。鄭公子歸生, 魯公孫歸父, 蔡公孫歸生, 楚仲歸, 齊析歸父, 皆字子家。楚成嘉, 鄭公子嘉, 皆字子孔。鄭公孫段、印段, 宋褚師段, 皆字子石。鄭公子喜, 宋樂喜, 皆字子罕。楚公子黑肱, 鄭公孫黑, 孔子弟子狄黑, 皆字子晳。魯公子翬, 鄭公孫揮, 皆字子羽。邾子克, 楚鬬克, 周王子克, 宋司馬之臣克, 皆字曰儀。晉籍偃, 荀偃, 鄭公子偃, 吳言偃, 皆字曰游。晉羊舌赤, 魯公西赤, 皆字曰華。楚公子側, 魯孟之側, 皆字曰反。魯冉耕, 宋司馬耕, 皆字曰牛。顔無繇、仲由, 皆字曰路。

12. 周世中國地

成周之世, 中國之地最狹, 以今地里考之, 吳、越、楚、蜀、閩皆爲蠻, 淮南爲羣舒; 秦爲戎。河北眞定、中山之境, 乃鮮虞、肥、鼓國。河東之境, 有赤狄、甲氏、留吁、鐸辰、潞國。洛陽爲王城, 而有楊拒、泉皐、蠻氏、陸渾、伊雒之戎。京東有萊、牟、介、莒, 皆夷也。杞都雍丘, 今汴之屬邑, 亦用夷禮。邾近於魯, 亦曰夷。其中國者, 獨晉、衛、齊、魯、宋、鄭、陳、許而已, 通不過數十州, 蓋於天下特五分之一耳。

13. 李後主梁武帝

東坡書李後主去國之詞云 : 「『最是蒼皇辭廟日, 敎坊猶奏別離歌, 揮淚對宮娥。』 以爲後主失國, 當慟哭於廟門之外, 謝其民而後行, 乃對宮娥聽樂, 形於詞句。」予觀梁武帝啓侯景之禍, 塗炭江左, 以致覆亡, 乃曰 : 「自我得之, 自我失之, 亦復何恨。」其不知罪己, 亦甚矣。竇嬰救灌夫, 其夫人諫止之。嬰曰 : 「侯自我得之, 自我捐之, 無所恨。」梁武用此言而非也。

14. 詩什

詩二雅及頌前三卷題曰 : 「某詩之什。」陸德明釋云 : 「歌詩之作, 非止一人, 篇數旣多,故以十篇編爲一卷, 名之爲什。」今人以詩爲篇什, 或稱譽他人所作爲佳什, 非也。

15. 易擧正

唐蘇州司戶郭京有周易擧正三卷, 云:「曾得王輔嗣、韓康伯手寫注定傳授眞本, 比校今世流行本及國學、鄕貢擧人等本, 或將經入注, 用注作經, 小象中間以下句, 反居其上, 爻辭注內移, 後義却處於前, 兼有脫遺、兩字顚倒、謬誤者, 並依定本擧正其訛, 凡一百三節。」今略取其明白者二十處載於此:坤初六:「履霜堅冰至。」象曰:「履霜, 陰始凝也。馴致其道, 至堅冰也。」今本於象文「霜」字下誤增「堅冰」二字。屯六三象曰:「卽鹿無虞何?以從禽也。」今本脫「何」字。師六五:「田有禽, 利執之, 无咎。」元本「之」字行書向下引脚, 稍類「言」字, 轉寫相仍, 故誤作「言」, 觀注義亦全不作言字釋也。比九五象曰:「失前禽, 舍逆取順也。」今本誤倒其句。賁:「亨, 不利有攸往。」今本「不」字誤作「小」字。「剛柔交錯, 天文也, 文明以止, 人文也。」注云:「剛柔交錯而成文焉, 天之文也。」今本脫「剛柔交錯」一句。坎卦「習坎」上脫「坎」字。姤:「九四, 包失魚。」注:「二有其魚, 故失之也。」今本誤作「无魚」。蹇:「九三, 往蹇來正。」今本作「來反」。困初六象曰:「入于幽谷, 不明也。」今本「谷」字下多「幽」字。鼎象:「聖人亨以享上帝, 以養聖賢。」注云:「聖人用之, 上以享上帝, 而下以養聖賢。」今本正文多「而大亨」三字, 故注文亦誤增「大亨」二字。震象曰:「不喪匕鬯, 出可以守宗廟社稷, 以爲祭主也。」今本脫「不喪匕鬯」一句。漸象曰:「君子以居賢德, 善風俗。」注云:「賢德以止巽則居, 風俗以止巽乃善。」今本正文脫「風」字。豐九四象:「遇其夷主, 吉, 志行也。」今文脫「志」字。中孚象:「豚魚吉, 信及也。」今本「及」字下多「豚魚」二字。小過象:「柔得中, 是以可小事也。」今本脫「可」字, 而「事」字下誤增「吉」字。六五象曰:「密雲不雨, 已止也。」注:「陽已止下故也。」今本正文作「已上」, 故注亦誤作「陽已上故止也」。旣濟象曰:「旣濟, 亨小, 小者亨也。」今本脫一「小」字。繫辭:「二多譽, 四多懼。」注云:「懼, 近也。」今本誤以「近也」字爲正文, 而注中又脫「懼」字。雜卦:「蒙稚而著。」今本「稚」誤作「雜」字。予頃於福州道藏中見此書而傳之, 及在後省, 見晁公武所進易解, 多引用之, 世罕有其書也。

16. 其惟聖人乎

乾卦:「其惟聖人乎。」魏王肅本作「愚人」, 後結句始作「聖人」, 見陸德明釋文。

17. 易說卦

易說卦荀爽九家集解, 乾爲木果之下, 更有四, 曰:爲龍, 爲車, 爲衣, 爲言。坤後有八, 曰:爲牝, 爲迷, 爲方, 爲囊, 爲裳, 爲黃, 爲帛, 爲漿。震後有三, 曰:爲王, 爲鵠, 爲鼓。

巽後有二, 曰：爲楊, 爲鸛。坎後有八, 曰：爲宮, 爲律, 爲可, 爲棟, 爲叢棘, 爲狐, 爲蒺藜, 爲桎梏。離後有一, 曰：爲牝牛。艮後有三, 曰：爲鼻, 爲虎, 爲狐。兌後有二, 曰：爲常, 爲輔頰。注云：「常, 西方神也。」陸德明以其與王弼本不同, 故載於釋文。案, 震爲龍, 與乾同, 故虞翻、干寶本作駹。

18. 元二之災

後漢鄧騭傳：「拜爲大將軍時, 遭元二之災, 人士飢荒, 死者相望, 盜賊羣起, 四夷侵畔。」章懷注云：「元二, 卽元元也。古書字當再讀者, 卽於上字之下爲小二字, 言此字當兩度言之。後人不曉, 遂讀爲元二, 或同之陽九, 或附之百六, 良由不悟, 致斯乖舛。今岐州石鼓銘, 凡重言者皆爲二字, 明驗也。」漢碑有楊孟文石門頌云：「中遭元二, 西夷虐殘。」孔耽碑云：「遭元二轗軻, 人民相食。」趙明誠金石跋云：「若讀爲元元, 不成文理, 疑當時自有此語, 漢注未必然也。」案, 王充論衡恢國篇云：「今上嗣位, 元二之間, 嘉德布流。三年, 零陵生芝草。四年, 甘露降五縣。五年, 芝復生。六年, 黃龍見。」蓋章帝時事。考之本紀, 所書建初三年以後諸瑞皆同, 則知所謂元二者, 謂建初元年、二年也。旣稱嘉德布流以致祥瑞, 其爲非災眚之語, 益可決疑。安帝永初元年、二年, 先零滇羌寇叛, 郡國地震、大水。鄧騭以二年十一月拜大將軍, 則知所謂元二者, 謂永初元年、二年也。凡漢碑重文不皆用小二字, 豈有范史一部唯獨一處如此？予兄丞相作隸釋, 論之甚詳。予修國史日, 撰欽宗紀贊, 用「靖康元二之禍」, 實本于此。

19. 聖人汙

孟子曰：「宰我、子貢、有若智足以知聖人。汙, 不至阿其所好。」趙岐注云：「三人之智, 足以識聖人。汙, 下也。言三人雖小汙不平, 亦不至於其所好, 阿私所愛而空譽之。」詳其文意,「足以識聖人」是一句。「汙下也」, 自是一節。蓋以「下」字訓汙也, 其義明甚。而老蘇先生乃作一句讀, 故作三子知聖人汙論, 謂：「三子之智, 不足以及聖人高深幽絶之境, 徒得其下焉耳。」此說竊謂不然。夫謂「夫子賢於堯、舜, 自生民以來未有」, 可謂大矣, 猶以爲汙下何哉？ 程伊川云：「有若等自能知夫子之道, 假使汙下, 必不爲阿好而言。」其說正與趙氏合。大抵漢人釋經子, 或省去語助, 如鄭氏箋毛詩「奄觀銍艾」云：「奄, 久。觀, 多也。」蓋以久訓奄, 以多訓觀。近者黃啓宗有補禮部韻略, 於「淹」字下添「奄」字, 注云：「久觀也。」亦是誤以箋中五字爲一句。

20. 廿卅卌字

今人書二十字爲廿, 三十字爲 (卅), 四十爲卌, 皆說文本字也。廿音入, 二十并也。(卅) 音先合反, 三十之省便, 古文也。卌音先立反, 數名, 今直以爲四十字。案秦始皇凡刻石頌德之辭, 皆四字一句。泰山辭曰：「皇帝臨位, 二十有六年。」琅邪臺頌曰：「維二十六年, 皇帝作始。」之罘頌曰：「維二十九年, 時在中春。」東觀頌曰：「維二十九年, 皇帝春游。」會稽頌曰：「德惠修長, 三十有七年。」此史記所載, 每稱年者, 輒五字一句。嘗得泰山辭石本, 乃書爲「廿有六年」, 想其餘皆如是, 而太史公誤易之, 或後人傳寫之訛耳, 其實四字句也。

21. 字省文

今人作字省文, 以禮爲礼, 以處爲处, 以與爲与, 凡章奏及程文書冊之類不敢用, 然其實皆說文本字也。許叔重釋礼字云：「古文。」处字云：「止也, 得几而止。或從處。」与字云：「賜予也。与、與同。」然則當以省文者爲正。

22. 負劍辟咡

曲禮記童子事曰：「負劍辟咡詔之。」鄭氏注云：「負, 謂置之於背。劍, 謂挾之於旁。辟咡詔之, 謂傾頭與語。口旁曰咡。」歐陽公作其父瀧岡阡表云：「回顧乳者劍汝而立于旁。」正用此義。今廬陵石刻由存, 衢州所刊六一集, 已得其眞, 或者不曉, 遂易劍爲抱, 可歎也！

23. 國初人至誠

眞宗時, 幷州謀帥, 上謂輔臣曰：「如張齊賢、溫仲舒皆可任, 但以其嘗歷樞近, 或有固辭, 宜召至中書詢問, 願往則授之。」及召二人至, 齊賢辭以恐爲人所讒。仲舒曰：「非敢有辭, 但在尙書班已十年, 若得改官端揆, 賜都部署添給, 敢不承命！」輔臣以聞。上曰：「是皆不欲往也, 勿彊之。」王元之自翰林學士以本官刑部郎中知黃州, 遣其子嘉祐獻書于中書門下, 以爲：「朝廷設官, 進退必以禮, 一失錯置, 咎在廊廟。某一任翰林學士, 三任制誥舍人, 以國朝舊事言之, 或得給事中, 或得侍郎, 或爲諫議大夫。某獨異於斯, 斥去不轉一級, 與錢穀俗吏, 混然無別, 執政不言, 人將安仰！」予謂仲舒嘗爲二府, 至於自求遷轉及增請給；元之一代剛正名臣, 至於公移牋書, 引例乞轉。唯其至誠不矯僞故也。後之人外爲大言, 避寵辭祿, 而陰有營求, 失其本眞者多矣, 風俗使然也。

24. 史館玉牒所

國朝熙寧以前, 祕書省無著作局, 故置史館, 設修撰、直館之職。元豐官制行, 有祕書官, 則其職歸於監、少及著作郎、佐矣。而紹興中復置史館修撰、檢討, 是與本省爲二也。宗正寺修玉牒官亦然。官制既行, 其職歸於卿、丞矣。而紹興中復差侍從爲修牒, 又以他官兼檢討, 是與本寺爲二也。然則今有戶部, 可別置三司, 有吏、刑部, 可別置審官、審刑院矣。又玉牒舊制, 每十年一進, 謂甲子歲進書, 則甲戌、甲申歲復然。今乃從建隆以來再行補修, 每及十年則一進, 以故不過三二年輒一行賞, 書局僭賞, 此最甚焉。

25. 稗沙門

寶積經說僧之無行者曰：「譬如麥田, 中生稗麥, 其形似麥, 不可分別。爾時田夫, 作如是念, 謂此稗麥, 盡是好麥, 後見穟生, 爾乃知非。如是沙門, 在於衆中, 似是持戒有德行者。施主見時, 謂盡是沙門, 而彼癡人, 實非沙門, 是名稗沙門。」此喻甚佳, 而文士鮮曾引用, 聊志於此。

••• 용재수필 권6(19칙)

1. 건무중원 建武中元

성도成都에 「한촉군태수하군조존건각비漢蜀郡太守何君造尊楗閣碑」가 있는데 마지막에 "건무중원建武中元 2년(57) 6월"이라고 되어있다. 범엽范曄의 『후한서後漢書·광무본기光武本紀』에 따르면 건무建武 연간은 31년까지 있었고 다음해 중원中元으로 개원하여 바로 중원원년이라 하였다. 이 석각에서는 이미 중원으로 개원한 후였지만, 여전히 건무라는 연호를 앞에 쓰고 있으니 문제文帝와 경제景帝 시기의 중원中元·후원後元[1]과 같은 경우이다.

『후한서·제사지祭祀志』에 봉선 의식 후 천하에 사면을 내리는 조서가 수록되어 있는데 "건무建武 32년을 건무중원원년建武中元元年으로 한다"고 되어 있다. 『후한서·동이왜국전東夷倭國傳』에 "건무중원建武中元 2년에 조공을 바쳐 왔다"는 기록이 있으니 증거가 분명하다. 그러나 송상宋庠[2]은 『기년통보紀年通譜』에서 "「광무본기」와 「제사지」의 기록이 다르니 필시 전사하는 과정에서 누락되고 잘못된 것이다"라고 하였다. 학자들이 세심히 살피지 않고서 자기 마음대로 삭제해 버렸으니 깊이 고찰하지 않은 것이다.

한장민韓莊敏이 구리로 만든 말斗을 소장하고 있는데 "신시건국천봉상무육년新始建國天鳳上戊六年"이라고 새겨져 있다. 또 소흥紹興[3] 연간 곽금주郭金州가 징을 하나 얻었는데 "신시건국지황상무이년新始建國地皇上戊二年"이라고 새겨져

1 문제 시기의 연호는 전원前元과 후원後元이 있었고, 경제 시기에는 전원·중원·후원의 세 연호를 사용하였다. 일반적으로 무제 시기의 건원建元을 정식 연호 사용의 처음으로 본다.

2 宋庠(996~1066) : 북송 초기 재상이자 문학가.

3 紹興 : 남송 고종 시기 연호(1131~1162).

있었다.

왕망王莽[4]은 처음에 시건국始建國[5]이라는 연호를 사용했다가, 후에 천봉天鳳[6]으로 개원했고 다시 지황地皇[7]으로 개원하였다. 이 두 기물은 각각 '시건국始建國'이라는 연호를 앞에 붙이고 있으니, 왕망 시기에 이러한 제도가 있었던 것을 알 수 있다. 이는 고을의 명칭이 계속해서 바뀌었기 때문에 매번 조서를 내릴 때마다 옛 지명을 앞에다 붙이는 것과 같은 것이다. 이는 건무중원과는 다른 경우이다.

2. 관리의 승진 帶職人轉官

고종高宗 소흥紹興 연간, 왕준명王浚明이 우봉직대부右奉直大夫[8]의 신분으로 비각祕閣에서 근무하고 있었다. 그는 그의 업적에 따라 승진을 요구했고 이부吏部에서는 그를 조의대부朝議大夫[9]로 임명하려했다. 당시 재상은 왕준명이 원래의 직무를 겸직하면서 승진을 하는 것인데, 조의대부와 봉직대부가 같은 등급이기 때문에 등급을 올려 결국 그를 중봉대부中奉大夫[10]로 승진시켰다. 이후 증조曾慥도 이 같은 전례를 따라 전직하였다. 소흥紹興 연간 말, 상백분向伯奮으로 이 전례를 따라 전직하였고 속필續觱도 그러하였다. 그러나 한꺼번에 3등급을 승진하는 것은 부당하다고 중서성에서 건의하였고, 이때부터는 조의대부朝議大夫로 임명하였다.

4 王莽(B.C.45～23) : 전한前漢 말의 정치가이며 '신新' 왕조(8～24)의 건국자. 8년 한나라를 멸망시키고 국호를 '신新'이라 하여 황제가 되었으나, 22년 후한 광무제 유수가 군대를 일으켜 신을 공격, 왕망은 죽게 된다.

5 始建國 : 신나라 왕망의 연호(9～13).

6 天鳳 : 신나라 왕망의 연호(14～19).

7 地皇 : 신나라 왕망의 연호(20～23).

8 奉直大夫 : 기록관寄祿官의 명칭. 30단계의 기록관 중 16 등급에 해당하며 정6품에 해당한다. 남송 소홍 원년 봉직대부를 좌, 우로 나누었다.

9 朝議大夫 : 30등급의 기록관 중 15 등급에 해당하며 정6품이다.

10 中奉大夫 : 13등급에 해당한다.

과거 관례를 검토해보니, 관료 제도가 개편되기 전에도 낭중郎中이 소경少卿으로 승진한 적이 있다. 경력이 있으면 태상太常이 되고, 경력이 없으면 사농司農이 되었다가 다시 광록光祿으로 전직하였으니, 지금의 봉직대부奉直大夫나 조의대부朝議大夫와 같은 등급이다. 소경少卿에서 대경大卿이나 감監으로 승진할 때 경력이 있으면 광록경光祿卿이 되고, 경력이 없으면 사농경司農卿과 소부감少府監·위위경衛尉卿을 거친 후 광록경光祿卿으로 임명되었다. 만약 겸직을 한 채로 승진하여 소농少農에서 바로 광록경光祿卿에 임명된다면 한꺼번에 5급을 승진하는 것이다. 그러므로 왕준명의 승진은 지나친 것이 아니다. 과거 직무의 명분은 쉽사리 수여하는 것이 아니었기 때문에 황제의 은전과는 다른 것이었다. 또 승무랑承務郎[11]에서 봉의사인奉議詞人[12]으로 승진한 경우 3번의 전직을 거쳤는데, 겸직인 자를 다른 사람과 동일하게 처리했으니, 이는 담당 관리의 실수이다.

3. 상하사방 上下四方

상하사방은 끝이 없다. 『장자莊子』와 『열자列子』, 불가의 우언에서도 명확한 설명이 없다. 『열자』에 이런 내용이 있다.

> 상나라 탕왕湯王이 하극夏革에게 물었다.
> "상하팔방에 끝이 있는가?"
> 하극은 모르겠다고 대답했지만 탕왕은 끈질기게 물었다.
> 하극이 대답했다.
> "공간은 끝이 없으며, 보편적으로 존재하는 사물은 끝남이 없습니다.[13] 그러니 제가 어찌 알겠습니까? 그러나 공간이 끝없는 밖에는 또 끝이 없는 것이 없고, 사물이 끝남이 없는 가운데에는 또 끝남이 없는 것이 없습니다. 끝이 없고 또

11 承務郎 : 신종 원풍 연간의 관제 개편 이후 종구품從九品에 속하는 기록관寄祿官이다.
12 奉議詞人 : 신종 원풍 연간의 관제 개편 이후 정팔품正八品의 기록관이다.
13 원문에는 '끝남이 있다[有盡]'로 되어있으나, 이것은 내용으로 보나 그 다음 문장으로 보았을 때에도 '끝남이 없다[無盡]'가 잘못된 것이라고 학자들은 주장한다.

끝이 없는 것도 없으며 끝남이 없고 또 끝남이 없는 것도 없습니다. 그래서 저는 이것으로 공간은 끝이 없으며 사물은 끝남이 없다는 것을 아는 것이며 공간과 사물이 끝이 있고 끝남이 있다는 것을 모릅니다. 그러니 제가 또한 하늘과 땅 밖에 더 큰 하늘과 땅이 존재하지 않는다고 어찌 알겠습니까.

『대집경大集經』에는 이런 내용이 있다.

"바람은 어느 곳에 머무는가?"
"바람은 빈 곳에 머무른다."
"빈 곳은 어디 있는가?"
"빈곳은 지처至處에 존재한다."
"지처는 또 어느 곳에 있는가?"
"지처가 어느 곳에 있는지는 말할 수 없다. 왜인가? 지처는 모든 곳을 떠난 곳에 존재하며 모든 곳은 포섭할 수 없는 곳인 까닭이다. 그리고 셀 수도, 헤아릴 수도 없는 곳이고 또한 찾을 수 없는 곳이다."

『열자』와 불가의 설명도 이 같을 뿐이다.

4. 위상과 소망지 魏相蕭望之

조광한趙廣漢[14]의 죽음은 위상魏相[15] 때문이었고, 한연수韓延壽[16]의 죽음은 소망지蕭望之 때문이었다. 위상과 소망지는 현명하고 어진 대신인데, 어찌

14 趙廣漢(?~B.C.65) : 전한의 정치가. 자 자도子都. 전한 선제宣帝시기 경조윤을 지냈다. 조광한은 본래 관료로서의 능력과 성품이 뛰어났다. 그러나 황제의 총애를 받게 되자 조광한은 조정 대신들을 침범했고 적이 생기게 되었다. 당시 승상인 위상魏相의 집에서 한 계집 종이 자살하는 사건이 일어나자, 조광한은 승상의 부인이 투기하여 승상부 안에서 그 계집종을 죽였다고 의심하고 상소를 올려 승상을 고발했다. 이에 위상도 상소를 올려 조광한이 자신의 죄를 은폐하기 위해 자신을 협박했다며, 진상 조사를 간청했다. 결국 수사의 과정에서 계집 종의 죽음은 조광한의 말과 다르다는 것이 밝혀졌고, 신하들의 탄핵으로 결국 사형에 처해졌다.

15 魏相(?~B.C.59) : 전한 선제 시기 재상. 자 약옹弱翁.

16 韓延壽(?~B.C.57) : 전한 선제시기 명신. 어사대부 소망지의 시기를 받아 공금을 낭비했다는 탄핵을 받았다. 또한 소망지는 한연수가 수레 장식에 대한 규정을 위반하여 용과 범·붉은 양진새를 그렸으며, 황색 옷에 비단 깃을 달고 윗사람처럼 행동했다고 덧붙였다. 이로 인해 결국 한연수는 사형을 당했다.

사사로운 원한 때문에 재능 있는 두 신하를 죽음에 이르게 하였는가?

양운楊惲[17]이 강등된 후 원망 섞인 말을 내뱉자, 정위廷尉[18]는 이를 대역무도한 죄라며 사형이라는 판결을 내렸다. 당시 정위가 누구였는지를 찾아보니 우정국于定國[19]이었다. 역사에서는 정위로서의 우정국을 칭송하며 백성들은 억울한 사람이 없었다고 한다. 그런데 어찌 이와 같은 일을 했는가? 선제는 엄한 법치로 나라를 다스렸는데, 이 세 사람은 바로 선제를 보좌하여 가장 충실하게 법을 집행한 자들이니, 참으로 안타까운 일이다.

5. 성씨의 출현 姓氏不可考

성씨姓氏[20]의 출현에 대해 후인들은 고찰할 수가 없다. 역사 기록에 근거할 수 있을 뿐이지만 밝히기가 어렵다. 요姚·우虞·당唐·두杜·강姜·전田·범范·유劉씨 외에 나머지 성씨의 출현은 매우 복잡하게 얽혀있다. 『좌전左傳』을 가지고 말해보자.

신씨申氏는 사악四岳에게서 시작되었지만, 주周나라에 신백申伯이 있었고, 정鄭나라에 또 신후申侯가 있었고, 초楚나라에도 신주申舟가 있었고, 또 신공무신申公巫臣이 있었고, 노魯나라에는 신유申繻와 신장申棖이, 진晉나라에는 신서申書가, 제齊나라에는 신선우申鮮虞가 있었다.

가씨賈氏는 주나라 왕실과 동성인 희성姬姓에서 나왔다. 진晉나라에 가화賈華

---

17 楊惲(?~B.C.54) : 전한의 학자, 관리. 자 자유子幼. 사마천의 외손자로 『사기』를 세상에 전했으며, 부귀한 가문과 출중한 재능으로 명성이 자자했다. 그러나 한 차례 파면을 당한 후에도 언행을 조심하지 않으며 조정에 대한 불만을 쏟아내다가 결국 사형을 당했다.

18 廷尉 : 형옥刑獄을 관장하고 사법을 주관하는 최고 장관이다.

19 于定國(?~B.C.40) : 전한의 재상. 자 만천曼倩. 선제 시기 정위를 역임했고, 후에 재상에 올랐다.

20 姓氏 : 현재는 성을 높여 부르는 말로 '성씨'를 쓰고 있으나, 초기 단계에서 성과 씨는 엄격히 구분되는 개념이었다. 성은 혈족을 나타내며, 씨는 성의 계통을 나타내는 것이다. 즉 씨는 같은 성을 가진 혈족 내에서 적서와 분파를 따져 부여한 일종의 하위 범주이다. 예를 들어 주나라 개국공신인 강태공姜太公은 본명이 여상呂尙이다. 그는 강姜이라는 성姓을 쓰는 혈족 내의 한 지류로 여呂라는 씨氏를 쓰는 집안이었다.

가 있었고, 호역고狐射姑[21]는 가계賈季라 불렸으며, 제齊나라에는 가거賈擧가 있었다.

황씨黃氏는 영嬴성의 나라에서 시작되었지만, 금천씨金天氏의 후예로 심沈·사姒·욕蓐·황黃이 있고, 진晉나라에 황연黃淵이 있었다.

공씨孔氏는 은殷나라에서 나왔으니, 공자가 그 후예이다. 그러나 위衛나라에 공달孔達, 송宋나라에 공보孔父, 정鄭나라에 공숙孔叔, 진陳나라에 공영孔寧, 제齊나라 공훼孔虺, 정鄭나라 자공子孔의 손자는 공장孔張이었다.

고씨高氏는 제齊나라에서 나왔는데, 자미子尾의 후손은 고강高彊이었고, 정鄭나라의 고극高克과 송宋나라의 고애高哀가 있다.

국씨國氏는 제齊나라에서 나왔는데, 형邢나라에 국자國子가 있었고, 정鄭나라 자국子國의 손자가 국참國參이었다.

진晉나라에 경정慶鄭·제齊나라에 경극慶克·진陳나라에 경호慶虎가 있었고, 위衛나라에 석작石碏·제齊나라에 석지분여石之紛如·정鄭나라에 석착石臭·주周나라에 석상石尙·송宋나라에 석구石彄가 있었다.

진晉나라에 양처보陽處父·초楚나라에 양면陽丏·노魯나라에 양호陽虎가 있었고, 손씨孫氏는 위衛나라에서 나왔지만, 초楚나라에도 손숙오孫叔敖가 있었고, 제齊나라에도 손서孫書가 있었으며, 오吳나라에는 손무孫武가 있었다. 곽씨郭氏는 괵虢나라에서 나왔지만, 진晉나라에 곽언郭偃과 제齊나라에 곽최郭最가 있었고, 또 곽공郭公이라 불리는 이도 있었다.

수천 년 동안 후손이 멀리 퍼져 나갔으니 어찌 명확히 알 수 있겠는가!

6. 어려움이 없음을 걱정하다 畏無難

성인은 어려움을 두려워하지 않는다. 오히려 어려움이 없음을 걱정한

21 狐射姑 : 춘추시대 진나라 대부 호언狐偃의 아들. 호언은 중이가 진나라를 떠나 19년 동안 망명생활을 하고 진나라로 돌아와 진문공으로 즉위하기까지 보좌했던 충신이다. 진문공이 즉위 후 가땅에 봉하였으므로 '가계賈季'라고 하기도 한다.

다. 그러므로 "오직 도를 터득한 군주만이 승리를 유지할 수 있다"고 한다. 만약 진시황이 6국을 멸망시키고 천하를 통일하지 않았다면, 2세인 호해胡亥도 망하지 않았을 것이다. 만약 수나라가 사방의 오랑캐를 정복하지 않았다면, 수 양제는 망하지 않았을 것이다.

부견苻堅[22]이 전량前涼을 평정하고 촉蜀을 차지하고 전연前燕과 대代나라를 멸망시키지 않았다면, 비수肥水의 전쟁도 없었을 것이다. 후당後唐 장종莊宗[23]이 후량後梁과 전촉前蜀을 공격하여 하북 땅을 평정하지 않았다면, 이사원李嗣源[24]의 반란도 없었을 것이다. 남당南唐의 이경李景[25]이 민閩과 초楚를 취하지 않았다면, 회남淮南의 패배는 없었을 것이다.

7. 『시경·위풍衛風·기오淇奧』의 '綠竹青青녹죽청청' 綠竹青青

모공毛公은 『시경·위풍衛風·기오淇奧』편을 해석하면서 "綠녹은 왕추王芻고, 竹죽은 편죽萹竹"이라며 '綠'과 '竹'을 따로 해석하였다.[26] 『한시韓詩』[27]에서는

22 苻堅(338~385) : 전진前秦의 제3대 왕. 자 영고永固. 한인漢人 왕맹王猛을 등용하여 치적을 쌓았고, 당시 화북에 난립한 전연前燕·전량前涼·대代 등 여러 나라를 병합하여 화북을 통일하였다. 강남까지 정복하고자 383년 대군을 거느리고 동진을 공격하였으나 비수肥水에서 대패하였다.

23 莊宗 : 오대 후당의 시조. 돌궐突厥 사타족沙陀族 출생의 진晉나라 왕 이극용李克用의 장자로서 908년 왕위를 계승, 914년 연燕나라 유수광劉守光을 멸하고 이어 후량後梁을 쳤다. 923년 제위에 올라 국호를 당唐이라 칭하였으며, 같은 해 후량을 멸하고 도읍을 낙양洛陽에 정하였다. 925년 전촉前蜀도 병합하여 하북의 땅을 평정하였다. 뛰어난 무장이었으나, 측근들에게 정치를 맡기고 사치에 빠진 탓으로 반란이 일어나 부하에게 살해당하였다.

24 李嗣源(867~933) : 오대 시기 후당의 2대 황제. 이극용의 양자. 이극용의 친자 장종莊宗이 술에 빠져 점차 정치를 돌아보지 않게 되자, 각지에서 반란이 발발하였다. 무장들이 장종을 살해하여, 무장들이 그를 황제로 추대하여 즉위하였다.

25 李景 : 남당의 2대 황제. 이경은 대외 확장 정책을 펴 민과 초땅을 병합하게 되면서, 남당의 40년 역사 중에 가장 판도가 넓었던 최대의 시기를 맞이하게 된다. 그러나 화북에서 일어난 후주의 세종이 남하하며 세력을 확장해 왔고, 회하 이남과 장강에서의 전투에서 남당은 대패하게 된다.

26 한나라 모형毛亨이 정리한 시경을 『모시毛詩』라 하는데, 고문시경으로 정현鄭玄이 주를 달면서 유행하였다. 본 편은 『시경·위풍衛風·기오淇奧』의 두 번째 장인 "저 기수의 물굽이를 바라보니 푸른 대나무가 파릇파릇하구나[瞻彼淇奧, 綠竹青青]"의 해석에 관한 내용이다.

"'竹'자는 '萹'자로 음은 徒도와 沃옥의 반절이며, 편축萹築이라고도 한다"고 설명했다.

곽박郭璞은 다음과 같이 해석했다.

> 왕추王芻는 지금 백각사白腳莎라고 부르는 것으로 녹욕두菉蓐豆이다. 편죽萹竹은 소려小藜 같이 생겼는데, 붉은 줄기에 마디가 있고, 길가에서 잘 자라며, 먹을 수 있다.

> 대나무처럼 생긴 것으로 높이가 5, 6척이고 기수淇水 근처에서 자라는데, 사람들이 녹죽菉竹이라 부른다.

여러 설명들을 보니, 이는 북방 사람들이 대나무를 보지 못하고서 한 말이다. 『한서漢書』에 "기원淇園의 대나무를 베어다가 둑을 만든다"는 표현이 있다.

구순寇恂이 하내河內 태수太守가 되어 기원의 대나무를 벌목해서 백여만 개의 화살을 만들었다. 『시경·위풍衛風·죽간竹竿』에 다음과 같은 시구가 있다.

가늘고 긴 대나무 줄기로 낚싯대를 만들어,	籊籊竹竿,
기수가에서 물고기 낚네.	以釣于淇.

녹죽綠竹이라는 말은 의미가 분명하지 않은가! 만약 백각사白腳莎나 녹두菉豆 같은 풀이라면, 어찌 무성하고[猗猗] 푸를[靑靑] 수 있겠는가?[28]

8. 공자는 제나라를 토벌하려 했다 孔子欲討齊

진성자陳成子가 제齊 간공簡公을 시해하였다. 공자는 노魯 애공哀公에게 제나

27 『韓詩』: 『시경』은 구전으로 전해지다가 문자로 기록되었기에 내용이 조금씩 차이가 났다. 가장 대표적인 세 가지를 '삼가시三家詩'라 하는데, 노시魯詩·제시齊詩·한시韓詩이다. 이들 『시경』은 한대漢代의 문자인 예서隸書로 기록되었기 때문에 금문시경今文詩經이라 한다.

28 『위풍·기오』의 첫 장은 "瞻彼淇奧첨피기오, 綠竹猗猗녹죽의의"이고 둘째 장은 "瞻彼淇奧첨피기오, 綠竹靑靑녹죽청청"이다. 푸른 대나무의 특징을 '猗猗'와 '靑靑'으로 표현한 것이다.

라를 칠 것을 요청했다. 그러자 노애공이 말했다.

"삼자三子[29]에게 물어야 하오."

공자는 삼자에게 알렸으나 불가하다고 했다.
『좌전』의 관련 기록을 보자.

> 공자가 제나라를 칠 것을 청하자 애공이 말했다.
> "우리 노나라는 제나라로 인해 쇠약해진 지 이미 오래되었소. 그런데 그대는 쇠약해진 노나라를 가지고 제나라를 치자고 하니 무엇을 가지고 그리하겠다는 것이오?"
> 공자가 대답했다.
> "진상陳常[30]이 그의 군주를 시해했고 제나라 백성 중 그를 편들지 않는 사람이 반은 됩니다. 그러니 우리 노나라 백성과 진항에 반대하는 제나라 백성이 합세하면 승리할 수 있습니다."[31]

사람들은 공자가 어찌 힘의 강약을 비교한 것이겠느냐며 대의를 분명히 했을 뿐이라고 한다. 인심에 순응하여 하늘을 대신해 벌하는 것이니 어찌 이기지 못할 것을 걱정하겠는가! 만약 노나라 군주가 공자의 의견을 따라 공자를 주나라에 파견하여 천자에게 간청하게 했다면, 진성자의 죄악을 드러내고 명분을 세울 수 있었을 것이다.

노나라가 제나라를 이길 수 있는지의 여부는 공자에게 부차적인 것이었다. 생각건대, 노나라가 제나라를 칠 수 없다는 점과 삼자三子가 제나라를 공격하지 않으려 할 것이라는 점, 주나라가 제나라를 토벌할 수 없다는 것은 나라 사람들 모두가 알고 있었을 것이다. 공자의 이런 행동이 어찌 정말 제나라의 절반밖에 되지 않는 노나라의 힘으로 제나라와 적이 되려 한

29 三子 : 당시 노나라 국정을 전횡하던 삼대 귀족 세력, 즉 맹손씨孟孫氏·숙손씨叔孫氏·계손씨季孫氏를 가리킨다.

30 진성자陳成子. 『좌전』 원문에는 '陳恒진항'으로 되어있다. 원래 본명이 진항인데, 한 문제의 이름이 '恒항'이기 때문에 피휘하여 '常상'으로 바꾸었다.

31 『좌전·노애공14년』.

것이겠는가?

당시 삼자의 안중에는 진성자와 마찬가지로 군주가 없었다. 공자는 위로는 애공을 깨닫게 하고, 아래로는 삼자에게 경고하고자 했던 것이다. 만약 애공이 공자의 뜻을 깨달았다면, 삼자가 국정을 농단하는 실상을 파악하고 이들을 제압하기 위해 공자를 기용하여 국정을 맡겨야 했다. 그렇게 했다면 군주와 신하의 명분을 바로잡는 것은 어렵지 않았을 것이다.

만약 삼자가 그 경고를 깨달았다면 다음과 같이 생각했을 것이다.

> 노나라는 분명 제나라보다 작은데도 제나라 신하가 군주를 시해한 것을 토벌하고자 하니, 만약 우리 세 신하가 그 같은 불경을 행한다면 제나라나 진나라 같은 대국이 가만 두겠는가!

그러나 안타깝게도 군주와 신하가 모두 성인의 깊은 뜻을 이해하지 못했다. 이로부터 2년 후 공자는 죽었고, 11년 후 애공은 결국 삼자에게 쫓겨나 월越나라로 망명하였다. 제나라 간공簡公과 비교해 겨우 목숨만을 보전했을 뿐이다.

9. 한유 韓退之

『구당서舊唐書·한유전韓愈傳』[32]에 이러한 내용이 있다.

> 한유는 항상 위진魏晉 이후 오랫동안 글을 짓는 자들이 대부분 대구對句에만 구속되고 경전의 의미는 소홀히 한다고 여겼다. 그래서 그는 자신의 뜻을 펼쳐 문장을 지음으로써 스스로 일가를 이루었고, 후학들은 그의 글을 문장의 모범으로 삼았다. 당시 글을 짓는 사람들이 많았지만 그를 능가하는 사람이 없었기에, 세상 사람들이 한유의 문장을 칭송했다.
>
> 때로 재능을 믿는 분방함으로 공맹孔孟의 뜻에 위배되기도 했다. 예를 들면 남

32 韓愈(768~824) : 당나라 문학가·사상가. 자 퇴지退之. 유가 사상을 추존하고 불교를 배격하여 송대 성리학의 선구자가 되었으며, 기존의 대구對句를 중심으로 짓는 변문駢文에 반대하고 자유로운 고문古文을 주창하여 문체개혁을 주도하였다.

방 사람들이 유종원柳宗元[33]을 나지신羅池神으로 모시자,[34] 한유는 이를 비문으로 지어 후세에 남겼다.[35] 이하李賀[36] 부친의 이름에 '晉진'자가 있어 아들인 이하가 진사進士 시험에 응시할 수 없게 되자 한유는 이하를 위해 「휘변諱辯」을 지어 그에게 진사에 응시하도록 권했다.[37] 그리고 「모영전毛穎傳」의 풍자와 해학은 인정人情에 맞지 않는다.[38] 이 문장들은 매우 그릇된 것이다. 『순종실록順宗實錄』은 번다함과 간략함이 마땅하지 않고 자료의 취사선택에서 타당하지 못한 부분이 있어, 당시 비난을 받았다.

배도裴度[39]가 이고李翺[40]에게 보낸 답신에 이런 내용이 있다.

한유를 안 지 오래되었는데 그는 실로 재능이 뛰어난 사람입니다. 그러나 근자에 동년배들이 하는 얘기를 듣자니, 그가 자신의 재능을 자신하여 규범을 벗어나

33 柳宗元(773~819) : 당나라 문학가. 자 자후子厚. 하동河東(지금의 산서성山西省 영제시永濟市) 사람. 순종 때 유우석 등과 함께 왕숙문의 정치개혁에 동참했다가 실패 후 영주永州(지금의 호남성湖南省 영릉零陵) 사마로 좌천되어 9년의 세월을 보냈다. 이후 다시 유주柳州(지금의 광서성廣西省) 자사로 폄적되었다. 유종원은 당송팔대가의 한 사람으로 변문騈文을 반대하고 한유와 함께 중당의 고문운동을 주도하였다. 산수유기문과 우언문이 탁월하다.

34 유종원은 유주에서 4년간 부임하며, 유주 백성들에게 선정을 베풀었다. 그가 죽은 뒤, 유주 백성들은 나지羅池에 사당을 세우고 유종원을 나지신羅池神으로 모셨다.

35 한유는 「유주나지묘비柳州羅池廟碑」를 지었다.

36 李賀(790~816) : 중당 시기 시인. 자 장길長吉. 특출한 재능과 초자연적 제재를 애용하는 데 대해 '귀재鬼才'라는 명칭이 붙었던 천재 시인이었으나, 27세로 요절하였다.

37 이하의 아버지 이름은 진숙晉肅이다. 당시 이하의 재주를 시기하던 사람들은 그를 비방하여, 아버지 진숙의 진晉은 진進과 음이 같으므로 아들은 진사와 관계된 일은 피해야 한다고 했다. 이에 한유는 「휘변」을 써서 "아버지의 이름에 '진자'가 있어서 아들이 진사시험을 보지 못한다면, 아버지 이름이 '인仁'이라면 아들은 인人, 즉 사람 노릇을 하지 말아야 하느냐?"며 이하의 입장을 적극 변호 옹호했지만, 이하는 끝내 진사 시험을 볼 수 없었고, 죽을 때까지 9품의 말단 관리직밖에 지내지 못했다.

38 「모영전」은 붓을 의인화하여 전기를 쓴 작품으로, 붓으로 상징되는 문인들의 삶 혹은 문인인 자신이 황제에게 총애를 받지 못하는 현실에 대한 원망을 담고 있다고 해석된다. 허구적이고 유희적인 내용 때문에 당시 문단에서 적지 않은 논란이 일어났다. 대부분의 문인들은 한유의 이 같은 '글로 유희를 삼는[以文爲戱]' 태도가 경건하고 엄숙해야할 작문의 태도에 위배되는 것이라 보았으며, '잡스럽고 실없는 이야기[無實駁雜之說]'라며 비난했다.

39 裴度(765~839) : 당나라의 재상. 자 중립中立. 당 헌종 시기 재상에 임명되었으며, 회서를 평정한 공으로 진공晉公에 봉해졌기 때문에 배진공이라 불렸다.

40 李翺(772~841) : 당나라 학자이자 문인. 자 습지習之. 한유의 제자였지만, 사상적으로는 스승이 불교를 배척한 것과는 달리, 그는 불교사상을 채택하여 심성心性문제에 대한 새로운 이해를 보였다.

격식을 갖추지 않은 글을 쓰면서, 재미삼아 쓴 것이라고 말합니다. 이것이 가당키나 한 것입니까? 지금 재능이 그보다 못한 사람들은 크게 경계해야 할 것입니다.

『구당서』에서 한유를 그릇되다 한 것은 비난할 수 없지만, 배도 또한 이렇게 이야기한 것은 왜인가? 배도가 이 서신을 쓴 시기를 고찰해보니, 명예와 직위가 아직 현달하지 않았을 때였다. 서신의 말미에 이렇게 써 있었다.

어제 찾아온 아우는 제가 기회를 만나 공명을 이루기를 바란다고 했습니다. 저도 예전에는 명성을 구했었지만, 감히 스스로를 뛰어나다고 여기지 않습니다. 지금 이처럼 처량하고 실의한 신세인데 어찌 관직을 바라겠습니까? 그러므로 친구의 권면을 따르지 못하고 다만 열심히 밭을 일구며 근근이 하루하루를 살아갈 뿐입니다.

그러나 이후 배도는 회서淮西에 출정하면서 한유를 행군사마行軍司馬로 임명할 것을 요청하였고, 또 한유에게 「평회서비平淮西碑」를 쓰도록 추천했다.[41] 이는 이 편지로부터 수년 후의 일이다. 이 때 두 사람의 서로에 대한 깊은 이해는 이전에 비할 수 없는 것이었다.

10. 황제의 생일 축하연 誕節受賀

당 목종穆宗[42]은 즉위 첫 해에 조서를 내렸다.

7월 6일은 짐의 탄생일이다. 이 날 백관들과 그 부인들은 광순문光順門으로 와서 참배하도록 하라. 짐은 문 안에서 백관을 만나겠다.

그러나 이튿날, 다시 조서를 내려 백관들의 축하를 받는 의식을 취소하겠다

41 817년 회서淮西 절도사였던 오소양吳少陽이 죽자 그 아들 오원제吳元濟가 반란을 일으켰다. 배도는 이 반군을 평정하기 위한 진압군의 사령관으로 임명되었고, 배도는 한유를 자신의 참모로 추천하였다. 회서평정은 한유의 벼슬길 중 가장 화려한 업적이 되었으며, 한유는 이 공로를 인정받아 형부시랑刑部侍郎에 임명된다. 한유는 또한 헌종憲宗의 칙명으로 회서를 평정한 기념비문인 「평회서비」를 지었다.

42 穆宗(795~824 / 재위 820~824) : 당나라 12대 황제 이항李恒.

고 했다. 원래는 좌승左丞 위수韋綬가 상주하여 황제의 허가를 받았는데, 재상들이 고대에 생일날 축하를 받은 예법이 없었다는 이유로 의식을 철회할 것을 상주하였던 것이다. 그러나 이듬해 다시 축하 의례가 행해졌다.

황제의 생일을 제도화 하는 것은 현종 때 시작되었다. 현종은 천하 백성들에게 3일 동안 연회를 베풀며 쉬도록 하였다. 숙종肅宗[43]도 이와 같이 했다. 대종代宗[44]·덕종德宗[45]·순종順宗[46] 시기에는 모두 이 날을 명절로 치지 않았으나, 문종文宗[47] 이후에 현종 때처럼 연회를 베풀었다. 황제가 탄신일에 백관의 축하례를 받는 것은 장경長慶[48] 연간에 시작되어 지금까지 행해지고 있다.

11. 『좌전』의 서사 左氏書事

『좌전』에서는 진혜공晉惠公[49]이 진목공秦穆公[50]을 배반한 일에 대해 다음과 같이 기록하고 있다.

> 진혜공晉惠公이 자기 나라로 들어갈 때, 목공의 부인은 진혜공에게 올케인 가군賈君[51]을 잘 돌봐달라고 부탁하면서 말했다.

43 肅宗(711～762 / 재위 756～762) : 당나라 제7대 황제 이형李亨.
44 代宗(726～779 / 재위 762～779) : 당나라 8대 황제 이예李豫. 현종의 손자이자 숙종의 큰아들로, 안사의 난 때 공을 세웠다.
45 德宗(742～805 / 재위 779～805) : 당나라의 제9대 황제. 대종의 장자 이괄李適.
46 順宗(761～806) : 당나라 10대 황제로 이송李誦. 805년 즉위하였으나, 병으로 재위기간이 일 년도 되지 않는다.
47 文宗(809～840 / 재위 826～840) : 당나라 제14대 황제 이앙李昂.
48 長慶 : 당 목종 시기 연호(821～824).
49 晉惠公 : 진헌공의 아들 이오夷吾. 헌공이 죽자 고 진나라가 내분에 휩싸이게 되면서 임금 자리가 공석이 된다. 망명해 있던 둘째 아들인 중이는 난을 틈타 귀국할 수 없다며 왕으로 추대되는 것을 사양하였다. 이오는 진목공에게 하외河外(황하의 서쪽)의 다섯 성을 할양하겠다고 하고서, 진나라의 도움으로 권좌에 오르게 된다.
50 秦穆公(재위 B.C.660～B.C.621) : 춘추시대 진秦나라의 9대 군주로 춘추오패의 한 사람이다.
51 賈君 : 헌공의 정실인 가희賈姬의 여동생으로 언니가 죽은 후 헌공의 첩이 되었다. 언니와 마찬가지로 자식이 없어 제강이 낳은 여자아이를 기르게 되었는데, 이 후 진목공의 아내가 되었다. 진목공의 아내는 진혜공에게 가군을 부탁했으나, 진혜공은 돌아와 가군과 간통하였다.

"각 나라로 도망간 여러 공자들을 받아들여, 그들이 모두 귀국할 수 있도록 조치해야 하오."

그러나 진혜공은 보위에 오른 뒤 오히려 가군과 간음하고 여러 공자들을 불러들이지도 않았다. 이 때문에 진목희가 진혜공을 원망하게 되었다. 당시 진혜공은 또 대부들에게 본국으로 가 군주가 되면 후한 보상을 하겠다고 약속했지만, 아무런 약속도 지키지 않았다. 진목공에게는 황하 이남 지역의 연이은 다섯 성을 포함해 동쪽으로는 괵虢[52]땅 일대와 남쪽으로는 화산華山[53], 내지로는 해량성解梁城[54]까지의 땅을 주겠다고 약속했으나, 나중에 주지 않았다.[55]

또 진晉나라에 기근이 들었을 때 진秦나라에서는 곡식을 실어 보냈으나, 막상 진秦나라에 기근이 들었을 때 진晉나라는 곡식을 팔지 않았다. 그래서 진秦목공이 진晉나라를 친 것이다.[56]

이 대목을 보면 마치 옥리가 죄수를 다스릴 때 법령을 말하며 죄를 판결하는 것 같으니, 설사 고요皐陶[57]라 하더라도 어찌 피해 도망갈 재간이 있었겠는가? 한원韓原의 전쟁[58]은 보지 않더라도 그 곡직과 승부의 정황은 절로 알 수 있다.

진晉 여공厲公이 진秦나라와 단교를 선언하면서 진秦나라의 다섯 가지 죄상을 나열한 것을 보면[59], 언사가 강하고 힘이 있으며 문장의 묘미를 다하고 있지만 실상은 모두 진나라를 무고한 것이다. 그러므로 『좌전』에는 이렇게 되어있다.

52 虢 : 지금의 하남성河南省 영보靈寶, 산서성山西省 평륙平陸 일대.

53 華山 : 지금의 섬서성陝西省 화음현華陰縣 경내.

54 解梁城 : 산서성 임진현 남쪽.

55 혜공은 목공이 즉위를 도와주면 서북쪽으로는 하서의 다섯 성, 서남쪽으로는 화산, 동남쪽으로는 옛 괵땅, 그리고 수도에 가까운 해량성까지 다 주겠다고 했다. 그러나 진나라로 돌아와 즉위한 후, 진나라에 사신을 보내 사과하며 대신들의 반대로 땅을 줄 수 없다고 했다.

56 『좌전·노희공 15년』.

57 皐陶 : 고대의 전설상의 인물. 순舜임금의 신하로, 구관九官의 한 사람이다. 법을 세우고 형벌을 제정하였으며, 옥獄을 만들었다고 한다.

58 韓原의 전쟁 : B.C. 645년, 진목공과 진혜공이 한원(지금의 산서성 하진현河津縣과 만영현萬榮縣 사이)에서 벌린 전투. 진혜공은 대패하여 진나라의 인질이 되어 2달여간 억류되었다가 하외의 5성을 할양한다는 조건을 수락하고 풀려난다.

59 『좌전·노성공 13년』.

진환공秦桓公은 이미 진여공晉厲公과 영호지맹令狐之盟을 맺었으나, 또 적인狄人과 초楚나라를 끌어들여 그들과 함께 진晉나라를 치려 했다.

두예杜預[60]는 "이 세 가지 일에 근거해서 진秦나라의 죄를 분명히 하였다"고 주를 달았다. 좌구명左丘明[61]의 글은 전개가 기복이 있고 상황을 확실하게 설명한다. 진秦나라와 진晉나라의 두 전쟁을 보면 그 일단을 볼 수 있다.

12. 호돌의 언사 狐突言詞有味

진헌공晉獻公[62]이 태자 신생申生에게 동산東山의 고락씨皐落氏[63]를 정벌하게 했다. 12월에 출병하게 하면서 좌우의 색깔이 다른 편의偏衣를 입히고 금으로 된 결玦[64]을 차게 했다. 『좌전』은 호돌狐突[65]이 한탄한 80여 마디의 말을 기록하고 있는데, 그 말의 의미는 다섯 층차로 구성된다.[66]

60 杜預(222~284) : 육조 진晉나라 학자이자 정치가. 자 원개元凱. 저서 『춘추좌씨경전집해春秋左氏經傳集解』는 종래 별개의 책으로 되었던 『춘추春秋』의 경문經文과 『좌씨전左氏傳』을 한 권의 책으로 정리하여, 춘추학으로서의 좌씨학을 집대성하였다.

61 左丘明 : 중국 춘추 시대의 학자. 공자와 같은 무렵, 또는 약간 후대나 앞선 시기의 노魯나라 사람으로 추정하고 있으며, 『춘추좌씨전』과 『국어國語』의 지은이로 알려져 있다. 『사기史記』에서는 그가 눈이 멀었다고 했기에, '맹좌盲左'라고도 한다.

62 晉獻公 : 진헌공은 부친의 첩인 제강齊姜과 간통하여 태자 신생申生을 낳았다. 이후 진헌공은 호족狄族 호씨狐氏의 딸 둘을 취해서 중이重耳와 이오夷吾를 얻었다. 중이는 훗날 패자霸者가 된 진문공晉文公이다. 이후 진헌공은 다시 여희驪姬를 아내로 삼아 해제奚齊를 낳았다. 진헌공은 여희를 총애했기 때문에 해제를 태자로 바꿀 마음이 생겼다. 게다가 신생은 자질이 뛰어났고 인망도 있었기에 헌공은 이를 질투하며 두려워했다. 이에 여희는 자신의 아들인 해제를 제위에 오르게 하기 위해 태자 신생을 참소하였다. 결국 신생은 스스로 죽음을 택했으며, 중이重耳와 이오夷吾도 외국으로 망명하였다.

63 皐落氏 : 지금의 산서성 원곡현垣曲縣 부근에 자리잡고 있던 적족의 일파이다. 이들은 남쪽으로는 주나라, 서쪽으로는 진나라를 바라보는 산지에 자리 잡고 있다가 기회를 보아 평원지대를 약탈하곤 했다. 때문에 진이 이들을 쳐야 했던 전략적 필요성도 있었지만, 이는 신생을 전장에 몰아넣고 헌공과 멀어지게 만들려 한 여희의 간계이다.

64 玦 : 옥으로 만든 한쪽이 끊어진 고리를 말하며, 결단을 상징한다.

65 狐突 : 공자 중이와 이오의 모친인 적족 호씨의 아버지, 즉 외할아버지이다.

66 『좌전·노민공 2년』.

첫 번째는 "시절이라는 것은 일의 성패를 알려주는 징후이며, 옷이라는 것은 신분을 나타내는 징표이며, 몸에 차는 것은 속마음을 보여주는 상징물이다."
두 번째는 "일에 신중하려면 계절의 시작인 봄에 명해야 하고, 옷을 입을 때는 순정한 색으로 하고, 차는 물건을 줄 때는 마음을 드러내는 것으로 법도에 맞게 해야 하는 것이다."
세 번째는 "지금 계절이 끝나가는 겨울에 명을 내린 것은 일이 제대로 풀리지 못하게 한 것이고, 잡색의 옷[尨服]을 입게 한 것은 태자를 멀리 떼어놓으려는 것이고, 금결金玦을 차게 한 것은 태자의 충심을 져버리고자 하는 것이다."
네 번째는 "편의偏衣를 입혀 태자를 멀리하고 때를 어겨 일을 막히게 하였다."
다섯 번째는 "방尨은 얇음[涼], 동冬은 죽음[殺], 금金은 차가움[寒], 결玦은 이별[離]을 뜻한다."

글의 전개가 구성지고 의미심장하여 곱씹어 볼만한 구절이다. 『국어國語』에서도 이러한 문체를 많이 구사하였는데, 여섯, 일곱 층차로 되어있기도 하다. 그러나 대부분 느슨하고 적절함이 부족하다.

13. '宣髮선발'의 의미 宣髮

「고공기考工記」[67] 중 "수레를 만들 때 그 반지름을 '선'이라고 하였다.[車人之事, 半矩謂之宣]"에 대해 주에서는 이렇게 해석했다.

머리카락이 희게 변하고 빠지는 것을 '선宣'이라 한다. 『주역周易』의 '손위선발巽爲宣髮'이 이것이다. 선宣자는 본래 '과寡'자로 쓰기도 한다.

『주역』의 '손위과발巽爲寡髮'에 대해 『경전석문經典釋文』에는 다음과 같은 설명이 있다.

'과寡'자는 본래 '선宣'자이다. 흰머리와 검은 머리가 섞여 있는 것을 '선발宣髮'이라 한다.

'선발宣髮'이라는 표현은 기이하다.

67 「考工記」: 『주례周禮』의 편명으로 백공百工에 관한 것을 기술하였다.

14. 주 문공과 초 소왕 邾文公楚昭王

춘추시대 주邾나라 문공文公이 역繹[68] 땅으로 천도하고자 그 길흉의 여부를 사관에게 점치게 했다. 사관이 말했다.

"천도는 백성에게는 이롭지만, 주군에게는 불길합니다."

주문공이 대답했다.

"나의 사명은 백성을 보호하는 데 있다. 나의 생사는 시간의 문제일 뿐이니, 백성에게 이롭다면 천도해야 한다."

결국은 역 땅으로 천도했고, 얼마 못 가 주문공은 죽었다. 군자가 이 일을 두고 말했다.

"주문공은 천명을 아는 사람이다."

초楚나라 소왕昭王 말년, 붉은 구름이 마치 새 떼처럼 몰려와 사흘 동안 태양의 주위를 감쌌다. 주周나라 태사太史가 말했다.

"붉은 구름이 태양을 가리는 것은 왕의 몸이 좋지 않을 징조입니다. 제사를 올려 하늘에 기도하면, 재앙을 영윤令尹과 사마司馬에게 옮길 수 있습니다."

소왕이 말했다.

"가슴의 병을 팔다리로 옮긴들 무슨 소용이 있겠소? 내게 큰 잘못이 없는데 하늘이 나를 금방 죽이기야 하겠소? 만약 죄가 있어 벌을 받는 것이라면 어찌 피할 수 있겠소?"

결국 제사를 지내지 않았다. 공자가 말했다.

"초나라 소왕은 도리를 아는 사람이다. 그가 나라를 잃지 않은 것은 당연한 일이다."

68 繹 : 지금의 산동성 추현鄒縣 동남쪽 역산嶧山. '嶧'은 '繹'자와 통한다.

송宋나라 경공景公이 세 마디 말로 불길한 형혹성熒惑星[69]을 옮겨 가게 했던 일도 주나라 문공, 초나라 소왕의 경우와 비슷한 것이었다.[70] 그러나 송나라 경공은 끝내 천수를 누리지 못했으니, 아! 하늘의 뜻은 이처럼 멀고 아득해서 알 수 없구나.

15. 당나라 재상 두종 杜悰

당唐 의종懿宗[71] 함통咸通 2년(861) 2월, 두종杜悰[72]이 재상이 되었다. 하루는 두 추밀사樞密使가 중서성中書省에 왔는데, 선휘사宣徽使[73]인 양공경楊公慶도 뒤따라 들어왔다. 양공경이 두종에게만 어명을 전달하자, 세 재상은 자리를 피하였다. 양공경이 서신을 꺼내 두종에게 건네주었다. 두종이 펼쳐보니 선종宣宗의 병이 위급할 때 환관들이 운왕鄆王[74]에게 감국監國[75]을 요청한 것이었다. 양공경이 말했다.

69 熒惑星 : 옛날, 화성火星의 별칭. 재화나 병란의 징조를 보여 주는 별이라 하여 붙인 명칭이다.

70 화성이 하늘의 심수心宿 구역을 침범했는데, 이 심수에 해당하는 땅이 바로 송나라였다. 경공이 이를 걱정하자 별을 관측하는 관리가 말했다. "재앙을 재상에게 옮길 수 있습니다." 경공은 "재상의 중요함은 과인의 팔다리에 비할 수 있소"라고 했다. "백성들에게 옮길 수 있습니다"고 하자, "군주란 반드시 백성에게 의지해야 하오"라고 했다. "한 해의 수확으로 옮길 수 있습니다"라고 하자, 경공은 "한 해의 수확이 좋지 않아 백성이 기근에 시달린다면, 과인은 누구를 믿고 군주 노릇을 할 수 있단 말이오." 이 말에 태사는 이렇게 대답했다. "주군께서 하신 세 마디 말씀으로 볼 때, 군주로서의 자격을 충분히 갖추고 계시니, 화성은 반드시 옮겨 갈 것입니다." 다시 관측해 보니 과연 화성이 3도度 옮겨 가 있었다.

71 懿宗(833~873 / 재위 859~873) : 당나라 제17대 황제. 선종宣宗이 병으로 사망한 뒤 환관들의 옹립으로 859년 제위에 올랐다. 사치스런 생활로 국고를 탕진하고 백성에게 세금을 중과하여 반란을 야기시켜, 당唐나라 멸망의 시작점을 이루었다.

72 杜悰(794~873) : 자 윤유允裕(영윤永裕이라는 설도 있음).

73 宣徽使 : 당나라 숙종 이후에 선휘남북원사를 두었다. 환관을 임용하였으며, 궁중의 여러 관서와 내시의 명부, 교사郊祀, 조회, 연회와 관련된 의식을 총괄한다.

74 鄆王 : 의종을 가리킨다. 의종은 선종의 장자로 운왕에 봉해졌었다. 선종은 기왕夔王 자滋를 태자로 임명하고 싶어했으나, 의종이 장자였기 때문에 임명을 망설이고 태자의 자리를 공석으로 두었다. 선종의 병이 위급해지자, 환관들은 조서를 사칭하여 운왕을 황태자로 책봉하였고 선종이 죽자 그를 황제로 추대하였다.

75 監國 : 군주가 친정을 할 수 없는 상황에서 대신이나 친척이 대신 섭정하는 것을 말한다.

"지금 운왕이 즉위하셨으니, 당시 재상 중 운왕의 감국을 반대하며 서명하지 않은 자는 마땅히 반역죄로 처벌해야 합니다."

두종은 여러 번 읽고는 다시 봉하여 양공경에게 되돌려주며 말했다.

"주상께서 서명하지 않은 자들을 처벌하고자 하신다면, 연영전延英殿에서 군신들을 대면하고서 성지를 반포하시면 됩니다."

양공경이 간 후 두종은 동료 추밀사 둘에게 말했다.

"환관과 조정대신들의 목표는 한가지입니다. 지금의 주상께서 즉위한지 얼마 되지 않았으니 인애를 우선으로 해야 마땅한데, 어찌 재상을 죽이는 일에 찬성할 수 있단 말이오! 만약 이러한 것이 예사로운 일이 된다면 중위中尉와 추밀樞密이 어찌 자기 목숨을 걱정하지 않을 수 있겠소!"

추밀사 둘은 서로 바라보며 침묵을 지키다가 천천히 말했다.

"공이 말씀하신 것을 주상에게 아뢰겠습니다. 공과 같이 도덕을 갖춘 사람이 아니라면 이 같이 할 수 없을 것입니다."

세 명의 재상이 다시 두종에게 와서 은근히 주상의 뜻이 무엇이었는지를 물었지만, 두종은 아무 말도 하지 않았다. 세 재상은 두려워하며 가족을 보존할 수 있게 해 달라고 애원했다. 두종이 말했다.

"너무 걱정하지들 마시오."

그리고는 더 이상 아무 말도 하지 않았다. 주상은 연영전에서 기쁜 낯빛으로 신하들을 맞이하였다. 이는 『자치통감資治通鑑』의 기록이다.

『신당서新唐書』에는 이렇게 기록되어 있다. 선종宣宗 시기 기왕夔王은 대명궁大明宮에 거주하였고, 운왕鄆王은 십육택十六宅[76]에 거주하였다. 선종의 병이

76 十六宅 : 당초 황실의 왕들은 봉국에서 지냈다. 현종 때부터 왕들은 봉국으로 가지 않고 모두 경성에 머물렀는데 개원연간 대저택을 지어 왕들을 거주하게 했고 십육택十六宅이라 불렀다. 무종武宗, 선종宣宗 모두 환관에 의해 십육택에서 추대되어 제위에 올랐다.

위중해지자 기왕을 옹립하도록 유조를 남겼으나, 중위中尉 왕종관王宗貫은 운왕을 옹립하였으니 이가 의종懿宗이다.

이후 추밀사樞密使 양경楊慶이 중서성에 와서는 두종에게만 읍을 했다. 다른 재상인 필함畢諴, 두심권杜審權, 장신蔣伸은 감히 들어오지 못하였다. 양경은 두종에게 환관들이 황제께 감국할 것을 요청한 상주문을 건네주었는데, 이는 대신 중 이름이 없는 자를 탄핵하라는 황제의 뜻을 전달한 것이었다. 두종은 앞에서와 마찬가지로 말하였고, 양경은 실망한 기색으로 돌아갔다. 황제의 분노도 함께 풀어졌다.

내가 이에 대해 고증해 보았다. 의종이 즉위한 날, 원래 4명의 재상이 있었으니 영호도令狐綯와 소업蕭鄴·하후자夏侯孜·장신蔣伸인데, 이때 장신만 재상의 직위에 있었고 나머지 세 사람은 모두 파면된 상태였다. 필함畢諴과 두심권杜審權은 의종이 직접 선발한 사람이므로 이 일과 관련이 없다. 황당한 야사에서 전해 오는 이야기를 『자치통감』과 『신당서』 두 책이 잘못 채용한 것이다. 사마광은 당나라 부분을 범조우范祖禹[77]에게 맡겼었다. 범조우는 자료를 꼼꼼히 살피고 채용하였을 것인데도 오히려 이와 같은 실수가 있었다. 아! 역사를 편찬하는 것은 실로 어려운 일이다.

16. 『신당서』의 재상표 唐書世系表

『신당서新唐書·재상세계표宰相世系表』는 모두 명문가 족보에서 자료를 취합하였기 때문에 오류가 많다. 특히 심씨沈氏 부분은 더욱 가소롭다. 대략의 내용은 이러하다.

심씨沈氏는 희성姬姓에서 나왔다. 주문왕周文王의 아들 담계聃季[78]는 자가 자읍子揖

77 范祖禹(1041~1098) : 북송의 학자. 자 순보淳甫. 『자치통감』의 편찬에 참여하였다. 『자치통감』은 사마광의 주재하에 유반劉攽이 전前·후한後漢을, 유서劉恕가 삼국三國으로부터 남북조南北朝까지를, 범조우范祖禹가 당唐나라와 오대五代를 각각 분담하여 기술하였다.

78 주나라 왕은 희성姬姓으로 희담계姬聃季이다.

으로 심沈땅에 봉해졌으니 지금의 여남汝南 평여平輿 심정沈亭이 이곳이다. 노魯나라 성공成公 8년, 진晉나라에게 멸망했다. 자읍子揖의 아들 령逞은 자가 수지脩之로 초楚나라로 달아나 결국 심씨沈氏가 되었다. 령逞은 가嘉를 낳았다. 가의 자는 유량惟良이다. 가嘉는 윤술尹戌을 낳았고, 술戌은 제량諸梁을 낳았고, 제량諸梁의 아들 윤사尹射는 자가 수문脩文이다. 한대漢代에는 제왕齊王 태부太傅의 부덕후敷德侯가 된 자도 있고, 표기장군驃騎將軍도 있었고, 팽성후彭城侯도 있었다.

심약沈約[79]이 쓴 『송서宋書』[80] 서문은 다음과 같다.

금천씨金天氏의 후예로 심국沈國은 여남汝南 평여平輿에 있었다. 정공定公 4년 채蔡나라에게 멸망당했다. 진秦나라 말엽 영逞이라는 사람이 있었는데, 황제가 불러 승상을 삼으려 했지만 나가지 않았다.

이 이후의 기록은 『신당서·재상세계표』와 같다.

고찰해보니, 담계聃季가 책봉을 받았던 나라는 심씨沈氏와 하등의 관계가 없다. 『춘추春秋』 성공成公 8년, 진晉나라가 심沈나라를 침략하여 심자읍沈子揖을 잡았다. 소공昭公 23년, 오吳나라가 계보雞父[81]에서 돈頓과 호胡·심沈·채蔡나라 군대를 격파하면서 심자읍沈子揖의 아들 심자령沈子逞이 죽었다. 정공定公 4년 채蔡나라가 심沈나라를 멸망시키고 심자가沈子嘉를 죽였다. 「재상세계표」에서 담계聃季의 자가 자읍子揖이라고 했는데, 성공 8년에 진나라에 의해 죽임을 당했으니, 이렇게 되면 문왕의 아들은 5백 여 년이나 살아있었던 것이 된다. 심자령沈子逞은 오나라에 의해 죽음을 당했는데, 「재상세계표」에서는 초나라로 도망했다고 했고, 『송서』에서는 진나라에서 불러 승상으로 삼으려 했다고 되어있다. 심윤술沈尹戌이 초楚나라 장수가 되어 백거柏擧[82]에서 전사한 때는 바로 가嘉가 죽은 시기와 같은데 「재상세계표」에서는 가嘉의 아들이라고

79 沈約(441~513) : 남조시기 문인. 자 휴문休文. 그의 시는 세밀한 염정艶情을 노래하는 데 뛰어나 '궁체시宮體詩'의 선구가 되었다. 음운에도 밝아 중국어의 사성에 근거한 시의 팔병설八病說을 제창하여 근체시 성립에 기여하였다.

80 『宋書』 : 남조 송의 정사로 남조 제나라 무제武帝의 칙명으로 심약이 편찬하였다.

81 雞父 : 지금의 하남성河南省 고시현固始縣 남쪽.

82 柏擧 : 지금의 호북성湖北省 마성현麻城縣.

했다.

윤사尹射는 『좌전左傳·소공昭公 4년』에 보이고 애공哀公 시기의 제량諸梁은 그의 아들이다.[83] 또 춘추 시대 사람들은 자字를 지을 때 '자子'자를 붙이거나 항렬을 따랐는데, 어찌 수지脩之·유량惟良·수문脩文이 될 수 있는가? 『한서漢書·열후표列侯表』에 부덕후敷德候, 팽성후彭城侯가 어디 있는가? 「백관표百官表」에 표기장군驃騎將軍 심달沈達이라는 사람이 어디 있는가? 당시 문단의 종주인 심약이 조상의 이름과 관작에 대해 제대로 기록하지 못했다는 것만 해도 충분한 웃음거리인데, 두 심국沈國을 구분하지 못하기까지 했다. 금천씨金天氏의 후예인 심沈과 사姒·욕蓐·황黃 중에서 심沈씨는 분천汾川에 책봉받았는데 진晉나라에게 멸망당했다.

『춘추』에서 심씨는 여남汝南에 책봉되었고, 채蔡나라에게 멸망당했다. 심약은 두 심국을 하나로 합쳤으니, 그는 『좌전』도 안 읽어봤단 말인가? 구양수도 이에 대해 고증을 거치지 않았으니 안타까운 일이다.

17. 노 소공 魯昭公

춘추시대 열국의 군주들이 사직을 잃으면 그 나라 사람들은 모두 그날로 다른 군주를 옹립하였지 자리를 비워두고 기다리지 않았다.

노魯나라 소공昭公[84]만은 예외였다. 소공은 계손의여季孫意如[85]에 의해 축출

83 원문에는 '좌전삼십사년左傳三十四年'이라고 되어 있으나 교감기에 의하면 이 구절에 탈문脫文이 있어 의미가 통하지 않는다고 했다. 청대 초본抄本에는 '삼십三十'이 '소사년지애昭四年至哀'라고 되어 있는데, 이렇게 하면 좌전의 내용과도 일치하고 의미도 통하지만, 홍매의 원문이 원래 이와 같은지는 알 수 없기 때문에 그대로 둔다고 하고 있다. 번역에서는 청대 초본에 근거하여 해석하였다.

84 魯昭公(B.C.560~B.C.510) : 춘추시대 노나라 군주. B.C. 542년 즉위하여 B.C. 517년 계손씨에게 축출되어 제나라, 진나라로 망명했다. 진나라에서 소공을 귀환시키고자 했으나 노나라에서 받아들이지 않았다. 510년 진나라 건후乾侯 땅에서 죽었다.

85 季孫意如 : 성은 '계季'고 '손孫'은 존칭으로 계평자季平子이다. 노나라 국정을 전횡했던 삼자 중 한 일족. 노소공이 계평자를 축출하려 하자, 숙손과 맹손이 군사를 보내 계평자를 지원하여 노소공을 공격하였고, 결국 노소공은 제나라로 망명하게 된다.

되어 제齊나라로 갔다가 다시 진晉나라로 가, 8년 동안 망명생활을 하다 죽었다. 의여는 노나라의 정사를 총괄하고 제사를 주관하며 예법에 따라 매년 제사를 주관하는 사람이 입었던 의복 등의 기물을 건후乾侯[86]로 보냈다. 소공이 죽은 다음해 영구가 노나라 고국으로 돌아오자, 소공의 동생인 공자公子 송宋[87]이 비로소 즉위하였다. 다른 나라에서는 이러한 일이 없었다.

노나라가 주周나라의 예법을 지켰기 때문에, 비록 불행히 군주는 축출되었지만 그 자리를 비워두면서 아무도 제위가 끊어지도록 하지 않은 것이다. 그 후 애공哀公은 월越나라로 도망갔고 『좌전左傳』의 기록은 여기에서 끝이 난다. 도공悼公이 언제 왕의 자리에 올랐는지는 알 수가 없다.

18. 옛 명칭을 잃은 주현 州縣失故名

지금 주현州縣의 명칭은 역대로 옮겨지고 행정 구획의 분할이 변동되면서, 종종 옛 명칭이 사라지기도 하고 혹은 주와 현이 같지 않은 곳도 있다. 예를 들어 건창군建昌軍[88]은 강서江西에 있지만, 건창현建昌縣은 남강군南康軍[89]에 속한다. 남강군南康軍은 강동江東에 있지만, 남강현南康縣은 남안南安에 속한다. 남안군南安軍[90]은 강서江西에 있지만, 남안현南安縣[91]은 천주泉州에 속한다. 소주韶州[92]는 시흥군始興郡이지만, 시흥현始興縣은 다른 곳에 속해 있다. 감주贛州는 남강군南康郡이지만, 남강현南康縣은 멀리 떨어진 울림주鬱林州[93]에 속하고, 울림

86 乾侯 : 당시 노소공이 있던 진나라 땅. 지금의 하북성河北省 위현魏縣.

87 公子 宋 : 소공의 뒤를 이은 정공定公이다.

88 軍 : 송대의 행정 구역. 송대에는 전국을 18로路로 나누고 그 아래 주州, 부府, 군軍, 감監을 두었다.

○ 建昌軍 : 관아官衙는 지금의 강서성江西省 남성현南城縣에 위치한다.

89 南康軍 : 관아는 지금의 강서성 성자현星子縣에 위치한다.

90 南安軍 : 관아는 지금의 강서성 대여현大餘縣에 위치한다.

91 南安縣 : 지금의 복건성福建省 천주시泉州市 관할 현.

92 韶州 : 지금의 광동성廣東省 소관시韶關市.

93 鬱林州 : 관아는 지금의 광서성廣西省 옥림시玉林市에 위치한다.

현鬱林縣은 귀주貴州[94]에 속한다. 계양군桂陽軍[95]이 있지만, 계양현桂陽縣[96]은 침주郴州에 속한다. 이러한 것들은 셀 수 없을 정도도 많다.

19. 엄주는 장주라 해야 한다 嚴州當爲莊

엄주嚴州[97]는 원래 목주睦州였는데, 선화宣和[98] 연간 방납方臘의 난[99] 때문에 개명하였다. 위엄威嚴의 뜻을 취하고자 했지만, 실은 후한後漢 시대 엄광嚴光[100]의 은거지였던 엄릉탄嚴陵灘에서 의미를 취한 것이다. 그러나 엄광의 성이 본래 장씨莊氏라는 것을 고찰하지 못한 것이다. 후한 시기 명제明帝[101]의 이름을 피휘하기 위해 장莊을 엄嚴으로 바꾸었다. 그러므로 역사가들이 엄광이라고 쓴 것이다. 후세는 본명인 장광이라 해야 한다.

94 貴州 : 지금의 광서성 귀항시貴港市.
95 桂陽軍 : 관아는 지금의 호남성湖南省 계양현桂陽縣에 위치한다.
96 桂陽縣 : 지금의 호남성 침주시郴州市 여성현汝城縣.
97 嚴州 : 지금의 절강성浙江省 건덕현建德縣 동북쪽 매성진梅城鎮.
98 宣和 : 북송 휘종徽宗 시기 연호(1119~1125).
99 方臘의 亂 : 북송北宋 말 목주睦州에서 방랍이 일으킨 농민 반란. 목주는 칠·딱·솔·삼나무 등의 생산으로 풍족한 생활을 한 곳으로, 방랍도 원래 칠원漆園의 경영자였다. 휘종徽宗 말 재상 채경蔡京이 궁정 장식품의 제작과 궁전 조영을 위한 목재의 매상, 정원 배치를 위한 죽석화목竹石花木의 채취를 위해 농민을 수탈하였다. 이에 1120년 방랍이 중심이 되어 반란을 일으켰다.
100 嚴光 : 본래 성은 장씨인데 한 명제 유장 때문에 피휘하여 성을 바꾸었다. 자 자릉子陵. 소시적 유수劉秀와 함께 수학하였다. 후에 유수가 광무제로 즉위하자 유광은 이름을 바꾸고 숨어버렸다. 광무제는 수소문 끝에 그를 찾아 조정으로 불러들였다. 광무제를 만난 엄광은 황제를 대하는 예를 갖추지 않고 대했으며, 광무제도 이를 개의치 않았다. 광무제가 그를 간의대부에 임명하려 했으나, 엄광은 사양하고 고향 부춘산富春山으로 돌아가 농사와 낚시를 즐기며 살았다.
101 明帝(28~75 / 재위 57~75) : 후한의 제2대 황제 유장劉莊.

••• 卷第六(十九則)

1. 建武中元

成都有漢蜀郡太守何君造尊楗閣碑, 其末云：「建武中元二年六月。」按范史本紀, 建武止三十一年, 次年改爲中元, 直書爲中元元年。觀此所刻, 乃是雖別爲中元, 猶冠以建武, 如文、景帝中元、後元之類也。又祭祀志載封禪後赦天下詔, 明言云：「以建武三十二年爲建武中元元年。」東夷倭國傳云：「建武中元二年, 來奉貢。」援據甚明。而宋莒公作紀年通譜乃云：「紀、志所載不同, 必傳寫脫誤。」學者失於精審, 以意刪去, 殆亦不深考耳。韓莊敏家一銅斗, 銘云：「新始建國天鳳上戊六年。」又, 紹興中郭金州得一鉦, 銘云：「新始建國地皇上戊二年。」按, 王莽始建國之後, 改天鳳, 又改地皇, 茲二器各冠以始元者, 自莽之制如此, 亦猶其改易郡名不常, 每下詔猶繫其故名之類耳, 不可用中元爲比也。

2. 帶職人轉官

紹興中, 王浚明以右奉直大夫直祕閣, 乞磨勘, 吏部擬朝議大夫, 時相以爲旣帶職, 則朝議、奉直爲一等, 遂超轉中奉。其後曾慥踵之。紹興末, 向伯奮亦用此, 繼而續觱復然。後省有言, 不應驀三級, 自是但得朝議。予按故事, 官制未行時, 前行郎中遷少卿, 有出身, 得太常, 無出身, 司農。繼轉光祿, 卽今奉直、朝議也。自少卿遷大卿、監, 有出身, 得光祿卿, 無出身, 歷司農卿、少府監、衛尉卿, 然後至光祿。若帶職, 則自少農以上徑得光卿, 不涉餘級, 至有超五資者。然則浚明等不爲過, 蓋昔日職名不輕與人, 故恩典亦異。又, 自承務郞至奉議詞人, 但三轉, 而帶職者乃與餘人同作六階不小異, 乃有司之失也。

3. 上下四方

上下四方不可窮竟, 正雜莊、列、釋氏之寓言, 曼衍不能說也。列子：「商湯問於夏革曰：『上下八方有極盡乎？』革曰：『不知也。』湯固問。革曰：『無則無極, 有則有盡, 朕何以知之？然無極之外, 復無無極, 無盡之中, 復無無盡, 無極復無無極, 無盡復無無盡, 朕是以知其無極無盡也, 而不知其有極有盡也, 焉知天地之表, 不有大天地者乎！』」大集經：「『風住何處？』曰：『風住虛空。』又問：『虛空爲何所住？』答言：『虛空住於至處。』又問：『至處復何所住？』答言：『至處何所住者, 不可宣說。何以故？遠離一切諸處所故, 一切處所所不攝故, 非數非稱不可量故, 是故至處無有住處。』」二家之說, 如是而已。

4. 魏相蕭望之

趙廣漢之死由魏相, 韓延壽之死由蕭望之。魏、蕭賢公卿也, 忍以其私陷二材臣於死地乎？ 楊惲坐語言怨望, 而廷尉當以爲大逆不道。以其時考之, 乃于定國也。史稱定國爲廷尉, 民自以不冤, 豈其然乎！宣帝治尙嚴, 而三人者又從而輔翼之, 爲可恨也。

5. 姓氏不可考

姓氏所出, 後世茫不可考, 不過證以史傳, 然要爲難曉。自姚、虞、唐、杜、姜、田、范、劉之外, 餘蓋紛然雜出。且以左傳言之：申氏出於四岳, 周有申伯, 然鄭又有申侯, 楚有申舟, 又有申公巫臣, 魯有申繻、申棖, 晉有申書, 齊有申鮮虞。賈氏姬姓之國, 以國氏, 然晉有賈華, 又狐射姑亦曰賈季, 齊有賈擧。黃氏嬴姓之國, 然金天氏之後, 又有沈、姒、蓐、黃之黃, 晉有黃淵。孔氏出於商, 孔子其後也。然衛有孔達, 宋有孔父, 鄭有孔叔, 陳有孔寧, 齊有孔虺, 而鄭子孔之孫又爲孔張。高氏出於齊, 然子尾之後又爲高彊, 鄭有高克, 宋有高哀。國氏亦出於齊, 然邢有國子, 鄭子國之孫又爲國參。晉有慶鄭, 齊有慶克, 陳有慶虎。衛有石碏, 齊有石之紛如, 鄭有石㚟, 周有石尙, 宋有石彄。晉有陽處父, 楚有陽丐, 魯有陽虎。孫氏出於衛, 而楚有叔敖, 齊有孫書, 吳有孫武。郭氏出於虢, 而晉有郭偃, 齊有郭最, 又有所謂郭公者。千載之下, 遙遙世祚, 將安所質究乎！

6. 畏無難

聖人不畏多難而畏無難。故曰：「惟有道之主能持勝。」使秦不幷六國, 二世未亡；隋不一天下服四夷, 煬帝不亡；苻堅不平涼取蜀、滅燕翦代, 則無肥水之役；唐莊宗不滅梁下蜀, 則無嗣源之禍；李景不取閩幷楚, 則無淮南之失。

7. 綠竹青青

毛公解衛詩淇奧分綠竹爲二物, 曰：「綠, 王芻也。竹, 萹竹也。」韓詩：竹字作薄, 音徒沃反, 亦以爲萹筑。郭璞云：「王芻, 今呼白脚莎, 卽菉蓐豆也。萹竹似小藜, 赤莖節, 好生道旁, 可食。」又云：「有草似竹, 高五六尺, 淇水側人謂之菉竹。」案此諸說, 皆北人不見竹之語耳。漢書：「下淇園之竹以爲楗。」寇恂爲河內太守, 伐淇園竹爲矢百餘萬。「衛詩又有「籊籊竹竿, 以釣于淇」之句, 所謂綠竹, 豈不明甚。若白脚莎、菉豆, 安得云「猗猗」、靑靑」哉！

8. 孔子欲討齊

陳成子弑齊簡公, 孔子告於魯哀公, 請討之。公曰：「告夫三子者。」之三子告, 不可。左傳曰：「孔子請伐齊, 公曰：『魯爲齊弱久矣, 子之伐之, 將若之何？』對曰：『陳常弑其君, 民之不與者半, 以魯之衆, 加齊之半, 可伐也。』」說者以爲孔子豈校力之强弱, 但明其義而已。能順人心而行天討, 何患不克！ 使魯君從之, 孔子其使於周, 請命乎天子, 正名其罪。至其所以勝齊者, 孔子之餘事也。予以爲魯之不能伐齊, 三子之不欲伐齊, 周之不能討齊, 通國知之矣。孔子爲此擧, 豈眞欲以魯之半力敵之哉？ 蓋是時三子無君, 與陳氏等, 孔子上欲悟哀公, 下欲警三子。使哀公悟其意, 必察三臣之擅國, 思有以制之, 起孔子而付以政, 其正君君、臣臣之分, 不難也。使三子者警, 必將曰：魯小於齊, 齊臣弑君而欲致討, 吾三臣或如是, 彼齊、晉大國肯置而不問乎！ 惜其君臣皆不識聖人之深旨。自是二年, 孔子亡, 又十一年, 哀公竟偪於三子而孫於越, 比之簡公, 僅全其身爾。

9. 韓退之

舊唐史韓退之傳, 初言：「愈常以爲魏、晉已還, 爲文者多拘偶對, 而經誥之指歸, 不復振起。故所爲文抒意立言, 自成一家新語, 後學之士取爲師法。當時作者甚衆, 無以過之, 故世稱韓文。」而又云：「時有恃才肆意, 亦盭孔、孟之旨。若南人妄以柳宗元爲羅池神, 而愈撰碑以實之。李賀父名晉, 不應進士, 而愈爲賀作諱辯, 令擧進士。又爲毛穎傳, 譏戲不近人情。此文章之甚紕繆者。撰順宗實錄, 繁簡不當, 敍事拙於取捨, 頗爲當代所非。」裴晉公有寄李翺書云：「昌黎韓愈, 僕識之舊矣, 其人信美材也。近或聞諸儕類云, 恃其絶足, 往往奔放, 不以文立制, 而以文爲戲, 可矣乎？今之不及之者, 當大爲防焉爾。」舊史謂愈爲紕繆, 固不足責, 晉公亦有是言, 何哉？考公作此書時, 名位猶未達, 其末云：「昨弟來, 欲度及時干進, 度昔歲取名, 不敢自高。今孤煢若此, 遊宦謂何！ 是不能復從故人之所勉耳, 但寘力田園, 苟過朝夕而已。」然則公出征淮西, 請愈爲行軍司馬, 又令作碑, 蓋在此累年之後, 相知已深, 非復前比也。

10. 誕節受賀

唐穆宗卽位之初年, 詔曰：「七月六日, 是朕載誕之辰, 其日, 百寮命婦宜於光順門進名參賀, 朕於門內與百寮相見。」明日, 又勅受賀儀宜停。先是, 左丞韋綬奏行之, 宰臣以古無降誕受賀之禮, 奏罷之, 然次年復行賀禮。誕節之制, 起於明皇, 令天下宴集休假三日, 肅宗亦然, 代、德、順三宗, 皆不置節名, 及文宗以後, 始置宴如初。則受賀一事, 蓋自長慶年, 至今用之也。

11. 左氏書事

左傳書晉惠公背秦穆公事, 曰:「晉侯之入也, 秦穆姬屬賈君焉, 且曰:『盡納羣公子。』晉侯烝於賈君, 又不納羣公子, 是以穆姬怨之。晉侯許賂中大夫, 旣而皆背之。賂秦伯以河外列城五, 東盡虢略, 南及華山, 內及解梁城, 旣而不與。晉饑, 秦輸之粟, 秦饑, 晉閉之糴。故秦伯伐晉。」觀此一節, 正如獄吏治囚, 蔽罪議法, 而皐陶聽之, 何所伏竄, 不待韓原之戰, 其曲直勝負之形見矣。晉厲公絶秦, 數其五罪, 書詞鏗訇, 極文章鼓吹之妙, 然其實皆誣秦。故傳又書云:「秦桓公旣與晉厲公爲令狐之盟, 而又召狄與楚, 欲道以伐晉。」杜元凱注云:「據此三事, 以正秦罪。」左氏於文反復低昂, 無所不究其至, 觀秦、晉爭戰二事, 可窺一斑矣。

12. 狐突言詞有味

晉侯使太子申生伐東山皐落氏, 以十二月出師, 衣之偏衣, 佩之金玦。左氏載狐突所歎八十餘言, 而詞義五轉。其一曰:「時, 事之徵也。衣, 身之章也。佩, 衷之旗也。」其二曰:「敬其事, 則命以始。服其身, 則衣之純。用其衷, 則佩之度。」其三曰:「今命以時卒, 閟其事也。衣之尨服, 遠其躬也。佩以金玦, 弃其衷也。」其四曰:「服以遠之, 時以閟之。」其五曰:「尨涼, 冬殺, 金寒, 玦離。」其宛轉有味, 皆可咀嚼。國語亦多此體, 有至六七轉, 然大抵緩而不切。

13. 宣髮

考工記:「車人之事, 半矩謂之宣。」注:「頭髮顥落曰宣。易:『巽爲宣髮。』宣字本或作寡。」周易:「巽爲寡髮。」釋文云:「本又作宣, 黑白雜爲宣髮。」宣髮二字甚奇。

14. 邾文公楚昭王

邾文公卜遷于繹。史曰:「利於民而不利於君。」邾子曰:「命在養民, 死之短長, 時也。民苟利矣, 遷也吉莫如之。」遂遷于繹, 未幾而卒。君子曰:「知命。」楚昭王之季年, 有雲如衆赤鳥, 夾日以飛三日。周太史曰:「其當王身乎? 若禜之, 可移於令尹、司馬。」王曰:「除腹心之疾, 而寘諸股肱, 何益! 不穀不有大過, 天其夭諸? 有罪受罰, 又焉移之。」遂弗禜。孔子曰:「楚昭王知大道矣, 其不失國也宜哉!」案, 宋景公出人君之言三, 熒惑爲之退舍, 邾文、楚昭之言, 亦是物也, 而終不蒙福, 天道遠而不可知如此。

15. 杜悰

唐懿宗咸通二年二月, 以杜悰爲相。一日, 兩樞密使詣中書, 宣徽使楊公慶繼至, 獨揖悰受宣, 三相起避。公慶出書授悰, 發之, 乃宣宗大漸時, 宦官請鄆王監國奏也, 且曰:「當時宰相無名者, 當以反法處之。」悰反復讀, 復封以授公慶, 曰：「主上欲罪宰相, 當於延英面示聖旨。」公慶去, 悰謂兩樞密曰：「內外之臣, 事猶一體, 今主上新踐阼, 固當以仁愛爲先, 豈得遽贊成殺宰相事！ 若習以性成, 則中尉、樞密豈得不自憂乎！」兩樞密相顧默然, 徐曰：「當具以公言白至尊, 非公重德, 無人及此。」三相復來見悰, 微請宣意, 悰無言。三相惶怖, 乞存家族。悰曰：「勿爲它慮。」旣而寂然。及延英開, 上色甚悅。此資治通鑑所載也。新唐史云：宣宗世, 夔王處大明宮, 而鄆王居十六宅。帝大漸, 遺詔立夔王, 而中尉王宗貫迎鄆王立之, 是爲懿宗。久之, 遣樞密使楊慶詣中書獨揖悰。它宰相畢諴、杜審權、蔣伸不敢進, 乃授悰中人請帝監國奏, 因諭悰劾大臣名不在者。悰語之如前所云, 慶色沮去, 帝怒亦釋。予以史考之, 懿宗卽位之日, 宰相四人, 曰令狐綯、曰蕭鄴、曰夏侯孜、曰蔣伸, 至是時唯有伸在, 三人者罷去矣。諴及審權乃懿宗自用者, 無由有斯事。蓋野史之妄, 而二書誤采之。溫公以唐事屬之范祖禹, 其審取可謂詳盡, 尙如此。信乎, 脩史之難哉！

16. 唐書世系表

新唐宰相世系表皆承用逐家譜諜, 故多有謬誤, 內沈氏者最可笑。其略云：「沈氏出自姬姓。周文王子聃叔季, 字子揖, 食采於沈, 今汝南平輿沈亭是也。魯成公八年, 爲晉所滅。沈子生逞, 字脩之, 奔楚, 遂爲沈氏。生嘉, 字惟良, 嘉生尹戌, 戌生諸梁, 諸梁子尹射, 字脩文。其後入漢, 有爲齊王太傅敷德侯者, 有爲驃騎將軍者, 有爲彭城侯者。」宋書沈約自叙云：「金天氏之後, 沈國在汝南平輿, 定公四年, 爲蔡所滅。秦末有逞者, 徵丞相不就。」其後頗與唐表同。案聃季所封。自是一國, 與沈了不相涉。春秋成公八年, 晉侵沈, 獲沈子揖。昭二十三年, 吳敗頓、胡、沈、蔡之師于鷄父, 沈子逞滅。定四年, 蔡滅沈, 殺沈子嘉。今表云聃季字子揖, 成八年爲晉所滅, 是文王之子壽五百餘歲矣。逞爲吳所殺, 而表云奔楚, 宋書云秦召爲丞相。沈尹戌爲楚將, 戰死於柏擧, 正與嘉之死同時, 而以爲嘉之子。尹射書於左傳三十四年, 始書諸梁, 乃以爲其子。又, 春秋時人立字皆從子及伯仲, 豈有脩之、惟良、脩文之比。漢列侯表豈有所謂敷德、彭城侯？百官表豈有所謂驃騎將軍沈達者？沈約稱一時文宗, 妄譜其上世名氏官爵, 固可 蚩誚, 又不分別兩沈國。其金天氏之裔沈、姒、蓐、黃之沈, 封於汾川, 晉滅之, 春秋之沈, 封於汝南, 蔡滅之, 顧合而爲一, 豈不讀左氏乎！歐陽公略不筆削, 爲可恨也。

17. 魯昭公

春秋之世, 列國之君失守社稷, 其國皆卽日改立君, 無虛位以俟者。惟魯昭公爲季孫意如所逐而孫于齊, 又適晉, 凡八年乃沒。意如在國攝事主祭, 歲具從者之衣屨而歸之于乾侯, 公薨之明年, 喪還故國, 然後其弟公子宋始卽位, 它國無此比也。豈非魯秉周禮, 雖不幸逐君, 猶存厥位, 而不敢絶之乎！ 其後哀公孫于越, 左傳終於是年, 不知悼公以何時立也。

18. 州縣失故名

今之州縣, 以累代移徙改割之故, 往往或失其故名, 或州異而縣不同者。如建昌軍在江西, 而建昌縣乃隸南康；南康軍在江東, 而南康縣乃隸南安；南安軍在江西, 而南安縣乃隸泉州；韶州爲始興郡, 而始興縣外屬贛州爲南康郡, 而南康縣外屬；鬱林爲州, 而鬱林縣隸貴州；桂陽爲軍, 而桂陽縣隸郴州。此類不可悉數。

19. 嚴州當爲莊

嚴州本名睦州, 宣和中以方寇之故改焉。雖以威嚴爲義, 然實取嚴陵灘之意也。殊不考子陵乃莊氏, 東漢避顯宗諱以「莊」爲「嚴」, 故史家追書以爲嚴光, 後世當從實可也。

••• 용재수필 권7(18칙)

1. 맹자가 기록한 백리해 孟子書百里奚

유종원柳宗元[1]은 「복두온부서復杜溫夫書」[2]에서 이렇게 말했다.

> 지식인들이 법칙에 어긋나게 조사를 사용하는 데, 호乎·여歟·야耶·재哉·부夫는 의문사이고, 이耳와 언焉은 판단사이다. 요즘 지식인들은 이런 품사들을 한 종류로 간주하는 데, 전대 뛰어난 이들이 품사들을 어떻게 사용했는가를 반드시 잘 살펴보고, 자신이 말하는 것과의 차이점을 깊이 생각하고 분석한다면 유익할 것이다.

내가 『맹자孟子』를 읽으면서 백리해百里奚[3]에 대해 언급한 구절을 보았다.

> 소를 먹이는 것을 가지고 진秦 목공穆公에게 벼슬을 구하는 것이 더러운 일임을 알지 못했다면, 어찌 지혜롭다고 할 수 있겠는가? 간할 수 없음을 알고 간하지 않았으니, 어찌 지혜롭지 않다고 할 수 있겠는가? 우공虞公이 멸망할 것을 알고

1 柳宗元(773~819) : 당나라 문인, 당송 팔대가의 한 사람. 자 자후子厚. 한유韓愈와 함께 고문古文 부흥 운동 제창했다.

2 「復杜溫夫書」 : 유종원이 가르침을 청하는 두온부杜溫夫의 편지에 답하여 쓴 것으로, 어휘사용의 표준을 제시하면서, 조사의 성질과 용법을 분석한 것이 그 주 내용이다.

3 百里奚(?~?) : 춘추시대의 정치가. 진晉 헌공獻公이 괵虢을 공격하기 위해 우공虞公에게 길을 빌려달라고 했을 때, 궁지기宮之寄는 우공에게 순망치한脣亡齒寒을 예로 들며 진나라의 청을 거절할 것을 간청했다. 간청이 받아들여지지 않자 궁지기는 우나라를 떠났고, 결국 괵을 멸망시킨 진나라에게 우나라는 멸망당하였다. 백리해는 진晉나라에 포로로 잡혀간 우공을 끝까지 보필하였고, 진秦나라에 시집가는 헌공의 딸을 보필하는 잉신孕臣으로 가게 되자 도망쳐, 초나라에서 말을 기르며 지냈다. 그러나 그의 재능을 알아본 진秦 목공穆公은 다섯 장의 양가죽으로 초왕을 포섭해서 백리해를 결국 진나라로 데려와 상경의 직책을 내리고 정사를 맡겼으며, 그는 진나라의 부국강병을 이끌며 진 목공을 도와 패왕의 대업을 이룩하는 데 기여했다.

먼저 떠나갔으니, 지혜롭지 않다고 말할 수는 없다. 그때 진나라에 천거되었고, 목공이 함께 일할 만하다는 것을 알고 그를 도왔으니, 어찌 지혜롭지 않다고 할 수 있겠는가?[4]

이 구절의 조사사용을 음미해보면, 그 거침없는 변화는 읽는 이에게 생동감 넘치는 감동을 전달하니, 두온부 같은 보통사람들은 구사할 수 없는 것이다.

2. 한유와 유종원이 말하는 글쓰기의 요지 韓柳爲文之旨

한유韓愈[5]는 이렇게 말하였다.

문장을 지을 때 위로는 순임금과 우임금, 『서경書經』의 「반경盤庚」[6]과 「대고大誥」[7], 『춘추春秋』[8], 『주역周易』, 『시경詩經』, 『춘추좌전春秋左傳』[9], 『장자莊子』[10], 「이소離騷」[11], 태사공太史公 사마천司馬遷[12]과 양자운揚子雲(양웅)[13]·사마상여司馬相如[14]의 문장을

4 『맹자·만장상萬章上』.

5 韓愈(768~824) : 당대唐代 산문의 대가, 시인, 당송팔대가 중 한 사람. 자 퇴지退之. 한문공韓文公이라고도 한다.

6 盤庚 : 상商나라 제왕의 이름이며, 『서경』의 편명. 반경이 늘 수해水害를 입는 수도를 황하黃河 이북 은殷 지방으로 옮기려고 계획하고, 이를 반대하는 제후와 대신들에게 천도의 필요성을 설명하고 훈계한 내용이 담겨있다.

7 大誥 : 주나라의 문장으로 『서경』의 편명이다. 주나라 성왕成王때, 은나라 마지막 왕인 주왕紂王의 아들 무경武庚과 주왕실의 관숙管叔과 채숙蔡叔이 반란을 일으켰을 때, 주공周公이 반란 진압을 위해 출병하기 전에 발표한 포고문이다. 성왕을 주체로 기술되어 있으며, 국가를 다스리는 일을 깊은 바다를 건너는 일에 견주었다. 상나라의 「반경」과 서주西周의 「대고」는 『서경』의 핵심 문장이기 때문, '은반주고殷盤周誥'로 『서경』을 대칭하기도 한다.

8 『春秋』 : 공자가 편찬했다고 전해지는 노魯나라 중심의 춘추시대春秋時代 편년체 역사서. 춘추시대라고 하는 시대 명칭이 이 책에서 비롯되었다.

9 『春秋左傳』 : 공자의 『춘추』를 좌구명左丘明이 해석한 책으로, 『춘추』와 어깨를 나란히 할 정도로 자료로서의 중요성이 높이 평가되는 역사서이다.

10 『莊子』 : 전국시대 철학가인 장주莊周가 썼다고 전해지는 중국 도가철학 사상의 대표작이다.

11 「離騷」 : 전국시대 초나라의 시인 굴원屈原이 쓴 시이다.

12 司馬遷(B.C.145~?) : 한나라의 역사가. 자 자장子長. 『사기史記』의 저자로 사관史官인 태사령太史令의 직책을 맡았기에 태사공太史公으로도 불린다.

13 揚雄(B.C.53~B.C.18) : 전한前漢 말기 사상가·문장가. 자 자운子雲. 6조六朝 도가사상의 선구적 저서로 알려진 『태현경太玄經』이 대표작이다.

살펴보고, 문장 속에 담아내는 내용을 넓히고 문장 바깥으로 드러내는 표현을 자유롭게 구사해야 한다.[15]

유종원은 이렇게 말하였다.

매번 문장을 지을 때마다 『서경』·『시경』·『예기禮記』[16]·『춘추』·『주역』을 근본으로 하고, 『춘추곡량전春秋穀梁傳』[17]을 참고하여 문장의 기세를 증가시키고, 『맹자』·『순자荀子』[18]를 참고하여 문장을 논리정연하게하고, 『장자』·『노자老子』[19]를 참고하여 문장의 단서들을 거리낌 없이 풀어놓고, 『국어國語』를 참고하여 문장의 정취를 넓히고, 「이소」를 참고하여 깊이 있는 문장을 쓰고, 태사공 사마천의 저서 『사기』를 참고하여 문장의 간결함을 드러내었다.[20]

이것이 한유와 유종원이 말한 글쓰기의 요지로, 학자라면 반드시 생각해야 할 것이다.

3. 이고의 문장론 李習之論文

이고李翺[21]는 「답주재언서答朱載言書」에서 글쓰기에 대해 자세하게 논하였다.

육경六經[22]은 뜻과 말을 창조함에 있어 서로 본받지 않았다. 그렇기에 『춘추』를

14 司馬相如(B.C.175~B.C.118) : 한나라 사부詞賦작가. 자 장경長卿. 「자허부子虛賦」·「상림부上林賦」등이 대표작이다.

15 「진학해進學解」.

16 『禮記』: 유가儒家 경전인 오경五經의 하나. 공자와 그 후학들이 지었다고 전해지면, 예법禮法의 이론과 실제를 풀이한 책이다.

17 『春秋穀梁傳』: 곡량적穀梁赤이 지은 것으로 공자의 『춘추』를 해설한 주석서. 『춘추좌전』·『춘추공양전春秋公羊傳』과 함께 '춘추삼전'이라 한다.

18 『荀子』: 성악설性惡說을 주장한 전국시대戰國時代 말기의 사상가 순자荀子의 언론을 모은 책이다.

19 『老子』: 제자백가 가운데 하나인 도가道家의 창시자인 노자老子가 썼다고 전해지는 도가경전으로 『도덕경道德經』이라고도 불린다.

20 「답위중립서答韋中立書」.

21 李翺(772~841) : 송대 성리학性理學의 선구자. 자 습지習之. 한유의 조카 사위이자 제자로 고문운동古文運動에 적극적으로 동참했다.

22 六經 : 유가의 중요경전으로 『시경』, 『서경』, 『예기』, 『악기樂記』, 『주역』, 『춘추』를 지칭

읽어보면 『시경』의 맛을 느끼지 못하고, 『시경』을 읽어보면 『주역』의 맛을 느끼지 못하고, 『주역』을 읽어보면 『서경』의 맛을 느끼지 못한다. 또 굴원屈原[23]과 장주莊周의 글을 읽으면 육경의 맛을 느끼지 못한다.

대산岱山[24]과 화산華山[25]·숭산嵩山[26]·형산衡山[27]은 높은 산이라는 공통점을 가지고 있지만, 초목의 무성함은 분명 다를 것이다. 제하濟河[28]와 회수淮水[29]·황하黃河·장강長江은 모두 발원지에서 흘러나와 바다로 흘러가는 강이라는 공통점을 가지고 있지만, 강의 굽이나 깊고 낮음은 분명 다를 것이다.

문장을 쓰는 법은 여섯 가지 종류가 있다고 할 수 있다.

특이한 것을 숭상하는 사람들은 '문장의 어휘는 기험해야만 한다'고 말하며, 이치를 좋아하는 사람들은 '문장의 서술이 논리적이면서 유창해야 한다'고 말한다. 유행을 좇는 사람들은 '문장은 반드시 대장을 이루어야 한다'고 말하고, 유행을 혐오하는 사람들은 '문장은 대구對句를 이룰 필요가 없다'고 말한다. 어려운 것을 좋아하는 사람들은 '의미심장해야 하며 쉬워서는 안 된다'고 말하고, 쉬운 것을 좋아하는 사람들은 '통속적이어야 하며 어려워서는 안 된다'고 말한다. 이상은 모두 편견에 치우친 견해이기에, 문장의 근본이라고 이해할 수는 없다.

문장의 의미가 깊지 않으면 논리적이지 못하고, 기이하고 아름다운 언어만 있게 되는데 「극진미신劇秦美新」[30]과 왕포王褒의 「동약僮約」[31]이 그러하다.

한다.

23 屈原(B.C.343?~B.C.278?) : 전국시대 초나라 정치가·시인. 학식이 뛰어나 초나라 회왕懷王의 좌도左徒의 중책을 맡아, 내정·외교에서 활약하기도 했다. 작품은 한부漢賦에 영향을 주었고, 문학사에서 뿐만 아니라 오늘날에도 높이 평가된다. 주요 작품에는 「이소離騷」와 「어부사漁父辭」 등이 있다.

24 岱山 : 중국 오악五岳의 하나인 동악東岳. 산동성山東省 태안泰安 북쪽에 있는 타이산 산맥의 주봉으로 높이는 1,524m. 태산泰山·옥황산玉皇山·태악泰岳이라고도 한다. 역대 황제들이 봉선封禪의식을 행하던 성스러운 산이었고, 도교 신앙의 발상지이다.

25 華山 : 중국 오악의 하나인 서악西岳. 섬서성陝西省 화음현華陰縣에 위치하며, 높이는 1,997m. 멀리서 보면 산의 모습이 연꽃과 같아서 화산華山이라는 이름이 지어졌다고 한다.

26 嵩山 : 중국 오악의 하나인 중악中岳. 하남성河南省 등봉현登封縣에 위치하며, 높이는 1,494m. 소림사少林寺가 이 곳에 위치한다.

27 衡山 : 중국 오악의 하나인 남악南岳. 호남성湖南省 형산현衡山縣에 위치하며, 높이는 1,290m.

28 濟河 : 제수濟水라고도 하며, 지금의 하남성 제원濟源에서 발원하여 하남성과 산동성山東省을 지나 발해渤海로 흘러들어간다.

29 淮水 : 하남성에서 발원하여 하남성, 안휘성安徽省, 강소성江蘇省을 통과하며 황하와 장강의 사이를 동서로 흐르다가 황해로 흘러들어간다.

30 「劇秦美新」 : 진秦나라의 정치를 비난하고 신나라를 칭송하는 내용으로, 전한 말기에 양웅이 왕망王莽에게 아첨하여 지은 글이다.

31 「僮約」 : 전한시대 선제宣帝때의 문장가인 왕포王褒가 쓴 글로, 노예매매 때 쓴 계약서이다.

문장의 논리가 분명하면 수사가 정교하지 못하게 되는데, 왕통王通[32]의 『중설中說』[33]과 세상에 전해지는 『태공가교太公家教』[34]가 그러하다.

옛 사람들은 문장을 아주 정교하게 쓸 줄 알았지만, 그 글이 대구對句를 이루는지 쉬운지 어려운지 알지 못했다.

'근심걱정 많고 많아 소인배들의 미움을 사고[憂心悄悄, 慍于群小]'[35]는 대구對句가 아니다. '근심이 이미 많아 수모도 적지 않네[遘閔既多, 受侮不少]'[36]는 대구對句이다. '나는 참언과 잔악한 행동이 나의 백성들을 놀라게 하는 것을 싫어하네[朕堲讒說殄行, 震驚朕師]'[37], '무성한 저 부드러운 뽕나무, 그 아래 두루 진 그늘, 잎을 훑어 앙상해졌네[菀彼桑柔, 其下侯旬, 捋采其劉]'[38]는 그 의미가 쉽게 드러나지 않는다. '빛은 사방을 뒤덮고, 아래위로 두루 미친다[光被四表, 格于上下]'[39], '십 묘의 사이여, 뽕나무 심은 이 한가롭고 한가롭네[十畝之間兮, 桑者閑閑兮]'[40]는 어렵지 않다. '육경六經' 뒤로 백가百家의 주장을 담은 글들이 지어져 노담老聃(노자)·열자列子[41]·장자가 나온 후 유향劉向[42]·양웅揚雄에 이르기 까지 모두 스스로 일가의 문장을 이루어, 학자들의 모범이 되었다. 그렇게 때문에 문장의 내용이 심오하고 논리가 타당하지만, 어휘가 정교하지 못해 완벽한 문장이 되지 못한 글은 전해지지 않았다.

이고의 문장에 대한 견해는 이와 같은데, 후학들은 마땅히 이를 잘 기억해야 할 것이다.

32 王通(584~617) : 수隋나라의 철학가. 자 중엄仲淹. 문중자文中子라는 시호로도 불린다.

33 『中說』 : 왕통이 자신의 문인들과 나눈 대화를 분류·정리한 책으로, 왕도王道·천지天地·사군事君·주공周公·문역問易·예악禮樂·술사述史·위상魏相·입명立命·관랑關朗 각 편을 각각 1권으로 하여, 모두 10권으로 되어 있다.

34 『太公家教』 : 당나라 때 시골서당의 교재로 유실되어 전해지지 않았는데, 돈황에서 잔본殘本이 발견되었다.

35 『시경·패풍邶風·백주柏舟』.

36 『시경·패풍·백주』.

37 『서경·순전舜典』.

38 『시경·대아大雅·상유桑柔』.

39 『서경·요전堯典』.

40 『시경·위풍魏風·십묘지간十畝之間』.

41 列子 : 전국 시대의 도가道家 사상가. 이름 어구禦寇. 정鄭나라의 은자로서 B.C. 4세기경의 사람으로 생각된다. 현재 『열자列子』 8편이 남아 있으나 후세의 위작이라고 본다. '우공이산愚公移山'과 '기우杞憂' 등의 우화가 실려 있는 『열자』는 『장자』와 함께 도가적 우화가 풍부한 서적으로도 알려져 있다.

42 劉向(B.C.77~B.C.6) : 전한前漢의 경학자·목록학자·문학자. 본명 경생更生, 자 자정子政. 『열녀전列女傳』과 『전국책戰國策』 등 많은 책을 지었다.

4. 위징의 간언 魏鄭公諫語

위징魏徵[43]은 당 태종太宗[44]이 태산泰山에 가서 봉선의식을 행하려는 것에 대해 간언하였는데, 간언 가운데 몇 마디 말은 비유가 아주 적절했다.

> 10년 동안 긴 병을 앓고 있는 사람이 있었는데 다행히 치료가 잘 되었습니다. 그러나 아직 피골이 상접한 상태입니다. 그런데 그에게 쌀 한 섬을 지고 하루에 백리를 가게 한다면 분명 가지 못할 것입니다. 수隋나라가 멸망한지 10년이 넘지 않았습니다. 폐하께서는 좋은 의사시라, 백성들의 고통은 이미 멈추어 평온해졌지만, 아직 국가의 기반이 충실해지지는 않았습니다. 그렇기에 천지신명께 고하는 봉선의식을 지금 행해야 하는 것인지, 소신은 의심스럽기만 합니다.

태종은 간언의 부당함을 들어 그의 관직을 삭탈할 수가 없었다. 이 이야기는 『간록諫錄』과 『구당서舊唐書』·『신당서新唐書』에는 실려 있지 않다. 단지 『자치통감資治通鑑』에 간언했던 것이 기록되어 있는데, 간언했던 말은 빠져 있어 정말 아쉽다!

5. 우세남 虞世南

우세남[45] 사후에, 당 태종이 꿈에서 그를 봤는데 평상시와 똑같은 모습이었다. 다음날 태종은 조서를 내려 다음과 같이 말하였다.

> 우세남이 돌연 세상을 떠난 지, 눈 깜짝할 사이에 1년이 흘렀다. 어제 밤 홀연히

43 魏徵(580~643) : 당唐나라 초기의 정치가. 자 현성玄成. 당 태종에게 끊임없는 간언을 하여 '정관貞觀의 치治'를 이루는 데 큰 역할을 했다.

44 唐太宗(599~649 / 재위 626~649) : 당나라의 제2대 황제이며, 당 고조 이연李淵의 차남인 이세민李世民. 뛰어난 장군이자, 정치가·전략가·서예가이며, 중국 역대 황제 중 최고의 성군으로 불린다. 그가 다스린 시대를 '정관의 치세'라 했다.

45 虞世南(558~638) : 당나라의 서예가이자 시인. 자 백시伯施. 구양순歐陽詢·저수량褚遂良과 함께 당나라 초의 3대가로, 특히 해서楷書의 1인자로 유명하다. 당 태종은 우세남에게 서書를 배웠으며, "세남에게 5절五絶이 있는데, 그 첫째는 덕행德行, 둘째는 충직忠直, 셋째는 박학博學, 넷째는 문사文詞, 다섯째는 서한書翰이다"라고 극찬하며, 매우 신임하였다고 한다.

꿈속에서 그를 보았더니, 그의 덕성이 더욱 그리워져 나의 비통함이 더 해졌다. 옛정을 생각하여 응당 그의 후손들을 보살펴야 할 것이니, 우세남의 집에서 제사 전에 500명의 승려에게 공양을 바칠 수 있도록 해주고, 그를 위해 천존상天尊像 하나를 만들어 주어라.

당 태종이 꿈에서 우세남을 만난 것은 두 군신간의 관계가 진실되고 돈독했기 때문이다. 그러므로 그의 자손들을 물질적으로 도와주고 은전을 베풀어 주었다면 충분했을 것이다. 승려들에게 천도재를 지내게 하고 불상을 만드는 것이 응당 해야 할 일이던가? 그럼에도 불구하고 태종은 이 일로 조서까지 내려서 이 일을 역사에 남기게 되었으니, 애석하다! 태종도 이런 우를 범하였구나.

6. 칠발 七發

매승枚乘[46]이 지은 「칠발七發」은 의미가 새롭고 언어가 아름다워, 위로는 「이소」와 비교해도 손색이 없을 정도로 문장의 모범이 되었으니 기쁜 일이다. 후에 「칠발」을 계승하여 부의傅毅의 「칠격七激」·장형張衡의 「칠변七辯」·최인崔駰의 「칠의七依」·마융馬融의 「칠광七廣」·조식曹植의 「칠계七啓」·왕집王集의 「칠석七釋」·장협張協의 「칠명七命」 같은 문장이 나왔는데, 지나칠 정도로 모방만하여서 새로운 의미가 나오지 못했다. 부현傅玄이 이러한 작품들을 모아 『칠림七林』을 엮었지만, 사람들은 끝까지 읽어보지 않고 왕왕 책상 위에 방치해두었다.

유종원의 「진문晉問」은 「칠발」의 체제를 사용했지만, 새로운 구성과 격렬하고 웅장한 문장으로 한나라와 진晉나라 문인들의 병폐를 일시에 쓸어냈다. 동방삭東方朔의 「답객난答客難」은 문장이 걸출하고, 양웅이 이를 본떠 「해조解嘲」를 지었는데 막힘없이 술술 읽혀져 스스로 터득한 오묘한 이치가 있다.

46 枚乘(?~B.C.141) : 한대 초기의 저명한 시인·사부辭賦 작가. 자 숙叔.

최적崔勣의 「달지達旨」와 반고班固[47]의 「빈희賓戲」·장형張衡의 「응간應間」은 모두 지붕아래 지붕을 더한 격으로, 쓸데없는 일을 되풀이 하듯 문장을 그대로 베껴 그 병폐가 『칠림』과도 같았다.

한유의 「진학해」가 나오자, 『칠림』이래의 문풍이 일소되었다. 「모영전毛穎傳」[48]이 처음 세상에 나왔을 때 세상 사람들 대부분은 괴이한 문장이라고 조소하였고, 배도裴度 역시 이상한 문장이라고 여겼지만, 유종원만은 그 문장을 좋아했다. 한유가 유희를 위해 문장을 쓴 것은 「모영전」 이 한편뿐인데, 무지한 사람들이 「혁화전革華傳」[49]까지 덧붙여 언급하고, 근대에 이르러 「나문전羅文傳」[50]·「강요전江瑤傳」[51]·「엽가전葉嘉傳」[52]·「육길전陸吉傳」[53] 등 잡다한 것들이 소식蘇軾의 이름에 가탁하여 세상에 나왔으니, 정말 웃기는 이야기다.

7. 장군이라는 관직 명칭 將軍官稱

『전한서前漢書·백관표百官表』에 다음과 같은 기록이 있다.

47 班固(32~92) : 후한의 역사가. 자 맹견孟堅. 부풍扶風 안릉安陵 사람. 박학능문博學能文하여 아버지의 유지를 이어 고향에서 『사기후전史記後傳』과 『한서漢書』의 편집에 종사했지만, 영평永平 5년(62)경 사사롭게 국사國史를 개작한다는 중상모략으로 투옥되었다. 아우인 서역도호西域都護 반초班超가 상소문을 올려 적극 변호해 명제明帝의 용서를 받아 석방되었다. 20여 년 걸려서 『한서』를 완성했다. 황제의 명령을 받아 여러 학자들이 백호관白虎觀에서 오경五經의 이동異同을 토론한 것을 바탕으로 『백호통의白虎通義』를 편집했다. 문학 작품에 「양도부兩都賦」와 「유통부幽通賦」, 「전인典引」 등이 있다. 후세 사람이 편집한 『반난대집班蘭臺集』이 전한다.

48 「毛穎傳」 : 한유가 붓을 의인화하여 붓의 일대기를 기록한 가전假傳이다.

49 「革華傳」 : 「하비후혁화전下邳候革華傳」으로 가죽신을 의인화한 가전. 한유의 작품이 아니라는 설도 있다.

50 「羅文傳」 : 「만석군나문전萬石君羅文傳」으로, 문방사우중 하나인 벼루를 의인화해 쓴 가전이다.

51 「江瑤傳」 : 「강요주전江瑤柱傳」으로, 조개를 의인화한 가전이다.

52 「葉嘉傳」 : 찻잎을 의인화한 가전이다.

53 「陸吉傳」 : 「황감육길전黃甘陸吉傳」으로 감귤을 의인화해 쓴 가전이다.

장군은 서주西周 말엽의 관직명으로, 진秦나라에서도 그대로 사용하였다.

내가 『국어國語』를 살펴보니, "정문공鄭文公이 첨백詹伯을 장군으로 삼았다"와 "오나라 부차夫差는 열 개의 깃발을 지닌 만 명의 군대[54]를 장군 하나가 거느리게 했다"는 기록이 있었다.

『좌전』에도 "어찌 장군이 먹음에 부족함이 있었겠는가", 『단궁檀弓』에도 "위장군衛將軍", 『문자文子』에도 "노나라 는 신자愼子를 장군으로 삼았다"라는 기록이 있다.

이것으로 보건데 장군이라는 명칭은 상당히 오래된 것임을 알 수 있다.

동한東漢때 팽총彭寵은 그의 가노家奴들에게 잡히자 아내에게 외쳤다.

"빨리 가서 장군들의 행장을 꾸리라고 하시오."

이 구절에 대해 『후한서後漢書』에서는 "가노들을 장군이라고 칭한 것은, 그들이 자신을 풀어주기를 바래서였다"라고 주석을 달았다. 지금 오吳[55] 지방 사람들이 노복들을 장군이라고 부르는 것이 여기에서 비롯되었다.

8. 북도주인 北道主人

진秦나라와 진晉나라가 연합하여 정鄭나라를 포위했을 때, 정나라 사람이 진秦나라에게 왜 정나라를 그대로 남겨두어 동도주東道主[56]로 삼지 않는지를 물었다. 정나라는 진秦나라의 동쪽에 있기에 그렇게 말한 것이다. 지금 주인을 동도주라고 하는 것은 이 때문이다.

『후한서』에 북도주인北道主人에 대한 기록이 세 번 나온다.

54 군제軍制에서 1항行이 백 명이고, 10항에 하나의 깃발旗로 묶어졌다. 10정旌은 만 명이었고, 이를 장군이 통솔했다고 한다.

55 吳 : 지금의 강소성江蘇省 소주蘇州.

56 東道主 : 일정한 곳으로 지나는 길손을 늘 유숙시키고 대접하는 주인을 지칭한다.

상산태수常山太守 등신鄧晨[57]이 거록巨鹿[58]에서 광무제光武帝[59]와 만났을 때, 한단邯鄲공격에 동참할 수 있도록 해 달라고 청하자 광무제가 말했다.

"위경偉卿(등신) 그대 한 사람이 나를 따라 출정하는 것은, 그대가 다스리는 상산군常山郡이 나의 북도주인이 되어주는 것만 못하오."[60]

계薊[61]에 이르렀을 때 광무제는 적의 군대가 이미 한단에 도달했다는 것을 전해 듣고 남쪽으로 돌아가고자 했다. 경엄耿弇[62]이 광무제의 의견에 찬성하지 않자 다른 부하들과 심복들도 광무제의 의견에 동의하지 않았다. 광무제는 경엄에게 "그대가 나의 북도주인이다"라고 말했다.[63]

팽총彭寵[64]이 반란을 도모하자, 광무제가 주부朱浮에게 그 이유를 물었다. 주부가 "전에 대왕께서 귀순한 팽총을 북도주인으로 삼고자 하셨는데, 지금은 그렇게 여기지 않으셔서 실망해서 그런 것입니다"라고 답했다.

이렇듯 『후한서』에 북도주인이라는 말이 세 번 나오지만, 후세에 이를 사용하는 사람이 아주 적었다.

9. 낙양과 우강의 여덟 현인 洛中盱江八賢[65]

사마광은 『서부례書賻禮』에서 민간에서 선행을 베푼 다섯 사람을 언급했고, 여남공呂南公은 『불기술不欺述』에서 세 사람을 언급했는데, 모두 비천한 신분으

57 鄧晨(?~49) : 후한 초의 관리. 자 위경偉卿. 광무제 유수劉秀의 누이 유원劉元을 아내로 맞았고, 왕망의 신나라 말에 유수를 따라 군사를 일으켰다.
58 巨鹿 : 지금의 하북성河北省 평향平鄉.
59 光武帝(B.C.4~57) : 후한의 초대 황제 유수劉秀(재위 25~57). 신나라를 세운 전한의 재상 왕망의 군대를 격파하고 즉위해 한나라를 재건하였다. 왕조를 재건, 36년에 전국을 평정하였다. 묘호는 세조世祖이며, 그가 재건한 왕조를 후한 또는 동한東漢(25~220)이라고 한다.
60 『후한서·등신전鄧晨傳』.
61 薊 : 지금의 북경北京.
62 耿弇(?~58) : 후한 광무제의 장수. 자 백소伯昭. 산동지역을 평정시켰다.
63 『후한서·경엄전耿弇傳』.
64 彭寵 : 후한 광무제 유수를 도와 한왕조 재건에 일조했지만, 어양태수漁洋太守에 임명되자 논공행상에 불만을 표시하며 광무제에게 반락을 일으켰던 인물이다.
65 낙중洛中은 낙양洛陽일대를 지칭하며, 사마광司馬光이 자신의 고향인 하현夏縣(지금의 산서성 하현)의 현인들을 언급하며 낙중의 현인이라고 하였는데, 한나라 때 하현은 행정상 낙중에 속했다.

로 역사서에 기록된 사람들이 아니다. 내가 역사서를 편찬할 때 효행전에 이 사람들의 이야기를 삽입하고자 했지만 이루지 못해, 여기에 기록하고자 한다.

사마광이 언급한 사람들은 모두 섬주陝州 하현夏縣 사람이다.

한 사람은 유태劉太로 의사이며, 부모님의 상을 당해 3년 동안 술과 고기를 입에 대지 않았다고 하는데, 이는 지금의 사대부들조차 행하기 어려운 것이다. 유태의 아우 유영일劉永一 또한 효성과 우애, 근면성실함으로 칭송이 자자했다. 하현에 수재가 발생하여 물에 빠져 죽은 이가 수백에 달했는데, 유영일이 장대를 잡고 문 앞에 서서, 물에 떠내려 오는 사람들을 구해냈다고 한다. 한 승려가 그의 집에 수만 전을 맡겨놓고 죽었는데, 유영일은 즉시 관아로 달려가 이 일을 고하고, 이 돈을 승려의 제자들에게 돌려주기를 청하였다고 한다. 또 고향사람들이 그의 돈을 빌리곤 하였는데, 가난하여 돈을 갚지 못하면 차용증서를 불태워버렸다고 한다.

두 번째는 주문찬周文粲이다. 그의 형은 술을 좋아했는데, 아우인 주문찬에게 의지해 생계를 유지했다고 한다. 형은 때로 술에 취해 주정을 부리며 문찬을 흠씬 두들겨 패고는 해, 이웃들이 이를 안타깝게 여기며 형을 욕하자 문찬은 오히려 화를 내며 말했다.

> "형님은 저를 때리신 적이 없습니다. 당신들이 왜 형제 사이를 갈라놓으려고 하십니까?"

세 번째는 소경문蘇慶文이다. 계모를 잘 섬겨 효성이 자자하였는데, 항상 그 아내에게 다음과 같이 일렀다고 한다.

> "당신이 어머님을 봉양함에 조금이라도 소홀히 한다면, 당신을 내쫓을 것이네."

계모는 젊어서 과부가 되었고 자식조차 낳지 못했지만, 소경문과 함께 편히 살면서 삶을 마쳤다고 한다.

네 번째는 대형臺亨으로, 그림을 잘 그렸다고 한다. 조정에서 경영궁景靈宮을 지을 때 각지의 유명한 화공들을 경사京師로 불러들였다. 경영궁이 완공된 후 조정에서는 화공들 중 우수한 사람을 뽑아 한림원에 머물게 하고 관직과 봉록을 주었는데, 대형이 가장 우수했다고 한다. 그러나 대형은 아버지가 연로하시다며 사직하고 고향으로 돌아가 부모를 모셨다고 한다.

여남공이 언급한 사람들은 모두 건창建昌 남성南城[66] 사람이다.

첫 번째는 진책陳策이다. 그는 일찍이 노새를 한 마리 샀지만 성질이 괴팍하여 안장을 얹을 수 없었기에, 타거나 물건을 실을 수가 없었다. 진책은 노새를 다른 사람에게 되팔지도 못하고, 사람을 시켜 마을 밖 오두막에서 늙어 죽을 때까지 키우도록 했다. 진책의 아들은 말 상인과 짜고, 지나가는 관리들의 말을 죽였다. 그리고 비루먹은 노새를 대단한 명마인 것처럼 속여 팔았다. 진책이 이를 알고서 좇아가 짐조차 싣지 못하는 노새의 실상을 전했지만, 관리는 진책이 노새를 아끼는 것을 의심스러워하며 되팔지 않고 감추어두었다. 진책의 요청으로 노새에 안장을 얹어보려고 했지만, 하루 종일 해도 안장을 얹을 수가 없어 결국 노새를 돌려주었다. 또 한 번은 어떤 사람이 진책에게 은그릇과 비단을 사려고 하는데, 진책은 비단을 팔지 않았다. 그 사람이 "당신의 창고에 비단이 있는데 지금 어찌 그리 인색하게 구는 것이요?"하니, 진책이 답하였다.

"창고에 비단이 있습니다. 그러나 그것은 오래전에 저당 잡아 놓은 물건입니다. 비단이 오래되면 헤어져 쓸 만하지 못하다고 합니다. 공께서 비단을 딸 시집보내는데 쓰시려고 한다고 들었는데, 어찌 이런 낡은 비단으로 피해를 드릴 수 있겠습니까?"

그리고는 은그릇을 화로 속에 던지면서 말했다.

"제가 사람들에게 저당 잡은 은그릇이 가짜일 수도 있으니, 한 번 잘 살펴보시지요."

66 南城 : 지금의 강서성江西省 남성南城.

두 번째는 위정危整이다. 위정이 전복을 사는데 거간꾼이 저울추를 위정이 유리하도록 조작하고서, 어부가 떠나가자 말을 건냈다.

> "선생께서 다섯 근을 사려고 했는데, 제가 몰래 저울추를 조절하여 열 근이 되도록 했으니, 제게 술을 사셔야 합니다."

위정은 크게 놀라며, 어부를 좇아 몇 리를 달려가 전복의 양에 맞게 전복 값을 다시 지불하였다. 또 거간꾼에게 술을 사며 말했다.

> "그대의 바람은 겨우 술 마시는 것에 불과한데, 어찌하여 어부처럼 가난한 사람을 속이는 것이요?"

세 번째는 증숙경曾叔卿이다. 그는 남방에서 도기를 사 북방에 다시 되팔려고 했는데 성공하지 못했다. 그와 함께 도기 장사를 하려고 했던 사람이 증숙경의 도기를 사려고 해 협의하여 도기 값까지 받은 후, 증숙경이 물었다.

> "이것을 어찌하려고 하십니까?"
> "공께서 생각했던 대로 북방에 팔 생각입니다."
> "안됩니다. 북방에 천재가 발생해 도기 살 형편들이 안 될터라 이 도기들을 북방에 가서 팔지 않은 것입니다. 어찌하여 제가 이 일을 당신께 미리 알려드리지 않았는지요?"

그리고 도기 값을 다시 돌려주고 팔지 않았다. 증숙경의 집은 매우 가난해서, 아내와 자식들이 기아와 추위에 시달렸다.

아! 이 여덟 사람은 정말 현인들이었다.

10. 왕도의 아명 王導小名

안진경顔眞卿[67]이 진晉나라 이천李闡이 그의 선조인 안함顔含을 위해 지었던

67 顔眞卿(709~785) : 당나라의 서예가. 자 청신淸臣. 산동성 낭야琅邪 임기臨沂 사람. 노군개국

「서평정후안함비西平靖侯顔含碑」를 베껴 썼다. 비문의 내용은 다음과 같았다.

> 안함은 광록대부光祿大夫이다. 태상太常[68] 풍회馮懷는 안함이 승상 왕도王導에게 예를 표하기를 원했지만, 군께서 이를 따르지 않고 다음과 같이 말했다.
> "승상이 비록 높은 지위에 있기는 하지만, 나와는 친척이기에 어린 시절 이름인 아룡阿龍으로 부르겠습니다."
> 군은 왕도의 집안 어른이기에, 왕도를 아명으로 부른 것이다.

『진서晉書』에 이 일이 기록되어 있지만, 왕도의 아명은 언급되지 않았다. 『세설신어世說新語』에도 다음과 같은 기록이 있다.

> 승상 왕도가 사공司空에 임명되었을 때, 정위廷尉 환온桓溫이 탄식하며 말했다.
> "사람들은 모두 아룡이 빠르게 승진했다라고 하지만, 아룡은 자신의 능력에 의해 빠르게 승진한 것이다."

삼공三公[69]의 아명을 부르는 진晉나라의 허황되고 망령된 풍습이 이와 같았다.

11. 『한서』의 문자 사용법 漢書用字

사마천이 「진섭세가陳涉世家」에서 다음과 같이 말하였다.

> 지금 도망가도 죽고, 거병하여도 역시 죽게 될 것이다. 이왕 똑같이 죽을 바에는

공魯郡開國公에 봉해졌기 때문에 안노공顔魯公이라고도 불렸다. 북제北齊의 학자이며 『안씨가훈顔氏家訓』을 저술한 안지추顔之推의 5대손이다. 왕희지王羲之의 전아典雅한 서체에 대한 반동이라고도 할 수 있을 만큼 남성적인 박력 속에, 균제미均齊美를 충분히 발휘한 글씨로 당나라 이후의 중국 서도書道를 지배했다. 해서·행서·초서의 각 서체에 모두 능했고 많은 걸작을 남겼다. 조맹부趙孟頫·유공권柳公權·구양순歐陽詢과 더불어 '해서 사대가'로 일컬어진다.

68 太常 : 구경九卿 가운데 하나. 의례와 제사에 관한 일을 총괄하던 관직. 천문, 역법을 다루는 태사령太史令이나 오경박사五經博士들도 태상이 관리감독 하였다.

69 三公 : 중국에서 최고의 관직에 있으면서 천자를 보좌하던 세 벼슬. 주나라 때는 태사太師·태부太傅·태보太保가 있었고, 진秦나라·전한前漢 때는 승상丞相·태위太尉·어사대부御史大夫, 또는 대사마大司馬·대사공大司空·대사도大司徒가 있었으며, 후한·당나라·송나라 때는 태위太尉·사도司徒·사공司空이 있었다.

> 나라를 위해 죽는 것이 좋지 않겠는가? [今亡亦死, 擧大計亦死; 等死, 死國可乎?]
> 변경을 지키다 죽는 사람이 열에 예닐곱은 되지만, 기개와 힘이 장한 장사는 죽지 않는다. 장사가 죽게 된다면 장렬한 죽음으로 세상에 이름을 남겨야 될 것이다! [戍死者固十六七. 且壯士不死即已, 死即擧大名耳.]

이 문장에는 '사死'라는 글자가 일곱 번 사용되었는데, 『한서漢書』도 이를 따랐다.

『한서·구혁지溝洫志』[70]에 삽입된 가양賈讓의 『치하책治河策』 구절을 인용하였다.

> 황하는 하내河內[71]에서 북으로 흘러 여양黎陽[72]까지 가기에, 그 곳에 돌제방을 쌓아 황하를 동군東郡[73]인 평강平剛[74]으로 흐르게 하였다. 또 돌제방을 쌓아 서북쪽의 여양성의 성문 아래로 흐르게 하였고, 다시 돌제방을 동군 쌓아 동군의 나루터 북쪽으로 흐르게 하였다. 또 돌제방을 쌓아 서북쪽의 위군魏郡[75]인 소양昭陽[76]으로 흐르게 하였고, 다시 돌제방을 쌓아 동북쪽으로 흐르게 하였다. 백여리 안에서 황하는 서쪽으로 두 번 방향을 바꿔 흐르고, 동쪽으로 세 번 방향을 바꿔 흐른다. [河從河內北至黎陽爲石堤, 激使東抵東郡、平剛; 又爲石堤, 使西北抵黎陽、觀下; 又爲石堤, 使東北抵東郡津北; 又爲石堤, 使西北抵魏郡昭陽; 又爲石堤, 激使東北. 百餘里間, 河再西三東.]

이 글에서 '석제石堤'라는 단어가 다섯 번 사용되었지만 여러 차례 중복되었다는 느낌을 주지 않는데, 이는 후인들이 규칙에 따르는 글쓰기로 이룰 수 있는 경지가 아니다.

---

70 『漢書·溝洫志』: 『한서』 총 120권 가운데 제29권으로, 제28권인 「지리지地理志」에 필수적으로 따라야 하는 구혁溝洫, 즉 지리 인식에 가장 중요한 요소인 강에 대한 기록이다.
71 河內 : 지금의 하남성 무척武陟.
72 黎陽 : 지금의 하남 준현浚縣.
73 東郡 : 현재의 하남성 복양濮陽 서남쪽에 위치한 군郡의 명칭. 15개의 현縣을 관할하였는데, 수부首府의 소재지는 복양.
74 平剛 : 지금의 하남 복양.
75 魏郡 : 한나라부터 당나라 때까지의 행정구역 명칭으로, 지금의 하북성河北省 남부의 한단邯鄲 이남과 하남성 북부의 안양安陽 일대이며, 수부首府는 업성鄴城이다.
76 昭陽 : 지금의 하북河北 임장臨漳 남쪽.

12. 강원과 간적 姜嫄簡狄

모형毛亨[77]은 『시경·생민生民』의 강원姜嫄이 후직后稷을 낳았다는 "상제 엄지 발가락 자국 밟고 기뻐했네[履帝武敏歆]"에 다음과 같은 주를 달았다.

> 고신씨高辛氏 제곡帝嚳에게 시집가서, 부부가 함께 하늘에 기원한 것이다.

『시경·현조玄鳥』의 "하늘이 검은 새를 보내 상나라 시조를 낳게 하셨네[天命玄鳥降而生商]"에 다음과 같은 주를 달았다.

> 춘분에 제비가 내려와 간적簡狄이 고신씨 제곡의 배필이 되어, 두 사람이 교외에 나가 아들을 낳게 해달라 기도해 설契를 낳았기 때문에, 하늘의 명령으로 현조가 내려와 설이 태어났다고 한 것이다.

이 주석은 설명이 명확하다. 정현鄭玄의 『모시정전毛詩鄭箋』에서 「생민」의 구절을 다음과 같이 주석하였다.

> 帝제는 上帝상제이다. 敏민은 엄지발가락이다. 교외에서 아들을 낳게 해달라고 제사지낼 때, 거인의 발자국을 보고 강원이 그 발자국을 밟았는데, 강원의 발이 발자국보다 작아 발 크기에 맞는 엄지 발자국을 밟았다. 마음과 몸이 기쁘게도 어떤 느낌이 있었는데, 임신이 되어 후에 아들을 낳았다.

또 「현조」의 구절은 다음과 같이 주석하였다.

> 제비가 알을 떨어뜨렸는데 간적이 이 알을 삼키고, 설를 낳았다.

이러한 주석은 『사기』의 내용을 근거로 한다.

> 강원이 야외에서 거인의 발자국을 보고, 기뻐하며 밟았는데 이로 인해 후직이 태어났다.[78]

---

77 毛亨 : 한나라 초기의 학자. 『시경』을 전한 4가家중 하나로, 『시경』을 연구하여 『시고훈전詩詁訓傳』을 지어 모장에게 주었다. 이것이 『모시毛詩』이며, 나머지 3가에 전해진 것은 유실되었기 때문에, 그대로 오늘날의 『시경』이 되었다.

간적이 목욕을 갔다가 제비가 알을 떨어뜨린 것을 보고, 이를 주워 삼켰는데 후에 설이 태어났다.[79]

황당무계한 이 기록들에 대해 이전의 선현들이 비판한 것이 많다.

구양수는 후직과 설이 모두 고신씨 제곡의 아들이 아니라고 여겼다. 모형은 『사기』에서 발자국을 밟고 아들을 낳았다는 황당한 설을 취하지 않고, 후직과 설이 모두 고신씨 제곡의 아들이라는 황당무계한 가계만을 취하였다. 『한서』의 기록에 의하면, 모형은 조趙나라 출신으로 하간헌왕河間獻王의 박사를 지냈으며, 사마천보다 수십 년 앞선 사람이기에, 『사기』의 가계를 취했다는 것은 말이 되지 않는다.

『사기』의 가계는 모두 『세본世本』[80]을 근거로 하고 있는데, 내용이 더욱 황당무계하며 책은 현재 전해지지 않는다. 들판에 가서 거인의 발자국을 밟았다면 두려움에 발자국을 피해서 도망가게 되지, 어찌 그 발자국을 밟으며 길한 징조라고 생각할 수 있겠는가? 또 날아다니는 새가 떨어뜨린 알이 무엇인줄 알고 덥석 취해 삼킬 수 있단 말인가! 옛날과 지금을 비교해보면, 사람의 심리라는 것은 똑같을 터인데, 지금의 우매한 사람들은 결코 그렇게 할 수 없을 것이다. 고대 성인들의 후비后妃인 그들의 행동이 황당하고 말도 안 되는 것이라는 것은 논쟁할 필요 없이 명확하다.

13. '羌강'과 '慶경'은 동음 羌慶同音

왕관국王觀國과 오역吳棫은 『학림學林』과 『엽운보주葉韻補注』, 『모시음毛詩音』에

78 『사기·주본기周本紀』.

79 『사기·은본기殷本紀』.

80 『世本』: 전국시대 조趙나라 사관이 지었다고 하며, 황제黃帝부터 춘추시대까지 제후국들의 역사기록이다. 『한서·예문지藝文志』에 15편으로 이루어졌다고 기록되어있다. 『한서』에 사마천 『사기』의 기전체 양식에 큰 영향을 주었다고 하지만, 당나라 때 이미 완전본이 전해지지 않았으며, 송나라 때에는 완전히 유실되었다. 지금은 상무인서관에서 출판된 『세본팔종世本八種』만 남아있다.

서 다음과 같이 말했다.

> 『시경』과 『역경』·『태현경』은 모두 '慶경'자를 사용하고 있는데, '慶'은 '陽양'과 똑같이 葉韻엽운이며, '羌강'과 같은 글자다.

소해蕭該의 『한서음의漢書音義』를 인용하여 "慶의 음音은 羌이다"라고 하였다. 또 다음과 같이 설명하였다.

> 『한서』에서도 '慶'자를 '羌'자로 쓴 경우가 있으며, 반고班固의 「유통부幽通賦」의 '아! 자신의 행적을 모르는구나慶未得其云已' 구절 중 '慶'자가 『문선文選』[81]에서는 '羌'자로 기록되어있는데, 다른 기록은 명확히 증명된 바가 없다.

내가 「양웅전揚雄傳」에 실려 있는 「반이소反離騷」의 "아! 초췌해지면서 꽃들이 시들어버리는구나慶夭顇而喪榮" 구절을 살펴보니, "'慶'은 발어사로, '羌'과 발음이 같다"라고 주가 달려있었다. 이 해설이 '慶'과 '羌'이 동음이라는 가장 적절한 증거이다.

14. 임금을 보좌했던 뛰어난 신하 佐命元臣

왕이 창업을 할 때는 큰 덕을 지닌 뛰어난 신하의 보좌가 반드시 필요한데, 그 신하는 역사에 길이 남을 만한 계책을 가져야하며, 그렇지 않다면 나라에 큰 공을 세울 종신宗臣이 되기에 부족할 것이다. 이윤伊尹과 주공周公의 일화는 『시경』과 『서경』에 실려 있는데 참고할 만하다.

한漢나라 소하蕭何[82]가 고조高祖를 보좌했던 것은 관중關中[83]에 들어서면서부

---

81 『文選』: 양梁나라의 소통蕭統(소명태자昭明太子)이 진秦·한漢나라 이후 제齊·양나라의 대표적인 시문을 모아 엮은 책. 주석본이 여러 종류가 있는데 당나라 이선李善이 주註한 것이 가장 유명하다. 이 외에 당대 여연제呂延濟와 유량劉良·장선張銑·여향呂向·이주한李周翰 등 5명이 주를 단 것을 '오신주五臣註'라고 한다.

82 蕭何(?~B.C.193) : 한나라 고조 시기 재상.

83 關中 : 진나라가 도읍한 섬서의 위수渭水 유역에 있는 평야지역으로, 동은 함곡관函谷關, 서는 산관散關, 남은 요관嶢關 혹은 무관武關, 북은 소관蕭關 등 4개의 관문에 둘러 쌓여 있어

터였다. 즉 진나라 승상부丞相府와 어사부御史府의 율령도서들을 수합하여, 천하의 지리적 요새와 호구 수·강하고 약한 부분·백성들의 고통 등에 대해 자세히 알아보았다. 고조는 한왕漢王에 봉해졌을 때, 항우項羽를 공격하고자 했고, 주발周勃과 관영灌嬰·번쾌樊噲는 그 의견에 동조하였는데, 소하만이 반대하였다.

> "지금 우리 군대는 항우의 군대만 못하여, 백번 싸운다 한들 백번 질 것입니다. 원컨대 한중의 왕이 되시어 파촉巴蜀[84]을 취한 후에 삼진三秦을 수복하십시오."

고조는 이 의견을 받아들였다. 이것이 바로 유방의 흥망과 관계된 가장 큰 계책이었다.

소하는 또 한신韓信을 대장군에 추천하여, 독자적으로 한 부분을 맡도록 해서 위魏·조趙·연燕·제齊 등을 평정시켜, 초나라 항우와의 결전에 뒷걱정을 없앴다. 소하는 죽음을 앞두고 조참曹參[85]에게 재상자리를 물려주어, 한나라 초기에 제정된 정책들이 안정되게 집행되도록 하였다. 소하와 유방이 관중에 들어갔을 때, 공약삼장公約三章[86]으로 진나라의 폭정을 없애고 백성들의 고통을 어루만지며 한나라의 덕을 베풀겠다고 약속했다. 한나라 사백 년의 기업基業이 이때부터 시작되었다.

당나라 방현령房玄齡[87]이 태종太宗을 보좌한 것은 태종이 진왕秦王으로 있을

관중關中 혹은 관내關內라 불린다. 주나라의 호경鎬京, 진秦나라의 함양咸陽, 한나라·수나라·당나라의 장안長安으로, 지금의 서안西安이다.

84 巴蜀 : 지금의 사천四川 중경重慶 지역.

85 曹參(?~B.C.190) : 고조가 죽은 뒤 소하의 추천으로 재상이 되어 혜제를 보필하였다.

86 公約三章 : 유방이 진나라와 전쟁을 하고 함양 땅에 들어가면서 진나라의 가혹한 법에 시달린 백성들에게 약속한 간략한 법. 즉 사람을 살해한 자는 사형에 처하고, 사람을 해친 자나 물건을 훔친 자는 죄 값을 주고, 복잡한 진나라 법은 폐지했다. 간단한 약속 같은 것이 법이 되었고, 법삼장法三章이라고도 한다.

87 房玄齡(578~648) : 당나라 초기의 재상. 당 태종 이세민李世民을 도와 당나라를 건국하였고, 당나라 건국 후에는 인재를 발굴에 노력해 두여회杜如晦와 같은 인물들을 이세민에게 천거했다. 태종이 즉위한 후 15년간 재상의 지위에 있으면서 두여회·위징魏徵 등과 함께 '정관貞觀의 치治'라는 황금시대를 만들어냈다.

때부터였다. 방현령은 수많은 인재들을 가려 뽑아 진왕부秦王府로 끌어들였고, 여러 장군들과 비밀스럽게 동맹을 맺었으며, 두여회杜如晦[88]를 추천하여 함께 태종의 왕위를 도모하였다. 그는 재상이 되어 국가를 다스리는데 열과 성을 다하였다. 주州와 현縣을 잘 다스리는 것이 바로 천하를 잘 다스리는 것이라고 여겼고, 조용조租庸調[89]가 천하의 재물이라고 여겼고, 팔백부府와 십육위衛의 부병제府兵制[90]가 천하의 군제軍制라고 여겼다. 그는 왕규王圭와 위징魏徵을 간쟁할 수 있는 직책에 임명하였고, 병권을 이정李靖과 이적李勣에게 주었다. 그는 소수민족을 통제하는데 수완을 발휘하였고, 현명한 인재들을 등용하는데 뛰어났다. 당나라의 삼백 년 기업이 바로 여기에서 시작되었다.

그 후 절도사들이 주와 현을 혼란에 빠뜨리고, 양세법兩稅法[91]을 실행하여 조용조 징세법을 파괴하고, 부병제를 모병제募兵制로 고쳤으며, 십육위를 신책군神策軍으로 삼아 군정을 파괴하였는데, 명신名臣들의 보좌가 있었음에도 망해가는 당나라를 구해내지 못하였다.

송나라의 한왕韓王 조보趙普[92]는 태조太祖를 보필하며, 방진方鎭[93]의 세력을

88 杜如晦(585～630) : 당나라 초기 명재상. 자 극명克明, 경조京兆 두릉杜陵(지금의 섬서성 서안 남쪽) 사람. 명재상의 표본으로 방현령과 더불어 방모두단房謀杜斷(방현령의 지모와 두여회의 결단)이라고 일컬어진다.

89 租庸調 : 당나라의 세 가지 징세법. 조租는 토지를 대상으로 하는 곡물의 부과賦課이고, 용庸은 노역勞役 대신에 피륙으로 내는 세이며, 조調는 호戶를 대상으로 하는 각지의 특산물을 나라에 바치게 하던 것이다.

90 府兵制 : 서위西魏에서 시작하여 수隋·당唐에 이르러 정비된, 병농일치를 이상으로 한 군대제도. 균전 농민들 가운데 병정을 뽑아 농한기에 훈련을 시켜 그 부府의 방위를 맡게 하고 조세를 면해주었다.

91 兩稅法 : 당나라 말기에 재산 등급에 따라 세금을 징수하던 세법. 덕종德宗이 양염楊炎의 건의에 따라 조용조 세제를 버리고 택한 세법으로, 봄과 가을 두 번 징수했다.

92 趙普(922～992) : 북송의 재상. 자 칙평則平. 유주幽州 계현薊縣 사람. 후주後周 때 조광윤趙匡胤의 막료가 되었고, 조광윤 추대운동의 중심인물로 활약하며 후주로부터 정권을 빼앗는데 공헌했다. 그 공로로 재상이 되었고, 태조의 신임을 받았다. 재임중에 종종 태조에게 헌책하여 내외의 치정治政에 수완을 발휘함으로써 번진藩鎭 해체와 금군禁軍의 강화를 비롯한 문치주의적文治主義的 중앙집권화를 추진했으며, 송조宋朝 지배체제 확립을 도모했다. 태종太宗 조광의趙匡義 때에도 다시 재상이 되었지만, 말년은 매우 불우했다. 실무가 출신의 정치가로서, 진사進士 출신의 관리와는 뜻이 맞지 않아서 점차 소외당했다.

93 方鎭 : 변경을 지키는 군대의 병권을 장악한 장관이다.

제압하여 그들의 기반과 세력을 약화시키고, 전운사轉運使[94]와 통판사通判使[95]를 설치하여 지방의 재정을 장악해서 지방 관료들의 축재를 방지하고, 중앙관료를 지방의 지주知州[96]로 삼아 지방 관리들의 발호를 막았다. 큰 공을 세운 장군들에게 후한 봉록만을 주고 병권은 주지 않았으며, 날쌔고 용감한 군사들을 경성京城에 모아 지방에서 군대를 육성하는 것을 방지했다. 법률을 제정하고, 관리 선발에 신중을 기하는 등 모든 조치가 지금까지도 영향력을 발휘하고 있다.

위에서 언급한 세 명의 명신이후에도 하늘을 대신해 만물을 다스리던 광명정대한 이들이 시대마다 있었으니, 시대의 어진 재상들이라고 할 수 있다. 소하의 손자는 죄를 짓고 자식조차 없어 여섯 세대 만에 대가 끊어졌지만, 한나라는 소하의 후손들의 봉작을 회복시켜주었다. 송나라도 한왕韓王 조보趙普의 후손들을 잊지 않고 보살폈다. 그러나 방현령은 그의 사후 10년도 못되어, 죄를 지은 아들로 인해 봉작이 삭탈당하고 종묘에 배향되었던 특권마저 빼앗기고 당나라가 멸망하자 복권되지도 못하였으니, 당나라 조정은 공신에게 은혜를 거의 베풀지 않았던 것이 아니겠는가!

15. 명재상 名世英宰

서한西漢의 조참曹參은 재상이 되어 밤낮으로 술을 마시며 업무에 종사하지 않았지만, 천하는 안정되었다. 동진東晉의 왕도王導는 세 황제를 보좌하면서 치적을 쌓지는 못했지만, 나라의 살림살이는 여유가 있었다. 말년에는 정사에도 관심을 보이지 않고 탄식하며 말하였다.

94 轉運使 : 각 주의 재정부분을 감찰하고 관리들의 위법과 민생을 조정에 보고하던 송나라의 관직이다.

95 通判使 : 번진의 힘을 누르기 위하여 조정의 관료가 군郡의 정치를 감독하도록 만든 송나라 때의 지방관. 각 주州의 지주知州(도지사) 밑에 소속되어 있지만, 감찰을 통해 지주의 권한을 제한키는 역할을 하였고, 명나라와 청나라 때도 있었다.

96 知州 : 주州의 장관長官으로, 송나라 때에 생겨나서 청나라 때까지 있었다.

"사람들은 내가 어리석다 말하지만, 훗날 사람들은 나의 어리석음을 그리워할 것이다."

동진의 사안謝安은 작은 일에는 관심을 쏟지 않았지만, 시대적 상황을 거시적 안목으로 깊이 생각하는 것에는 비교할만한 사람이 없었다. 당나라의 방현령과 두여회는 역사서에 기록될 만한 큰 업적을 남기지 못했다. 송나라의 한왕 조보도 옳고 그름을 따지는 사대부들의 상소문이 두 개의 큰 항아리에 가득 찰 정도가 되자 이를 모두 불 살라 버렸다. 이항李沆[97]은 궐 안팎에서 진상된 상소문을 다 살펴보고 난 후 말했다.

"이로써 국가에 보답했다."

위에 언급한 예닐곱의 명신들은 결코 자신을 내세우거나 명성을 추구하지 않았지만, 모든 사람들이 당대의 명재상임을 알았으니, 어찌 그들이 아무 일도 하지 않았다고 할 수 있겠는가!

16. 『예기·단궁』의 오자 檀弓誤字

『예기·단궁檀弓』에 오吳나라가 진陳나라를 침략한 사실에 대한 기록이 있다.

진나라의 태재太宰 비嚭가 오나라 군중軍中에 사신으로 오자, 오나라 임금 부차夫差가 행인行人[98]인 의儀에게 말했다.
"태재 비는 사리에 맞는 말을 하는 사람이니, 어찌 그에게 물어보지 않을 수 있겠는가? 군사를 내보내는 것에는 반드시 명분이 있어야 하는데, 사람들은 우리의 출병을 뭐라 하는지 물어보도록 하여라."
태재 비가 답했다.
"사람들이 살육과 약탈을 위한 출병이라고 말하지 않습니까!"

97 李沆(947~1004) : 송나라 진종眞宗 때의 재상·시호는 문정文靖.
98 行人 : 다른 나라에 사신으로 가 그 나라의 왕을 알현하는 일을 담당하는 관리이다.

내가 보건데, 태재 비는 오나라 왕 부차의 태재를 말하는 것이기에, 진나라에서 파견한 사자는 바로 행인 즉 의儀이며 그가 진나라의 대신이다. 『예기』의 작가가 간책簡策을 뒤섞어버려 인명에 혼란이 온 것이다. 이 구절은 마땅히 다음과 같아야 할 것이다.

> 진나라의 행인 의儀가 오나라의 군중에 사신으로 오자, 부차는 태재 비를 보내어 진나라 행인 의儀에게 물었다.

송나라 충선공忠宣公 홍호洪皓가 『춘추시春秋詩』에서 이 부분을 인용하면서, 나에게 고증을 부탁하였다.

17. 설능의 시 薛能詩

설능薛能은 만당의 시인으로 격조가 뛰어나지 않았는데, 오만방자하게도 자신이 뛰어나다고 생각했다. 그는 「해당시서海棠詩序」에서 다음과 같이 말했다.

> 사천四川의 해당이 유명한데, 해당을 노래한 시는 유명하지 않다. 두자미杜子美(두보)가 사천에 있으면서 해당을 노래한 대작을 쓰지 못하고 세상을 떠난 것이 아쉽다. 하늘이 나에게 재능을 주시어 해당을 노래한 명시를 짓게 하시니 사양하지 않겠다. 뛰어난 시인들이 촉에 집중되어 있으니, 내가 그중 하나이다.

그러나 그 「해당시」라는 것이 대단할 게 없다.

푸른 이끼 낀 곳,	青苔浮落處,
버드나무 사이 저녁노을 피어오를 때.	暮柳間開時.
술에 취한 나그네는 머리에 해당화를 꼽고,	帶醉遊人插,
해당화 그늘은 늙은이를 따라 옮겨가네.	連陰彼叟移.
새벽 푸른 이슬 촉촉한데,	晨前淸露濕,
해 저문 후 세찬 바람 불어오니,	晏後惡風吹.
잦아든 향기는 무엇을 전해주는지,	香少傳何許,
그림처럼 아름다운 풍경 반만 남았어라.	姸多畫半遺.

또 「여지시서荔枝詩序」에서 다음과 같이 말했다.

두공부杜工部(두보)는 노년에 사천 서부에서 머물렀는데, 여지에 대한 시를 쓰지 않았으니, 쓰려고 했지만 쓰지 못한 것이 아닌가? 백상서白尙書(백거이)가 여지에 대한 시를 썼지만, 저속하여 시 같지 않다. 그래서 내가 여지시를 지으려 하는데, 독자들에게 부끄럽지 않고 그들의 기대를 저버리지 않을 자신이 있다. 여지시의 창시자는 아마 나일 것이다.

그러나 그의 「여지시」는 뛰어나지 않다.

과일은 솔방울 같지만 색은 앵두 같으니,	顆如松子色如櫻,
순식간에 생의 반이 지나버렸구나.	未識蹉跎欲半生.
섣달 주를 돌아보며 여지나무를 보았는데,	歲杪監州曾見樹,
이제 막 자리 잡았다더니 그 이름 알려진지 오래되었구나.	時新入座久聞名.

또 「절양류折楊柳」 10수를 지었는데, 그 「서序」에서 다음과 같이 말했다.

이 곡조는 잘 알려져 있어 이 곡조에 맞춰 지어진 가사가 매우 많다. 문인 재자들이 각기 그 능력을 뽐내었지만, 그들의 시는 모두 버드나무 가지를 춤추는 여인의 가느다란 허리에 비유하고, 잎사귀를 여인의 아름다운 눈썹에 비유한 것에 불과하다. 입만 열었다하면 그러했으니 진부하기 짝이 없다.
내가 시율에 능하고, 다른 사람을 모방하는 것을 좋아하지 않으며, 또 기발하고 새로운 주장을 내세우는 것을 좋아하기에, 통속적인 시작의 행태에서 벗어나 시를 지을 것을 맹서한다. 비록 내가 내 자신을 과시하지 않으려 하지만, 내 시를 이해하는 사람들이 나를 무시할 수 있겠는가?

하지만 그의 「절양류」는 보잘 것이 없다.

화청지의 높다란 버드나무 궁궐 위로 우뚝 솟고,	華淸高樹出離宮,
남쪽 거리로 드리운 부드러운 가지엔 따스한 바람이 맴도네.	南陌柔條帶暖風.
누가 버드나무 옅은 그림자 속에서 이렇게 좋은 밤 보고 있는가,	誰見輕陰是良夜,
폭포소리 아련한 밝은 달빛 속에서.	瀑泉聲畔月明中.

낙교洛橋[99]의 맑은 그림자 洛橋晴影覆江船,
　강물의 배 위로 드리워지고,
가을날 오랑캐 피리소리엔 변방의 연기가 자욱하네. 羌笛秋聲濕塞煙.
한가로이 습지習池[100]에서의 연회 끝난 후 閑想習池公宴罷,
석양 하늘아래 바람에 버들개지 날렸던 것 생각하네. 水蒲風絮夕陽天.

또 「유지사柳枝詞」5수가 있는데, 제5수를 소개하면 다음과 같다.

유우석 백거이가 근래 소주자사蘇州刺史[101]로 있으면서, 劉白蘇臺摠近時,
「양류지사」 지었다던데 누가 떠받들었느뇨. 當初章句是誰推.
가느다란 여인의 허리마냥 纖腰舞盡春楊柳,
　하늘하늘 춤추는 봄날 버드나무,
내 아직 시 한 수 안 지었는데. 未有儂家一首詩.

이 시에 설능은 다음과 같은 자주自注를 달았다.

유우석과 백거이는 연속해서 소주자사에 임명되어 「양류지사」를 지었는데, 세상에 많이 알려졌다. 비록 뛰어난 시구가 많았지만, 시어가 지나치게 생소하며, 음률 또한 모범으로 삼을만하지 못하다.

설능의 허풍이 이와 같았다. 그는 두보도 만만해보였고, 유우석과 백거이 이하는 돌아볼 가치도 없게 여겼던 것이다. 지금 그의 시를 보면 정말이지 웃음밖에 나오지 않는다. 유우석의 「양류지사楊柳枝詞」 9수 중 제8수를 보자.

성 밖에 불어오는 봄바람에 주막 깃발 나부끼고, 城外春風吹酒旗,
해질녘 나그네는 소맷자락 휘두르며 지나간다. 行人揮袂日西時.
장안 거리 끝없이 줄지어선 버드나무, 長安陌上無窮樹,
드리워진 가지엔 이별 노래 가득해라. 唯有垂楊管別離.

99 洛橋 : 낙양에 있는 천진교天津橋를 말한다.
100 習池 : 진晉나라 습욱習郁의 집 동산에 있던 연못이다.
101 蘇州刺史 : 소주蘇州(지금의 강소성 소주시)의 자사. 자사는 지방관리로, 한나라 때에는 민정과 군정軍政의 장관을 겸했으며, 수隋·당唐 때에는 주지사의 직분을 담당하다가, 송宋나라 이후에는 없어졌다.

다음은 백거이의 「양류지사楊柳枝詞」 8수 중 제4수이다.

붉은 나무판으로 만든 강교 위엔 　　紅板江橋靑酒旗,
　푸른 술집 깃발 나부끼고,
관왜궁館娃宮[102] 따스하니 석양 지네. 　　館娃宮暖日斜時.
아름다워라 비 그치고 봄바람도 멈추니, 　　可憐雨歇東風定,
수많은 버드나무 가지 절로 드리워지네. 　　萬樹千條各自垂.

유우석과 백거이의 이러한 풍류와 기개를 어찌 본뜰 수나 있겠는가?

18. 한나라와 진나라의 태상 漢晉太常

한나라는 무제武帝이후 승상은 작위가 없더라도 후侯에 봉해졌다. 승상이하로는 어사대부御史大夫라 할지라도 작위에 봉해질 수 없었으며, 태상太常이라는 직책은 후작의 작위가 있는 사람만이 담당할 수 있었다. 태상은 종묘와 선제의 원릉園陵을 담당하는 직책이었기 때문에 조금이라도 실수가 있으면 즉시 벌을 받았다. 한 무제 원수元狩[103] 연간 이후로, 죄를 지어 파면당한 태상만 20명이었다. 한 무제는 제후국의 세력을 약화시키려고 고의로 후작들에게 이 직책을 맡기고 실수를 하도록 유도해 파면시켰을 것이다. 역사서를 근거로 하여 후侯로 태상에 임명되었다가 작위를 삭탈당하거나 파직된 이들을 살펴보면 다음과 같다.

찬후酇侯 소수성蕭壽成은 제사에 사용된 가축이 여위었다는 이유로 처벌 받았고, 요후蓼侯 공장孔臧은 의관衣冠과 도로, 교량을 훼손시켰다는 이유로 처벌 받았다. 단후鄲侯 주중거周仲居는 적측전赤側錢[104]을 받지 않았다는 이유로 처벌 받았고, 승후繩侯 주평周平은 능원의 건물들을 제대로 수리하지 않았다는 이유로 처벌 받았다. 휴능후睢陵侯 장창張昌은 제사를 소홀히 했다는 이유로 처벌 받았고, 양평후陽平侯

102 館娃宮 : 춘추시대 오吳나라 왕 부차가 서시를 위해 지은 궁전. 지금의 강소성江蘇省 오현吳縣 영암산靈岩山 영암사靈岩寺가 궁전터이다.
103 元狩 : 한나라 무제 시기 연호(B.C.122~B.C.117).
104 赤側錢 : 한나라 때의 화폐, 적동赤銅으로 만들어 적측전이라 한다.

두상杜相은 제멋대로 정鄭땅의 무인舞人을 고용했다는 이유로 처벌 받았다. 광아후廣阿侯 임월인任越人은 종묘의 제사에서 사용된 술이 쉬었다는 이유로 처벌 받았고, 강추후江鄒侯 근석靳石은 이궁離宮으로 가는 도로와 교량이 걷기 어렵다는 이유로 처벌 받았다. 척후戚侯 이신성李信成은 승상이 신도神道[105]를 걷는 것을 방임했다는 이유로 처벌 받았고, 유후俞侯 난분欒賁은 옹雍[106]땅에서 바친 희생이 제사 준비를 위해 내렸던 명령과 부합하지 않는다는 이유로 처벌 받았다.

산양후山陽侯 장당거張當居는 박사제자博士弟子[107]를 허위로 뽑았다는 이유로 처벌 받았고, 성안후成安侯 한연년韓延年은 대신은 사적으로 외국의 문서를 지닐 수 없다는 규정을 어겼다는 이유로 처벌 받았다. 신치후新畤侯 조제趙弟는 범인을 심문할 때 정확히 하지 않았다는 이유로 처벌 받았고, 목구후牧丘侯 석덕石德은 종묘 제사에 사용된 가축이 여위었다는 이유로 처벌 받았다.

당도후當塗侯 위불해魏不害는 효문제 능묘의 기와가 바람에 떨어졌다는 이유로 처벌 받았고, 유양후綏陽侯 강덕江德은 능묘의 관리인이 밤중에 술을 마시고 불을 냈다다는 이유로 처벌 받았다. 포후蒲侯 소창蘇昌은 공문서를 누설했다는 이유로 처벌 받았고, 익양후弋陽侯 임궁任宮은 무릉茂陵[108] 능원의 물건이 도적질 당했다는 이유로 처벌 받았으며, 건평후建平侯 두원杜緩은 도적이 많다는 이유로 처벌 받았다. 찬후酇侯부터 목구후牧丘侯까지 열네 명의 제후들은 모두 무제 때 봉지를 몰수당했다. 당도후當塗侯부터 건평후建平侯까지 다섯 제후들은 파직 당하였는데, 소제昭帝와 선제宣帝 때이다. 진晉나라 때에도 이러한 풍습이 여전히 남아있어서, 혜제惠帝 원강元康 4년(294)에 큰 바람이 불어 종묘 건물의 기와 수십 장이 떨어지자 태상이었던 순우荀寓가 파직 당하였다.

원강 5년(295)에도 큰 바람이 불자 어사御史가 종묘의 건물들의 상태를 살펴보았는데, 기와장이 기울어진 곳이 열다섯 곳 발견되어, 태상의 직무를 정지시키고 형벌을 가했다. 능묘의 가시나무 한 그루가 6촌 2분(194mm) 정도 베어져 사도司徒와 태상이 허둥지둥 조급해하다가, 결국 태상이 파직되어 수감된 경우도 있었다. 이 모든 것은 한나라 구습으로 인해 발생되었다.

105 神道 : 왕릉의 묘도墓道 중 죽은 왕과 왕비의 혼이 다닌다고 하는 길이다.

106 雍 : 지금의 섬서陝西 봉상鳳翔.

107 博士弟子 : 박사博士에게 수업을 받는 학생으로, 한나라 무제 때 박사관博士官 아래 각 군郡에서 선발한 제자 50명을 두어 가르치게 했다.

108 茂陵 : 한 무제의 능원陵園.

1. 孟子書百里奚

柳子厚復杜溫夫書云：「生用助字，不當律令，所謂乎、歟、耶、哉、夫也者，疑辭也。矣、耳、焉也者，決辭也。今生則一之，宜考前聞人所使用，與吾言類且異，精思之則益也。」予讀孟子百里奚一章曰：「曾不知以食牛干秦繆公之爲汙也，可謂智乎？不可諫而不諫，可謂不智乎？知虞公之將亡而先去之，不可謂不智也。時擧於秦，知繆公之可與有行也而相之，可謂不智乎？」味其所用助字，開闔變化，使人之意飛動，此難以爲溫夫輩言也。

2. 韓柳爲文之旨

韓退之自言：作爲文章，上規姚、姒、盤、誥、春秋、易、詩、左氏、莊、騷、太史、子雲、相如，閎其中而肆其外。柳子厚自言：每爲文章，本之書、詩、禮、春秋、易，參之穀梁氏以厲其氣，參之孟、荀以暢其支，參之莊、老以肆其端，參之國語以博其趣，參之離騷以致其幽，參之太史公以著其潔。此韓、柳爲文之旨要，學者宜思之。

3. 李習之論文

李習之答朱載言書論文最爲明白周盡，云：「六經創意造言，皆不相師。故其讀春秋也，如未嘗有詩也；其讀詩也，如未嘗有易也；其讀易也，如未嘗有書也；其讀屈原、莊周也，如未嘗有六經也。如山有岱、華、嵩、衡焉，其同者高也，其草木之榮，不必均也。如瀆有濟、淮、河、江焉，其同者出源到海也，其曲直淺深，不必均也。天下之語文章有六說焉。其尙異者曰：『文章詞句，奇險而已。』其好理者曰：『文章敍意，苟通而已。』溺於時者曰：『文章必當對。』病於時者曰：『文章不當對。』愛難者曰：『宜深，不當易。』愛易者曰：『宜通，不當難。』此皆情有所偏滯，未識文章之所主也。義不深不至於理，而詞句怪麗者有之矣，劇秦美新、王褒僮約是也。其理往往有是者，而詞章不能工者有之矣，王氏中說、俗傳太公家敎是也。古之人能極於工而已，不知其辭之對與否、易與難也。『憂心悄悄，慍于羣小』，非對也；『遘閔旣多，受侮不少』，非不對也。『朕堲讒說殄行，震驚朕師』，『菀彼桑柔，其下侯旬，捋采其劉』，非易也。『光被四表，格于上下』，『十畝之間兮，桑者閑閑兮』，非難也。六經之後，百家之言興，老聃、列、莊至于劉向、揚雄, 皆自成一家之文, 學者之所師歸也。故義雖深, 理雖當, 詞不工者不成文, 宜不能傳也。」其論於文者如此, 後學宜志之。

4. 魏鄭公諫語

魏鄭公諫止唐太宗封禪, 中間數語, 引喻剴切, 曰：「今有人十年長患, 療治且愈, 此人應皮骨僅存, 便欲使負米一石, 日行百里, 必不可得。隋氏之亂, 非止十年, 陛下爲之良醫, 疾苦雖已乂安, 未甚充實。告成天地, 臣切有疑。」太宗不能奪。此語見於公諫錄及舊唐書, 而新史不載, 資治通鑑記其諫事, 亦刪此一節, 可惜也。

5. 虞世南

虞世南卒後, 太宗夜夢見之, 有若平生。翌日, 下制曰：「世南奄隨物化, 倏移歲序。昨因夜夢, 忽睹其人, 追懷遺美, 良增悲歎！宜資冥助, 申朕思舊之情。可於其家爲設五百僧齋, 并爲造天尊像一軀。」夫太宗之夢世南, 蓋君臣相與之誠所致, 宜恤其子孫, 厚其恩典可也。齋僧造像, 豈所應作！形之制書, 著在國史, 惜哉, 太宗而有此也。

6. 七發

枚乘作七發, 創意造端, 麗旨腴詞, 上薄騷些, 蓋文章領袖, 故爲可喜。其後繼之者, 如傅毅七激、張衡七辯、崔駰七依、馬融七廣、曹植七啓、王粲七釋、張協七命之類, 規仿太切, 了無新意。傅玄又集之以爲七林, 使人讀未終篇, 往往弃諸几格。柳子厚晉問, 乃用其體, 而超然別立新機杼, 激越淸壯, 漢、晉之間, 諸文士之弊, 於是一洗矣。東方朔答客難, 自是文中傑出, 揚雄擬之爲解嘲, 尙有馳騁自得之妙。至於崔駰達旨、班固賓戲、張衡應間, 皆屋下架屋, 章摹句寫, 其病與七林同, 及韓退之進學解出, 於是一洗矣。毛穎傳初成, 世人多笑其怪, 雖裴晉公亦不以爲可, 惟柳子獨愛之。韓子以文爲戲, 本一篇耳, 妄人旣附以革華傳, 至於近時, 羅文、江瑤、葉嘉、陸吉諸傳, 紛紜雜沓, 皆託以爲東坡, 大可笑也。

7. 將軍官稱

前漢書百官表：「將軍皆周末官, 秦因之。」予案國語：「鄭文公以詹伯爲將軍。」又：「吳夫差十旌一將軍。」左傳：「豈將軍食之而有不足。」檀弓：「衛將軍。」文子：「魯使愼子爲將軍。」然則其名久矣。彭寵爲奴所縛, 呼其妻, 曰：「趣爲諸將軍辦裝。」東漢書注云：「呼奴爲將軍, 欲其赦己也。」今吳人語猶謂小蒼頭爲將軍, 蓋本諸此。

8. 北道主人

秦、晉圍鄭, 鄭人謂秦盍舍鄭以爲東道主。蓋鄭在秦之東, 故云。今世稱主人爲東道者, 此也。東漢載北道主人, 乃有三事:「常山太守鄧晨會光武於鉅鹿, 請從擊邯鄲, 光武曰:『偉卿以一身從我, 不如以一郡爲我北道主人。』」又:「光武至薊, 將欲南歸, 耿弇以爲不可, 官屬腹心皆不肯, 光武指弇曰:『是我北道主人也。』」「彭寵將反, 光武問朱浮, 浮曰:『大王倚寵爲北道主人, 今旣不然, 所以失望。』」後人罕引用之。

9. 洛中盱江八賢

司馬溫公序賻禮, 書閭閻之善者五人。呂南公作不欺述。書三人, 皆以卑微不見於史氏。予頃脩國史, 將以綴于孝行傳而不果成, 聊紀之於此。

溫公所書皆陝州夏縣人, 曰醫劉太, 居親喪, 不飮酒食肉, 終三年, 以爲今世士大夫所難能。其弟永一, 尤孝友廉謹。夏縣有水災, 民溺死者以百數, 永一執竿立門首, 他人物流入門者, 輒擿出之。有僧寓錢數萬於其室而死, 永一詣縣自陳, 請以錢歸其子弟。鄕人負債不償者, 毁其券。曰周文粲, 其兄耆酒, 仰弟爲生, 兄或時酗毆粲, 鄰人不平而唁之, 粲怒, 曰:「兄未嘗毆我, 汝何離間吾兄弟也!」曰蘇慶文者, 事繼母以孝聞, 常語其婦曰:「汝事吾母小不謹, 必逐汝。」繼母少寡而無子, 由是安其室終身。曰臺亨者, 善畫, 朝廷修景靈宮, 調天下畫工詣京師, 事畢, 詔選試其優者, 留翰林授官祿, 亨名第一。以父老固辭, 歸養於田里。

南公所書皆建昌南城人。曰陳策, 嘗買騾, 得不可被鞍者, 不忍移之它人, 命養於野廬, 俟其自斃。其子與猾駔計, 因經過官人喪馬, 卽磨破騾背, 以衒賣之。旣售矣, 策聞, 自追及, 告以不堪。官人疑策愛也, 祕之。策請試以鞍, 亢亢終日不得被, 始謝還焉。有人從策買銀器若羅綺者, 策不與羅綺。其人曰:「向見君帑有之, 今何靳?」策曰:「然。有質錢而沒者, 歲月已久, 絲力糜脆不任用, 聞公欲以嫁女, 安可以此物病公哉!」取所當與銀器投熾炭中, 曰:「吾恐受質人或得銀之非眞者, 故爲公驗之。」曰危整者, 買鮑魚, 其駔舞秤權陰厚整。魚人去, 身留整傍, 請曰:「公買止五斤, 已爲公密倍入之, 願畀我酒。」整大驚, 追魚人數里返之, 酬以直。又飮駔醇酒, 曰:「汝所欲酒而已, 何欺寒人爲!」

曰曾叔卿者, 買陶器欲轉易於北方, 而不果行。有人從之倂售者, 叔卿與之, 已納價, 猶問曰:「今以是何之?」其人對:「欲效公前謀耳。」叔卿曰:「不可, 吾緣北方新有災荒, 是故不以行, 今豈宜不告以誤君乎!」遂不復售。而叔卿家苦貧, 妻子飢寒不恤也。嗚呼, 此八人者賢乎哉!

10. 王導小名

顔魯公書遠祖西平靖侯顔含碑, 晉李闡之文也。云:「含爲光祿大夫, 馮懷欲爲王導降禮, 君不從, 曰:『王公雖重, 故是吾家阿寵。』君是王親丈人, 故呼王小字。」晉書亦載此事而不書小字。世說:「王丞相拜司空, 桓廷尉歎曰:『人言阿龍超, 阿寵故自超。』」呼三公小字, 晉人浮虛之習如此。

11. 漢書用字

太史公陳涉世家:「今亡亦死, 擧大計亦死, 等死, 死國可乎?」又曰:「戍死者固什六七, 且壯士不死卽已, 死卽擧大名耳!」疊用七死字, 漢書因之。漢溝洫志載賈讓治河策云:「河從河內北至黎陽爲石隄, 激使東抵東郡平剛;又爲石隄, 使西北抵黎陽、觀下;又爲石隄, 使東北抵東郡津北;又爲石隄, 使西北抵魏郡昭陽;又爲石隄, 激使東北, 百餘里間, 河再西三東。」凡五用石隄字而不爲冗複, 非後人筆墨畦徑所能到也。

12. 姜嫄簡狄

毛公注生民詩姜嫄生后稷「履帝武敏歆」之句, 曰:「從於高辛帝而見於天也。」玄鳥詩「天命玄鳥, 降而生商」之句, 曰:「春分玄鳥降, 簡狄配高辛帝, 帝與之祈于郊禖而生契, 故本其爲天所命, 以玄鳥至而生焉。」其說本自明白。至鄭氏箋始云:「帝, 上帝也。敏, 拇也。祀郊禖時, 有大人之迹, 姜嫄履之, 足不能滿, 履其拇指之處, 心體歆歆然如有人道感已者, 遂有身, 後則生子。」又謂:「鳦遺卵, 簡狄呑之而生契。」其說本於史記, 謂:「姜嫄出野, 見巨人跡, 忻然踐之, 因生稷。」「簡狄行浴, 見燕墮卵, 取呑之, 因生契。」此二端之怪妄, 先賢辭而闢之多矣。歐陽公謂稷、契非高辛之子, 毛公於史記不取履迹之怪, 而取其訛繆之世次。案漢書, 毛公趙人, 爲河間獻王博士, 然則在司馬子長之前數十年, 謂爲取史記世次, 亦不然。蓋世次之說, 皆出於世本, 故荒唐特甚, 其書今亡。夫適野而見巨迹, 人將走避之不暇, 豈復故欲踐履, 以求不可知之禨祥;飛鳥墮卵, 知爲何物, 而遽取呑之。以古揆今, 人情一也。今之愚人未必爾, 而謂古聖人之后妃爲之, 不待辨而明矣。

13. 羌慶同音

王觀國彦賓、吳棫材老有學林及叶韻補注、毛詩音二書, 皆云:「詩、易、太玄凡用慶字, 皆與陽字韻叶, 蓋羌字也。」引蕭該漢書音義,「慶, 音羌。」又曰:「漢書亦有作羌者。班固幽通賦『慶未得其云已』, 文選作羌, 而它未有明證。」予案揚雄傳所載反離騷:「慶夭顇而喪榮。」注云:「慶, 辭也, 讀與羌同。」最爲切據。

14. 佐命元臣

盛王創業, 必有同德之英輔, 成垂世久長之計, 不如是, 不足以爲一代宗臣。伊尹、周公之事, 見於詩、書, 可考也。漢蕭何佐高祖, 其始入關, 卽收秦丞相御史律令圖書, 以周知天下阸塞, 戶口多少。强弱處, 民所疾苦。高祖失職爲漢王, 欲攻項羽, 周勃、灌嬰、樊噲皆勸之, 何獨曰:「今衆弗如, 百戰百敗, 願王王漢中, 收用巴蜀, 然後還定三秦。」王用其言。此劉氏興亡至計也。進韓信爲大將, 使當一面, 定魏、趙、燕、齊, 高祖得顓心與楚角, 無北顧憂。且死, 引曹參代己, 而畫一之法成。約三章以蠲秦暴, 拊百姓以申漢德。四百年基業, 此焉肇之。唐房玄齡佐太宗, 初在秦府, 己獨收人物致幕下, 與諸將密相申結, 引杜如晦與參籌帷。及爲宰相, 粲然興起治功, 以州縣成天下之治, 以租庸調天下之財, 以八百府、十六衛本天下之兵, 以諫爭付王、魏, 以兵事付靖、勣, 御夷狄有道, 用賢材有術。三百年基業, 此焉肇之。其後制節度使而州縣之治壞, 更二稅法而租庸之理壞, 變府兵爲彍騎、諸衛爲神策而軍政壞, 雖有名臣良輔, 不能救也。趙韓王佐藝祖, 監方鎭之勢, 削支郡以損其强, 置轉運、通判使掌錢穀以奪其富, 參命京官知州事以分其黨, 祿諸大功臣於環衛而不付以兵, 收天下驍銳於殿巖而不使外重。建法立制, 審官用人, 一切施爲, 至于今是賴。此三君子之後, 代天理物, 碩大光明者, 世有其人, 所謂一時之相爾。蕭之孫有罪及無子, 凡六絕國, 漢輒紹封之。國朝褒錄韓王苗裔, 未嘗或忘。唯房公之亡未十年, 以其子故, 奪襲爵、停配享, 訖唐之世不復續, 唐家亦少恩哉!

15. 名世英宰

曹參爲相國, 日夜飮醇酒不事事, 而畫一之歌興。王導輔佐三世, 無日用之益, 而歲計有餘, 末年略不復省事, 自歎曰:「人言我憒憒, 後人當思我憒憒。」謝安石不存小察, 經遠無競。唐之房、杜, 傳無可載之功。趙韓王得士大夫所投利害文字, 皆寘二大甕, 滿則焚之。李文靖以中外所陳一切報罷, 云:「以此報國。」此六七君子, 蓋非揚己取名, 瞭然使戶曉者, 眞名世英宰也, 豈曰不事事哉!

16. 檀弓誤字

檀弓載吳侵陳事曰:「陳太宰嚭使於師, 夫差謂行人儀曰:『是夫也多言, 盍嘗問焉, 師必有名, 人之稱斯師也者, 則謂之何!』太宰嚭曰:『其不謂之殺厲之師與!』」案, 嚭乃吳夫差之宰, 陳遣使者正用行人, 則儀乃陳臣也。記禮者簡策差互, 故更錯其名, 當云「陳行人儀使於師, 夫差使太宰嚭問之」, 乃善。忠宣公作春秋詩引斯事, 亦嘗辯正云。

17. 薛能詩

薛能者, 晚唐詩人, 格調不能高, 而妄自尊大。其海棠詩序云:「蜀海棠有聞, 而詩無聞, 杜子美於斯, 興象不出, 沒而有懷。天之厚余, 謹不敢讓, 風雅盡在蜀矣, 吾其庶幾。」然其語不過曰:「靑苔浮落處, 暮柳間開時。帶醉遊人揷, 連陰彼叟移。晨前淸露濕, 晏後惡風吹。香少傳何許, 姸多畫半遺」而已。又有荔枝詩序曰:「杜工部老居兩蜀, 不賦是詩, 豈有意而不及歟! 白尙書曾有是作, 興旨卑泥, 與無詩同。予遂爲之題, 不愧不負, 將來作者, 以其荔枝首唱, 愚其庶幾。」然其語不過曰:「顆如松子色如櫻, 未識蹉跎欲半生。歲杪監州曾見樹, 時新入座久聞名」而已。又有折楊柳十首, 叙曰:「此曲盛傳, 爲詞者甚衆, 文人才子, 各衒其能, 莫不條似舞腰, 葉如眉翠, 出口皆然, 頗爲陳熟。能專於詩律, 不愛隨人, 搜難抉新, 誓脫常態, 雖欲勿伐, 知音者其舍諸?」然其詞不過曰:「華淸高樹出離宮, 南陌柔條帶暖風。誰見輕陰是良夜, 瀑泉聲畔月明中。」「洛橋晴影覆江船, 羌笛秋聲濕塞烟。閑想習池公宴罷, 水蒲風絮夕陽天」而已。別有柳枝詞五首, 最後一章曰:「劉、白蘇臺揔近時, 當初章句是誰推。纖腰舞盡春楊柳, 未有儂家一首詩。」自注云:「劉、白二尙書, 繼爲蘇州刺史, 皆賦楊柳枝詞, 世多傳唱, 雖有才語, 但文字太僻, 宮商不高耳。」能之大言如此, 但稍推杜陵, 視劉、白以下蔑如也。今讀其詩, 正堪一笑。劉之詞云:「城外春風吹酒旗, 行人揮袂日西時。長安陌上無窮樹, 唯有垂楊管別離。」白之詞云:「紅板江橋淸酒旗, 館娃宮暖日斜時。可憐雨歇東風定, 萬樹千條各自垂。」其風流氣槪, 豈能所可髣髴哉!

18. 漢晉太常

漢自武帝以後, 丞相無爵者乃封侯, 其次雖御史大夫, 亦不以爵封爲間。唯太常一卿, 必以見侯居之, 而職典宗廟園陵, 動輒得咎, 由元狩以降, 以罪廢斥者二十人。意武帝陰欲損侯國, 故使居是官以困之爾。表中所載:鄚侯蕭壽成, 坐犧牲瘦;蓼侯孔臧, 坐衣冠道橋壞;鄲侯周仲居, 坐不收赤側錢;繩侯周平, 坐不繕園屋;睢陵侯張昌, 坐乏祠;陽平侯杜相, 坐擅役鄭舞人;廣阿侯任越人, 坐廟酒酸;江鄒侯靳石, 坐離宮道橋苦惡;戚侯李信成, 坐縱丞相侵神道;俞侯欒賁, 坐雍犧牲不如令;山陽侯張當居, 坐擇博士弟子不以實;成安侯韓延年, 坐留外國文書;新時侯趙弟, 坐鞫獄不實;牧丘侯石德, 坐廟牲瘦;當塗侯魏不害, 坐孝文廟風發瓦;轑陽侯江德, 坐廟郎夜飮失火;蒲侯蘇昌, 坐泄官書;弋陽侯任宮, 坐人盜茂陵園物, 建平侯杜緩, 坐盜賊多。自鄚侯至牧丘十四侯, 皆奪國, 武帝時也。自當塗至建平五侯, 但免官, 昭、宣時也。下及晉世, 此風猶存。惠帝元康四年, 大風, 廟闕屋瓦有數枚傾落, 免太常荀 (寓)。五年, 大風, 蘭臺主者求索阿棟之間, 得瓦小邪十五處, 遂禁止太常, 復興刑獄。陵上荊一枝圍七寸二分者被斫, 司徒、太常犇走道路, 太常禁止不解, 蓋循習漢事云。

••• 용재수필 권8(15칙)

1. 제갈공 諸葛公

제갈공명은 천년에 한 번 나올만한 걸출한 인물이다. 그의 용병술과 지휘는 인의仁義와 절제節制를 바탕으로 한 것으로, 하·은·주 삼대 이래 그와 같은 사람이 없었다. 그의 생각과 행동은 모두 충성심에서 비롯된 것이었다. 그는 난세에 태어나 직접 농사를 지으며 살았기에, 서서徐庶[1]의 추천과 유비劉備의 삼고초려三顧草廬가 없었다면, 분명 고향땅에서 농사나 지으며 살았지 부귀공명을 구하지는 않았을 것이다.

제갈량은 유비를 처음 만나 천하의 대세를 논하면서 조조曹操는 너무 강성해서 싸울 상대가 아니며, 손권孫權과 동맹을 맺을 수는 있지만 함께 대사를 도모할 수는 없고, 오직 형주荊州와 익주益州만이 근거지로 삼을 만하다고 건의했다. 그의 판단은 점괘마냥 분명했고, 죽을 때까지 평생 소신을 바꾸지 않았다. 정권을 잡은 20년 동안 그는 임금의 신뢰를 받았고, 사대부들의 존경을 받았다. 이민족들은 그를 믿고 따랐으며, 적들은 그를 두려워했다.

위로는 임금의 신뢰를 받았기 때문에, 유비는 죽음을 앞두고 제갈량에게 이렇게 말했다.

1 徐庶 : 후한 말과 삼국시대 위魏나라의 정치가. 자 원직元直. 젊어서 무예에 뛰어났다. 그는 학문에도 밝아 형주에 머물던 촉한蜀漢의 유비를 만나 그의 참모가 되었다. 유비에게 제갈량을 와룡臥龍에 비유하며 천거하여, 유비가 유능한 인재를 모으는데 큰 역할을 했다. 하지만 조조曹操가 자신의 어머니를 인질로 잡아갔기 때문에 조조에게 투항해야만 했다.

"내 아들은 재주가 없으니, 그대가 황제의 자리를 취해도 좋소."

유비의 뒤를 이어 왕위에 오른 후주後主 유선劉禪은 무능하고 나약하여 황제의 재목이 못되었지만, 국정 전체를 제갈량에게 일임하는 것에 대해서는 조금의 의심도 하지 않았다. 아래로는 공정함으로 부하들의 절대적인 신뢰를 얻었다. 그래서 장수교위長水校尉 요립廖立과 표기장군驃騎將軍 이엄李嚴은 제갈량에 의해 관직이 삭탈 당했음에도 그의 죽음을 전해 듣고 진심으로 슬퍼했다. 요립은 눈물을 흘리며 통곡하였고[2], 이엄은 슬픔이 울화가 되어 죽었다고 한다.[3]

또 후주의 좌우로 간신들이 가득 찬 궁궐에서도 그를 음해하려는 마음을 가진 자가 하나도 없었다고 한다. 위나라가 중원의 대부분을 차지하고 있었고, 조조와 조비曹丕의 위세를 등에 업은 용맹한 장수들이 무수히 많았지만, 촉나라를 향해 화살 한 발 쏠 엄두를 내지 못했다. 그러나 그와 반대로 제갈공명은 여섯 차례나 위나라를 토벌하기위해 출병하였으니, 위나라 사람들은 촉을 호랑이 보듯 두려워할 수밖에 없었다.

후에 사마의司馬懿는 제갈공명이 진영을 세웠던 곳을 자세하게 둘러보며, 그가 세상에 둘도 없는 뛰어난 인재라고 탄복하였다. 위나라 장수인 종회鍾會가 촉나라를 정벌할 때, 특별히 사람을 보내 한천漢川에 있는 제갈공명의

2 요립은 자신의 재능과 명성이 제갈량 다음 간다고 자부했으며, 제갈량 또한 그를 인재로 인정했다. 그러나 자신의 재능에 대한 자만과 장수교위라는 한직閑職에 대한 원망으로, 사석에서 조정의 대신들을 소인이라 폄하하고 국정에 대한 불평을 서슴지 않았는데, 이러한 일들이 제갈량에게까지 전해졌다. 제갈량은 요립의 관직을 박탈하고 서민으로 강등시켜 유배형을 내렸다. 후에 제갈량이 죽자, 요립은 울면서 자신의 재능을 알고 써줄 사람이 없음을 슬퍼했다.

3 제갈량은 이엄에 대해 "일을 처리하는 것이 마치 물 흐르듯 하며, 해야 할 일과 버려야 할 일을 결정할 때 주저함이 없는 성격"이라고 평가할 만큼 그의 능력을 인정했다. 유비는 죽으면서 제갈량과 이엄에게 어린 유선을 맡겼을 정도로 신임했다. 이후 제갈량이 북벌에 나서면서 이엄에게 군량 수송을 맡겼으나, 이엄이 갖은 핑계로 군량을 보내지 않아 결국 촉군의 퇴각을 초래했다. 이엄은 결국 이 일로 파직되어 서민으로 강등되었다. 그러면서도 이엄은 제갈량이 다시 자신을 중용해 줄 것으로 기대하고 있었는데, 제갈량이 죽었다는 소식을 듣고는 울며 통탄하다 병을 얻어 죽었다.

묘에 제사를 지내게 했고, 또 군사들이 묘 근처의 나무를 베는 것을 엄금했다. 이러한 모든 것들은 제갈량의 뛰어난 지혜와 인품에 대한 존경에서 비롯된 것이었다.

위연魏延은 제갈공명을 따라 위나라를 정벌하러 출병할 때마다 병력 만 명을 요청했다. 그는 제갈량과 다른 길로 가서 동관潼關에서 회합하는 전략을 구상한 것이었는데, 제갈공명은 번번이 허락하지 않았다. 위연은 또 오천의 병력을 요청하며, 진령秦嶺을 따라 동쪽으로 곧장 가서 장안을 점령하면 한 번에 함양咸陽 서쪽을 평정할 수 있다는 전략을 내놓았다. 역사가들은 위연의 의견이 위험했기 때문에 제갈량이 채택하지 않았다고 하지만 사실은 그렇지 않다.

제갈량 스스로가 정의를 신봉하는 군사軍師였기 때문에, 남을 속이려는 모략과 묘책들을 사용해서는 안 된다고 생각한 것이다. 그는 수십만 대군을 이끌고 지름길이 아닌 정면으로 진격해 적군과 맞서려고 했으며, 큰 깃발을 들고 북을 울리며 곧장 위나라의 도성으로 향하여, 위나라에게 선전포고문을 보내 날을 택해 교전하려고 했다. 그런 그가 어찌 몰래 행동을 하려했겠으며, 속임수로 함양을 정벌하려고 했겠는가!

사마의는 제갈량보다 네 살 많았는데, 사마의가 아직 살아있을 때 제갈량이 죽었다. 그 때 그의 나이 겨우 54세였다. 결국 하늘이 한나라 종실에 복을 내리지 않은 것이라고 밖에 할 수 없다. 이것은 사람의 힘으로는 어쩔 수 없는 일이었다.

> 서남쪽에서 패자覇者의 기운 사라져버리니, 覇氣西南歇,
> 웅대하게 여러 차례 도모했으나 좌절되었다네. 雄圖歷數屯.[4]

두보의 시는 한나라의 천명이 다하였다는 것을 잘 표현하고 있다.

4 두보, 「알선주묘謁先主廟」.

2. 패옥을 차고 목욕을 하다 沐浴佩玉

『예기·단궁檀弓』에 나오는 이야기다.

> 석태중石駘仲[5]이 적자 없이 서자 여섯 만을 두고 죽자, 어느 아들이 아버지의 뒤를 이을 것인가 점을 쳐서 결정하고자 했다.
> 점술인이 말하였다.
> "목욕할 때 패옥을 차면 길할 것입니다."
> 다섯 아들은 모두 패옥을 차고 목욕을 했다.
> 석기자石祁子가 말하였다.
> "부친의 상을 당하여 패옥을 차고 목욕을 하는 이가 누가 있단 말이요?"라고 하며 목욕을 할 때 패옥을 차지 않았다.

이 문장을 지금 쓴다면 위와 같이 쓰지 않고, 반드시 다음과 같이 하였을 것이다.

> 목욕할 때 패옥을 차면 길하다하여, 다섯 아들이 그처럼 하였는데, 기자祁子만이 홀로 그럴 수 없다하며 말하였다.
> "부친의 상을 당하여 이처럼 하는 이가 누가 있다는 말이요?"

이 문장은 그 일에 대해 충분히 다 설명하고 있지만, 옛 문장이 지닌 의미는 약해져버렸다.

3. 『담총』에서 누락된 사실 談叢失實

후산後山 진사도陳師道[6]의 『담총談叢』 6권은 문장이 뛰어나고 간결하여 힘이 넘친다. 그러나 『담총』에 기록된 송나라의 역사는 고증이 결여되어있어 대부분 사실에 부합하지 않는다. 여기에서 몇 가지 사항을 자유롭게 분석해보

5 石駘仲 : 춘추시대 위衛나라의 대부.

6 陳師道(1053~1102) : 북송의 시인. 자 이상履常 또는 무기無己. 호 후산거사後山居士. 팽성彭城(지금의 강소 소주) 사람이다. 사람됨이 고아하고 절개가 있어 안빈낙도安貧樂道했지만, 어려움 속에 곤궁하게 살다가 추위와 병에 시달리다 죽었다.

겠다.

첫 번째 사항이다.

> 허국공許國公 여이간呂夷簡은 한기韓琦[7]와 부필富弼·범중엄范仲淹[8] 세 사람을 싫어해 그들을 파면시키고자 했지만 그렇게 할 수 없었다. 서하西夏와의 전쟁을 끝내기 위해서 조정에서는 이 세 사람과 거국공莒國公 송상宋庠·영국공英國公 하송夏竦을 추밀원樞密院[9]과 중서문하中書門下[10]에 임명하였는데, 이들은 모두 여이간의 정적이었다. 여이간은 이미 노쇠했지만, 조정의 큰일들에 대해 여전히 그의 의견을 물어왔다. 그래서 그는 추밀원과 중서문하의 대신들을 파견하여, 하북河北과 하동河東·섬서陝西 등 변경의 선무사宣撫使를 겸임하도록 할 것을 건의했다. 그의 건의가 비준을 받아, 변경으로 떠나게 된 대신들이 추밀원에서 밤을 보내게 되었다. 범중엄은 임금의 명을 받들어 섬서로 가게 되어, 추밀원에서 밤을 보내었다.

조사해 보니, 여의간은 재상의 자리에서 파면당한 후 국가의 큰일을 함께 의논하는 중책을 맡으라는 황제의 부르심이 있었지만 사양했는데, 그 때가 인종仁宗 경력慶曆 3년(1043) 3월이다. 그리고 그해 9월에 퇴직하였다고 한다. 경력 4년(1044) 7월이 되어서야 부필과 범중엄이 선무사에 봉해졌고, 한기와 부필·범중엄 세 사람이 추밀원과 중서문하에 들어간 때는 여의간이 외지에서 벼슬살이를 할 때이며, 하송이 추밀사에 배수되기는 했으나 중간에 임명이 철회되었다. 2년 후 여의간이 다시 추밀원에 들어갔는데, 어떻게 이 다섯 사람이 함께 추밀원과 중서문하에 있을 수 있다는 말인가?

두 번째 사항이다.

---

7 韓琦(1008~1075) : 중국 북송의 정치가. 사천四川의 굶주린 백성 190만 명을 구제하고, 서하西夏의 침입을 격퇴하여 변경방비에도 역량을 과시함으로써, 30살에 이미 명성을 떨쳐 추밀부사가 되었다. 이후 재상에 올랐으나 왕안석과 정면 대립하여 관직에서 물러났다.

8 范仲淹(989~1052) : 북송北宋 때 정치가·문인. 자 희문希文. 부재상격인 참지정사參知政事에까지 올랐다. 그가 남긴 천고의 명작 「악양루기岳陽樓記」의 "천하의 근심에 앞서 걱정하고, 천하의 기쁨은 나중에 기뻐한다"는 명언은 '중국정신'의 일부가 되어 중국 문명의 보배와 같은 정신유산으로 남아 있다는 평을 듣는다. 주희는 범중엄을 유사이래 천하 최고의 일류급 인물이라고 칭찬한 바 있다.

9 樞密院 : 군정軍政을 담당하는 부서로 서부西府라고 칭한다.

10 中書門下 : 정사당政事堂이라고도 하며 정무政務를 담당하는 부서로 동부東府라고 칭한다.

두연杜衍과 정도丁度가 하동선무사河東宣撫使에 임명이 되었을 때, 임포任布의 아들이 정권을 잡고 있는 대신들을 비난하는 상소문을 올렸다. 상소문에서 자신의 아버지까지도 언급하며, 대신들이 기회를 잡아 관직에 오른 것이지 덕德으로 선발된 것이 아니라며 비난했다. 두연은 이 이야기를 듣고 정도에게 웃으며 말했다.

"대감의 아들도 상소문을 내려고 하지 않습니까?"

정도는 두연에게 심한 모멸감을 느꼈다. 그 후 두 사람이 함께 조정에서 집무를 할 때, 두연의 사위 소순흠蘇舜欽이 모함을 받아 심문을 받게 되었는데, 두연은 의심을 피하기 위해 이 사건에 관여하지 않았다. 정도는 엄격하게 법률에 의거해 사건을 처리했고, 소순흠은 파면되었으며, 두연 또한 파직되었다. 한 마디의 우스개 소리가 이처럼 큰 화를 불러온 것이다.

조사해 보니, 두연이 하동선무사에 임명되었을 때, 정도는 학사學士의 신분으로 부사副使 직책에 있었다. 경력 4년 11월에 소순흠 사건이 발생했는데, 그 당시 재상이었던 두연은 경력 5년(1045) 정월에 파직되었다. 그리고 두연이 파직된 그해 5월에서야 정도가 한림학사에서 참지정사參知政事로 발탁되었는데, 어떻게 소순흠을 처벌할 수 있었겠는가? 또 두연은 덕망이 두터운 사람이기에 분명 다른 사람들을 웃음거리로 삼지 않았을 것이다. 정도 또한 덕망이 높은 사람인데 어찌 한 마디의 농담을 가슴에 새겨 어진 신하를 모함할 수 있단 말인가?

세 번째 사항이다.

장영張泳은 성도成都에서 조정으로 소환되어 참지정사에 임명되었는데, 개봉에 도착한 후 정수리에 부스럼이 나서, 지방으로 발령받기를 청하였다. 그래서 항주杭州의 지주知州에 임명되었고, 얼마 안 되어 병도 호전되었다. 황제가 환관을 파견하여 그에게 다시 참지정사로 임명하겠다는 말을 전하였다. 그런데 진국공晉國公 정위丁謂가 파견된 환관에게 뇌물로 백금을 주며, 장영의 병이 예전과 같다고 황제에게 고하게 해서, 황제는 그를 소환하지 않았다.

조사해 보니, 장영은 두 차례 성도에서 관직생활을 하였는데, 첫 번째 개봉으로 소환되어 호부사戶部使와 어사중승御使中丞에 임명되었고, 그 후 항주의 지주가 되었다. 이때 정위는 시종侍從의 직책에 있었다. 두 번째 장영이 촉에서 승주昇州[11]의 지주로 전근 갔을 때, 정위는 삼사사三司使였는데, 어찌 위에 서술한 사건이 일어날 수 있겠는가!

네 번째 사항이다.

> 장영이 진주陳州[12]에 있었을 때 진국공 정위가 내국공萊國公 구준寇准을 조정에서 내쫓았다는 말을 전해 듣고, 그 화가 자기에까지 미칠 것을 알았다. 장영은 진주의 세 부호를 불러 도박판을 벌이고, 채색 주사위로 그 부호들에게 딴 돈으로 은퇴이후 살 집과 땅을 사 스스로 오명을 썼다. 정위는 이 소식을 전해 듣고 장영에게 해를 가하지 않았다.

조사에 의하면 장영은 진종眞宗 상부祥符 6년(1013)에 진주의 지주로 있었고, 상부 8년(1015)에 세상을 떠났다. 5년 후인 천희天禧 4년(1020)이 되어서야 재상이었던 구준이 파직되어 폄적되었는데, 어찌 장영이 스스로에게 오명을 씌우는 일이 생길 수 있단 말인가?

이 네 가지 사항과 관련된 일들이 자세하게 전해지지 않아, 황당무계함이 이 지경까지 이르게 된 것이다. 이는 전인들이 국가에서 편수한 정사正史를 소장할 수 없었기에 호사가들이 마음대로 덧붙여서 이야기를 꾸며냈고, 많은 이들이 그러한 이야기들을 믿을 수 있는 사실처럼 여겼기에, 기록하는 사람들이 이러한 실책을 범하게 된 것이다. 진사도陳師道의 책은 분명 후세에 길이길이 전해질 것이고, 이렇듯 잘못된 기록이 천년의 의혹을 남길 것이기에, 진위를 판별하고자 이 글을 썼다.

4. 석노 石砮

소식은 『석노기石砮記』에서 다음과 같이 말하였다.

> 「우공禹貢」[13]의 기록에 따르면 형주荊州는 숫돌[礪], 고운 숫돌[砥], 돌화살촉[砮], 주

11 昇州 : 지금의 남경.

12 陳州 : 지금의 하남성 회양淮陽.

13 「禹貢」 : 『서경·하서夏書』의 편명으로 중국 구주九州의 지리와 산물에 대하여 기술한 고대의 지리서.

사[丹][14]와 화살 만드는 대나무인 이대[箘]와 노[簬], 싸리나무[楛]를 바쳤고, 양주梁州는 돌화살촉과 경쇠[磬]를 바쳤다. 춘추시대에 송골매[鷹隼]가 진陳나라의 궁정에 날아들어 싸리나무 화살[楛矢][15]로 쏘아 맞췄다.

돌화살촉의 길이는 1척 8촌(약 41.6㎝)[16]인데, 어떤 사람이 공자에게 돌화살촉에 대해 묻자, 공자는 형주와 양주를 예로 들지 않고 멀리에 있는 숙신肅愼의 예를 들었다. 이는 당시 형주와 양주에서 이러한 공물들을 바치지 않았다는 것을 말해준다. 안사고顔師古[17]는 이렇게 주를 달았다.

"싸리나무[楛木]로 화살대를 만들 수 있는데, 지금 빈豳[18] 이북에서는 모두 싸리나무 화살대를 사용한다."

이를 통해 싸리나무로 만든 화살이 당나라 때까지 사용된 것을 알 수 있으며, 또 춘추시대 이래로 돌로 만든 화살촉인 석노를 아는 사람이 없었다는 것도 알 수 있다.

『진서晉書·읍루전挹婁傳』을 살펴보면 다음과 같은 기록이 있다.[19]

산에서 생산되는 돌을 갈아 만든 싸리나무 화살대의 돌화살촉은 쇠도 꿰뚫을 정도로 날카롭다. 주나라 무왕武王 때 읍루가 화살과 돌화살촉을 공물로 바쳤으며, 위나라 원제元帝 경원景元말에도 화살과 돌화살촉을 바쳤고, 동진 원제 태흥太興[20]때에도 돌화살촉을 바쳤고, 후에 후월後越의 왕인 석호石虎와 왕래하면서 화살

---

14 주사 : 수은으로 이루어진 황화광물黃化鑛物로 진한 붉은색을 띠고 있고 덩어리 모양으로 점판암粘板岩·혈암頁岩·석회암石灰岩 속에서 나며, 수은의 원료·붉은색 안료·약재 등으로 쓰인다.

15 楛矢 : 돌화살촉이 달린 화살.

16 춘추전국시대 때의 1척은 23.1㎝, 1촌은 2.31㎝ 정도였다.

17 顔師古(581~645) : 당나라 초기의 문헌학자. 자 주籒. 당나라 태종太宗 때 나라에서 실시한 『오경정의五經正義』·『수서隋書』 등의 문화사업에 편찬 비서감秘書監의 자격으로 참여했다. 또 그가 펴낸 『한서漢書』의 주석은 후한 이래의 주석을 집대성한 것으로서 조부 안지추顔之推, 숙부 안유진顔遊秦이 쌓아올린 가문의 학풍을 계승한 것이다.

18 豳 : 원래 주나라의 시조인 공유公劉의 주거지로, 오늘날 섬서성陝西省 순읍현旬邑縣과 임현彬縣 부근.

19 『진서』에는 「읍루전」이 없다. 「동이전東夷傳」에 「숙신씨전肅愼氏傳」있는데, 숙신씨를 읍루라고도 한다는 말이 열전 첫머리에 나오며, 「석노」에 인용된 『진서』의 내용과 유사한 내용이 여기에 실려 있다. 홍매가 「숙신씨전」을 「읍루전」이라고 혼동한 듯하다.

20 「석노」의 원문에 『진서·읍루전』의 문장을 인용하여 '원제중흥元帝中興'이라고 하였는데, 『진서』에는 「읍루전」이 아닌 「숙신씨전」이 있고, 「숙신씨전」에 '원제중흥'이라는 문장이 나온다. 앞의 문장들과 비교해보면 '원제 중흥연간'이라고 해석할 수 있는데, 진나라 원제 때의 연호는 건무建武·태흥太興(대흥大興이라고도 한다)·영창永昌이 있기에, 중흥은 '태흥'의 오기

과 돌화살촉을 공물로 바쳤다. 석호는 이것을 가지고 성한成漢의 왕인 이수李壽에게 자랑한 일이 있다.

또 『당서唐書·흑수말갈전黑水靺鞨傳』을 살펴보면 다음과 같은 기록이 있다.

화살의 돌화살촉은 길이가 2촌(약 6㎝)[21]인데, 돌화살촉이 달린 싸리나무 화살인 고대의 호노楛砮를 만들었던 방법으로 만든 것이다.

그렇다면 소식이 말한 춘추 이래 석노를 아는 사람이 없었다고 한 것은 믿을 수 없다. 우리 집에도 돌화살촉인 노砮가 있는데, 길이가 2촌이다. 바로 이것이 흑수말갈의 것이 아니겠는가?

5. 도연명 陶淵明

고결하고 소박한 삶을 산 도연명은 육조六朝의 진晉, 송宋 시대 제일가는 인물이다. 광주리와 쌀독의 곡식은 바닥나기 일쑤여서 항상 배고픔에 시달렸고, 엄동설한에도 해진 갈포 옷과 기워 입은 옷으로 지내야 했다. 한 장 남짓의 돌담으로 둘러싸인 비좁은 방은 바람과 해조차도 가릴 수 없을 정도로 지독히 가난한 생활이었다.

그의 「여자엄등소與子儼等疏」에 다음과 같은 내용이 나온다.

나에게 노래자老萊子의 아내 같은 어진 아내가 없는 것이 한스럽구나.[22] 너희들이

로 봐야할 것이다.

21 당나라 때의 1촌은 지금의 3㎝ 정도였다.

22 노래자는 공자孔子와 같은 시기의 사람으로 난세를 피하여 몽산蒙山기슭에서 농사를 지으며 살던 은자이다. 노래자는 나이가 들어 백발노인이 되어서도 항상 어린아이처럼 무늬가 있는 옷을 입고 천진난만한 표정을 지으며 부모 앞에서 재롱을 떨어 '노래지희老萊之戲'라는 고사성어를 만들어내기도 했다. 어느 날 초나라 왕이 그에게 사신을 보내어 출사를 권하였다. 그러자 노래자의 아내가 "술과 고기를 먹여 줄 수 있는 사람은 뒤이어 회초리와 몽둥이로 마구 때릴 수 있고, 관직과 봉록을 줄 수 있는 사람은 뒤이어 도끼로 해칠 수 있습니다. 지금 남의 술과 고기를 얻어먹고 남의 관직과 봉록을 받고 있기 때문에 남에게 제압을 당하는 것이니, 어찌 위험을 피할 수 있겠습니까?"라고 하였다. 그 충고를 듣고 노래자는

비록 한 어미에게서 태어나지는 않았지만, 모두 형제라는 생각을 해야 한다. 관중管仲과 포숙아鮑叔牙는 이익을 나눔에 시기하는 마음 없이 서로 양보했다. 남들끼리도 이러할진대 같은 아비에게서 태어난 너희들은 서로 더 위하고 양보해야 하지 않겠느냐!

이 문장을 통해 도연명에게 서자가 있었다는 것을 알 수 있다. 「책자責子」에서 "옹雍과 단端은 올해 열 셋이다"라고 하였으니, 이 둘은 분명 이복형제일 것이다.

도연명은 팽택彭澤 현령으로 지내면서 공전公田에 술을 빚어 먹을 수 있는 차조를 심고는 "나는 늘상 술에 취할 수만 있다면 좋겠다"라고 했다. 그의 아내가 메벼를 심을 것을 간곡히 청하자, 2경頃 50무畝에는 차조를 심고 50무에는 메벼를 심었다. 그는 또 「귀거래혜사歸去來兮辭」의 서문에서 "공전의 수확이 술 담그기에 충분했기 때문에 평택 현령직을 맡았다"라고 말하기도 하였다. 원래 그는 공전의 곡식을 수확한 후에 사직하려고 했지만, 중추절에서 겨울까지 겨우 80여 일 동안만 평택 현령으로 있다가 스스로 물러나게 되었다. 차조와 메벼 한 알갱이도 입에 넣어보지 못하였으니, 슬프다!

6. 동진의 장수와 재상들 東晉將相

서진西晉 왕조가 남도해 재건한 동진東晉은 국력이 약했는데, 동진을 건국한 원제元帝 사마예司馬睿는 힘과 자질이 부족하다는 평가를 받았다. 또 이어 보위에 오른 다른 황제들도 대부분 어린 나이에 왕위를 이어받았기 때문에 언급할 가치조차 없다. 그럼에도 불구하고 동진은 100여 년 동안 유지되었으며, 북방 여러 왕조들의 흥망성쇠를 야기 시킨 난리의 주범인 오호五胡[23]들

아내와 함께 속세를 떠나갔다고 한다. 이 이야기는 『열녀전列女傳』의 「초노래처楚老萊妻」에 실려 있다. 남편에게 벼슬을 버리고 청빈한 생활을 하도록 권한 노래자 아내의 일을 인용하여, 도연명은 자신의 뜻을 이해하지 못하는 아내에 대한 서운함을 드러낸 것이다.

23 五胡 : 진晉나라 말엽부터 남북조시대까지 중국 북부에 여러 왕조를 건국했던 흉노匈奴·

또한 강남지역을 넘보지 못했다.

전진前秦의 부견苻堅은 100만의 군사를 이끌고 내려왔다가 비수淝水에서 크게 패해 도망갔다. 이후 권신들이 나타나 정권을 장악하고 전횡하면서 왕위가 사마씨 왕족이 아닌 다른 사람들에게 이어졌다. 그러나 동진 왕조는 오랫동안 안정적으로 유지되었으니 무슨 이유인가?

이에 대해 생각해보니, 동진은 국정을 재상 한 사람에게만 일임하고 그 권한을 나누지 못하게 했고, 군사권 또한 각 지역의 대장군에게 일임하여 그에 합당한 실권을 행사하도록 했다. 이렇게 문文·무武 양 방면에서 모두 적절한 조치를 취한 것만 봐도, 다른 방면의 조치가 어떠했을지 충분히 미루어 짐작해볼 수 있다.

동진 역사 100년 동안 회계왕會稽王 사마욱司馬昱과 사마도자司馬道子·사마원현司馬元顯은 종친의 신분으로 정권을 장악해 나라를 어지럽혔고, 왕돈王敦과 환온桓溫·환현桓玄은 반역했기에, 이들에 대해서는 논의할 필요가 없다. 변호卞壼와 육완陸玩·치감郗鑒·육엽陸曄·왕표지王彪之·왕탄지王坦之는 관직에 있으면서도 일을 하지 않았기에, 진정으로 나라 일을 맡길 수 있었던 사람들은 왕도王導와 유량庾亮·하충何充·유빙庾冰·채모蔡謨·은호殷浩·사안謝安·유유劉裕이 여덟 사람뿐이었다.

지방관의 임명에 있어서는 형주荊州와 서주徐州만큼 중요한 곳이 없었다. 형주는 나라의 서쪽 관문으로, 이곳의 자사刺史[24]는 항상 일고여덟 개 주의 병력을 관할하고 있어, 힘이 막강하니 나라 세력의 반을 점거하고 있다고 할 수 있는 중요한 자리였다. 동진이 세워진 후 80년간 형주에서 병력을 담당한 사람은 왕돈과 도간陶侃·유량·유익庾翼·환온·환활桓豁·환충桓沖·환석민桓石民 여덟 사람뿐이었다. 형주자사라는 직책이 자사가 설령 군중軍中에서 죽을지라도 쉽게 바뀔 수 없는 중요한 직책이었기 때문에, 이 여덟

갈羯·선비鮮卑·저氐·강羌의 5개 변방민족을 지칭한다.

24 刺史 : 지방관리로 한나라 때에는 민정과 군정軍政의 장관을 겸하였고, 수·당 때는 주지사의 직분을 담당하다가, 송나라 이후에는 없어졌다.

사람이 오래도록 자사의 직책에 있었던 것이다. 그렇기에 수하의 군사들은 그들에게 복종하는 것에 익숙했고 적들도 그들을 두려워했기에, 잦은 장수의 교체로 군사와 장수가 서로 적응하지 못하는 일이 없었다.

최근 내가 황제께 이 문제에 대해 말씀드리자, 황제께서 매우 긍정적으로 받아들이셨다. 그러나 시대가 다르기 때문에 실행할 수 없을 뿐이다.

7. 상어대 賞魚袋

형산衡山에 당 현종 개원開元 20년(732)에 세운 「남악진군비南岳眞君碑」가 있는데, 비문은 형주衡州의 사마司馬 조이정趙頤貞이 지었고, 비석의 글은 형부荊府의 병조兵曹 소성蕭誠이 썼다. 비문의 끝머리에 "별가別駕[25] 상어대賞魚袋 상주국上柱國[26] 광대지光大晊"라고 적혀있다. '상어대'라는 명칭이 무엇을 말하는지 알 수가 없는데, 다른 곳에서는 보이지 않는다.

8. 오계에 남겨진 글들 浯溪留題

영주永州[27]의 오계浯溪에는 당나라 사람들이 남겨놓은 글이 아주 많다. 그 중 하나를 보자.

> 태복경분사동도太僕卿分司東都 위권韋瓘이 선종宣宗 대중大中 2년(848)에 이곳을 지나가게 되었다. 나는 문종文宗 태화太和[28] 연간에 중서사인中書舍人의 신분으로 강주康

25 別駕 : 각 주州 자사의 보좌관으로 정식 명칭은 별가 종사사別駕從事使이다. 한나라 때 시작되었는데 언제나 자사를 따라다니며 주내를 순찰했기 때문에 이 명칭이 생겼다고 한다. 한때 장사長史로 명칭이 바뀌기도 하였다.

26 上柱國 : 춘추시대 군대의 최고 지휘관으로, 한나라 때 폐지되었다가, 오대五代 때 다시 설치되었다. 북위北魏와 서위西魏 때는 주국대장군柱國大將軍과 상주국대장군上柱國大將軍으로 명칭이 바뀌었으며, 수나라때 상주국으로 칭해지고 훈신에 봉해졌다. 당나라 이후 육부제도가 확립되면서 병권은 중앙정부로 귀속되고, 상주국은 국가에 공훈을 세운 이들에게 내리는 명예직이 되었다.

27 永州 : 지금의 호남성湖南省 영릉현零陵縣.

州[29]에 폄적되었는데, 이미 16년이 지났다. 작년 겨울에 초주楚州[30] 자사의 직책에서 파면되어, 올해 2월 계림桂林으로 가라는 명을 받들고 계림에서 관리생활을 하였다. 이후 몇 달되지 않았는데, 다시 새로운 직책을 명받아, 새로운 부임지로 가던 중 영주靈州[31]를 지나면서 다시 새로운 직책 즉 태복경분사동도에 제수되었다는 소식을 들었다. 분사는 대우가 후하지만 직무는 한가한 직책이기에 마음이 기쁘기 그지없다.

『신당서新唐書』에 위권과 관련된 기록이 있다.

위권은 계속 진급되어 중서사인까지 오르게 되었는데, 그와 재상 이덕유李德裕[32]가 친했기에 감찰어사 이종민李宗閔이 그를 싫어했다. 이덕유가 재상의 자리에서 파면되자, 위권은 명주明州의 장사長史로 폄적되어 계림의 관찰사觀察使로 재직 할 때 세상을 떠났다.

지금 오계의 바위에 새겨져 있는 글을 통해 고증해보면, 위권은 중서사인의 직책에 있다가 명주가 아닌 강주로 폄적되었고, 계림에서 생을 마쳤던 것이 아니다. 역사서의 오류가 이 지경에까지 이르렀다. 위권이 말한 16년 전이라면 대화大和 7년(830)으로 그 때 이덕유는 재상의 자리에 있었고, 바로 그 다음해인 대화 8년(831) 11월에 파면이 되었다. 그렇다면 위권이 도대체 어떤 사건에 연류 되어 중서사인에서 물러나 폄적된 것인지 알 수가 없다.

9. 황보식의 시 皇甫湜詩

황보식皇甫湜[33]과 이고李翺는 한유의 제자지만 모두 시를 잘 쓰지 못했다.

28 太和 : 당나라 문종 시기 연호(827~835).
29 康州 : 지금의 서장西藏의 창도昌都 부근.
30 楚州 : 지금의 강소성 회화淮河 이남이며 우이盱眙의 동쪽, 보응寶應·염성鹽城 이북 지역.
31 靈州 : 지금의 광서장족자치구廣西壯族自治區 지역.
32 李德裕(787~849) : 당나라 무종武宗때의 재상. 자 문요文饒. 경학經學·예법을 존중하고 귀족적 보수파로서 번진藩鎭을 억압하고, 위구르 등 이민족을 격퇴하는 데 힘써 중앙집권의 강화를 꾀하였다. 이종민·우승유牛僧孺 등의 반대파를 탄압하였고, 폐불廢佛을 단행하였다. 선종宣宗 즉위와 함께 실각하여 해남도海南島로 추방되었다.

오계浯溪의 바위에는 황보식이 원결元結을 위해 쓴 시 한 수[34]가 새겨져있다.

원결은 좋은 시들을 많이 지었는데, 次山有文章,
사소한 것 다룬 점은 좀 아쉽다네. 可惋只在碎.
허나 묘사에 뛰어났으니, 然長於指敘,
간결하여 형상미가 넘쳐났다오. 約潔多餘態.
마음속 하고자 하는 말 잘 골라내어, 心語適相應,
뛰어난 구절 예상 밖으로 많았지. 出句多分外.
본조의 많은 시인들 중 於諸作者間,
빼어난 이들로 하나의 대오를 만든다면, 拔戟成一隊.
중간 열의 많은 시인들 중에서도 中行雖富劇,
원결의 빼어나고 아름다운 시편들은 粹美君可蓋.
다른 이들을 압도하리.
진자앙의 「감우시」 비록 아름답지만, 子昂感遇佳,
원결의 작품보다는 못하네. 未若君雅裁.
한유의 시문이 완전하고 신기하지만, 退之全而神,
위로 천년이래의 뛰어난 작품들과 上與千年對.
　비교할 수 있을 뿐이고,
이백과 두보의 재능이 李杜才海翻,
　바다에 용솟음치는 파도와 같다지만,
원결과의 고하는 개괄할 수 없다오. 高下非可概.
고금 이래 시문이 기氣를 위주로 하기에 文於一氣間,
기 보다 중요한 것이 없고, 爲物莫與大.
시가의 현실성을 중시한 선왕의 길에 先王路不荒,
　황당함이 없었으니,
어찌 시를 쓰는 우리 세대의 노력에 豈不仰吾輩.
　의지하지 않을 수 있겠는가?
오계에 우뚝 서 있는 병풍 같은 바위들로, 石屛立衙衙,

33 皇甫湜 : 당나라의 문인. 원화元和 1년(806)에 진사에 급제하여 육혼위陸渾尉를 거쳐 공부시랑工部侍郞까지 지냈다. 그는 한유의 문하에서 고문을 배운 대표적인 제자 가운데 한 사람이다. 그렇기 때문에 그의 문학 사상은 한유와 가까워서, 대체적으로 '고문운동古文運動'의 흐름에 기여한 바가 없지 않지만, 그가 주장한 이론이나 실제 창작은 '기이함奇'을 추구하는 데에 치중했다. 신기하고 괴이한 것에 대해 집착한 결과 그의 문장은 읽기 어려울 뿐만 아니라 '괴탄怪誕'한 경향을 보인다.

34 「題浯溪石」.

개울 입구엔 하얀 포말 일어나네. 溪口揚素瀨.
내 생각을 누가 알리, 我思何人知,
이리저리 배회하니 오래도록 기다리는 것과 같네. 徙倚如有待.

이 시를 감상해보면 단지 당대 시인인 원결의 시문을 평가한 것에 불과하여, 풍격면에서 취할 만한 것이 아무 것도 없다.

10. '義의'의 다양한 의미 人物以義爲名

사람과 사물 중에는 '義의'자를 사용해 명칭을 삼는 경우가 아주 많다. 정도正道를 믿는 것을 '의'라고 하는데, 의로운 뜻으로 일어난 군사인 '의사義師'와 의로운 전쟁인 '의전義戰'이 그런 의미이다.

사람들이 존경하여 추대하는 것을 '의'라고 하는데, '의제義帝'가 그러한 의미이다. 여러 사람들이 함께 공유하는 것을 '의'라고 하는데, '의창義倉'이나 '의사義社'·'의전義田'·'의학義學'·'의역義役'·'의정義井'이 그런 의미이다.

일반인들을 초월하는 지극히 뛰어난 행위를 '의'라고 하는데, '의사義士'와 '의협義俠'·'의고義姑'·'의부義夫'·'의부義婦'가 그런 의미이다.

정통이 아니라 외부에서 유입된 것을 '의'라고 하는데, '의부義父'와 '의아義兒'·'의형제義兄弟'·'의복義服'이 그런 의미이다. 옷이나 기물 또한 외부에서 유입된 것은 명칭에 '의'자를 붙여, 머리에 얹는 가발 쪽머리는 '의계義髻'라고 하고, 옷 안에 다는 안감은 '의란義襴'이라고 하며, 옷에 붙이는 옷깃은 '의령義領'이라고 한다. 또 상자 속의 작은 상자를 '의자義子'라고 하는 것은 모두 그런 의미이다.

여러 종류의 물품을 서로 뒤섞어 놓은 것에도 '의'자를 붙여 '의장義漿'·'의묵義墨'·'의주義酒'라고 하며, 영리한 동물들을 '의견義犬'·'의조義烏'·'의응義鷹'·'의골義鶻'이라고 한다.

11. 군주의 수명 人君壽考

삼대이전에 군주들은 백년을 넘게 살았었다. 그러나 한나라와 진晉나라·당나라·삼국시대·남북조 및 오대까지 136명의 군주 중, 한 무제武帝와 오吳 대제大帝(손권孫權)·당 고조高祖는 71세까지 수명을 누렸고, 현종玄宗은 78세, 양무제梁武帝는 83세까지 장수했는데, 그 나머지 군주들 중 56세까지 살았던 이도 극히 적다. 앞서 언급했던 다섯 명의 장수한 군주들에 대해서 논해보자.

양무제는 후경侯景[35]의 반란으로 유폐되어 치욕을 당하여 죽게 되었고, 오래지 않아 나라도 멸망하였다. 현종 또한 안사安史의 난[36]이 일어나게 되는 원인을 제공하여, 황위를 물려주고 한을 품은 채 세상을 떠났다. 이러한 역사들을 보면 재위기간이 길어질수록 화를 불러일으킬 가능성이 높아진다는 것은 두말이 필요없다.

35 侯景(503~552) : 양무제 때 하남왕河南王에 봉해졌다가, 나중에 모반하여 스스로 황제라고 칭하고 국호를 한漢이라했다가 주살 당했다.

○ 후경의 난(548) : 하남 13주의 태수였던 후경은 동위東魏 조정의 의심을 받자, 하남의 영지를 갖고 양나라에 귀순했다. 동위는 후경의 처자식을 죽이고, 모용소종慕容紹宗에게 후경을 공격하게 하여 하남을 되찾았다. 패배한 후경은 양나라에 투항했으나, 동위는 양나라와 수호관계를 맺어 후경을 고립 상태로 몰아넣었다. 양나라와 동위의 협상과정에서 동위로 반환될 상황에 놓인 후경은 급박함에 자신의 영지에서 자신의 정예병 800여명과 강제모병·해방노예·농민들을 규합하여 반란을 일으켰다. 후경은 양의 수도인 건강建康을 함락시켜 무제를 사로잡았고, 무제는 쇠약해져 죽게 되었다. 건강을 장악한 후경은 간문제簡文帝를 옹립했다가 551년 간문제를 살해하고 예장왕豫章王 소동蕭棟을 제위에 올린 뒤 선양을 받아 황제에 올라 건강에서 즉위했다. 각지에 주둔한 여러 왕들중 가장 세력이 강했던 형주자사 소역蕭繹은 왕승변王僧弁에게 대군을 주어 건강을 공격해 후경을 죽임으로 후경의 난은 끝이 났다.

36 安史의 亂(755~763) : 당나라 절도사인 안록산安祿山과 그 부하인 사사명史思明, 그리고 그 둘의 아들들에 의해 일어난 대규모 반란. 안록산의 난 또는 천보天寶의 난亂이라고도 한다. 개원의 치開元之治를 이끌었던 당 현종은 양귀비에 빠져서 정치를 고력사高力士 등의 환관들에게 넘겼고, 이로 인해 양국충楊國忠 등의 외척과 환관들의 본격적인 환관-외척정치가 시작되었다. 환관과 외척들의 전횡과 부패 속에서 제도와 관리들은 타락할 수밖에 없었으며, 권력 다툼은 결국 안녹산에게 난을 일으킬 명분을 주게 된다. 안록산은 스스로를 황제라고 칭하며 나라 이름을 연燕이라고 했다. 안사의 난 동안 중국의 인구는 3600만 명이 줄어들었다고 한다.

한 무제 말년에는 무고巫蠱의 화禍[37]가 발생해 황태자와 공주·황손 등이 모두 비명횡사했다. 한 무제는 황태자가 죄가 없으며 모든 것이 강충江充에 의해 조작된 것임을 알고 비통해하며 슬퍼했다. 신하들이 무제의 장수를 기원하며 잔을 들자 무제는 잔 들기를 거절하고, 결국 8살의 소제昭帝에게 황위를 물려주었다.

오대제 손권은 태자 손화孫和를 폐위시키고, 총애하던 아들 노왕魯王 손패孫覇를 죽였다. 당고조는 진왕秦王 이세민李世民 때문에 이건성李建成·이원길李元吉 두 아들과 열 명의 손자를 같은 날 모두 잃었다. 그리고 어쩔 수 없이 스스로 둘째 아들인 이세민에게 황위를 물려주었는데, 그의 마음이 어떠하였을까?

그렇다면 이 다섯 명의 군주들이 비록 만인지상의 높은 지위에 올랐고, 7·80세의 장수를 누렸다고는 하지만, 무슨 소용이 있겠는가! 광요태상황제光堯太上皇帝[38]께서 누린 복은 정말이지 천상의 신선들에게서나 볼 수 있는 것이다.

12. 한유의 일화 韓文公佚事

한유는 감찰어사監察御史 직책에서 양산陽山[39]으로 폄적되었는데, 이를 두고 『구당서舊唐書』와 『신당서新唐書』에서는 모두 한유가 궁시宮市[40]에 대해 간언을

37 巫蠱의 禍(B.C. 91) : 무제 때 황족들이 죽어간 사건으로, 무고란 나무인형 등을 땅 속에 묻고 저주를 하는 주술을 말한다. 황태자 여태자戾太子는 무제로부터 소외당하고 외숙 위청衛靑도 죽어 고립되어 있었는데, 이때에 무제가 병이 들자 무고에 의해 무제를 저주했다는 용의로 정승들이 처형되었다. 여태자와 반목하고 있던 강충은 이 기회에 그를 무고의 죄에 빠뜨리려 했다. 여태자는 화가 자신에게 미칠 것을 두려워해, 먼저 병사를 일으켜 장안성에서 시가전을 벌였으나 실패하고 자살하였다. 후에 태자의 무죄가 판명되자 무제는 후회하여 강충 일족을 참형시켰으나, 민간의 동요는 계속되었다.

38 光堯太上皇帝 : 남송을 건국한 고조高祖 조구趙構의 퇴위 후 존호尊號.

39 陽山 : 지금의 광동성廣東省.

40 宮市 : 궁실의 시장. 황실에서 궁정에 필요한 물건을 환관을 시켜 돈이나 금품을 주고 민간에게서 구매하게 했다. 중당中唐이후 황실의 재정이 어려워지자, 황제들은 환관들을 시켜 민간

해서 벌을 받았다고 기록하고 있다. 그러나 이 사건에 대해 자세히 기록하고 있는 한유의 「부강릉도중시赴江陵途中詩」를 살펴보면, 한유가 궁시에 대해 간언을 해서 폄적된 것이 아니었다는 것을 알 수 있다.

이 해 장안에 가뭄이 들어,	是年京師旱,
전답에서 거둬들인 수확이 적었는데,	田畝少所收.
관리들은 경비를 걱정하며,	有司恤經費,
백성들의 재물을 강탈했습니다.	未免煩誅求.
거리에는	傳聞閭里間,
간난아이가 도랑에 버려진다는 소문이 퍼졌고,	赤子棄渠溝.
때때로 거리로 나가면	我時出衢路,
굶주린 사람들이 얼마나 많았던지!	餓者何其稠!
때마침 감찰어사에 제수되어,	適會除御史,
진실로 직언과 간언을 해야 할 때였기에,	誠當得言秋.
상소문을 올리려 합문閤門[41]으로 갈 때,	拜疏移閤門,
충을 위했지 개인을 위한 마음은 전혀 없었습니다.	爲忠寧自謀.
임금님께 백성들의 고통을 진언하느라,	上陳人疾苦,
목구멍이 다 닳아 없어질 정도였고,	無令絶其喉.
아래로는 경기의 일들을 지시하느라,	下言畿甸內,
근본적인 일 처리로 근심에 겨웠습니다.	根本理宜優.
대설은 내년이 풍년임을 알려주는 것이기에,	積雪驗豐熟,
내년 누에고치 생기고 보리수확을 할 때 기다려 세금걷기를 청하자,	幸寬待蠶麰.
천자께서는 백성들의 처지를 측은히 여겨 슬퍼하셨고,	天子惻然感,
사공께서도 마음 쓰며 탄식했지요.	司空歎綢繆.
백성들을 위해 조치를 취해주기를 간언했는데,	謂言即施設,
오히려 남방으로 좌천되었습니다!	乃反遷炎洲!

에게서 헐값으로 물건을 사들이거나 강제로 빼앗아 궁실의 경비에 충당했다. 환관들이 거리에서 망을 보다가 궁에서 필요한 물건이 발견되면 공문서나 허가장 없이 '궁시'라고 외치고 헐값으로 그 물건을 강제로 가져갔다고 한다. '궁시'란 황제가 필요해 가져간다는 말이니, 누구도 거역할 수 없었다.

41 閤門 : 궁전의 측문으로, 황제가 국정 사무를 보는 편전便殿인 선정전宣政殿의 왼쪽 문을 동상합東上閤이라고 하고, 오른쪽 문을 서상합西上閤이라고 하였다.

황보식이 한유를 위해 지은 신도비神道碑[42]에도 다음과 같은 기록이 있다.

관중關中에 큰 가뭄이 들어 굶주림에 여기저기 죽어있는 사람들이 많았는데, 관리들은 백성들을 착취하는 것으로 군왕의 총애를 구했다. 그러나 선생께서는 관중이 천하의 근본이라며 상소문을 올려, 백성들의 재난이 이처럼 엄중하니 요역을 경감시키고 논밭에 대한 조세를 감면해줄 것을 청하였다. 허나 권력자들은 선생을 미워하며, 조정에서 먼 곳으로 폄적시켜버렸다.

여기에서도 한유가 폄적된 것은 궁시가 원인이 아니었다는 것을 알 수 있다. 신도비에는 또 몇 가지 사안이 더 기록되어있다.

한공韓公(한유)이 하남령河南令으로 있을 때, 위주魏州[43]와 운주鄆州[44] · 유주幽州[45] · 진주鎭州[46] 네 개의 번진에서 각기 낙양에 자신들의 관저를 설치해놓고, 몰래 모집한 병졸들을 감추어 두고 도주범들도 은닉해두었다. 한공은 그들의 위법행위를 적발하기 위해 사람들을 배치하고 관저를 봉쇄한 후, 다음날 날이 밝자 그들의 죄행을 공표했다. 네 개의 번진 관저의 관원들은 모두 두려워하며 모든 위법행위들을 그만두었다.
이 일이 있은 후, 운주의 관저에서는 회서淮西[47]와 채주蔡州[48]의 반란에 호응하여 모반을 일으켜 낙양을 점령하려는 계획을 세웠다. 한공은 오원제吳元濟를 토벌하기위해 배도裴度에게 정예병 1000명을 청하며, 지름길로 채주에 가면 반란군을 사로잡을 수 있을 것이라고 건의하였다. 그러나 이 계책을 실행하기도 전에 이소李愬가 문성文城[49]에서 군사들을 이끌고 야음을 틈타 채주로 진입하여 오원제를 사로잡았다. 이로인해 삼군三軍의 책략가들은 공을 원망했다. 한공이 또 배도에게 말했다.
"지금 회서를 평정한 위세를 업고 진주의 왕승종王承宗을 설복시킨다면 굳이 무력을 사용할 필요가 없을 것입니다."
그리고 말을 잘하는 백기柏耆를 찾아, 직접 왕승종에게 보내는 서신을 구술하여

42 「韓文公神道碑」.
43 魏州 : 지금의 하북성河北省 대명현大名縣과 위현魏縣.
44 鄆州 : 지금의 산동성山東省 운성현鄆城縣.
45 幽州 : 지금의 북경北京.
46 鎭州 : 지금의 하북성 정정현正定縣.
47 淮西 : 지금의 하남성河南省 여남현汝南縣과 신양현信陽縣 일대.
48 蔡州 : 지금의 하남성 여남현.
49 文城 : 지금의 하남성 당하현唐河縣.

> 받아 적게하여, 그 서신을 들려 진주로 보냈다. 왕승종은 덕주德州와 체주棣州를 당 왕조에 헌상하였다.

이고李翺가 지은 한유의 행장기行狀記[50]에도 대략 같은 내용이 기록되어 있다. 그런데 『구당서』와 『신당서』에는 이와 관련된 기록이 없다. 또 진주 수복의 공로를 모두 백기에게 돌렸는데, 황보식의 문집을 보지 못했던 것인가? 『자치통감』 역시 백기가 한유에게 계책을 올렸는데, 한유가 그를 대신해 배도에게 보고하고 백기에게 서신을 들려 진주로 보냈다고만 기록되어 있다.

13. 한유의 문장 論韓公文

유우석劉禹錫[51]과 이고·황보식·이한李漢은 모두 정성을 다해 한유의 문장을 칭송했다. 유우석은 다음과 같이 칭송하였다.

> 무궁무진하게 높은 산들 중에서 화산은 깎아 놓은 듯 아름답고, 무궁무진한 문장들 중에서 선생(한유)의 문장이 빼어나다. 상서로운 난봉鸞鳳의 한 차례 울음소리에 어지러운 문단의 소리가 바뀌었으니, 문단의 권력 쥐고 천하를 굽어 보셨다오. 문장의 고하를 논하며 내 처한 바를 바라보니, 삼십여 년 동안 선생의 명성이 천지를 가득 매웠다네.[52]

이고는 다음과 같이 논하였다.

> 건무建武[53] 연간이래 문풍이 쇠약해지고 기세가 위축되어 문체가 무너져, 서로 비난하며 양보하지 않았다. 한문공(한유)께서는 문단의 부염함을 제거하고, 문장

50 「故正議大夫行尚書吏部侍郎上柱國賜紫金魚袋贈禮部尙書韓公行狀」.

51 劉禹錫(772～842) : 중당의 시인. 자 몽득夢得. 유종원과 함께 왕숙문王叔文의 정치개혁에 동참했는데 그것이 실패하고 왕숙문이 실각하자 낭주郎州(지금의 호남성湖南省 상덕시常德市) 사마로 좌천되었다. 중당의 사회현실이 반영된 작품을 창작하여, 환관의 횡포·번진 세력의 할거·정치 권력에 대한 풍자와 비판을 아끼지 않았다.

52 「祭韓吏部文」.

53 建武 : 동한 광무제光武帝의 개국 연호(25～55).

의 본질을 회복하셨으니, 문장의 풍격은 한나라의 문풍을 포용하고, 진나라의 문풍을 뛰어넘어, 주나라 은나라의 문풍과 어깨를 나란히 하였네. 끊어졌던 육경의 문풍이 계승되어 다시금 새로워져 천하의 학자들이 섬겨 따르니, 문풍이 크게 변하였다네.[54]

또 다음과 같이 말하였다.

공께서는 항상 양웅 뒤로 뛰어난 작가가 나오지 않았다고 여기셨다. 공의 문장은 전인들의 문장을 모방하지 않았지만 오히려 그들의 문장과 같았기에, 후대의 문인들이 고문을 배우고자 한다면, 공의 문장을 규범으로 삼아야만 한다.[55]

황보식은 다음과 같이 평하였다.

선생의 문장은 어떠한 형식에도 얽매임 없이 모든 것이 뛰어났고, 육경의 사상을 파고 들었으며, 성인들이 사물을 바라보는 방법을 장악하였다. 천하의 작가들을 벗으로 삼아, 이단과 사설邪說을 구분하고 공자를 받들어 유가사상을 보존시켰다. 그의 사상은 고금을 포괄하였으니 끝이 없었다. 웅건한 필력과 아름다운 문사는 천하를 놀랠 킬 만하며, 충실한 내용과 적절한 언어구사가 절묘한 경지에 이른 이는, 주나라 이래 오직 선생 한 분 뿐이다.[56]

선생의 문장은 그 뜻과 문사가 모두 하늘에서 나온 것과도 같았다. 공자와 맹자의 문풍을 계승하여 문장으로 이를 발양시켰으니, 선명하고 강렬한 선생의 문장은 당나라 문장의 모범이었네.[57]

또 다음과 같이 평하기도 했다.

장강의 가을 물살처럼 일사천리로 흐르는 기세는 웅장하나, 관개灌漑에는 쓸모가 없었다.[58]

이 논평은 황보식이 한유를 잘 이해하지 못하고서 말 한 것 같다. 이한은

54 「祭吏部韓侍郎文」.
55 「韓公行狀」.
56 「韓文公墓銘」.
57 「韓文公神道碑」.
58 「諭業」.

한유에 대해 다음과 같이 말했다.

> 공의 문장은 기궤하니 교룡이 날아가는 것과 같고, 아름다워 호랑이와 봉황이 도약하는 것과 같으며, 쟁쟁하니 소악韶樂[59]이 울려퍼지는 것과 같네. 햇빛처럼 눈부시고 옥빛처럼 고결하여, 주나라의 감성과 공자의 사상을 품었으니, 천태만상이 모두 도덕인의道德仁義에 대한 표현임이 분명했네.[60]

이 네 사람은 아주 극진히 한유를 추존하였다. 소식蘇軾이 「조주한문공묘비潮州韓文公廟碑」를 세상에 내놓은 후 한유에 대한 다른 평론들은 모두 무의미해졌다. 소식 문장의 대략적인 내용은 다음과 같다.

> 필부匹夫로 만세의 스승이 되셨고, 한 마디 말을 하면 천하의 법도가 되었다. 이런 사람은 모두 천지가 만물을 육성하는 큰일에 참여하며, 나라의 흥망성쇠와도 밀접한 관련을 맺는다네. 동한東漢 이래 도道가 사라지고 문풍이 피폐해졌는데, 당나라의 정관貞觀[61]과 개원開元[62] 연간의 흥성기에도 이를 구제하지 못하였다네. 홀로 한공께서 담소하며 이 난국을 지휘하셔서 천하가 바람에 쏠리듯 그를 따랐으니, 다시금 올바름으로 돌아갈 수 있었다네. 한공께서는 문장으로 팔대의 쇠락함을 일으키셨고, 도道로 천하의 몰락을 구제하셨으니, 어찌 천지의 만물을 육성하는 큰일에 참여하는 독존자獨存者[63]가 아니겠는가?

소식은 비문 뒷부분에 「기룡백운향騎龍白雲鄕」 시 한 수를 덧붙였는데, 감정에 북받친 우렁찬 어조는 『시경』의 『아雅』와 『송頌』의 풍격과 필적할 만하다. 이른바 용을 사로잡고 맹수를 찾아내는 것 마냥 웅장한 언어의 향연이 아닌가!

14. 먹고 사는 것과 벼슬살이 治生從宦

한유의 「종사從仕」라는 시가 있다.

59 韶樂 : 순舜임금의 음악.
60 「唐吏部侍郎昌黎先生韓愈文集序」.
61 貞觀 : 당나라 태종太宗 시기 연호(627～649).
62 開元 : 당나라 현종玄宗 시기 연호(712～756).
63 獨存者 : 이 세상에 조건 없이 또 제약받음이 없이 존재하는 이.

한가로이 살아가지만 배불리 먹지 못해,	居閑食不足,
벼슬살이에 힘을 쏟았으나 자리 잡기 어려워라.	從仕力難任.
이 두 가지 모두 인성에는 해로운 것이니,	兩事皆害性,
평생 고심하며 살아가야겠지.	一生常苦心.

먹고 사는 것과 벼슬살이는 서로 다른 길이라 이 두 가지를 겸하여 잘 하는 이는 없다. 장석지張釋之[64]는 돈으로 기랑騎郎이 되었지만, 십년이 지나도록 승진도 못하고 알아주는 사람도 없었다. 그래서 "오래도록 벼슬살이를 하면서 형님의 재산만 축내고 있으니 만족스럽지 못하다"며 사직하고 고향으로 돌아가려고 하였다. 사마상여司馬相如 역시 돈으로 낭관郎官[65]이 되었지만 병으로 퇴직하고 말았다. 가난해서 직업조차 가질 수가 없자, 어쩔 수 없이 친구를 따라 임공臨邛까지 가게 되었다. 그리고 다시 성도成都로 돌아왔는데, 겨우 네 개의 벽만 서있을 정도로 집이 가난했다고 한다.

15. 진종 말년 眞宗末年

진종은 말년에 병이 들어 조회 때마다 말을 많이 하지 않았고, 하명한 내용들의 초안도 때로는 상세하게 살펴보지 못했다. 전인前人들의 필기筆記와 잡록雜錄에는 권세를 누리던 신하들이 거짓으로 황제의 명령이라며 자기 멋대로 하명했다고 기록되어있다.

전유연錢惟演[66]이 한림원 학사로 재직하고 있던 천희天禧 4년(1020)의 『필록

---

64 張釋之 : 서한西漢의 정치가. 집안이 부유하여 재물을 바치고 기랑騎郎이 되어 효문제孝文帝와 경제景帝를 섬겨 정위廷尉의 직책에까지 올랐다. 법을 공정히게 집행하는 것으로 유명해졌고, 『사기』와 『한서』에 그의 열전이 실려 있다.

65 郎官 : 각 관청에서 문서의 일을 맡아보던 관직. 한나라 때에는 시랑侍郎과 낭중郎中을 낭관이라 했으나, 당나라 이후 낭중과 원외랑員外郎을 낭관이라 칭했다. 한나라 때에는 상서尙書(장관)의 보좌를 겸했고 후에 각 사司의 직무를 주관했다.

66 錢惟演(977~1034) : 북송의 대신大臣, 서곤체파西崑體派의 대표시인. 자 희성希聖. 오대십국五代十國의 하나인 오월吳越의 충의왕忠懿王 전숙錢俶의 아들로 아버지가 송나라로 귀순할 때 함께 귀순하였다.

筆錄』은 날짜순으로 그날그날의 소소한 집안일부터 황제의 물음에 답했던 것, 또 그가 들었던 말 등 크고 작은 일들을 모두 기록해놓은 것이다. 대략적인 내용은 다음과 같다.

> 구준寇準이 재상에서 파면당한 그날 저녁, 당직은 전유연이었다. 황제께서 전공錢公(전유연)에게 물었다.
> "구준에게 어떤 관직을 주는 것이 좋겠소?"
> 전공이 아뢰었다.
> "최근 왕흠약王欽若67이 재상에서 파면당하여 외직으로 나갔으니, 구준에게 태자태보太子太保68를 제수하시는 것이 좋겠습니다."
> 황제께서 다시 물었다.
> "조금 더 높은 관직을 준다면 어떤 직책이 있겠소?"
> "태자태부太子太傅 직책이 있습니다."
> "그럼 구준에게 태자태부의 직책을 제수하라."
> "그리고 그에게 조금 더 예우할 수 있도록 조치하여라."
> 그러나 전유연은 구준을 국공國公에 봉하는 것으로 마무리 했다.
>
> 당시 추밀원樞密院에는 다섯 사람의 관원이 있었는데, 중서성中書省에서는 이적李迪 한 사람만이 정치에 참여하고 있었다. 한 달여 후에 황제께서 한림학사翰林學士 양억楊億을 불러 분부하셨다.
> "풍증馮拯에게는 이부상서吏部尙書를 제수하고, 이적에게는 이부시랑吏部侍郎을 제수하라."
> 그리고 다른 말씀은 하지 않으셨다.
> 양억이 아뢰었다.
> "만약 승진시키고자 하신다면 중서성에 조서詔書를 작성케 하심이 마땅하옵니다. 추밀사樞密使와 평장사平章事의 임명만 한림원에서 성지聖旨를 받들어 조서를 작성하옵니다."
> 황제께서 말씀하셨다.

67 王欽若(962~1025) : 북송의 대신으로, 강남출신으로 최초로 북송 재상이 되었다. 자 정국定國. 천희원년天禧元年(1017)에 재상이 되었다가 3년(1019)에 파직되었고, 이후 인종仁宗이 즉위한 후 다시 재상이 되었다.

68 太子太保 : 태자를 가르치고 바른 길로 인도하는 관직. 한나라 시대에 시작된 것으로 태자태부太子太傅·태자태보太子太保와 함께 동궁삼사東宮三師로 불리었다. 그러나 나중에는 단순한 예우용 직함으로 변해 태자와는 아무 관련도 없게 되었다.

"그렇다면 그들에게 추밀사와 평장사를 제수하라."

양억은 황제의 처사에 대해 우려했지만, 황제께서는 그 사안에 대해 다시 고려하지 않으셨다. 양억은 물러나 조서를 작성하여, 이적을 이부시랑 겸 집현상集賢相[69]에 제수하고, 풍증을 추밀상樞密相[70]에 제수하였다.

나흘 후 황제께서 지제고知制誥[71]인 안수晏殊[72]를 부르셨다. 안수가 물러간 후, 전유연을 불러 물으셨다.

"풍승의 일은 어떻게 되어가고 있는가?"

전유연이 아뢰었다.

"바깥의 평은 좋습니다. 헌데 추밀원에는 세 명의 정사正使와 세 명의 부사副使가 있고, 중서성에는 예전 그대로 한 사람의 관원이 있기에, 외부 사람들은 이상하게 여기고 있습니다."

황제께서 말씀하셨다.

"그럼 어떻게 하는 것이 좋겠소?"

전유연이 아뢰었다.

"만약에 풍승을 중서성에 들이고자하셨던 것을 물리고자 하신다면, 처음에 잘못하셨다는 것을 명확히 표현하셔야 합니다. 그리고 조이용曹利用과 정위丁謂 중 한 사람을 중서성에 들이신다면 문제가 없을 것입니다."

"누가 적당하오?"

"정위는 문관이기에 중서성과 맞을 것입니다."

"정위를 중서성에 들이도록 하라."

정위는 동평장사同平章事에 제수되었고, 전유연은 정위가 옥청궁사玉淸宮使와 소문국사昭文國史를 겸직하도록 관직을 제수하길 다시 주청하였다.

이를 살펴보면, 관직 제수가 진종으로부터 시작되었지만, 많은 곡절을 거치면서 그 내용이 변한 것을 알 수 있다. 손아귀에 권력을 쥔 권신들이 조서를 가지고 농간을 부렸는데도, 황제나 다른 사람들이 알아차리지 못

69 集賢相 : 집현전集賢殿 대학사大學士의 간칭이다.

70 樞密相 : 추밀사의 직책을 겸임하는 재상이다.

71 知制誥 : 국왕의 조칙을 작성하는 문한관文翰官으로, 중서성의 간관들이나 한림원 학사들이 겸임한다. 국왕이 왕실을 책봉하는 책문이나 신하에게 내리는 교서, 관리의 고신인 제고制誥, 국왕의 회답인 비답, 외교국서인 표전表箋, 그 밖의 불도소佛道疏와 축문祝文 등의 문서를 담당하였다.

72 晏殊(991~1055) : 북송의 정치가이자 문인. 자 동숙同叔. 1043년에 재상이 되어 학교를 부흥시키고 인재 양성에 힘써서 범중엄范仲淹과 구양수歐陽脩 등을 발탁했다.

했다.

구준이 재상의 자리에서 파면된 지 40일 후, 주회정周懷政 사건[73]이 발생하였다. 사마광司馬光의 『속수기문涑水記聞』과 소철蘇轍의 『용천지龍川志』, 범진范鎭의 『동재기사東齋記事』는 모두 주회정으로 인해 구준이 재상의 직책에서 파면된 것으로 기록되어있는데, 이것은 잘못된 것이다.

내가 이전에 전유연의 『필록筆錄』을 이도李燾에게 보여주었었는데, 그는 『속자치통감장편續資治通鑑長編』을 편찬하면서 이 내용을 채택하여 기록하였다. 그러나 그는 진종이 안수를 불렀던 날이 바로 구준이 재상에서 파면당한 날 저녁이라고 하였는데, 이 또한 잘못된 것이다.

73 周懷政 사건 : 천희 4년(1020) 진종이 병에 걸려 말을 제대로 하지 못하여, 정사의 대부분은 황후 유아劉娥의 중궁中宮에서 결정하였다. 정위 등은 비밀리에 세력을 규합하였는데, 그 세력이 나날이 강대해졌다. 환관인 주회정은 비밀리에 정위 등을 살해하고 파면당한 구준을 다시 재상으로 복직시키고, 진종을 태상황으로 받들어 태자에게 황위를 물려주도록 해서, 황후를 폐할 계획을 도모하였다. 그러나 7월, 비밀이 누설되어 주회정이 피살당하고 구준은 도주사마道州司馬로 좌천됨으로써 사건이 마무리 되었다.

1. 諸葛公

諸葛孔明千載人, 其用兵行師, 皆本於仁義節制, 自三代以降, 未之有也。蓋其操心制行, 一出於誠, 生於亂世, 躬耕壠畝, 使無徐庶之一言, 玄德之三顧, 則苟全性命, 不求聞達必矣。其始見玄德, 論曹操不可與爭鋒, 孫氏可與爲援而不可圖, 唯荊、益可以取, 言如蓍龜, 終身不易。二十餘年之間, 君信之, 士大夫仰之, 夷夏服之, 敵人畏之。上有以取信於主, 故玄德臨終, 至云「嗣子不才, 君可自取」; 後主雖庸懦無立, 亦擧國聽之而不疑。下有以見信於人, 故廢廖立而立垂泣, 廢李嚴而嚴致死。後主左右姦辟側佞, 充塞于中, 而無一人有心害疾者。魏盡據中州, 乘操、丕積威之後, 猛士如林, 不敢西向發一矢以臨蜀, 而公六出征之, 使魏畏蜀如虎。司馬懿案行其營壘處所, 歎爲天下奇才。鍾會伐蜀, 使人至漢川祭其廟, 禁軍士不得近墓樵采, 是豈智力策慮所能致哉! 魏延每隨公出, 輒欲請兵萬人, 與公異道會于潼關, 公制而不許, 又欲請兵五千, 循秦嶺而東, 直取長安, 以爲一擧而咸陽以西可定。史臣謂公以爲危計不用, 是不然。公眞所謂義兵不用詐謀奇計, 方以數十萬之衆, 據正道而臨有罪, 建旗鳴鼓, 直指魏都, 固將飛書告之, 擇日合戰, 豈復翳行竊步, 事一旦之譎以規咸陽哉! 司馬懿年長於公四歲, 懿存而公死, 纔五十四耳, 天不祚漢, 非人力也。「霸氣西南歇, 雄圖歷數屯。」 杜詩盡之矣。

2. 沐浴佩玉

「石駘仲卒, 有庶子六人, 卜所以爲後者, 曰:『沐浴佩玉則兆。』五人者皆沐浴佩玉。石祁子曰:『孰有執親之喪而沐浴佩玉者乎?』 不沐浴佩玉。」 此檀弓之文也。今之爲文者不然, 必曰:「沐浴佩玉則兆, 五人者如之, 祁子獨不可, 曰:『孰有執親之喪若此者乎?』」 似亦足以盡其事, 然古意衰矣。

3. 談叢失實

後山陳無己著談叢六卷, 高簡有筆力, 然所載國朝事, 失於不考究, 多爽其實, 漫析數端於此。

其一云:「呂許公惡韓、富、范三公, 欲廢之而不能, 及西軍罷, 盡用三公及宋莒公、夏英公于二府, 皆其仇也。呂旣老, 大事猶問, 遂請出大臣行三邊, 旣建議, 乃數出道者院宿。范公奉使陝西, 宿此院, 相見。」云云。案, 呂公罷相, 詔有同議大事之旨, 公辭, 乃慶曆三年三月, 至九月致仕矣。四年七月, 富、范始奉使, 又三公入二府時, 莒公自在外, 英公拜樞密使而中輟, 後二年莒方復入, 安有五人同時之事！

其二云：「杜正獻、丁文簡爲河東宣撫, 任布之子上書歷詆執政, 至云至於臣父亦出遭逢, 謂其非德選也。杜戲丁曰：『賢郎亦要牢籠。』丁深銜之。其後二公同在政府, 蘇子美進奏事作, 杜避嫌不預, 丁論以深文, 子美坐廢爲民, 杜亦罷去。一言之謔, 貽禍如此。」案, 杜公以執政使河東時, 丁以學士爲副, 慶曆四年十一月進奏獄起, 杜在相位, 五年正月罷, 至五月, 丁公方從翰林參知政事, 安有深文論子美之說！且杜公重厚, 當無以人父子爲謔之理, 丁公長者也, 肯追仇一言陷賢士大夫哉！

其三云：「張乖崖自成都召爲參知政事, 旣至而腦疽作, 求補外, 乃知杭州而疾愈。上使中人往伺之, 言且將召也, 丁晉公以白金賂使者, 還言如故, 乃不召。」案, 張兩知成都, 其初還朝爲戶部使、中丞, 始知杭州。是時, 丁方在侍從。其後自蜀知昇州, 丁爲三司使。豈有如前所書之事！

其四云：「乖崖在陳, 聞晉公逐萊公, 知禍必及己, 乃延三大戶與之博, 出彩骰子勝其一坐, 乃買田宅爲歸計以自汚, 晉公聞之, 亦不害也。」案, 張公以祥符六年知陳州, 八年卒, 後五年當天禧四年, 寇公方罷相, 旋坐貶, 豈有所謂乖崖自汚之事！

玆四者所係不細, 乃誕漫如此。蓋前輩不家藏國史, 好事者肆意飾說爲美聽, 疑若可信, 故誤入紀述。後山之書, 必傳於後世, 懼詒千載之惑, 予是以辨之！

4. 石砮

東坡作石砮記云：「禹貢荊州貢礪、砥、砮、丹及箘簵、楛, 梁州貢砮、磬。至春秋時, 隼集于陳廷, 楛矢貫之, 石砮長尺有咫, 問於孔子, 孔子不近取之荊、梁, 而遠取之肅愼, 則荊、梁之不貢此久矣。顏師古曰：『楛木堪爲笴, 今豳以北皆用之。』以此考之, 用楛爲矢, 至唐猶然, 而用石爲砮, 則自春秋以來莫識矣。」案, 晉書挹婁傳：有石砮、楛矢, 國有山出石, 其利入鐵。周武王時, 獻其矢、砮。魏景元末亦來貢。晉元帝中興, 又貢石砮, 後通貢於石虎, 虎以夸李壽者也。唐書黑水靺鞨傳：其矢, 石鏃長二寸, 蓋楛砮遺法。然則東坡所謂春秋以來莫識, 恐不考耳。予家有一砮, 正長二寸, 豈黑水物乎？

5. 陶淵明

陶淵明高簡閑靖, 爲晉、宋第一輩人。語其飢則簞瓢屢空, 缾無儲粟。其寒則短穿結,絺綌冬陳。其居則環堵蕭然, 風日不蔽。窮困之狀, 可謂至矣。讀其與子儼等疏云：「恨室無萊婦, 抱茲苦心。汝等雖曰同生, 當思四海皆兄弟之義。管仲、鮑叔分財無猜, 他人尚爾, 況同父之人哉！」 然則猶有庶子也。責子詩云：「雍、端年十三。」 此兩人必異母爾。淵明在彭澤, 悉令公田種秫, 曰：「吾常得醉於酒足矣。」妻子固請種秔, 乃使二頃五十畝種秫, 五十畝種秔。其自叙亦云：「公田之利, 足以爲酒, 故便求之。」猶望一稔而逝, 然仲秋至冬, 在官八十餘日, 卽自免去職。所謂秫、秔, 蓋未嘗得顆粒到口也, 悲夫！

6. 東晉將相

西晉南渡, 國勢至弱, 元帝爲中興主, 已有雄武不足之譏, 餘皆童幼相承, 無足稱算。然其享國百年, 五胡雲擾, 竟不能窺江、漢。苻堅以百萬之衆, 至於送死肥水。後以强臣擅政, 鼎命乃移, 其於江左之勢, 固自若也。是果何術哉？嘗攷之矣。以國事付一相, 而不貳其任、以外寄付方伯, 而不輕其權；文武二柄, 旣得其道, 餘皆可槪見矣。百年之間, 會稽王昱、道子、元顯以宗室, 王敦、二桓以逆取, 姑置勿言, 卞壺、陸玩、郗鑒、陸曄、王彪之、坦之不任事, 其眞託國者, 王導、庾亮、何充、庾冰、蔡謨、殷浩、謝安、劉裕八人而已。方伯之任, 莫重於荊、徐, 荊州爲國西門, 刺史常都督七八州事, 力雄强, 分天下半, 自渡江訖于太元, 八十餘年, 荷閫寄者, 王敦、陶侃、庾氏之亮、翼、桓氏之溫、豁、沖、石民八人而已, 非終於其軍不輒易, 將士服習於下, 敵人畏敬於外, 非忽去忽來, 兵不適將, 將不適兵之比也。頃嘗爲主上論此, 蒙欣然領納, 特時有不同, 不能行爾。

7. 賞魚袋

衡山有唐開元二十年所建南岳眞君碑, 衡州司馬趙頤貞撰, 荊府兵曹蕭誠書, 末云, 別駕賞魚袋、上柱國光大晊。賞魚袋之名不可曉, 他處未之見也。

8. 浯溪留題

永州浯溪, 唐人留題頗多, 其一云：「太僕卿分司東都韋瓘, 大中二年過此。余大和中, 以中書舍人謫宦康州, 逮今十六年。去冬, 罷楚州刺史。今年二月, 有桂林之命。纔經數月, 又蒙除替, 行次靈川, 聞改此官, 分司優閑, 誠爲忝幸。」案, 新唐書：「瓘仕累中書舍人, 與李德裕善, 李宗閔惡之, 德裕罷相, 貶爲明州長史, 終桂管觀察使。」以題名證之, 乃自中書謫康州, 又不終於桂, 史之誤如此。瓘所稱十六年前, 正當大和七年。是時, 德裕方在相位, 八年十一月始罷。然則瓘之去國, 果不知坐何事也。

9. 皇甫湜詩

皇甫湜、李翺雖爲韓門弟子, 而皆不能詩, 浯溪石間有湜一詩, 爲元結而作。其詞云:「次山有文章, 可惋只在碎。然長於指叙, 約潔多餘態。心語適相應, 出句多分外。於諸作者間, 拔戟成一隊。中行雖富劇, 粹美君可蓋。子昂感遇佳, 未若君雅裁。退之全而神, 上與千年對。李杜才海翻, 高下非可概。文於一氣間, 爲物莫與大。先王路不荒, 豈不仰吾輩。石屏立衙衙, 溪口揚素瀨。我思何人知, 徙倚如有待。」味此詩, 乃論唐人文章耳, 風格殊無可采也。

10. 人物以義為名

人物以義爲名者, 其別最多。仗正道曰義, 義師、義戰是也。衆所尊戴者曰義, 義帝是也。與衆共之曰義, 義倉、義社、義田、義學、義役、義井之類是也。至行過人曰義, 義士、義俠、義姑、義夫、義婦之類是也。自外入而非正者曰義, 義父、義兒、義兄弟、義服之類是也。衣裳器物亦然。在首曰義髻, 在衣曰義襴、義領, 合中小合曰義子之類是也。合衆物爲之, 則有義漿、義墨、義酒。禽畜之賢, 則有義犬、義烏、義鷹、義鶻。

11. 人君壽考

三代以前, 人君壽考有過百年者。自漢、晉、唐、三國、南北下及五季, 凡百三十六君, 唯漢武帝、吳大帝、唐高祖至七十一, 玄宗七十八, 梁武帝八十三, 自餘至五六十者亦鮮。即此五君而論之。梁武召侯景之禍, 幽辱告終, 旋以亡國。玄宗身致大亂, 播遷失意, 飮恨而沒。享祚久長, 翻以爲害, 固已不足言。漢武末年, 巫蠱事起, 自皇太子、公主、皇孫皆不得其死, 悲傷愁沮, 羣臣上壽, 拒不擧觴, 以天下付之八歲兒。吳大帝廢太子和, 殺愛子魯王霸。唐高祖以秦王之故, 兩子十孫同日併命, 不得已而禪位, 其方寸爲如何? 然則五君者雖有崇高之位, 享耆耋之壽, 竟何益哉! 若光堯太上皇帝之福, 眞可於天人中求之。

12. 韓文公佚事

韓文公自御史貶陽山, 新舊二唐史, 皆以爲坐論宮市事。案公赴江陵途中詩, 自叙此事甚詳, 云:「是年京師旱, 田畝少所收。有司恤經費, 未免煩誅求。傳聞閭里間, 赤子棄渠溝。我時出衢路, 餓者何其稠! 適會除御史, 誠當得言秋。拜疏移閤門, 爲忠寧自謀。上陳人疾苦, 無令絶其喉。下言畿甸內, 根本理宜優。積雪驗豐熟, 幸寬待蠶麰。天子惻然感, 司空歎綢繆。謂言即施設, 乃反遷炎洲!」皇甫湜作公神道碑云:「關中旱饑, 人死相枕藉, 吏刻取恩, 先生列言天下根本, 民急如是, 請寬民徭而免田租, 專政者惡之, 遂貶。」 然則不因論宮市明甚。碑又書三事云：「公爲河南令, 魏、鄆、幽、鎭各爲留邸, 貯潛卒以櫜罪亡, 公將擿其禁, 斷民署吏, 俟旦發, 留守尹大恐, 遽止之。是後鄆邸果謀反, 將屠東都, 以應淮、蔡。及從討元濟, 請於裴度, 須精兵千人, 間道以入, 必擒賊。未及行, 李愬自文城夜入, 得元濟, 三軍之士爲公恨。復謂度曰：『今借聲勢, 王承宗可以辭取, 不煩兵矣。』得柏耆, 口授其詞, 使耆執筆書之, 持以入鎭州, 承宗遂割德、棣二州以獻。」李翺作公行狀, 所載略同。而唐書並逸其事, 且以鎭州之功, 專歸柏耆, 豈非未嘗見湜文集乎！ 資治通鑑亦僅言耆以策干愈, 愈爲白度, 爲書遣之耳。

13. 論韓公文

劉夢得、李習之、皇甫持正、李漢, 皆稱誦韓公之文, 各極其摯。劉之語云：「高山無窮, 太華削成。人文無窮, 夫子挺生。鸞鳳一鳴, 蜩螗革音。手持文柄, 高視寰海。權衡低昂, 瞻我所在。三十餘年, 聲名塞天。」習之云：「建武以還, 文卑質喪。氣萎體敗, 剽剝不讓。撥去其華, 得其本根。包劉越嬴, 并武同殷。六經之風, 絶而復新。學者有歸, 大變于文。」又云：「公每以爲自揚雄之後, 作者不出, 其所爲文, 未嘗效前人之言而固與之并, 後進之士有志於古文者, 莫不視以爲法。」皇甫云：「先生之作, 無圓無方, 主是歸工, 抉經之心, 執聖之權, 尙友作者, 跂邪觝異, 以扶孔子, 存皇之極。茹古涵今, 無有端涯。鯨鏗春麗, 驚耀天下。栗密窈眇, 章妥句適。精能之至, 鬼入神出。姬氏以來, 一人而已。」又云：「屬文意語天出, 業孔子、孟軻而侈其文, 焯焯烈烈, 爲唐之章。」又云：「如長江秋注, 千里一道, 然施於灌激, 或爽於用。」此論似爲不知公者。漢之語云：「詭然而蛟龍翔, 蔚然而虎鳳躍, 鏘然而韶鈞鳴, 日光玉潔, 周情孔思, 千態萬貌, 卒澤於道德仁義, 炳如也。」是四人者, 所以推高韓公, 可謂盡矣。及東坡之碑一出, 而後衆說盡廢。其略云：「匹夫而爲百世師, 一言而爲天下法, 是皆有以參天地之化, 關盛衰之運。自東漢以來, 道喪文弊, 歷唐貞觀開元而不能救, 獨公談笑而麾之, 天下靡然從公, 復歸於正。文起八代之衰, 道濟天下之溺, 豈非參天地而獨存者乎！」 騎龍白雲之詩, 蹈厲發越, 直到雅、頌, 所謂若捕龍蛇、搏虎豹者, 大哉言乎！

14. 治生從宦

韓詩曰：「居閑食不足, 從仕力難任。兩事皆害性, 一生常苦心。」然治生從宦, 自是兩塗, 未嘗有兼得者。張釋之以貲爲郎, 十年不得調, 曰：「久宦減兄仲之産, 不遂。」欲免歸。司馬相如亦以貲爲郎, 因病免, 家貧無以自業, 至從故人於臨邛, 及歸成都, 家徒四壁立而已。

15. 眞宗末年

眞宗末年屬疾, 每視朝不多語言, 命令間或不能周審, 前輩雜傳記多以爲權臣矯制而非也。錢文僖在翰林, 有天禧四年筆錄, 紀逐日瑣細家事及一時奏對幷他所聞之語, 今略載於此。寇萊公罷相之夕, 錢公當制, 上問:「與何官得?」錢奏云:「王欽若近出, 除太子太保。」上曰:「近上是甚?」云:「太子太傅。」上曰:「與太子太傅。」又云:「更與一優禮。」錢奏但請封國公而已。時樞密有五員, 而中書只參政李迪一人, 後月餘, 召學士楊大年, 宣云:「馮拯與吏書, 李迪吏侍。」更無他言。楊奏:「若只轉官, 合中書命詞, 唯樞密使、平章事, 却學士院降制。」上云:「與樞密使、平章事。」楊亦憂慮, 而不復審, 退而草制, 以迪爲吏部侍郎、集賢相, 拯爲樞密相。又四日, 召知制誥晏殊, 殊退乃召錢。上問:「馮拯如何商量?」錢奏:「外論甚美, 只爲密院却有三員正使, 三員副使, 中書依舊一員, 以此外人疑訝。」上云:「如何安排?」錢奏:「若却令拯入中書, 卽是彰昨來錯誤, 但於曹利用、丁謂中選一人過中書, 卽幷不妨事。」上曰:「誰得?」錢奏:「丁謂是文官, 合入中書。」上云:「入中書。」遂奏授同平章事。又奏兼玉淸宮使, 又奏兼昭文國史。又乞加曹利用平章事。上云:「與平章事。」

案此際大除拜, 本眞宗啓其端, 至於移改曲折, 則其柄乃係詞臣, 可以舞文容姦, 不之覺也。寇公免相四十日, 周懷政之事方作, 溫公記聞, 蘇子由龍川志, 范蜀公東齋記事, 皆誤以爲因懷政而罷, 非也。予嘗以錢錄示李燾, 燾采取之, 又誤以召晏公爲寇罷之夕, 亦非也。

••• 용재수필 권9(28칙)

1. 곽광의 논공행상 霍光賞功

한 무제武帝[1]는 바깥으로 사방의 이민족들을 다스림에 있어, 공을 세운 이들에게 작위를 내려주어 공적을 세우도록 장려했다. 장수와 군졸들이 공을 세우면 신분의 귀천을 막론하고 제후에 책봉했다.

그러나 소제昭帝[2] 때에 대홍려大鴻臚[3] 전광명田廣明은 익주益州[4]의 오랑캐를 평정하여 3만명의 포로를 참수하고 포획하였지만, 관내후關內侯에 봉해졌을 뿐이었다. 이는 곽광霍光[5]이 정무를 처리하면서 백성들의 민생을 중시해, 변방에서 전쟁이 일어나는 것을 바라지 않았기 때문이다. 하지만 익주의 전쟁은 부득이했던 것으로, 당나라의 송경宋璟이 학령전郝靈佺을 억누르고 돌궐의 가한可汗 묵철默啜을 참수했던 때와 상황이 같다.

그런데 몇 년 후, 범명우范明友가 오환烏桓을 공격하고 부개자傅介子가 누란樓蘭의 왕을 죽였을 때는 즉각적으로 그들을 모두 제후에 봉했다. 이것은 잘못된

1 武帝(B.C.156~B.C.265~B.C.290) : 전 한의 7대 황제 유철劉徹.

2 昭帝 : 전한의 8대 황제 유불릉劉弗陵.

3 大鴻臚 : 제후諸侯와 사방에서 귀의하는 이민족들을 관장하는 관직. 교묘郊廟에서 예禮를 행할 때에 손님들을 접대하고, 행사行事를 계획하여 결정되면 관리들을 동원하여 행사를 진행한다. 또 여러 제후들이 입조入朝하면 교외에서 영접하고, 그 예절과 의식을 맡는다. 제후국에서 파견된 관리들을 돕는 것 또한 대홍려의 소임에 속한다.

4 益州 : 지금의 운남성雲南省 의량현宜良縣.

5 霍光(?~B.C.68): 전한의 정치가. 자 자맹子孟. 곽거병霍去病의 이복 동생으로, 10여 세 때부터 무제武帝를 측근에서 섬기다가, 무제가 죽을 무렵에는 대사마대장군大司馬大將軍·박륙후博陸侯가 되었다. 무제가 임종시 곽광과 김일제金日磾·상관걸上官桀·상홍양桑弘羊에게 후사後事를 위탁하였기에 소제를 보필, 정사를 집행했다.

처사이다. 범명우가 곽광의 사위였기 때문에 논공행상을 그런 식으로 처리한 것이다.

2. 영원히 사라지지 않는 회초리 尺棰取半

『장자莊子』에는 다음과 같은 혜자惠子의 말이 실려 있다.

> 한 자 길이의 회초리를 매일 반으로 부러뜨려도 만세가 지나도록 없어지지 않을 것이다.

비록 우언寓言이기는 하지만, 그 속에는 진리가 담겨져 있다. 매번 회초리의 반을 부러뜨린다면, 부러진 회초리가 먼지가 되더라도 여전히 반은 존재하기에 때문에 무궁한 것이다. 그러나 이른바 계란에 털이 있다[卵有毛], 닭에는 세 개의 다리가 있다[鷄三足], 개는 양이 될 수 있다[犬可以爲羊], 말에도 알이 있다[馬有卵], 불은 뜨겁지 않다[火不熱], 거북이는 뱀보다 길다[龜長於蛇], 날아가는 새의 그림자는 일찍이 움직인 적이 없다[飛鳥之景未嘗動]와 같은 명제들은 언어로 정확하게 설명할 수 없는 것이다.

3. 인재를 알아보지 못한 한 문제 漢文失材

한漢나라 문제文帝[6]가 이광李廣[7]을 불러 말하였다.

> "그대가 때를 만나지 못한 것이 애석하오! 만약 고조高祖 때였다면 만호후萬戶侯[8]

6 文帝(B.C.202~B.C.157 / 재위 B.C.180~B.C.157) : 전한의 5대 황제. 이름은 항恒, 묘호는 태종太宗으로 고조의 넷째아들이다.

7 李廣(?~B.C.119) : 한나라의 대장군. 군대의 통솔과 전투에 능하였으며, 흉노는 그를 두려워하여 몇 년 동안 감히 국경을 침범하지 못하고 비장군飛將軍이라 칭송했다. 일곱 군데 변방 군의 태수를 지냈고, 전후 40여 년 동안 군대를 이끌고 흉노와 대치하면서 70여 차례의 크고 작은 전투를 치렀다. 그러나 끝내 제후에 봉해지지는 못했다. 원수元狩 4년(B.C.119) 대장군 위청衛靑을 따라 흉노를 공격했다가 길을 잃어 문책을 받자 자살했다.

가 어찌 대수겠소!"

가산賈山[9]은 상소문을 올려 치란治亂의 도를 논하면서, 진秦나라를 비유로 들었다. 그 언사는 충성스럽고 정의로웠으며 사리가 분명하여, 가의賈誼[10]와 비교해 결코 뒤처지지 않았으나, 관직 하나 얻지 못하였다. 그러나 사관史官들은 가산의 언사가 격렬함에도 벌 받지 않은 것은 문제가 간언할 수 있는 언로言路를 확대시켰기 때문이라며, 오히려 문제를 칭송하였다.

이 두 가지 일을 살펴보면, 문제가 인재를 알아보는 능력이 부족했음을 알 수 있다. 오吳와 초楚에서 반란이 일어났을 때, 이광은 도위都尉[11]의 신분으로 창읍昌邑에서 전투를 벌여 혁혁한 공을 세워 이름을 드날렸으나, 양왕梁王[12]이 사사로이 수여한 장군인將軍印을 받았다는 이유로 조정에 돌아와 상을 받지 못하였다.

이광은 무제武帝 시기 다섯 차례나 장군의 직책으로 흉노匈奴를 공격하여 무공을 세웠지만, 조금도 인정받지 못했고, 결국 자살로 세상을 등졌다. 문제와 경제景帝·무제 세 황제를 섬겼지만 중용되지 못했으니, 정말 가련한 운명이다!

8 萬戶侯 : 한나라 때, 일만 호의 백성이 사는 영지領地를 가진 제후.

9 賈山 : 전한의 정론가政論家. 처음에는 영양후潁陽侯 관영灌嬰의 급사給事였다. 문제文帝 때 「지언至言」이라는 글로 진나라의 흥망을 비유로 들어 치란治亂의 도리를 논했다. 또 현신賢臣을 쓰고 간언을 받아들이며, 예의를 일으키고 요역과 세금을 경감할 것을 주장했다. 나중에 문제가 주전령鑄錢令을 내리자 이를 중지할 것을 건의했다. 언사言辭가 직설적이고 격렬하면서도 힘이 있고 사리의 논증을 잘했다.

10 賈誼(B.C. 201~B.C.169) : 한나라의 정치개혁 제창자이자 이름난 시인. 조정에서 쫓겨나 장사왕長沙王의 태부太傅로 임명되어 떠날 때 지은 「복조부鵩鳥賦」가 대표작이다.

11 都尉 : 진나라는 전국을 36개 군郡으로 나누고 각 군마다 군위郡尉를 두어 군수郡守를 보좌하게 하는 동시에 전군全郡의 군사 업무를 맡아 보게 했다. 서한西漢 경제 때에 와서 군위를 도위로 이름을 바꾸었다.

12 梁王(B.C.184?~B.C.144) : 유무劉武. 문제와 두태후竇太后 사이에서 태어난 둘째 아들로, 경제의 아우이다. 문제에 의해 양왕에 봉해졌고, 칠국의 난七國之亂 때 오왕吳王 유비劉濞의 공격을 저지하여 큰 무공을 세웠다. 어머니인 두태후의 총애를 등에 업고 황위를 탈취하려고 했었다.

4. 진진의 상소 陳軫之說疏

전국시대, 구변에 능한 권모술수가들은 제후국들을 드나들며 합종연횡合縱連橫[13]을 주장하였는데, 모두 한 때의 이익을 좇을 뿐 사리의 옳고 그름을 따지지는 않았다. 장의張儀[14]는 초나라 회왕懷王에게 제齊나라와의 연맹을 끊는다면 진나라가 상어商於[15]의 땅을 초나라에게 줄 것이라고 유세하였다.

초나라 회왕의 신하 진진陳軫은 장의의 계책을 간파하고 다음과 같이 간하였다.

> "장의는 분명 왕을 배반할 것이옵니다. 상어의 땅을 얻지 못할 뿐만 아니라, 제나라가 진나라와 연합할 수도 있사옵니다. 그렇게 되면 북쪽으로 인접한 제나라와 절교하게 되고, 서쪽으로는 진나라의 위협을 받게 되옵니다."

이러한 분석은 무척 정확한 것이었다. 그러나 회왕이 장의의 제의를 수용할 것으로 보고 진진은 자신의 주장을 철회하고 다시 다음과 같이 건의하였다.

> "겉으로는 제나라와 절교하는 척하면서 암암리에 제나라와의 연맹을 강화하고, 진나라로 장의와 함께 우리의 사신을 보내어, 상어의 땅을 받은 후에 제나라와 절교해도 늦지 않을 것입니다."

진진은 초나라와 제나라의 연맹이 얼마나 중요한지는 고려하지 않고,

13 合縱連橫 : 전국시대 진나라와 6국 사이에서 전개된 외교전술. B.C. 4세기 말에 접어들면서 진나라가 최강국으로 등장하자, 동방에 있던 조趙·한韓·위魏·연燕·제齊·초楚 등 6국은 종적으로 연합하여 서방의 진에 대항하는 동맹을 맺었다. 이를 합종이라 하며, 합종책을 주도한 사람은 소진蘇秦이었다. 그 뒤 진은 6국의 대진동맹對秦同盟을 깨는 데 주력해, 위나라 사람 장의張儀로 하여금 6국을 설득하여 진과 6국이 개별적으로 횡적인 평화조약을 맺도록 했다. 이것을 연횡이라고 한다. 이것으로 진은 6국 사이의 동맹을 와해시키는 데 성공하고 이들을 차례로 멸망시켜 중국을 통일했다. 장의·소진을 비롯하여 소대蘇代·진진陳軫 등 전국시대에 활약한 외교전술가들을 종횡가縱橫家라고 부른다.

14 張儀(?~B.C.309) : 중국 전국 시대 위魏나라의 정치가. 귀곡 선생鬼谷先生에게서 종횡縱橫의 술책을 배우고, 뒤에 진秦나라 혜문왕惠文王의 신임을 받아 재상이 되어 연횡책을 6국에 유세遊說하여 열국으로 하여금 진나라에 복종하도록 힘썼다. 혜문왕이 죽은 후, 참소 당하여 뜻을 이루지 못하고 위나라에서 객사하였다.

15 商於 : 지금의 섬서성 상남현商南縣과 하남성 절천현浙川縣·내향현內鄕縣 일대.

단지 상어의 땅을 얻을 수 있느냐 없느냐만 치중했다.

초나라가 제나라와 절교하면 상어의 땅을 주겠다던 진나라가 약속을 어기자, 초나라는 진나라를 침공하려고 했다. 그러자 진진은 다시 회왕에게 이렇게 권하였다.

> "진나라에 읍성을 뇌물로 바쳐 군사적 동맹을 맺어 함께 제나라를 공격하는 것이 좋을 것입니다. 그렇다면 우리가 진나라에 바친 땅보다 더 넓은 땅을 제나라 공격을 통해 얻을 수 있을 것입니다."

이러한 책략은 황당무계하고 도리에 맞지 않다. 진나라가 초나라에게 도리에 맞지 않게 행동했는데, 초나라는 오히려 읍성을 뇌물로 바쳤다. 또 제나라는 원래 초나라의 동맹국으로 함께 잘 지내왔는데, 초나라가 이유 없이 절교를 선언했다. 순리적으로 보자면 초나라가 제나라에게 땅을 떼어주고 예물을 보내어 잘못을 사과하며 다시 동맹을 맺도록 노력했어야 했는데, 오히려 공격하려고 한 것이다. 진진은 당시의 복잡한 정세를 정확히 판단하지 못했다. 그의 재주는 노중련魯仲連[16]과 우경虞卿[17] 같은 호걸들과 비교해 봤을 때 하늘과 땅 차이라고 할 수 있다.

5. 아이 같은 견해를 내놓은 안솔 顏率兒童之見

진나라가 군사를 일으켜 주나라 왕실의 성문 앞까지 쳐들어와 왕권의

16 魯仲連 : 노련魯連이라고도 한다. 전국시대 후기 제나라 사람이다. 기발하고 세속을 초탈한 책략을 구사하여 명성을 날렸다. 그러나 정작 자신은 부귀에 전혀 뜻을 두지 않고 고상한 절개를 지켰다.

17 虞卿 : 전국시대 후기 이름난 외교모략가. 그가 짚신을 신고 우산을 든 채 처음 조나라로 가서 효성왕孝成王에게 유세하자 효성왕은 황금 100일鎰(1일은 20 또는 24냥)과 백벽白璧 한 쌍을 상으로 내렸다고 전한다. 두 번째 만남에서 효성왕은 그를 상경에 임명했는데, 여기서 우경이란 이름을 얻게 되었다. 그리고 세 번째 만남에서 그를 정승으로 삼고 만호후萬戶侯로 봉했다. 이때 친구인 위魏의 승상 위제魏齊를 돕기 위하여 정승의 지위도 버리고 양梁으로 도망쳐 온갖 고생을 다해가며 8편의 책을 저술하여 국가의 득실得失을 풍자하였는데, 세상에서는 그 책을 『우씨춘추虞氏春秋』라고 한다.

상징인 구정九鼎을 요구하자, 주왕은 근심스러웠다. 안솔顔率은 제나라에 구원병을 청하기 위해, 제나라 왕을 알현하고 구정을 제나라에 넘겨준다는 조건으로 파병을 약속받았다. 제나라는 군대를 보내 진나라 군대를 퇴각시켜 주나라를 구했다. 제나라에서 구정을 요구하자, 주왕은 또 근심스러웠다. 안솔은 다시 제나라 왕을 알현하여 다음과 같이 말하였다.

> "주왕께서는 구정을 제나라로 보내시려 하시지만, 어떤 길을 통해 제나라로 보내야 할지 판단을 내리지 못하셨습니다."

제나라 왕이 양梁나라와 초나라에게 길을 빌리겠다고 했는데, 안솔이 모두 불가능하다고 해서, 제나라는 구정을 포기할 수밖에 없었다.

이 이야기는 『전국책戰國策』의 첫머리에 나온다. 대개는 안솔의 이 계책이 아주 기묘했다고 평가한다. 그러나 나는 그저 아이 같은 견해라고 생각한다. 전쟁이 아무리 다급하다고 해도 신용이 없어서는 안 된다. 이 계책으로 당장 제나라를 한 번 속여 위기를 넘겼지만, 후에 다른 제후국들이 구정을 요구하며 공격해올 일은 전혀 고려하지 못한 것이다. 후일 누가 주나라를 도우려고 하겠는가? 그렇기 때문에 나는 이러한 일이 발생하지 않았다고 생각한다. 이 일은 호사가들이 날조해낸 이야기일 것이다. 그래서 『사기史記』와 『자치통감資治通鑑』에 이 이야기가 실려 있지 않은 것이다.

6. 황보식의 정윤론 皇甫湜正閏論

진晉나라와 위魏나라 이래로, 정통과 비정통非正統에 관한 견해가 아주 많았다. 예를 들면 남조南朝의 송宋나라는 진晉을 계승했다고 했는데, 진陳나라가 멸망한 이후에는 이를 이어나갈 수가 없었다. 또 수隋나라는 북주北周와 북위北魏를 정통으로 삼았으나, 이어가지 못했다. 그렇기 때문에 사마광司馬光은 『자치통감』에서 진晉을 계승한 남조가 진陳에 와서 멸망하자, 수나라 문제文帝 개황開皇 9년(589)으로 그 후의 역사기록을 이어갔다. 이는 단순히 연호를 빌어 역사를 기록하는 것이기에 남북조 어디에도 편중하지 않는 결과를 낳았다.

그러나 황보식皇甫湜[18]의 평가는 그렇지 않았다.

> 진晉이 수도를 남쪽으로 옮긴 것은 주나라 평왕平王이 견융犬戎을 피해 수도를 동쪽으로 옮긴 것과 같다. 원래 원위元魏[19]의 종족은 흉노로, 원위는 흉노가 중국에 건립한 국가의 명칭이다. 북위가 진晉 왕조를 멸망시켰지만, 서진西晉이 동진東晉으로 바뀌었을 뿐 진 왕조는 실제 변하지 않았다. 그러나 북위가 진 왕조를 계승했다고 말하는 것은 역사적으로는 전통의 계승이 아니다. 그런데 이전의 책에서 북위의 원씨를 황제로 기술했다고 해서, 지금 역사를 기록하면서 진 왕조를 비정통이라고 간주하는 것은 너무나도 잘못된 것이다.
>
> 진 왕조는 남조의 송宋나라로 계승되었고, 송은 다시 남조의 제齊나라로, 제는 남조의 양梁[20]나라로 계승되었다. 강릉江陵 일대를 점거했던 남조가 멸망한 이후 이 일대는 북주北周[21]의 통치를 받게 되었다. 진陳나라가 개국되었다가 망한 것에 대해서는 상세하게 논할 필요가 없다. 그렇기 때문에 당唐 왕조가 위로 수隋나라를 계승했고, 수나라가 북주의 정권을 탈취했고, 북주가 양나라를 멸망시킨 것이다. 남조 양나라의 정통은 위로는 요임금과 순임금까지 거슬러 올라가게 되니, 이것이 바로 천하 왕조의 계통인 것이다. 그렇다면 남조의 진陳나라는 남방에서 분수에 맞지 않게 제왕을 참칭했고, 북위는 북방에서 정통이 아니었으니, 북위가 진晉 왕조를 계승했다고 말하는 것은 명명백백히 잘못된 것이 아닌가?

18 皇甫湜 : 당나라의 문인. 한유의 문하에서 고문을 배운 대표적인 제자 가운데 한 사람이다. 그렇기 때문에 그의 문학 사상은 한유와 가까워서, 대체적으로 '고문운동古文運動'의 흐름에 기여한 바가 없지 않지만, 그가 주장한 이론이나 실제 창작은 '기이함奇'을 추구하는 데에 치중했다. 신기하고 괴이한 것에 대해 집착한 결과 그의 문장은 읽기 어려울 뿐만 아니라 '괴탄怪誕'한 경향을 보인다.

19 元魏 : 북위北魏의 다른 명칭. 북위의 효문제孝文帝가 낙양으로 수도를 옮긴 후, 원래의 성인 탁발拓跋을 원元으로 고쳐서, 역사상 북위를 원위로도 칭했다.

20 梁(502~557) : 남북조 시대 강남에 건국된 남조의 3번째 왕조. 제나라 말기 황제 동혼후東昏侯는 폭거를 저질러 많은 대신들을 살해하고, 종족宗族인 소의蕭懿을 살해했다. 옹주자사로써 양양에 주둔하고 있던 동생 소연蕭衍이 폭군을 처단한다는 명분으로 군사를 일으켜, 동혼후를 죽이고 화제和帝을 옹립한뒤, 502년 화제로부터 선양을 받아 양나라를 건국하였다. 양나라를 건국한 양무제梁武帝(소연蕭衍)는 내정을 정비하여 구품관인법을 개선하고, 불교를 장려하였으며 문화를 번영시켰다. 대외관계도 비교적 평온하여 약 50년간 태평성대를 유지하여 남조 최고의 전성기를 보냈다.

21 北周(557~581) : 남북조 시대(439~589) 당시 선비족 우문씨宇文氏가 건국한 왕조. 국호는 '주周'였지만 B.C. 11세기의 주나라와 구별하기 위해서 '북주'라고 부른다.

이 주장 또한 이치에 맞다. 그러나 내가 다시 남북조의 역사를 살펴보니, 강릉의 양나라 정권이 멸망한 것은 서위西魏[22]의 공제恭帝 때인 갑술년甲戌年(554)이었다.[23] 그리고 3년 후 정축년丁丑年(557)에 북주가 서위를 대신하게 되었기에, 북주로 인해 남조가 멸망했다고 말 할 수는 없다.

7. 간사의 현명함 簡師之賢

『황보지정집皇甫持正集』[24]의 「송간사서送簡師序」에 다음과 같은 글이 실려 있다.

> 한시랑韓侍郎(한유)이 조주潮州로 좌천되었을 때 불교신자들이 즐거워하며 박수를 쳤는데, 간사簡師만이 분개하며 나를 찾아와 전송하는 서문을 써달라고 청하며, 한시랑이 조주로 가는 것을 돕겠다고 하였다. 아득히 먼 길과 독사와 맹수들이 득실거리는 것도 아랑곳하지 않는 모습은 마치 황제를 알현할 수만 있다면 새벽에 알현하고 저녁에 죽어도 아쉬울 것이 없다는 사람의 태도와도 같았다.
> 간사는 비록 불교에 귀의한 불자였지만, 행동은 오히려 유학자와도 같았다. 비록 외국에서 들여온 가사를 입고 있지만, 지혜를 가진 사람이었다. 유학자의 관을 쓰고 벼슬아치의 관복을 입고서, 불교의 황당무계한 설에 빠져 천지인륜의 도를 해치는 사람들보다 낫지 않겠는가!

내가 이 문장을 읽고 간사를 떠올려보니, 그의 이름이 후세에 전해지지 않은 것이 한스러워 간사의 현명함을 세상에 널리 알려 칭찬하고자 한다.

22 西魏(535~556) : 남북조 시대 북위가 분열하여 건국한 나라. 관중關中(현재 섬서성)지방을 중심으로 영토를 가지고 있었다. 국호는 위나라지만 같은 북위로부터 분열된 동위와 구별하기 위해 서위라고 부른다.

23 홍매는 이 부분을 "魏文帝也, 時歲在甲戌"이라고 서술하였는데, 서위의 문제가 재위했던 17년 동안에는 갑술년이 없었다. 그리고 갑술년 즉 554년에 양나라가 멸망했을 때는 문제 때가 아니라 공제恭帝때였다.

24 『皇甫持正集』 : 황보식의 문집. 황보식의 자字가 지정持正이다.

8. 노인공경 老人推恩

당나라 때 죄인들을 사면해주거나 잘못을 용서함에 있어서, 노인들에게는 더욱 관용적이었다.

개원開元 23년(735)에 현종이 친히 경적전耕籍田[25]에 행차하여 농사를 짓고, 노인을 공양하기 위해, 백세 이상의 노인에게는 상주자사上州刺史[26]의 관직을 하사하였고, 90세 이상의 노인에게는 중주자사中州刺史, 80세 이상의 노인에게는 상주사마上州司馬의 관직을 하사하였다.

개원 27년(739)에 천하에 사면령을 내리고, 백세 이상의 노인들은 하주자사下州刺史, 백세 이상의 부인들은 군군郡君[27], 90세 이상의 노인들은 상주사마, 90세 이상의 부인들은 향군縣君, 80세 이상의 노인들은 현령縣令, 80세 이상의 부인들은 현군鄉君에 봉하였다.

현종 천보天寶 7년(748)에 장안 안에 사는 70세 이상의 노인들에게 현령의 대우를 해주었으며, 60세 이상의 노인들에게는 현승縣丞[28]의 대우를 해주었다. 경성 외의 주와 현에서도 개원 때와 똑같이 노인들에게 관직을 제수하였다.

송나라는 제도적으로 백세가 되어야 관직을 제수 받을 수 있으므로, 당나라 때와는 달랐다. 효종孝宗 순희淳熙 3년(1176)에 태상황제太上皇帝의 경수연慶壽宴을 축하하기 위해 이전보다 더 후하게 노인들을 우대하자, 거짓으로 나이가 많다고 속이거나 본적을 허위로 신고하여 임명을 받는 사람들이 속출하기도 하였다. 만약에 당나라 때와 같이 노인들을 우대했다면 어떻게 되었겠는가!

25 耕籍田 : 국왕이 농정의 시범을 보이기 위해 직접 농사짓던 논과 밭을 지칭한다.

26 上州刺史 : 당나라 때 4만호 이상의 고을을 상주上州라고 하고, 2만호 이상은 중주中州, 2만호가 못되는 곳은 하주下州라고 하였다. 자사는 주지사 직분의 지방관리로, 상주자사는 종삼품從三品·중주자사는 정사품하正四品下·하주자사는 정사품하正四品下의 품계에 해당한다.

27 郡君 : 고대 부녀자의 봉호封號로, 당나라 때는 사품관四品官의 부인을 군군이라고 하고, 어머니를 군태군郡太君이라고 하였다.

28 縣丞 : 현령을 도와 현의 정무를 처리하는 부현령을 지칭한다.

9. 당나라의 세 인걸 唐三傑

한 고조高祖 때는 소하蕭何[29]와 장량張良[30], 한신韓信[31]이 뛰어난 인물이었다. 이 세 사람은 인걸이라하기에 부족함이 없는 사람들이다. 당명황唐明皇[32]은 송경宋璟[33]과 장열張說·원건요源乾曜 세 사람을 같은 날 재상에 임명하고, 직접 「삼걸시三傑詩」를 지어 그들에게 하사하였다.

현종은 이 세 사람이 한 고조 시기 세 명의 인걸 즉 소하·장량·한신과 같다고 여긴 것이다. 그런데 장열과 원건요가 송경에 비교될 수 있는 사람들인가? 현종은 자신의 신하들을 제대로 파악하지 못했다고 할 수 있다.

10. 충의는 하늘이 내린다 忠義出天資

충성스럽고 절개를 지키는 사람은 하늘이 낸다. 관직의 높고 낮음이나 임금의 총애와는 아무 관련이 없다.

왕망王莽이 한나라의 황위를 찬탈하였을 때, 한나라 종실宗室의 출중한

29 蕭何(?~B.C.193) : 유방과 함께 한나라 개국의 기틀을 닦아 고조가 즉위할 때 논공행상에서 일등가는 공신이라 인정하여 찬후酇侯에 봉하였다. 한신의 반란을 평정하고 재상에 임명되었다.

30 張良(?~B.C.189) : 전한 초기의 정치가. 자 자방子房. 할아버지와 아버지는 한韓나라 소후昭侯·선혜왕宣惠王 등 5대에 걸쳐 승상을 지냈다. 진秦이 한을 멸하자 그는 자객들과 사귀면서 한의 회복을 도모했다. 박랑사博浪沙에서 진시황제를 공격했으나 실패했다. 그 후 진나라에 반대하는 무리를 모아 유방劉邦과 합세했고, 이후 주요전략가가 되어 한나라 건국에 큰 공을 세웠다.

31 韓信(?~B.C.196) : 한 고조 때의 개국 공신開國功臣. 회음淮陰(강소성江蘇省) 출생. 처음에는 항우項羽 밑에 있었는데 소하蕭何가 유방劉邦에게 천거하여 대장이 되었으며, 고조의 천하 평정 때 큰 공을 세움으로써 제왕齊王에 이어 초왕楚王이 되었다. 그러나 한나라의 권력이 확립되자 차차 권력에서 밀려나, 회음후淮陰侯로 격하되었고 끝내 진희陳豨의 난에 가담했다가 멸족을 당했다.

32 唐明皇 : 당나라 현종의 별칭.

33 宋璟(663~737) : 자 광평廣平, 하북 형태邢台 사람. 선조가 북위·북제에서 모두 명신으로 이름났었다. 어려서부터 박학다재하고 문학에 뛰어났다. 약관에 진사 급제하여 여러 관직을 거치고, 개원 17년(729)에 상서우승에 임명되었다. 당이 중흥하여 개원의 치세를 여는데 결정적 역할을 하였다.

인물이었던 유흠劉歆은 오히려 왕망의 반역을 도왔고, 공광孔光도 재상이 되어 한나라 찬탈을 도왔다. 그러나 공승龔勝은 파직당한 대부로서 도의道義를 지키기 위해 목숨을 버렸다. 자사刺史와 군수郡守였던 곽흠郭欽과 장후蔣詡, 유생儒生이었던 율융栗融과 금경禽慶·조경曹竟·소장蘇章은 모두 관직을 버리고 출사出仕하지 않았다. 진함陳咸의 집안에서는 심지어 왕망의 연말 제사도 채택하지 않았다.

남조南朝시기 소도성蕭道成이 송宋의 황위를 찬탈할 때, 대대로 고관을 지낸 명문귀족이자, 송 황제의 생질이며 사위였던 저연褚淵과 왕검王儉은 송 왕조의 전복을 부추겼으며 오히려 일의 진척이 느리다고 불평했다. 송 왕조를 위해 절개를 지키며 목숨을 버린 이들은 왕온王蘊과 복백흥卜伯興·황회黃回·임후백任候伯 같은 출신이 미천하고 관직 또한 보잘 것 없는 사람들이었다.

안록산安祿山과 주차朱泚의 반란 때, 진희열陳希烈과 장균張均·장기張垍·교림喬琳·이충신李忠臣은 모두 반란군의 재상이 되어 그들의 앞잡이 노릇을 했다. 그러나 군부의 말단 관리와 파면당한 재상이었던 견제甄濟와 권고權皐·유해빈劉海賓·단수실段秀實은 목숨을 버림으로써 명예와 절개를 지켜 전국을 감동시켰다.

이러한 사실들을 살펴보면, 사람의 현명함과 불초함의 차이는 분명 하늘과 땅 차이보다 더 크다!

11. 불효자 유흠 劉歆不孝

부모를 효성스럽게 모신다면 군주에게도 충성할 것이니, 충신이 필요하다면 효자 집안에 가서 찾으면 된다. 유흠劉歆[34]이 그의 부친 유향劉向을 섬김에

34 劉歆(B.C.53?~25) : 전한 말기의 유학자. 자 자준子駿. 나중에 이름을 수秀, 자를 영숙穎叔으로 고쳤다. 아버지 유향劉向과 궁정의 장서를 정리하고 육예六藝의 군서群書를 7종으로 분류하여 『칠략七略』이라 하였다. 이것은 중국 최초의 체계적인 서적목록으로 현존하지는 않지만, 『한서漢書·예문지藝文志』가 대체로 그에 의해서 엮어졌다. 『좌씨춘추左氏春秋』·『모시毛詩』·『일례逸禮』·『고문상서古文尚書』를 특히 존숭하여 학관에 이에 대한 전문박사專門博士를 설

있어 비록 그의 불효한 행실이 기록되어 있지는 않지만, 유흠은 부친과 의견이 자주 어긋났다고 한다. 그래서 유향은 나라에 충성을 다하며 한 마음으로 왕망을 물리치고 한나라 왕조를 도우려고 했으나, 유흠은 왕망을 적극적으로 도와 반역에 앞장서서 국사공國師公의 자리에까지 올랐다. 또 예언의 징조에 부합하고자 이름을 유수劉秀로 바꾸기까지 하였다. 그러나 유흠은 결국 왕망에게 죽임을 당하였고, 그의 아들 유분劉棻과 딸 유음劉愔까지 모두 주살되었다. 만약 하늘의 도가 모두 이렇게 권선징악대로 행해진다면 악을 행하는 자들은 두려워해야 할 것이다!

12. 한나라 법의 금기 漢法惡誕謾

이광李廣은 개인적인 원한으로 패릉위霸陵尉[35]를 죽이고는[36] 황제에서 글을 올려 자신의 죄를 진술하고 벌 줄 것을 청하였다. 한 무제는 이광의 글에 다음과 같이 답했다.

> 흉노에게 패한 원한을 갚고 화근이 되는 것들을 제거하는 것이 바로 짐이 장군에게 바라는 바였소. 이렇게 관모를 벗고 맨발로 스스로 벌을 자청하는 것이 어찌 짐의 뜻이겠소!

장창張敞이 서순絮舜을 죽이고 글을 올려 말했다.

립하기 위하여 당시의 학관 박사들과 일대 논쟁을 벌였으나 뜻을 이루지 못하고 하내태수河內太守로 전출되었다. 그 후 왕망王莽이 한왕조漢王朝를 찬탈한 후 국사國師로 초빙되어 그의 국정에 협력하였다. 만년에는 왕망에 반대하여 모반을 기도하였으나 실패하여 자살하였다.

35 霸陵尉 : 패릉은 한나라 문제文帝의 능으로, 지금의 서안西安 동쪽 교외인 백록원白鹿原에 위치한다. 패릉위는 바로 패릉의 치안을 담당하던 관리이다.

36 전한의 유명한 비장군飛將軍 이광은 흉노와의 전쟁에서 패전하여 병마兵馬를 잃고 평민으로 내려가 섬서성陝西省의 남전藍田에 있는 남산南山에서 살았다. 어느 날 사냥을 하다가 너무 늦어서 집으로 돌아가지 못하게 되어 잠자리를 구하다가, 마침 주변에 패릉정霸陵亭이 있어서 그곳에서 하룻밤을 지내려 했다. 그러나 술에 취한 패릉위는 이광이 다시 복직하지 못할 것으로 생각하고 이광을 무시하며 정자에서 유숙하는 것을 금해, 이광 일행은 황야에서 노숙 할 수밖에 없었다. 얼마 후 흉노가 침입하자 한 무제는 다시 이광을 불러서 흉노를 물리치게 하였고, 이광은 흉노와의 전쟁에서 승리한 후 패릉위를 잡아와서 죽였다.

신 경조윤京兆尹 장창은 벌을 받을 것을 청합니다. 서순은 본래 제가 그 재능을 아껴서 중용했던 관리였습니다. 그러나 제가 탄핵을 받아 경조윤에서 면직되고 취조를 받게 되자 서순은 저를 '닷새 경조'라고 말하고 다녔습니다. 서순은 제게 이토록 무례하고 배은망덕했습니다. 그래서 저는 서순이 도덕적이지 못하며 죄과 또한 크다 생각하고, 법률을 어기면서까지 그를 죽였습니다. 제가 재판을 통하지 않고 사람을 죽여 법을 어겼으니, 처형하셔도 여한이 없습니다.

선제宣帝는 장창을 자사로 승진시켰다.

한나라 때 법령은 군주를 속이는 것을 가장 큰 죄로 여겼다. 이광과 장창은 비록 멋대로 사람을 죽였지만, 사실과 정황을 정확하게 진술하여 더 이상 추궁 당하지 않고 사면을 받았다. 이것이 바로 신하들이 군주를 속이지 않도록 하는 방법이었다.

한 무제는 평소 장탕張湯[37]을 후대하였다. 그러나 무제가 장탕에게 노알거魯謁居의 일을 물었을 때 장탕이 군주를 기만하자 가차 없이 그를 죽였다.[38] 이것이야말로 진정 신하를 제어하는 방법이다.

13. 한나라 관명 漢官名

한나라 관명 중 『백관표百官表』에 없는 것은 관련된 사건의 기록을 통해

37 張湯(?~B.C.115) : 서한 두릉杜陵(지금의 섬서성 서안 동남쪽) 사람. 법령을 가혹하게 적용한 혹리酷吏로 널리 알려졌다. 진황후陳皇后·회남왕淮南王·형산왕衡山王의 모반을 치죄하여 무제의 인정을 받았다. 무제의 묵인과 신임으로 거상과 토호의 세력을 약화시키는 각종 조치를 추진하여 승상보다 더 권세가 높아지자, 어사중승 이문李文과 승상 장사 주매신朱買臣의 모함으로 자살을 강요당했다.

38 장탕과 평소 사이가 좋지 않았던 이문李文이 어사대부를 보좌하는 어사중승御史中丞이 되자 궁중 문서를 뒤져 장탕에게 불리한 일을 찾았으나 실패했다. 장탕이 아끼는 부하인 노알거魯謁居는 장탕이 이문 때문에 심기가 불편하다는 걸 알고 이문이 변고를 일으키려 한다고 상주했고, 장탕이 이 사건을 맡아 판결을 내리고 이문을 사형에 처했다. 장탕은 노알거가 이 일을 꾸몄다는 걸 알고 있었지만, 무제가 이문의 변고 사건의 실마리가 어떻게 잡혔냐고 묻자, 놀라는 척하며 이문과 원한 관계에 있는 자가 제보한 것이라고 대답했다. 이 일로 무제는 장탕이 자신을 기만했다고 생각하였고, 이후 여러 사건들로 탄핵을 받은 장탕은 문책을 받는 과정에서 억울함을 호소하며 자살했다.

살펴볼 수 있다.

예를 들면 '행원옥사자行冤獄使者'[39]라는 관명은 장창이 서순을 살해한 사건을 통해 알 수 있고, '미속사자美俗使者'[40]는 하병何幷이 엄후嚴詡를 대신해서 영천태수潁川太守가 되었던 사건을 통해 알 수 있으며, '하제사자河堤使者'[41]는 왕연세王延世가 황하의 무너진 둑을 보수해 홍수를 막은 사건을 통해 알 수 있다. 또 '직지사자直指使者'는 포승지暴勝之와 관련된 사건을 통해 알 수 있다.

사건이 발생하여 그것을 처리하기 위해 관직을 설치했다면, 그 사건이 해결된 후 관직을 바로 없애버렸다는 것인가?

14. 오랑캐가 중원을 어지럽히다 五胡亂華

유총劉聰[42]은 서진西晉의 멸망을 틈타 중원을 함락시켰다. 그러나 그의 사후 그의 자손들은 남녀노소를 막론하고 모두 근준靳準에 의해 죽임을 당했으며, 유요劉曜는 유총을 계승한지 십년도 되지 않아 중원의 패권을

39 行冤獄使者 : 한나라의 관명으로 억울한 재판 사건만을 전문적으로 맡아 처리하는 일을 담당한다.

40 美俗使者 : 한나라의 관명으로 풍속을 아름답게 만드는 일을 담당한다.

41 河堤使者 : 한나라의 관명으로 치수治水를 담당한 관리이다. 한 무제 때는 좌우도수사자左右都水使者라고 칭했고, 서한말 애제哀帝 때는 도수사자都水使者, 동한 때는 하제알자河堤謁者·하제사자라고 칭했다. 황제가 특정의 중요 사건을 처리하기 위하여 둔 3품品 이상의 관직인 흠차대신欽差大臣이 이 직책을 맡아 대규모의 수리공정을 주관하였다.

42 劉聰(?~318) : 오호십육국시대 한漢나라(후에 전조前趙로 불림) 제3대 황제(재위: 310~318). 흉노족. 유연劉淵의 넷째 아들로, 재載라고도 하며, 자는 현명玄明이다. 녹려왕鹿蠡王을 지냈다. 젊어서부터 문무文武를 겸비했고, 낙양洛陽으로 나와 명사들과 교분을 쌓았다. 나중에 부족을 다스려 심복을 얻고 아버지 유연의 오른팔이 되어 대사마대선우大司馬大單于가 됨으로써 실권을 장악했다. 유연이 죽자 형 유화劉和가 제위에 올랐는데, 자신을 죽이려는 음모를 알고 유화를 죽인 뒤 황제 자리에 올랐다. 유요劉曜 등을 보내 낙양을 공격해 함락시키고, 서진의 회제懷帝를 포로로 잡아 짐독鴆毒을 먹여 죽였다. 민제愍帝가 장안에서 즉위하자 군대를 보내 함락시키고 민제를 포로로 잡아왔다. 낙양 함락 이후 점차 주색에 빠져 폭정을 일삼아 환관이 득세하였고, 318년에 병사하였다. 죽은 뒤 아들 유찬이 외척 근준靳準에게 죽임을 당해 내란이 일어났다.

빼앗기고 포로가 되었다.

석륵石勒[43]은 일찍이 흥성하여 후조後趙를 건국했지만, 그의 사후 아들이 이어받은 왕위를 석호石虎[44]에게 빼앗겼다. 석호는 진秦과 위魏·연燕·제齊·한韓·조趙의 영토를 모두 차지했지만, 그가 죽은 지 일 년도 못되어서 그의 자손들은 모두 죽임을 당해 후손이 하나도 남지 않았다.

모용준慕容儁[45]은 석호의 아들들의 내란을 틈타 영토를 차지했지만, 그 영광은 그의 생전에만 국한되어 그의 아들 대에 가서는 멸망하고 말았다.

부견苻堅[46]은 유씨나 석씨와는 비교할 수 없을 정도로 흥성했지만, 그 또한 실패를 면하지 못했고 사직社稷은 폐허가 되었다. 모용수慕容垂[47]는 부

43 石勒(274~333) : 갈족羯族 출신으로 유총의 무장이었으며, 유총이 죽은 후 전조의 병권을 장악하였다. 내란이 일어나자 후조後趙를 건립하여 명제明帝가 되었다. 노예의 신분에서 황제가 된 인물이다.

44 石虎(295~349) : 후조를 건립한 석륵의 조카로 후조의 태조太祖 무황제武皇帝. 석륵 사후 황위는 그의 아들인 석홍石弘에게 계승되었는데, 석홍이 황위에 오른 다음해 석호는 석홍을 시해하고 수도를 업鄴으로 천도하고, 스스로 황제라고 칭했다. 석호는 재위기간동안 사치를 일삼으며 잔혹한 폭정을 휘둘렀다. 그러나 서역에서 온 승려 불도징佛圖澄을 우대하여 불교 전파에 큰 공헌을 하기도 했다.

45 慕容儁(319~360) : 오호십육국시대 전연前燕의 제2대 군주인 열조烈祖. 선비족鮮卑族 출신으로 전연을 건국한 모용황慕容皝의 차남이며, 모용황이 죽자 뒤를 이어 연왕에 즉위하였다. 동진은 모용준을 정식으로 연왕에 책봉하였지만, 후조의 석호가 죽은 후 내란이 일어나자 후조를 정벌하여 화북의 동북 일대를 차지하고 직접 황제에 즉위한 후 동진과 외교 관계를 단절하였다. 그리고 영토 확장에 주력하여 산동성·산서성·하남성 지역을 점령하고 전진前秦·동진과 대립하였다.

46 苻堅(338~385) : 오호십육국 시대 전진前秦의 제3대 군주인 세조世祖. 저족氐族으로, 박학다재博學多才하여 경세經世의 뜻을 품었다. 처음에 동해왕東海王이 되어 부건苻建이 입관入關한 뒤 용양장군龍驤將軍에 임명되었다. 동진 목제穆帝 승평升平 원년(357) 부생苻生을 죽이고 자립하여 황제의 칭호를 없애고 대진천왕大秦天王이라 부르면서 연호도 영흥永興이라 하였다. 장안에서 왕위에 올라, 저족氐族계 호족의 횡포를 누르고 왕맹王猛 등과 같은 한인들을 중용했다. 태학太學을 정비, 학문을 장려했으며 농경農耕을 활발히 일으켰다. 왕권을 강화하면서 수리水利 시설을 보수하고, 유학을 장려하면서 군정軍政을 개선하며, 국세를 크게 떨쳤다. 전연前燕과 전량前涼·대代나라 등을 공격해 멸망시키고 이웃 나라를 차례로 정복하여 북방 대부분을 통일하는 한편 동진의 익주益州까지 장악했다. 강남江南까지 병합하고자, 19년(383) 90만 대군을 거느리고 동진을 공략했지만 비수淝水 싸움에서 대패했고, 후진後秦의 요장姚萇에게 잡혀 살해당했다. 부견의 사후 전진은 와해되었다.

47 慕容垂(326~396) : 오호십육국 시대 후연後燕의 초대 황제. 전연前燕 모용황慕容皝의 다섯째 아들로 원래 이름은 모용패慕容覇이다. 모용황은 어릴 때부터 총명한 모용패를 총애하여

씨의 패망을 틈타 전연前燕의 기반을 완전히 회복시켜 후연後燕을 건국했지만, 그의 사후 일 년도 되지 않아 후연은 다시 멸망했다.

이 일곱 사람들은 모두 소수민족으로 중원을 혼란에 빠뜨렸던 뛰어난 인물들이었지만, 모두들 오랫동안 패권을 유지하지 못했다. 지금 북방의 금나라 오랑캐 정권은 우두머리가 계속 몇 차례 바뀌면서도 80년이 넘도록 유지되며 아직 멸망하지 않고 있는데 이것은 무슨 까닭인가?

15. 혜성이 된 석선 石宣爲彗

석호가 자신의 아들 석선石宣을 죽이려고 하자[48], 불도징佛圖澄[49]은 다음과

태자로 삼으려 하였으나 신하들의 반대로 그만두었다. 그러나 태자 모용준보다 모용패를 더 총애하였고, 이로 인해 모용준은 모용패를 시기하였다. 모용준이 즉위한 이후 모용패는 견제를 받아 지방으로 좌천되기도 하고 많은 제한을 받았다. 모용패는 낙마하여 앞니가 부러지게 되자 이를 핑계로 이름을 수垂로 바꾸기도 하였다. 모용준이 죽자 모용위慕容暐가 11세의 어린 나이로 뒤를 이었으며, 모용수의 형 모용각慕容恪이 정권을 잡았다. 모용수는 모용각에게 협력하여 많은 전공을 세웠다. 모용각이 죽자 모용수는 권력자 모용평慕容評의 시기를 받아 다시 견제를 받게 되었다. 동진의 환온桓溫이 북벌군을 일으켜 전연으로 쳐들어오자, 모용수는 북벌군을 물리치는 1등 공신이 되었다. 이에 모용수의 세력을 두려워한 모용평과 태후는 모용수의 암살을 모의하였으며, 이 소식을 들은 모용수는 전연을 탈출하여 전진前秦으로 망명하였다. 전연이 멸망하자 모용수는 전연의 귀족들을 회유하는 한편 전진의 장수로 각지에서 전공을 세웠다. 부견이 비수에서 패전하자 대부분의 군대가 와해되었으나 모용수의 부대만 온전히 부견을 보호하며 퇴각에 성공하였다. 모용수는 부견이 몰락한 것을 깨닫고 독립할 것을 꾀하였고, 연왕燕王에 즉위하여 후연後燕을 건국하였다.

48 석호는 아들 석수石邃를 태자로 임명하였는데, 석수는 사치와 방탕을 일삼는 잔인한 성품으로 아버지 석호를 살해할 계획을 세웠다. 그러나 석호가 미리 그 계획을 알게되어 석수를 살해하고, 석수의 처와 자녀 26명을 관 하나에 집어넣고 매장해버렸다. 석호는 다시 아들 석선을 태자로 임명하였다. 석선은 동생 석도石韜가 석호의 총애를 받자, 석도를 살해하고 석호마저 살해하려고 하였다. 음모가 사전에 발각되어 석호는 석선을 살해하고 동궁東宮의 호위군사 10여만 명을 모두 양주凉州로 귀양 보냈다. 이들 10여만 명의 동궁 호위군사는 모두 민간에서 징발한 군사들로 석호 부자간의 잔혹한 성품과 동족상잔의 결과로 무고한 이들이 만리타향으로 유배당한 것이다.

49 佛圖澄(232~348) : 오호십육국 시대에 활약한 서역西域의 승려로, 불도등佛圖磴·부도징浮圖澄이라고도 한다. 북인도의 카슈미르 등지에서 수학하고, 310년 낙양洛陽에 와서 포교하였다. 뒤에 북방 민족을 통일한 후조後趙의 왕 석륵石勒의 고문이 되고, 군정軍政에도 참가하고 그의 패업을 도와 더욱 신임을 얻었다. 이어서 석호石虎에게도 존경을 받아 조정朝政에 참여

같이 간언하였다.

> "폐하께서 만약 자비와 관용을 베푸신다면 국운은 오래도록 흥할 것입니다. 그러나 만약 석선을 죽이신다면, 그는 분명 혜성이 되어 업성의 황궁을 불태워버릴 것입니다."

석호는 불도징의 간언을 받아들이지 않았다. 다음해 석호가 죽고, 일년 후 후조는 멸망했다.

『진서晉書』의 기록에 의하면 불도징의 말은 그대로 실현되었다. 그러나 이것은 석씨의 잔학함이 극에 이르러 하늘이 후조를 벌한 것이지, 어찌 불효자에 지나지 않는 석선이 하늘을 감동시켜 혜성을 야기 시켰다 할 수 있겠는가? 석선이 아우 석도石韜를 살해한 것은 흉노족 선우單于인 묵돌冒頓[50]이 아버지를 죽이고 왕이 된 것을 보고 배운 것이니, 어찌 자비와 관용을 베풀 수 있단 말인가?

불도징의 말은 황당무계하기 그지없다. 역사가들이 잘못된 믿음으로 이 사건을 기록하였는데, 『자치통감』 또한 이 사건을 기록하였으니 잘못된 것이다.

하였다. 폭군이었던 석륵과 석호를 교화시켜서, 그때까지 허용되지 않았던 한인漢人의 출가를 허락하도록 힘썼다. 그는 문화 수준이 낮은 북방민족을 불교문화와 신통력 있는 영험으로 교화하여, 불교를 민중 속으로 펴나가는 데 크게 공헌하여 38년 동안에 893개의 절을 건립하였다 한다. 중국 초기불교 발전의 중심이 되었으며, 수백 명의 문하생 가운데서 도안道安·축법태竺法汰·법화法和·법상法常 등 동진東晉시대를 대표하는 승려를 배출하였다.

50 冒頓 : B.C. 3세기경 몽골고원에서 활동한 기마민족의 부족장 두만선우頭曼單于의 아들로 태어났다. 묵돌이라는 이름은 투르크어의 바야투르Bayatur, 용감한 자를 한자로 음사한 것으로 알려져 있다. 아버지가 적대관계에 있던 월지月氏와 화평을 맺기 위해 묵돌을 인질로 보내고, 곧바로 월지를 공격해서 묵돌을 사지로 몰아넣었다. 그러나 그는 용케 살아남아 돌아와 쿠데타를 일으켜 아버지와 계모·이복형제 및 그 측근을 죽이고 스스로 선우單于에 올라 몽골고원에 최초로 흉노에 의한 기마민족국가를 세웠다. 선우가 된 묵돌은 다른 부족에 대해서 적극적인 공세를 가하여 동호東胡를 멸망시키고, 월지를 서쪽으로 쫓아내고 몽골고원의 유목민족을 통일해서 기마민족국가를 세웠다. 그리고 진秦의 내분과 초한전쟁楚漢戰爭으로 인한 혼란한 틈을 타서 아버지 때 시황제始皇帝가 보낸 장군 몽염蒙恬에 의해 빼앗긴 영토를 되찾았다.

16. 삼공의 전임 三公改它官

송 왕조가 건립된 이래 재상宰相은 삼공三公[51]의 관직을 겸하였기에, 재상의 자리에서 물러나면 다른 관직으로 전임되는 경우가 많았다. 범질范質[52]은 사도司徒와 시중侍中에서 태자태부太子太傅로 전임되었고, 왕부王溥[53]는 사공司空에서 태자태보太子太保로 전임되었고, 여몽정呂蒙正[54]은 사공司空에서 태자태사太子太師로 전임되었다. 진종眞宗 천희天禧[55]이전에 조보趙普와 왕단王旦만이 재상의 자리에서 물러나서도 그대로 국공國公·태사太師에 유임되었고, 동시에 관직이 올라갔다. 인종仁宗 천성天聖[56]이후에는 특전이 베풀어져 장사손張士遜은 사직한 후에도 병부상서兵部尚書의 신분으로 태부太傅의 직책에 오르기도 했다.

17. 관직을 지닌 채 사직하는 경우 帶職致仕

신종神宗 희녕熙寧[57] 이전에 대제학사待制學士로 사직한 이들은, 모두 우선 관직이 바뀐 후에 그 직무가 해제되었다. 만약에 질병으로 사직하면 한직으로 바뀐 후 집현원학사集賢院學士가 되었다. 이것은 관직에 있으면서 한가롭게

51 三公 : 중국에서 최고의 관직에 있으면서 천자를 보좌하던 세 벼슬. 주나라 때는 태사太師·태부太傅·태보太保가 있었고, 진秦나라·전한 때는 승상丞相·태위太尉·어사대부御史大夫, 또는 대사마大司馬·대사공大司空 대사도大司徒가 있었으며, 후한·당나라·송나라 때는 태위太尉·사도司徒·사공司空이 있었다.

52 范質(911~964) : 오대五代의 후주後周와 북송 초의 재상. 자 문소文素. 오대의 후량後梁 건화乾化 원년元年에 태어나 후당後唐 때 진사 급제하여 관리가 되었다. 후당과 후진後晉·후한後漢·후주·북송 등 다섯 왕조에서 관리가 되었고, 후주와 북송에서는 재상의 자리에 까지 올랐으며, 시문詩文에도 뛰어났다고 한다.

53 王溥(922~982) : 오대와 북송 초기의 정치가. 자 제물齊物. 후주와 북송 태조 때 재상을 지냈으며, 『당회요唐會要』를 지은 사학자이기도 하다.

54 呂蒙正(944~1011) : 북송 태종太宗과 진종眞宗 때 세 번이나 재상의 지위에 올랐던 입지전적인 인물로 사람을 잘 알아보고 등용하는데 뛰어났다고 한다.

55 天禧 : 북송 진종 시기 연호(1017~1021).

56 天聖 : 북송 인종 시기 연호(1023~1031).

57 熙寧 : 북송 신종 시기 연호(1068~1077).

지내는 것을 방지하기 위한 것이었다. 관직을 가진 채로 사직하는 것은 희녕 연간 때 왕소王素[58]에서 비롯되었다. 후에 집현학사는 수찬관修撰官으로 바뀌었으며, 휘종徽宗 정화政和[59] 연간에는 또 우문右文으로 바뀌었다.

18. 친구사이의 의리 朋友之義

친구사이의 의리는 아주 중요하다. 세상에서 가장 중요한 다섯 가지 도리를 꼽으라면, 군신君臣·부자父子·형제·부부 그리고 친구간의 사귐을 들 수 있다. 천자부터 일반 백성에 이르기까지 친구의 도움 없이 성공한 사람은 없다. 『시경』에 다음과 같은 구절이 있다.

> 천하의 풍속이 천박해지자, 天下俗薄,
> 친구의 도리가 사라졌다. 而朋友道絶.[60]

『중용中庸』과 『맹자孟子』에는 다음과 같은 구절이 있다.

> 벗에게 믿음을 얻지 못하면, 군주의 신임을 얻을 수 없다.[61]

공자는 "친구사이에는 신의를 지켜야 한다"[62]고 했고, 자로子路는 "수레와 옷은 친구와 함께 누린다"[63]고 했으며, 증자曾子는 "친구와의 사귐에 믿음이 있어야 한다"[64]고 했다.

『주례周禮』에서는 '여섯 가지 훌륭한 품행[六行]'을 언급했는데, 다섯 번째가 '신임[任]'으로 벗에게 믿음을 주는 것이다.

58 王素(1007~1073) : 북송의 대신으로 자는 중의仲儀이며, 진종 때의 명재상 왕단王旦의 아들.
59 政和 : 송 휘종 시기 연호(1111~1117).
60 이 구절은 『시경』이 아니라, 한나라 모형毛亨이 『시경』을 해설한 『모시정의毛詩正義』에 나온다. 모형이 「소아小雅·곡풍谷風」에 단 서문 구절이다.
61 『맹자·양혜왕梁惠王』
62 『논어·공야장公冶長』
63 『논어·공야장』
64 『논어·학이學而』

한나라와 당나라 이후 범식范式과 장소張劭, 진중陳重과 뇌의雷義, 원진元稹과 백거이白居易, 유우석劉禹錫과 유종원柳宗元 같은 사람들은 시종일관 어려운 환경에서도 함께하며 믿음을 저버리지 않았다. 송나라 100여년까지는 이러한 풍속이 남아있었는데, 아! 지금은 사라져버렸구나.

19. 최우수 과거 급제자들 高科得人

송나라는 태평흥국太平興國[65]이래 과거科擧를 통해 천하의 인재들을 망라하였다. 과거시험 급제 명부 앞쪽에 이름이 올라간 사람들 중에는 10년도 안되어 삼공三公 혹은 경상卿相에까지 승진한 사람도 있었다. 문목공文穆公 여몽정呂蒙正과 문정공文定公 장제현張齊賢 등이 그러했다.

인종 가우嘉祐[66]이전에 우수한 성적으로 과거시험에 급제한 사람들은 급제한지 얼마 안 되어 이름을 널리 알릴 수 있는 높은 직책에 올랐다.

소식蘇軾은 「송장자평서送章子平序」에서 인종仁宗 때 13차례의 과거시험에서 매 차례 성적이 가장 우수했던 세 명 씩을 뽑아보면 모두 39명인데, 이들 중 다섯 명만 공경公卿의 지위에 오르지 못했다고 했다. 과거 시험 성적이 우수했던 그들 대부분은 자신들이 분명 출세할 수 있다고 믿었기에 자중자애하면서 분수에 맞지 않는 일은 하려하지 않았다. 세상 사람들도 그들이 출세할 것이라고 기대하며 존경하고 존중하면서 그들이 조정의 중임을 맡을 때까지 기다렸기 때문에, 대부분이 공경의 지위에 오를 수 있었다.

그러나 가우 4년(1059)의 제도 개혁으로 과거에 최우수 성적으로 급제한 세 사람은 처음 관직을 제수 받을 때, 통판通判[67]이상의 직책에 임명될 수

65 太平興國 : 송 태종太宗 시기 연호(976~983).

66 嘉祐 : 송 인종 시기 연호(1056~1063).

67 通判 : 조정의 신하 가운데 군郡에 나아가 정치를 감독하던 관직으로, 송나라 때 만들어져 명나라와 청나라 때에도 있었다.

없었다. 장원은 평사評事[68]나 첨판簽判에 임명되어 한 단계 한 단계 승진하면서 통판에 올랐고, 임직기간이 만료되면 관각館閣[69]의 직책을 제수 받았다. 왕안석王安石이 집정하면서 이러한 제도를 다시 개혁하여 등급을 강등시켜, 황제의 은택이 줄었고 인재들 또한 감소했다.

인종 천성天聖[70] 연간 처음 시행된 과거의 급제자 방문榜文에 정공鄭公 송교宋郊와 섭청신葉淸臣, 문숙공文肅公 정전鄭戩, 문장공文莊公 고약눌高若訥, 노공魯公 증공량曾公亮 다섯 사람의 이름이 나란히 올랐다. 이 중 두 사람이 재상이 되었고, 두 사람이 참집정사參執政事에 올랐으며, 한 사람이 삼사사三司使를 지냈다.

두 번째 시행된 과거의 급제자 방문에는 문충공文忠公 왕요신王堯臣과 위공魏公 한기韓琦[71]·강정공康靖公 조개趙槪의 이름이 나란히 올랐다. 세 번째 시행된 과거의 급제자 방문에는 선휘宣徽 왕공진王拱辰과 유상항劉相沆·문의공文懿公 손변孫抃의 이름이 적혀있다. 양치楊寘는 불행히도 일찍 죽어버렸지만, 그가 장원으로 과거 급제했을 때의 과거 급제자 방문에 기공岐公 왕규王珪와 강공康公 한강韓絳·형공荊公 왕안석의 이름이 나란히 올랐었다. 유휘劉輝는 장원급제했지만 출세하지는 못했는데, 그가 장원으로 급제했을 때의 과거 급제자 방문에는 우승右丞 호종유胡宗愈와 문하시랑門下侍郎 안도安燾·충숙공忠肅公 유지劉摯·신공申公 장돈章惇의 이름이 나란히 적혀있었다. 인재가 이렇듯 많았었다.

영종英宗 치평治平[72]이후 과거 장원급제자는 시종侍從[73]이 될 수 있었지만,

68 評事 : 한나라 때의 정위평廷尉平으로 정위정廷尉正과 정위감廷尉監과 함께 판결하기 어려운 범죄 사건을 판결하던 관직이다. 위진魏晉 때는 평評, 수隋나라 때는 평사로 관명을 바꿨다가 청나라 말에 없어졌다.

69 館閣 : 북송 때 소문관昭文館과 사관史館·집현원集賢院의 삼관三館과 비각秘閣·용도각龍圖閣 등 도서와 경적·국사 편수 등의 업무를 보던 곳을 통칭하여 관각이라고 하였다.

70 天聖 : 북송 인종 시기 연호(1023~1031).

71 韓琦(1008~1075) : 중국 북송의 정치가. 사천四川의 굶주린 백성 190만 명을 구제하고, 서하西夏의 침입을 격퇴하여 변경방비에도 역량을 과시함으로써, 30살에 이미 명성을 떨쳐 추밀부사가 되었다. 이후 재상에 올랐으나 왕안석과 정면 대립함으로써 관직에서 물러났다.

72 治平 : 북송 영종 시기 연호(1064~1067).

73 侍從 : 송나라 때는 한림학사翰林學士와 급사중給事中, 육상서六尙書, 시랑侍郎을 시종이라고 하였다.

시종이 된 사람은 손가락으로 셀 수 있을 정도로 적었다.

20. 신경기 辛慶忌

한나라 성제成帝는 즉위 직후 허황후許皇后를 폐하고 조비연趙飛燕을 황후로 세우려고 하였다. 유보劉輔는 지금까지 이어져 내려온 조종祖宗의 훈계에 어긋난다 하여 죽음을 무릅쓰고 직간하였는데, 이에 분노한 성제는 유보를 옥에 가두고 사형에 처하려고까지 했다. 이때 좌장군左將軍 신경기辛慶忌 등이 유보를 구하기 위해 상소문을 올려, 사형을 면할 수 있었다.

언제나 황제에게 직간하고 정의를 지켜온 주운朱雲이 재상 장우張禹의 목을 베어야 한다고 간언하자,[74] 성제는 분노하여 주운을 사형시키려고 하였다. 이때 또 신경기가 나서서 관모를 벗고 인끈[75]을 풀고 황궁대전 앞뜰에 앉아 계속 머리를 조아리며 진언하였다.

> "주운은 평소 나라와 폐하를 위해 조금의 사심도 없이 폐하께 직언하는 것으로 이름난 대신이옵니다. 소신이 감히 죽음을 무릅쓰고 그의 결백을 간언 드리옵니다."

끊임없이 머리를 조아리느라 이마에는 피가 흥건히 흐를 정도였다. 진실된

74 한나라 성제 때 재상이었던 안창후安昌侯 장우張禹는 성제의 존경을 받고 있었다. 장우는 성제를 믿고 안하무인격의 행동도 서슴지 않고 했지만, 그의 위세가 하늘을 찌를 듯하여 그 누구도 이 점을 지적하지 못했다. 이때 유학자 주운이 성제에게 간언하였다. "지금 조정의 대신들은 위로는 폐하를 올바른 길로 이끌지 못하고, 아래로는 백성들에게 무익한 일만 하면서 녹을 축내고 있으니, 도둑이라고 할 수 있습니다. 저에게 참마검斬馬劍을 주신다면 간사한 신하 한 명의 목을 베어 신하들을 경계시키겠습니다." 성제가 간사한 신하가 누구냐 물으니, 주운은 주저하지 않고 장우라 대답했다. 성제는 자신의 스승이 간사한 신하로 폄하되자 주운을 당장 끌어내라고 소리쳤다. 무관들이 주운을 끌어내려고 하자, 주운은 끌려 나가지 않으려고 난간을 붙들고 발버둥 치며 장우의 목을 베어야 한다는 말만 계속하여 반복하였다. 무관과 주운이 밀고 당기다가 그만 난간이 부러지고 말았다. 이 일이 있은 후 난간을 수리하려고 할 때, 성제는 이렇게 말했다. "새로운 것으로 바꾸지 말고 부서진 것을 붙이도록 하라. 직언을 간한 신하의 충성의 징표로 삼겠다." 이 일화에서 간곡하게 충간忠諫한다는 의미의 절함折檻이라는 고사성어가 만들어졌다.

75 인끈 : 벼슬자리에 임명될 때 임금에게서 받는 신분이나 벼슬의 등급을 나타내는 관인官印을 몸에 차기 위한 끈으로, 관인의 꼭지에 단다.

신경기의 태도에 성제는 노여움을 풀었다. 그 후 주운 역시 죽음을 면할 수 있었다.

신경기가 유보와 주운을 위해 죽음을 무릅쓰고 간언한 것은 급암汲黯[76]이나 왕장王章과 함께 거론할 될 만하다. 반고班固[77]는 『한서漢書』「신경기전辛慶忌傳」에 이 일을 기록하지 않고서, 단지 흉노와 서역사람들까지도 강직한 인물이었던 신경기를 존경하여 그의 위신이 맹위를 떨쳤다고만 서술하였다.

그가 주운을 위해 간언할 때 문무백관들이 모두 그의 옆에 있었지만, 어느 누구도 나서서 그의 진언에 힘을 더해주지 않은 것은 참으로 부끄러운 일이다.

21. 초 회왕 楚懷王

진秦나라와 한나라 교체시기에 양몰이꾼이었던 초나라 회왕懷王은 항량項梁에 의해 왕으로 옹립되었다가 항우項羽에 의해 살해되었는데, 왕이 되었다가 살해되기까지 불과 3년밖에 걸리지 않았다. 그러나 회왕이 재위했던 3년을 되돌아보면, 결코 헛되이 보낸 시간이 아니었다. 소식은 회왕을 추앙하여 '천하의 현왕賢王'이라 칭송하기도 하였다.

항량이 전쟁터에서 전사하자, 회왕은 대장군인 여신呂臣과 항우의 군대를 병합시켜 자신이 직접 지휘했는데, 항우는 위엄 가득한 회왕의 명령을 함부로 거역하지 못했다.

회왕은 인재를 알아볼 줄 아는 군주였다. 송의宋義의 병법이 범상치 않은

76 汲黯(?~B.C.112) : 한나라의 명신. 자 장유長孺. 경제景帝와 무제武帝 때 관료를 지냈으며, 직간을 잘 하는 것으로 유명했다.

77 班固(32~92) : 후한의 역사가. 부풍扶風 안릉安陵 사람. 자 맹견孟堅. 박학능문博學能文하여 아버지의 유지를 이어 고향에서 『사기후전史記後傳』과 『한서漢書』의 편집에 종사했지만, 영평永平 5년(62)경 사사롭게 국사國史를 개작한다는 중상모략으로 투옥되었다. 아우인 서역도호西域都護 반초班超가 상소문을 올려 적극 변호해 명제明帝의 용서를 받아 석방되었고, 20여 년 걸려서 『한서』를 완성했다.

것을 보고 그를 상장군上將軍에 파격 승진시켰는데, 그 지위는 항우 보다 높았다. 회왕의 통솔 아래 진나라 군에 대항한 초군의 사기는 날이 갈수록 높아졌으며, 진나라를 공격하기 위해 함양咸陽으로 진격하였다. 회왕은 이때 여러 장군들과 먼저 함양을 함락하는 이를 관중의 왕으로 봉하겠다고 약속을 하였다.

항우는 자신의 할아버지와 부친이 모두 진나라에 의해 목숨을 잃었기에 적개심이 컸다. 항우는 회왕에게 원수를 갚기 위해 패공沛公 유방과 함께 함양으로 진격할 수 있게 해달라고 요청했다. 그러나 회왕은 항우의 포악한 성격을 우려해 그의 요청을 받아들이지 않고, 유방의 군대만 함양으로 진격하도록 하였다. 항우는 회왕의 명령을 감히 어길 수 없었다.

유방의 군대는 백성들의 호응을 받아 승승장구하면서 관중으로 내달려 함양을 함락시키고, 진나라를 멸망시켰다. 천하의 대권을 노렸던 항우는 회왕에게 사람을 보내어 원래를 약속을 포기하도록 종용하였지만, 회왕은 왕으로서 식언하는 것은 도리에 어긋나다며 약속대로 유방을 관중의 왕으로 봉했다.

위에 기술한 예들을 통해 회왕이 당시의 상황을 정확하게 인식하며 주도권을 장악했던 것을 알 수 있다. 그는 결코 대신들과 장군들의 강권에 억눌려 지낸 무능력하고 어리석은 군주가 아니었다. 그가 항우에게 억눌리거나 구애되지 않았기 때문에, 항우에게 결국 죽임을 당한 것이다. 그리고 회왕이 군대를 보내어 조趙나라를 구하고 진나라를 멸망시켜 천하를 얻어 의제義帝가 된 것도 모두 그가 직접 이루어낸 것이다.

사마천은 『사기』의 「진본기秦本紀」 뒤에 초회왕의 본기를 수록하고, 그 뒤에 「한고조본기漢高祖本紀」를 수록했어야만 했다. 그러나 놀랍게도 「항우본기項羽本紀」가 그 자리를 대신 차지하고 있고, 의제의 사적은 그 안에 부분적으로만 언급되었을 뿐이다. 항우가 진나라를 대체했다는 이러한 역사 인식은 사마천의 큰 실수라고 아니할 수 없다.

한 고조高祖는 조서를 내려 진황제秦皇帝와 초은왕楚隱王의 사후 그들의 무덤을 관리할 사람을 안배하고, 위魏나라와 제齊나라·조趙나의 왕들을 위해서도 무덤관리인을 배치했다. 그런데 고조의 군주君主였던 의제에 대해서는 의외로 아무 언급도 없었는데, 혹 의제에 대해 기록된 죽간이 누락된 것이 아닐까?

22. 범증은 위인이 아니다 范增非人傑

세상 사람들은 범증范增을 걸출한 인물이라고 하지만, 나는 그렇게 생각하지 않는다. 그의 일생을 살펴보니, 종횡가縱橫家의 기질이 있어 이익만 도모했을 뿐 도의를 알지 못하는 사람이었다. 처음에 그는 항씨 가문에게 초왕의 후손인 회왕을 옹립할 것을 권했으나, 나중에는 항우가 회왕의 땅을 빼앗고 침郴[78] 땅으로 내쫓고 결국 시해하도록 만들었다. 범증은 군신의 대의로 항우를 보좌하지 못했다.

회왕이 여러 장수들에게 먼저 관중에 들어간 이를 관중의 왕으로 봉하겠다고 약속했다. 유방이 먼저 관중에 들어갔으니 분명 회왕의 약속대로 유방이 관중의 왕이 되어야 하는데, 범증은 항우에게 유방을 죽일 것을 권했다. 유방을 살해하고자 했던 계획이 실패하자 범증은 유방을 촉蜀으로 내쫓았다.

항우가 범증의 상관인 상장군 송의宋義를 죽일 때도 범증은 그냥 보고만 있었다. 항우가 진나라의 항복한 병사들을 생매장하고, 항복한 왕을 죽이고, 진나라의 궁궐을 태우는 것을 직접 보면서도 한 마디도 하지 않았다. 이후 범증은 형양滎陽의 전투에서 자신이 적의 이간책에 말려들자 분노하며 항우를 떠났다.

이런 사실들을 보면 범증이 실수한 것이 너무 많은데, 그를 걸출한 인물이라고 할 수 있을까? 소식이 범증에 대해 논한 글은 깊이가 있기는 하지만, 충분하지는 못하다.

78 郴 : 지금의 호남성 침현郴縣.

23. 한림원의 옛 제도 翰苑故事

한림원翰林院의 전통적인 제도는 현재 모두 폐기되어 남아있지 않다. 하지만 한림학사翰林學士들이 입조入朝할 때 여전히 붉은 옷을 입은 한림원의 아전들이 조정까지 길을 안내하는 전통은 그대로 남아있다. 경령궁景靈宮에 도착하여 향을 사르는 의식을 행하면, 조정에서 한림학사들이 서 있어야하는 자리까지 길을 안내한다.

공문이 삼성三省[79]에서 내려오면 다시 부가적인 설명을 덧붙이지 않고 한 척 길이의 종이에 보고하고자 하는 일만 써서 보내면 되는데, 앞부분에는 이런 말이 기록되어있다.

> 상서성尙書省에 보고를 올리며, 엎드려 지시와 명령을 기다리겠습니다. 모월 모일 서명.

이것을 자보諮報[80]라고 한다.

입조시의 아전의 길 안내와 삼성에 올리는 보고서인 '자보' 이 두 가지 전통은 한림원에 그대로 남아있다.

24. 당나라 양주의 번영 唐揚州之盛

당나라 때 염철전운사鹽鐵轉運使[81]는 양주揚州[82]에 설치되었는데, 재정에 관한 모든 권력을 전적으로 장악하고 있어서, 판관判官만도 많게는 수십 명이나

79 三省 : 중서성中書省과 문하관門下官·상서성尙書省을 칭한다.

80 諮報 : 당나라와 송나라의 학림원에서 삼성에게 올린 보고 문서를 칭한다.

81 鹽鐵轉運使 : 전운사轉運使는 1로路마다 1명씩 임명된 관직으로, 소관지역의 군사·경제·치안·형옥刑獄·재용財用의 일을 관장하고, 주현관리를 안찰하는 임무를 수행했으며 때때로 안찰사를 겸하기도 했다. 염철전운사는 소금과 철의 생산과 유통에 관한 업무를 전담하였다.

82 揚州 : 수隋 양제煬帝가 대운하를 개통하면서 양주는 수륙교통의 요충지가 되었다. 특히 당나라의 중심지역은 강회江淮지역인데, 강회지역의 중심부가 바로 강하가 거미줄처럼 얽히고 설켜 있는 강남 명승지 양주였다. 토지가 비옥하고 물산이 풍부하였으며, 식량·소금·생약·방직물·목제·동제품 등의 집산지였던 양주는 당나라의 가장 번영한 도시였다.

되었고, 상인들은 베틀에 북 드나들 듯 북적거렸다. 그래서 민간에는 "양주가 최고 그 다음이 익주益州"라는 속담이 있었다. 즉 천하에 가장 번화한 곳이 양주이고, 익주는 그 다음이라는 것이다.

두목杜牧[83]은 10여 년간 양주 지방 관리직에 있으면서 양주의 산수와 풍물을 노래했다. 그의 시를 살펴보자.

십리 양주길에 봄바람 부는데,	春風十里揚州路,
주렴 걷고 둘러보아도 모두 너만 못하구나.	卷上珠簾總不如.[84]

양주를 노래한 장호張祜의 시 또한 볼 만하다.

십리 길게 이어진 양주거리,	十里長街市井連,
달 밝은 밤 다리위에서 신선노름하네.	月明橋上看神仙.
인생에서 바랄 것이 무엇이냐 양주에서 죽으면 족하거늘,	人生只合揚州死,
선지산 풍광 좋으니 묘지로 그만이라오.	禪智山光好墓田.[85]

왕건王建 또한 안사의 난 이후 양주를 방문하여 시를 남겼다.

밤거리 수많은 등불 푸른 하늘 비추고,	夜市千燈照碧雲,
높은 기루 펄럭이는 붉은 소매 나그네 발걸음 끊임없이 이어지네.	高樓紅袖客紛紛.
지금은 전란 뒤라 평소와는 다를진데,	如今不似時平日,
그윽한 생황소리 새벽까지 들리누나!	猶自笙歌徹曉聞![86]

서응徐凝의 시에선 양주를 다음과 같이 묘사했다.

83 杜牧(803~852) : 당나라 시인. 자 목지牧之. 시에서 이상은李商隱과 나란히 이름을 날려 '소이두小李杜'라고 불렸다. 소시小詩 「박진회泊秦淮」·「산행山行」과 절구絶句 「적벽赤壁」·「과화청궁過華淸宮」, 부賦 「아방궁부阿房宮賦」 등이 대표작품이다.

84 「贈別二首」 제1수.

85 「縱遊淮南」.

86 「夜看揚州市」.

달 밝은 천하의 밤을 셋으로 나눈다면, 天下三分明月夜,
그중 둘은 몽땅 양주가 차지했다네. 二分無賴是揚州.

이 시들을 보면 양주가 얼마나 화려하고 번화했는지 알 수 있다. 그러나 당나라 말기 필사탁畢師鐸과 손유孫儒의 난리로 양주는 폐허가 되어버렸다. 양행밀楊行密[87]이 다시 양주를 재건하여 강력한 번진藩鎭이 되었지만, 얼마 후 현덕顯德[88] 연간에 후주後周의 군대가 침입하여 불타버렸다.

송나라가 건국된 지 170년이 넘었는데, 지금의 양주 규모는 당나라 때와 비교해서 10분의 1도 되지 않는다. 파괴될 대로 파괴되어 다시 일어나지 못하는 지금의 양주를 보면 콧등이 시큰해진다.

25. 장호의 시 張祜詩

당나라 개원開元과 천보天寶의 번영은 전기傳記와 시가詩歌에 많이 기록되어 있다. 이러한 내용을 다룬 시중에서 특히 장호張祜의 시가 다른 시인들과 비교할 수 없을 정도로 많다. 장호의 시들을 감상해보자.

「정월십오야등正月十五夜燈」
온갖 문들 열리고 수많은 등 내걸리니 대낮처럼 밝아, 千門開鎖萬燈明,
정월 중순 시내는 떠들썩하네. 正月中旬動帝京.
수많은 궁녀들의 춤사위 아름답고, 三百內人連袖舞,
천상까지 닿을 듯한 노랫소리 울려퍼지네. 一時天上著詞聲.

87 楊行密(852~905) : 오대五代 오吳나라의 태조. 자 화원花源, 본명 행민行愍, 여주廬州 합비合肥 사람. 젊어서 가난했지만 완력이 대단했다. 처음에는 도둑이었다가 주병州兵에 응모해 대장隊長으로 옮겼다. 수戍자리를 나갔다가 병사를 일으켜 반란을 일으켰다. 여주를 거점으로 웅거하자 당나라에서 여주자사로 임명했다. 회남절도사淮南節度使를 자칭하던 손유孫儒를 격파하고 당소종唐昭宗으로부터 회남절도사에 임명되어 양주揚州를 근거지로 삼아, 회수淮水 남쪽에서 강동江東에 걸친 약 30주의 땅을 확보하고 천복天復 2년(902) 오왕吳王에 봉해졌다.
88 顯德 : 후주後周 태조太祖 시기 연호(954~960).

「상사락上巳樂」[89]

비린내 나는 피 매인 머리에 물들고, 猩猩血染繫頭標,
천상의 고른 소리에 아름답게 장식된 노를 드네. 天上齊聲擧畫橈.
궁녀들 서로 다투듯 진지하게, 卻是內人爭意切,
육궁의 붉은 소매 일시에 위아래로 흔드네. 六宮紅袖一時招.

「춘앵전春鶯囀」

흥경지 남녘 버들 싹도 움트지 않았는데, 興慶池南柳未開,
태진(양귀비)이 먼저 매화 한 가지 잡았네. 太眞先把一枝梅.
궁녀는 춘앵전 노래하며, 內人已唱春鶯囀,
꽃 아래에서 사뿐사뿐 부드럽게 춤추네. 花下傞傞軟舞來.

「대포락大酺樂」·「합왕소관閤王小管」·「이모적李謨笛」·「영가래寧哥來」·「합랑갈고閤娘羯鼓」·「퇴궁인退宮人」·「사랑가耍娘歌」·「패나아무悖拏兒舞」·「아보탕阿鴇湯」·「우림령雨霖鈴」·「향낭자香囊子」 등의 시는 정사正史나 전기에는 없는 개원과 천보 때의 일들을 보충해 줄 수 있는 악부樂府들이다.

26. 옛 사람들에게는 금기가 없었다 古人無忌諱

옛 사람들에게는 금기가 없다. 예를 들면 다음과 같다.

계무자季武子[90]가 능침陵寢[91]을 짓는데, 능침의 서쪽 계단 밑에 두씨杜氏 집안의 무덤이 있어 두씨 일가가 개장改葬하고 싶다는 청을 하자 계무자는 이를 승낙하였다. 두씨 일가는 개장하기 위해 능침에 들어왔으나 감히 곡哭을

89 上巳 : 중삼重三·원사元巳·상제上除라고도 한다. 3이 3번 겹친 길일로 봄이 본격적으로 돌아오는 절기이다. 이날은 강남 갔던 제비가 다시 돌아온다는 날이다. 흰나비를 먼저 보면 그해에 상복喪服을 입게 되고 색이 있는 나비를 보면 길한 일이 있다고 믿었으며, 이날 약물을 먹으면 연중무병하다고 전해진다.

90 季武子(?~B.C.535) : 춘추시대 노나라의 정경正卿. 계손씨季孫氏에 이름은 숙宿, 노나라 환공桓公의 증손인 계문자季文子 행보行父의 아들이다. 노나라의 정권을 장악하고, 제후들의 회맹에 여러 차례 참석하여 각국의 사절들을 대하는 예를 주재했다. 이 일로 당시 사람들은 계무자를 '지례知禮'라고 호칭했다. 양공襄公 사후 소공昭公을 노후의 자리에 앉히고, 노나라 공실의 중군中軍을 폐하는 등 노나라 공실을 쇠약하게 하고 전권을 휘둘렀다.

91 陵寢 : 왕실과 공경公卿 묘지의 건축물.

할 수가 없었는데, 계무자가 이렇게 말했다.

> "개장은 옛날에는 없었던 것으로 주공周公이래 그 관습을 바꾼 사람은 없었소. 그 정도로 특별히 중대한 일을 나는 승낙했던 것이니, 무슨 이유로 곡하는 것을 허락하지 않겠소."

그리고 두씨 일가가 곡하는 것을 허락했다.

증자曾子가 손님과 함께 대문 옆에 서 있었는데, 그의 한 제자가 달려 나와 아버지가 돌아가셔서 거리에 나가 곡하겠다고 했다. 증자는 이렇게 말했다.

> "네 거처로 돌아가 곡하도록 해라."

그리고 증자는 북면하여 제자의 아버지를 조상弔喪하였다.

백고伯高가 위衛나라에서 죽어 공자에게 부고訃告가 왔다. 공자가 말했다.

> "내가 어디에서 그를 위해 곡해야 하는가? 그가 자공子貢으로 인해 나와 알게 되었으니 나는 자공의 집에 가서 곡하겠다."

그리고 자공의 침실 밖에서 곡을 하면서, 자공에게 이 상사喪事를 주관하라고 명하였다.

> "너로 인해 백고를 조문하러 오는 이는 꼭 만나 보거라."

계무자는 공경公卿의 신분으로 자신의 능침 계단 아래에서 다른 사람이 곡하는 것을 허락하고 또 묘를 이장하는 것까지 허락했다. 증자는 자신이 머무는 곳에서 제자가 아버지의 죽음을 슬퍼하며 곡할 수 있게 했다. 자공은 친구의 죽음을 당해, 내실 밖에서 조문객을 맞이했다. 지금 사람들은 분명 이렇게들 할 수 없을 것이다. 성현聖賢들의 행동은 모두 예교에 부합되며, 계무자 조차 그러했다. 그러나 고대를 지금과 비교해보면 차이가 어마어마하다.

27. 재아는 기만하지 않았다 宰我不詐

재아宰我는 부모님이 돌아가셨을 때 3년 상을 치루는 것은 너무 길다고 생각했다. 공자가 복상服喪 기간에 쌀밥을 먹고 비단 옷을 입는 것에 대해 그에게 물었다.

"복상 기간에 쌀밥을 먹고 비단 옷을 입어도 마음이 편하겠느냐?"

재야가 대답했다.

"편안합니다."

후인들은 이 일화를 통해 재아를 비판하며, 공자의 문하에서 어떻게 이러한 대답이 나올 수 있냐고 말한다. 그러나 이 대답은 재아의 진실된 마음에서 나온 말로, 남을 속이거나 기만하려는 뜻이 없었다. 진실 된 감정에 의한 행동, 이것이 바로 공자 문하의 뛰어난 제자들이 지닌 특성이다.

노魯나라 도공悼公의 상례기간에 맹경자孟敬子가 말했다.

"상례기간에는 죽을 먹는 것이 천하의 통례이다. 그러나 우리 중손仲孫·숙손叔孫·계손季孫 세 집이 공실公室에서 신하의 예로서 임금을 충실히 섬기지 못한 것을 사방에 모르는 사람이 없다. 억지로 애써서 죽을 먹어 몸을 여위게 할 수는 있지만, 그렇게 하면 다른 사람들은 분명 진정이 아니면서 몸을 여위게 만든 것이 아닌가 하고 의심할 것이다! 그렇기 때문에 우리들은 평상시처럼 밥을 먹겠다."

악정자춘樂正子春은 어머니가 돌아가시자 5일 동안 먹지 않고 다음과 같이 말했다.

"나는 후회스럽다. 어머님이 돌아가신 후로 내 진실 된 감정을 알 수가 없어졌으니, 이제 내가 어떻게 내 감정을 표현할 수 있단 말인가?"

이는 악정자춘이 복상기간인 5일 동안 음식을 먹지 않아야 한다는 예의를 억지로 행하였다는 것을 말한다.

현명한 사람이라면 진실 된 감정이 없는 행위를 경계해야 한다.

비록 맹경자가 신하된 도리를 다하지 못하여 예절을 저버리고 음식을 섭취하기는 했지만, 이는 자신의 진실 된 감정을 저버린 채 먹지 못해 여위어가는 어리석음을 행하지 않겠다는 의지였다. 선왕의 은택이 아직 남아있는 시대였기에 부덕한 사람들 또한 현명한 군왕의 영향을 받아 자신의 진실된 감정대로 행동한 것이다.

28. 이익과 노륜의 시 李益盧綸詩

이익李益과 노륜盧綸은 모두 당나라 대력십재자大曆十才子[92]중의 뛰어난 인재들이다. 노륜은 이익의 손위 처남이다. 가을 밤 이 두 사람이 함께 잠을 자게 되었을 때, 이익이 노륜에게 시 한 수를 지어 주었다.

세상 일로 중년에 헤어져,	世故中年別,
늙은 지금에서야 함께 하네.	餘生此會同.
그렇지만 병들어 서글퍼하며,	却將悲與病,
홀로 낭릉옹(노륜) 마주하네.	獨對朗陵翁.[93]

노륜도 화답하는 시를 써 주었다.

쓸쓸하게 동서로 헤어져,	戚戚一西東,
십년지나 지금에서야 비로소 함께했네.	十年今始同.
가련하여라! 비바람 치는 밤,	可憐風雨夜,
서로 안부 묻는 두 늙은이.	相問兩衰翁.[94]

92 大曆十才子 : 당나라 대종代宗 대력연간大曆年間(766~779)에 활동한 10명의 시인이 중심이 된 시가유파를 지칭한다. 이들은 시가의 형식과 기교를 중시했다. 요합姚合의 『극현집極玄集』과 『신당서新唐書』의 기록에 의하면 대력십재자는 이단李端·노륜盧綸·길중부吉中孚·한굉韓翃·전기錢起·사공서司空曙·묘발苗發·최동·경위耿湋·하후심夏侯審이다. 그들 시의 주제는 개인생활의 생로병사나 이별과 만남·기쁨과 슬픔을 위주로 하였고, 작품의 대부분이 자연 산수와 은거의 평안함·쓸쓸함과 적막함으로 인생에 대한 감성과 내심의 슬픔을 묘사하였다.

93 「贈內兄盧綸」.

94 「酬李益端公夜宴見贈」.

이 두 비록 절구이지만, 읽노라면 처연한 감정이 물 밀 듯 밀려오니 모두 뛰어난 작품이다.

1. 霍光賞功

漢武帝外事四夷, 出爵勸賞, 凡將士有軍功, 無問貴賤, 未有不封侯者。及昭帝時, 大鴻臚田廣明平益州夷, 斬首捕虜三萬, 但賜爵關內侯。蓋霍光爲政, 務與民休息, 故不欲求邊功, 益州之師, 不得已耳, 與唐宋璟抑郝靈佺斬默啜之意同。然數年之後, 以范明友擊烏桓, 傅介子刺樓蘭, 皆即侯之, 則爲非是, 蓋明友, 光女婿也。

2. 尺棰取半

莊子載惠子之語曰:「一尺之棰, 日取其半, 萬世不竭。」雖爲寓言, 然此理固具。蓋但取其半, 正碎爲微塵, 餘半猶存, 雖至於無窮可也。特所謂卵有毛、鷄三足、犬可以爲羊、馬有卵、火不熱、龜長於蛇、飛鳥之景未嘗動, 如是之類, 非詞說所能了也。

3. 漢文失材

漢文帝見李廣, 曰:「惜廣不逢時, 令當高祖世, 萬戶侯豈足道哉!」賈山上書言治亂之道, 借秦爲諭, 其言忠正明白, 不下賈誼, 曾不得一官, 史臣猶贊美文帝, 以爲山言多激切, 終不加罰, 所以廣諫爭之路。觀此二事, 失材多矣。吳、楚反時, 李廣以都尉戰昌邑下顯名, 以梁王授廣將軍印, 故賞不行。武帝時, 五爲將軍擊匈奴, 無尺寸功, 至不得其死。三朝不遇, 命也夫!

4. 陳軫之說疏

戰國權謀之士, 游說從橫, 皆趨一時之利, 殊不顧義理曲直所在。張儀欺楚懷王, 使之絕齊而獻商於之地。陳軫諫曰:「張儀必負王, 商於不可得而齊、秦合, 是北絕齊交, 西生秦患。」其言可謂善矣。然至云:「不若陰合而陽絕於齊, 使人隨張儀, 苟與吾地, 絕齊未晚。」是軫不深計齊之可絕與否, 但以得地爲意耳。及秦負約, 楚王欲攻之。軫又勸曰:「不如因賂之以一名都, 與之并兵而攻齊, 是我亡地於秦, 取償於齊也。」此策尤乖謬不義。且秦加亡道於我, 乃欲賂以地, 齊本與國, 楚無故而絕之, 宜割地致幣, 卑詞謝罪, 復求其援, 而反欲攻之, 軫之說於是疎矣。乃知魯仲連、虞卿爲豪傑之士, 非軫輩所能企及也。

5. 顔率兒童之見

秦興師臨周而求九鼎, 周君患之。顔率請借救於齊。乃詣齊王許以鼎, 齊爲發兵救周, 而秦兵罷。齊將求鼎, 周君又患之。顔率復詣齊, 曰 :「願獻九鼎, 不識何塗之從而致之齊。」齊王將寄徑於梁、於楚, 率皆以爲不可, 齊乃止。戰國策首載此事, 蓋以爲奇謀。予謂此特兒童之見爾。爭戰雖急, 要當有信。今一紿齊可也, 獨不計後日諸侯來伐, 誰復肯救我乎 ! 疑必無是事, 好事者飾之爾。故史記、通鑑皆不取。

6. 皇甫湜正閏論

晉魏以來, 正閏之說紛紛, 前人論之多矣。蓋以宋繼晉, 則至陳而無所終, 由隋而推之, 爲周爲魏, 則上無所起。故司馬公於通鑑取南朝承晉訖于陳亡, 然後係之隋開皇九年, 姑藉其年以紀事, 無所抑揚也。唯皇甫湜之論不然, 曰 :「晉之南遷, 與平王避戎之事同, 而元魏種實匈奴, 自爲中國之位號。謂之滅邪 ? 晉實未改。謂之禪耶 ? 已無所傳。而往之著書者有帝元, 今之爲錄者皆閏晉, 失之遠矣。晉爲宋, 宋爲齊, 齊爲梁, 江陵之滅, 則爲周矣。陳氏自樹而奪, 無容於言。故自唐推而上, 唐受之隋, 隋得之周, 周取之梁, 推梁而上以至于堯、舜, 爲得天下統。則陳僭於南, 元閏於北, 其不昭昭乎 !」此說亦有理。然予復考之, 滅梁江陵者, 魏文帝也, 時歲在甲戌。又三年丁丑, 周乃代魏。不得云江陵之滅, 則爲周也。

7. 簡師之賢

皇甫持正集有送簡師序, 云 :「韓侍郎貶潮州, 浮圖之士, 懽快以抃, 師獨憤起訪余求序, 行資適潮, 不顧蛇山鱷水萬里之嶮毒, 若將朝得進拜而夕死者。師雖佛其名, 而儒其行 ; 雖夷狄其衣服, 而人其知。不猶愈於冠儒冠, 服朝服, 惑溺於經怪之說以斁彝倫邪 !」予讀其文, 想見簡師之賢, 而惜其名無傳於後世, 故表而出之。

8. 老人推恩

唐世赦宥, 推恩於老人絶優。開元二十三年, 耕籍田。侍老百歲以上, 版授上州刺史 ; 九十以上, 中州刺史 ; 八十以上, 上州司馬。二十七年, 赦。百歲以上, 下州刺史, 婦人郡君 ; 九十以上, 上州司馬, 婦人縣君 ; 八十以上, 縣令, 婦人鄕君。天寶七載, 京城七十以上本縣令, 六十以上縣丞, 天下侍老除官與開元等。國朝之制, 百歲者始得初品官封, 比唐不侔矣。淳熙三年, 以太上皇帝慶壽之故, 推恩稍優, 遂有增年詭籍以冒榮命者, 使如唐日, 將如何哉 !

9. 唐三傑

漢高祖以蕭何、張良、韓信爲人傑, 此三人者, 眞足以當之也。唐明皇同日拜宋璟、張說、源乾曜三故相官, 帝賦三傑詩, 自寫以賜, 其意蓋以比蕭、張等也。說與乾曜, 豈璟比哉! 明皇可謂不知臣矣。

10. 忠義出天資

忠義守節之士, 出於天資, 非關居位貴賤, 受恩深淺也。王莽移漢祚, 劉歆以宗室之儁、導之爲逆, 孔光以宰相輔成其事。而龔勝以故大夫守誼以死。郭欽、蔣詡以刺史、郡守, 栗融、禽慶、曹竟、蘇章以儒生, 皆去官不仕。陳咸之家, 至不用王氏臘。蕭道成篡宋, 褚淵、王儉奕世達宦, 身爲帝甥、主壻, 所以縱臾滅劉, 唯恐不速；而死節者乃王蘊、卜伯興、黃回、任候伯之輩耳。安祿山、朱泚之變, 陳希烈、張均、張垍、喬琳、李忠臣, 皆以宰相世臣爲之丞弼；而甄濟、權皐、劉海賓、段秀實或以幕府小吏, 或以廢斥列卿, 捐身立節, 名震海內。人之賢不肖, 相去何止天冠地屨乎!

11. 劉歆不孝

事親孝, 故忠可移於君, 是以求忠臣必於孝子之門。劉歆事父, 雖不載不孝之迹, 然其議論每與向異同。故向拳拳於國家, 欲抑王氏以崇劉氏, 而歆乃力贊王莽, 唱其凶逆, 至爲之國師公, 又改名秀以應圖讖, 竟亦不免爲莽所誅, 子棻、女愔皆以戮死。使天道每如是, 不善者其知懼乎!

12. 漢法惡誕謾

李廣以私忿殺霸陵尉, 上書自陳謝罪。武帝報之曰:「報忿除害, 朕之所圖於將軍也。若乃免冠徒跣, 稽顙請罪, 豈朕之指哉!」張敞殺絮舜, 上書曰:「臣待罪京兆, 絮舜本臣素所厚吏, 以臣有章劾當免, 受記考事, 謂臣『五日京兆』, 背恩忘義。臣竊以舜無狀, 枉法以誅之。臣賊殺不辜, 鞫獄故不直, 死無所恨。」宣帝引拜爲刺史。漢世法令, 最惡誕謾罔上。廣、敞雖妄殺人, 一語陳情, 則赦之不問, 所以開臣下不敢爲欺之路也。武帝待張湯非不厚, 及問魯謁居事, 謂其懷詐面欺, 殺之不貸, 眞得御臣之法。

13. 漢官名

漢官名有不書於百官表而因事乃見者。如行冤獄使者, 因張敞殺絮舜而見；美俗使者, 因何並代嚴詡而見；河隄使者, 因王延世塞決河而見；直指使者, 因暴勝之而見。豈非因事置官, 事已即罷乎!

14. 五胡亂華

劉聰乘晉之衰, 盜竊中土, 身死而嗣滅, 男女無少長皆戕於靳準。劉曜承其後, 不能十年, 身爲人禽。石勒嘗盛矣, 子奪於虎。虎盡有秦、魏、燕、齊、韓、趙之地, 死不一年而後嗣屠戮, 無一遺種。慕容儁乘石氏之亂, 跨據河山, 亦僅終其身, 至子而滅。苻堅之興, 又非劉、石比, 然不能自免, 社稷爲墟。慕容垂乘苻氏之亂, 盡復燕祚, 死未期年, 基業傾覆。此七人者, 皆夷狄亂華之巨擘也, 而不能久如此。今之北虜, 爲國八十年, 傳數酋矣, 未亡何邪？

15. 石宣爲彗

石虎將殺其子宣, 佛圖澄諫曰：「陛下若加慈恕, 福祚猶長, 若必誅之, 宣當爲彗星下掃鄴宮。」虎不從。明年, 虎死。二年, 國亡。晉史書之, 以爲澄言之驗。予謂此乃石氏窮凶極虐, 爲天所弃。豈一逆子便能上干玄象, 起彗孛乎！ 宣殺其弟韜, 又欲行冒頓之事, 寧有不問之理！ 澄言旣妄, 史氏誤信而載之, 資治通鑑亦失於不刪也。

16. 三公改它官

國初以來, 宰相帶三公官居位, 及罷去, 多有改它官者。范質自司徒、侍中改太子太傅, 王溥自司空改太子太保, 呂蒙正自司空改太子太師是也。天禧以前唯趙普、王旦乃依舊公師, 仍復遷秩。天聖而後, 恩典始隆, 張士遜致仕, 至以兵部尙書得太傅云。

17. 帶職致仕

熙寧以前, 待制學士致仕者, 率遷官而解其職。若有疾就閑者, 亦換爲集賢院學士。蓋不以近職處散地也。帶職致仕, 方自熙寧中王素始。後改集賢學士爲修撰, 政和中又改爲右文云。

18. 朋友之義

朋友之義甚重。天下之達道五, 君臣、父子、兄弟、夫婦而至朋友之交。故天子至于庶人, 未有不須友以成者。「天下俗薄, 而朋友道絶。」 見於詩。「不信乎朋友, 弗獲乎上。」 見於中庸、孟子。「朋友信之」, 孔子之志也；「車馬衣裘, 與朋友共」, 子路之志也；「與朋友交而信」, 曾子之志也。周禮六行, 五曰任, 謂信於友也。漢、唐以來, 猶有范張、陳雷、元白、劉柳之徒, 始終相與, 不以死生貴賤易其心。本朝百年間, 此風尙存。嗚呼, 今亡矣！

19. 高科得人

國朝自太平興國以來, 以科擧羅天下士, 士之策名前列者, 或不十年而至公輔。呂文穆公蒙正、張文定公齊賢之徒是也。及嘉祐以前, 亦指日在淸顯。東坡送章子平序, 以謂仁宗一朝十有三榜, 數其上之三人, 凡三十有九, 其不至於公卿者, 五人而已。蓋爲士者知其身必達, 故自愛重而不肯爲非, 天下公望亦以鼎貴期之, 故相與愛惜成就, 以待其用。至嘉祐四年之制, 前三名始不爲通判, 第一人才得評事、簽判, 代還升通判, 又任滿, 始除館職。王安石爲政, 又殺其法, 恩數旣削, 得人亦衰矣。觀天聖初牓, 宋鄭公郊、葉淸臣、鄭文肅公戩、高文莊公若訥、曾魯公公亮五人連名, 二宰相、二執政、一三司使。第二牓, 王文忠公堯臣、韓魏公琦、趙康靖公槩連名。第三牓, 王宣徽拱辰、劉相沆、孫文懿公抃連名。楊寘牓, 寘不幸卽死, 王岐公珪、韓康公絳、王荊公安石連名。劉煇牓, 煇不顯, 胡右丞宗愈、安門下燾、劉忠肅公摯、章申公惇連名。其盛如此。治平以後, 第一人作侍從, 蓋可數矣。

20. 辛慶忌

漢成帝將立趙飛燕爲皇后, 怒劉輔直諫, 囚之掖廷獄, 左將軍辛慶忌等上書救輔, 遂得減死。朱雲請斬張禹, 上怒, 將殺之, 慶忌免冠解印綬, 叩頭殿下曰 :「此臣素著狂直, 臣敢以死爭。」叩頭流血。上意解, 然後得已。慶忌此兩事, 可與汲黯、王章同科。班史不書於本傳, 但言其爲國虎臣, 匈奴、西域敬其威信而已。方爭朱雲時, 公卿在前, 曾無一人助之以請, 爲可羞也。

21. 楚懷王

秦漢之際, 楚懷王以牧羊小兒, 爲項氏所立, 首尾才三年。以事攷之, 東坡所謂天下之賢主也。項梁之死, 王并呂臣、項羽軍自將之, 羽不敢爭。見宋義論兵事, 卽以爲上將軍, 而羽乃爲次將。擇諸將入關, 羽怨秦, 奮勢願與沛公西, 王以羽慓悍禍賊, 不許, 獨遣沛公, 羽不敢違。及秦旣亡, 羽使人還報王, 王曰 :「如約。」令沛公王關中。此數者, 皆能自制命, 非碌碌孱王受令於强臣者, 故終不能全於項氏。然遣將救趙滅秦, 至於有天下, 皆出其手。太史公作史記, 當爲之立本紀, 繼於秦後, 迨其亡, 則次以漢高祖可也。而乃立項羽本紀, 義帝之事特附見焉, 是直以羽爲代秦也, 其失多矣。高祖嘗下詔, 以秦皇帝、楚隱王亡後, 爲置守冢, 并及魏、齊、趙三王, 而義帝乃高祖故君, 獨缺不問, 豈簡策脫佚乎 !

22. 范增非人傑

世謂范增爲人傑, 予以爲不然。夷考平生, 蓋出戰國從橫之餘, 見利而不知義者也。

始勸項氏立懷王, 及羽奪王之地, 遷王於郴, 已而弑之, 增不能引君臣大誼, 爭之以死。懷王與諸將約, 先入關中者王之, 沛公旣先定關中, 則當如約, 增乃勸羽殺之, 又徙之蜀漢。羽之伐趙, 殺上將宋義, 增爲末將, 坐而視之。坑秦降卒, 殺秦降王, 燒秦宮室, 增皆親見之, 未嘗聞一言也。至於滎陽之役, 身遭反間, 然後發怒而去。嗚呼, 疏矣哉! 東坡公論此事偉甚, 猶未盡也。

23. 翰苑故事

翰苑故事, 今廢棄無餘。唯學士入朝, 猶有朱衣院吏雙引至朝堂而止, 及景靈宮行香, 則引至立班處。公文至三省不用申狀, 但尺紙直書其事, 右語云:「諮報尙書省, 伏候裁旨, 月日押。」謂之諮報。此兩事僅存。

24. 唐揚州之盛

唐世鹽鐵轉運使在揚州, 盡斡利權, 判官多至數十人, 商賈如織。故諺稱「揚一益二」, 謂天下之盛, 揚爲一而蜀次之也。杜牧之有「春風十里珠簾」之句。張祜詩云:「十里長街市井連, 月明橋上看神仙。人生只合揚州死, 禪智山光好墓田。」王建詩云:「夜市千燈照碧雲, 高樓紅袖客紛紛。如今不似時平日, 猶自笙歌徹曉聞。」徐凝詩云:「天下三分明月夜, 二分無賴是揚州。」其盛可知矣。自畢師鐸、孫儒之亂, 蕩爲丘墟。楊行密復葺之, 稍成壯藩, 又燬於顯德。本朝承平百七十年, 尙不能及唐之什一, 今日眞可酸鼻也。

25. 張祜詩

唐開元、天寶之盛, 見於傳記、歌詩多矣, 而張祜所詠尤多, 皆他詩人所未嘗及者。如正月十五夜燈云:「千門開鎖萬燈明, 正月中旬動帝京。三百內人連袖舞, 一時天上着詞聲。」上巳樂云:「猩猩血染繫頭標, 天上齊聲擧畫橈。却是內人爭意切, 六宮紅袖一時招。」春鶯囀云:「興慶池南柳未開, 太眞先把一枝梅。內人已唱春鶯囀, 花下傞傞軟舞來。」又有大酺樂、邠王小管、李謨笛、寧哥來、邠娘羯鼓、退宮人、耍娘歌、悖拏兒舞、阿鴇湯、雨霖鈴、香囊子等詩, 皆可補開天遺事, 弦之樂府也。

26. 古人無忌諱

古人無忌諱。如季武子成寢, 杜氏之葬在西階之下, 請合葬焉, 許之, 入宮而不敢哭, 武子命之哭。曾子與客立於門側, 其徒有父死將出哭於巷者, 曾子曰:「反哭於爾次。」北面而吊焉。伯高死於衛, 赴於孔子。孔子曰:「夫由賜也見我, 吾哭諸賜氏。」遂哭於子貢寢門之外, 命子貢爲之主, 曰:「爲爾哭也, 來者拜之。」夫以國卿之寢階, 許外人入哭而葬, 己所居室而令門弟子哭其親, 朋友之喪, 而受哭於寢門之外, 今人必不然者也。

聖賢所行, 固爲盡禮, 季孫宿亦能如是。以古方今, 相去何直千萬也。

27. 宰我不詐

宰我以三年之喪爲久, 夫子以食稻衣錦問之, 曰:「於女安乎?」曰:「安。」後人以是譏宰我, 謂孔門高第乃如是。殊不知其由衷之言, 不爲詐隱, 所以爲孔門高第也。魯悼公之喪, 孟敬子曰:「食粥, 天下之達禮也, 吾三臣者之不能居公室也, 四方莫不聞矣, 勉而爲瘠, 毋乃使人疑夫不以情居瘠者乎哉! 我則食食。」樂正子春之母死, 五日而不食, 曰:「吾悔之, 自吾母而不得吾情, 吾惡乎用吾情?」謂勉强過禮也。夫不情之惡, 賢者所深戒, 雖孟敬子之不臣, 寧廢禮食食, 不肯不情而爲瘠。蓋先王之澤未遠, 故不肖者亦能及之。

28. 李益盧綸詩

李益、盧綸皆唐大曆十才子之傑者。綸於益爲內兄, 嘗秋夜同宿, 益贈綸詩, 曰:「世故中年別, 餘生此會同。却將悲與病, 獨對朗陵翁。」 綸和曰:「戚戚一西東, 十年今始同。可憐風雨夜, 相問兩衰翁。」二詩雖絶句, 讀之使人悽然, 皆奇作也。

••• 용재수필 권10(20칙)

1. 양표와 진군 楊彪陳群

위魏나라 문제文帝 조비曹丕가 후한 헌제獻帝를 폐위시키고 국호를 위魏로 고친 후 황제의 자리에 올랐다. 문제는 한나라의 대신이었던 양표楊彪를 태위太尉에 임명하려고 하였는데, 양표가 완곡하게 사절하였다.

"소신은 한나라 조정에서 삼공三公[1]의 관직을 지냈었습니다. 게다가 지금 소신은 늙고 병들었으니 어찌 폐하의 어명에 따라 새로운 왕조에 도움이 될 수 있겠습니까?"

양표가 사절하자 조비는 그에게 한직인 광록대부光祿大夫를 제수했다. 그러나 승상이었던 화음華歆은 그의 표정과 얼굴빛이 문제의 뜻에 거슬렸기 때문에, 단지 사도司徒의 직책에 임명되었을 뿐 고위직에 임명되지는 못했다.

문제는 이 일로 인해 오랫동안 마음이 불편했기에, 상서령尙書令 진군陳群을 불러 물었다.

"짐이 천명에 순응하여 선양을 받아 황제가 되었고 문무백관들이 모두 기뻐하고 좋아하였소. 그런데 화음과 그대만이 기뻐하지 않고 있는데, 무엇 때문이오?"

진군이 대답하여 말했다.

"폐하께서 천자가 되신 것을 마음속으로는 기뻐하였지만, 소신과 화음은 모두

1 三公 : 중국에서 최고의 관직에 있으면서 천자를 보좌하던 세 벼슬. 주나라 때는 태사太師·태부太傅·태보太保가 있었고, 진秦나라·전한前漢 때는 승상丞相·태위太尉·어사대부御史大夫, 또는 대사마大司馬·대사공大司空·대사도大司徒가 있었으며, 후한後漢·당나라·송나라 때는 태위太尉·사도司徒·사공司空이 있었다.

한나라 조정의 대신이었기에 겉으로는 도의道義에 따라 분개한 모습을 보일 수 밖에 없습니다."

문제가 한나라를 찬탈하였기에 충신과 의사들은 그러한 상황에 대해 마땅히 분개하며 원망해야할 것이다. 설령 조씨 정권에 맞서 싸울 힘이 없다하더라도, 치욕스럽게 위나라 조정에서 공경公卿의 직책을 맡아서야 되겠는가?

화음과 진군은 당시의 뛰어난 인물이었다. 하지만 그들이 출세하여 이름을 떨치게 된 근본 바탕은 자신의 출세를 위해 문제의 무도한 찬탈에 이의를 제기하지 않은 것에 불과했다.

양표 또한 겸손하게 높은 벼슬자리를 사양하여 화를 면할 수는 있었지만, 한나라를 찬탈한 것에 대해서는 감히 한 마디도 하지 못했다.

당고지화黨錮之禍[2]가 일어난 이후 천하에 현명하다고 알려진 사대부인 이응李膺과 범방范滂 등이 모두 가차 없이 살해당했기 때문에 살아남은 사람은 얼마 되지 않았다. 사대부들의 기풍이 피폐해졌으니 참으로 슬프다!

원우元祐[3] 시기의 장돈章惇과 채경蔡京[4]이 정권을 휘두르며 선량하고 강직한 선비들을 모두 죽이려고 하였다. 강직한 사대부들과 관리들은 파직당하여 30년간 감옥에 갇혀 있었고, 이로 인해 정강지화靖康之禍[5]를 초래하게 되었다.

2 黨錮之禍 : 중국 후한의 환제桓帝·영제靈帝 때에 환관들이 정권을 장악하여 국사를 마음대로 하자 진번陳蕃·이응李膺 등의 학자와 태학생들이 환관들을 탄핵하였으나, 도리어 환관들이 이들을 종신 금고에 처하여 벼슬길을 막아 버린 사건이다. 진시황제의 분서갱유焚書坑儒에 필적하는 사상탄압으로 평가받고 있다.

3 元祐 : 북송 철종哲宗 시기 연호(1086~1093).

4 蔡京(1047~1126) : 북송北宋 말기의 재상·서예가. 16년간 재상자리에 있으면서 숙적 요遼를 멸망시켰으나, 휘종에게 사치를 권하고 재정을 궁핍에 몰아넣었다. 금군金軍이 침입하고 흠종 즉위 후, 국난을 초래한 6적賊의 우두머리로 몰려 실각하였다. 문인으로서 뛰어나 북송 문화 흥성에 크게 기여하였다.

5 靖康 : 북송 흠종欽宗 시기 연호(1126~1127).

○ 靖康之禍 : 정강 원년인 1126년에 후금後金이 남하하여 흠종을 항복시키고, 그 이듬해에 휘종徽宗과 흠종을 포로로 잡아 금金으로 보내고 수도에는 장방창張邦昌을 세워 초국楚國을 만들게 함으로써 북송北宋이 멸망하였다. 이를 가리켜 '정강지화' 또는 '정강지변靖康之變' 이라고 한다.

그 때 화음·진군같지 않은 사람이 거의 없었다.

2. 원앙과 온교 袁盎溫嶠

한나라 문제文帝[6] 때의 환관 조담趙談[7]은 황제 앞에서 자주 원앙袁盎[8]에 대한 험담을 했기에, 원앙은 항상 마음을 졸이며 지냈다. 원앙의 조카 원종袁種이 말했다.

> "조담과 조정에서 공개적으로 논쟁을 벌여 치욕을 주면, 조담이 아무리 삼촌을 헐뜯어도 그의 말을 믿지 않을 것입니다."

문제가 궁궐을 나와 행차할 때 조담이 함께 어가御駕에 앉아 있었다. 원앙이 어가 앞으로 나와 말했다.

> "폐하, 소신은 황제폐하와 함께 어가를 탈 수 있는 이는 국가를 위해 큰 공을 세운 천하의 영웅호걸뿐이라고 들었습니다. 그런데 지금 폐하께서는 어찌하여 거세한 환관과 함께 수레를 타십니까?"

문제는 원앙의 말이 일리가 있다고 여기고 웃으며 조담을 어가에서 내리게 했다. 조담은 분하여 눈물을 흘리며 어가에서 내렸다.

동진東晉 명제明帝 때 온교溫嶠[9]는 왕돈王敦[10]을 떠나게 되었다.[11] 왕돈의 고문

---

6 文帝(B.C.202~B.C.157 / 재위 B.C.180~B.C.157) : 전한의 5대 황제. 이름은 항恒, 묘호는 태종太宗으로 고조의 넷째아들이다.

7 趙談 : 전한의 환관. 권세욕과 재물욕이 많았으며, 문제文帝의 총애를 받아 함께 천자의 수레를 타고 다닐 정도로 권세를 휘둘렀다.

8 袁盎(B.C.200~B.C150) : 전한 때의 대신. 자 사絲. 강직한 성격에 재주가 뛰어난 '무쌍국사無雙國士'로 불렸다. 문제 때 여러 차례의 직간으로 황제의 심기를 건드려 좌천당하기도 했지만, 경제景帝 때 '칠국지난七國之亂'을 평정하여 태상太常에 봉해졌다.

9 溫嶠(288~329) : 동진 정치가. 자 태진太眞. 성품이 영민하고 박학하며 문장에 능하였으며 담론을 잘하였다. 진나라 원제의 즉위에 큰 공을 세웠고, 명제 때 국사정무를 주관했던 중서령中書令의 직책을 담당했다. 이후 왕돈과 소준蘇峻의 반란을 평정하여 큰 공을 세웠다.

10 王敦(266~324) : 동진 초의 권신權臣으로, 진나라 무제武帝 사마염司馬炎의 딸 양성공주襄城公主를 아내로 맞이했다. 종형從兄인 왕도王導와 함께 두도杜弢의 난을 평정하여 정남대장군이

책사 전봉錢鳳이 자신을 모함할 것을 걱정한 온교는 환송연을 빌어 계책을 세웠다. 온교가 일어나 한 사람 한 사람에게 술을 권하다가 전봉에게 술을 권할 차례가 오자, 전봉의 망건을 쳐서 떨어뜨리고는 얼굴을 붉히며 노발대발하였다.

"전봉 너는 어떤 놈이기에 내가 권하는 술을 감히 거절한단 말이냐!"

온교가 떠난 후 전봉은 왕돈을 찾아가 말했다.

"온교는 조정과 밀접한 관계를 맺고 있습니다. 그렇기에 그를 쉽게 믿어서는 안 됩니다."

왕돈이 대답하였다.

"온교가 어제 취하여 조금 그대에게 안색을 바꾸고 소리를 높여가며 성질을 내기는 했지만, 어찌 그깟 것으로 그를 험담하여 분열을 조장하는 것이냐!"

결국 전봉의 계책은 받아들여지지 않았다. 원앙과 온교의 슬기로움이 이와 같았으니 탄복할 만하다.

3. '日飮亡何일식망하' 구절의 뜻 日飮亡何

『한서漢書 · 원앙전爰盎傳』에 다음과 같은 구절이 있다.

남방은 지세가 낮고 습하여, 날마다 술 마시는 일 외에는 다른 할 일이 없다.[南方

되고 시중侍中에 임명되었다. 군권을 쥐고 권세를 마구 휘두르며 찬탈을 도모하다가 명제에게 쫓겨났고, 병으로 죽은 후에는 죽은 시체를 난도질 하는 육시형戮屍刑을 당해 잘린 머리가 내걸리는 현수懸首에 처해졌다.

11 동진 명제 때 조정에서 국사정무를 주관했던 중서령이 온교였다. 변경에서 군권을 쥐고 조정을 자기 마음대로 휘두르던 왕돈이 온교를 미워하여, 그의 권력을 박탈할 심산으로 그를 자기 수하로 소환시켜 좌사마左司馬로 임명했다. 온교는 자신이 왕돈의 수하로 있다는 것이 불안하여 단양丹陽(지금의 강소성 남경)으로 전임시켜 달라고 청하여 왕돈의 곁을 떠나게 되었다.

卑濕, 君能日飮, 亡何.]

안사고顔師古[12]는 이 구절에 다음과 같이 주注를 달았다.

'망하亡何'는 '무하無何'로, 다른 일이 없다는 뜻이다.

그리고 『사기史記·원앙전』의 "일음무가日飮毋苛"는 남방에서는 술을 많이 마시면 안 된다는 뜻이다. 그런데 요즘 사람들은 많이 해서는 안 된다는 뜻의 '무가毋苛'를 다른 일이 없다는 뜻의 '망하亡何'로 사용하고 있는데, 이는 잘못된 것이다.

4. 소인배 원앙 爰盎小人

원앙은 소인배였다. 그는 언제나 공공을 위한다고 핑계를 대며 사사로이 복수를 했기에, 처음 관리가 되었을 당시 진심전력을 다해 군왕에게 충성을 다하는 이가 아니었다.

원앙은 원래 여록呂祿[13]의 식객이었기에, 여록을 죽인 주발周勃[14]에게 원한을 품었다. 문제文帝가 주발에게 예로써 대하며 공경한 것이 원앙과는 아무 관련이 없음에도 불구하고, 원앙은 주발이 사직社稷을 위한 충신이 아니라며

12 顔師古(581~645) : 당나라 초기의 문헌학자. 자는 주籒. 당나라 태종太宗 때 나라에서 실시한 『오경정의五經正義』·『수서隋書』 등의 문화사업에 편찬 비서감秘書監의 자격으로 참여했다. 또 그가 펴낸 『한서』의 주석은 후한 이래의 주석을 집대성한 것으로서 조부 안지추顔之推, 숙부 안유진顔遊秦이 쌓아올린 가문의 학풍을 계승한 것이다.

13 呂祿(?~B.C.180) : 한 고조高祖 유방의 황후인 여치呂雉의 조카로, 여후가 권력을 장악했을 때 왕으로 임명되었다. 그러나 여후 사망 후에 모반을 획책했다가 주발에 의해 숙청을 당하였다.

14 周勃(?~B.C.169) : 한나라 초기 군사가·정치가. 전한西漢의 개국 공신. 유방이 군사를 일으켰을 때 유방을 따랐고, 한왕漢王이 된 유방에 의해 무위후武威侯에 봉해졌다. 이후 한신의 반란을 평정한 공로로 태위太尉에 임명되었다. 유방이 죽을 때 "한 왕조를 오랫동안 안정시킬 것은 반드시 주발일 것이다"라는 유언을 남겼다고 한다. 유방 사후 여후呂后는 자신의 일족들을 왕에 봉하는 등 여씨 일족에게 권력을 주었는데, 여후가 죽은 후 진평과 함께 여록의 군권을 환수하고, 여씨 일족들을 숙청하여 문제를 옹립하였다.

참소하였다.

"사직을 위한 충신이라면 황제와 생사를 함께 해야 합니다. 여후가 정권을 휘두르며 여씨 가문이 활개치고 유씨 왕족들이 핍박을 받았을 때, 군권을 쥐고 있던 태위太尉 주발은 어떠한 조치도 취하지 않았습니다. 여후가 죽자 문무백관이 모두 함께 여씨 가문을 제거하였는데, 때마침 태위 주발이 이 일을 직접 처리하였을 뿐입니다. 그렇기 때문에 주발은 한나라 사직을 지키기 위해 전심전력한 신하가 아니며, 단지 여씨 일당을 물리친 공을 세운 공신功臣일 뿐입니다. 주발은 폐하께서 공경할 만한 사람이 아닙니다."

원앙의 참소로 인해 문제는 주발을 경시하게 되었다. 그리고 이후 주발의 승상직을 파직한 후 봉읍封邑으로 추방했고, 결국엔 감옥에 가두었다.

원앙이 승상 신도가申屠嘉[15]를 만나 수레에서 내려 예를 올렸으나, 신도가는 수레에서 답례를 하며 예를 갖추지 않았다. 원앙은 신도가의 승상부로 찾아가 어리석은 승상은 오래 그 자리를 유지할 수 없다고 모욕을 주었다.

또 원앙은 조담이 자신을 해하려 하자 조담이 황제와 함께 어가를 타는 것을 저지했으며, 평소에 사이가 안 좋은 조조晁錯[16]를 모함하여 오국吳國의 반란을 빌미로 그를 처형해야 한다고 주청하기도 했다.

원래 원앙은 안릉安陵의 도적이었기에 시기심과 잔혹함이 이런 지경에까지 이른 것이다. 원앙은 나중에 양왕梁王이 보낸 자객의 칼에 죽고 말았는데, 이는 당연한 결과였다.

15 申屠嘉(?~B.C.155) : 고조와 함께 경포의 난을 평정한 공으로 도위都尉가 되었다. 혜제 시기 회양 군수로 임명되었다가 장창이 승상이 되자 신도가는 어사대부로 승진하였으며, 장창이 죽자 재상에 임명되었다. 경제 때 조조晁錯가 종묘의 담을 뚫어서 문을 만들었다. 신도가는 함부로 종묘의 담을 뚫어 문을 낸 조조를 법으로 다스리고자 하였으나 오히려 경제가 조조를 비호하자 피를 토하고 죽었다.

16 晁錯(B.C.200~B.C.154) : 전한 문제와 경제景帝 시기 정치가. 법가의 사상에 입각한 정치가로서 지낭智囊으로 불릴 정도로 지혜가 있었다. 문제 때에는 흉노에 대한 정책으로 둔전책屯田策을 상주하였고, 그 재정적 뒷받침으로 곡물 납입자에게는 벼슬을 주는 매작령賣爵令을 주장하여 채용되었다. 또, 제후에 대한 정책으로는 영지를 삭감하는 삭번削藩을 제안하였는데 경제에 의하여 채용되었다. 그러나 그로 인하여 오초칠국吳楚七國의 반란이 일어났으며, 그의 정적 원앙 등이 내세운 반란을 일으킨 제왕諸王에 대한 회유책으로 인해 장안에서 참형되었다.

5. 당나라의 관리 선발기준인 서와 판 唐書判

당나라에서 관리를 선발하데 다음과 같은 네 가지 기준이 있었다.

> 첫째는 신身으로 체모풍위體貌豐偉, 즉 신체가 건강하고 용모가 단정하며 다른 사람을 대하거나 어떤 일을 행할 때의 태도 또한 아름답고 공경스러워야 한다는 의미이다.
> 둘째는 언言으로 언사변정言辭辯正, 즉 말을 함에 발음이 분명하고 조리가 있어야 한다는 의미이다.
> 셋째는 서書로 해법주미楷法遒美, 즉 해서楷書를 잘 써야 하는데 글씨체가 옛 법을 따르면서도 아름다워야 한다는 의미이다.
> 넷째는 판判으로 문리우장文理優長, 즉 자신의 판단력을 담은 문장을 지을 때 뛰어난 판단력을 조리 있는 문장으로 잘 표현해야 한다는 의미이다.[17]

무릇 이부시吏部試[18]에 합격한 사람을 '입등入等'이라고 했고, 시험 성적이 가장 낮은 사람은 '남루藍縷'라고 했다. 선발 인원이 미달되었을 경우에는 낙제자에게 다시 시험 볼 수 있는 기회를 주었다. 이때 세 편의 문장으로 시험을 보는 것은 '굉사宏辭'라고 했고, 세 편의 판결문으로 시험을 보는 것을 '발췌拔萃'라고 했다. 이부시와 굉사·발췌에 합격한 사람은 모두 관직을 제수 받았다.

서법을 예술로 여기고 관리 선발의 기준으로 삼았기 때문에, 당나라 사람들은 해서楷書에 아주 뛰어났다. 또 판결문을 중요하게 여기고 관리 선발 시험 형식으로 삼았기 때문에, 당나라 사람들은 판결문을 쓰고 익히는데 신경을 썼다. 판결문은 반드시 4자와 6자의 대구로 이루어진 변려문騈儷文으로 써야했다. 지금 전해지고 있는 「용근봉수판龍筋鳳髓判」과 『백낙천집白樂天集』의 「갑을판甲乙判」 등이 가장 대표적인 예이다.

관리 선발의 기준은 조정부터 지방인 현읍縣邑에 이르기까지 모두 앞에서

17 『新唐書·選擧志』.

18 吏部試 : 예부禮部에서 주관하는 진사시進士試의 합격자들이 응시하는 시험으로, 이부吏部에서 주관하는 박학굉사과博學宏辭科를 지칭한다.

말한 네 가지 기준을 따랐기에, 독서와 문장 실력을 갖추지 못하면 관리가 될 수 없었다. 조정의 대신들도 공문서나 상주문上奏文 등을 작성할 때 반드시 수십 구의 대우對偶를 사용해야 했다. 지금까지 전해지는 정전鄭畋[19]의 '칙서勅書'와 '당판堂判'도 모두 대우를 사용하였다.

세상 사람들이 소소한 이야기들을 좋아하기에 판결문에 해학적인 말이 삽입되기도 하였는데, 이런 판결문은 '화판花判'이라고 한다. '화판'은 내용도 충실할 뿐만 아니라 읽는 재미도 있다.

송나라 초기에 이러한 당나라의 인재 선발 풍습이 그대로 남아 있다가, 시간이 흐른 지금은 그러한 유풍이 모두 사라졌다. 당나라에서 용모로 인재를 선발했던 것은 정당한 평가방법이 아니었다.

6. 고대의 제기 古彝器

하夏·은殷·주周 삼대에서 제기祭器로 사용된다. 청동기가 지금까지 전해져 내려오고 있다. 사람들은 이를 진귀하게 여기며 골동품으로 취급한다. 그렇지만 고대의 제기였던 청동기를 중요시했던 것은 춘추시대 이후부터이다.

문헌에 기록에 따르자면, 고郜나라의 대정大鼎[20]을 송宋나라가 가져갔고, 노魯나라는 오吳나라의 수몽정壽夢鼎을 순언荀偃에게[21] 뇌물로 주었고, 진晉나라는 자산子産에게 여莒나라의 방정方鼎[22] 두 개를 하사했다. 제齊나라는 진晉나라에 기언紀甗[23]과 옥경玉磬[24]을 뇌물로 주었고, 서徐나라는 갑보甲父[25]의 정鼎을

19 鄭畋(823~882) : 당나라 희종僖宗 때의 재상. 황소黃巢의 난 진압군의 선봉으로 적을 격파하여 큰 공을 세웠다.

20 大鼎 : 청동으로 만든 세 발 달린 큰 솥. 황제의 권위를 상징하였기에, 왕실에 전해지던 보물이다.

21 荀偃(?~B.C.54) : 춘추시대 진晉나라의 경대부卿大夫. 진나라 도공悼公 때 중군원수中軍元帥가 되었다. 역사서에선 그를 중행헌자中行獻子로 칭한다.

22 方鼎 : 다리 네 개가 달린 사각형의 청동 솥.

23 紀甗 : 기紀나라의 보물로 옥으로 만든 시루이다. 제나라가 기나라를 멸망시키고 가져왔다.

제齊나라에 뇌물로 바쳤다. 정鄭나라는 양襄나라의 종鐘을 진晉나라에 뇌물로 바쳤고, 위衛나라는 문씨文氏의 서정舒鼎과 정씨定氏의 반감鞶鑒[26]을 노魯나라 제후에게 바치려고 하였다. 또 악의樂毅[27]는 연燕나라가 제齊나라를 공격하기를 바라며 제기를 영대寧臺에 안치하였으며, 대려大呂[28]를 연나라의 궁전인 원영元英에 두었다. 그렇게 해서 정鼎이 연나라 궁전인 마실磨室로 돌아오게 된 것이다.

7. 옥예화와 두견화 玉蘂杜鵑

사물은 희소가치가 있는 것을 진귀하게 여기는데, 진귀한 것이 반드시 기이한 품종은 아니다. 장안長安 당창관唐昌觀[29]의 옥예화玉蘂花[30]는 지금의 창화瑒花이며, 미낭화米囊花라고도 불리는데, 황정견이 산반山礬이라고 바꾸어 불렀다. 윤주潤州 학림사鶴林寺[31]의 두견화杜鵑花는 지금의 영산홍映山紅으로, 홍척촉紅躑躅이라고도 불린다. 이 두 꽃은 야생초목처럼 강동江東의 온 산과 들에 두루두루 분포되어 있다.

당창관에 옥예화가 피면 선녀가 내려와 꽃 몇 가지를 꺾어 들고 옥봉산玉峰山의 모임에 참가하러 갔다고 한다. 학림사의 두견화는 외국에서 온 승려가 발우에 담아 가져온 것으로 상제上帝께서 친히 화신花神 셋을 보내 보살피게

24 玉磬 : 고대 악기로 옥으로 만든 경쇠를 가리킨다.
25 甲父 : 옛 나라 이름.
26 鞶鑒 : 큰 띠에 장식으로 매단 거울. 옛 제왕들은 큰 띠에 교훈으로 삼을 만한 말을 새겨 놓고 여기에 장식으로 거울을 매달고 거울삼았다고 하는데, 이를 '반감'이라고 하였다.
27 樂毅 : 전국시대 연燕나라의 장수. 연나라 소왕昭王이 현자를 초빙하는 정책을 펴자, 위나라에서 연나라로 가 상장군上將軍이 되었다.
28 大呂 : 주나라 왕실의 보물인 고종古鐘.
29 唐昌觀 : 당나라의 장안 안업방安業坊 남쪽에 있던 도관道觀으로, 현종玄宗의 딸인 당창공주唐昌公主로 인해 이름이 지어졌다고 한다.
30 玉蘂花 : 상록 다년생 덩굴 초본 식물. 당창공주가 직접 심은 당창관의 옥예화가 유명했다고 한다.
31 鶴林寺 : 강소성 진강鎭江의 황학산黃鶴山 아래 있는 절.

했다고 하는데, 이미 나무의 수령이 백년이 넘었기에 선계仙界로 돌아갔다고 한다.

당창관의 옥예화와 학림사의 두견화에 관한 이야기들을 들어보면, 이 꽃들은 우리주변에서 흔히 볼 수 없는 꽃일 뿐만 아니라 선계에서도 만나기 어려운 듯하다.

왕건王建의 「궁사宮詞」 시를 감상해보자.

태의[32]께서 이사 전날 잔치벌이며,	太儀前日暖房來,
소양전에 작약을 심었다네.	囑向昭陽乞藥栽.
황제께서 홍척촉 한 그루를 하사하셔서,	敕賜一窠紅躑躅,
성은에 끝없이 감사하며 활짝 핀 꽃 올렸다네.	謝恩未了奏花開.

이 시를 통해 궁궐에서도 두견화를 중하게 여긴 것을 알 수 있는데, 이는 궁궐에서도 희귀하여 흔히 볼 수 없었기 때문이다.

8. 직무를 다 하지 못한 예시 禮寺失職[33]

당나라 개원 연간에 공자孔子는 문선왕文宣王, 안자顏子는 연공兗公, 민자閔子에서 자하子夏까지는 후侯, 그 외 공자의 제자들은 백伯에 봉했다. 송나라 진종眞宗 상부祥符[34] 연간에는 작위를 더 높여 공公은 국공國公으로, 후는 군공郡公으로, 백은 후로 봉했다. 고종高宗 소흥紹興 25년(1155)에 태상황제太上皇帝께서 친히 찬사贊詞 75수를 지으셨다. 그러나 관원이 당대의 봉작만을 기록해 놓은 것을 토대로 하였기에, 찬사 75수는 모두 당나라 개원 때의 작위로 기록되어 있다. 관원들이 이처럼 고증에 소홀하였기에 지금 그것들을 바로 잡으려

32 太儀 : 공주의 모친.
  ○ 暖房 : 옛날 거처를 옮기기 하루 전에, 친한 이들이 술과 음식을 가지고 찾아와 이사 가는 것을 축하하며 잔치를 벌이는 것을 '난방暖房'이라고 하였다.

33 禮寺 : 의례와 제사를 주관하는 관리.

34 祥符 : 북송 진종 시기 연호(1008~1016).

한다.

소흥[35] 말년에 금나라 군대가 장강 가까지 침범했는데, 얼마 후 저절로 물러갔다. 황제는 마당馬當과 채석采石·금산金山 세 곳의 수신水神에게 원래의 작위를 더 높여 봉하라는 조서를 내렸다. 태상시太常寺[36]에서 기록을 살펴보니 세 곳 수신들의 원래 작위가 네 글자의 왕이어서, 여섯 글자의 왕으로 작위를 올려 봉했다. 황제의 봉작封爵 명령이 세 지역에 전해지자, 그 곳의 사당을 관리하던 관원들은 수신들이 이미 여덟 자의 작위를 가지고 있다고 고했다. 그래서 각 주군州郡은 황제가 내린 새로운 작위에, 찬미하는 이름 두 개를 덧붙여 황제의 은총을 받았다는 것을 표시하도록 하였다. 예禮를 담당하는 관서가 직무를 다하지 못함이 이와 같은 지경에까지 이르렀다.

완안량完顔亮[37]이 회하淮河 유역을 점령하였을 때, 나는 추밀원樞密院을 따라 건강建康에 가서 장강에 제사를 지내며, 만약 금나라 군대가 장강을 건너지 못하게 해준다면 황제께 아뢰어 장강의 강신江神을 제帝에 봉해지게 하겠다고 기도했다. 전쟁이 끝나자 조정은 장강의 신과 했던 맹약을 이행하도록 했다.

승상 주한장朱漢章이 내게 물었다.

> "장강長江과 회하淮河·황하黃河·제하濟河는 하나인데, 장강의 신만 제帝로 봉하는 것이 예禮에 합당합니까?"

내가 대답했다.

> "징벌과 장려의 도리에서 볼 때 인간과 신은 같습니다. 나라에서 황하와 회하에

35 紹興 : 남송 고종 시기 연호(1131~1162).
36 太常寺 : 제사와 예악을 관장하는 관서.
37 完顔亮(1122~1161) : 금나라 제4대 황제(재위: 1149~1161)인 해릉양왕海陵煬王. 금 태조 아골타의 서장자인 요왕遼王 종간宗幹의 차남. 자 원공元功. 여진 이름은 적고내迪古乃이며, 후에 살해되어 폐위 되어 폐황제廢皇帝라고 불리기도 한다. 제국의 수도를 상경 회령부에서 연경으로 천도하였고 진회의 사후 남송 침공을 개시했으나 번번이 실패했다. 지독하게 색을 밝혔으며 잔혹한 인물로 자신의 부장에게 막사에서 살해당했다.

피 묻은 산짐승을[38] 제물로 바쳐 오랫동안 제사를 지내왔습니다. 그러나 황하와 회하는 쳐들어오는 금나라의 기병들이 마치 침상에서 움직이는 것처럼 손쉽게 건너올 수 있도록 했습니다.

그렇지만 도도하게 흐르는 장강은 천연적인 지세의 험난함으로 강력한 적들을 좌절시켜 막아냈습니다. 금나라의 백만 대군이 험난한 장강의 물결 속에서 속수무책으로 무기를 잃어버린 채 퇴각하였습니다.

장강이 이룬 이러한 영험한 음덕을 황하나 회하가 보여 주었습니까? 오악五岳[39]에 작위를 내린 이후, 장묘蔣廟와 진과인사陳果仁祠에서 모시는 신 역시 제帝로 봉해졌습니다. 그런데 장강의 신을 제帝로 봉하는 것이 어찌 제帝라는 작위를 더럽힌다고 할 수 있습니까?"

그러나 승상 주한장이 끝까지 안 된다고 하였기에, 원래의 작위에서 두 글자만 바꾸었다. 정말로 애석하다!

9. 서응의 시 徐凝詩

서응徐凝[40]의 "폭포가 청산의 빛을 경계 지워 깨뜨렸다[瀑布界破青山]"[41]는 시 구절을 소식이 악시惡詩라고 평했기 때문에, 서응은 시인들에게 칭찬받지 못했다. 우리 집에 서응의 시집이 있어 다른 시들을 살펴보니 뛰어난 곳들도 있어, 여기에 절구 몇 수를 적어본다.

「한궁곡漢宮曲」

물빛 주렴 앞에 옥구슬 흘러내리는데,　　水色簾前流玉霜,

38 살아있는 피 묻은 산짐승을 잡아 제사를 지내는 것을 혈식血食이라고 하며, 이는 나라의 의식儀式으로 제사를 지낸다는 뜻이다. 이때 제물로 바쳐지는 산 짐승은 희생犧牲이라고 칭하며, 주로 소·양·돼지 따위의 짐승을 가리킨다.

39 五岳 : 중국의 다섯 이름난 산. 동쪽의 태산泰山, 서쪽의 화산華山, 남쪽의 형산衡山, 북쪽의 항상恒山, 중앙의 숭산嵩山이다. 방위를 붙여서 동악, 서악, 남악, 북악, 중악으로도 부른다.

40 徐凝 : 당 헌종憲宗 원화元和(806~820) 때 활동했던 시인으로 백거이白居易 한유韓愈와 시우詩友였다. 그의 「여산폭포廬山瀑布」 시가 백거이의 작품으로 잘못 알려져 소식에게 악시惡詩라는 악평을 받는 곤욕을 치렀다.

41 瀑布界破青山 : 『전당시全唐詩』 권 474에 실린 서응의 「여산폭포廬山瀑布」 결구結句 "一條界破青山色"을 지칭한다.

조비연은 소양궁으로 황제를 모시네. 趙家飛燕侍昭陽.
장중무掌中舞[42] 끝나니 피리소리 끊기고, 掌中舞罷簫聲絶,
삼십육궁의 가을밤은 깊어만 가네. 三十六宮秋夜長.

「억양주憶揚州」

소씨 아가씨[43] 흘러내리는 눈물 참지 못하고, 蕭娘臉下難勝淚,
도엽桃葉[44]의 미간엔 근심 쉬이 서리누나. 桃葉眉頭易得愁.
천하의 밝은 달밤이 셋이라면, 天下三分明月夜,
양주가 둘을 갖고 있다네. 二分無賴是揚州.

「상사림相思林」

나그네 멀리 떠돌다 새로이 고갯마루 지나는데, 遠客遠遊新過嶺,
매번 아름다운 수목들 만날 때마다 이름 물었네. 每逢芳樹問芳名.
끝 없는 숲 두루두루 상사수 가득한데, 長林遍是相思樹,
어찌 근심에 겨운 이 홀로 가게 하였는가. 爭遣愁人獨自行.

「완화玩花」

배 꽃 가득했던 나무에 봄 저물어 가니, 一樹梨花春向暮,
가지 가득 하얀 눈 같던 꽃 사라진 곳 원망스런 바람만 가득. 雪枝殘處怨風來,
내일 아침이 되면 점점 더 많이 사라질 터, 明朝漸校無多去,
황혼까지 바라보는데 돌아가고 싶지 않네. 看到黃昏不欲回.

「장귀강외사한시랑將歸江外辭韓侍郎」

내 평생 만난 던 이들 중 원진과 백거이만이, 一生所遇唯元白,
벼슬 없는 이를 중시했네. 天下無人重布衣.
화려한 대문 앞에서 이별하는데 눈물만 앞섰고, 欲別朱門淚先盡,
흰 머리 가득한 나그네는 맨 몸으로 돌아가는구나. 白頭遊子白身歸.

이 시들은 모두 정취가 있어서, 원진元稹과 백거이白居易의 칭찬을 받을

42 掌中舞 : 조비연이 성제와 호수에서 놀다가 바람에 날리어 물에 빠질 뻔 했는데, 성제가 붙들자 비연이 성제 손바닥 위에서 춤을 추었다고 한다. 몸이 가볍고 날씬한 조비연을 치징하는 말이다.

43 蕭娘 : 남조南朝이래 시사詩詞 속에 등장하는 사랑에 빠진 여성에 대한 통칭이다.

44 桃葉 : 진晉나라 때 서예가 왕헌지王獻之의 애첩으로 이 시에서는 기녀妓女를 지칭한다.

만 했다. 세속적인 학자들이 백거이의 시를 함부로 모방하여 잘못된 칭찬과 격려를 받아왔기 때문에, 소식이 서응의 「여산폭포廬山瀑布」를 보잘 것 없는 이가 백거이를 모방해 지은 시로 잘못 알고 '악시惡詩'라고 비판한 것이다.

10. 매화 꽃 가지에 비스듬히 뜬 삼성 梅花橫參

지금 사람들이 읊조리는 매화시梅花詩와 매화사梅花詞에 '삼성參星이 비스듬히 비껴 떠있는 깊은 밤'이라는 뜻의 '삼횡參橫'이라는 시어가 자주 사용된다. 이 시어는 유종원柳宗元의 『용성록龍城錄』에 수록되어있는 조사웅趙師雄의 일화[45]에서 유래되었다. 그러나 실제 『용성록』은 황당한 책으로 어떤 사람은 유무언劉無言이 지은 것이라고 하기도 한다. 이 책에 다음과 같은 구절이 있다.

> 동방이 이미 밝아오니, 달은 지고 삼성이 비스듬히 비껴 있구나.[東方已白, 月落參橫.]

한겨울의 하늘을 관찰해보면, 삼성은 황혼 때 이미 하늘에 떠서 심야인 사경四更이 되면 서쪽으로 지는데, 어찌 새벽녘에 삼성이 여전히 하늘에 비껴 있을 수가 있겠는가? 진관秦觀[46]의 시에도 다음과 같은 구절이 있다.

> 달 지고 삼성 비껴가고 화각소리 애달픈데, 月落參橫畫角哀,
> 매화의 그윽한 향기까지 다하니 暗香消盡令人老.[47]
> 절로 늙어버리네.

45 수隋나라의 조사웅趙師雄이 나부羅浮의 매화촌梅花村에 있는 주점酒店에서 소복素服으로 단장한 미인(매화의 정령이 화현한 것)을 만나 함께 술을 마시고 취하여 잠이 들었다가 깨어 보니, 자신만 큰 매화나무 밑에 누워있었다. 그리고 달은 지고 삼성은 기울었으며 위에서는 비취翡翠새가 지저귈 뿐이었다는 이야기이다.

46 秦觀(1049~1100) : 북송의 문인. 자 소유少遊, 태허太虛. 호 회해거사淮海居士. 양주揚州 고우高郵 출신. 고문古文과 시에 능하였고 특히 사詞에 뛰어났다. 황정견黃庭堅·장뢰張耒·조보지晁補之 등과 함께 '소문4학사蘇門四學士'로 일컬어졌다. 사詞에서는 스승 소식과는 달리 서정적인 작품으로 유명하다.

47 「和黃法曹憶建溪梅花」.

이렇듯 오류는 계속 이어졌다.

그러나 소식은 이렇게 노래했다.

분분히 흩날려 월계수라 의심했는데,	紛紛初疑月挂樹,
반짝 반짝 홀로 빛나는 삼성 비끼는 저녁 무렵이네.	耿耿獨與參橫昏.[48]

이 표현이 가장 정확하다. 두보의 시에도 다음과 같은 구절이 있다.

성으로 둘러싸인 곳 아침나절 손님이 찾아왔는데,	城擁朝來客,
취해서 보니 하늘엔 비스듬히 삼성이 떠 있네.	天橫醉後參.[49]

이 시 전편을 고찰해보면 초가을에 지은 것으로, 삼성이 비스듬히 비껴있는 하늘은 가을날의 깊은 밤으로 매화가 피는 계절이 아니다.

11. 사라진 치사의 전통 致仕之失

대부大夫는 칠십 세가 되면 벼슬을 사양하고 물러나는 것이 예이다. 이를 '득사得謝'라고 하는데 그러한 행동으로 아름다운 명성을 얻게 된다.

한漢나라의 위현韋賢과 설광덕薛廣德 · 소광疏廣 · 소수疏受 같이 나이 들어 벼슬을 사양하고 물러난 이들 중, 어떤 이는 안거安車[50]를 내세워 자손들에게 과시하기도 하고, 어떤 이는 황금을 팔아 황제가 하사하신 것에 대해 답례하기도 하는 등 영예로움을 표하는 방법은 다양했다.

공승龔勝과 정홍배鄭弘輩 역시 공적을 인정받아 황제의 표창을 받았으며 군수와 현령도 그를 위문하였으니, 이러한 제도는 삼대三代[51]의 경로敬老의

48 「再用'松風亭下梅花盛開'韻」.

49 「送嚴侍郎到綿州, 同登杜使君江樓, 得心字」.

50 安車 : 앉아서 타는 수레. 나이가 많다는 이유로 관직을 사양하고 물러난 신하나 덕망이 높은 사람에게 임금이 하사한 수레로, 일종의 예를 갖춘 우대 방식이었다. 안거는 대부분 한 필의 말을 사용하는데, 특수한 예우인 경우에는 네 필의 말을 사용하기도 한다.

의미와도 부합한다.

송나라 때는 이를 더욱 중시하여, 대신들이 70세가 되어 벼슬을 사양하고 물러나기를 청하면, 반드시 동궁사부東宮師傅[52]나 시종侍從의 직책을 제수하여 우대하였다. 조형晁迥과 손석孫奭·이간지李柬之 같은 60세 이상의 노인들이 벼슬을 사양하고 물러나기를 청할 때도 역시 그렇게 하였다.

휘종 선화宣和[53] 이전에는 죽은 후에 치사致仕[54]를 한 경우가 없었다. 그러나 남송 이후에는 과거의 제도와 규정이 대부분 유실되어, 조봉朝奉과 무익랑武翼郎 이상은 중앙관리와 지방관리 모두 관직의 고하를 막론하고 일률적으로 죽은 이후에야 치사하였다. 그중에서도 도리에 맞지 않고 가장 심각한 경우는 재상이나 정무대신들이 재직 중에 세상을 뜨는 것이다. 상을 당한 집에서는 상복을 입은 이들의 곡성이 들려오고, 부음을 알리는 종소리가 울려 퍼지며, 부조금이 들어온다. 그리고 상을 당한 다음날이 돼서야 그의 죽음이 조정에 알려지고 추서追敍[55]를 명하는 조서가 내려진다. 그런데 도착한 조서는 망자가 살아있을 때 황제가 내린 것이다. 그 조서에는 의원에게 잘 진찰받고 약도 잘 복용하여 건강하게 오래살기 바란다는 말이 들어있다. 태사太師 진회秦檜와 승상丞相 만사설萬俟卨·진노공陳魯公·심필선沈必先·왕시형王時亨·정중익鄭仲益의 경우가 그러했다.

지방 관리들도 예외는 아니어서 심각한 병이 아니면 치사하는 경우가 없었다. 간혹 천 명 중 한 두 명 정도 죽기 전에 치사하는 경우가 있었는데,

---

51 三代 : 중국 상대上代의 하夏나라·은殷나라·주周나라를 합하여 통상 삼대라고 하며, 이상적 태평성대로 인식되어왔다.

52 東宮師傅 : 태자의 스승으로 태자태사太子太師와 태자태부太子太傅의 직책을 지칭한다.

53 宣和 : 북송 휘종 시기 연호(1119~1125).

54 致仕 : 고대의 관원의 정상적인 퇴직을 지칭하는 말로, 대부大夫는 나이 70세면 치사致仕한다는 『예기禮記』에서 비롯되었다. 주나라에서 기원해서, 한나라 이후에 제도로 자리 잡았다. 치사제는 퇴직 후의 대우규정까지 포함하는 것으로, 치사자에게는 관직에 따라 차등 있게 녹봉을 지급하고 일정한 예우를 했다. 치사한 후에도 원로대신들은 왕과 관료들의 자문에 응하며 국정에 영향력을 발휘한 경우가 많았다.

55 追敍 : 죽은 뒤에 관작을 내리거나 품계를 높여주는 것으로 추봉追封이라고도 한다.

그를 잘 아는 사람과 잘 알지 못하는 사람 모두 그가 이미 죽었다고 생각하고 애석해 했다.

다른 지역에서 관직 생활을 하던 자제들은 부친의 치사소식이 전해지면 돌아가신 것으로 생각했다. 그래서 울다가 지쳐서 불안해지면 왕왕 모든 일을 뒤로 한 채 귀향을 해버렸기 때문에, 나이가 들어도 큰 병이 없으면 퇴직을 하지 않았다.

소흥 29년(1159) 내가 이부랑吏部郞의 직책에 있을 때 황제의 질문에 답해야 하는 순서가 되어 다음과 같이 상주하였다.

> 황상께서 이부吏部에 제도를 만들라 명령하시기를 청합니다. 지금 이후로 치사하여 예우를 받을 수 있는 이가 죽으면, 그의 가솔들은 즉시 그가 살고 있는 주州에 그의 죽음을 알리고, 주는 상서성尙書省의 이부에 이를 알리도록 하시옵소서. 그런 연후에 그의 일생을 두루 살피시어 뇌물을 받거나 직권을 이용하여 법을 어기거나 과오를 저지른 적이 없다면, 그의 후손들에게 관직을 하사 하시옵소서. 만약에 진실로 대의大義를 논하며 나이 들어 관직을 사양하거나 또 영예로운 사퇴를 청하는 이가 있다면, 그에게 더욱 후한 예우를 해주시기를 청하옵니다. 그렇게 하여 풍속을 진작시키시어, 죽은 후에서야 치사를 하는 그릇된 행위가 많아지지 않도록 올바른 길로 이끌어 주시옵소서.

황제께서 상주문을 살펴보시고 주청을 흔쾌히 받아들이시며 말씀하셨다.

> "짐이 기억하기로는 이러한 제도가 폐지된 지 이제 40년이 되었으니 이제는 마땅히 그대의 건의에 따라야 할 것이오."

그리고 바로 삼성三省[56]으로 상주문을 내려 보내셨다. 많은 대신들이 이러한 건의가 옳다고 여겼으나, 재상인 탕기공湯岐公만은 시행하기 곤란하다고 여겨 이 상주문을 보류해두었다. 결국 치사의 악습이 지금까지 고쳐지지

56 三省 : 중서성中書省과 문하성門下省 · 상서성尙書省을 통칭한 말. 중서성은 관리 임면의 안건인 정안政案과 조칙詔勅의 초안을 작성하여 왕에게 상주上奏하였고, 문하성은 왕명과 조칙을 받아서 선포하는 직능을 가졌으며, 또한 국무國務를 총리하는 실권을 쥔 기관이다. 상서성은 백관百官을 총령總領하고, 그 밑에 소속된 이吏 · 호戶 · 예禮 · 병兵 · 형刑 · 공工의 6부를 감독하였다.

못했다.

12. 남반종실 南班宗室

남반[57] 황족 종실은 지금까지 원래의 관직 등급에 '봉조청奉朝請'[58]이라는 칭호를 더하기만 했다가, 효종孝宗 융흥隆興[59] 이후에야 비로소 궁관사宮觀使[60]와 제거提擧[61]의 관직명이 덧붙여지기 시작했다. 지금의 사복왕嗣濮王과 영양왕永陽王·은평왕恩平王·안정왕安定王 이하로는 모두 이와 같은데 이는 법규에 부합하지 않는다.

13. 낭관의 호칭 省郎稱謂

각 성省 낭관郎官의 임명을 알리는 황제의 조령詔令에는 이렇게만 적혀있다.

모부某部의 낭관에 임명한다.

57 南班 : 송 인종 시기 남교南郊에서 대사大祀를 지낼 때 황족의 자제들에게 관작을 수여하였는데, 이를 남반이라고 한다.
58 奉朝請 : 한직에 임명된 대신을 우대하기 위한 명예직 제도. 봄에 신하가 조정에 들어가 왕을 배알하는 것을 '조朝'라고 하였고, 가을에 조정에 들어가 왕을 배알하는 것을 '청請'이라고 하였다. 봉조청은 조정에 나가 조회에 참석할 수 있는 자격이 있다는 뜻이다. 후한後漢 때는 퇴직한 삼공三公과 외척·종실·제후 등이 이 명예직을 하사받아, 세시歲時에 조정에 들어가 왕을 배알하여 우대받는 다는 것을 과시하였다. 후대에는 관직명에 이 명예직 명칭이 더해졌다.
59 隆興 : 남송 효종 시기 연호(1163~1164).
60 宮觀使 : 송나라 때는 도교를 숭상하여 궁관宮觀을 건립하였는데, 진종眞宗 대중상부大中祥符 5년(1012)에 옥청소응궁玉淸昭應宮을 건립하면서 처음으로 궁관사를 두었다. 이 직책에는 전임 재상이나 현임 재상을 임명하였는데, 실제 직무는 없는 이름만 있는 직책이었다.
61 提擧 : 송나라 때의 제거궁관提擧宮觀을 지칭하는 것으로, 나이 들어 무능력한 관료들을 위해 설치된 직책이며, 봉록은 받았지만 실제 업무는 없었다.
- 원래는 '관리管理'라는 뜻으로, 송대와 그 이후 조대에서 전문적인 일을 담당하기 위해 설치된 관직이다. 송나라 때의 관직인 제거상평提擧常平이나 제거학사提擧學事, 원나라 때의 의학제거醫學提擧, 명나라·청나라 때의 염과제거鹽課提擧 등이 관명이 그 예이다.

지주知州[62]의 경력이 있는 이들만 낭중에 임명되고, 지주의 경력이 없는 사람들은 원외랑員外郎에 임명된다. 그리고 이부吏部에서 임관과 관련해 상세하게 문서의 초안을 잡으면 그때가 돼서야 비로소 이를 직접 적게 된다.

겸직과 임시직의 경우, 조령에는 이렇게 적혀있다.

> 모부某部의 낭관에 임시로 임명한다.

정규관직 발령을 기다려야 하는 경우에도 모두 이렇게 적혀있다.

> 임시로 원외랑에 임명한다.

이미 다른 부서의 낭중에 있을 때도 이렇게 적혀있다.

> 임시로 낭중에 임명한다.

고종 소흥紹興[63] 말년에 풍방馮方이 관각館閣[64]의 직책에 있으면서 이부를 장악하여, 이전과는 다르게 하고자 해서 원래 자신의 관직명 앞에 "겸권상서이부낭관兼權尙書吏部郎官"이라는 명칭을 덧붙였다.

내가 그 이유를 물어보니, 풍방이 다음과 같이 대답했다.

> "중추성中樞省에서 문서를 담당하는 관리를 '권랑관權郎官'이라고 하기 때문에 감히 명칭을 바꿔보았습니다."

내가 다시 물었다.

> "중추성에서 문서를 담당하는데 어찌 '상서尙書'라는 두 글자를 쓴단 말이요?"

풍방이 아무 대답도 하지 못했다. 그러나 끝끝내 명칭을 바꾸지 않았다. 이 이후로 모방하는 풍습이 이어져서, 지금은 황제가 내린 조서와 공문서에도

62 知州 : 주州의 장관長官으로, 송나라 때에 생겨나서 청나라 때까지 있었다.
63 紹興 : 남송 고종 시기 연호(1131~1162).
64 館閣 : 소문관昭文館·사관史館·집현원集賢院 삼관三館과 비각秘閣·용도각龍圖閣 등의 통칭으로, 도서경전과 국사 편수 등의 일을 담당하였다.

모두 '권랑관'이라고 적혀있다. 이것은 원래 아주 품위 없는 명칭이다. 그래서 결국엔 상좌尙左와 시우侍右라는 명칭이 임명되고 파면되는 관리들의 목록에 기록되어 있는데, 이것은 말단관리들이 잘 알지 못하면서 습관적으로 기록한 것이다. 이후에 이러한 기록들에 주를 다는 것도 좋은 방법은 아니다.

14. 수형도위의 두 가지 일 水衡都尉二事[65]

공수龔遂가 발해渤海의 태수太守로 부임한 후 몇 년 뒤, 선제宣帝가 그를 다시 조정으로 불러들였다. 속리屬吏인 왕생王生이 장안까지 따라 가길 원하였는데, 공수는 마음에 내키지 않았지만 거절할 수 없었다. 장안에 도착하고 입궁할 때, 왕생이 말하였다.

> "천자께서 발해를 어떻게 다스렸냐고 물으시면, 무조건 '모두가 폐하의 은덕으로 다스려진 것이며, 소신의 능력이 아니었습니다'라고 말씀하십시오."

공수는 왕생의 건의를 받아들여 그렇게 말하겠다고 답했다. 황제가 왕생의 말대로 발해를 어떻게 다스렸냐고 묻자, 공수는 왕생이 말한 대로 대답했다. 황제는 공축의 겸손함에 기뻐하며 웃으며 말했다.

> "그대는 어디서 그리도 겸손한 말을 배웠는가?"

공수가 대답했다.

> "신의 속리인 왕생이 신을 가르쳐 일깨워주었습니다."

황제는 공수를 수경도위水衡都尉에 임명하고, 왕생을 수경도위의 보좌관인 수경도위승水衡都尉丞에 임명했다.

65 水衡都尉 : 한나라 무제武帝 원정元鼎 2년(B.C. 115)에 설치된 관서. 상림원上林苑 관리와 동전주조 등의 일을 담당했다. 이후 황실의 재물과 동전주조, 선박주조, 치수治水 등을 담당했다.

내가 보건데 선제는 공수가 발해군을 잘 다스려 상을 준 것이 아니라, 그의 아첨에 기뻐하며 벼슬을 내린 것이 아닌가! 그런데 어찌하여 이와 같은 이야기가 한 무제의 기록에도 있는 것인가? 저소손褚少孫[66]은 『사기』에 이와 유사한 무제의 이야기를 실었다.

한 무제가 북해北海[67]의 태수太守를 궁궐로 불러들였다. 이때 그의 부하인 문학졸사文學卒史[68] 왕선생이 태수와 함께 동행하기를 청했다. 태수가 입궁하려하자, 왕선생이 말했다.

"폐하께서 북해를 어찌 다스렸기에 도적들이 하나 없냐고 물으시면, 태수께서는 어떻게 대답하시겠습니까?"

태수가 답했다.

"재능 있는 인재들을 등용하여, 각기 맡은 바 직책에서 자신의 능력을 다 할 수 있도록 하여, 상을 줄 만한 것에 상을 주고 벌을 내릴 만한 것에 벌을 내렸다고 답할 것이네."

왕선생이 말했다.

"그렇게 대답하면 태수께서 스스로의 공적을 자랑하는 것이 되니, 아니 되옵니다. 원컨대 태수께서는 '신의 능력이 아니라, 모두 폐하의 영험한 덕으로 그렇게 변화된 것이옵니다'라 답하십시오."

태수는 왕선생이 시킨 대로 대답하였다.

무제는 호탕하게 웃으며 물었다.

"어디에서 그리도 겸손한 말을 배웠는가?"

태수가 답했다.

66 褚少孫 : 전한 때의 문학가이자 사학가로 생졸 연대는 알려지지 않았고, 전한 말에 활동했을 것으로 추정된다. 사마천 사후에 유실된 『사기』의 편 들을 보충하였다.
67 北海 : 지금의 산동성山東省 유방시濰坊市 창락현昌樂縣 동남쪽.
68 文學卒史 : 문서를 담당하던 관리.

"신의 부하인 문학졸사에게서 배웠습니다."

한 무제는 태수를 수형도위에 임명하고, 왕선생을 수경도위승에 임명하였다.

이 두 이야기는 내용이 똑같은데, 이처럼 같은 일이 두 번 일어날 수는 없는 것이다. 북해태수는 공수일 가능성이 높다. 저소손이 잘못 기록한 것으로 판단된다.

15. 정영과 공손저구 程嬰杵臼

『춘추春秋』에 노魯나라 성공成公 8년에 진晉나라 경공景公이 조동趙同과 조괄趙括을 죽였다고 기록되어있고, 노나라 성공 10년에 진나라 경공이 죽었다고 기록되어있다. 이 두 사건은 2년 정도 시간 차이가 있다.

그런데 『사기』에는 도안고屠岸賈가 조씨 가문을 몰살시키려고 하자, 정영程嬰과 공손저구公孫杵臼가 숨어서 조씨의 마지막 혈육을 키웠으며, 15년후 경공이 조씨의 마지막 혈육인 조무趙武를 불러들여 조씨 가문을 다시 일으켜 세울 수 있도록 했다는 기록이 있다.

연대를 고증해보면, 조동과 조괄이 죽은 후 경공이 죽었고, 뒤를 이은 여공厲公은 즉위한 지 8년 뒤에 시해 당했으며, 뒤를 이은 도공悼公이 즉위한 지 5년 후 조무를 불러들인 것이다.[69] 기록의 어긋남이 이처럼 심하다.

정영과 공손저구의 일화는 전국시기의 협객俠客들에 의해 만들어진 이야기로, 춘추시기의 풍속에는 이러한 것이 없었다.

송나라 신종神宗 원풍元豐[70] 때 오처후吳處厚는 황제에게 후사가 없자, 상소문을 올려 정영과 공손저구 두 사람의 무덤을 찾아 묘를 건립하고 그들에게

69 『사기·조세가趙世家』에 의하면 조씨 가문을 멸족시킨 15년 후 조무를 불러들였다. 그러나 조씨를 멸족시킨 노나라 성공 8년(B.C.583)으로부터 15년 후는 진나라 도공 5년(B.C.568)으로 경공이 죽은 시기와 상당한 차이가 있다.

70 元豐 : 북송 신종 시기 연호(1078~1085).

후한 작위를 내릴 것을 청하였다. 황제는 하동로河東路에서 두 사람의 유적을 찾아보라 명령을 내렸고, 그 결과 강주絳州 태평현太平縣에서 그들의 무덤을 찾았다. 황제는 조서를 내려 정영을 성신후成信侯, 공손저구를 충지후忠智侯에 봉하고, 강주에서 두 사람의 사당을 지어 기리도록 했다. 후에 한궐韓厥이 조씨가문을 보존시키기 위해 노력한 것을 알게 되어, 한궐에게도 작위를 내렸다.

정영과 공손저구, 한궐 이 세 사람 모두 조덕묘祚德廟에 위패를 모셔놓고 제사를 지냈다. 그런데 진나라 경공으로부터 원풍 연간까지 시간적으로 1650년의 거리가 있다. 고대의 뛰어난 제왕들의 무덤도 조사하여 고증할 방법이 없는데, 일개 선비의 무덤이 어찌 그대로 보존되어 있을 수 있겠는가? 정영과 공손저구의 무덤을 찾으라는 조정의 명령에 직무와 책임에서 벗어나기 위해 강주에서 아무 무덤이나 가리키며 사실을 날조한 것일 것이다. 정영과 공손저구의 무덤이 원풍 연간까지 존재할 수 있는 가능성은 전혀 없다.

황제는 오처후의 상소문을 보고, 곧 그를 장작승將作丞에 임명하였다. 오처후는 본분을 넘어서는 의견을 개진하여 황제의 총애와 이익을 얻으려 했다. 그러나 결국 채확蔡確[71]의 시를 비방하여 그가 얻은 것이 무엇인가? 영원한 웃음거리나 되었을 뿐이니 애석하다![72]

16. 스스로 멸망을 자초한 전국시기 여섯 나라 戰國自取亡

진秦나라는 관중關中 땅을 차지하고 밤낮으로 동쪽의 여섯 나라를 침공하여,

71 蔡確(1037~1093) : 송나라 대신. 자 지정持正.

72 이는 '거개정시안車蓋亭詩案'이라 불리는 북송 시기의 문자옥 사건이다. 철종이 어닐 나이로 즉위하자 선인태후宣仁太后가 수렴청정을 하면서 구법당 인사를 대거 기용하였다. 오처후는 신법당이었던 채확이 「거개정시車蓋亭詩」 10수에서 당나라의 학처준郝處俊이 고종에게 측천무후에게 제위를 줄 것을 간언했던 일을 언급한 것을 지목하여 이것이 선인태후를 빗댄 것이라 비방하였다. 결국 채확은 이 일에 연루되어 영남嶺南의 신주新州로 유배되었고 몇 년후 유배지에서 세상을 떠났다.

100여 년에 걸쳐 모두를 섬멸시켰다. 진나라가 비록 지리적 이로움이 있었다고는 하지만, 용병用兵에 뛰어났기에 백전백승百戰百勝할 수 있었던 것이다.

그러나 생각해보면 여섯 나라가 스스로 화를 자초한 면도 있다. 한韓나라와 연燕나라는 약소국가였기 때문에 언급할 가치가 없으니, 나머지 네 나라에 대해서 논해보자.

위魏나라는 혜왕惠王 때부터 쇠락하기 시작했고, 제齊나라는 민왕閔王 때부터, 초楚나라는 회왕懷王 때부터, 그리고 조趙나라는 효성왕孝成王 때부터 국세가 기울기 시작했다. 이들은 모두 영토 확장에 욕심을 부려 전쟁을 일으키길 좋아했다.

위나라는 문후文侯와 무후武侯 시대를 거치면서 드넓은 영토를 차지해, 위나라와 대적할 수 있는 제후국이 없을 정도였다. 혜왕은 수차례 한나라와 조趙를 정벌했고, 기어코 조나라의 수도인 한단邯鄲을 삼키려고 하였다. 그러나 제齊나라에게 패하여, 군대는 전멸했고 태자도 전사해버렸다. 그리고 진나라로 인해 곤란한 지경에 처하게 되어, 국세는 날로 위축되었고, 하서河西 700리에 이르는 땅을 잃게 되었다. 결국에는 수도였던 안읍安邑[73]을 떠나 대량大梁[74]으로 도읍을 옮길 수밖에 없었다. 그리고 이후 몇 대에 걸쳐 즉위한 왕들 누구도 국세를 다시 일으켜 부흥시키지 못했고, 결국 멸망의 길로 접어들었다.

제나라의 민왕은 위왕威王과 선왕宣王의 뒤를 이어, 제나라를 산동 지방의 최강국으로 만들었다. 그러나 민왕은 송宋나라를 호시탐탐 노리면서, 남쪽으로는 초나라를 침략하고, 서쪽으로는 한나라와 위나라·조나라를 끊임없이 공격하며, 동주東周와 서주西周의 영토까지 합병시켜 천자天子가 되려는 욕심을 부리다, 결국 연나라에게 패망 당했다. 이후에 비록 전단田單의 힘으로 잃어버린 땅을 다시 되찾기는 했지만, 후손들은 맥없이 자신 한 몸 지키는 것에만

73 安邑 : 지금의 산서성 운성현運城縣 동쪽.
74 大梁 : 지금의 하남성 개봉開封.

급급하게 되었고, 결국 진나라의 계책에 걸려들어 속수무책으로 망국의 포로가 되었다.

초나라 회왕은 상어商於[75] 600리 땅을 탐내다가, 장의張儀의 계략에 걸려들어 도성都城을 빼앗기고 병사들까지 모두 잃었다. 결국 회왕은 땅을 되찾지 못하고, 옥에 갇히는 등 모욕을 당하다가 죽었다.

조나라는 한나라 상당上黨의 땅을 받고 한나라를 대신해서 전쟁에 나갔다. 이는 사소한 이익을 탐내 사리 분별이 흐려지고 이성을 잃은 행동이라고 할 수 있다. 전쟁터로 백성을 내몰아 하루 동안 장평長平에 매장된 사람이 40만을 넘었으니, 사직社稷이 폐허가 된 것이나 다름없었다. 이 일로 바로 멸망하지는 않았지만, 망국의 신세를 면할 수는 없었다.

이 네 나라의 군주들이 만약 원래의 국경을 보전하면서 이웃 나라와 화목하게 지내고, 하늘을 두려워하며 스스로를 지킬 수 있었다면, 진나라가 아무리 강대했다고 하더라도 그들을 어찌할 수 없었을 것이다.

17. 전쟁 시 장수 교체 臨敵易將

적과 대치한 상태에서 장수를 바꾸는 것은 병가兵家에서 기피하는 일이다. 그러나 상황마다 시비를 가려서 해야 하며, 장수를 바꿔야하는데 바꾸지 않는다면 이 또한 잘못된 것이다.

75 商於 : 중국 고대의 지명으로, 상商땅과 어於 땅의 합칭이다. 상땅은 지금의 섬서성陝西省 상현尙縣 동남쪽이며, 어땅은 지금의 하남성河南省 내향현內鄕縣 동쪽이다. 춘추 전국시대에 이 지역은 원래 초나라 땅으로 초나라 문화의 발원지 중 하나이다. 후에 진나라에서 이 지역을 점령하고, 상앙에게 이 지역을 봉읍으로 주었다. 진나라는 이 지역을 점령한 후 진초 국경지역에 무관武關을 세웠는데, 북쪽 대산관大散關·서쪽 소관蕭關·동쪽 동관潼關·남쪽 무관武關으로 인해 진나라 중심부를 '관중關中'이라고 통칭하게 되었다. 진나라 재상 장의張儀가 초나라 회왕을 속여 제나라와 절교를 하면 초나라의 옛 영토인 상어 600리를 바치겠다고 하고서, 초나라 사자가 진나라에 오자 6리를 약속하였지 600리는 들어 본 적도 없다며 6리의 땅만을 바쳤다고 한다. 여기에서 남에게 사기를 치는 수단을 의미하는 상어육백리商於六百里라는 고사성어가 생겼다. 변육백리위육리變六百里爲六里라고도 한다.

진秦나라는 왕흘王齕을 백기白起로 교체해 조나라에 승리를 거두었고, 이신李信을 왕전王翦으로 교체해 초나라를 멸망시켰다. 위나라 공자公子 무기無忌가 진비晉鄙를 다른 장수로 교체해 진나라를 이겼으니, 어찌 장수를 바꾸지 않을 수 있겠는가?

연나라는 장수를 악의樂毅[76]에서 기겁騎劫으로 바꾸어 전쟁에서 졌고, 조나라는 염파廉頗[77]를 조괄趙括[78]로 바꾸어 대패했고, 이목李牧을 조총趙蔥으로 바꾸어 멸망했다. 위나라는 신릉군信陵君을 다른 장수로 바꾸는 바람에 역시 멸망해버렸다. 역사가 이러할진대 어찌 장수를 바꾸겠는가?

18. 사공도의 시 司空表聖詩

소식蘇軾은 사공도司空圖[79]의 시문詩文이 고상하고 우아하며, 태평성대의 유풍遺風이 있다고 높이 평가하였다. 그리고 사공도가 논한 시의 언어문자에 드러나는 24품격을 나열하며 자신의 시대에는 그러한 아름다움을 드러내는 시를 쓰는 이가 없다고 한탄했다. 그는 또 사공도의 시에 대해 다음과 같이 평가했다.

> 사공도는 자신의 시를 논하면서 운치를 능가하는 운치를 얻었다고 했는데, "푸른 나무 늘어서서 동네 어둑어둑하고, 누런 꽃은 길가에 드물게 피었네"[80]라는 구절이 가장 뛰어나다.

76 樂毅 : 전국시대 연燕나라의 장수. 연나라 소왕昭王이 현자를 초빙하는 정책을 펴자, 위나라에서 연나라로 가 상장군上將軍이 되었다.

77 廉頗(B.C.327~B.C.243) : 춘추전국시대 조나라의 명장. 백기白起·왕전王翦·이목李牧과 함께 '전국사대명장'으로 병칭된다. 노년의 나이에도 불구하고 젊은 장군에 못지않은 완력을 보여 삼국지의 황충黃忠과 함께 중국의 대표적인 노익장의 상징으로 여겨진다.

78 趙括(?~B.C.260) : 전국시대 조趙나라 장군. 장평長平 전투에서 진나라秦의 백기白起에게 패해 전사하였다.

79 司空圖(837~908) : 당나라 말기의 시인·시론가. 자 표성表聖. 당말唐末에 환관이 발호하고 당쟁이 극심해지자 관직을 사임하고 중조산中條山 왕관곡王官谷에 은거하며 시작詩作에 전력했다. 시에서 심미적 특질을 중시하는 시평론서 『이십사시품二十四詩品』을 남겼다.

80 「獨望」 : 綠樹連村暗, 黃花入麥稀.

나는 이전에 혼자서 소나무 그늘 짙게 우거져 사람 하나 보이지 않던 백학관白鶴觀에 간 적이 있다. 그 때 바둑 두는 소리만 울려 퍼지는 것을 듣고서야 "바둑 두는 소리 울려 퍼지는 화원 문은 닫히고, 깃발 그림자는 석단위로 길어라"[81]는 구절의 정교함을 알게 되었다. 그러나 시의 의미가 빈약하고 승려의 분위기가 나는 것은 애석하다.[82]

내가 사공도의 『일명집一鳴集』을 읽었는데, 그중 「여이생논시與李生論詩」[83]라는 서신은 바로 소식이 평가한 것과 딱 들어맞는다. 여기에서 사공도는 자신의 시중에서 운치 넘치는 운치를 얻은 시로 다음과 같은 오언시 구절을 예로 들었다.

한식 달빛아래 인가, 人家寒食月,
한낮 하늘아래 꽃 그림자. 花影午時天.

가랑비 시 읊조리기에 족하고, 雨微吟足思,
꽃 지니 꿈은 무료하네. 花落夢無憀.[84]

언덕 따스하니 겨울에도 죽순 돋아나고, 坡暖冬生筍,
소나무 그늘 서늘하니 여름에도 건강하네. 松涼夏健人.[85]

맑은 강물에 무지개는 내리는 비를 비추고, 川明虹照雨,
우거진 숲에서 새는 사람을 만나네. 樹密鳥衝人.[86]

짧은 밤 원숭이 슬픈 울음소리 줄어들고, 夜短猿悲減,
바람과 까치소리 조화로우니 즐겁기만 하네. 風和鵲喜靈.

말의 털색은 추위 겪어 처참해지고, 馬色經寒慘,

81 「雜詩二首」 제1수 : 棋聲花院閉, 幡影石壇高.
82 「書司空圖詩」.
83 「與李生論詩」 : 사공도가 이생李生에게 보낸 편지로 시에 대해 논하고 있다. 여기에서 사공도는 시를 이해하는 것은 맛을 이해하는 것과 같다는 시미설詩味說을 주장했다.
84 「下方」.
85 「下方」.
86 「華下送文浦」.

매 소리는 저녁 기다리다 허기졌네. 雕聲帶晩飢.[87]

손님 오시니 당연히 마음 맞고, 客來當意愜,
꽃 피니 우연히 노래가 이루어지는구나. 花發遇歌成.[88]

칠언시로 예를 든 구절은 다음과 같다.

외딴 섬 못자리에 봄물 가득하고, 孤嶼池痕春漲滿,
작은 난간 꽃 운치 한낮처럼 맑구나. 小欄花韻午晴初.[89]

오경이라 서글퍼 외로운 목침 돌리는데, 五更惆悵回孤枕,
절로 깜빡이는 등불 떨어지는 꽃 비추네. 由自殘燈照落花.[90]

사공도가 예시로 든 구절들은 모두 칭찬할 만 하다.

19. 한나라 승상 漢丞相

한나라 승상 중에는 죽을 때까지 그 자리에 있었던 이도 있고, 면직되어 분봉 받은 자신의 영지로 돌아간 이도 있으며, 파면되어 일반백성으로 강등된 이도 있다. 또 나이들어 치사致仕한 이도 있으며, 죄를 짓고 사형당한 이도 있다. 그중 다시 중용되어 광록대부光祿大夫에 제수되거나 혹은 특진을 하는 경우도 있었지만, 모두 정해진 직무 없이 한가롭고 자유롭게 지내는 자리였고, 기타 다른 관직을 제수 받은 사례는 없었다. 어사대부御史大夫가 다시 중용되었을 때 간혹 구경九卿[91]이나 장군將軍에 임명되기도 하였다.

그러나 후한後漢에 와서는 이러한 상황이 크게 변했다. 그러한 변화는 광무제光武帝[92] 때부터 시작되었다. 왕량王梁은 태사공大司空의 자리에서 파면된

87 「塞上」.
88 「長安贈王注」.
89 「光啓四年春戊申」(또는 「歸王官次年作」).
90 「華上二首」 제1수.
91 九卿 : 삼공三公에 버금가는 9명의 고관高官이나 그 직위를 나타내는 말이다.

후 중랑장中郎將이 되었고, 그 후부터 삼공三公[93]의 자리에 있다가 퇴임한 이도 대부大夫나 열경列卿[94]의 자리를 담당하게 되었다. 그 예로 최열崔烈은 사도司徒와 태위太尉의 직위에서 물러난 후에, 여전히 성문교위城門校尉의 직책을 담당하였으니, 대신을 우대하는 예절 또한 쇠락한 것이다.

20. 책례를 중시하지 않다 冊禮不講

당나라는 후비后妃나 왕후王侯·공경公卿 및 증관贈官[95]을 배수할 때, 모두 책례冊禮[96]을 행했다. 문종文宗 대화大和 4년(830)에 배도裴度가 사도평장사司徒平章事의 중책을 담당하게 되자, 배도는 책명冊命[97]을 사절하는 다음과 같은 상주문을 올렸다.

> 신은 이미 세 차례나 이 관직에 책봉되었기에, 부끄럽고 면목이 없을 따름입니다.

황제는 그의 뜻을 존중해주었다. 이러한 예를 통해 보면 책봉을 거행하는 의식인 책례는 당나라의 일상적인 예의로, 책봉을 거절하는 사람은 극히 드물었던 것으로 생각된다.

송나라는 이러한 의례를 중시하여, 황후와 태자를 제외하고 설령 왕후·공경과 같은 고귀한 신분이라 할지라도 일반적으로 상소문上疏文을 올려

92 光武帝(B.C.4~57 / 재위 25~57) : 후한의 초대 황제 유수劉秀. 신나라를 세운 전한의 재상 왕망의 군대를 격파하고 즉위해 한나라를 재건하였다. 왕조를 재건, 36년에 전국을 평정하였다. 묘호는 세조世祖이며, 그가 재건한 왕조를 후한 또는 동한東漢(25~220)이라고 한다.

93 三公 : 중국에서 최고의 관직에 있으면서 천자를 보좌하던 세 벼슬. 주나라 때는 태사太師·태부太傅·태보太保가 있었고, 진秦나라와 전한 때는 승상丞相·태위太尉·어사대부御史大夫, 또는 대사마大司馬·대사공大司空·대사도大司徒가 있었으며, 후한과 당나라·송나라 때는 태위太尉·사도司徒·사공司空이 있었다.

94 列卿 : 구경九卿과 같은 말이다.

95 贈官 : 생전에 공훈이 있던 사람에게 사후에 내리는 벼슬, 또는 그 벼슬을 추증追贈하는 것을 가리킨다.

96 冊禮 : 왕세자王世子·왕세손王世孫·비妃·빈嬪을 책봉하는 의식.

97 冊命 : 왕세자·왕세손·비빈妃嬪 들을 책봉하던 임금의 명령.

책봉을 사양하거나 사직을 청하였다. 그러나 이러한 의례를 점점 중시하지 않게 되었으니, 진실로 안타깝다.

1. 楊彪陳羣

魏文帝受禪, 欲以楊彪爲太尉, 彪辭曰:「彪備漢三公, 耄年被病, 豈可贊惟新之朝。」乃授光祿大夫。相國華歆以形色忤旨, 徙爲司徒而不進爵。帝久不懌, 以問尙書令陳羣, 曰:「我應天受禪, 相國及公獨不怡, 何也?」羣對曰:「臣與相國, 曾臣漢朝, 心雖悅喜, 猶義形於色。」夫曹氏簒漢, 忠臣義士之所宜痛心疾首, 縱力不能討, 忍復仕其朝爲公卿乎。歆、羣爲一世之賢, 所立不過如是。彪遜詞以免禍, 亦不敢一言及曹氏之所以得。蓋自黨錮禍起, 天下賢士大夫如李膺、范滂之徒, 屠戮殆盡, 故所存者如是而已。士風不競, 悲夫! 章惇、蔡京爲政, 欲殄滅元祐善類, 正士禁錮者三十年, 以致靖康之禍, 其不爲歆、羣者幾希矣。

2. 袁盎溫嶠

趙談常害袁盎, 盎兄子種曰:「君與鬭, 廷辱之, 使其毁不用。」文帝出, 談參乘, 盎前, 曰:「天子所與共六尺輿者, 皆天下豪英, 陛下奈何與刀鋸餘人載!」上笑, 下談, 談泣下車。溫嶠將去王敦, 而懼錢鳳爲之姦謀, 因敦餞別, 嶠起行酒, 至鳳, 擊鳳幘墜, 作色曰:「錢鳳何人, 溫太眞行酒而敢不飮。」及發後, 鳳入說敦曰:「嶠於朝廷甚密, 未必可信。」敦曰:「太眞昨醉, 小加聲色, 豈得以此便相讒貳。」由是鳳謀不行。二者之智如此。

3. 日飮亡何

漢書爰盎傳:「南方卑濕, 君能日飮亡何。」顔師古注云:「無何, 言更無餘事。」而史記盎傳作「日飮毋苛」, 蓋言南方不宜多飮耳。今人多用「亡何」字。

4. 爰盎小人

爰盎眞小人, 每事皆借公言而報私怨, 初非盡忠一意爲君上者也。嘗爲呂祿舍人, 故怨周勃。文帝禮下勃, 何豫盎事, 乃有「非社稷臣」之語, 謂勃不能爭呂氏之事, 適會成功耳。致文帝有輕勃心, 旣免使就國, 遂有廷尉之難。嘗謁丞相申屠嘉, 嘉弗爲禮, 則之丞相舍折困之。爲趙談所害, 故沮止其參乘。素不好鼂錯, 故因吳反事請誅之。蓋盎本安陵羣盜, 宜其忮心忍戾如此, 死於刺客, 非不幸也。

5. 唐書判

唐銓選擇人之法有四：一曰身，謂體貌豐偉；二曰言，言辭辯正；三曰書，楷法遒美；四日判，文理優長。凡試判登科謂之入等，甚拙者謂之藍縷，選未滿而試文三篇謂之宏辭，試判三條謂之拔萃。中者卽授官。旣以書爲藝，故唐人無不工楷法，以判爲貴，故無不習熟。而判語必駢儷，今所傳龍筋鳳髓判及白樂天集甲乙判是也。自朝廷至縣邑，莫不皆然，非讀書善文不可也。宰臣每啓擬一事，亦必偶數十語，今鄭畋勑語、堂判猶存。世俗喜道瑣細遺事，參以滑稽，目爲花判，其實乃如此，非若今人握筆據案，只署一字亦可。國初尙有唐餘波，久而革去之。但體貌豐偉，用以取人，未爲至論。

6. 古彝器

三代彝器，其存至今者，人皆寶爲奇玩。然自春秋以來，固重之矣。經傳所記，取郜大鼎于宋，魯以吳壽夢之鼎賄荀偃，晉賜子產莒之二方鼎，齊賂晉以紀甗、玉磬，徐賂齊以甲父之鼎，鄭賂晉以襄鐘，衛欲以文之舒鼎、定之鞶鑑納魯侯，樂毅爲燕破齊，祭器設於寧臺，大呂陳於元英，故鼎反乎磨室是已。

7. 玉蘂杜鵑

物以希見爲珍，不必異種也。長安唐昌觀玉蘂，乃今瑒花，又名米囊，黃魯直易爲山礬者。潤州鶴林寺杜鵑，乃今映山紅，又名紅躑躅者。二花在江東彌山亘野，殆與榛莽相似。而唐昌所產，至於神女下游，折花而去，以踐玉峯之期，鶴林之花；至以爲外國僧鉢盂中所移，上玄命三女下司之已踰百年，終歸閬苑。是不特土俗罕見，雖神仙亦不識也。王建宮詞云：「太儀前日暖房來，囑向昭陽乞藥栽。勑賜一窠紅躑躅，謝恩未了奏花開。」其重如此，蓋宮禁中亦鮮云。

8. 禮寺失職

唐開元中，封孔子爲文宣王，顔子爲兗公，閔子至子夏爲侯，羣弟子爲伯。本朝祥符中，進封公爲國公，侯爲郡公，伯爲侯。紹興二十五年，太上皇帝御製贊七十五首，而有司但具唐爵，故宸翰所標，皆用開元國邑，其失於考据如此，今當請而正之可也。紹興末，胡馬飮江，旣而自斃，詔加封馬當、采石、金山三水府。太常寺按籍，係四字王，當加至六字。及降告命至其處，廟令以舊告來，則已八字矣。逐郡爲繳回新命，而別易二美名以寵之。禮寺之失職類此。方完顔亮據淮上，予從樞密行府於建康，嘗致禱大江，能令虜不得渡者，當奏冊爲帝。洎事定，朝廷許如約。朱丞相漢章曰：「四瀆當一體，獨帝江神，禮乎？」予曰：「懲勸之道，人神一也。彼洪河、長淮，受國家祭祀血食，不爲不久，當胡騎之來，如行枕席，唯大江滔滔天險，坐遏巨敵之衝，使其百萬束手倒戈而退，此其靈德陰功, 於河、淮何如？自五岳進冊之後, 今蔣廟、陳果仁祠亦稱之, 江神之帝, 於是爲不忝矣。」朱公終以爲不可, 亦僅改兩字。吁, 可惜哉！

9. 徐凝詩

徐凝以瀑布「界破靑山」之句, 東坡指爲惡詩, 故不爲詩人所稱說。予家有凝集, 觀其餘篇, 亦自有佳處, 今漫紀數絶于此。漢宮曲云：「水色簾前流玉霜, 趙家飛燕侍昭陽。掌中舞罷簫聲絶, 三十六宮秋夜長。」憶揚州云：「蕭娘臉下難勝淚, 桃葉眉頭易得愁。天下三分明月夜, 二分無賴是揚州。」相思林云：「遠客遠游新過嶺, 每逢芳樹問芳名。長林遍是相思樹, 爭遣愁人獨自行。」翫花云：「一樹梨花春向暮, 雪枝殘處怨風來。明朝漸校無多去, 看到黃昏不欲回。」將歸江外辭韓侍郞云：「一生所遇唯元、白, 天下無人重布衣。欲別朱門淚先盡, 白頭游子白身歸。」皆有情致, 宜其見知於微之、樂天也。但俗子妄作樂天詩, 繆爲賞激, 以起東坡之誚耳。

10. 梅花橫參

今人梅花詩詞, 多用參橫字, 蓋出柳子厚龍城錄所載趙師雄事, 然此實妄書, 或以爲劉無言所作也。其語云：「東方已白, 月落參橫。」且以冬半視之, 黃昏時, 參已見, 至丁夜則西沒矣, 安得將旦而橫乎！秦少游詩：「月落參橫畫角哀, 暗香消盡令人老。」承此誤也。唯東坡云：「紛紛初疑月挂樹, 耿耿獨與參橫昏。」乃爲精當。老杜有「城擁朝來客, 天橫醉後參」之句, 以全篇攷之, 蓋初秋所作也。

11. 致仕之失

大夫七十而致事, 謂之得謝, 美名也。漢韋賢、薛廣德、疏廣、疏受, 或縣安車以示子孫, 賣黃金以侈君賜, 爲榮多矣。至於龔勝、鄭弘輩, 亦詔策褒表, 郡縣存問, 合於三代敬老之義。本朝尤重之, 大臣告老, 必寵以東宮師傅、侍從。耆艾若晁迥、孫奭、李柬之亦然。宣和以前, 蓋未有旣死而方乞致仕者, 南渡之後, 故實散亡, 於是朝奉、武翼郞以上, 不以內外高卑, 率爲此擧。其最甚而無理者, 雖宰相輔臣, 考終於位, 其家發哀卽服, 降旨聲鍾給賻, 旣已閱日, 方且爲之告廷出命, 綸書之中, 不免有親醫藥、介壽康之語。如秦太師、万俟丞相、陳魯公、沈必先、王時亨、鄭仲益是已。其在外者, 非易簀屬纊, 不復有請, 間千百人中有一二焉, 則知與不知, 駭惜其死, 子弟游官遠地, 往往飮泣不寧, 謁急奔命, 故及無事日, 不敢爲之。紹興二十九年, 予爲吏部郞, 因輪對, 奏言：「乞令吏部立法, 自今日以往, 當得致仕恩澤之人, 物故者, 卽以告所在州, 州上省部, 然後夷考其平生, 非有贓私過惡於式有累者, 輒官其後人。若眞能陳義引年, 或辭榮知止者, 乞厚其節禮, 以厲風俗, 賢於率天下爲僞也。」太上覽奏欣納, 曰：「朕記得此事之廢,方四十年, 當如卿語。」旣下三省, 諸公多以爲是, 而首相湯岐公獨難之, 其議遂寢, 今不復可正云。

12. 南班宗室

南班宗室, 自來只以本官奉朝請。自隆興以後, 始帶宮觀使及提擧。今嗣濮王、永陽、恩平、安定王以下皆然, 非制也。

13. 省郎稱謂

除省郎者, 初降旨揮, 但云:「除某部郎官。」蓋以知州資序者當爲郎中, 不及者爲員外郎。及吏部擬告身細銜, 則始直書之。其兼權者, 初云「權某部郎官」, 洎入銜及文書, 皆曰「權員外郎」, 已是它部郎中, 則曰「權郎中」。至紹興末, 馮方以館職攝吏部, 欲爲異, 則繫銜曰:「兼權尙書吏部郎官。」予嘗叩其說, 馮曰:「所被省箚只言『權郎官』, 故不敢耳。」予曰:「省箚中豈有『尙書』二字乎!」馮無以對, 然訖不肯改。自後相承効之, 至今告命及符牒所書, 亦云「權郎官」, 固已甚野, 至於尙左、侍右之名, 遂入除目, 皆小吏不諳熟故事, 馴以致然, 書之記注, 爲不美耳。

14. 水衡都尉二事

龔遂爲渤海太守, 宣帝召之, 議曹王生願從, 遂不忍逆。及引入宮, 王生隨後呼曰:「天子卽問君何以治渤海, 宜曰:『皆聖主之德, 非小臣之力也。』」遂受其言。上果問以治狀, 遂對如王生言。天子悅其有讓, 笑曰:「君安得長者之言而稱之?」遂曰:「乃臣議曹敎戒臣也。」上拜遂水衡都尉, 以王生爲丞。予謂遂之治郡, 功効著明, 宣帝不以爲賞, 而顧悅其佞詞乎! 宜其起王成膠東之僞也。褚先生於史記中又載武帝時, 召北海太守, 有文學卒史王先生自請與太守俱。太守入宮, 王先生曰:「天子卽問君何以治北海令無盜賊, 君對曰何哉?」守曰:「選擇賢材, 各任之以其能, 賞異等, 罰不肖。」王先生曰:「是自譽自伐功, 不可也。願君對言:『非臣之力, 盡陛下神靈威武所變化也。』」太守如其言。武帝大笑, 曰:「安得長者之言而稱之, 安所受之?」對曰:「受之文學卒史。」於是以太守爲水衡都尉, 王先生爲丞。二事不應相類如此, 疑卽龔遂, 而褚誤書也。

15. 程嬰杵臼

春秋於魯成公八年書晉殺趙同、趙括, 於十年書晉景公卒。相去二年。而史記乃有屠岸賈欲滅趙氏, 程嬰、公孫杵臼共匿趙孤, 十五年景公復立趙武之說。以年世考之, 則自同、括死後, 景公又卒, 厲公立, 八年而弑, 悼公立, 又五年矣, 其乖妄如是。嬰、杵臼之事, 乃戰國俠士刺客所爲, 春秋時風俗無此也。元豐中, 吳處厚以皇嗣未立, 上書乞立二人廟, 訪求其墓, 優加封爵。勅令河東路訪尋遺跡, 得其冢於絳州太平縣。詔封嬰爲成信侯, 杵臼爲忠智侯, 廟食於絳。後又以爲韓厥存趙, 追封爲公。三人皆以春秋祠於祚德廟。且自晉景公至元豐, 千六百五十年矣, 古先聖帝明王之墓尙不可考, 區區二士, 豈復有兆域所在乎? 絳郡以朝命所訪, 姑指它丘壠爲之詞以塞責耳。此事之必不然者也。處厚之書進御, 卽除將作丞, 狃於出位陳言以得寵祿, 遂有訐蔡新州十詩之事, 所獲幾何, 詒笑無極, 哀哉!

16. 戰國自取亡

秦以關中之地, 日夜東獵六國, 百有餘年, 悉禽滅之。雖云得地利, 善爲兵, 故四世有勝, 以予考之, 實六國自有以致之也。韓、燕弱小, 置不足論。彼四國者, 魏以惠王而衰, 齊以閔王而衰, 楚以懷王而衰, 趙以孝成王而衰, 皆本於好兵貪地之故。魏承文侯、武侯之後, 表裏山河, 大於三晉, 諸侯莫能與之爭。而惠王數伐韓、趙, 志呑邯鄲, 挫敗於齊, 軍覆子死, 卒之爲秦所困, 國日以蹙, 失河西七百里, 去安邑而都大梁, 數世不振, 訖於殄國。閔王承威、宣之後, 山東之建國莫强焉。而狃於伐宋之利, 南侵楚, 西侵三晉, 欲幷二周爲天子, 遂爲燕所屠。雖賴田單之力, 得復亡城, 子孫沮氣, 孑孑自保, 終墮秦計, 束手爲虜。懷王貪商於六百里, 受詐張儀, 失其名都, 喪其甲士, 不能取償, 身遭囚辱以死。趙以上黨之地, 代韓受兵, 利令智昏, 輕用民死, 同日坑於長平者過四十萬, 幾於社稷爲墟, 幸不卽亡, 終以不免。此四國之君, 苟爲保境睦鄰, 畏天自守, 秦雖强大, 豈能加我哉!

17. 臨敵易將

臨敵易將, 固兵家之所忌, 然事當審其是非, 當易而不易, 亦非也。秦以白起易王齕而勝趙, 以王翦易李信而滅楚, 魏公子無忌易晉鄙而勝秦, 將豈不可易乎? 燕以騎劫易樂毅而敗, 趙以趙括易廉頗而敗, 以趙葱易李牧而滅, 魏使人代信陵君將, 亦滅, 將豈可易乎?

18. 司空表聖詩

東坡稱司空表聖詩文高雅, 有承平之遺風, 蓋嘗自列其詩之有得於文字之表者二十四韻, 恨當時不識其妙。又云:「表聖論其詩, 以爲得味外味, 如『綠樹連村暗, 黃花入麥稀』, 此句最善。又『棋聲花院閉, 幡影石壇高』, 吾嘗獨入白鶴觀, 松陰滿地, 不見一人, 惟聞棋聲, 然後知此句之工, 但恨其寒儉有僧態。」予讀表聖一鳴集, 有與李生論詩一書, 乃正坡公所言者, 其餘五言句云:「人家寒食月, 花影午時天」,「雨微吟足思, 花落夢無憀」,「坡暖冬生笋, 松涼夏健人」,「川明虹照雨, 樹密鳥衝人」,「夜短猿悲減, 風和鵲喜靈」,「馬色經寒慘, 鵰聲帶晚飢」,「客來當意愜, 花發遇歌成」。七言句云:「孤嶼池痕春漲滿, 小欄花韻午晴初」,「五更惆悵迴孤枕, 由自殘燈照落花」。皆可稱也。

19. 漢丞相

漢丞相或終于位, 或免就國, 或免爲庶人, 或致仕, 或以罪死, 其復召用者, 但爲光祿大夫, 或特進, 優游散秩, 未嘗有除它官者也。御史大夫則間爲九卿、將軍。至東漢則大不然。始於光武時, 王梁罷大司空而爲中郎將, 其後三公去位, 輒復爲大夫、列卿。如崔烈歷司徒、太尉之後, 乃爲城門校尉, 其體貌大臣之禮亦衰矣。

20. 冊禮不講

唐封拜后妃王公及贈官, 皆行冊禮。文宗大和四年, 以裴度守司徒平章重事, 度上表辭冊命, 其言云:「臣此官已三度受冊, 有靦面目。」從之。然則唐世以爲常儀, 辭者蓋鮮。唯國朝以此禮爲重, 自皇后、太子之外, 雖王公之貴, 率一章乞免卽止, 典禮益以不講, 良爲可惜!

••• 용재수필 권11(16칙)

1. 장수가 전공을 탐하다 將帥貪功

공명功名을 얻으려고 군대에 들어가 생애를 바치는 것은 장수들의 좋지 않은 기풍이다. 옛날의 현명한 선비들도 멈춰야 할 때와 물러나야 할 때를 정확히 알지 못했다.

염파廉頗[1]는 나이 들어서도 매 끼니에 한 말의 쌀과 10근의 고기를 먹고 갑옷을 입은 채 말위에서 지내는 것을 통해, 자신이 여전히 병사들을 이끌고 전쟁터로 나갈 정도로 힘이 있고 쓸모 있다는 것을 보여주었다. 그러나 곽개郭開가 군대를 이끌기에 염파의 나이가 너무 많다고 말하는 바람에 결국 죽을 때까지 다시 중용되지 못했다.

한 무제武帝가 대규모로 흉노匈奴를 공격하려고 하자 이광李廣이 여러 차례 참전하기를 청하였지만, 한 무제는 그가 너무 늙었다고 여겨 허락하지 않다가, 계속해서 청을 올리자 결국엔 참전을 허락하였다. 그러나 이광은 동쪽 길로 에둘러 진군하라는 명령 때문에 길을 잃어 헤매다 흉노족의 왕인 선우單于를 사로잡을 기회를 놓치는 과오를 저질렀다.

선제宣帝 때 강족羌族의 하나인 선영先零[2]이 반란을 일으켰다. 70여세의 조충국趙充國이 반란을 평정시키겠다고 나섰지만, 선제는 그가 너무 나이가

1 廉頗(B.C.327～B.C.243) : 춘추전국시대 조나라의 명장. 백기白起·왕전王翦·이목李牧과 함께 '전국사대명장'으로 병칭된다. 노년의 나이에도 불구하고 젊은 장군에 못지않은 완력을 보여 삼국지의 황충黃忠과 함께 중국의 대표적인 노익장의 상징으로 여겨진다.

2 先零 : 한나라 때의 서쪽 오랑캐중 하나인 강족羌族으로, 지금의 감숙성甘肅省 도하현導河縣 서쪽의 청해靑海에 거주하였다.

많다고 생각했다. 그리고 병길丙吉[3]을 조충국에게 보내 누가 반란 평정의 장수가 될 만하냐고 물었다. 이에 조충국은 다음과 같이 말했다.

"어느 누구도 노신老臣보다 뛰어날 수 없소이다."

그리고 즉시 금성金城[4]으로 달려가 반란을 평정하고 북방 경계를 확정지어 승리를 거두었다. 그러나 그의 아들 조앙趙卬은 조충국에게 앙심을 품은 이의 무고로 체포되자마자 자결했다.

광무제光武帝 때 오계五溪의 오랑캐들이 반란을 일으키자, 마원馬援[5]이 참전하기를 청했는데, 광무제는 나이 든 그를 안타까워하며 허락하지 않았다. 마원은 자청하여 말하였다.

"신은 여전히 갑옷을 입고 말을 탈 수 있습니다."

광무제가 그에게 그렇게 해보라고 하자, 마원은 말안장에 올라타 좌우를 둘러보며 자신이 여전히 쓸모 있는 사람이라는 것을 보여주었다. 광무제가 웃으며 말했다.

"정말 대단한 노익장이로다!"

결국 마원은 장수가 되었고, 참전하여 호두산壺頭山[6]에 진을 쳤다가 그 지방의 심한 더위 때문에 열병에 걸려 죽게 되는 화를 당하였다.

3 丙吉(?~B.C. 55) : 전한의 정치가. 무고巫蠱의 옥사獄事 때 크게 활약하여 선제宣帝 유순劉詢의 목숨을 구했다. 선제가 제위에 오르자 태자태부, 어사대부, 승상을 지냈다.

4 金城 : 지금의 감숙성 난주시蘭州市 서북쪽.

5 馬援(B.C.14~49) : 후한의 장군. 자 문연文淵. 섬서성 무릉茂陵 사람. 녹림綠林과 적미赤眉가 반란을 일으킨 뒤 왕망王莽을 섬겼다가, 왕망이 망한 뒤에는 외효隗囂 밑에서 벼슬하였고, 다시 광무제에게 귀순하여 외효를 격파했다. 태중대부太中大夫, 농서태수隴西太守를 지내며 이민족을 토벌하였다. 후에 복파장군伏波將軍에 임명되어 교지交趾(북베트남) 지방의 반란의 평정하여 신식후新息侯가 되었다. 노령에도 불구하고 남방의 무릉만武陵蠻을 토벌하러 출정하였다가 열병환자가 속출하여 고전하다 진중에서 병들어 죽었다.

6 壺頭山 : 지금의 호남성 원릉沅陵에 위치한 산.

당나라 이정李靖[7]은 재상에 임명되었지만, 다리에 병이 생겨 휴양하려 고향으로 돌아가게 되었다. 때마침 토욕혼吐谷渾[8]이 소요를 일으킨 변경을 지나가게 되었다. 그때 이정은 재상인 방현령房玄齡[9]에게 가서 말하였다.

"내가 비록 늙었지만 한 차례 출정을 할 만큼은 됩니다."

이정은 토욕혼을 평정시키기는 하였으나, 고증생高甑生의 무고로 힘든 상황에 처하게 되었다.

당나라 태종太宗이 요동遼東을 정벌하려고 하면서, 이정을 불러들여 물었다.

"고려高麗가 아직 굴복하지 않았으니, 그대도 출정할 뜻이 있는가?"

이정이 대답했다.

"지금 제가 병으로 쇠약해졌지만, 폐하께서 진실로 저를 내치시지 않으신다면 병은 점점 좋아질 것입니다."

---

7 李靖(571~649) : 당나라의 명장. 수나라 말기 군웅들이 할거 할 때, 군사를 일으킨 당고조와 그의 아들 이세민에게 협력하였다. 당고조가 당나라를 건국하는데 공을 세웠고, 이세민이 중앙 권력을 강화하기 위하여 경쟁 관계에 있던 군웅들을 평정할 때 활약하였다. 이어 행군총관行軍摠管이 되어 돌궐을 공격하여 돌궐의 왕 힐리가한頡利可汗을 포로로 잡았고, 토욕혼의 침입을 막는 큰 공을 세워 위국공衛國公에 봉해졌다. 사후에 당나라 태종의 소릉昭陵에 배장陪葬되었다. 당나라의 대표적인 병서 『위공병법衛公兵法』과 『이위공문대李衛公問對』를 저술하였다.

8 吐谷渾 : 4세기 중엽 이후 7세기까지 청해성青海省 및 감숙성甘肅省 남부를 지배한 몽골계 유목민인 선비족鮮卑族이 세운 나라. 선비족의 일부가 장성지대長城地帶로부터 이동하여 티베트계의 현지인을 제압하고 세운 나라로, 왕을 가한可汗이라 일컬었고, 가한 중심으로 유목생활을 하였다. 동시에 현지인 일부는 강가나 골짜기에서 농경생활을 영위했던 것으로 보인다. 주목되는 것은 이 나라가 동서간의 국제무역 중계를 생명으로 하는 상업도시의 성격을 강하게 나타낸 점인데, 그 때문에 서쪽 타림분지에는 이를 위한 기지가 설치되었고, 북방의 유목민 국가인 유연柔然이나 남방 티베트가 세운 여국女國과의 교섭도 활발하였으며, 동방으로는 중국의 북조北朝와 남조南朝와도 관계를 맺고 있었다. 그러나 635년 당唐나라에 항복하여 예속상태에 놓이게 되었고, 663년 티베트의 토번吐蕃에게 멸망당하였다.

9 房玄齡(578~648) : 당나라 초기의 재상. 당 태종 이세민을 도와 당나라를 건국하였고, 당나라 건국 후에는 인재를 발굴에 노력해 두여회杜如晦와 같은 인물들을 이세민에게 천거했다. 태종이 즉위한 후 15년간 재상의 지위에 있으면서 두여회·위징魏徵 등과 함께 '정관貞觀의 치治'라는 황금시대를 만들어냈다.

태종은 그의 나이듦을 서글퍼하며 출정을 허락하지 않았다.

곽자의郭子儀 또한 80여세의 노구를 이끌고서도 여전히 관내부원수關內副元帥·삭방하중절도사朔方河中節度使로 있으면서, 퇴직하지 않았기에, 결국엔 덕종德宗에 의해 파면되었다.

위의 인물들은 모두 영웅호걸들이지만 공명을 추구하는 것에서 벗어나지 못했으니, 하물며 우리 같은 저속한 이들은 어찌했겠는가?

2. 한나라 두 황제의 도적 소탕 漢二帝治盜

한 무제 말년 도적 떼가 사방에서 일어났다. 큰 무리는 수천 명에 이르렀으며 적게는 수백 명이었다. 한 무제는 비단옷을 입고 호부虎符[10]를 지닌 사신을 보내 군대를 동원해 도적을 소탕하게 했다. 대규모의 도적무리들을 소탕했는데, 참수한 도적의 숫자만 만여 명에 이르기도 하였다. 그리고 '침명법沈命法'을 만들어 공표했다.

> 도적 떼가 일어났는데 적발하지 못하거나 적발하고서도 일정한 숫자를 채워 체포하지 못하면, 2000석 이하부터 말단 관리까지 모두 사형에 처할 것이다.

그 후 말단 관리들은 죽음이 두려워 비록 도적이 있더라도 감히 보고하지 않았다. 고발 후 제때에 일망타진하지 못한다면 자신이 처형을 받는 것은 물론이고 상부까지 연루되기 때문에 상급 기관에서도 그들에게 보고하지 못하도록 했다. 이렇게 되자 도적은 날이 갈수록 점점 많아졌고, 관리들은 위아래에서 서로 감추며 법망을 피해갔다.

10 虎符 : 군사의 동원을 허가하는 표식. 중국의 춘추전국시대부터 사용되었는데, 호랑이 모형으로 만들어 사용했기 때문에 호부라고 부르게 되었다. 호부는 병력동원을 왕이 총괄하기 위해 만든 제도이다. 처음에는 옥玉으로 만들다가, 후에는 동銅으로 만들었다. 한 쪽 면에는 발병發兵이라고 쓰고 다른 쪽 면에는 받은 사람의 직함을 적었다. 그리고 이 한가운데를 쪼개 오른쪽 것은 중앙에 보관하고, 왼쪽 것은 지방관리 혹은 병사를 통괄하는 장수에게 주었다. 발병할 때는 왕이 우부를 내려 보내 좌부 맞추어 일치하면 병사를 동원했다.

후한 광무제 때에도 도적 떼가 곳곳에서 우글거렸다. 광무제는 사신을 각 주군州郡에 파견해, 도적들이 서로를 고발하도록 해서 도적 다섯이 함께 도적 하나를 죽이면 그 다섯 도적의 죄를 사면해주겠다고 했다. 그리고 관리가 도적 떼 소탕을 미루거나 회피하고 심지어 일부러 도적 떼를 방임했을지라도 모두 문책하지 않고, 도적을 포획하고 토벌한 성과만 가지고 판정하여 처리하겠다고 했다. 주목州牧과 군수·현령에게는 관할 지역 내에 도적이 있는데도 토벌하지 못하거나 또는 문책이 두려워 직무를 유기하고 도망갔을지라도, 모두 책임을 묻지 않고 도적을 얼마나 체포하느냐로 공적을 평가해 상을 주겠다고 했다. 오로지 도적을 숨겨주고 비호한 경우에만 처벌할 것이라고 했다. 이렇게 되자 관리들은 서로 앞 다투어 체포에 나섰고 도적 무리는 와해되고 흩어졌다.

이 두 일은 모두 도적을 소탕한 일이지만, 한 무제의 엄격한 법 집행은 광무제의 관대한 법 집행보다 효과가 없었다.

3. 한나라와 당나라의 봉선의식 漢唐封禪

후한의 광무제가 건무建武 30년(54)에 동쪽으로 순찰을 나가려고 하자, 여러 신하들은 즉위한 지 30년이 되었으니 태산泰山에 가서 봉선封禪[11]을 올리는 것이 마땅하다고 상주하였다. 이에 광무제는 칙서를 내려 다음과 같이 말하였다.

> 과인이 즉위한 30년 동안 나라는 여러 차례 전란을 겪어 백성들의 원망이 가득한데, 과인이 누구를 속일 수 있단 말인가? 하늘을 속이라는 말인가! 어찌 태산에서 봉선을 치룬 72대 황제들의 기록에 오점을 남기란 말인가! 만약에 군현郡縣에서

11 封禪 : 중국의 제왕이 천지를 제사지낸 의례로, 봉封이란 옥으로 만든 판에 원문願文을 적어 돌로 만든 상자에 봉하여 천신天神에게 비는 일이었고, 선禪이란 토단을 만들어 지신地神에게 비는 일이었다. 최초로 봉선한 것은 진시황제였는데 B.C. 219년 태산泰山의 정상에서 하늘을 제사지내고, 부근의 양보梁父라는 작은 동산에서 땅을 제사지냈다. 원래는 불로장생을 기원한 의식이었으나 한 무제 때부터 대규모 정치적인 제사가 되었다.

관리들을 파견하여 짐의 장수를 축수祝壽하며 허황된 찬사를 늘어놓는다면, 반드시 머리를 깎는 형에 처하고 변경으로 추방하여 농사를 짓게 할 것이다.

이 일이 있은 후 군신들 중 누구도 감히 다시는 봉선에 대해 말을 하지 못했다.

2년 뒤, 광무제가 밤에 『하도회창부河圖會昌符』라는 책을 읽었는데, 다음과 같은 글귀가 있었다.

적색을 숭상하는 유씨劉氏 성姓을 가진 황제 중 아홉 번째 황제는 마땅히 태산에 가서 하늘에 제사를 지내야 할 것이다.

이 글귀에 크게 감동을 받은 광무제는 양송梁松 등에게 『하도河圖』[12]와 『낙서洛書』[13]에서 '아홉 번째 황제가 천지에 제사를 지낸다'는 것과 관련된 구절을 찾아보도록 명령했다. 그러자 양송 등이 이와 관련된 36개의 예언문을 찾아 보고하였다. 광무제는 무제가 원봉元封[14] 연간에 행했던 봉선의례에 따라, 건무 32년(56) 3월에 봉선의례를 치렀다.

당 태종太宗[15] 정관貞觀 5년(631)에 조정의 대신들은 사방의 오랑캐들이 모두 귀순하여 천하가 태평하게 되었다는 이유로 황제에게 상소문을 올려 봉선의식을 치룰 것을 청하였다. 그러나 태종은 칙서를 내려 허락하지 않았다.

다음 해에 대신들이 다시 상소문을 올려 봉선의식을 치룰 것을 청하였다. 태종은 대신들에게 엄하게 훈계하여 다음과 같이 말하였다.

12 『河圖』 : 복희伏羲가 황하黃河에서 얻은 그림으로, 복희는 이것을 바탕으로 『역易』의 팔괘八卦를 만들었다고 한다.

13 『洛書』 : 하우夏禹가 낙수洛水에서 얻은 글로, 우임금은 이것을 바탕으로 천하를 다스리는 대법大法으로서의 『홍범구주洪範九疇』를 만들었다고 한다.

14 元封 : 한나라 무제 시기 연호(B.C.110~B.C.105).

15 太宗(599~649 / 재위 626~649) : 당나라의 제2대 황제이며 당 고조 이연李淵의 차남인 이세민. 뛰어난 장군이자, 정치가, 전략가, 그리고 서예가이기까지 했으며, 중국 역대 황제 중 최고의 성군으로 불린다. 그가 다스린 시대를 '정관의 치세'라 했다.

"경들은 모두 봉선이 황제의 가장 중요한 일이라고 하지만, 과인은 그렇게 생각하지 않소. 천하의 백성들이 편안히 살고 모두가 배불리 먹는다면, 봉선의식을 치루지 않더라고 해가 될 것은 없지 않겠소? 진시황제는 봉선을 행했지만, 한나라 문제文帝[16]는 봉선을 행하지 않았소이다. 그렇다고 해서 후세 사람들이 어찌 문제가 진시황제보다 현명하지 못하다고 할 수 있단 말이오? 그리고 천지를 섬겨 제사 지내는 것은 경건한 마음으로 깨끗이 청소하고 제사를 지내면 되는 것이지 반드시 태산 정상까지 올라가 몇 척尺이나 되는 흙을 쌓아 단을 만들어야 그 정성과 공경스러움이 표현된다는 것이요?"

태종의 훈계에 대신들은 탄복하였다. 그러나 얼마 후 태종은 자신의 말을 후회하게 되었다. 눈치를 챈 대신들이 다시 봉선할 것을 상주하였고, 태종은 대신들의 청을 받아들였다. 그러나 위징魏徵[17]은 봉선을 행하는 것이 바람직하지 않다고 생각했다. 그는 봉선의 여섯 가지 폐해를 열거하며 봉선의식을 찬성하는 다른 대신들과 논쟁을 벌였고, 심지어 태산에서 봉선의식을 올리는 것은 실속 없는 헛된 명성을 숭상하는 것으로 해만 될 뿐이라고 하였다. 때마침 공교롭게도 하남河南과 하북河北 지역에 큰 홍수가 발생해서 봉선의식을 행할 수 없었다.

정관 10년(636) 태종은 방현령房玄齡에게 명령하여 봉선에 대한 의례儀禮를 제정하도록 하였다. 그리고 정관 16년(642) 2월에 태산에 가서 봉선의식을 행하려고 하였는데, 태미원太微垣[18]에 혜성이 나타나 봉선의식을 취소하였다.

16 文帝(B.C.202~B.C.157 / 재위 B.C.180~B.C.157) : 전한의 5대 황제. 고조의 군국제郡國制를 계승하고, 전조田租·인두세人頭稅를 대폭 감면하였으며 이러한 정책은 사회와 경제를 발전시켰다. 또한 자신이 직접 농업을 장려하는데 솔선수범하고 농지의 조세를 12년 동안 면제하였다. 문제는 검소한 생활을 실천하였는데 화려한 건물을 신축하지 않았고 자신은 검정색 비단을 입었다. 가혹한 형벌을 폐지하였으며, 흉노에 대한 화친정책 등으로 민생안정과 국력배양에 힘을 기울였다. 문제가 죽고 그의 아들 경제가 즉위하여 선왕의 정책을 잘 이어 나갔다. 중국사에서 문제와 경제景帝의 치세를 '문경의 치文景之治'라고 부르며 풍요로운 시대를 상징하는 칭호로 사용된다.

17 魏徵(580~643) : 당나라 초기의 정치가. 자 현성玄成. 당 태종에게 끊임없는 간언을 하여 '정관의 치세'를 이루는 데 큰 역할을 했다.

18 太微垣 : 별자리를 천자에 비유한 것으로, 사자자리를 중심으로 이루어진 별자리이다. 상제가 거하는 궁정이 자미원紫微垣이고, 명령을 정비하고 집행하는 곳인 태미원太微垣, 형벌 및 도량형을 공평하게 하고 시장 등을 관장하는 천시원天市垣을 삼원三垣이라 한다.

한나라 광무제와 당 태종은 모두 세상에서 보기 드문 명군이다. 그들은 봉선의 허위성을 분명히 알고 있었고, 대신들에게 다시는 봉선의례에 대해 언급하지 말라고 칙서를 내리기까지 하였으니 분명 현명한 군주였다. 그런데 몇 년 지나지 않아 자신이 했던 말을 번복하였으니, 광무제는 참언에 미혹된 것이고, 태종은 화려한 명성을 좋아했던 탓이다. 봉선에 대한 집착이 결국 두 황제의 선정善政에 먹칠을 한 결과를 낳았다.

4. 한나라의 봉선에 대한 기록 漢封禪記

응소應劭가 편찬한 『한관의漢官儀』[19]에는 마제백馬第伯의 「봉선의기封禪儀記」[20]가 수록되어있다. 「봉선의기」는 후한의 광무제가 건무建武[21] 연간에 태산에서 봉선의례를 거행한 것을 기록한 것으로, 매번 황제를 언급할 때는 국가國家라고 칭하며, 험준한 산세와 산 정상에 오르기 힘든 상황을 매우 자세히 서술했다. 나는 이 글을 읽는 것을 아주 좋아한다. 그 대략적인 내용은 다음과 같다.

> 이날 이른 아침 산에 오르기 위해 말을 타고 갔다. 험준한 길을 만나면 말에서 내려 말을 끌고 갔다. 잠시 걸어가다가 또 잠시 말을 타고 가다보니 어느새 반이나 갔다. 중관中觀[22]에 도착해 말을 남겨놓고 천관天關[23]을 바라보니 마치 계곡 아래에서 높은 봉우리를 바라보는 것만 같았다.
> 산은 높이 솟아 마치 뜬 구름을 바라보는 것만 같고, 산세가 험준하여 석벽이 높고도 멀게 펼쳐져있어 길조차 없는 것 같다. 멀리 산 위를 걷는 사람을 바라보

19 『漢官儀』: 후한의 학자인 응소가 편찬한 한나라 시대 그 관직제도에 관한 문헌. 원서原書는 당송唐宋 이후의 전란 등에 종적을 감춰버리고 그 일부 내용이 다른 문헌에 인용되어 전하고 있다.

20 「封禪儀記」: 마제백이 광무제의 봉선의례를 기록한 글로, 가장 오래된 기행문이다. 건무建武 32년(56)에 광무제가 태산에서 봉선을 행하였는데, 선행관이었던 마제백이 봉선 때의 준비 과정을 세세하게 기록하여 남긴 글이다.

21 建武 : 후한 광무제의 개국 연호(25~55).

22 中觀 : 태산의 남쪽.

23 天關 : 태산의 남천문南天門.

니 흔들리는 나뭇가지 같기도 하고, 혹은 흰 바위 같기도 하며, 혹은 흰 눈 같기도 했다. 한참을 보다보니, 흰색의 물체가 나무 사이를 움직여 다녀 그때서야 사람인 줄 알았다.

특히 사방에 큰 바위들이 있어 산에 오르기가 쉽지 않았다. 다행히 술과 육포를 가지고 갔고, 곳곳에 옹달샘도 있어서, 잠시 휴식을 취한 후 다시 힘을 내 올라갔다. 천관에 도착해서 다 온 것이라고 생각하고, 행인에게 물어보니, 아직 10여리를 더 가야 한다고 했다. 고개를 들어 바라본 길 양쪽 드높은 산꼭대기 암석 위의 울창한 소나무는 너무 높은 곳에 있어 마치 구름 속에 있는 것처럼 보였다. 또 고개 숙여 바라본 발아래의 계곡은 겹겹의 바위들로 그 깊이를 가늠할 수조차 없었다.

줄곧 7리를 걸어가니 양의 창자처럼 구불구불한 길이 나왔는데, 환도環道라고 불린다. 이 길은 줄을 잡고 기어 올라가야 된다고 한다. 두 사람의 시종이 옆에서 부축을 해서 올려주고 앞에서 끈을 끌어준다. 끈을 잡고 이 길을 가면, 뒷사람은 앞사람의 신발 바닥만 보고 앞사람은 뒷사람의 정수리만 보게 되는데 그림에서 봤던 것과 똑같다.

이 길을 다 올라가 열 발짝 정도 더 걷고서 잠시 휴식을 하면 긴장과 피곤이 조금씩 가신다. 목이 마르고 입술이 바짝바짝 타면 대 여섯 발짝 걷고 다시 휴식을 취한다. 휴식을 취할 때는 경사가 너무 심하니 비틀비틀 넘어지지 않게 두 손으로 몸을 잘 지탱해 앉아 있어야하기에, 음지의 축축한 곳이라도 가리지 않게 된다. 눈앞에 물기 하나 없이 마른 땅이 보여도 두 눈 동그랗게 뜨고 바라볼 뿐, 두 발이 움직이지 않기 때문이다.

또 다음과 같은 내용이 실려 있다.

봉선의례가 끝나면, 관원들에게 차례로 태산을 내려가라고 명령하고, 황제 또한 그 뒤를 따라 내려간다. 길이 좁아지면 비스듬한 산비탈을 기어 내려가는데, 앞에서 횃불을 들어 올리면 계속해서 내려오는 사람들이 연속해서 그 자리에서 멈춘다.

큰 바위를 두드리면 그 소리가 울려 퍼지는데, 어느 누구도 그 소리에 화답하지 못한다. 주린 배는 끊임없이 꼬르륵 꼬르륵 거리고, 입에서는 쉴 새 없이 헉헉하고 숨을 몰아쉬기 때문이다.

다음날 태의령太醫令[24]이 황상의 건강상태에 대해 묻자 이렇게 답하셨다.

“어제 산에 올라갔다가 내려오는데, 앞서서 가고 싶었지만 앞사람이 부담스러워

24 太醫令 : 왕과 궁정관원들의 진료를 담당한 태의서太醫署의 장관으로 황제의 진료를 담당한다.

할 것 같아 그러지 못했고, 쉬고 싶었지만 뒷사람에게 발을 밟힐 것 같아 쉬지도 못했지. 길이 얼마나 험준하고 가파른지, 하지만 조금도 피곤하지 않소이다."

또 다음과 같은 기록이 있다.

> 동산東山을 일관日觀이라고 이름 하는데, 닭이 울 때가 되면 태양이 솟아오르는 것이 보이며 높이가 3장丈 남짓 된다. 진관秦觀에서는 장안長安을 바라볼 수 있고, 오관吳觀에서는 회계會稽를 바라볼 수 있으며, 주관周觀에서는 제齊땅을 바라볼 수 있다.

「봉선의기」에는 이처럼 험준한 산세와 산에 오르는 정황이 아주 자세히 기록되어 있다. 그런데 진관과 오관·주관에 대해 이전의 현인들이 인용한 적이 없고, 또 어느 누구도 이를 언급했던 적이 없다. 현재 「봉선의기」는 응소가 편찬한 『한관의』에는 빠져있고, 유소劉昭가 보주補注한 『동한지東漢志』에만 실려 있는데, 그 또한 전편이 아니다.

5. 양우경 楊虞卿

유우석劉禹錫의 시 가운데 「기비릉양급사寄毗陵楊給事」라는 시가 있다.

사랑을 중시하여 벼슬을 가벼이 여겼는데,	曾主魚書輕刺史,
지금 스스로 군수가 되어 왔구나.	今朝自請左魚來.[25]
청운의 꿈 펼칠만한 곳 많지 않으니,	青雲直上無多地,
비스듬히 날며 세력을 얻어 보시게.	卻要斜飛取勢回.

이 시기를 고증해보면, 양급사楊給事는 양우경楊虞卿[26]이다. 문종文宗 대화大和

25 左魚 : 좌동左銅, 구리로 만든 물고기 형태의 부절의 왼쪽 반쪽. 좌동어左銅魚, 좌어부左魚符라고도 불린다. 당나라 때는 이것을 군수에게 지급하고, 오른쪽 절반은 군의 창고에 보관하였는데, 부임해 오는 군수마다 두 쪽의 것을 맞추어 봄으로써 신표로 삼았다.

26 楊虞卿(?~835) : 몰락한 귀족 가문 출신으로 당나라 후기 우이당쟁牛李黨爭 때 우당牛黨 선봉역할을 했다. 우당의 영수인 이종민李宗閔에게 중용되어 관직이 경조윤京兆尹에 까지 올랐다가, 이당李黨에 의해 건주사마虔州司馬로 좌천되어 임지로 가던 중 사망했다.

7년(853)의 기록을 찾아보면, 당시 재상이었던 이덕유李德裕[27]가 문종과 붕당朋黨에 대해 논의하였다. 이덕유는 당시 급사중給事中이었던 양우경과 소완蕭浣, 중서사인中書舍人이었던 장원부張元夫 등이 당시 권력을 쥐고 있던 고관들에게 빌붙어 위로는 황제가 관리들을 다스리는 것을 방해하고, 아래로는 관리들의 실무를 방해했다고 고했다. 이러한 사실을 전해들은 황제는 그들을 미워했다. 그래서 양우경은 상주자사常州刺史, 소완은 정주자사鄭州刺史, 장원부는 여주자사汝州刺史로 가게 되었다. 이들은 모두 우당牛黨의 영수였던 이종민李宗閔의 문객이었다.

그 후 어느 날, 문종은 또 다시 붕당에 대해서 대신들과 함께 논의하게 되었다. 그 자리에서 이종민이 문종에게 고하였다.

> "제가 알기로 소신이 양우경과 소완, 장원부들에게 높고 좋은 벼슬자리를 준 적이 없습니다."

이 말을 들은 이덕유가 이종민에게 물었다.

> "급사중과 중서사인이 높고 좋은 벼슬이 아니라면 어떤 벼슬이 높고 좋은 벼슬입니까?"

이종민은 얼굴을 붉히며 아무 말도 하지 못했다.

이러한 사실을 통해 볼 때 양우경이 비릉 자사가 된 것은 조정의 권력투쟁에 의해 중앙관직에서 쫓겨난 것이다. 그런데 유우석은 양우경이 스스로 원해서 비릉의 자사로 갔다고 하였으니, 유우석의 말을 어디까지 믿어야 하는 것인지 알 수 없다.

27 李德裕(787~849) : 아버지 이길보李吉甫와 함께 당나라를 대표하는 명재상. 우이당쟁에서 이당의 영수로 여러 차례 정치적 부침을 겪었는데, 문종과 무종 때 두 차례 재상의 자리에 올랐고, 특히 무종과는 정치적 조화는 '만당晩唐의 절창絶唱'이라고 칭송을 받았다.

6. 둔괘와 몽괘 屯蒙二卦

'둔屯'[28]과 '몽蒙'[29] 괘卦[30]는 모두 두 개의 양효陽爻[31]와 네 개의 음효陰爻[32]로 이루어있다. '둔'괘는 '육이六二'[33]가 초구初九 위에 있어서 부드러움이 강함을 압도한 형상을 보여준다. '몽'괘는 '육삼六三'이 '구이九二' 위에 있어서, '둔'괘와 마찬가지로 부드러움이 강함을 압도하는 형상을 보여준다.

그러나 '둔'괘의 '육이' 효사爻辭[34]는 "여인이 정절貞節을 지키며 정혼하지 않아 아이를 낳지 않다가, 10년만이 정혼을 해 아이를 낳았다"이고, '몽'괘의 '육삼' 효사는 "남편의 재물을 보고 시집오는 여자는 취하지 말아야한다.

28 屯[䷂] : 감괘坎卦(☵) 아래 진괘震卦(☳)가 더해진 것으로, 구름과 우레를 상징한다.

29 蒙[䷃] : 간괘艮卦(☶) 아래 감괘坎卦(☵)가 더해진 것으로, 산 밑에 샘이 남을 상징한다.

30 卦 : 『주역周易』의 골자가 되는 64괘. 『역易』이 다른 어떤 철학사상과 다른 점은 괘라는 상징적 부호를 중심으로 구성된 데에 있다. 설괘전說卦傳에 의하면 괘는 천지인天地人 3재三才의 원리에 근거하여 그어졌다고 한다. 하늘·땅·물·불·천둥·연못·바람·산 등을 상징하는 부호체계로 이루어진 팔괘는 천지만물을 근거로 그려졌다는 사실을 「계사전繫辭傳」을 통해 확인할 수 있다. 팔괘의 구성원리가 곧 음양론이다. 괘를 구성하는 근원적 요소는 '- -'으로 표현되는 음과, '—'으로 표현되는 양이다.

31 陽爻 : 역易의 괘卦를 구성하는 효爻의 하나로 '—'로 나타내며, 낮·남자·남편·임금·움직임 등을 뜻한다.

○ 효爻 : 만물의 형상을 본뜬 것을 의미. 『주역』은 모두 384개의 효로 이루어져 있다. 효 3개가 겹쳐져 소성괘小成卦를 이루고 소성괘 2개가 겹쳐져서 대성괘大成卦를 이룬다. 대성괘는 64개의 배열을 가진다.

32 陰爻 : 역의 괘를 구성하는 효의 하나로 '- -'로 나타내고, 밤·여자·아내·신하·고요함 등을 뜻한다.

33 六二 : 대성괘의 아래서 두 번째 효가 음효인 경우 육이六二라고 읽는다.

○ 대성괘의 효를 읽는 방법은 아래에서부터 위로 읽는데, 맨 아래의 효를 초효初爻라 하고, 그 위를 차례로 2효, 3효, 4효, 5효라 하며, 맨 위의 효를 상효上爻라 한다. 양효일 때는 구九를 붙여 읽고, 음효일 때는 육六을 붙여 읽는다. 예를 들어 맨 아래 효가 양효인 경우는 초구初九, 2효가 양효인 경우는 구이九二, 음효인 경우는 육이六二라 읽는다.

34 爻辭 : 『주역』의 각 효에 붙인 풀이. 효로 이루어진 괘 전체를 풀이한 것을 괘사卦辭라 하며, 효의 뜻을 풀이한 것을 효사라고 한다. 하나의 괘에는 6개의 효사가 있고, 『주역』 전체에는 384개의 효사가 있다. 각 효마다 그 효의 음·양의 성질과 순서를 뜻하는 두 글자로 된 효제爻題가 있고 길흉화복을 나타내는 효사가 있다. 이를테면 건괘乾卦의 첫 번째 효를 보면 '초구잠룡물용初九潛龍勿用'이라고 되어있는데, '초구'는 효제이고 '잠룡물용'은 효사이다. 효사는 B.C. 640년경에 만들어진 것으로 추정되는데, 처음에는 단순히 길흉을 판단하는 말이었다가 사람이 올바른 길로 나아가고 흉을 피할 수 있게 하는 지침이 되었다.

그런 여자는 자신의 몸을 지키지 못할 것이니 이로울 것이 없다"이다. 두 괘에서 말하는 여인의 정절과 간사함이 이렇듯 차이가 많이 난다.

'둔'괘의 아래 괘에서 중간에 위치하는 두 번째 효는 음효지만 중정中正[35]을 얻었기에, 양효인 초효의 영향을 받지 않는다. 그리고 윗 괘에서 중간에 위치하는 다섯 번째 효는 양효이다. 상하 괘의 음양이 모두 중간에 위치하여 서로 호응하는 것이 정절의 도리이다.

'몽'괘의 세 번째 효는 음효로 육삼六三이고 두 번째 효는 양효로 구이九二인데, 구이가 기쁘게 육삼을 쫓아가는 형상으로 맨 위의 효인 상구上九와 호응되지 않는다. 그렇기 때문에 여인을 맞이하지 않는 것이다.

선비가 스스로 신의와 절개를 지키고 몸을 곧추 세워 세상에 우뚝 서는 것은 좇을 대상을 선택하고 처세하는 방법을 선택하는 것이 중요하다. 그리고 또한 '둔'괘와 '몽'괘에서 말하는 이치를 본보기로 삼아야 할 것이다.

7. 한나라의 비방법 漢誹謗法

한나라 선제宣帝는 대신에게 무제武帝를 기념하기 위한 제례악祭禮樂 제정에 대해 토론하도록 하였다. 하후승夏侯勝이 반대하며 말하였다.

> "무제는 사치스러운 생활로 백성들의 재력과 힘을 고갈시켰으며 절제가 없었습니다. 백성들은 헐벗고 굶주려 여기저기 떠돌아다니게 되었으며, 천리 논밭이 황무지로 변했습니다. 이렇듯 무제는 백성들에게 은덕을 베풀지 못했는데, 무제를 위해 제례악을 제정하는 것은 마땅치 않습니다."

승상과 어사는 선제先帝를 비방하는 것은 대역무도大逆無道라며 하승우에게 비방죄를 씌우고 탄핵하였다. 결국 하승후는 파면당하고 투옥되었는데, 이듬해 겨울 사면赦免되어 큰 화를 면할 수 있었다.

35 中正 : 지나치거나 모자람이 없고 치우침이 없이 곧고 올바름.

장제章帝[36] 때 공희孔僖와 최적崔勣은 태학太學[37]의 학생이었다. 그 둘은 무제의 치적에 대해서 토론을 하며, 무제가 즉위 초반에는 신의信義를 숭상하며 덕망과 지혜로 국정을 잘 살폈지만, 집정 말기에는 자만하며 초기의 올바른 마음과 행동을 잃고 독단적으로 국정을 이끌어갔다고 평가했다. 이러한 논의를 들은 다른 학생이 선제를 비방하는 것은 지금의 황제를 비난하는 것과 같다며 이 두 사람을 고발했고, 이 둘은 모두 감옥에 갇히게 되었다. 공희는 사건의 시말을 밝히는 글을 써서 자신을 변론하여 풀려날 수 있었다.

원제元帝[38]때의 가연지賈捐之[39]가 주애珠厓[40]의 반란에 대해 논하였다.

> "무제께서는 계속 전쟁을 일으켜 사방의 오랑캐들을 복속시켰고, 엄격한 형벌을 적용해 수많은 사람들이 투옥되었습니다. 이에 반발한 도적들이 사방에서 우후죽순처럼 일어났고, 이를 진압하려고 또 많은 군사를 투입했습니다. 아비는 먼저 종군하여 전쟁 중에 죽고, 아들이 뒤를 이어 종군하여 부상을 입었으며, 여인들도 변경의 보루에 올라가 수비를 해야 했습니다.
> 고아들은 길거리에서 울부짖었고, 노모와 과부들은 골목에서 통곡 하였습니다. 이 모든 것이 무제께서 지역 확장을 너무 서둘렀고 끊임없이 전쟁을 일으켰기 때문입니다."

하후승와 공희·가연지는 모두 무제의 과실을 지적하였는데, 가연지의 말이 가장 적절하며 설득력이 있다. 무제의 과실을 지적한 이들을 처리하는 방법은 세 황제가 달랐다. 하후승와 공희가 무제를 비방한 것은 모두 한나라 법을 위반한 것이었다. 그러나 가연지는 직접 사실의 원인을 조목조목

36 章帝(57~88 / 재위 75~88) : 후한의 제3대 황제. 이름 유달劉炟.

37 太學 : 서주西周시대부터 존재했던 중국 고대의 대학으로 당나라와 송나라 때에는 국자학國子學과 병존하였다. 박사博士는 전국시대부터 생긴 관직으로, 이들은 태학에서 교수업무를 담당하였다. 학생들을 부르는 명칭은 시대마다 조금씩 달랐는데 박사제자博士弟子, 태학생太學生 또는 제생諸生이라고 불렀다. 유가의 경전을 기본교재로 삼았다.

38 元帝(B.C.76~B.C.33 / 재위 B.C.49~B.C.33) : 전한의 제11대 황제. 이름 유석劉奭.

39 賈捐之(?~B.C.43) : 서한의 관리. 자 군방君房. 가의賈誼의 증손자이며, 원제 때 간관으로 이름을 날렸다고 한다.

40 珠厓 : 지금의 광동성廣東省 해남도海南島 경산현瓊山縣 동남쪽.

밝혔으니 어찌 비방법을 저촉하였다고 죄를 물을 수 있었겠는가?

8. 가의와 유향이 금기를 범하다 誼向觸諱

가의賈誼[41]가 문제文帝에게 상소문을 올렸다.

> 살아서는 영민한 황제가 되시고, 죽어서는 현명한 신령이 되옵소서. 만약에 묘를 조성하신다면 태종太宗이라 칭하소서. 위로 태조太祖와 함께 배향되실 만 하니, 한나라 조정이 무한히 흥성할 것이옵니다. 비록 어리석고 불초하고 어린 후사라 할지라도 조상대대로 내려오는 조업祖業의 도움을 받아 평안할 것이옵니다. 설령 아직 태어나지도 않은 유복자가 태자에 오른다 해도, 관리들은 등청하여 황제께서 남기신 의복에 무릎을 꿇고 머리를 조아릴 것이며, 천하 또한 난리를 일으키지 않을 것입니다.

또 덧붙여 말하였다.

> 황제께서 서거하신 이후 보위는 연로하신 어머님 혹은 어린 태자에게 물려주십시오.

이 상소문은 문제가 살아 있을 때 그의 사후에 대한 일을 논한 것으로, 심지어 "죽으면 보위를 연로하신 어머님에게 물려주라"고 까지 하였으니, 분명 문제가 태후보다 먼저 죽을 것이라고 한 것이다. 또 그의 아들이 "어리석고 불초하고 어리다"고 지적하여 책망한 것이다. 그러나 문제는 가의의 말이 지나치다고 여기지 않았으며, 가의 또한 황제의 노여움을 살까 걱정하지 않았다.

유향劉向[42]이 성제成帝[43]에게 왕씨 일가에 대해 상소문을 올려 간언하였다.

---

41 賈誼(B.C. 201~B.C.169) : 전한 문제 때의 문인·학자. 시문에 뛰어나고 제자백가에 정통하여 약관으로 최연소 박사가 되었다. 1년 만에 태중대부太中大夫가 되어 진秦나라 때부터 내려온 율령·관제·예악 등의 제도를 개정하고 전한의 관제를 정비하기 위한 많은 의견을 상주하였다. 그러나 당시 고관들의 시기로 장사왕長沙王의 태부太傅로 좌천되었는데, 떠날 때 지은 「복조부鵩鳥賦」가 대표작이다.

왕씨와 유씨는 결코 병립할 수 없습니다. 황제께서는 한 왕실의 자손으로 종묘를 수호하셔야 하는데, 오히려 국가의 권력을 외척인 왕씨 일가의 수중에 넘기시고, 스스로를 노예의 지위로 끌어내리셨습니다. 이 모든 것이 설사 자신을 위해서가 아니었다 하더라도 종묘에 대해서는 어찌하실 것입니까?

또 다음과 같이 말하였다.

천명을 받은 이는 많습니다. 한 가지 성姓만이 천명을 받는 것은 결코 아닙니다.

이는 분명 국가가 버젓이 존재하고 있는데 국가의 멸망에 대해 언급한 것이다. 그러나 성제는 유향이 죄를 지었다고 생각하지 않았고, 유향 또한 이에 대해 염려하지 않았다. 유향이 나중에 성제에게 종실宗室을 중용해야 한다고 한 것 또한 유향이 자신을 추천한 것이나 다름없었으나, 그는 조금도 의심 받지 않았다.

이 두 사람은 모두 국가에 충성한 사람들로 이들의 상소문은 모두 금기를 범한 것이었지만, 그들은 그렇게 생각하지 않았다. 문제는 관대한 태도로 신하들을 대하였으니, 그의 어진 덕행이 이와 같았다. 성제 또한 금기를 범한 것을 용납하였는데, 이러한 태도는 지금은 절대 보기 어려운 것이다.

9. 작은 변혁과 큰 변혁 小貞大貞

군주는 가장 존귀한 지위이지만 권력을 다른 사람에게 주면, 정령政令을 내려도 실행되지 않으며 은덕 또한 베풀 수 없게 된다. 그리고 자신은 손님의 자리로 물러나 다른 사람의 명령을 받게 되니 생사존망의 위기가

42 劉向(B.C.77~B.C.6) : 전한 때의 경학자·목록학자·문학자. 본명 갱생更生, 자 자정子政. 『열녀전列女傳』과 『전국책戰國策』 등 많은 책을 지었다.

43 成帝(B.C.52~B.C.7 / 재위 B.C.32~B.C.7) : 전한 제11대 황제. B.C. 14년 농민과 형도 등의 반란이 일어나, 황제지배의 체제는 무너지기 시작하여 궐내에서도 왕王·허許·조趙의 외척이 권력을 잡았다. 특히 어머니인 왕황후王皇后의 지지로 왕씨들은 고관 자리를 독점하였고 왕망의 출현을 초래했다.

곧 닥쳐 올 것이다. 이것이 바로 경계로 삼을 만한 『역경易經』의 금언金言이다.

> 왕권이 확고하지 못하여 백성에게 은택을 내리지 못하는 상황에는 작은 일부터 천천히 바르게 고쳐나가면 괜찮을 것이나, 급속한 대변혁을 꾀한다면 오히려 액운을 초래하게 된다.

이는 천천히 변화하는 것이 좋다는 뜻이다. 그래서 사람들은 권력을 휘두르는 계손씨季孫氏를 벌하다가 쫓겨난 노魯나라 소공昭公[44]과 사마소司馬昭의 전횡에 분개하여 벌하려다 오히려 죽임을 당한 조나라의 마지막 황제 고귀향공高貴鄕公[45]을 그 예로 든다. 그러나 어떨 때는 과감하고 결단력 있는 행동으로 뜻을 이룰 수 있고, 또 어떨 때는 억지로 인내하며 참아내는 것이 오히려 생사의 위기에 처하게도 한다. 그러므로 국가의 흥망성쇠와 군왕의 길흉화복이라는 것은 하나로 개괄하여 논할 수 없다고 생각한다.

한나라 선제宣帝는 곽우霍禹[46]를 죽였고, 화제和帝는 두헌竇憲[47]을 죽였으며, 환제桓帝는 양기梁冀를 죽였고, 북위의 효장제孝莊帝는 주영朱榮을 죽였다. 이는 모두 과감하고 결단력 있는 행동으로 자신의 의지를 실현한 예이다.

노나라 소공이 계손씨를 토벌하고, 제齊나라 간공簡公이 전상田常을 토벌하려는 계획을 세우고, 고귀향공이 사마소를 토벌하고, 진晉나라 원제元帝가

---

44 昭公(B.C.560~B.C.510 / 재위 B.C.542~517) : 노나라 24대 군주. 노나라 양공襄公의 아들. 이름 희주姬裯. 왕보다 더한 권력을 휘두르는 계손씨를 벌하려고 하였지만 크게 패하고 어머니의 나라인 제齊나라로 도망갔다. 후에 진晉나라로 갔다가 그곳에서 생을 마쳤다.

45 高貴鄕公(241~260 / 재위 254~260) : 위魏나라의 제4대 마지막 황제. 위문제魏文帝 조비曹丕의 손자. 자 언사彦士, 휘 모髦. 즉위하기 전 담현郯縣의 고귀향공으로 있었는데, 사마사司馬師의 옹립을 받아 제위에 올랐다. 사람됨이 강직하여 사마소司馬昭의 전횡을 차마 못 보아, 친위병을 거느리고 이들을 치러 나가다 성제成濟에게 죽임을 당했다.

46 霍禹(?~B.C.66) : 서한의 대신. 소제昭帝의 사망으로부터 창읍왕昌邑王 유하劉賀의 폐위, 선제의 즉위에 이르는 일련의 사건의 배후자였던 대장군 곽광霍光의 아들. 아버지가 사망한 후 선제에 의해 곽씨 일족의 권력, 특히 군사의 지휘권을 서서히 박탈되자, 반란을 계획하다 발각되어 처형당했다.

47 竇憲(?~92) : 후한의 권신權臣·정치가. 자 백도伯度. 제3대 황제 장제章帝의 황후인 두태후의 오빠이다. 화제가 즉위하자 여동생과 정권을 휘둘렀다. 황제를 죽이려다 발각되어 핍박을 받아 결국 자살하고 만다.

왕돈王敦을 정벌하고, 당唐나라 문종文宗이 환관들을 죽이려고 도모하고, 노왕潞王이 석경당石敬瑭으로 옮겨가고, 한漢나라 은제隱帝가 곽위郭威를 살해 한 것 등은 모두 굳세고 과감하게 일을 해결하려다가 오히려 일을 그르친 경우다.

만약에 남제南齊 울림왕鬱林王이 소란蕭鸞의 반역하려는 마음을 명확히 알았다면 그를 등용하려는 마음을 접었을 것이다. 한나라 헌제獻帝가 조조를 꿰뚫어보고, 그가 신하된 도리를 지키는 사람이 아니라는 것을 알았다면 그를 제거하려 했을 것이지만, 성공하지 못했을 것이다. 당나라 소종昭宗이 주온朱溫의 흉계를 알아차리고, 그가 반드시 황위를 찬탈할 사람임을 깨달았다면 그를 죽이고자 했을 것이지만, 성공하지는 못했을 것이다. 이 모두는 스스로 멸망을 초래한 경우이니, 비록 작은 것부터 하나하나 고치려 생각했다고 한들 그것이 가능했겠는가?

10. 당시의 희어 唐詩戲語

선비들은 바둑을 두고 술을 마실 때 재미있는 농담을 인용해서 담소를 더 즐겁게 하기를 좋아한다. 주로 당나라의 시를 인용하는데, 젊은 사람들은 그 시가 어디에서 유래되었는지 모르기에, 내가 여기에 생각나는 대로 기록해보겠다.

세간에서 말하는 공평한 도라는 것은 오직 백발뿐,	公道世間惟白髮,
권문세가 머리라고 시간 풍요로워 백발이 안 되지 않을 터.	貴人頭上不曾饒.

이것은 두목杜牧[48]의 「송은자送隱者」라는 시이다.

48 杜牧(803~852) : 당나라 시인. 자 목지牧之. 시에서 이상은李商隱과 나란히 이름을 날려 '소이두小李杜'라고 불렸다. 소시小詩 「박진회泊秦淮」·「산행山行」과 절구絶句 「적벽赤壁」·「과화청궁過華淸宮」, 부賦 「아방궁부阿房宮賦」 등이 대표작품이다.

절에 들렀다 스님 말씀 듣고 나서, 因過竹院逢僧話,
덧없는 삶에 한나절 한가로움 얻었네. 又得浮生半日閑.[49]

이것은 이섭李涉[50]의 시이다.

출가해 중이 되어도
 중이 될 수 없을 것 같으니, 只恐爲僧僧不了,
중이 되어 깨닫게 된다면
 세상모든 사람들이 중이되리. 爲僧得了盡輸僧.[51]

피를 토하면서 울어야 쓸데 없으니, 啼得血流無用處,
차라리 입 다물고 남은 봄을 보내는게 낫다네. 不如緘口過殘春.[52]

이것은 두순학杜荀鶴의 시이다.

저무는 정자에
 몇 가락 피리소리 바람결에 들리는데, 數聲風笛離亭晚,
그대는 소상으로 나는 장안으로 떠나는구나. 君向瀟湘我向秦.[53]

이것은 정곡鄭谷[54]의 시구詩句이다.

오늘 아침 술이 있거든 오늘 아침 취하고, 今朝有酒今朝醉,
내일의 근심은 내일 가서 걱정하세. 明日愁來明日愁.[55]

그대에게 권하노니 분명한 의견 내세우지 마오, 勸君不用分明語,
의견이 분명하면 도리어 재난을 당한다오. 語得分明出轉難.[56]

49 시 제목은 「제학림사승사題學林寺僧舍」 또는 「등산登山」이라고 알려져 있다.
50 李涉 : 만당晚唐 시인. 자호自號 청계자淸谿子. 아우인 이발李渤과 함께 여산廬山에 은거했다가 헌종憲宗 때 관리가 되었고, 두 차례 유배되기도 했다.
51 「贈僧」.
52 「聞子規」.
53 「淮上別故人」.
54 鄭谷 : 만당 시인. 자 수우守愚. 칠언율시에 뛰어났다.
55 「自遣」.
56 「鷓鴣」.

혼자 날리는 버들개지는 정처 없이 떠도는 것 같은데, 自家飛絮猶無定,
천만사 가지 풀어서 떠나는 이 묶어 두려하네. 爭解垂絲絆路人.[57]

내년엔 다시 새로운 가지가 돋아나리니, 明年更有新條在,
봄바람에 끊임없이 흔들리리라. 撓亂春風卒未休.[58]

꽃마다 찾으면서 애써 꿀을 모았는데, 采得百花成蜜後,
누구 달게 맛보라 고생했는지 모르겠어라. 不知辛苦爲誰甜.[59]

이것은 나은羅隱[60]의 시이다.

고병高駢이 서천西川에 있을 때 오랑캐를 방어하기 위해 성을 쌓았는데 조정에서는 그를 의심해서 형남荊南으로 좌천시켜 버렸다. 이에 그는 「풍쟁風箏」이라는 시를 지어 자신의 마음을 표현했다.

어제 밤 거문고 소리 푸른 하늘로 울려 퍼져, 昨夜箏聲響碧空,
가락은 오가는 바람에 실려 왔네. 宮商信任往來風.
곡조 비슷하여 들을 만하더니, 依俙似曲才堪聽,
다시 바람 불어 다른 곡조가 되어버렸네. 又被吹將別調中.

요즘 사람들 역시 이 구절을 즐겨 인용한다.

11. 하진과 고예 何進高睿

후한 말기 환관들이 조정을 좌지우지하고 있을 때, 하진何進[61]이 조정의

57 「柳」.
58 「柳」.
59 「蜂」.
60 羅隱(833~909) : 만당 시인. 자 소간昭諫. 원래 이름은 '횡橫'이었는데 과거에 열 번 떨어지고 나서 '은隱'으로 바꾸었다고 한다. 그의 시는 현실을 풍자하여 민간의 환영을 받았다.
61 何進(?~189) : 자 수고遂高. 영제靈帝 때 누이가 입궁하여 귀인貴人이 되고, 태후太后에 올랐다. 백정 출신이었지만 영제가 하태후를 총애하자 관직을 받아 황건적黃巾賊의 난이 발생한 뒤 대장군大將軍까지 지냈다. 영제가 죽자 하황후의 아들 소제少帝 유변劉辯을 옹립한 뒤

기강을 문란하게 만든 환관들을 처단하려고 했다. 당시의 정세와 환관 처단 계획을 하태후何太后에게 설명하며, 중상시中常侍와 소황문小黃門 등의 환관들을 즉각 파면하여 고향으로 돌려보내야 한다고 진언하였다. 당시 중상시였던 장양張讓의 며느리는 태후의 여동생이었다. 상황이 불리하게 되자 장양은 며느리에게 머리를 조아리며 부탁했다.

> "내가 죄인이기에 며느리 너를 비롯해 가족 모두와 고향으로 돌아가는 것은 당연하다. 그렇지만 내가 한나라 왕실의 여러 황제를 모시며 은덕을 입었으니, 고향으로 돌아가기 전에 다시 한 번만이라도 태후마마를 뵐 수 있다면 죽어도 여한이 없겠다."

며느리는 시아버지의 부탁을 거절할 수 없어 언니인 하태후를 찾아뵙고 장양을 마지막으로 한 번 만나달라고 진언하였다. 하태후를 만난 장양은 이번이 마지막 기회라고 생각하여 환관들의 공로를 나열하며 하진이 다른 의도로 환관을 제거하려 한다고 진언하였고, 하태후는 이러한 진언을 받아들여 파면 당했던 환관들을 다시 불러들였다.

얼마 후 하진은 동탁董卓[62]의 군사를 끌어들여 환관들을 제거하고자 했는데, 이를 미리 알아챈 장양이 오히려 하진을 죽여 버렸다. 동탁이 군사를 이끌고 와 장양 등의 환관들을 모두 죽이기는 했지만, 한나라는 망하고 말았다.

북제北齊의 화사개和士開는 무성제武成帝 때 조정의 대권을 휘두르며 조정의 기강을 문란하게 만든 간신이었다. 후주後主 고위高緯가 아버지 무성제를 이어 왕위에 오르자, 재상인 고예高睿와 누정원婁定遠이 함께 호태후胡太后에게

태부太傅 원외袁隗와 함께 정치를 보좌하며, 원소袁紹와 함께 환관들을 주살하려 했지만 하태후의 만류로 중지한 후, 중상시中常侍 장양張讓과 단규段珪 등에게 속아 장락궁長樂宮에서 죽임을 당했다.

62 董卓(?~192) : 후한 말기의 무장이자 정치가. 자 중영仲穎, 농서군隴西郡 임조현臨洮縣(지금의 감숙성甘肅省 민현岷縣) 출신. 소제少帝를 강제로 폐위시키고 헌제獻帝를 옹립한 뒤에 공포정치를 행해 후한의 멸망을 가속화하였다. 동탁의 폭정에 대한 반대가 전국적으로 발생하여, 후한의 영토가 군웅들에 의해 분할통치 되었다. 동탁은 사도司徒 왕윤王允의 모략으로 부장 여포呂布에게 살해되었고, 동탁의 사후 부장들의 다툼으로 혼란이 거듭되자 헌제는 장안을 탈출하여 조조曹操에게 의탁하면서 조조가 천하를 제패하는 계기가 되었다.

간언하였다. 화사개를 연주자사兗州刺史로 좌천시키는 것이 바람직하다는 내용이었다. 그러나 호태후가 이 의견을 받아들이지 않고 화사개를 계속 조정에 머물게 하자, 고예는 사력을 다해 당시 조정의 상황에 대해 설명하며 화사개를 지방장관으로 좌천시킬 것을 다시 진언하였다. 화사개는 누정원에게 미녀와 보물을 뇌물로 주며 말했다.

> "임해소왕臨海邵王께서 힘을 써주셔서 제가 지방 관리로 가게 되었습니다. 지금 임관지로 떠나니, 태후마마와 황제를 뵙고 작별인사를 올릴 수 있도록 해주십시오."

누정원이 이를 허락하자 화사개는 태후와 황제를 알현하여 진언하였다.

> "소신이 지금 조정을 떠나 지방으로 가면, 조정에서는 반드시 커다란 변고가 생길 것이옵니다. 그러나 지금 제가 이렇게 궁에 들어와 태후마마와 황제를 뵈었으니, 무슨 걱정이 있겠사옵니까?"

태후와 황제의 권위를 빌어 자신을 복권시키고 누정원을 청주青州 자사刺史로 폄적시키고 고예를 살해했다. 그로부터 2년 뒤, 화사개는 살해당하고 북제 또한 망하였다.

아! 간신들을 제거하기가 이리도 어려우니, 이러한 상황은 아주 오래되었다. 하진과 고예는 자신의 목숨을 아끼지 않고 집안도 돌보지 않으면서 오직 한나라와 북제의 사직을 위해 애썼건만, 장양과 화사개의 간교한 한 마디 말은 손바닥을 뒤집듯이 상황을 역전시켜버렸다. 결국 충직하고 선량한 사람은 해를 입고 종묘 또한 폐허가 되어 버렸다. 이러한 역사를 통해 등과 허리에 난 종기는 제때 뿌리 뽑아야지 그 기회를 놓치면 곪아 터지며, 호랑이와 늑대는 제때 잡아야지 그대로 놓아두면 해를 입게 된다는 것을 알 수 있다. 반드시 이를 경계로 삼아야 할 것이다.

12. 남향의 연사 南鄕掾史

「진남향태수사마정비晉南鄕太守司馬整碑」라는 것이 있다. 이 비석의 뒷면에는 연사掾史[63]이하 관리들의 이름이 새겨져 있는데 모두 351명이다. 그 중 의조좨주議曹祭酒가 11명, 연掾이 29명, 각 조曹의 연리掾吏와 장사長史·서좌書佐·순행循行·간동幹僮이 131명이다. 또 연掾의 지위에 속하는 이가 96명, 사史의 지위에 속하는 이가 31명, 부곡독장部曲督將[64]이 36명으로 비석 뒷면의 명단은 이렇듯 복잡하다.

『진사晉史』를 살펴보면, 남향南鄕은 원래 남양南陽의 서쪽 지역으로, 위나라 무제武帝 조조曹操가 형주荊州를 평정할 때 군郡으로 분할되었다. 진晉나라 태시泰始[65] 연간에 남향군의 관할 8개 현의 인구가 2만호가 되었으니 관리들이 이렇게 많았던 것이다. 관리들이 이렇게 많았으니 선비들은 또 얼마나 많았을지 가히 짐작할 수 있다. 그러니 백성들이 어찌 고달프지 않을 수 있겠는가!

비석에 새겨진 사마정司馬整은 진晉나라 종실 안평왕安平王 사마부司馬孚의 손자다.

13. 한나라 경제의 잔인함 漢景帝忍殺

한나라 경제景帝는 검소하고 인자해서 문제文帝의 뒤를 이은 현군賢君이라 칭송받는다. 그러나 내가 경제의 자질을 고찰해 보니 포악하고 잔인한 사람일 뿐이었다.

경제는 동궁에서 태자로 있던 시절, 바둑을 두다가 오吳나라 태자를 죽였고, 이 때문에 오왕 유비劉濞의 원한을 사게 되었다. 즉위한 후에도 자신의 죄를

63 掾史 : 연속掾屬의 통칭으로 한나라 이래 중앙과 지방 정부의 관직 중 비교적 중요한 부서의 속관으로 장관이 직접 임명한 비서에 해당하는 속관이며 업무를 분담하여 처리했다. 녹봉은 100석이다.

64 部曲 : 한나라 때의 군대편제의 명칭으로, 대장군의 군영에 오부五部가 있고 부 아래 곡曲이 있다. 그러나 위진남북조魏晉南北朝 때에는 가병家兵이나 사병私兵을 지칭했고, 수당隋唐 시기에는 노비와 양민 계층 중간인 천민사회를 지칭했다.

65 泰始 : 동진東晉 무제武帝 시기 연호(265～274).

뉘우치기는커녕 하루아침에 오나라 관할 3개의 군현 중 2개를 박탈해버려 전쟁의 빌미를 만들었다. 조조晁錯[66]를 신임해 국정을 위탁했다가 조조를 참수해야 상황이 정리될 수 있다는 원앙爰盎[67]의 한 마디에 경제는 관리를 시켜 조조를 대역죄로 탄핵하게 하고, 결국에는 조조의 부모와 처자식 · 일가족 전체를 몰살했다.[68]

오초칠국의 난이 발생하자 경제는 적을 얼마나 많이 죽이느냐에 따라 공로를 인정할 것이며, 300석 이상의 관리는 모두 죽이고 한 사람도 놓쳐서는 안 된다고 조서를 내렸다. 그리고 명령에 대해 의심을 갖거나 이행하지 않는 자들은 모두 사형에 처할 것이라고 했다. 주아부周亞夫가 칠국의 난을 토벌하면서 공로를 세우자 그를 재상으로 삼았다가, 후에 항복한 흉노 장수를 책봉하는 일로 주아부와 언쟁이 생기자 경제는 병을 이유로 그를 파직했다. 경제는 속으로 그를 미워해 연회 석상에서 음식을 하사하면서도 고의로 그에게 젓가락을 주지 않기까지 했다.[69] 경제는 대신을 대하는 예의

66 晁錯(B.C.200~B.C.154) : 서한 문제와 경제 때의 정치가. 법가의 사상에 입각한 정치가로서 지낭智囊으로 불릴 정도로 지혜가 있었다. 문제 때에는 흉노에 대한 정책으로 둔전책屯田策을 상주하였고, 그 재정적 뒷받침으로 곡물 납입자에게는 벼슬을 주는 매작령賣爵令을 주장하여 채용되었다. 또, 제후에 대한 정책으로는 영지를 삭감하는 삭번削藩을 제안하였는데 경제에 의하여 채용되었다. 그러나 그로 인하여 오초칠국吳楚七國의 반란이 일어났으며, 그의 정적 원앙 등이 내세운 반란을 일으킨 제왕諸王에 대한 회유책으로 인해 장안에서 참형되었다.

67 袁盎(B.C. 200~B.C.150) : 서한 때의 정치가. 자 사絲. 성정이 강직하고 재능이 뛰어나 무쌍국사無雙國士라 불리웠다. 문제文帝 때 여러 차례의 직간으로 황제의 심기를 건드려 좌천 당하기도 했다.

68 경제는 오나라 세자와 바둑을 두다가 지게 되자 한 수 물러달라고 했다. 오나라 세자가 거절하자 경제는 우발적으로 바둑판을 던져 세자를 죽게 했다. 아들의 죽음에 격분한 오왕은 이때부터 입조하지 않으면서 자국의 부강에 힘썼다. 경제는 즉위한 뒤 당시 다른 제후국들과 달리 점차 세력을 확대해 가던 오나라에 대해 그 영지를 삭감하고 세력을 약화시켜야 한다는 조조의 건의를 받아들여 오의 3군 가운데 회계會稽와 예장豫章 2군을 삭감한다는 결정을 내렸다. 오나라뿐만 아니라 초楚와 조趙나라까지 영토 삭감을 도모했고, 이에 반발한 제후들은 교서왕膠西王 · 교동왕膠東王 · 치천왕菑川王 · 제남왕濟南王 등과 연합해 반란을 일으켰다. 이를 오초칠국吳楚七國의 난이라고 한다. 경제는 결국 반란군에 대한 회유책으로 조조를 처형했다.

69 흉노의 왕 다섯 명이 한나라에 투항하자 경제는 그들을 후侯의 작위에 책봉해 흉노의 투항을 부추기고자 했다. 그러나 주아부는 자신의 군주를 배반하고 투항한 자들에게 작위를 준다면

를 알지 못한 것이다. 결국 죄가 아닌 것으로 주아부를 죽음으로 몰았으니 안타깝다!

광무제가 적미군赤眉軍 소탕에 풍이馮異[70]를 파견하면서 이런 조서를 내렸다.

> 정벌이라는 것은 반드시 땅을 공략하고 성을 도륙하는 것이 아니라, 그들을 안정시키는 것이 중요하오. 여러 장수들은 용맹하고 전투에 뛰어나나, 재물을 약탈하고 백성을 살상하기를 좋아하오. 그대가 본래 군사와 관리를 통솔하는 데 뛰어나니 이 부분을 잘 처리해 군현의 백성들이 고통을 당하기 않도록 하길 바라네.

광무제의 이 말을 경제의 조서와 비교해 보면 같이 논할 수가 없다.

14. 연나라 소왕과 한나라 광무제의 현명함 燕昭漢光武之明

연나라의 상장군인 악의樂毅[71]가 제나라를 공격하여 70개의 성을 빼앗았을 때, 어떤 이가 연나라 소왕昭王에게 참언하였다.

> 제나라는 이제 두 성 밖에 남지 않았는데, 악의가 힘을 다해 공격하지 않고 있습니다. 그는 장기간 막강한 병권을 쥐고 있어 군대의 힘을 등에 업고 그 위상이 점점 더 높아졌으며, 제나라 사람들은 그에게 두려움을 느껴 굴복하고 있으니, 마치 그가 제나라에서 왕 노릇을 하고 있는 것이나 다름없습니다.

그러나 소왕은 참언한 자의 목을 베어버리고, 사신을 파견해 악의를

절조 없는 신하를 비난할 명분이 없어진다며 반대했다. 경제는 주아부의 의견을 받아들이지 않고 흉노왕을 모두 열후로 책봉했고, 심기가 불편해진 주아부는 병을 핑계로 조정 회의에 나가지 않았고 결국 해임되었다. 얼마 후 경제는 궁중에서 주아부를 접견하고 음식을 하사했다. 그러나 주아부의 자리에는 큰 고깃덩어리만 있고, 작게 썬 고기나 젓가락은 놓여 있지 않았다. 주아부는 이것이 경제의 고의임을 알고 젓가락을 가져오게 했다. 그러자 경제는 "아직도 그대는 불만인가?"라고 했고, 주아부는 곧 사죄를 하고 궁을 나왔다. 경제는 주아부가 나가는 것을 보고 "저 불평 많은 사람은 태자의 신하가 될 수 없다"고 했다. 결국 주아부는 누명을 쓰고 자신의 결백을 위해 5일간 단식 끝에 죽었다.

70 馮異(?~34) : 후한의 상장군. 독서를 좋아하여 『춘추좌씨전』과 『손자병법』 등에 정통했다. 전쟁터에서는 다른 장수들이 모여앉아 전공을 논의할 때면 홀로 나무아래에 앉아 대책을 궁리했기 때문에 대수장군大樹將軍이란 별호를 얻었다.

71 樂毅 : 전국시대 연燕나라의 장수. 연나라 소왕昭王이 현자를 초빙하는 정책을 펴자, 위나라에서 연나라로 가 상장군上將軍이 되었다.

제왕齊王에 봉하였다. 악의는 황공하여 왕의 자리를 사양하며, 자신을 의심하지 않고 후한 상을 내려준 소왕의 은덕에 감동하여 전력을 다해 충성했다.

서한 말기에 대장군 풍이馮異는 관중關中[72]을 평정하는 등 혁혁한 전공을 세웠는데, 오랜 시간 조정을 멀리 떠나 외지의 전쟁터에서 지내다 보니 마음이 불안했다. 어떤 사람이 풍이의 위세와 권력이 대단해져서 백성들이 그에게로 귀의하여 함양왕咸陽王이라고 부른다고 상주문을 올렸다. 광무제光武帝[73]는 이 상주문을 풍이에게 보여주었다. 풍이가 크게 놀라 자신의 결백을 알리는 상주문을 올리자, 광무제는 그를 불러 다음과 같이 말하였다.

> "나라와 과인에 대한 장군의 충성심은 내 잘 알고 있소. 그 은덕은 부자간의 은덕과도 같은 것인데, 어찌 의심할 수 있겠소? 내가 그리 생각하는데 그대가 걱정할 것이 뭐 있겠소?"

풍이가 외효隗囂[74]를 격파하는 큰 공을 세우자, 여러 장수들이 그 공을 나누어 가지려 하였다. 광무제는 조서를 내려 대사마大司馬 이하의 장군들을 꾸짖고 풍이의 공로는 산과 같다고 칭찬하였다.

요즘 사람들은 모두 악의와 풍이를 역사상 가장 뛰어난 명장이라고 여긴다. 그러나 만약에 소왕과 광무제가 현명하지 못해 그들을 의심했더라면 분명 모함으로 인해 곤궁한 지경에 처해졌을 것이다.

반면 제나라의 전단田單은 제나라를 부흥시켰고, 위魏나라의 신릉군信陵君은 진나라 군대를 대파했으며, 전한 원제元帝 때의 진탕陳湯은 흉노의 선우 질지郅支를 죽여 흉노족을 평정했고, 후한의 노식盧植은 황건적黃巾賊을 토벌했으며, 위魏나라의 등애鄧艾는 촉蜀나라를 평정했다. 또 서진西晉의 왕

72 關中 : 중국 섬서성 중부의 위수渭水 유역에 있는 평야지대.

73 光武帝(B.C.4~57 / 재위 25~57) : 후한의 초대 황제 유수劉秀. 신나라를 세운 전한의 재상 왕망의 군대를 격파하고 즉위해 한나라를 재건하였다. 왕조를 재건, 36년에 전국을 평정하였다. 묘호는 세조世祖이며, 그가 재건한 왕조를 후한 또는 동한東漢이라고 한다.

74 隗囂(?~33) : 농서隴西지역의 명문출신으로, 전한 말기에 군웅들이 할거할 때 평양平襄을 중심으로 세력을 형성하였다. 광무제가 다시 한나라 왕실을 중건하여 후한을 세웠을 때도 그 세를 유지하며, 표면적으로는 광무제의 신하임을 칭하여 귀순을 청하기도 하였다.

준王濬는 오吳를 평정했고, 동진東晉의 사안謝安은 부견符堅을 격퇴했으며, 전연前燕의 모용수慕容垂는 환온桓溫을 대파했고, 사만세史萬歲는 돌궐突厥을 물리쳤으며, 이정李靖은 토욕혼을 소멸시켰고, 곽자의郭子儀와 이광필李光弼은 안사의 난을 평정시켜 당나라 왕실을 부흥시켰으며, 이성李晟은 장안을 다시 수복했다. 이들은 모두 나라와 사직을 위해 큰 공을 세웠으나 모두 모함을 받았으며, 심지어 목숨을 잃기도 했다. 어리석고 용렬한 군주의 책임이니, 당 태종太宗 역시 그 책임을 면할 수 없을 것이다.

앵앵거리는 파리마냥 질투심에 불타 충직한 사람들을 모함하는 이들이 세상에서 가장 무섭다!

15. 「주남」과 「소남」 周南召南

「모시서毛詩序」에 다음과 같은 구절이 있다.

> 「관저關雎」와 「인지麟趾」의 교화敎化는 왕의 덕이 담긴 시가니, 이로 인해 주공周公과 연관이 되는 것이다. 남南은 교화가 북쪽으로부터 남쪽으로 진행된 것을 말하고, 「작소鵲巢」와 「추우騶虞」는 제후의 덕이 담긴 시가로, 선왕은 이로써 교화를 하셨다. 그렇기 때문에 소공召公과 연관된다고 하는 것이다. 「주남周南」과 「소남召南」은 바로 사회를 올바로 다스리는 정도이다.

문장의 뜻을 파악해보면 '주공'과 '소공'의 '공公'은 모두 '남南'으로 봐야지 위아래 문맥의 뜻이 통한다. 이는 착간錯簡[75]으로 보인다. "왕의 덕이 남긴 시가"는 주공과 관련이 없으며, "선왕이 이로써 교화를 한" 것은 소공과 아무런 관계도 없다.

16. 『주역』의 중효 易中爻

『역易·계사繫辭』에 다음과 같은 구절이 있다.

75 錯簡 : 책장 또는 편장의 순서가 잘못된 것.

양효와 음효의 섞임을 보고 덕德을 헤아려, 시비를 판별하는 것은 중효中爻를 살펴보지 않으면 불가능하다.

중효라는 것은 괘의 이효二爻·삼효三爻·사효四爻와 삼효·사효·오효五爻이다.

예를 들면 '곤坤'괘[☷]와 '감坎'괘[☵]를 합치면 '사師'[䷆]괘가 되는데 육오六五 효사에서 "훌륭한 인물을 임명하여 병사를 거느리게 한다"고 하였다. 이는 "장수가 중정中正의 위치에 있으면 길하고 허물이 없으니 왕이 세 번 명을 준다"라는 구이九二 효사에 호응한다. 무릇 이효에서 사효까지 형성하는 괘는 '진震'괘[☳]이다.

'곤'괘[☷]와 '간艮'괘[☶]를 합치면 '겸謙'괘[䷎]가 되는데, 초육初六 효사에서 "큰 강을 건너다"라고 하였다. 초육에서 위로 행하여 즉 육이六二·구삼九三·육사六四를 합하면 '감坎'괘[☵]가 된다.

'귀매歸妹'괘[䷵]의 육오六五 효사에서 "제을帝乙이 딸을 시집보내다"라고 했는데, 아래 구이九二와 조화를 이룬 것이며, 구삼·육사·육오六五 세 효를 합하면 '진震'괘[☳]가 된다.

기타 괘의 중효들 또한 대략 비슷하다.

1. 將帥貪功

以功名爲心, 貪軍旅之寄, 此自將帥習氣, 雖古來賢卿大夫, 未有能知止自斂者也。廉頗旣老, 飯斗米, 肉十斤, 被甲上馬, 以示可用, 致困郭開之口, 終不得召。漢武帝大擊匈奴, 李廣數自請行, 上以爲老, 不許, 良久乃許之, 卒有東道失軍之罪。宣帝時, 先零羌反, 趙充國年七十餘, 上老之, 使丙吉問誰可將, 曰：「亡踰於老臣者矣。」卽馳至金城, 圖上方略, 雖全師制勝, 而禍及其子卬。光武時, 五溪蠻夷畔, 馬援請行, 帝愍其老, 未許。援自請曰：「臣尙能被甲上馬。」帝令試之, 援據鞍顧眄, 以示可用。帝笑曰：「矍鑠哉！是翁也。」遂用爲將, 果有壺頭之厄。李靖爲相, 以足疾就第, 會吐谷渾寇邊, 卽往見房喬曰：「吾雖老, 尙堪一行。」旣平其國, 而有高甑生誣罔之事, 幾於不免。太宗將伐遼, 召入謂曰：「高麗未服, 公亦有意乎？」對曰：「今疾雖衰, 陛下誠不棄, 病且瘳矣。」帝憫其老, 不許。郭子儀年八十餘, 猶爲關內副元帥、朔方河中節度, 不求退身, 竟爲德宗冊罷。此諸公皆人傑也, 猶不免此, 况其下者乎！

2. 漢二帝治盜

漢武帝末年, 盜賊滋起, 大羣至數千人, 小羣以百數。上使使者衣繡衣, 持節虎符, 發兵以興擊, 斬首大部或至萬餘級。於是作「沈命法」, 曰：「羣盜起不發覺, 覺而弗捕滿品者, 二千石以下至小吏主者皆死。」其後小吏畏誅, 雖有盜, 弗敢發, 恐不能得。坐課累府, 府亦使不言。故盜賊寖多, 上下相爲匿, 以避文法焉。光武時, 羣盜處處並起。遣使者下郡國, 聽羣盜自相糾擿, 五人共斬一人者除其罪。吏雖逗留回避故縱者, 皆勿問, 聽以禽討爲效。其牧守令長坐界內有盜賊而不收捕者, 及以畏愞捐城委守者, 皆不以爲負, 但取獲賊多少爲殿最, 唯蔽匿者乃罪之。於是更相追捕, 賊並解散。此二事均爲治盜, 而武帝之嚴, 不若光武之寬, 其効可睹也。

3. 漢唐封禪

漢光武建武三十年, 車駕東巡, 羣臣上言, 卽位三十年, 宜封禪泰山。詔曰：「卽位三十年, 百姓怨氣滿腹, 吾誰欺？ 欺天乎！ 何事汙七十二代之編錄！ 若郡縣遠遣吏上壽, 盛稱虛美, 必髡令屯田。」從此羣臣不敢復言。後二年, 上齋, 夜讀河圖會昌符, 曰「赤劉之九, 會命岱宗」。感此文, 乃詔梁松等案索河雒讖文言九世封禪事者, 遂奏三十六事, 於是求武帝元封故事, 以三月行封禪禮。唐太宗貞觀五年, 羣臣以四夷咸服, 表請封禪。詔不許。六年, 復請。上曰:「卿輩皆以封禪爲帝王盛事, 朕意不然, 若天下乂安, 家給人足, 雖不封禪, 庸何傷乎! 昔秦始皇封禪, 而漢文帝不封禪, 後世豈以文帝之賢不及始皇邪? 且事天掃地而祭, 何必登泰山之顚, 封數尺之土, 然後可以展其誠敬乎!」已而欲從其請, 魏鄭公獨以爲不可, 發六難以爭之, 至以謂崇虛名而受實害, 會河南北大水, 遂寢。十年, 復使房喬裁定其禮, 將以十六年二月, 有事于泰山, 會星孛太微而罷。予謂二帝皆不世出盛德之主, 灼知封禪之非, 形諸詔告, 可謂著明。然不能幾時, 自爲翻覆, 光武惑於讖記, 太宗好大喜名, 以今觀之, 蓋所以累善政耳。

4. 漢封禪記

應劭漢官儀載馬第伯封禪儀記, 正紀建武東封事, 每稱天子爲國家, 其敘山勢陗嶮, 登陟勞困之狀極工, 予喜誦之。其略云:「是朝上山, 騎行, 往往道峻峭, 下騎步, 牽馬, 乍步乍騎且相半。至中觀, 留馬, 仰望天關, 如從谷底仰觀抗峯。其爲高也, 如視浮雲, 其峻也, 石壁窅窱, 如無道徑。遙望其人, 端如行朽兀, 或爲白石, 或雪, 久之, 白者移過樹, 乃知是人也。殊不可上, 四布僵臥石上, 亦賴齎酒脯, 處處有泉水, 復勉强相將行, 到天關, 自以已至也, 問道中人, 言尙十餘里。其道旁山脅, 仰視巖石松樹, 鬱鬱蒼蒼, 若在雲中。俛視谿谷, 碌碌不可見丈尺。直上七里, 賴其羊腸逶迤, 名曰環道, 往往有絙索, 可得而登也。兩從者扶挾, 前人相牽, 後人見前人履底, 前人見後人頂, 如畫。初上此道, 行十餘步一休, 稍疲, 咽脣燋, 五六步一休, 牒牒據頓地, 不避暗溼, 前有燥地, 目視而兩脚不隨。」又云:「封畢, 詔百官以次下, 國家隨後, 道迫小, 步從匍匐邪上, 起近炬火, 止亦駱驛, 步從觸擊大石, 石聲正讙, 但讙石無相應和者。腸不能已, 口不能默。明日, 太醫令問起居, 國家云:『昨上下山, 欲行迫前人, 欲休則後人所蹈, 道峻危險。國家不勞。』」又云:「東山名曰日觀, 鷄一鳴時, 見日始欲出, 長三丈所。秦觀者望見長安, 吳觀者望見會稽, 周觀者望見齊。」凡記文之工悉如此, 而未嘗見稱於昔賢, 秦、吳、周三觀, 亦無曾用之者。今應劭書脫略, 唯劉昭補注東漢志僅有之, 亦非全篇也。

5. 楊虞卿

劉禹錫有寄毗昆陵楊給事詩, 云:「曾主魚書輕刺史, 今朝自請左魚來。靑雲直上無多地, 却要斜飛取勢回。」以其時考之, 蓋楊虞卿也。案, 唐文宗大和七年, 以李德裕爲相, 與之論朋黨事。時給事中楊虞卿、蕭澣, 中書舍人張元夫依附權要, 上干執政, 下撓有司, 上聞而惡之, 於是出虞卿爲常州刺史, 澣爲鄭州刺史, 元夫爲汝州刺史。皆李宗閔客也。它日, 上復言及朋黨, 宗閔曰:「臣素知之, 故虞卿輩, 臣皆不與美官。」德裕曰:「給事中、中書舍人非美官而何！」宗閔失色。然則虞卿之刺毗陵，乃爲朝廷所逐耳，禹錫猶以爲自請，詩人之言，渠可信哉！

6. 屯蒙二卦

屯、蒙二卦，皆二陽而四陰。屯以六二乘初九之剛，蒙以六三乘九二之剛。而屯之爻曰「女子貞不字，十年乃字」，蒙之爻曰「勿用取女，見金夫，不有躬」，其正邪不同如此者。蓋屯二居中得正，不爲初剛所誘，而上從九五，所以爲貞。蒙三不中不正，見九二之陽，悅而下從之，而舍上九之正應，所以勿用。士之守身居世，而擇所從所處，尙監玆哉！

7. 漢誹謗法

漢宣帝詔羣臣議武帝廟樂。夏侯勝曰：「武帝竭民財力，奢泰亡度，天下虛耗，百姓流離，赤地數千里，亡德澤於民，不宜爲立廟樂。」於是丞相、御史劾奏勝非議詔書，毀先帝，不道。遂下獄，繫再更冬，會赦，乃得免。章帝時，孔僖、崔駰遊太學，相與論武帝始爲天子，崇信聖道，及後恣己，忘其前善。爲鄰房生告其誹謗先帝，刺譏當世，下吏受訊，僖以書自訟，乃勿問。元帝時，賈捐之論珠厓事，曰：「武帝籍兵厲馬，攘服夷狄，天下斷獄萬數，寇賊並起，軍旅數發，父戰死於前，子鬪傷於後，女子乘亭障，孤兒號於道，老母寡婦，飮泣巷哭，是皆廓地泰大，征伐不休之故也。」考三人所指武帝之失，捐之言最切。而三帝或罪或否，豈非夏侯非議詔書，僖、駰誹謗，皆漢法所禁，如捐之直指其事，則在所不問乎！

8. 誼向觸諱

賈誼上疏文帝，曰：「生爲明帝，沒爲明神。使顧成之廟，稱爲太宗，上配太祖，與漢亡極。雖有愚幼不肖之嗣，猶得蒙業而安。植遺腹，朝委裘，而天下不亂。」又云：「萬年之後，傳之老母弱子。」此旣於生時談死事，至云「傳之老母」，則是言其當終於太后之前，又目其嗣爲「愚幼不肖」，可謂指斥。而帝不以爲過，誼不以爲疑。劉向上書成帝諫王氏，事曰：「王氏與劉氏，且不並立，陛下爲人子孫，守持宗廟，而令國祚移於外親，降爲皂隸，縱不爲身，奈宗廟何！」又云：「天命所授者博，非獨一姓。」此乃於國存時說亡語，而帝不以爲過，向不隆爲疑，至乞援近宗室，幾於自售，亦不以爲嫌也。兩人皆出於忠精至誠，故盡言觸忌諱而不自覺。文帝以寬待下，聖德固爾，而成帝亦能容之，後世難及也。

9. 小貞大貞

人君居尊位，倒持太阿，政令有所不行，德澤有所不下，身爲寄坐，受人指麾，危亡之形，且立至矣。故易有「屯其膏，小貞，吉；大貞，凶」之戒，謂當以漸而正之。說者多引魯昭公、高貴鄕公爲比。予謂此自係一時國家之隆替、君身之禍福, 蓋有剛決而得志、隱忍而危亡者, 不可一槪論也。漢宣帝之誅霍禹, 和帝之誅竇憲, 威宗之誅梁冀, 魏孝莊之誅爾朱榮, 剛決而得志者也。魯昭公之討季氏, 齊簡公之謀田常, 高貴鄕公之討司馬昭, 晉元帝之征王敦, 唐文宗之謀宦者, 潞王之徙石敬瑭, 漢隱帝之殺郭威, 剛決而失者也。若齊鬱林王知鸞之異志, 欲取之而不能, 漢獻帝知曹操之不臣, 欲圖之而不果, 唐昭宗知朱溫之必篡, 欲殺之而不克, 皆翻以及亡, 雖欲小正之, 豈可得也!

10. 唐詩戲語

士人於棋酒間, 好稱引戲語, 以助譚笑, 大抵皆唐人詩, 後生多不知所從出, 漫識所記憶者於此。「公道世間惟白髮, 貴人頭上不曾饒」, 杜牧送隱者詩也。「因過竹院逢僧話, 又得浮生半日閑」, 李涉詩也。「只恐爲僧僧不了, 爲僧得了盡輸僧」, 「啼得血流無用處, 不如緘口過殘春」, 杜荀鶴詩也。「數聲風笛離亭晩, 君向瀟湘我向秦」, 鄭谷詩也。「今朝有酒今朝醉, 明日愁來明日愁」, 「勸君不用分明語, 語得分明出轉難」, 「自家飛絮猶無定, 爭解垂絲絆路人」, 「明年更有新條在, 撓亂春風卒未休」, 「采得百花成蜜後, 不知辛苦爲誰甜」, 羅隱詩也。高騈在西川, 築城禦蠻, 朝廷疑之, 徙鎭荊南, 作風箏詩以見意, 曰: 「昨夜箏聲響碧空, 宮商信任往來風。依稀似曲才堪聽, 又被吹將別調中。」 今人亦好引此句也。

11. 何進高叡

東漢末, 何進將誅宦官, 白皇太后悉罷中常侍、小黃門, 使還里舍。張讓子婦, 太后之妹也。讓向子婦叩頭, 曰:「老臣得罪, 當與新婦俱歸私門, 唯受恩累世, 今當遠離宮殿, 願復一入直, 得暫奉望太后顏色, 死不恨矣。」子婦爲言之, 乃詔諸常侍皆復入直。不數日, 進乃爲讓所殺, 董卓隨以兵至, 讓等雖死, 漢室亦亡。北齊和士開在武成帝世, 姦蠹敗國。及後主嗣立, 宰相高叡與婁定遠白胡太后, 出士開爲兗州刺史。后欲留士開過百日, 叡守之以死, 苦言之。士開載美女珠簾賂定遠, 曰:「蒙王力, 用爲方伯, 今當遠出, 願得一辭覲二宮。」定遠許之, 士開由是得見太后及帝, 進說曰:「臣出之後, 必有大變, 今已得入, 復何所慮。」於是出定遠爲青州而殺叡。後二年, 士開雖死, 齊室亦亡。嗚呼, 姦佞之難去久矣! 何進、高叡不惜隕身破家, 爲漢、齊社稷計, 而張讓、士開以談笑一言, 變如反掌, 忠良受禍, 宗廟爲墟。乃知背脅瘭疽, 決之不可不速; 虎狼在穽, 養之則自貽害。可不戒哉!

12. 南鄕掾史

金石刻有晉南鄕太守司馬整碑, 其陰刻掾史以下姓名, 合三百五十一。議曹祭酒十一人, 掾二十九人, 諸曹掾、史、書佐、循行、幹百三十一人, 從掾位者九十六人, 從史位者三十一人, 部曲督將三十六人, 其冗如此。以晉史考之, 南鄕本南陽西界, 魏武平荊州, 始分爲郡。至晉泰始中, 所管八縣, 才二萬戶耳, 而掾史若是之多！掾史旣然, 吏士又可知矣。民力安得不困哉！整乃宗室安平王孚之孫也。

13. 漢景帝忍殺

漢景帝恭儉愛民, 上繼文帝, 故亦稱爲賢君。考其天資, 則刻戾忍殺之人耳。自在東宮時, 因博戲殺吳太子, 以起老濞之怨。卽位之後, 不思罪己, 一旦於三郡中而削其二, 以速兵端。正信用鼂錯, 付以國事, 及爰盎之說行, 但請斬錯而已, 帝令有司劾錯以大逆, 遂父母妻子同産皆棄市。七國之役, 下詔以深入多殺爲功, 比三百石以上皆殺, 無有所置, 敢有議詔及不如詔者, 皆要斬。周亞夫以功爲丞相, 坐爭封匈奴降將事病免, 心惡之, 賜食不置箸, 叱之使起, 昧於敬禮大臣之義, 卒以非罪置之死, 悲哉！ 光武遣馮異征赤眉, 敕之曰：「征伐非必略地屠城, 要在平定安集之耳。諸將非不健鬬, 然好虜掠。卿本能御吏士, 念自修敕, 無爲郡縣所苦。」光武此言, 視景帝詔書, 爲不侔矣。

14. 燕昭漢光武之明

樂毅爲燕破齊, 或讒之昭王曰：「齊不下者兩城耳, 非其力不能拔, 欲久仗兵威以服齊人, 南面而王耳。」昭王斬言者, 遣使立毅爲齊王。毅惶恐不受, 以死自誓。馮異定關中, 自以久在外, 不自安。人有章言異威權至重, 百姓歸心, 號爲「咸陽王」, 光武以章示異。異上書謝, 詔報曰：「將軍之於國家, 恩猶父子, 何嫌何疑, 而有懼意？」及異破隗囂, 諸將欲分其功, 璽書誚大司馬以下, 稱異功若丘山。今人咸知毅、異之爲名將, 然非二君之明, 必困讒口矣。田單復齊國, 信陵君敗秦兵, 陳湯誅郅支, 盧植破黃巾, 鄧艾平蜀, 王濬平吳, 謝安却苻堅, 慕容垂挫桓溫, 史萬歲破突厥, 李靖滅吐谷渾, 郭子儀、李光弼中興唐室, 李晟復京師, 皆有大功於社稷, 率爲譖人所基, 或至殺身。區區庸主不足責, 唐太宗亦未能免。營營靑蠅, 亦可畏哉！

15. 周南召南

毛詩序曰：「關雎、麟趾之化, 王者之風, 故繫之周公；南, 言化自北而南也。鵲巢、騶虞之德, 諸侯之風也, 先王之所以教, 故繫之召公。周南、召南, 正始之道。」據文義, 「周公」、「召公」二「公」字, 皆合爲「南」字, 則與上下文相應, 蓋簡策誤耳。「王者之風」, 恐不當繫之周公, 而「先王之所以教」, 又與召公自不相涉也。

16. 易中爻

易繫辭云：「雜物撰德, 辨是與非, 則非其中爻不備。」中爻者, 謂二三四及三四五也。如坤坎爲師, 而六五之爻曰「長子帥師」, 以正應九二而言, 蓋指二至四爲震也。坤艮爲謙, 而初六之爻曰「用涉大川」, 蓋自是而上, 則六二、九三、六四爲坎也。歸妹之六五曰「帝乙歸妹」, 以下配九二而言, 蓋指震也。而泰之六五亦曰「帝乙歸妹」, 固亦下配九二, 而九三、六四、六五, 蓋震體云。它皆類此。

••• 용재수필 권12(18칙)

1. 큰 내를 건너는 이로움 利涉大川

『역易』의 괘사卦辭[1]를 보면 "큰 내를 건너면 이롭다[利涉大川]"는 구절은 일곱 번 나오고,[2] "큰 내를 건너는 것은 이롭지 않다[不利涉]"라는 구절은 한 번 나온다.[3] 효사爻辭에서 "건너는 것이 이롭다[利涉]"는 구절은 두 번,[4] "건너다[用涉]"[5]는 구절과 "건널 수 없다[不可涉]"[6]는 구절은 각각 한 번씩 나온다.

'수需'괘[☵☰]와 '송訟'괘[☰☵]·'미제未濟'[☲☵]괘의 괘사와 효사는 '감坎'괘[☵]에 대해 말한 것이고, '익益'괘[☴☳]와 '중부中孚'괘[☴☱]의 괘사는 '손巽'괘[☴]에 대해 말한 것이다. '환渙'괘[☴☵]의 괘사는 '감'괘[☵]와 '손'괘[☴]에

1 卦辭 : 『역』의 각 괘卦 아래에 괘의 형상과 의미, 점자占者의 도리 등을 구체적으로 서술한 것이다. 괘사는 괘에 대한 전반적인 해석인데, 위 구절은 천지자연의 이치를 말하고, 아래 구절은 위 구절에 제시된 명제의 내용을 인간이 어떻게 본받아야 하는가의 가치문제를 말하고 있다.

2 需 [☵☰] : 需, 有孚, 光亨, 貞吉, 利涉大川.
益 [☴☳] : 益, 利有攸往. 利涉大川.
中孚 [☴☱] : 中孚, 豚魚吉, 利涉大川.
渙 [☴☵] : 渙, 亨, 王假有廟. 利涉大川, 利貞.
蠱 [☶☴] : 蠱, 元亨, 利涉大川.
同人 [☰☲] : 同人於野, 亨, 利涉大川, 利君子貞.
大畜 [☶☰] : 大畜, 利貞. 不家食吉. 利涉大川.

3 訟 [☰☵] : 訟, 有孚窒惕, 中吉, 終凶, 利見大人, 不利涉大川.

4 未濟 [☲☵] : 六三, 未濟, 征凶, 利涉大川.
頤 [☶☳] : 上九, 由頤, 厲吉, 利涉大川.

5 謙 [☷☶] : 初六, 謙謙君子, 用涉大川, 吉.

6 頤 [☶☳] : 六五, 拂經, 居貞吉, 不可涉大川.

대해 말한 것이다.

무릇 '감'괘의 의미는 물[水]로 큰 강에서 의미를 취하였고, '손'괘는 나무[木]로, 나무는 배로 만들어 강을 건널 수 있다. 그렇기 때문에 '익'괘의 괘사에서 "나무의 도가 행해진다[木道乃行]"고 하였고, '중부'괘의 괘사에서 "나무배에 올라탔는데 배가 비었다[乘木舟虛]"고 했고, '환'괘의 괘사에서는 "나무배에 올라타니 공이 있음이다[乘木有功]"라고 한 것이다. 또 배와 노의 이로움은 실제로 '환'괘에서 취한 것이고, '환'괘는 바로 '손'괘와 '감'괘가 결합된 것이다.

'겸謙'괘[䷎]와 '고蠱'괘[䷑]의 중효中爻에는 '감'괘[☵]가 있고, '동인同人'괘[䷌]와 '대축大畜'괘[䷙]의 중효에는 '손'괘[☴]가 있다. '이頤'괘[䷚]의 양효를 음효로 바꾸고 음효를 양효로 바꾸면 '대과大過'괘[䷛]가 되는데, '대과'괘에는 '손'괘[☴]가 있다. '대과'괘의 구오九五효는 '손'괘에서 멀리 떨어져있기 때문에 "건널 수 없다[不可涉]"고 말한 것이다. '대과大過'괘의 상괘에서 음효와 양효의 위치를 바꿔주면 '손'괘와 같은 형태가 되기 때문에 "건너는 것이 이롭다[利涉]"고 말한 것이다.

2. 광무제가 풍연을 버리다 光武棄馮衍

한나라 왕실의 중흥은 모두 후한後漢의 광무제光武帝[7]의 공로였다. 그러나 경시제更始帝[8]가 천자에 즉위했을 때 광무제는 작위를 받고 경시제의 신하가 되었다. 광무제가 왕랑王郎과 하북河北을 평정하자 경시제는 군대를 철수시킬 것을 명령하였는데, 광무제는 명령을 거부했다. 바로 이 때부터 두 사람의

7 光武帝(B.C.4~57 / 재위 25~57) : 후한의 초대 황제 유수劉秀. 신나라를 세운 전한의 재상 왕망의 군대를 격파하고 즉위해 한나라를 재건하였다. 왕조를 재건, 36년에 전국을 평정하였다. 묘호는 세조世祖이며, 그가 재건한 왕조를 후한 또는 동한東漢(25~220)이라고 한다.

8 更始帝(?~25 / 재위 23~25) : 전한과 후한 사이의 시기에 녹림군綠林軍이 건립한 경시정권更始政權의 황제. 본명은 유현劉玄, 전한의 황족 출신으로 경제의 후손이며, 부친인 유자장劉子張은 광무제 유수의 족형族兄이다.

관계는 금이 가기 시작했다.

경시제가 적미군赤眉軍에 포위되었을 때, 광무제는 경시제의 장군인 사궁謝躬과 묘증苗曾을 살해하여 낙양洛陽을 빼앗고 하동河東을 함락시켰고, 이로 인해 경시제는 속병을 앓게 되었다. 후세사람들은 성패로 사람을 논하였기에 광무제의 배반에 대해 다시는 거론하지 않았다.

광무제는 경시제가 황제로서의 자질이 부족하여 대업을 이루지 못할 것으로 여겼기 때문에, 무력으로 정권을 탈취해 문교文教로 천하를 다스렸다. 이는 오히려 변명거리가 되었다.

광무제가 무력으로 정권을 탈취할 때 포영鮑永과 풍연馮衍은 병주並州를 굳건히 지키면서 항복하지 않다가, 경시제가 이미 사망했다는 소식을 듣고서야 군대를 이끌고 광무제에게 투항하였다. 그리고 이렇게 말하였다.

> "내 병사들을 이끌고 여기에 와서 이렇게 부귀를 구하는 것이 정말이지 부끄럽소이다."

그들의 충성심과 지조·위풍당당함은 칭송받을 만했지만, 광무제는 그들을 중용하지 않았을 뿐만 아니라 이 말을 듣고 상당히 불쾌해했다. 그래서 후에 포영이 군공을 세우자 그를 중용하기는 했지만, 풍연은 죽을 때까지 배척했다. 후한의 대신들 중 누구 하나 풍연을 위해 말하지 않았으니 정말이지 탄식만 절로 나온다.

3. 홍공, 석현과 소망지 恭顯議蕭望之

홍공弘恭과 석현石顯[9]은 병이 든 원제元帝를 대신해 정사를 돌보며 권력을 독단적으로 휘두르자, 소망지蕭望之[10]가 이들의 전횡에 대해 간언하였다.

9 弘恭, 石顯 : 전한의 원제元帝 때 총애를 받던 환관으로 참소하여 대신을 해치고 정권을 장악하였다. 이후 공현恭顯으로 합칭하여 권세 부리는 환관의 뜻으로 사용했다.

10 蕭望之(B.C.106～B.C.47) : 전한의 학자·관리. 곡물 납입에 의한 속죄제贖罪制에 반대하는

이를 안 홍공과 석현은 소망지를 모함하며 그를 벌할 것을 상주하였다. 원제는 소망지가 옥사獄事를 수긍하지 못할 것을 알았지만, 결국 홍공과 석현의 상주를 받아들였다. 소망지는 결국 자살로써 자신의 결백을 증명하였다. 원제는 석현 등을 불러 소망지에 대한 상주를 문책하고 모두 관직을 박탈하는 것으로 이 일을 마무리했다.

성제成帝[11]는 외척으로 제후에 봉해진 다섯 왕씨들의 분수를 뛰어넘는 사치와 전횡으로 심기가 매우 불편했다. 성제가 하루는 외척들의 전횡을 전해 듣고 버럭 화를 내며 상서尙書에게 박소薄昭[12]를 주살誅殺한 일을 자세히 아뢰도록 하였다. 그러나 이는 그들을 겁주기 위해 내린 명령이었을 뿐, 실제로 죽일 생각은 전혀 없었다.

후한의 두헌竇憲은 장제章帝[13]의 황후가 된 누이동생을 믿고 공주公主의 원림園林을 빼앗았다. 장제는 그를 호되게 질책하며 그를 한 마리 작은 새 새끼와 썩은 쥐[14]에 비유하였지만, 그의 죄를 법으로 판결하려는 생각은 없었다.

등 도덕주의적 입장에 서서 홍공·석현 등 환관의 전횡을 막아 제도를 개혁하려 했으나 반대로 모함에 빠져 벌을 받게 되자 자살하였다.

11 成帝(B.C.52~B.C.7 / 재위 B.C.32~B.C.7) : 전한 제11대 황제. B.C. 14년 농민과 형도 등의 반란이 일어나, 황제지배의 체제는 무너지기 시작하여 궐내에서도 왕王·허許·조趙의 외척이 권력을 잡았다. 특히 어머니인 왕황후王皇后의 지지로 왕씨들은 고관 자리를 독점하였고 왕망의 출현을 초래했다.

12 薄昭(?~B.C.170) : 한 고조高祖의 후궁인 박희薄姬의 동생이며, 문제文帝의 외삼촌. 문제 때 지후軹侯에 책봉되었지만 황제의 사신을 살해하는 등 방자하게 굴어 국법에 의해 사형에 처하지 않을 수가 없었다. 문제는 하나밖에 없는 외삼촌을 사형에 처할 수가 없어 자결하도록 유도하였으나 자결하지 않자 상복을 입은 대신들을 박후의 집에 파견하여 조문하며 곡을 하도록 하였고, 결국 박후는 자결하였다.

13 章帝(57~88 / 재위 75~88) : 후한의 제3대 황제. 이름 유달劉炟. 선대 명제明帝와 함께 후한의 황금시기를 열었다는 평가를 받는다. 세금을 감면하고 유교를 진흥시킴과 아울러 정부 지출을 줄임으로써 문화를 발달시키고, 반초班超를 파견하여 중앙아시아에 대한 정복을 계속 확대했다. 그러나 환관과 지방 호족들을 제대로 다스리지 못해 그가 죽은 후 후한은 환관과 지방 호족의 득세로 혼란스러워졌다.

14 孤雛腐鼠 : 한 마리 작은 새 새끼와 썩은 쥐로 하찮은 것·보잘 것 없는 사람을 비유하여 말하기도 하고, 혹은 이제까지 중용하던 사람을 쉽게 버리는 것을 비유하기도 한다.

이 세 왕들은 실정으로 인해 많은 사관들의 비판을 받아왔었다. 사마광司馬光은 원제가 홍공과 석현이 소망지를 모함한 것이 명확하며 그 스스로도 이 사안에 대해 의문을 품었음에도 그들을 추궁하지 않았다며, 이는 원제가 쉽게 속임수에 넘어가고 잘못을 깨닫기는 어려운 성격이기 때문이라고 했다. 나는 태사太師와 대신들의 등용과 파면·유죄·무죄 등은 군왕의 마음속에서 판결을 내려야 할 사안이며, 환관들과 의논을 할 만한 사안이 아니라고 생각한다. 그리고 소망지는 자살 전에 이미 정위廷尉[15]의 심문을 받았는데, 그에게 치욕을 감내하고 수치를 참으며 옥사를 받아들이라고 했다고 해서, 그것이 홍공과 석현의 상주가 옳다는 것을 증명하는 것은 결코 아니다. 소망지가 결백을 증명하기 위해 자살을 했어야 했는지, 아니면 옥사를 받아들이고 후일을 도모해야 했는지는 논의할 필요가 없다.

성제는 정사를 외척에게 맡겨놓아 한나라의 멸망을 초래했으며, 장제는 결단을 내리지 못하는 유약함으로 후한의 쇠락을 초래했다. 이 두 황제의 태도는 비난할 가치조차 없다.

4. 조조과 장탕 晁錯張湯

조조晁錯[16]가 내사內史[17]가 되자, 황제는 그의 건의를 모두 받아들여 그에 대한 황제의 총애는 구경九卿을 능가하였다. 황제의 총애를 독차지 하던 그가 어사대부御史大夫[18]가 되자 그의 영향력은 승상丞相을 초월했다.

15 廷尉 : 형옥刑獄을 관장하고 사법을 주관하는 최고 장관.

16 晁錯(B.C.200~B.C.154) : 서한 문제와 경제景帝 때의 정치가. 법가의 사상에 입각한 정치가로서 지낭智囊으로 불릴 정도로 지혜가 있었다. 문제 때에는 흉노에 대한 정책으로 둔전책屯田策을 상주하였고, 그 재정적 뒷받침으로 곡물 납입자에게는 벼슬을 주는 매작령賣爵令을 주장하여 채용되었다. 또, 제후에 대한 정책으로는 영지를 삭감하는 삭번削藩을 제안하였는데 경제에 의하여 채용되었다. 그러나 그로 인하여 오초칠국吳楚七國의 반란이 일어났으며, 그의 정적 원앙등이 내세운 반란을 일으킨 제왕諸王에 대한 회유책으로 인해 장안에서 참형되었다.

17 內史 : 진한秦漢 시대, 국가 재정과 제경帝京을 다스리는 일을 담당하던 벼슬.

장탕張湯[19]은 어사대부가 되어 매번 조회에서 공사公事를 황제께 아뢰며, 날이 저물 때 까지 정사政事를 논의하기도 하였는데, 승상은 그저 자리만 지키고 있었을 뿐 천하의 일들은 모두 장탕에 의해 결정되었다.

소망지는 어사대부가 되어, 승상을 무시하며 승상을 만나도 예를 행하지 않았었다.

조조와 장탕·소망지 이 세 사람의 어질고 착함은 차이가 있겠지만 어사대부가 된 그들의 행동은 적절하지 못했다. 그들은 모두 불행하게 죽어갔는데, 그러한 죽음이 모두 그들의 그릇된 행동으로 인한 것은 아닐까?

5. 『시경』과 『상서』 중 전해지지 않는 시와 글 逸詩書

『상서尙書』와 『시경』에 전해지지 않는 시와 글들 중 몇 몇 편은 제목이 남아있기는 하지만, 그 내용은 이미 사라져 그 의미를 고증할 수 없다. 『상서』를 주석한 공안국孔安國[20]과 『좌전左傳』을 주석한 두예杜預[21]는 전해져 내려오지 않은 시와 글에 대해서도 해석을 하고자 하였다.

예를 들면 공안국은 『상서』에 제목만 남아있는 「율작汨作」에 "백성을 다스린 공을 말한 것이다"라고 주를 달았고, 『상서』 「탕고湯誥」의 "구단咎單이

18 御史大夫 : 삼공三公의 하나로 승상丞相의 다음 서열. 감찰과 법률의 집행을 관장하는 동시에 중요한 전적의 관리를 겸하였다.

19 張湯(?~B.C.115) : 서한 두릉杜陵(지금의 섬서성 서안 동남쪽) 사람. 법령을 가혹하게 적용한 혹리酷吏로 널리 알려졌다. 진황후陳皇后·회남왕淮南王·형산왕衡山王의 모반을 치죄하여 무제의 인정을 받았다. 무제의 묵인과 신임으로 거상과 토호의 세력을 약화시키는 각종 조치를 추진하여, 승상보다 더 권세가 높아지자, 어사중승 이문李文과 승상 장사 주매신朱買臣의 모함으로 자살을 강요당했다.

20 孔安國 : 공자의 11대손으로 전한 무제 때의 학자. 『상서』 고문학의 시조이다. 공자의 옛 집을 헐었을 때 나온 과두문자蝌蚪文字로 된 『고문상서古文尙書』와 『예기』·『논어』·『효경』을 금문今文과 대조하여 고증·해독해서 주석을 붙였다. 이것에서 고문학古文學이 비롯되었다고 한다.

21 杜預(222~284) : 육조 진晉나라 학자이자 정치가. 자 원개元凱. 저서 『춘추좌씨경전집해春秋左氏經傳集解』는 종래 별개의 책으로 되었던 『춘추』의 경문經文과 『좌씨전』을 한 권의 책으로 정리하여, 춘추학으로서의 좌씨학을 집대성하였다.

『명거明居』를 지었다"라는 구절에 "구단은 토지를 관장하던 관리로, 『명거』를 지었는데 그 내용은 민법民法에 관한 것이다"라고 주를 달았다. 또 『좌전』의 "공경사대부의 자제들이 「비지유의轡之柔矣」라는 시를 읊조렸다"라는 구절에 두예는 "이 의미는 자유롭고 관대한 정치로 제후들을 안정시키는 것은 부드러운 고삐로 난폭한 준마를 모는 것처럼 해야 한다는 것이다"라고 주석을 달았다. 공안국과 두예가 일실된 시와 글에 단 주석이 모두 이와 같았다.

내가 최근 복주福州[22]에서 교수教授로 있을 때 임지기林之奇[23]가 상서학尙書學을 가르쳤었다. 그는 "순 임금이 세상을 다스렸다"라는 구절을 설명하며 다음과 같이 말하였다.

> "아는 것은 곧 아는 것이기에 「요전堯典」과 「순전舜典」은 그 내용을 설명할 수 있었고, 모르는 것은 모르는 것이기에 「구공九共」과 「고어槁飫」는 설명하지 않고 생략한 것입니다."

이러한 관점은 칭송받기에 마땅할 정도로 아주 뛰어나다. 임지기의 『서해書解』가 세상에 유행했으나, 이 구절이 기록되어 있지 않아서 내가 특별히 알리고자 이 글을 썼다.

6. 형벌과 관련된 괘 刑罰四卦

『주역周易』 64괘의 대상大象[24] 중에 형벌과 관련된 것으로 다음과 같은 네 가지가 있다.

---

22 福州 : 지금의 복건성福建省 성도省都로 복건성 중동부 해안 가까이에 위치하고 있다.

23 林之奇(1112~1176) : 남송 때의 유학자. 자 소영少穎, 호 졸재拙齋. 복주 후관侯官 출신으로, 주요 저서로는 『춘추주례설春秋周禮說』, 『논맹양자강의論孟揚子講義』, 『도산기문道山記聞』 등이 있다.

24 大象 : 『주역』의 상象을 풀이한 말. 64괘의 매 괘 아래에 그 괘의 총상總象을 설명한 상사象辭인데 십익十翼 중의 제삼익第三翼으로 괘의 총상이므로 대상이라고 한다. 이와 달리 매 효사爻辭 아래에 있는 상사를 소상小象이라 한다.

서합噬嗑괘[䷔]
- 선왕은 이로써 형벌을 밝혀 법을 잘 시행한다.
풍豐괘[䷶]
- 군자는 이로써 옥사獄事를 판결하여 형벌을 가한다.
비賁괘[䷕]
- 군자는 이로써 여러 정사들을 명확히 하되 함부로 옥사를 판결해서는 안 된다.
여旅괘[䷷]
- 군자는 이로써 명확하고 신중하게 형벌을 사용하며 옥에 오랫동안 머무르게 하지 않는다.

서합괘와 여괘의 상괘와 풍괘와 비괘의 하괘는 이離[☲]괘로, '이離'는 '명확하다明'는 의미이다. 성인은 형벌과 옥사獄事는 사람의 생명과 밀접한 관련이 있다는 것을 알았기에, 괘사를 안배하고 의미를 새김에 반드시 명확하게 해야 함을 말한 것이다. 그러나 후대의 군왕들은 형벌과 옥사의 처리 업무를 보잘 것 없는 관리들에게 맡겼으니 이는 무슨 까닭인가?

7. 손괘는 물고기를 말한 것이다 巽爲魚

『주역』에서 물고기를 말하고 있는 것은 모두 손巽괘[☴]이다. 구姤괘[䷫]는 하괘가 손괘이고 상괘가 건괘[☰]이기 때문에, 구이九二 효사에는 물고기가 있고[25] 구사九四 효사에는 물고기가 없다.[26] 정井괘[䷯]의 하괘가 손괘이기 때문에, 구이 효사에 물고기를 잡는다[27]는 말이 나온다. 중부中孚[䷼]의 상괘는 손괘이기 때문에, 곧은 믿음이 돼지와 물고기에까지 이른다[28]는 괘사가 나온다.

박剝괘[䷖]는 다섯 개의 음효와 한 개의 양효로 이루어져 있다.

모두 양효로 이루어진 건괘[䷀]의 가장 아래 효를 음효로 바꾼다고

---

25 包有魚, 無咎, 不利賓.
26 包無魚, 起凶.
27 井穀, 射鮒, 甕敝漏.
28 中孚, 豚魚吉. 利涉大川. 利貞.

하면 구괘[䷫]가 되고, 아래 세 효는 손괘[☴]의 형태가 된다. 건괘의 아래 두 효가 음효로 바뀌면 둔遯괘[䷠]가 되는데, 둔괘의 육이六二·구삼九三·구사는 손괘가 된다. 세 개의 음효가 있으면 비否괘[䷋]인데, 즉 육삼六三과 구사·구오九五가 손괘가 된다. 네 개의 음효가 있으면 관觀괘[䷓]인데, 상괘가 즉 손괘가 된다. 다섯 개의 음효가 있으면 박괘가 되고, 비로소 손괘의 형상이 없어진다. 그렇기 때문에 박괘의 육오六五 효사에서 '고기를 꿰다[貫魚]'라고 한 것이다. 이는 아래 네 개의 효가 모두 손괘에서 나와 마치 물고기 머리를 나란히 꿰어 놓은 것 같다는 의미이다. 이에 대해 혹자는 다음과 같이 말한다.

> 「설괘전說卦傳」에서 손괘의 의미가 물고기라고 말하지 않았는데, 지금 그 의미가 물고기라는 것을 어떻게 알 수 있는가?

이에 대해 답한다.

> 근거를 바탕으로 유추해보면 알 수 있다. 「설괘전」에서 언급된 것은 많지 않다. 예를 들면 '장자長子'·'장녀長女'·'중녀中女'·'소녀少女'등은 진震괘와 손괘·이괘·태兌괘에 나오지만, 감坎괘와 간艮괘 등등에서는 '위중남爲中男'이나 '위소남爲少男' 같은 말들이 언급되지 않는다. 이것은 다른 것을 유추할 수 있는 근거가 된다.

8. 삼성의 장관 三省長官

중서령中書令과 상서령尙書令는 서한 때 소부少府[29]의 관리로, 태관령太官令·탕관령湯官令·상림령上林令 등과 품계가 비슷했다. 시중侍中[30]은 관직만 승급한 것으로, 동한 때에도 소부에 속했으나 중서령과 상서령에 비해 품계가 조금 더 높았다. 상서령의 봉록은 천석으로 동인銅印[31]과 묵수墨綬[32]를 받았다.

29 少府 : 전국시기에 설치된 관직명으로 구경九卿중의 하나. 진나라와 한나라 때까지 유지되었으며, 산해지택山海地澤의 수입과 황실에서 행해지던 수공업을 관장한 황제의 직속부서이다.
30 侍中 : 진한秦漢 시기 황제의 지시를 직접 받는 관료를 이르던 말로, 위진魏晉 시기 이후 점점 지위가 높아져, 사실상 재상을 지칭하게 되었다.

상서령이 요직이기는 했지만 공경公卿과 비교해 지위의 차이가 컸고, 심지어 퇴직 후 지방 현령縣令으로 임명되는 경우도 있었다. 그러나 위진魏晉이래 상서령의 지위는 점차 더욱 중시되었다. 당나라 초에는 삼성三省 장관 중 하나가 되어 재상과 지위와 같아졌고, 품계도 삼품三品이 되었다. 대종代宗 대력大曆[33] 연간에는 품계가 더 올라가 정이품正二品이 되었다.

송나라에 와서 상서령의 지위는 더욱 존귀해져 태사太師보다 높아졌으나, 친왕親王 및 사상使相[34]의 겸관兼官이 되어 단독으로 제수되지 않았다. 현재 재상의 지위에 있으면서 시중의 관호도 겸하고 있는 이는 모두 다섯 명으로, 노공魯公 범질范質[35]과 한왕韓王 조보趙普·진공晉公 정위丁謂·위공魏公 풍증馮拯·위왕魏王 한기韓琦[36]이다. 상서령의 지위가 더욱 존귀한 이유는 바로 종실의 왕들 이외에는 그 지위를 제수하지 않기 때문이다. 한왕 조보와 위왕 한기가 처음으로 상서령에 제수되었는데, 이 때 한기의 관직은 사도司徒에 불과했다. 그러나 황제는 상서령을 제수하면서 그 이후로 관호를 더 이상 첨가하지 말라는 명령을 내렸는데, 이는 상서령의 칭호에 삼사三師의 관호를 덧붙이지 않으려고 한 것이다.

송나라 휘종 정화政和 원년(1111)에 채경蔡京은 시중과 중서령의 직위를 좌보左輔·우필右弼로 고치고 상서령의 관직을 두지 않았는데, 이는 송나라 태종이 상서령이라는 관직을 임명하지 않았다고 여긴데서 비롯된 것이다.

31 銅印 : 구리로 만든 관인官印.

32 墨綬 : 도장을 연결하는 검정색 끈으로 한나라 때 연봉 600백석 이상의 관원에게 주었던 것이며, 관직과 직권을 상징한다.

33 大曆 : 당나라 대종 시기 연호(766~779).

34 使相 : 당나라와 송나라 때 장군과 재상 지위를 겸임하던 관직.

35 范質(911~964) : 오대五代의 후주後周와 북송 초의 재상. 자 문소文素. 오대의 후량後梁 건화乾化 원년元年에 태어나 후당後唐 때 진사 급제하여 관리가 되었다. 후당과 후진後晉·후한後漢·후주·북송 등 다섯 왕조에서 관리가 되었고, 후주와 북송에서는 재상의 자리에 까지 올랐으며, 시문詩文에도 뛰어났다고 한다.

36 韓琦(1008~1075) : 중국 북송의 정치가. 사천四川의 굶주린 백성 190만 명을 구제하고, 서하西夏의 침입을 격퇴하여 변경방비에도 역량을 과시함으로써, 30살에 이미 명성을 떨쳐 추밀부사가 되었다. 이후 재상에 올랐으나 왕안석과 정면 대립함으로써 관직에서 물러났다.

그러나 상서령이라는 관직을 임명하지 않았던 것은 송나라 태종이 아니라 당나라 태종이었다. 그렇기 때문에 곽자의郭子儀[37]는 상서령에 임명될 수 없었다. 곽자의와 관련된 일은 송나라에서 발생된 사건이 아니다.

9. 왕규와 이정 王珪李靖

두보는 「송중표질왕평사送重表侄王評事」[38]에서 다음과 같이 노래했다.

내 증고모는	我之曾老姑,
그대의 고조모	爾之高祖母.
그대의 조부께서 출세하기 전에	爾祖未顯時,
시집 가 상서령 부인 되셨지.	歸爲尙書婦.
수나라 말기	隋朝大業末,
방현령房玄齡[39] 두여회杜如晦[40]와 사귀며	房杜俱交友.
부자의 문하에 있었지만,	長者來在門,
흉년에는 겨우겨우 입에 풀칠이나 할 수 있었지.	荒年自糊口.
집안이 가난하여 제공되는 것 아무 것도 없었고	家貧無供給,
식객으로 빗자루 질 하는 잡일이지만	客位但箕帚.
일순간에 진귀한 음식 진상되는 높은 자리에 올랐지	俄頃羞頗珍,
고요하니 사람들 흩어진 후에.	寂寥人散後.
……	
임금께서 천하가 혼란스럽다고 말하시니	上云天下亂,

37 郭子儀(697~781) : 당나라 중기의 무장武將. 현종玄宗·숙종肅宗·대종代宗·덕종德宗의 4대에 걸쳐 관직을 지냈으며, 안사安史의 난을 진압한 것으로 가장 유명하다. 외족의 침입으로부터 중국 서부지방을 방어하는 일에 전념하여, 토번의 침입을 물리치고 수도 장안을 수복하였다. 이에 대한 감사의 표시로 태종은 그에게 작위를 내리고 공주를 그의 막내아들에게 시집보냈다. 사후에 민간신앙에서 신으로 숭배되어, 복성福星 또는 재신財神으로 숭배되었다.

38 『전당시全唐詩』 권223에는 「송중표질왕례평사남해送重表侄王砅評事使南海」라는 제목으로 수록되어 있다.

39 房玄齡(578~649) : 당나라 개국 재상. 방교房喬. 자 현령玄齡, 일설에는 이름 현령, 자 교송喬松이라고도 한다. 제주齊州 임치臨淄(지금의 산동성 치박淄博) 사람.

40 杜如晦(585~630) : 당나라 초기 명재상. 자 극명克明, 경조京兆 두릉杜陵(지금의 섬서성 서안 남쪽) 사람. 명재상의 표본으로 방현령과 더불어 방모두단房謀杜斷(방현령의 지모와 두여회의 결단)이라고 일컬어진다.

마땅히 뛰어난 이들과 도탑게 지냈고	宜與英俊厚.
여러 공들과 때를 살펴	向竊窺數公,
천하 다스리는 것 역시 함께 했었네.	經綸亦俱有.
가장 나이 어린 이 누군가 물으니	次問最少年,
열여덟, 아홉 된 규염객이라 하네.	虯髯十八九.
그대들의 큰 명성 이룸은	子等成大名,
모두 그 사람에게 달려있었지.	皆因此人手.
아랫사람들 모두 풍운지회風雲之會[41]라 입을 모으니	下云風雲合,
용과 호랑이가 일시에 포효하는구나.	龍虎一吟吼.
대장부의 웅지 펼치고자 원했기에	願展丈夫雄,
가족들에게 작별인사 남겼네.	得辭兒女醜.
태종이 진왕으로 있을 때	秦王時在坐,
참된 기운 진왕 휘하의 사람들을 놀라게 했었지.	眞氣驚戶牖.
정관연간 초에 이르러	及乎貞觀初,
상서령 되어 정승의 자리에 올라	尚書踐台斗.
부인은 항상 가마타고 다녔고	夫人常肩輿,
황제께서는 만수무강을 당부했다네.	上殿稱萬壽.
……	
지존께서 수숙嫂叔의 예로 대하셨으니,[42]	至尊均嫂叔,
훌륭한 성과 영원히 전해지리라.	盛事垂不朽.

이 시를 읽어보면 이 시에서 말하는 인물은 당 태종 때의 재상이었던 왕규王珪[43]로 생각되어진다. 그는 예부상서에 제수되기도 했었는데, 이 시의

41 風雲之會 : 구름과 용이 만나고, 바람과 범이 만나듯이 밝은 임금과 어진 재상이 서로 만남을 이르는 말. 용이 풍운의 힘을 입어 천지간을 날아가는 것처럼 영웅이 때를 만나 큰 공을 세움을 이른다.

42 嫂叔 : 형제의 아내와 남편의 형제를 아울러 이르는 것으로, 시숙·시동생과 형수·계수를 말한다.

43 王珪(571~639) : 당나라 초기 정치가. 자 숙개叔玠. 왕승변王僧辯의 손자로, 어릴 때 고아가 되었지만 성격이 담백하고 욕심이 적어 남에게 영합하려고 하지 않았다. 당나라 건국 후 태자太子 이건성李建成의 휘하에 있었는데, 이세민이 황위에 오른 후 그의 재능을 높이 평가해 간의대부諫議大夫에 임명했다. 항상 충언을 올렸으며, 방현령房玄齡과 이정李靖·온언박溫彦博·위징魏徵 등과 함께 국정國政을 지휘했다. 사람의 장점을 잘 추천하고 자신의 처지를 아는 지혜가 있었다. 죽었을 때 태종이 소복素服을 입고 오랫동안 애도했다.

내용을 자세히 살펴보면 역사서의 기록과는 부합하지 않는다는 것을 알 수 있다.

채조蔡條[44]는 『서청시화西淸詩話』에서 『당서唐書 · 열녀전列女傳』을 인용하여 "왕규의 어머니 노씨盧氏는 방현령과 두여회가 부귀해질 것을 분명히 알았다"고 하였다. 이 시와 대조해보면 왕규의 어머니는 노씨가 아닌 두씨杜氏이다. 『동강시화桐江詩話』에서는 "성이 노씨가 아닐 뿐만 아니라, 왕규의 처이지 어머니가 아니다"고 하였다. 내가 『당서 · 열서전』을 고증해보니, 원본에는 이 일이 기록되어 있지 않고 「왕규전王珪傳」 뒷부분에 다음과 같은 기록이 있었다.

> 왕규가 처음 은거했을 때 방현령 · 두여회와 우의가 좋았는데, 이 두 사람이 왕규의 집에 왔을 때 왕규의 모친인 이씨李氏가 몰래 그들을 관찰하고는 반드시 부귀하게 될 것을 알았다.

채조의 터무니없는 말이 전해져서 이씨를 노씨로 잘못 안 것인데, 제대로 사실을 확인하지 않은 것이다.

당고조唐高祖가 제위에 있었을 때, 태자 이건성李建成과 진왕秦王 이세민李世民은 사이가 틀어져 서로 배척하였다. 태자중윤太子中允[45] 왕규가 태자에게 이렇게 건의하였다.

> 진왕은 공이 천하를 뒤덮어 나라 안팎의 마음이 그에게로 돌아갔으며, 전하는 다만 나이가 많다는 이유로 동궁東宮의 지위에 있어서 해내海內를 압도할 만한 큰 공덕이 없습니다. 지금 유흑달劉黑闥[46]은 흩어져 도망한 뒤에 남은 무리가 만

44 蔡條 : 송나라의 문인. 자 약지約之, 호 백납거사百衲居士. 『서청시화』와 『철위신총담鐵圍山叢談』 등의 작품이 세상에 전해지는데, 『서청시화』의 시론은 견해가 뛰어나다는 평가를 받고 있다.

45 太子中允 : 관직명. 태자와 관련된 일들을 관장하는 정오품하의 관직.

46 劉黑闥(?~623) : 유흑달은 수나라 말기에 농민봉기를 일으켜 하夏나라를 세우고 왕을 칭한 두건덕竇建德(573~621)의 부장이다. 그는 두건덕이 죽은 후에도 잔여부대를 이끌며 항전하다가 이세민과 이원길에 의해 패배하였다. 요행히 체포를 면하고 패주하여 재기를 노렸지만, 직접 군대를 이끌고 토벌을 나온 태자 이건성의 진압과 위무慰撫 양면작전에 의해 대부분의

명이 못 되고 물자와 군량이 다 떨어졌으니, 태자께서 군사를 이끌고 출격한다면 분명 공명을 얻으실 수 있을 것입니다.

이건성은 이러한 건의를 받아들여 곧바로 고조에게 출병을 청하였다. 후에 양문간楊文幹 모반사건[47]이 일어났을 때, 고조는 이건성과 이세민 두 형제의 불화가 모반사건의 원인이 되었다는 것을 알고, 왕규 등을 추방했다. 그러나 태종太宗 이세민은 즉위하자마자 그들을 다시 불러들여 중용하였다.

그 후로 오랜 시간이 흘러, 태종이 단소전丹霄殿에서 측근들과 연회를 즐기는데, 장손무기長孫無忌가 다음과 같이 말했다.

"왕규와 위징은 지난날 우리의 원수였는데, 오늘날에는 이렇게 함께 연회에서 술을 마시게 될 줄은 꿈에도 상상하지 못했습니다."

황제가 말했다.

"왕규와 위징은 모두 진심으로 윗사람을 섬기고 진력으로 자신의 일을 했던 사람들이기에, 내가 그들을 중용한 것이다."

이러한 일화를 통해 왕규와 태종이 일찍부터 서로 교류한 것이 아니라는 것을 분명히 알 수 있다.

『당서唐書』에 왕규의 어머니인 이씨와 관련된 일화들이 수록되어 있지

병사들이 당에 귀순해버려 봉기 자체가 무력화되었다.

47 양문간 모반사건 : 양문간은 동궁을 지키는 장수였는데 태자 이건성의 심복으로 경주慶州(지금의 감숙성 경양慶陽 도독都督에 임명되었다. 태자 이건성은 고조가 이세민과 이원길을 대동하고 인지궁에 피서를 간 사이 동궁의 무장역량을 강화하기 위해 양문간을 경성으로 불러들였는데, 이세민은 이를 곧바로 고조에게 알렸고, 황제가 장안을 비운 시기에 병력 이동이 있었다는 것에 진노한 고조는 태자를 연금시켜버렸다. 장안에서 경주로 돌아온 양문간은 사태가 심각하게 되자 생각지도 않은 발란을 일으키게 되었고, 고조의 명에 의해 반란을 평정한 진왕 이세민은 황제의 신임을 얻을 수 있었다. 후에 고조는 이 사건이 두 아들간의 다툼으로 인해 일어났다는 것을 알고 양측 모두에게 책임을 추궁하여, 동궁부에서는 왕규와 위징이, 진왕부에서는 두엄杜淹이 책임을 지고 관직에서 물러나는 것으로 사태가 종결되었다.

만, 소설에서 발췌한 것이기에 반드시 사실이라고는 할 수 없다. 그러나 두보가 자신의 고조모에 대해 언급한 것은 사실과 부합한다고 할 수 있고, 태종 때 재상을 지낸 사람들 중 왕규를 제외하면 성이 왕씨인 사람이 없었으니, 정말이지 무엇이 옳은지 알 수가 없다.

두광정杜光庭의 『규염객전虯髥客傳』[48]에는 다음과 같은 기록이 있다.

> 수 양제煬帝는 강도江都에 행차해 양소楊素에게 장안을 지키는 서경유수西京留守의 직책을 제수했다. 이정李靖[49]이 평민의 신분으로 양소를 배알하였다가 자신을 따르겠다는 양소의 가기歌妓 한 명과 함께 떠나게 되었다. 두 사람은 도중에 기인을 만나고 그와 함께 태원太原으로 가, 유문정劉文靜의 소개로 뛰어난 인재로 칭송되던 태원 주장州將의 아들을 만나게 되었다. 기인은 그를 진정한 군주라고하며, 자신의 모든 재산을 이정에게 주고, 그를 도와 대업을 이루었다. 주장의 아들은 바로 당 태종이었다.

역사 기록에 의하면 당나라 고조 이연李淵이 수나라 말기 암암리에 병사를 모아 의거를 준비하고 있을 때, 이를 알아챈 이정이 이를 고하기 위해 장안으로 갔지만 이미 난리로 혼란스러워져 고변하지 못했다고 한다. 후에 고조가 장안을 평정하고 이정을 사로잡아 참수하려고 했지만 실행하지 않았다. 그렇다면 이정은 이전에는 태종을 알지 못했다는 것이 된다. 또한 수 양제가 강도에 갔을 때, 양소는 이미 죽은 지 10여년이 흐른 뒤였다. 이렇듯 소설에서 언급된 이야기들은 대부분 허구의 이야기들이 많다.

48 『虯髥客傳』: 당나라 말기에 두광정이 지은 전기소설傳奇小說. 당나라 초기의 공신 이정李靖이 수나라 대신 양소楊素를 만났을 때, 붉은 먼지털이를 가지고 있던 시녀가 이정의 인물됨을 사모하여 함께 하게 된다. 태원太原으로 가는 도중에 붉은 수염(규염虯髥)을 기른 기인을 만나 의기투합하였다는 협객의 무용담이다.

49 李靖(571~649): 당나라의 명장. 수나라 말기 군웅들이 할거 할 때, 군사를 일으킨 당고조와 그의 아들 이세민에게 협력하였다. 당고조가 당나라를 건국하는데 공을 세웠고, 이세민이 중앙 권력을 강화하기 위하여 경쟁 관계에 있던 군웅들을 평정할 때 활약하였다. 이어 행군총관行軍總管이 되어 돌궐을 공격하여 돌궐의 왕 힐리가한頡利可汗을 포로로 잡았고, 토욕혼의 침입을 막는 큰 공을 세워 위국공衛國公에 봉해졌다. 사후에 당나라 태종의 소릉昭陵에 배장陪葬되었다. 당나라의 대표적인 병서 『위공병법衛公兵法』과 『이위공문대李衛公問對』를 저술하였다.

10. 호랑이가 울타리를 공격하네 虎夔藩

황정견은 「숙서주태호관음원宿舒州太湖觀音院」에서 다음과 같이 노래했다.

차가운 샘물 길어 끓이려고, 汲烹寒泉窟,
오래된 소나무 뿌리 베어왔네. 伐燭古松根.
함부로 나오지 말라는 것을 경계 삼을지니, 相戒莫浪出,
달빛 어둡고 호랑이는 울타리를 공격하네. 月黑虎夔藩.

여기에서 '夔기'자는 아주 특이한 글자로 '저촉'의 의미인데, 이 출처에 대해 탐구한 사람이 없다. 두보의 「과벌목課伐木」 서문에 다음과 같은 구절이 있다.

> 노예들을 감독하며 깊은 골짜기에 들어가 나무를 베어오게 하였는데 새벽에 가 저물녘에서야 돌아왔다. 그 나무로 무너진 울타리를 보수하니 지내는 곳이 편안해졌다. 산에는 호랑이가 있고, 호랑이는 두려운 존재라는 것을 안다. 만약에 호랑이가 자신의 날카로운 발톱과 이빨을 믿는다면 분명 캄캄한 밤에 울타리를 공격할 것이다. 기주夔州사람들의 담장은 백도白桃나무 가지를 일정한 간격으로 배열하여 그 위에 진흙을 바른 것인데, 담장 안에는 대나무를 채워 넣어 외부의 침입을 막는다. 담장에서 시끄러운 소리가 나면 그건 손님 때문이 아니라 가까이 사는 호랑이의 침입 때문이다.

시는 다음과 같다.

너는 울타리 뛰어 넘는 핑계로 藉汝跨小籬,
새끼 젖 먹이는 암호랑이가 인육을 기다린다고 하네. 乳獸待人肉.
호랑이 굴은 마을 어귀와 이어져 虎穴連里閭,
오랜 시간 나그네들 호랑이 만나는 것 두려워했네. 久客懼所觸.

이를 통해 황정견이 두보의 서문을 인용한 것을 알 수 있다. 그러나 두보는 기주에 있을 때 이 시를 지었기에 '夔人기인'이라는 단어는 기주의 풍속을 설명하기 위해 사용한 것으로, '저촉'의 의미가 없다. 황정견이 잘못 인용한 것이다.

또 황정견은 「사재수기寺齋睡起」에서 다음과 같이 읊었다.

> 사람들은 아홉 가지 일중 / 人言九事八爲律,
> 여덟 가지는 법칙이 된다고 말하는데,
> 만약 강에 배가 있다면 나는 동쪽으로 가리라. / 儻有江船吾欲東.

'爲위'자의 출처는 『한서·주보언전主父偃傳』이다.

> 황제께 상서上書를 올려 아홉 가지 일을 말하면, 그 중 여덟 가지 일은 모두 율령을 위한 것이고, 나머지 한 가지 일은 흉노를 토벌할 것을 간언하는 내용이다.[上書言九事, 其八事爲律令, 一事諫伐匈奴.]

이 문장에서 '爲위'는 거성去聲으로 읽고 '위하다'의 의미로 해석해야 한다. 그런데 황정견은 '爲위'를 '평성平聲'으로 읽고 '되다'의 의미로 풀이했다. 아마도 잘못 이해한 듯하다.

11. 조조의 용인술 曹操用人

후세 사람들은 조조를 귀신같은 사람이라고 평가했고, 성인군자들은 그를 평가절하하여 입에 담지조차 않았다. 그러나 조조는 사람들의 능력에 맞춘 절적한 임용을 잘했는데, 이는 후세 사람들이 미치기 어려운 수준이다.

순욱荀彧과 순유荀攸·곽가郭嘉 등은 모두 조조의 심복으로 전략전술에 뛰어난 책사들이다. 조조는 이들과 큰일을 논의했는데, 이들의 훌륭한 점은 굳이 말로 칭찬할 필요가 없을 것이다. 그는 자기 수하의 다른 사람들에게도 그들의 능력에 맞는 관직을 주고 그에 걸 맞는 권력을 행사할 수 있도록 하여, 모두들 관직의 고하를 막론하고 자신의 직책에서 각자의 재능을 최대한 발휘하였다.

당시 조조가 관중關中을 수복했다고 하지만 몇몇의 장수들이 진심으로 그에게 복종을 맹서한 것이 아니었기 때문에 그다지 공고하지 못했다. 그래서 그는 사예교위司隸校尉 종요鍾繇를 파견하여 관중을 다스리게 하고,

마등馬騰과 한수韓遂의 아들들을 볼모로 데려왔다.

천하의 혼란으로 각지의 군대가 잦은 식량부족에 시달리게 되자, 조지棗祗와 임준任峻을 시켜 둔전屯田을 세우니 군대와 나라가 모두 넉넉해져 마침내 여러 군웅을 토벌할 수 있었다. 소금과 철에 대한 관리와 통제를 부활시키고자 위기衛覬에게 관중을 다스리게 하니, 여러 장수들이 복종했다. 하동지역이 평정되지 않아 두기杜畿를 하동태수로 임명하니, 하동에서 세력을 자랑하던 위고衛固와 범선范先은 대항조차 하지 못하고 속수무책으로 그대로 사로잡혀 죽임을 당하였다. 병주并州가 막 평정되었을 때, 양습梁習을 병주자사并州刺史로 삼으니 변방이 안정되었고, 양주揚州가 손권孫權에게 점령당하고 구강군九江郡 하나만 남았을 때 유복劉馥을 파견하여 관할하게 하니 잘 다스려졌다.

풍익군馮翊郡에 도적이 일어나 소란스러워지자 정혼鄭渾을 파견하여 도적들을 소탕하고 백성들을 안정시켰다. 대군代郡에서 흉노가 세력을 믿고 오만하게 굴자 배잠裴潛을 보냈는데, 수레 하나만을 이끌고 대군으로 들어간 배잠의 유세에 선우單于는 진심으로 마음을 다하여 복종하였다. 한중漢中을 얻었을 때는 두습杜襲을 보내 그 일대를 다스리게 하였는데, 낙양洛陽과 업鄴에서 옮겨온 백성들이 팔만여 명에 달했다. 그리고 마초馬超의 군사들이 병사를 일으키려고 하자, 조엄趙儼을 보내 그들을 투항시켰다.

무릇 위에서 언급한 열 가지 사례들을 보면, 조조가 나라를 위해 행한 이익이 어찌 크지 않겠는가? 장료張遼가 합비合肥에서 손권을 물리치고, 곽회郭淮가 양평陽平에서 유비를 저지하며, 서황徐晃이 번성樊城에서 관우關羽를 격파한 것은, 모두 적은 병력으로 많은 적을 무찌른 경우로 적은 병력이라는 약점을 해결한 것이다. 조조가 건안建安시기에 적수가 없었던 것은 결코 운이 좋아서가 아니었다.

12. 한나라 선비들의 주군 선택법 漢士擇所從

한나라 중평中平[50] 연간에 황건적의 난이 일어나 천하는 매우 혼란스러워졌다. 대부분의 사대부들은 자신을 지키고 위험에서 벗어나기 위해 신중하게 주군을 선택할 계획을 세웠지만, 영웅호걸들은 그렇게 하지 않았다.

순욱荀彧은 젊었을 때, 자신의 고향인 영천潁川[51]은 전쟁이 끊임없이 벌어지는 위험한 곳이라고 판단하여 고향 사람들에게 고향을 떠날 것을 건의하였다. 고향 사람들은 고향을 버릴 수 없다며 떠나려하지 않았기에, 순욱은 자신의 가족들만 거느리고 기주冀州[52]로 갔다. 원소袁紹[53]는 최상의 예의를 갖추어 순욱 일행을 맞이하였지만, 순욱은 그가 대업을 이룰만한 인물이 되지 못하다는 것을 알았기에 그를 떠나 조조를 섬겼다. 고향을 떠나지 않고 남아있던 사람들은 대부분 전란 중에 피살되었다.

원소는 사신을 파견하여 여남汝南[54]지역의 사대부들을 끌어 모으려고 했으나, 화흡和洽은 형주荊州[55]의 유표劉表를 찾아갔고, 유표는 그를 후하게 맞이해 주었다.

화흡은 유표를 만난 후 다음과 같이 말하였다.

> "내가 원소를 따르지 않은 것은 영토를 빼앗는 전쟁을 피하기 위해서였다. 혼세의 군주는 경솔하게 가까이 할 수 없다. 유표를 떠나지 않고 오래 머물다가는 소인배들의 참소에 걸려 목숨을 부지하기 어려울 것이다."

그리고 그는 남쪽의 무릉武陵[56]으로 떠났고, 유표 옆에 남아있던 사람들은 대부분 참소를 믿은 유표에 의해 살해되었다.

조조가 연주兗州를 다스리고 있을 때 진류군陳留郡의 태수 장막張邈과 친한 사이였다. 진류군의 선비 고유高柔는 장막이 지금은 조조와 친하게 지내고

50 中平 : 후한後漢 영제靈帝 시기 연호(184～189).
51 潁川 : 지금의 하남성 허창許昌.
52 冀州 : 지금의 하북성 임장臨漳.
53 袁紹(?～202) : 자 본초本初, 여남汝南(지금의 하남성) 여양汝陽 사람. 명문 출신으로, 한말 삼국 초기 기주冀州(하북성) 일대에서 할거했던 막강한 군웅 중 하나였다.
54 汝南 : 지금의 하남성 평여平輿 북쪽.
55 荊州 : 지금의 호북성 양양襄陽.
56 武陵 : 현재 섬서성 상덕시常德市 무위武威.

있지만 머지않아 그를 배반할 것이라는 것을 알아채고, 닥쳐올 전란을 피해 마을 사람들과 함께 고향을 떠나려고 했다. 마을 사람들은 조조와 장막의 사이가 좋았기에 그의 말을 믿지 않았다. 결국 고유는 자신의 가족들만 거느리고 하북으로 피난을 갔고, 얼마 뒤 장막은 조조를 배반하여 군사를 일으켰다.

곽가郭嘉는 원소를 처음 만나고 난 후, 모신謀臣인 신평辛評 등에게 다음과 같이 말하였다.

> "지혜로운 이는 자신이 섬길 주군을 아주 신중하게 택한다고 합니다. 원소는 일을 도모함에 두서가 없고 요령도 없으며, 생각만 많고 정확한 판단력은 없습니다. 이런 주군과는 함께 천하대사를 도모할 수 없으니, 저는 새로운 주군을 찾아 떠나겠습니다. 그대들도 저와 함께 떠나시겠습니까?"

신평 등이 답하였다.

> "원소는 지금 세력이 제일 강한데, 그를 떠난다면 누구를 찾아간다는 말입니까?"

곽가는 더 이상 말하지 않고, 원소를 떠나 조조를 찾아갔다. 곽가는 조조를 만나 천하의 정세와 국면에 대해 서로의 견해를 나누고 난후 말했다.

> "이 분이 바로 진정 내가 섬길 주군이로구나!"

두습杜襲과 조엄趙儼·번흠繁欽 등이 전란을 피해 형주로 갔다. 번흠은 뛰어난 식견으로 몇 차례 유표의 주의를 끌었고 또 칭찬도 받았다. 두습이 말하였다.

> "우리들이 함께 형주로 온 것은 목숨을 보전하여 기회를 얻고자함이었소. 그대가 한 두 차례의 칭찬에 으쓱하여 자제하지 못하고 경솔하게 유표를 주군으로 받들고자 한다면, 함께 할 수 없소."

또 조조가 헌제獻帝를 옹립하고 허창許昌으로 천도하자, 조엄이 말하였다.

> "조조가 분명 천하를 통일 할 것이니, 우리가 누구를 섬겨야 할지 알겠소이다."

세 사람은 조조를 찾아가 귀의하였고, 후에 눈부신 전공을 세웠다.

하간河間 사람인 형과邢顒는 무종無終에 피난 갔다가, 조조가 기주를 평정했다는 소식을 듣고 전주田疇에게 말하였다.

> "조조 군대의 법령이 엄정하다고 하던데, 지금 백성들은 전란에 시달릴 대로 시달려 전쟁을 혐오하니, 이 전란도 머지않아 평정될 듯합니다. 조조를 찾아가 주군으로 섬겨야겠습니다."

형과는 행장을 꾸려 고향으로 돌아갔다. 전주가 이를 보고 "형과는 선각자로다!"라고 말했다.

손책孫策이 단양丹陽을 평정하자, 대장군 여범呂範이 자신이 단양을 다스리겠다고 나섰다.

> "그대는 이미 수하에 많은 군사를 거느리고 있는 대장군인데, 어찌 보잘 것 없는 관직에 연연하는 것이요?"
> "저는 고향을 버리고 주군께 목숨을 바쳐 천하대업을 이루고자했습니다. 주군과 저는 같은 배를 타고 망망대해를 헤쳐 가는 것이므로, 조금의 실수라도 있다면 배가 전복되어 모든 것이 실패로 돌아 가버리게 됩니다. 단양은 매우 중요한 자리에 위치하고 있습니다. 천하 정세에 큰 영향을 끼치는 단양의 안정을 위해 어찌 관직의 대소를 가리겠사옵니까?"

손책은 여범의 청을 받아들였다.

주유는 손책과 천하형세를 의논한 후 서로의 견해가 비슷하다는 것을 알고, 곧바로 생사를 함께 하고자하는 지기知己가 되었다. 손책이 죽은 뒤 아우 손권이 그 자리를 계승하였는데, 주유는 손권 역시 손책처럼 천하의 대업을 도모할 만한이라고 여기어 충심으로 그를 섬겼다.

제갈량은 양양의 와룡산에 은거해 있었지만, 유표는 제갈량을 기용하려 하지 않았다. 오히려 유비가 초라한 제갈량의 오두막에 찾아가 삼고초려三顧草廬하는 정성을 보였고, 제갈량은 온 마음을 다해 유비를 섬겼다.

이렇듯 식견이 높고 지혜로웠던 선비들은 자신이 믿고 의지할 주군을 고름에 있어서도 뛰어났으니, 어찌 난세가 처신을 어렵게 한다고 할 수 있겠는가?

13. 유창 劉公榮

왕융王戎[57]이 완적阮籍[58]을 찾아갔을 때 마침 연주자사兗州刺史 유창劉昶이 함께 있었다. 완적은 왕융에게 다음과 같이 말했다.

> "우연히 좋은 술 두말을 얻었으니 함께 마십시다. 저 공영公榮(유창)이란 놈은 껴주지 말고."

완적과 왕융 두 사람은 서로 술잔을 주거니 받거니 마시면서 유창에게는 단 한 잔의 술도 권하지 않았다. 그러나 세 사람은 서로 즐겁게 이야기를 나누면서 이를 조금도 이상하게 여기지 않았다. 어떤 이가 이 일에 대해 묻자 완적이 말했다.

> "공영(유창)보다 나은 사람과는 술을 안 마실 수 없고 공영보다 못한 사람과는 함께 안 마셔서는 안 되죠. 오직 공영만이 더불어 술을 마시지 않을 수가 있답니다."

이 일은 『진서晉書·왕융전』과 『세설신어世說新語』에 상세하게 기록되어

57 王戎(234~305) : 죽림칠현竹林七賢 가운데 한 사람. 자 준충濬沖. 어려서부터 영특했고 풍채가 비범했으며 청담淸談을 즐겼다. 완적·혜강嵇康과 더불어 죽림에서 노닐었는데, 왕융이 늦게 참여하자 완적이 "속물俗物이 다시 왔으니 남의 뜻을 그르치게 하겠다."고 했던 것처럼 '칠현'들 가운데 가장 범속凡俗한 인물의 전형이었다. 구차하게 아첨하여 총애를 얻었고 명리名利에 열중하여 조정에 서면 충간하여 바로잡는 성과가 없었다. 성품이 극히 탐욕스럽고 인색하여 전원田園이 여러 주州에 있었는데도 재물 모으기를 멈추지 않고 직접 셈판을 들고 밤낮으로 계산하면서 늘 부족한 듯 행동했다. 집에 훌륭한 오얏나무가 있었는데, 다른 사람이 가꿀까봐 늘 씨앗에 구멍을 내어 팔았다. 이 때문에 세상 사람들에게 비난을 받았다.

58 阮籍(210~263) : 위魏나라 사상가, 문학자 겸 시인. 자 사종嗣宗. 혜강과 함께 죽림칠현의 중심인물이다. 위나라 말기의 정치적 위기 속에서 강한 개성과 자아 및 반예교적反禮敎的 사상을 관철하기 위하여 술과 기행奇行으로 자신을 위장하고 살았다. 많은 기행 중 '청안백안靑眼白眼'의 고사는 유명하다. 정권을 빼앗으려는 사마씨司馬氏의 막료를 지냈으나, 권력과의 밀착을 싫어했고, 곤란한 처세와 고독한 사상을 시문에 의탁하였다. 대표작인 「영회詠懷」의 시 85수는 자기의 내면세계를 제재로 한 철학적 표현의 작품이다.

있다.

유창과 술에 관한 이야기는 또 있다. 유창이 어떤 이와 함께 술을 마셨는데 그 사람의 옷이며 얼굴이며 더럽기 그지없어 유창과는 완전히 다른 부류의 사람이었다. 누군가가 그의 용모와 차림새에 대해 비웃자 유창이 말했다.

> "나보다 나은 사람과는 더불어 술을 마시지 않아서는 안 되고, 나보다 못한 사람과도 더불어 술을 마시지 않아서는 안 되며, 또 나와 같은 사람과도 더불어 술을 마시지 않아서는 안 되니, 종일토록 그들과 함께 마시고 취할 밖에요."

이 두 기록에 약간 이상한 부분이 있다. 유창이 그렇게 사람들을 대했다면 그가 산 술도 어마어마할 터인데 어찌 다른 곳에서 술 한 잔 얻어먹지 못할 수가 있겠는가? 소식蘇軾은 그의 시에서 다음과 같이 노래했다.

> 고개 숙여 맹교 배알하는 것 허락지 않고, 未許低頭拜東野,
> 헛되이 유창보다 뛰어나 함께 술 마셨다 하네. 徒言共飮勝公榮.[59]

이 시는 바로 이 전고를 쓴 것이다.

14. 원풍 때의 관제 元豐官制

송대 신종神宗 원풍元豐[60] 때 관직 제도를 막 제정하고 나서 사마광司馬光[61]을 어사대부御史大夫에 임명하려고 했다. 또한 태자를 세우려고 할 때는 사마광과 여신공呂申公[62]을 태보太保[63]와 태부太傅[64]에 임명하려고 했다. 철종哲宗[65]

59 「和田仲宣見贈」.

60 元豐 : 송대 신종神宗 시기 연호(1078~1085).

61 司馬光(1019~1086) : 북송 때 유명한 사학자이자 산문가. 자 군실君實, 호 우부迂夫, 만호晩號, 우수迂叟. 태사太師·온국공溫國公에 추증되었고, 시호는 문정文正이다.

62 呂申公(1018~1089) : 여공저呂公著. 자 회숙晦叔, 수주壽州 사람. 어릴 때부터 학문을 좋아하여, 침식을 잊을 정도였다고 한다. 어사중승을 지냈고, 말년에 상서우복야 겸 중서시랑에 임명되었다. 사후 신국공申國公에 책봉되었고, 시호는 정헌正獻. 『정헌공집正獻公集』 20권이 전해진다.

63 太保 : 문관 최고 직위 태사太師·태부太傅·태보太保의 하나.

원우元祐[66] 초기에는 이미 연로하여 퇴직한 문언박文彦博[67]을 기용하여 시중侍中·중서령中書令[68]에 임명하고자 논의에 부쳤다가, 간관의 공격을 받아서 평장군국중사平章軍國重事[69]에 임용했다. 이후 이것이 관습화되어, 더 이상 시중·중서령 등의 관직을 임명하지 않았다. 그 이유는 전에 그런 사례가 없었다는 것이었다.

사실은 그렇지 않다. 고종高宗 소흥紹興 25년(1156) 10월, 우정언右正言[70] 장부張扶를 태상경太常卿에 임명하는 것을 비준하려고 했는데, 예로부터 태상시太常寺에 속한 관원에게는 경卿 직위를 주지 않았다고 집정관이 말하는 바람에 결국 종정宗正으로 바꾸었고, 또 말이 많자 국자좨주國子祭酒에 임명했다. 최근 막제莫濟를 비서감秘書監에 임명하자, 막제는 며칠 동안 사양하다 결국 부임했다. 이어 이도李燾·진규陳騤·정병鄭丙이 모두 "맡지 못할 직사관職事官이 어디 있단 말인가"라고 하며 자리를 맡았다.

64 太傅 : 문관 최고 직위 태사太師·태부太傅·태보太保의 하나.

65 哲宗(1076~1100/ 재위 1085~1100) : 북송 제7대 황제. 신종神宗의 여섯 번째 아들로, 본명은 조후趙煦이다.

66 元祐 : 북송 철종 시기 연호(1086~1094).

67 文彦博(1006~1097) : 북송 시대 정치가. 자 관부寬夫. 산서성 분주汾州 개휴介休 사람. 인종, 영종, 신종, 철종 조대의 중신으로 전후 50년간 장상의 지위에 있으면서 중책을 담당하였다. 신종 시기에는 왕안석의 신법을 비난하였다가 지방으로 폄적되었으나 철종이 즉위하고 구법당이 부활하면서 평장군국중사平章軍國重事에 임명되었다.

68 中書令 : 한 무제 때 중서中書를 담당한 환관을 중서령이라고 했다. 송대에는 태사太師보다 서열이 높아져, 승상보다 지위가 높았다.

69 平章軍國重事 : 북송 철종 원우 초에 문언박과 여공저에게 처음 임명했던 비상설 특수 관직으로, 나중에는 동평장군국중사同平章軍國重事와 평장군국사平章軍國事로 개칭하기도 했다. 지위가 재상보다 높았으며, 황제의 총애를 보여주기 위해 덕망있는 원로 대신에게 특별 부여했던 최고 명예직이었다.

70 右正言 : 송대 관직으로, 중서성中書省의 속관. 중서성을 우성右省이라고도 했다. 중서성 장관이 중서령中書令이지만, 사실상 직책은 없었다. 부장관이 중서시랑中書侍郎. 별도로 중서사인中書舍人 한 명을 파견하여 판중서성사判中書省事에 임명하여, 사실상 직권을 관장하게 했다. 그 속관으로 우산기상시右散騎常侍와 중서사인中書舍人·우간의대부右諫議大夫·기거사인起居舍人·우사간右司諫·우정언右正言 등이 있었다. 문하성門下省과 중서성의 좌·우산기상시, 좌·우간의대부, 좌·우사간, 좌·우정언을 통칭 양성관兩省官이라고 했다.

15. 장이와 진여, 원소, 유장 耳餘袁劉

장이張耳[71]·진여陳餘[72]는 젊었을 때 문경지교刎頸之交의 우정을 자랑했건만, 나중에 권력을 다툴 때는 서로 사지에 몰아넣는 것도 마다하지 않았다. 권세와 이익을 추구하는 것이 극도에 달하면 필연적으로 그렇게 된다.

한복韓馥[73]은 기주冀州[74]를 통째로 바치면서 원소袁紹를 맞이했는데, 끝내 두려움에 떨면서 죽었다. 유장劉璋[75]은 성문을 열고 유비劉備를 맞이했는데, 앉아서 눈 뻔히 뜨고 익주益州를 잃었다. 적양翟讓[76]은 병사를 통째로 이밀李密[77]

71 張耳(B.C.264~B.C.202) : 대량大梁(지금의 하남성 개봉) 사람. 초·한 전쟁 시기에 항우로부터 상산왕常山王으로 책봉되었다가, 나중에 한으로 귀순하여 조왕趙王에 책봉되었다. 시호가 경왕景王이어서, 흔히 조경왕趙景王이라고 호칭했다.

72 陳餘(?~B.C.204): 대량 사람. 진말 진승陳勝이 기병하자 친구 장의와 함께 진승을 찾아가 반란군에 가담했다.

73 韓馥(?~191) : 자 문절文節. 동한 말년 어사중승을 지냈고, 후에 동탁董卓에 의하여 기주목으로 파견되었다. 각 지역 제후가 동탁 토벌을 위하여 기병할 때, 한복도 그 중 하나로 참여하였다. 한복은 원소와도 유우劉虞를 황제로 옹립할 뜻을 세운 적이 있었다. 당시 기주는 인구가 많고 무기와 식량이 풍부하여, 원소가 계략을 짜 기주를 탈취했다. 한복은 몸을 피해 장막張邈에게 의탁했다. 후에 장막이 원소의 사자와 만나자, 한복은 자기를 해치려는 것이라고 여겨, 측간에서 자살했다.

74 冀州 : 하북성 중남부.

75 劉璋(?~220) : 후한 말의 군벌. 자 계옥季玉. 강하江夏 경릉竟陵(지금의 호북성 천문天門) 사람. 유장은 사람 됨됨이가 나약하고 의심이 많았다. 한중漢中의 장로張魯가 방종하여 유장의 명령을 듣지 않자, 유장이 장로의 모친과 아우를 살해하여 쌍방이 원수가 되었다. 유장이 방희龐羲를 파견하여 장로를 공격하게 했으나 패하고, 얼마 후에 익주에서 내란이 일어나 가까스로 평정을 했는데, 또 조조가 공격해온다는 소식이 전해져, 다급한 마음에 유장은 수하 장송張松·법정法正의 말을 듣고 유비를 익주로 들어오도록 맞이하여 유비의 힘을 빌어 장로와 조조에게 대항하려고 했다. 그러나 전혀 뜻밖에도 유비가 거꾸로 유장을 공격하여, 유장은 형주로 쫓겨났다. 나중에 손권이 관우를 죽이고 형주를 얻어서 유장을 익주목으로 삼았으나 곧 병사하였다.

76 翟讓(?~617) : 수나라 말기 동군東郡 위성韋城 사람. 용맹하고 담략이 있었다. 동군 법조法曹로 재직하다가, 법에 저촉되어 망명하여 와강瓦崗(지금의 하남성 활현滑縣 동남쪽)으로 가, 무리를 모아서 반란을 일으켰다. 대업大業 12년(616), 이밀李密이 귀순하여 그를 위해 계책을 내, 근처 각 봉기군을 합병하여 금제관金堤關을 격파하고 형양滎陽을 정복하는 등 중원에 위력을 떨쳤다. 무리가 수십만에 이르렀다. 혹자가 이밀의 권력을 탈취하여 군권을 장악할 것을 권유하였으나, 오히려 이밀에게 살해되었다.

77 李密(224~287) : 자 영백令伯 또는 건虔. 건위犍爲 무양武陽(지금의 사천성 팽산彭山) 사람. 어려서 부친을 잃고, 모친 하씨何氏가 개가하여, 조모가 키웠다.

에게 넘겼는데 멸족을 면하지 못했다. 이주조爾朱兆[78]는 육진六鎭의 군대를 고환高歡에게 주었는데 결국 고환의 손에 쓰러졌다.

원소와 이밀·고환 등은 애초에 본분을 잃었으니 심하게 책망할 가치도 없다지만, 덕망이 있다고 일컫던 유비가 그런 짓을 하리라고 어찌 생각이나 했겠는가!

16. 주나라 한나라 때 제후국의 존속 周漢存國

주周나라 초기의 1,800여 제후국 중 난왕赧王 때 멸망할 무렵까지 남아 있던 것은 겨우 여덟 나라 뿐이었다. 바로 전국칠웅戰國七雄과 위衛나라였다. 그러나 조趙나라와 한韓나라·위魏나라는 진晉나라를 분할하여 건국한 것이고, 제齊나라 전씨田氏는 강씨姜氏를 대신하여 흥기하였으니, 영토를 영유한 기간이 각각 200년에 미치지 못했다. 그러므로 모두 예로부터 이어오던 정통이 아니었다.

진시황은 사실 여씨呂氏의 자식이요 초유왕楚幽王은 황씨黃氏의 자식이니, 진나라의 원래 조상 영씨嬴氏와 초나라의 원래 조상 미씨芈氏는 핏줄이 다른 이들을 당연히 탐탁지 않게 여겼을 것이다. 그렇다면 희씨姬氏 성으로 이어온 나라로서는 오직 연燕과 위衛 두 나라만 존속했으며, 위나라는 호해胡亥[79]

78 爾朱兆(?~533) : 북위北魏의 권신權臣. 자 만인萬仁. 이주영爾朱榮의 조카. 용맹하고 말타기와 활쏘기를 잘 했으며, 맨손으로 맹수를 때려잡을 만큼 용기와 담력이 뛰어났다. 이주영을 따라 다니면서 항상 선봉에서 공을 세웠다. 그러나 이주영도 그가 지모가 모자라 아무리 많아도 3천 명 밖에 통솔하지 못하리라 생각했다. 이주영이 주살된 후 이주조는 이주영의 원수를 갚고자 이주세융爾朱世隆·이주중원爾朱仲遠·이주도율爾朱度律 등과 군대를 일으켜 낙양을 공격 입성하여 북위 효장제孝莊帝를 죽이고 스스로를 대장군에 책봉하고 군대를 이끌고 진양晉陽을 점거하여, 멀리서 조정을 조종했다. 얼마 안 가 북위 각지에서 왕을 위해 기병했고 원래 이주영의 오른팔 장수였던 고환 역시 이주조와 결별하여, 이주조는 고환과 한릉산에서 결전을 벌여 대패하여 도주하다가, 고환의 추격에 더 이상 갈 곳이 없어 자살했다.

79 胡亥(B.C.229?~B.C.207 / 재위 B.C.210~B.C.207) : 진秦의 제2대 황제. 이세황제二世皇帝 혹은 진이세秦二世라고 한다. 시황제始皇帝의 막내아들로 태어났으나, 시황제가 순행 도중 병사하자 환관 조고, 승상 이사와 함께 유언을 조작해 황제의 자리에 올랐다고 한다. 황위에 오른 뒤 여산驪山의 시황제능묘와 아방궁·만리장성 등의 토목사업을 서두르고, 흉노의 침공

시대에 대가 끊기게 된다. 이것이 소공召公[80]과 강숙康叔[81]의 덕이었다면, 주공周公의 덕 또한 이들에 미치지 못할 리가 있겠는가!

한漢나라 때 열후列侯가 800여 명이었는데, 광무제光武帝[82] 시기까지 존속된 열후는 평양후平陽侯와 건평후建平侯·부평후富平侯 셋 뿐이었다. 건평후는 먼저 양왕梁王에게 투항하여 영원히 봉지를 빼앗겼다. 평양후는 조참曹參의 후손이고 부평후는 장안세張安世의 후손이다. 조참은 한나라 개국에 공을 세웠다. 장안세는 장탕張湯[83]의 아들로, 역사서에서는 그가 어질고 선량한 사람을 발탁하고 추천하였으니 후손이 있는 것이 마땅하다고 했다. 그러나 그의 마음 씀씀이를 저울질해보면 또한 사람을 많이 죽였으니, 후환이 없을 수 있을까!

한대의 후侯는 모두 왕망王莽 정권 때 제후국을 빼앗기지 않았다. 그런데

에 대비해 대규모 징병을 실시해 민심의 반발을 샀다. 조고의 정변으로 인해 결국 자살로 생을 마감하였다.

80 召公 : '소공邵公'·'소강공召康公'·'태보소공太保召公'이라고도 한다. 주나라 문왕文王의 아들이자, 무왕武王의 동생이다. 채읍이 소召(지금의 섬서성 기산岐山 서남쪽)에 있었는데, 무왕을 도와 상商을 멸망시킨 이후 연燕(지금의 하남성 북부)에 책봉되었다. 연나라 시조의 최초 채읍이 소召에 있었기 때문에 소공召公 혹은 소백召伯이라고 하였다. 성왕成王 때 태보太保를 맡아서, 섬陝 동쪽은 주공단周公旦이 관리하고, 섬 서쪽은 소공이 관리했다.

81 康叔 : 주나라 무왕의 작은 동생. 무왕이 상나라를 멸망시킨 후 어린 동생 희숙姬叔을 강康에 책봉하여, 강숙康叔이라고 호칭하였다. 무왕이 죽고 어린 성왕이 즉위하여 주공이 섭정을 하게 되자, 삼감三監(상나라 옛 신하들의 봉지를 관리하던 관숙管叔·채숙蔡叔·곽숙霍叔)이 이에 불복하여 무경武庚(상나라 주왕의 후예)과 동방 이족과 결탁하여 반란을 일으켰다. 주공은 이를 평정한 이후 대규모로 제후를 분봉하여, 원래 상나라 도읍 주위 지역과 은殷 유민 7족 지역을 당시 명망 높던 강숙에게 분봉하여 통치하게 하고, 강숙을 다시 위군衛君으로 책봉하여 위衛나라를 건립했다. 그래서 위강숙衛康叔이라고도 한다. 강숙은 위나라를 잘 다스려 칭송이 나날이 드높아지고, 성왕이 친정할 때가 되어 사구司寇로 발탁되어, 다른 제후보다 권위가 높아졌다.

82 光武帝(B.C.4~57 / 재위 25~57) : 후한의 초대 황제 유수劉秀. 신나라를 세운 전한의 재상 왕망의 군대를 격파하고 즉위해 한나라를 재건하였다. 묘호는 세조世祖이며, 그가 재건한 왕조를 후한 또는 동한東漢(25~220)이라고 한다.

83 張湯(?~B.C.115) : 서한 두릉杜陵(지금의 섬서성 서안 동남쪽) 사람. 법령을 가혹하게 적용한 혹리酷吏로 널리 알려졌다. 진황후陳皇后·회남왕淮南王·형산왕衡山王의 모반을 치죄하여 무제의 인정을 받았다. 무제의 묵인과 신임으로 거상과 토호의 세력을 약화시키는 각종 조치를 추진하여 승상보다 더 권세가 높아지자, 어사중승 이문李文과 승상 장사 주매신朱買臣의 모함으로 자살을 강요당했다.

광무제는 오직 종실만 옛 작위 회복을 허락하고 나머지는 모두 폐지시켜서 개국공신 소하蕭何의 작위 찬후酇侯조차 책봉을 이어받지 못했다. 조참과 장안세 두 후侯는 어떻게 해서 보전할 수 있었는지 모르겠다.

17. 양수를 죽인 조조 曹操殺楊脩

조조가 양수楊脩를 죽인 후, 양수의 아버지 양표楊彪를 만났다. 조조가 물었다.

"아니, 어찌 그리 수척하신지요?"

양표가 대답했다.

"김일제金日磾[84]같은 선견지명도 없이 아직 노우지독老牛舐犢[85]의 사랑을 품고 있는 것이 부끄러울 뿐입니다."

조조는 안색이 바뀌었다.

조조가 양표에게 보낸 서신이 『고문원古文苑』에 실려 있다. 조조는 양수의 죄를 조목조목 열거하고 다음과 같이 말했다.

양수는 떵떵거리는 부친의 권세를 믿고 매사에 저와 뜻을 같이 하지 않았습니다. 장차 귀하의 존귀한 가문에 크나큰 누가 될까 염려하여 그를 처형하라고 명령했습니다.

84 金日磾(B.C.134~B.C.86) : 자는 옹숙翁叔. 한 무제 원수元狩 2년(B.C.121)부터 표기장군驃騎將軍 곽거병霍去病이 두 차례 출병하여 흉노를 공격하여 전승을 거두었다. 하서河西에 있던 흉노 휴도왕休屠王·곤야왕昆邪王 및 부하 4만여 명이 한나라에 항복하여, 휴도왕은 피살되고, 그 때 나이 겨우 14세였던 김일제와 가족들은 관노 신세로 전락하여 말을 키우라고 황문서黃門署로 보내졌다. 나중에 무제의 눈에 띄어 시중侍中·부마도위駙馬都尉·광록대부光祿大夫에까지 올랐다. 김일제에게 아들이 둘 있어, 무제 또한 두 아들을 좋아해서 늘 곁에 있게 하여 함께 놀았다. 큰아들이 방탕하고 제멋대로여서 궁녀와 놀아났다가 김일제에게 직접 죽임을 당했다. 이 일로 무제는 김일제를 더욱 존경하고 중시했다.

85 老牛舐犢 : "늙은 소가 송아지를 핥아주다"란 뜻으로, 자식에 대한 부모의 지극한 사랑을 말한다.

또한 양표에게 비단 두루마기 두 벌과 팔절각八節角 복숭아나무 지팡이 하나, 청자우青牸牛 두 마리, 하룻밤에 800리를 달린다는 화류마驊騮馬 한 필, 사방 전망 휘장을 두른 칠향거七香車[86] 한 대, 노복 두 명을 보내주었다. 또한 양표의 아내에게는 웃옷과 신발·맘씨 좋은 여복 두 명을 보내주었다. 이 정도면 금전과 비단을 매우 많이 보낸 것이었다.

조조의 처 변부인卞夫人도 원부인袁夫人에게 편지를 한 통 썼다.

> 아드님에게는 우리 모두 탄복과 존경을 금치 못할 만큼 세상에서 제일가는 문재文才가 있었습니다만, 남편의 성격이 급한 면이 있어서 갑자기 군법을 시행하게 되었어요.

그리고 의복과 무늬비단·방자관房子官 비단·향거香車 등을 보내줬다. 양표와 원부인은 모두 허물을 사과하고 물품에 감사하는 답장을 했다.

이 때는 한 왕실이 망해가면서 정권이 조씨에게 있었던 무렵이다. 원공袁公[87] 4대가 재상을 지낸 한의 종신宗臣이었으니, 본래 조조가 꺼려했을 법도 했었겠지만, 양표가 그의 손에 죽지 않은 것만 해도 다행이라고 할 수 있겠다. 어허, 위태로운 일이로다!

18. 나라의 체통을 중시한 옛 사람들 古人重國體

옛날 사람들이 나라를 경영할 때는 소국·대국·강국·약국 할 것 없이 나라의 체통을 급선무로 간주했다. 또한 자신을 대하듯 남을 대하였다. 그렇지 않은 나라가 없었다. 그러므로 발언을 할 때는 단어나 화법의 선택을 신중하게 하였다. 그래서 현명한 대부가 아니면 제대로 할 수가 없었다.

초나라의 신주申舟[88]가 송宋나라로부터 길을 빌리지 않고 제나라에 예물을

86 七香車 : 여러 가지 향료를 바르거나 향목으로 만든 수레.

87 袁公 : 중화서국 판본 주석에 따르면, '사본祠本에서는 '원袁'이 '양楊'으로 되어 있는데, 『후한서』 54권에 의하면, 이 네 재상은 양진楊震·양병楊秉·양사楊賜·양표楊彪라고 한 것으로 보아, '양楊'으로 보는 것이 맞을 수도 있다.

전달하는 사신을 보내자[89] 송나라의 화원華元[90]이 저지하면서 말했다.

"우리 땅을 지나가면서 길을 빌리지 않았으니 우리를 얕잡아본 것이오. 우리가 망했다고 생각하기에 얕잡아본 것이 아니겠소? 초나라의 사신을 죽이면 분명 우리를 공격할 것이며, 우리를 공격하면 우리는 결국 망할 수밖에 없을 것이오. 이렇게 하나 저렇게 하나 망하는 것은 마찬가지지요."

그리고 초나라 사신을 죽였다.

초자楚子가 송나라를 포위하여[91] 위급할 때도 화원은 다음과 같이 말했다.

"병사들이 성 밑까지 쳐들어 왔는데 맹약을 맺는다 해도 나라는 망하는 길밖에 없으니, 요구를 따를 수는 없소이다."

정鄭나라의 세 경卿이 도적에게 피살되고[92] 도적 잔당이 송나라로 피신하자, 정나라에서는 말 40승乘과 악사들을 예물로 바치며[93] 도적 잔당 잡는 것을 도와달라고 부탁했다. 송나라는 잔당 세 명을 정나라에 넘겨주고 정나라는 이 세 사람을 죽여 젓을 담갔다. 송나라에 예물로 바쳐진 정나라의 사혜師慧[94]가 송나라 조정을 지나가며 말했다.

"천승千乘을 보유한 제후국의 재상을 방종한 음악을 연주하는 소경인 나와 바꾸었으니, 송나라에는 분명 사람이 없을 것이오."

자한子罕[95]이 이 말을 듣고, 그 예물을 돌려보낼 것을 강경하게 청원했다.

88 申舟 : 전국시대 초나라 대부, 즉 문무외文無畏.
89 신주와 관련된 이야기는 『좌전左傳·(선공宣公 14년)』 참조.
90 華元 : 춘추시대 송나라 공족 대부로, 문공文公·공공共公·평공平公 세 왕을 모시면서 40년 동안 집정했다.
91 초자가 송나라를 포위한 이야기는 『좌전·소공昭公 15년』 참조.
92 정나라의 세 경이 도적에게 피살된 이야기는 『좌전·양공襄公 10년』 참조.
○ '정나라의 세 경'이란 자서子西의 아버지 자사子駟와 백유伯有의 아버지 자이子耳·자산子産의 아버지 자국子國으로 자사가 국정의 대권을 가지고 있었고, 자이는 사공司空을 맡고, 자국은 사마司馬를 맡고 있었는데, 양공 10년 10월 14일 새벽 위지尉止·사신司臣·후진侯晉·도녀부堵女父·자사복子師僕이 이끄는 도적에게 피살되었다.
93 정나라에서 예물을 바친 이야기는 『좌전·양공襄公 15년』 참조.
94 師慧 : 악사樂師 혜慧를 말한다.

진晉나라 한선자韓宣子[96]가 옥가락지 한 짝을 가지고 있었는데, 나머지 한 짝을 정鄭나라 상인이 가지고 있었다. 한선자는 정백鄭伯[97]을 만나 그 나머지를 구하고자 했는데, 자산子産[98]은 이를 주지 않고 다음과 같이 말했다.

"대국의 사신으로 온 한선자는 개인적인 탐욕을 채우기 위해 옥가락지를 요구하고 있는데 아주 무례하면서 위협적입니다. 대국이 요구하는 것을 모두 들어준다고 한들 어찌 대국을 만족시킬 수 있겠습니까! 우리는 결국 그들의 변방 읍이 될 것이고, 그렇게 되면 제후국으로서의 위치를 잃게 될 것입니다. 한선자가 명을 받들고 사신으로 와서 옥가락지를 요구한다면 탐욕이 심한 것이니 어찌 죄가 되지 않겠습니까? 옥가락지를 내어준다면 우리는 제후국으로서의 지위를 잃고 한선자는 탐욕스런 사람이 되는 두 가지 죄를 짓게 되는 것입니다. 정나라는 변방 작은 읍이지만, 옥가락지로 인해 죄를 짓게 된다면 작은 일로 큰 죄를 사는 것이 되니, 주지 않는 것이 옳습니다."

진晉이 평구平丘[99]로 제후 연합회의를 소집하였다.[100] 자산이 공물을 올리는 순서 때문에 다투었는데, 자대숙子大叔이 그를 책망하자 자산이 말했다.

"나라가 다른 나라와 경쟁하지 못하면 다른 나라의 능멸을 당할 것이니, 어찌 나라라고 할 수 있겠소?"

정나라 사언駟偃이 진晉나라 여인에게 장가들었다[101]. 사언이 죽자 정나라

95 子罕 : 악희樂喜의 자가 자한子罕이다. 정목공鄭穆公의 아들로, 정경正卿이다. 송나라 사람이 옥을 손에 넣어 악희에게 헌납하였는데, 악희는 보물을 탐내지 않아서, 받지 않고 거절했다.

96 韓宣子 : 이름은 한기韓起, 시호가 선자宣子이다.

97 鄭伯 : 정장공鄭莊公으로, 이름은 오생寤生이다.

98 子産 : 이름은 공손교公孫僑, 자가子産이다. 정나라 대부로, 40여년 집정했다. 임종 무렵 아들 태숙太叔에게 말했다. "내가 죽으면 필시 네가 집정하게 될 것이다. 덕 있는 자만이 관대한 정치로 백성이 따르게 할 수 있을 뿐, 그렇지 않다면 사납게 하는 것이 낫다. 활활 타오르는 불은 백성들이 보고 두려워하여 멀리 하므로 죽는 자가 드물지만, 물은 나약한 듯 보여 백성들이 쉽게 다가가 놀기 때문에 죽는 자가 많다. 그러므로 관대하게 하는 것이 더 어렵다." 아들 태숙의 이름은 유길遊吉이다. 정경正卿으로, 자산의 뒤를 이어 집정했다.

99 平丘 : 지금의 하남성 봉구현封丘縣 동쪽.

100 진이 평구로 제후 연합회의를 소집한 이야기는 『좌전·소공昭公 13년』 참조.

101 정나라 사언駟偃이 진나라 여인에게 장가든 이야기는 『좌전·소공昭公 19년』 참조.
○ 사언의 자는 자유子遊, 대부로, 진晉나라 여인을 맞아 아들 사絲를 낳았는데, 사언이 죽은 후 숙형들이 사걸駟乞을 후계자로 세웠다. 사걸의 자는 자하子瑕.

사람들은 그의 아들을 제쳐두고 그의 동생을 후계자로 세웠다. 진나라에서 사람을 보내 연유를 묻자, 자산이 대답했다.

> "만약 우리 군왕의 신하 두세 명이 세상을 하직했는데 진나라의 대부가 그 후계자를 자기 마음대로 통제한다고 한다면, 정나라는 진나라 변경의 현이나 읍과 같게 되니, 어찌 국가의 존엄을 말할 수 있겠습니까!"

초楚나라에서 정나라의 대부 인근보印董父를 구금하여[102] 진秦나라에 헌납하자, 정나라는 재물을 주면서 그를 돌려보내달라고 부탁하려고 했다. 자산이 말했다.

> "인근보를 구할 수 없을 것이오. 초나라로부터 전리품을 받고 또 정나라로부터 재물을 받는다면 진秦나라를 어찌 나라라고 할 수 있겠습니까? 나라의 체통을 떨어뜨리는 것이기에 진나라는 틀림없이 그렇게 하지 않을 것이오. 만약 '진나라가 정나라를 도와준 것에 감사합니다. 진나라가 아니었다면 초나라 군사는 아직도 정나라 성 아래 머물러 있을 것입니다'라고 한다면 인근보를 구할 수 있을 것이오."

진나라에 파견된 정나라 사신은 자산의 말을 따르지 않았고, 진나라는 결국 인근보를 내주지 않았다. 그래서 다시 사신을 파견하여 예물을 보내서 자산의 말대로 하고 나서야 인근보를 구해올 수 있었다.

이 몇 가지 이야기를 읽어보면, 춘추 열국들이 각각 수백 년의 역사 속에서 각 나라마다 그들 나름의 치국의 도를 가지고 있었음을 알 수 있다.

---

102 초나라에서 정나라의 인근보印董父를 구금한 이야기는 『좌전·양공襄公 26년』 참조.

••• 卷第十二(十八則)

1. 利涉大川

易卦辭稱「利涉大川」者七,「不利涉」者一。爻辭稱「利涉」者二,「用涉」者一,「不可涉」者一。需、訟、未濟, 指坎體而言。益、中孚, 指巽體而言。渙指坎、巽而言。蓋坎爲水, 有大川之象。而巽爲木, 木可爲舟楫以濟川。故益之彖曰「木道乃行」, 中孚之彖曰「乘木舟虛」, 渙之彖曰「乘木有功」。又舟楫之利, 實取諸渙, 正合二體以取象也。謙、蠱則中爻有坎, 同人、大畜則中爻有巽。頤之反, 對大過, 方有巽體, 五去之遠, 所以言「不可涉」, 上則變而之對卦, 故「利涉」云。

2. 光武棄馮衍

漢室中興, 固皆光武之功, 然更始旣卽天子位, 光武受其爵秩, 北面爲臣矣, 及平王郞, 定河北, 詔令罷兵, 辭不受召, 於是始貳焉。更始方困於赤眉, 而光武殺其將謝躬、苗曾, 取洛陽, 下河東, 翻爲腹心之疾。後世以成敗論人, 故不復議。予謂光武知更始不材, 必敗大業, 逆取順守, 尙爲有辭。彼鮑永、馮衍, 始堅守幷州, 不肯降下, 聞更始已亡, 乃罷兵來歸, 曰:「誠慚以其衆幸富貴。」其忠義之節, 凜然可稱。光武不能顯而用之, 聞其言而不悅。永後以它立功見用, 而衍終身擯斥, 羣臣亦無爲之言者, 吁, 可歎哉!

3. 恭顯議蕭望之

弘恭、石顯議置蕭望之於牢獄, 漢元帝知其不肯就吏, 而訖可其奏, 望之果自殺, 帝召顯等責問以議不詳, 皆免冠謝, 乃已。王氏五侯奢僭, 成帝內銜之, 一旦赫怒, 詔尙書奏誅薄昭故事, 然特欲恐之, 實無意誅也。竇憲恃宮掖聲勢, 奪公主園, 章帝切責, 有孤雛腐鼠之比, 然竟不繩其罪。三君之失政, 前史固深譏之矣。司馬公謂元帝始疑望之不肯就獄, 恭、顯以爲必無憂, 其欺旣明, 終不能治, 可謂易欺而難寤也。予謂師傅大臣進退罪否, 人主當決之於心, 何爲謀及宦者! 且望之先時已嘗下廷尉矣, 使其甘於再辱, 忍恥對吏, 將遂以恭、顯之議爲是耶? 望之死與不死, 不必論也。成帝委政外家, 先漢顚覆, 章帝仁柔無斷, 後漢遂衰, 皆無足責。

4. 鼂錯張湯

鼂錯爲內史, 言事輒聽, 幸傾九卿, 及爲御史大夫, 權任出丞相右。張湯爲御史, 每朝奏事, 國家用日旰, 丞相取充位, 天下事皆決湯。蕭望之爲御史, 意輕丞相, 遇之無禮。三人者, 賢否雖不同, 然均爲非誼, 各以它事至死, 抑有以致之邪。

5. 逸詩書

逸書、逸詩, 雖篇名或存, 旣亡其辭, 則其義不復可考。而孔安國注尙書, 杜預注左傳, 必欲强爲之說。書「汨作」注云「言其治民之功」, 「咎單作明居」注云「咎單, 主土地之官, 作明居, 民法」。左傳「國子賦轡之柔矣」注云「義取寬政以安諸侯, 若柔轡之御剛馬」。如此之類。予頃教授福州日, 林之奇少穎爲書學諭, 講「帝釐下土」數語, 曰:「知之爲知之, 堯典、舜典之所以可言也; 不知爲不知, 九共、槀飫, 略之可也。」 其說最純明可嘉。林君有書解行於世, 而不載此語, 故爲表出之。

6. 刑罰四卦

易六十四卦, 而以刑罰之事著於大象者凡四焉。噬嗑曰「先王以明罰勅法」, 豐曰「君子以折獄致刑」, 賁曰「君子以明庶政, 無敢折獄」, 旅曰「君子以明愼用刑而不留獄」。噬嗑、旅上卦爲離, 豐、賁下卦爲離。離, 明也。聖人知刑獄爲人司命, 故設卦觀象, 必以文明爲主, 而後世付之文法俗吏, 何邪?

7. 巽為魚

易中所言魚, 皆指巽也。姤卦巽下乾上, 故九二有魚, 九四無魚。井內卦爲巽, 故二有射鮒之象。中孚外卦爲巽, 故曰「豚魚吉」。剝卦五陰而一陽。方一陰自下生, 變乾爲姤, 其下三爻, 乃巽體也。二陰生而爲遯, 則六二、九三、九四乃巽體。三陰生而爲否, 則六三、九四、九五乃巽體。四陰生而爲觀, 則上三爻乃巽體。至五陰爲剝, 則巽始亡。故六五之爻辭曰「貫魚」, 蓋指下四爻皆從巽來, 如魚駢頭而貫也。或曰:「說卦不言『巽爲魚』, 今何以知之?」曰:「以類而知之, 說卦所不該者多矣。如『長子』、『長女』、『中女』、『少女』見於震、巽、離、兌中, 而坎、艮之下, 不言『爲中男』、『爲少男』之類, 它可推也。」

8. 三省長官

中書、尙書令在西漢時爲少府官屬, 與大官、湯官、上林諸令品秩略等, 侍中但爲加官, 在東漢亦屬少府, 而秩稍增, 尙書令爲千石, 然銅印墨綬, 雖居幾要, 而去公卿甚遠, 至或出爲縣令。魏、晉以來, 浸以華重, 唐初遂爲三省長官, 居眞宰相之任, 猶列三品。

大曆中乃升正二品。入國朝, 其位益尊, 叙班至在太師之上, 然只以爲親王及使相兼官, 無單拜者。見任宰相帶侍中者才五人：范魯公質、趙韓王普、丁晉公謂、馮魏公拯、韓魏王琦。尙書令又最貴, 除宗王外, 不以假人。趙韓王、韓魏王始贈眞令, 韓公官止司徒, 及贈尙書令, 乃詔自今更不加增, 蓋不欲以三師之官, 贅其稱也。政和初, 蔡京改侍中、中書令爲左輔、右弼, 而不置尙書令, 以爲太宗皇帝曾任此官。殊不知乃唐之太宗爲之, 故郭子儀不敢拜, 非本朝也。

9. 王珪李靖

杜子美送重表姪王評事詩云：「我之曾老姑, 爾之高祖母。爾祖未顯時, 歸爲尙書婦。隋朝大業末, 房、杜俱交友。長者來在門, 荒年自餬口。家貧無供給, 客位但箕帚。俄頃羞頗珍, 寂寥人散後。」云云。「上云天下亂, 宜與英俊厚。向竊窺數公, 經綸亦俱有。次問最少年, 虯 虬髯十八九。子等成大名, 皆因此人手。下云風雲合, 龍虎一吟吼。願展丈夫雄, 得辭兒女醜。秦王時在坐, 眞氣驚戶牖。及乎貞觀初, 尙書踐台斗。夫人常肩輿, 上殿稱萬壽。至尊均嫂叔, 盛事垂不朽。」觀此詩, 疑指王珪。珪相唐太宗, 贈禮部尙書。然細考其事, 大不與史合。蔡條詩話引唐書列女傳云：「珪母盧氏, 識房、杜必貴。」質之此詩, 則珪母乃杜氏也。桐江詩話云：「不特不姓盧, 乃珪之妻, 非母也。」予案唐列女傳, 元無此事, 珪傳末只云：「始隱居時, 與房玄齡、杜如晦善, 二人過其家, 母李窺之, 知其必貴。」蔡說妄云有傳, 又誤以李爲盧, 皆不足辨。但唐高祖在位日, 太子建成與秦王不睦, 以權相傾。珪爲太子中允, 說建成曰：「秦王功蓋天下, 中外歸心, 殿下但以長年, 位居東宮, 無大功以鎭服海內, 今劉黑闥散亡之餘, 宜自擊之, 以取功名。」建成乃請行。其後楊文幹之事起, 高祖責以兄弟不睦, 歸罪珪等而流之。太宗卽位, 乃召還任用。久之, 宴近臣於丹霄殿, 長孫無忌曰：「王珪、魏徵, 昔爲仇讎, 不謂今日得同此宴。」上曰：「珪、徵盡心所事, 我故用之。」然則珪與太宗非素交明矣。唐書載李氏事, 亦采之小說, 恐未必然, 而杜公稱其祖姑事, 不應不實。且太宗時宰相, 別無姓王者, 眞不可曉也。

又有杜光庭虬髯客傳云, 隋煬帝幸江都, 命楊素留守西京, 李靖以布衣往謁, 竊其一妓, 道遇異人, 與俱至太原, 因劉文靜以見州將之子, 言其眞英主, 傾家資與靖, 使助創業之舉, 卽太宗也。按, 史載唐公擊突厥, 靖察有非常志, 自囚上急變。後高祖定京師, 將斬之而止, 必無先識太宗之事。且煬帝在江都時, 楊素死已十餘年矣。此一傳, 大抵皆妄云。

10. 虎夔藩

黃魯直宿舒州太湖觀音院詩云：「汲烹寒泉窟, 伐燭古松根。相戒莫浪出, 月黑虎夔藩。」夔字甚新, 其意蓋言抵觸之義, 而莫究所出。惟杜工部課伐木詩序云：「課隸人入谷斬陰木, 晨征暮返, 我有藩籬, 是缺是補, 旅次于小安。山有虎, 知禁。若恃爪牙之利,必昏黑摚突。夔人屋壁, 列樹白桃, 鏝焉墻, 實以竹, 示式遏。爲與虎近, 混淪乎無良賓客。」其詩句有云：「藉汝跨小籬, 乳獸待人肉。虎穴連里閭, 久客懼所觸。」乃知魯直用此序中語。然杜公在夔府所作詩, 所謂「夔人」者, 述其土俗耳, 本無抵觸之義, 魯直蓋誤用之。

又, 寺齋睡起絶句云：「人言九事八爲律, 儻有江船吾欲東。」按, 主父偃傳, 「上書言九事, 其八事爲律令, 一事諫伐匈奴。」, 謂八事爲律令而言, 則「爲」字當作去聲讀, 今魯直似以爲平聲, 恐亦誤也。

11. 曹操用人

曹操爲漢鬼蜮, 君子所不道, 然知人善任使, 實後世之所難及。荀彧、荀攸、郭嘉皆腹心謀臣, 共濟大事, 無待贊說。其餘智效一官, 權分一郡, 無小無大, 卓然皆稱其職。恐關中諸將爲害, 則屬司隸校尉鍾繇以西事, 而馬騰、韓遂遣子入侍。當天下亂離, 諸軍乏食, 則以棗祗、任峻建立屯田, 而軍國饒裕, 遂芟羣雄。欲復鹽官之利, 則使衛覬鎭撫關中, 而諸將服。河東未定, 以杜畿爲太守, 而衛固、范先束手禽戮。幷州初平, 以梁習爲刺史, 而邊境肅淸。揚州陷於孫權, 獨有九江一郡, 付之劉馥, 而恩化大行。馮翊困於鄜盜, 付之鄭渾, 而民安寇滅。代郡三單于, 恃力驕恣, 裴潛單車之郡, 而單于讋服。方得漢中, 命杜襲督留事, 而百姓自樂, 出徙於洛、鄴者, 至八萬口。方得馬超之兵, 聞當發徙, 驚駭欲變, 命趙儼爲護軍, 而相率還降, 致於東方者亦二萬口。凡此十者, 其爲利豈不大哉！張遼走孫權於合肥, 郭淮拒蜀軍於陽平, 徐晃却關羽於樊, 皆以少制衆, 分方面憂。操無敵於建安之時, 非幸也。

12. 漢士擇所從

漢自中平黃巾之亂, 天下震擾, 士大夫莫不擇所從, 以爲全身遠害之計, 然非豪傑不能也。荀彧少時, 以潁川四戰之地, 勸父老亟避之, 鄕人多懷土不能去, 彧獨率宗族往冀州, 袁紹待以上賓之禮, 彧度紹終不能定大業, 去而從曹操, 其鄕人留者, 多爲賊所殺。袁紹遣使迎汝南士大夫, 和洽獨往荊州, 劉表以上客待之。洽曰：「所以不從本初, 避爭地也。昏世之主, 不可黷近, 久而不去, 讒慝將興。」遂南之武陵, 其留者多爲表所害。曹操牧兗州, 陳留太守張邈與之親友。郡士高柔獨以爲邈必乘間爲變, 率鄕人欲避之, 衆皆以曹、張相親, 不然其言。柔擧宗適河北, 邈果叛操。郭嘉初見袁紹, 謂其謀臣辛評等曰：「智者審於量主, 袁公多端寡要, 好謀無決, 難與共濟大難, 吾將更擧以求主, 子盍去乎？」評等曰：「袁氏今最强, 去將何之？」嘉不復言, 遂去依曹操。操召見, 與論天下事。出曰：「眞吾主也。」杜襲、趙儼、繁欽避亂荊州, 欽數見奇於表, 襲曰：「所以俱來者, 欲全身以待時耳。子若見能不已, 非吾徒也。」及天子都許, 儼曰：「曹鎭東必能濟華夏, 吾知歸矣。」遂詣操。河間邢顒在無終, 聞操定冀州, 謂田疇曰：「聞曹公法令嚴, 民厭亂矣, 亂極則平, 請以身先。」遂裝還鄉里。疇曰：「顒, 天民之先覺者也。」孫策定丹陽, 呂範請暫領都督, 策曰：「子衡已有大衆, 豈宜復屈小職！」範曰：「今捨本土而託將軍者, 欲濟世務也。譬猶同舟涉海, 一事不牢, 卽俱受其敗, 此亦範計, 非但將軍也。」策從之。周瑜聞策聲問, 便推結分好, 及策卒權立, 瑜謂權可與共成大業, 遂委心服事焉。諸葛亮在襄陽, 劉表不能起, 一見劉備, 事之不疑。此諸人識見如是, 安得困於亂世哉！

13. 劉公榮

王戎詣阮籍, 時兗州刺史劉昶字公榮在坐, 阮謂王曰：「偶有二斗美酒, 當與君共飮。彼公榮者無預焉。」二人交觴酬酢, 公榮遂不得一杯, 而言語談戲, 三人無異。或有問之者, 阮曰：「勝公榮者, 不得不與飮酒, 不如公榮者, 不可不與飮酒, 唯公榮可不與飮酒。」此事見戎傳, 而世說爲詳。又一事云：公榮與人飮酒, 雜穢非類, 人或譏之。答曰：「勝公榮者, 不可不與飮, 不如公榮者, 亦不可不與飮, 是公榮輩者, 又不可不與飮, 故終日共飮而醉。」二者稍不同。公榮待客如是, 費酒多矣, 顧不蒙一杯於人乎！東坡詩云：「未許低頭拜東野, 徒言共飮勝公榮。」蓋用前事也。

14. 元豐官制

元豐官制初成, 欲以司馬公爲御史大夫, 又將俟建儲時, 以公及呂申公爲保傅。元祐初, 起文潞公於旣老, 議處以侍中、中書令, 爲言者所攻, 乃改平章軍國重事。自後習以爲制, 不復除此等官, 以謂前無故事, 其實不然也。紹興二十五年十月, 中批右正言張扶除太常卿, 執政言自來太常不置卿, 遂改宗正, 復言之, 乃以爲國子祭酒。近歲, 除莫濟祕書監, 濟辭避累日, 然後就職。已而李燾、陳騤、鄭丙皆爲之, 均曰：「職事官, 何不可除之有！」

15. 耳餘袁劉

張耳、陳餘少時爲刎頸交, 其後爭權, 相與致死地而不厭, 蓋勢利之極, 其究必然。韓馥擧冀州以迎袁紹, 而終以懼死。劉璋開門延劉備, 坐失益州。翟讓提兵授李密, 而擧族不免。爾朱兆以六鎭之衆付高歡, 而卒斃於歡手。紹、密、歡忘其所自, 不足深責。孰謂玄德之長者而忍爲此邪！

16. 周漢存國

周之初, 諸侯千八百國, 至王赧之亡, 所存者才八國耳, 七戰國與衛也。然趙、韓、魏分晉而立, 齊田氏代姜而興, 其有土各不及二百年, 俱非舊邦。秦始皇乃呂氏子, 楚幽王乃黃氏子, 所謂嬴、芈之先, 當不歆非類。然則惟燕、衛二姬姓存, 而衛至胡亥世乃絶, 若以爲召公、康叔之德, 則周公豈不及乎！

漢列侯八百餘人, 及光武而存者, 平陽、建平、富平三侯耳。建平以先降梁王, 永奪國。平陽爲曹參之後, 富平爲張安世之後。參猶有創業之功, 若安世則湯子也, 史稱其推賢揚善, 固宜有後, 然輕重其心, 殺人亦多矣, 獨無餘殃乎！漢侯之在王莽朝, 皆不奪國, 光武乃但許宗室復故, 餘皆除之, 雖酇侯亦不紹封, 不知曹、張兩侯, 何以能獨全也？

17. 曹操殺楊脩

曹操殺楊脩之後, 見其父彪, 問曰：「公何瘦之甚？」對曰：「愧無日磾先見之明, 猶懷老牛 (舐)犢之愛。」操爲之改容。古文苑載操與彪書, 數脩之罪, 以爲恃豪父之勢, 每不與吾同懷, 將延足下尊門大累, 便令刑之。且贈彪錦裘二領, 八節角桃杖一枝, 青牸牛二頭, 八百里驊騮馬一匹, 四望通幰七香車一乘, 驅使二人。又遺其妻裘、韡、有心青衣二人, 錢絹甚厚。卞夫人亦與袁夫人書云：「賢郎有蓋世文才, 闔門欽敬, 明公性急, 輒行軍法。」以衣服、文絹、房子官錦、香車送之。彪及袁夫人皆答書引愆致謝。是時, 漢室將亡, 政在曹氏, 袁公四世宰相, 爲漢宗臣, 固操之所忌, 彪之不死其手, 幸矣。嗚呼危哉！

18. 古人重國體

古人爲邦, 以國體爲急, 初無小大强弱之異也。其所以自待, 及以之待人, 亦莫不然。故執言修辭, 非賢大夫不能盡。楚申舟不假道于宋而聘齊, 宋華元止之, 曰：「過我而不假道, 鄙我也。鄙我, 亡也。殺其使者, 必伐我。伐我, 亦亡也。亡, 一也。」乃殺之。及楚子圍宋旣急, 猶曰：「城下之盟, 有以國斃, 不能從也。」鄭三卿爲盜所殺, 餘盜在宋, 鄭人納賂以請之。師慧曰：「以千乘之相, 易淫樂之矇, 宋無人焉故也。」子罕聞之, 固請而歸其賂。晉韓宣子有環在鄭商, 謁諸鄭伯, 子産弗與, 曰：「大國之求, 無禮以斥之, 何饜之有！ 吾且爲鄙邑, 則失位矣。若大國令而共無藝, 鄭鄙邑也, 亦弗爲也。」晉合諸侯于平丘, 子産爭貢賦之次, 子大叔咎之。子産曰：「國不競亦陵, 何國之爲！」鄭駟偃娶于晉, 偃卒, 鄭人舍其子而立其弟, 晉人來問, 子産對客曰：「若寡君之二三臣, 其卽世者, 晉大夫而專制其位, 是晉之縣鄙也, 何國之爲！」楚囚鄭印堇父, 獻于秦, 鄭以貨請之。子産曰：「不獲。受楚之功, 而取貨于鄭, 不可謂國, 秦不其然。若曰鄭國微君之惠, 楚師其猶在敝邑之城下。」弗從, 秦人不予。更幣, 從子産而後獲之。讀此數事, 知春秋列國各數百年, 其必有道矣。

••• 용재수필 권 13(18칙)

1. 간언과 유세의 어려움 諫說之難

한비韓非[1]는 간언과 유세의 어려움에 대해 말한 「세난說難」 편을 저술했다. 그런데 왕에게 간언했다가 화를 당했다. 즉, '세난'으로 인하여 죽음을 맞이한 것이다. 왕에게 간언하는 것이 예로부터 이처럼 어려웠다. 신하가 간언하려는 내용을 왕이 미리 알고서, 처음에는 받아들이지 않다가 결국 받아들여 실행에 옮기기도 했다. 이런 경우는 그나마 전화위복인 셈이다.

진秦나라 목공穆公이 진晉나라 혜공惠公을 사로잡았다.[2] 진晉나라의 음이생陰飴甥[3]이 회맹에 참석하러 갔는데, 그가 진晉나라를 위해 유세하리라는 것은 의심의 여지가 없었다. 목공이 음이생에게 물었다.

> "진晉나라는 평온한가요?"
> "평온하지 않습니다. 소인들은 반드시 원수를 갚아야 한다고 말하고, 군자들은 반드시 덕으로 갚아야 한다고 말합니다."
> "귀국에서는 우리에게 잡혀온 군왕이 어찌 될 것이라는 말들이 오가나요?"
> "소인들은 사형을 면치 못할 것이라고 말하고, 군자들은 반드시 돌아오실 것이라

---

1 韓非 : 전국시대 한韓나라의 귀족. 형명刑名과 법술法術을 좋아했고, 이사李斯와 함께 순경荀卿의 제자였는데, 이사는 그에게 열등감이 있었다. 자신의 저작이 진시황제로부터 추앙을 받아서 진나라에 갔다가, 오히려 이사의 모함에 빠져서 죽었다. 「고분孤憤」과 「왕두王蠹」·「세난說難」 등을 저술했다.

2 진목공이 진혜공을 사로잡은 이야기는 『좌전·희공僖公 15년』 참조.
○ 진목공 영임호嬴任好는 성공成公의 아우로, 춘추오패 중의 하나. 백리해百里奚와 건숙蹇叔 등 지모가 뛰어난 인물이 보좌하여 국세가 날로 강해졌다.

3 陰飴甥 : 여이생呂飴甥. 진혜공 때 대부로, 음陰을 식읍으로 받았으므로 음이생陰飴甥이라고도 한다.

고 말합니다. 진秦나라에서 은덕을 보여줄 기회에 오히려 원한을 사는 일을 하지 않으리라는 것이지요."

진나라는 결국 혜공을 돌려보냈다.

진秦나라가 조趙나라를 공격했다[4]. 조나라가 제나라에 구원을 요청하자, 제나라에서는 장안군長安君[5]을 인질로 삼기를 원했다. 태후가 이를 허락하지 않으면서 말했다.

"이 얘기를 다시 꺼낸다면 그 얼굴에 이 늙은이가 반드시 침을 뱉을 것이다."

좌사左師 촉룡觸龍이 만나기를 청했다. 태후는 화가 잔뜩 나서 그를 들여보내라고 했다. 그가 필시 이 일 때문에 왔다는 것을 알았기 때문이다. 좌사는 천천히 자리에 앉고서 먼저 태후에게 어디 아픈 곳은 없는지 묻고, 이어서 결원이 생긴 흑의위사黑衣衛士[6]에 자신의 어린 아들을 충원하는 것을 허락해달라고 청탁했다. 태후가 말했다.

"아니, 사나이 대장부도 자신의 어린 아들을 아끼고 위한단 말이오?"
"여자보다 더 심하옵니다."

그리고 나서 그의 딸 연후燕后[7] 이야기를 하고, 이어서 조나라 왕 자손들이 세 세대[8] 동안 제후로서 세운 공이 없어 재앙이 닥친 현 상황을 조목조목 자세히 따져 말하였다. 태후가 깨닫는 듯하자 이어서 물었다.

"장안군이 조나라에서 무엇에 의지하여 살겠사옵니까?"

4 진나라가 조나라를 공격하여 조나라가 제나라에 구원을 요청한 이야기는 『사기史記·조세가趙世家』 참조.
5 長安君 : 조나라 태후의 어린 아들, 장안군은 그의 봉호封號이다.
6 黑衣衛士 : 전국시대 조나라 왕궁 숙위가 항상 검은 옷을 입었기 때문에 궁정 호위 무사를 흑의위사라고 했다.
7 燕后 : 조나라 태후의 딸, 연燕나라로 시집가 후后가 되었다.
8 세 세대란 조나라 무령왕武靈王·혜문왕惠文王·효성왕孝成王을 말한다.

그러자 태후는 다음과 같이 말했다.

"그대 하고 싶은 대로 하시지요."

장안군은 제나라로 가 인질이 되었다.

범저范雎가 진秦나라에서 갈수록 왕과 소원해졌는데,[9] 때마침 진나라에 입국한 채택蔡澤이 사람을 시켜 범저를 격노하게 하는 말을 전하였다.

연나라 유세객 채택은 천하의 변사辯士이다. 그가 일단 진나라 왕을 만나면 필시 범저의 지위를 빼앗을 것이다.

범저가 말했다.

"내가 이미 백가의 학설을 알고 있고, 수많은 변사의 언변을 모두 꺾어놓았는데, 그가 어떻게 내 지위를 빼앗을 수 있겠는가?"

사람을 시켜 채택을 불러 오게 했다.

"당신이 내 재상의 자리를 대신하겠다고 선언했다는데, 그런 일이 있소?"
"그렇습니다."

채택은 상군商君과 오기吳起·대부종大夫種 등의 일을 예로 인용하여 자신이 재상의 자리에 오를 수 있다고 말했다. 범저는 채택이 유세를 통하여 자기를 곤경에 처하게 하려는 걸 알고 짐짓 말했다.

"살신성명殺身成名만 할 수 있다면 무엇인들 못하겠소이까?"

채택은 굉요閎夭[10]와 주공周公의 충성忠聖을 예로 들어 목숨과 명성을 모두 보전할 수 있다는 논리로 그를 설득하였다. 또 진나라 왕은 더 이상 진효공秦孝

9 범저范雎가 진나라 왕과 소원해진 이야기는 『사기·범저채택열전范雎蔡澤列傳』 참조.
10 閎夭 : 주나라의 개국공신으로, 산의생散宜生·태전太顚 등과 함께 서백西伯(문왕) 희창姬昌을 보좌했다. 서백이 주왕紂王에게 붙잡혀 갇혔을 때, 꾀를 내서 주왕에게 미녀와 보물을 바쳐서 위험에서 구해냈다. 나중에 무왕을 보좌하여 상商을 멸망시켰다.

公이나 초왕楚王·월왕越王처럼 공신을 대우하지 않고 범저의 공 또한 굉요 등만 못하므로, 재상의 인장을 반환하여 현자에게 양보할 것을 권유했다. 범저는 채택의 논리에 숙연해지면서 처음의 분노와 번뇌를 잊어버릴 수 있었다. 그리고 예전 달변가로서의 자리에서 내려와, 경건하게 가르침을 받아들이고, 그를 맞이하여 귀빈으로 대접했다. 결국 범저를 대신해서 진나라 재상이 된 것은 채택이었다.

진시황이 생모를 궐에서 내쫓을 때, "감히 태후의 일로 내게 간언하는 자가 있으면 죽이겠다"고 했고, 실제로 스물일곱 명을 죽였다. 모초茅焦[11]가 간언을 청하자, 왕은 가마솥을 준비시켜 삶아 죽이려고 했다. 모초가 걸桀·주紂의 광기어리고 패악스러운 행실을 가지고 성토했는데, 말이 채 끝나기도 전에 진시황 모자는 관계를 회복할 수 있었다.

음이생의 말은 의리로부터 나왔고, 좌사의 계책은 사랑으로부터 펼쳐 나왔고, 채택의 말은 도리로부터 격동되었다. 모초 같은 경우는 그야말로 범의 이빨을 뽑은 것이나 마찬가지다. 범저는 일찍이 30여년 권력을 휘두른 진소왕秦昭王의 외숙 양후를 곤경에 처하게 하여 그 자리를 빼앗았는데, 어째서 갑자기 채택만도 못하게 되었을까! 그때는 그때이고 지금은 지금이기 때문이리라.

2. 한복과 유장 韓馥劉璋

한복韓馥[12]이 기주冀州로 원소袁紹를 맞아들이려고 하자, 그의 신료 경무耿武와

11 茅焦 : 전국시대 말기 제齊나라 사람. 진왕秦王 정政 10년(B.C.238), 진왕 정은 노애嫪毒와 태후의 간음 사건으로 인해 노애를 죽이고 태후를 옹雍으로 유폐시켰다. 모초는 태후를 복귀시켜 효도를 다하라고 진왕에게 극력 간언했다. 이에 진왕 정은 태후를 함양으로 복귀시켜 감천궁甘泉宮에서 기거하게 했고, 모초는 이로 인해 상경上卿에 책봉되었다.

12 韓馥 : 자 문절文節. 동한 말년 어사중승을 지냈고, 후에 동탁董卓에 의하여 기주목으로 파견되었다. 각 지역 제후가 동탁 토벌을 위하여 기병할 때, 한복도 그 중 하나로 참여하였다. 한복은 원소와도 유우劉虞를 황제로 옹립할 뜻을 세운 적이 있었다. 당시 기주는 인구가 많고 무기와 식량이 풍부하여, 원소가 계략을 짜 기주를 탈취했다. 한복은 몸을 피해 장막張邈

민순閔純·이력李歷·조부趙浮·정환程渙 등이 모두 그만두라고 간언했지만 한복은 듣지 않았다. 원소가 기주로 오고 나서, 앞서 언급한 사람들은 모두 죽임을 당했다.

유장劉璋[13]이 유비劉備를 맞아들이려고 하자, 주부主簿 황권黃權과 왕루王累·명장 양회楊懷와 고패高沛 등이 만류하였다. 유장은 황권을 쫓아내고 그의 말을 받아들이지 않았고, 두 장군은 나중에 유비에게 죽임을 당했다.

왕준王浚[14]이 석륵石勒[15]에게 사기를 당하자, 독호督護 손위孫緯를 비롯한 장군과 보좌진이 모두 석륵에게 항거하려고 했다. 왕준은 화가 나서 그들을 참수하려고까지 하였는데, 결국 그들은 모두 석륵에게 죽임을 당했다.

경무와 민순·양회·고패 등과 같은 사람들은 자기가 모시는 주군에게 충성을 다했다는 것은 인정할 수 있겠지만, 주군을 제대로 선택했느냐 하는 점에서는 그렇다고 할 수 없다. 오호! 난세에 태어나 죽음에 이르기까지 변절하지 않았으니, 어질다 하지 않을 수 있을까!

에게 의탁했다. 후에 장막이 원소의 사자와 만나자, 한복은 자기를 해치려는 것이라고 여겨, 측간에서 서각용 칼로 자살했다.

13 劉璋(?~220) : 후한 말의 군벌. 자 계옥季玉. 강하江夏 경릉竟陵(지금의 호북성 천문天門) 사람. 유장은 사람 됨됨이가 나약하고 의심이 많았다. 한중漢中의 장로張魯가 방종하여 유장의 명령을 듣지 않자, 유장이 장로의 모친과 아우를 살해하여 쌍방이 원수가 되었다. 유장이 방희龐羲를 파견하여 장로를 공격하게 했으나 패하고, 얼마 후에 익주에서 내란이 일어나 가까스로 평정을 했는데, 또 조조가 공격해온다는 소식이 전해져, 다급한 마음에 유장은 수하 장송張松·법정法正의 말을 듣고 유비를 익주로 들어오도록 맞이하여 유비의 힘을 빌어 장로와 조조에게 대항하려고 했다. 그러나 전혀 뜻밖에도 유비가 거꾸로 유장을 공격하여, 유장은 형주로 쫓겨났다. 나중에 손권이 관우를 죽이고 형주를 얻어서 유장을 익주목으로 삼았으나 곧 병사하였다.

14 王浚(252~314) : 왕심王沈의 아들로, 자는 팽조彭祖, 태원太原 진양晉陽(지금의 산서성 태원) 사람.

15 石勒(274~333): 16국 시기 후조後趙를 건립한 명제明帝(319~333년 재위). 자 세룡世龍, 원명 복륵卜勒. 상당上黨 무향武鄕(지금의 산서성 유사楡社 북쪽) 사람. 갈족羯族. 노예 신분에서 제위에 오른 역사상 유일한 인물이라고 한다.

3. 소하와 방현령의 사람 보는 안목 蕭房知人

한 고조가 행군하여 남정南鄭에 이르렀을 때 한신韓信이 말도 없이 달아나자, 소하蕭何는 자신이 직접 쫓아갔다. 고조가 소하를 욕했다.

> "그동안 도망친 장수가 이미 수십 명이거늘 너는 그 중 한 사람도 쫓아가지 않았는데 한신을 쫓아가다니, 이건 사기가 아니냐!"

소하가 말했다.

> "다른 장수는 쉽게 구할 수 있습니다만 한신 같은 사람은 나라에 둘도 없을 중요한 인물입니다. 반드시 천하를 다투고자 하신다면, 한신이 아니면 함께 일을 도모할 사람이 없습니다."

그리하여 한신을 대장으로 임명하여 결국 한 제국의 대업을 이루었다.

당 태종太宗이 진왕秦王일 때였다. 막료 중 외지로 배치된 사람이 많아 그것을 걱정하고 있는데 방현령房玄齡[16]이 말했다.

> "곁을 떠나는 사람이 아무리 많아도 아까울 게 없습니다. 다만 두여회杜如晦[17]만은 왕을 보좌할 만한 인재이니, 왕께서 천하를 경영코자 하신다면 두여회를 곁에 두십시오. 두여회를 내친다면 일을 함께 할 수 있는 사람이 없습니다."

그래서 진왕은 방현령을 막부에 남도록 해달라고 청하는 상소를 올렸고, 방현령은 후에 명 재상이 될 수 있었다.

한신과 두여회가 떠나느냐 남느냐의 여부가 이처럼 나라의 흥망치란과 연관되었으니, 이를 알아 본 소하와 방현령의 사람 보는 안목을 따를 자가 천하 어디에도 없다.

16 房玄齡(578~649) : 당나라 개국 재상. 방교房喬. 자 현령玄齡, 일설에는 이름 현령, 자 교송喬松이라고도 한다. 제주齊州 임치臨淄(지금의 산동성 치박淄博) 사람.

17 杜如晦(585~630) : 당나라 초기 명재상. 자 극명克明, 경조京兆 두릉杜陵(지금의 섬서성 서안 남쪽) 사람. 명재상의 표본으로 방현령과 더불어 방모두단房謀杜斷(방현령의 지모와 두여회의 결단)이라고 일컬어진다.

번쾌樊噲가 고조를 따라 풍패豐沛[18]에서 기병하여 패상霸上[19]으로의 환군을 권유하고 홍문鴻門[20]의 곤경에서 벗어나게 해주었으니, 그 공 또한 작다고 할 수 없지만, 한신은 그와 같은 반열에 있는 것이 부끄러울 지경이었다. 당검唐儉[21]이 태종을 도와 위대한 계책을 세우고, 포주蒲州 독고회은獨孤懷恩의 반란을 알리고,[22] 돌궐을 평정할 계획을 세웠기 때문에, 평범한 신하가 아니었다고 할 수 있다. 그러나 이정李靖[23]은 당검을 잃어도 아까울 것이 없다고 여겼다.

한신과 이정을 번쾌와 당검에 비교하는 것은 큰곰[熊羆]을 삵괭이[狸狌]에 비교하는 것과 같다. 제왕이 대업을 이루는 것은 결코 한 인물의 지략으로만 되는 것이 아니다. 반드시 한신 같은 대장군과 두여회 같은 현상賢相을 기다려 그들을 등용한 후에야 대업을 이룩할 수 있는 법이니, 이 얼마나 어려운가! 소하나 방현령 같은 사람을 휘하에 두어 유능한 인재를 선별하여 등용할 수 있게 할 수만 있다면, 주옥같은 인재들이 청하지 않아도 저절로 모여들 것이다.

18 豐沛 : 한 고조의 고향.
19 霸上 : '灞上'으로도 표기한다. 지금의 섬서성 서안 동남쪽, 남전藍田 서쪽이다. 옛날 함양·장안 근처의 군사 요충지로, 유방이 진秦을 멸망시킬 때 이 곳을 경유하여 함양으로 들어갔다.
20 鴻門 : 섬서성 임동臨潼 동쪽. 진秦 2세 3년(B.C.207) 항우가 거록鉅鹿(지금의 하북성 평향平鄕)에서 진의 주력군을 섬멸하고, 함곡관을 통과한 뒤 이곳에 주둔했다.
21 唐儉(579~656) : 자 무약茂約, 병주并州 진양晉陽(지금의 산서성 태원) 사람. 능연각凌煙閣 24공신 중의 하나. 난세에 북주北周에서 출생하여, 당 고종 때 사망했다.
22 당대 초기, 당검唐儉과 영안왕永安王 이효기李孝基 등이 유무주劉武周에게 잡혔는데, 옥중에서 원군실元君實의 입을 통해 독고회은이 반란을 일으키려고 한다는 첩보를 듣게 되었다. 이때 독고회은은 포주에 주둔하고 있었는데, 당검이 사람을 보내 독고회은이 반란을 일으키려고 한다는 소식을 알리게 했다.
23 李靖(571~649) : 자 약사藥師, 옹주雍州 삼원三原(지금의 섬서성 삼원 동북쪽) 사람. 수말당초 장교였고, 당대에 문무를 겸비한 유명한 군사가였다.

4. 유사의 시 兪似詩

영주英州[24] 북쪽 30리 지점에 금산사金山寺가 있다. 내가 예전에 그곳에 갔다가, 법당 뒷벽에 적힌 절구絶句 두 수를 본 적이 있다. 승려가 말했다.

"광주廣州 영할鈴割 유사兪似의 처 조부인趙夫人이 쓴 것이죠."

시 구절이 소탈하고 비범하며 자획의 크기는 직경 네 치 정도인데 설직薛稷[25]의 서체를 닮아 필력이 넘쳐 매우 마음에 들었다. 몇 년 뒤 또 그곳을 지나게 되었는데 승려는 떠나서 아무도 남아 있지 않고, 벽도 또한 거의 허물어졌었다. 그래도 그 시의 내용을 되짚어 기억할 수 있을 듯하여, 여기에 기록해둔다.

첫번째 시는 다음과 같다.

구응韝鷹 보내 한 번 불러 포식하려 마오,	莫遣韝鷹飽一呼,
어느 장군이 흉노 멸하려는 뜻 세우겠소.	將軍誰志滅匈奴.
올해 들어 만사가 의지 꺾는데,	年來萬事灰人意,
다만 산을 바라보니 촉촉해지는 눈.	只有看山眼不枯.

두번째 시는 다음과 같다.

짹짹 구구 소리 울리는 사이 다니며 먹고,	轉食膠膠擾擾間,
산림 천석 높이 거닐면서 올라오라 하지 않네.	林泉高步未容攀.
평생 신을 나막신 아직 있어서 흥이 나니,	興來尙有平生屐,
관령 동남쪽은 도처에 산이라.	管領東南到處山.

아마도 유사兪似가 지은 것인 듯하다.

---

24 英州 : 지금의 광동성廣東省 영덕英德.

25 薛稷(649~713) : 당나라 때 화가이자 서예가. 자는 사통嗣通, 포주蒲州 분음汾陰(지금의 산서성 만영萬榮) 사람. 황문시랑黃門侍郎·참지기무參知機務·태자소보太子少保·예부상서禮部尙書 등을 역임했고, 나중에 옥중에서 사사賜死 처분을 받았다. 우세남虞世南·구양순歐陽詢·저수량褚遂良 등과 더불어 초당 4대 서예가였다.

5. 오격의 짤막한 사 한 수 吳激小詞

선친께서 연산燕山[26]에 계실 때 북방 사람 장총張總 시어侍御의 집에 모임이 있어서 가셨었다. 시녀들이 나와서 술시중을 드는데 그 중 한 사람이 솟아오르는 슬픔을 억누르는 듯 매우 가련한 모습인지라, 그 까닭을 물으니 바로 선화전宣和殿[27]의 어린 궁녀였다. 좌객 중 한림직학사翰林直學士 오격吳激[28]이 이를 소재로 하여 사詞를 한 수 지으니, 듣고 모두 눈물을 뿌렸다.

남조는 천고의 세월 동안 상심했던 지역,	南朝千古傷心地,
여전히 후정화를 부르는구나.	還唱後庭花.
옛날 망족 왕씨와 사씨는,	舊時王謝,
당 앞 제비가 되었나,	堂前燕子,
누구 집으로 날아갔었나?	飛向誰家?
황망한 가운데 서로 만나보니,	恍然相遇,
선녀의 자태가 눈보다 하얗고,	仙姿勝雪,
칠흑같은 검은 머리.	宮髻堆鴉.
강주사마가,	江州司馬,
푸른 삼옷 입고 눈물 젖어,	靑衫濕淚,
마찬가지로 저 하늘 끝에 있어.	同是天涯.

오격의 자는 언고彥高이며 미불米芾[29]의 사위이다.

26 燕山 : 하북평원 북측에 위치한 산맥. 군사적으로 중요한 곳으로, 예로부터 근대까지 전쟁이 터지면 가장 먼저 확보하려고 했던 요충지였다.

27 宣和殿 : 북송 황궁 건축 중의 하나. 중건을 거쳐서 나중에는 보화전保和殿이라고 했다. 책이나 그림을 보관하는 용도로 썼다. 북송 황실의 3대 장서 장소였다.

28 吳激(?~1142) : 자 언고彥高, 호 동산東山, 구녕甌寧(지금의 복건 건구建甌) 사람이다. 부친은 오식吳栻으로, 북송 때 진사 급제하여 관직이 재상에까지 이르렀다. 오격은 진사 급제하여 소주蘇州 지주를 지낸 적이 있다. 미불의 사위로, "자획이 빼어나 미불의 필체를 얻었다"는 평이 있다. 사詞는 채송년蔡松年과 나란히 이름을 날려, 당시 '오채체吳蔡體'라고 했다. 원호문은 그를 나라에서 제일가는 작가로 꼽았다.

29 米芾(1051~1107) : 북송北宋의 서예가·화가. 자 원장元章. 수묵화뿐만 아니라 문장·서書·시詩·고미술 일반에 대하여도 조예가 깊었다. 글씨에 있어서는 송4대가의 하나로 꼽히며, 왕희지王羲之의 서풍을 이었다. 그림은 강남의 운연雲煙어린 아름다운 자연을 묘사하기 위하여 미점법米點法이라는 독자적인 점묘법點描法을 창시해, 원말 4대가와 명明나라의 오파吳派에게 그 수법을 전했다.

6. 군자의 통치 여부 君子爲國

『좌전』에서 "군자가 없으면 나라가 다스려질까?"라고 했다. 옛날 나라를 다스릴 때는 언사言辭의 억양抑揚과 경중이 모두 사람이 있느냐 없느냐 여부에 의하여 결정되었다.

진晉나라가 거짓 꾀를 내어 진秦나라에서 지모가 뛰어난 사회士會를 데려갈 때, 요조繞朝가 말했다.

> "당신은 진秦나라에 사람이 없다고 하지 마시오. 나의 계책이 채택되지 않았기 때문일 뿐이오."

초楚나라의 자반子反은 다음과 같이 말했다.

> "조그맣기 짝이 없는 송나라에도 남을 속이지 않는 신하가 있는데, 초나라에 남을 속이지 않는 신하가 없을 수 있소이까?"

송나라가 정나라의 뇌물을 받아먹자, 정나라의 사혜師慧가 말했다.

> "송나라에는 필시 사람이 없을 것이다."[30]

노나라의 계무자季武子가 맹초孟椒의 의견을 받아들여 회맹 내용에 장흘臧紇[31]의 죄를 기록하자, 장흘이 말했다.

> "나라에 인재가 있었구나."

가의賈誼는 「치안책治安策」에서 흉노가 한나라를 업신여기고 우습게 보는 것을 논하면서 다음과 같이 말했다.

---

30 師慧 : 춘추시대 정나라의 맹인 악사. 송나라로 망명한 자들과 교환하는 조건으로 정나라 왕이 그를 송나라로 보냈다. 그는 항상 고향을 그리워했고, 송나라 조정에 들어간 기회를 틈 타 일부러 기이한 행동을 하면서 '송나라에 사람이 없어서 정치적 문제의 경중을 모른다'고 풍자했다. 송나라 평공平公은 그를 정나라로 돌려보냈다.

31 臧紇 : 노나라의 대부. 자 무중武仲. 장씨 가문의 후계자였는데 맹손씨孟孫氏에게 죄를 지어 계손씨季孫氏의 공격을 받고 주邾나라로 망명하였다.

> 상황이 이렇게까지 거꾸로 되어 가는데 해결할 수 있는 사람이 없으니, 그래도 나라에 사람이 있다고 할 수 있는가?

후세에도 이 정도에 이르지는 않았지만, 적이 넘보지 못하며 '저들에게 사람이 있으니 아직 넘볼 수 없다'고 말하곤 했다. 한 인물이 구정九鼎[32]보다 중요하다는 것을 어찌 믿지 않을 수 있겠는가!

7. 태괘는 양이다 兌爲羊

'태兌'괘[☱]는 양羊이다. 『역경易經』에서 양을 언급한 괘는 모두 세 개이다. '쾌夬'괘[䷪]의 구사九四 효사에서 "양을 끌 듯 하면 후회가 없다[牽羊悔亡]"라고 했고, '귀매歸妹'괘[䷵]의 상육上六 효사에서 "선비가 양을 베었는데 피가 없다[士刲羊, 無血]"라고 하였으니, 모두 '태兌'괘이다.

'대장大壯'괘[䷡]의 내괘와 외괘는 바로 '진震'괘[☳]와 '건乾'[☰]괘로, 세 효는 모두 양羊을 언급하며, '복復'괘[䷗]에서 양효陽爻 하나가 위로 올라가 두 번째 효에 도달해 '임臨'괘[䷒]가 되면 '태兌'의 본체가 나타난다. 그래서 구삼九三 효사에서 "숫양이 울타리를 들이받아 그 뿔이 걸리다[羝羊觸藩, 羸其角]"라고 하였으니, 세 개의 양陽효가 있는 '태泰'괘[䷊]가 되어 '태兌'괘가 사라진다는 것이다. 이로부터 양陽이 위로 올라가, '건乾' 괘[䷀]에 이르러 멈춘다. 육오六五에서 "양을 쉽게 잃는다[喪羊于易]"라고 했으니, 구삼九三·구사九四·육오六五가 '태兌' 괘가 된다는 것으로, 상육上六에서 다시 "울타리를 들이받아 물러서지 못하니[觸藩不能退]", 양陽이 '쾌夬'에서 풀리려고 하는데 어찌 위에 '태兌'가 떡 버티고 있는 것을 용납하겠는가! 구사 가운데 효 역시 '태兌' 괘를 근본으로 하는데 "괴로워하지 않는다[不羸]'라고 한 것은 '진震' 괘의 양陽이 왕성한 것에 근거한 것일 뿐이다.

32 九鼎 : 우왕禹王이 하夏나라를 세우고 천하를 구주九州로 나눈 뒤, 구주의 주목州牧더러 청동을 상납하게 하여 주조했다는 아홉 개의 솥으로, 천하·왕권·통일 등을 상징한다.

8. 안자와 양웅 晏子揚雄

제나라 장공莊公이 난을 당했을 때, 안자晏子는 죽지도 않고 도망하지도 않고 말했다.

> "군주가 사직을 위하여 죽으면 군주를 위해 죽는 것이고, 사직을 위하여 도망가면 군주를 위해 도망가는 것이 된다. 만약 군주가 자신을 위해 죽고 자기를 위해 도망간다고 하면, 그가 개인적으로 가까이 하던 사람 말고 누가 감히 그 책임을 떠맡을 수 있겠는가!"

최저崔杼[33]와 경봉慶封[34]이 나라 사람들에게 맹세하면서 "최씨와 경씨를 따르지 않는 사람"이라는 말을 하자, 안자가 탄식하면서 말했다.

> "나 안영이 군주에게 충성하고 사직을 이롭게 하는 사람을 따르지 않는다면, 상제가 증명해주리라!"

안자의 이 말의 뜻은 예양豫讓이 말한 "다른 사람들이 나를 어떻게 대하느냐에 따라 나도 그를 대한다"는 말의 뜻과 같다. 다만 자신은 장공을 위하여 희생하지는 않을 것이라는 말이었을 뿐이다. 의연하게 정의에 의거해 사직을 위하여 변론한 것을 따지자면 예양도 그에게 비할 바가 못 된다.

양웅揚雄이 한나라 조정에 출사하여, 왕망王莽의 변란을 직접 겪고 은퇴하여

33 崔杼(?~B.C.546) : 춘추시대 제나라 대부. 최자崔子·최무자崔武子라고도 한다. 제나라 혜공惠公 때 정경正卿이 되어, 약관의 나이에 혜공의 총애를 받았다. 혜공이 죽자 고씨高氏와 국씨國氏에게 쫓겨나서, 위衛나라로 달아났다. 나중에 제나라로 돌아와, 영공靈公 때 군대를 이끌고 정·진秦·노·거莒 등을 공격했다. 영공이 병으로 위독하자 태자 여광呂光(장공莊公)을 맞아 세웠다. 나중에 장공이 그의 처 당강棠姜과 사통하자, 당무구棠無咎와 연합하여 장공을 죽이고, 장공의 동생 저구杵臼(경공景公)를 옹립하여, 자기는 우상右相이 되었다. 2년 후 아들 최성崔成 등과 권력을 다투어 가족끼리 분규가 생겼다. 좌상 경봉慶封이 이 틈을 타서 최씨를 멸하니, 최저는 자살했다.

34 慶封(?~B.C.538) : 춘추시대 제나라 대부. 자 자가子家 또는 자계字季. 최저崔杼가 장공을 죽이고 경공을 옹립하고, 최저와 경봉이 우상과 좌상을 맡았다. 경공 2년 최씨 집안의 혼란을 틈타 최씨를 멸하고 정권을 잡았다. 주색에 빠져서 지내다가 노나라로 도망쳤고, 그 후 오나라로 도망쳤다. 초나라의 공격으로 멸족 당했다.

그 자신을 보통 사대부 대열에 의탁하여, 고위 관료들과 함께 죽지 않고 자신의 길을 지키면서 생을 마친 것은 안자와 같다고 할 수 있다. 세상의 유자들은 간혹 「극진미신劇秦美新」[35]을 가지고 그를 폄훼하는데, 이것은 옳다고 할 수 없다. 그것은 양웅이 부득이하여 쓴 것이다. 그 글에서 왕망의 덕을 칭송하고 찬미하려다 보니 어쩔 수 없이 포악한 진秦보다 미화할 수밖에 없었던 것일 뿐, 그 깊은 뜻을 알아보기 어렵지 않다. 오제五帝에 짝하고 삼왕三王보다 으뜸이고 개벽 이래 이러한 인물이 있었음을 들어보지 못했다고 서문에서 운운한 것은 사실 왕망을 희롱한 것일 뿐이다. 만약 양웅이 아첨을 잘 하여 부명符命을 찬술하고 공덕을 칭송하여 작위를 얻으려 했다면, 마땅히 국사공國師公과 같은 반열에 올랐을 것이니, 어찌 그토록 곤궁하게 지냈겠는가!

9. 일이관지 一以貫之

'일이관지一以貫之'[36]라는 말은 공부에 있어서 성현의 심득이 담긴 말로, 공자가 증자曾子와 자공子貢에게 말해준 것이다. 그런데 학자에 따라 둘은 경우가 다르다고 보기도 한다.

윤돈尹焞[37]이 말했다.

> 보다시피 학문에 있어서 자공은 증자에 미치지 못했다. 증자의 경우, 공자는 증

35 劇秦美新 : 왕망이 한漢 정권을 찬탈하여 국호를 신新이라고 하자, 양웅은 사마상여司馬相如의 「봉선문封禪文」을 모방하여 진 왕조를 질책하고 신 정권을 미화하는 글을 써서 바쳤다.

36 一以貫之 : 『논어』 「이인」편과 「술이」편에 나온다. 「이인」편을 보면, 공자가 증자에게 "삼아! 나의 도는 하나로 일관한다"라고 하자 증자는 "예" 하고 대답했다. 공자가 나가고, 문하생이 증자에게 "무슨 말입니까?"라고 묻자, 증자는 "선생님의 도는 '충서忠恕'일 뿐이다"라고 했다. 「술이」편을 보면, 공자가 자공에게 "사賜야, 너는 내가 많이 배워 아는 사람이라고 생각하느냐?"라고 묻자, 자공은 "그렇습니다. 그렇지 않습니까?"라고 되물었고, 공자는 "아니다, 나는 하나로 일관한다"라고 대답했다.

37 尹焞(1061~1142?) : 북송의 유학자. 자 언명 또는 덕충德充. 정강靖康(1126~1127) 초기 경사에 갔으나 떠나고자 하여 화정처사和靖處士라는 칭호를 받았다. 글씨에도 뛰어났다.

자가 묻는 것을 기다리지 않고 말해주었고, 증자 또한 깊이 깨우치고 "예"라고 대답했다. 자공의 경우, 공자는 자공이 이해할 만큼 학문이 충분하지 못하다고 보았기 때문에 우선 "내가 많이 배워 안다[多學而識之]"고 생각하느냐고 질문을 던졌다. 자공은 그 말의 진의를 이해하지 못하고 스승의 말이 옳다고 생각했다가 혹시 그게 아니지 않을까 의혹이 생겨 가르침을 청하자, 공자는 비로소 "나는 일이관지一以貫之한다"고 말을 해주었다. 자공은 비록 듣긴 했지만, 증자가 "예"라고 대답한 것에는 여전히 미치지 못하는 것이다.

범순부范淳父도 또한 "우선 자공의 실수를 공격하고 나서 지극한 요점을 말해준 것이다"라고 했다.

내가 보기에 두 사람 모두 공자 문하의 뛰어난 제자이다. 듣고 나서 "예"라고 대답한 것과 듣고 나서 더 이상 묻지 않은 것은 모두 그 말의 뜻을 이미 깊이 깨우친 것이다. 세상의 유학자들이 자공을 낮게 본 이유는 그가 먼저 "많이 배워 안다"는 뜻을 그렇다고 여겼기 때문으로 보이는데, 그렇지는 않은 듯하다. 이와 같은 성현의 말씀을 방금 듣고 곧바로 "아니오"라고 응답한다면 제자가 스승을 공경하는 도리가 아니기 때문에 "그렇다"고 대답하고 곧 이어서 "~이 아닌지요?"라고 물은 것이다. 어찌 알아듣지 못했다고 할 수 있겠는가?

혹자는 또 공자가 증자와 자공을 선택하여 말해준 것은 다른 사람은 알아들을 수 있는 내용이 아니기 때문이라고 하기도 하는데, 이 또한 그렇지 않다. 안씨顏氏의 아들 안연顏淵과 염씨冉氏의 손자 염구冉求에게는 어찌 이 말을 해줄 수 없단 말인가? 증자가 "예"라고 한 마디 대답하고 나서 마침 문인이 물었으므로 '충서忠恕'라는 말로 대답한 것이다. 만약 자공 역시 그때 누군가 따라와 물었다면, 대답해 줄 말이 분명 있었을 것이다.

10. 배잠과 육사 裴潛陸俟

조조曹操가 배잠裴潛[38]을 대군代郡[39] 태수에 임명하여 오환烏丸[40] 세 선우單于의 반란을 평정하게 했다. 이후 배잠을 수도로 돌아오라고 불러들여, 대군을 통치한 그의 공을 치하했다. 배잠이 말했다.

"저는 백성들에게는 비록 너그럽게 대하지만 호족胡族들에게는 엄하게 대합니다. 이제 저의 뒤를 잇는 자는 저의 통치가 지나치게 엄했다고 하여 필시 매사에 더욱 더 관대하고 인정 많게 처리할 것으로 예상됩니다. 하지만 저들은 평소 교만하고 방자하여, 지나치게 관대하면 필시 해이해질 것입니다. 해이해진 이후 또 법으로 통제하려고 한다면, 이것이 바로 원망과 반란이 생기는 이유가 됩니다. 상황을 따져보니 대군 지역에서는 분명 다시 반란이 일어날 것입니다."

그래서 조조는 배잠을 너무 빨리 불러들인 것을 깊이 후회했다. 수십일 뒤, 과연 선우가 반란을 일으켰다는 소식이 전해졌다.

북위北魏 세조 때 육사陸俟를 회황진장懷荒鎮將[41]으로 파견하자, 고거高車[42]의 막불莫弗[43]들이 육사가 지나치게 엄격해서 은덕을 베풀 줄 모른다고 하소연하면서, 전임 진장 낭고郎孤를 다시 보내달라고 거듭 요청했다. 북위에서는 육사 대신 낭고를 보냈다. 육사가 돌아와 말했다.

"1년이 못되어, 낭고는 필시 패하고 고거는 필시 반란을 일으킬 것입니다."

그러나 세조는 지나치게 엄격하게 고거를 다룬 것에 대해서 심하게 꾸짖을 뿐, 그의 말을 새겨 듣지 않았다. 다음 해, 막불들이 과연 낭고를 죽이고 반란을 일으켰다. 왕이 육사를 불러 물었다.

"어떻게 해서 그렇게 될 줄 안 것이오?"

육사가 말했다.

38 裴潛(?~244) : 삼국시대 위魏나라의 정치가. 자 문행文行, 하동 문희聞喜 사람.
39 代郡 : 지금의 북경을 비롯한 하북성 일대.
40 烏丸 : 오환烏桓이라고도 한다. 고대 동호東胡에 속했던 부족으로, B.C. 3세기 말 흉노匈奴가 동호를 축출하자 오환산烏丸山(또는 오환산烏桓山)으로 옮겨 살게 되면서 생긴 명칭이다. B.C. 119년 한나라가 흉노를 대파하자, 오환은 다시 한나라에 복속되었다.
41 懷荒鎮 : 지금의 하북성 장북張北.
42 高車 : 남북조 시대 때 북조 사람들이 막북漠北 일부 부족을 일컫던 호칭이다.
43 莫弗 : 누란樓蘭의 관직명으로, 용감한 사람·추장 등을 뜻하며, 막하불莫賀弗이라고도 하였다.

"고거 사람들은 예의를 몰라서 위 아래도 구분할 줄 모릅니다. 그래서 저는 법으로 다스려서 본분과 한도를 알게 했습니다. 그런데 막불들은 제가 은덕을 베풀 줄 모른다고 하소연하고 낭고가 좋다고 칭찬한 것입니다. 낭고가 진鎭으로 복귀하여, 자기를 칭찬하는 것이 좋아서, 오로지 관대함으로만 대우하려 하니, 예를 모르는 자들에게는 교만이 생겼을 것이고, 낭고가 분명 다시 법으로 제재하려고 하면, 그들의 마음이 원망하고 증오하여, 필시 난리가 생기게 되어 있습니다."

세조는 그렇다고 여겼다.

배잠과 육사는 통치의 도를 알았다고 할 수 있다.

정자산鄭子産이 자대숙子大叔[44]에게 경계하여 말했다.

"덕이 있는 자만이 관대함으로 사람을 복속시킬 수 있는데, 그럴 수 없다면 그 다음으로는 사납게 하는 것이 낫다."

대숙은 차마 사납게 하지 못하고 관대하게 하여, 이로써 추부萑苻[45]의 도적이 생겼다. 그러므로 공자는 관대함과 사나움이 서로 균형을 이루도록 하라는 설을 제시했다.

오환과 고거 사람들이 예법을 몰랐기 때문에 배잠과 육사는 필시 우선 위엄으로 다스리고 시간이 지나서 귀화 복속되게 되면 점점 관대한 정책을 펼치려고 했었을 것이다. 후세 사람들이 책에 나온 내용만 보고, 오로지 매나 독수리처럼 사납게 통치하려고만 하고 그 폐단을 보완할 방법을 생각하지 않으면, 내가 보기에는 한족이든 소수민족이든 가릴 것 없이 모두 망할 것이다.

44 子大叔(?~B.C.507) : 춘추시대 정나라의 정경正卿. 성 희姬, 씨 유遊, 이름 길吉, 자 대숙大叔. 재능과 덕망을 겸비한 정치가이자 외교가로, 사람들이 자대숙子大叔이라고 존칭했다. 젊었을 때 의표가 있었고, 자산의 개혁을 지지하여 중시를 받았고, B.C. 522년 자산의 뒤를 이어 정치를 맡았다. 외교에 뛰어나 진晉과 초楚 등 대국에 여러 차례 사신으로 왕래했다. 선관후맹先寬後猛의 정치를 펼쳤다. 당시 정나라 송나라 일대 유민들이 추부萑苻의 연못(지금의 하남성 중모中牟 동북쪽)에 집결하자, 군대를 일으켜 진압하러 가서 성공을 거두었다.

45 萑苻 : 원문에서는 '관부萑苻'로 되어 있다.

11. 망할 뻔한 위기로부터의 생존 拔亡爲存

연燕나라 악의樂毅가 제나라를 공격하여 70여 성을 함락시켜, 제나라에 남아 있는 것이라곤 거莒와 즉묵卽墨 두 성 뿐이었다. 제나라는 전단田單의 힘에 의지하여 옛 영토를 회복하여, 한 뼘의 땅도 잃지 않게 되었다.

조조가 연주목兗州牧으로 있을 때, 연주 사람들이 배반하여 여포呂布를 영접하고 군현郡縣 각지 80성이 모두 호응했는데, 견성鄄城과 범范·동아東阿만이 동요하지 않았었다. 순욱荀彧과 정욱程昱의 힘으로 결국 세 성을 온전히 지켜서 조조를 맞이하고 주州 경내가 다시 안정되었다.

옛날 사람들이 망해가는 것을 지탱하고 존속시켜 전화위복이 된 경우가 이토록 많았건만, 정강靖康[46] 연간과 건염建炎[47] 연간에는 나라가 강성하지 못하여, 진秦과 위魏·제齊·한韓 지역의 명도대읍 수백 곳을 빼앗겨 융족의 땅이 된 지가 50년이 넘었다. 지금과 옛날을 견주어보건대, 지금은 옛날의 그런 인물이 없단 말인가!

12. 손씨 정권 오나라의 뛰어난 네 장수 孫吳四英將

삼국시대 손씨 정권 오나라가 강동江東 지역을 차지하여 중원과 자웅을 겨룬 것은 본래 손책孫策과 손권孫權의 웅대한 지략을 근본으로 한 것이었다. 그러나 일세의 영웅호걸 주유周瑜[48]와 노숙魯肅[49]·여몽呂蒙[50]·육손陸遜[51] 네

46 靖康 : 송 흠종欽宗 시기 연호(1126～1127).
47 建炎 : 송 고종高宗 시기 연호(1127～1130).
48 周瑜(175～210) : 삼국시대 오나라의 명장. 자 공근公瑾. 문무에 능하였으며, 유비의 청으로 제갈공명과 함께 조조의 위나라 군사를 적벽赤壁에서 크게 무찔렀다.
49 魯肅 : 자 자경子敬. 오나라의 찬군교위(총참모)를 지냈으며 주유의 뒤를 이어 도독이 되었다.
50 呂蒙(178～219) : 후한·말의 무장. 자 자명子明. 오나라의 손씨 일가를 섬겼으며, 관우를 쓰러뜨리고 형주를 되찾는 공훈을 세운다.
51 陸遜 : (183～245) : 삼국시대 오나라의 저명한 군사가·정치가. 본명 육의陸議, 자 백언伯言, 오군吳郡 오현吳縣(지금의 강소 소주) 사람으로, 손책의 사위이며, 오왕 손권이 칭제한 이후 승상에 임명되었다. 조조와 유비의 공격을 여러 차례 막아내고, 222년 이릉夷陵 전투에서

사람 같은 경우는 참으로 이른바 사직의 심장이자 오른팔이요 나라와 존망을 함께 했던 신하라고 할 수 있다. 자고로 장수는 자기도 모르게 능력을 자랑하고 스스로 잘났다 여기며 자기보다 뛰어난 사람을 질투하게 마련이다. 이 네 사람은 그렇지 않았다.

손권이 막 정권을 쥐기 시작했을 무렵, 노숙은 북쪽으로 돌아가려고 했다. 주유는 이를 제지하고, 노숙을 손권에게 추천하면서 말했다.

> "노숙의 재능은 시대를 보좌하기에 적절합니다. 마땅히 그런 인재를 널리 찾아서 대업을 이루셔야 합니다."

나중에 주유는 임종할 때 손권에게 서신을 주면서 말했다.

> "노숙은 충성심이 높고 매사에 열심히 임합니다. 만약 저를 대신하여 그를 세우신다면, 저는 죽어도 죽은 것이 아니라고 할 수 있습니다."

노숙은 마침내 주유를 이어서 군대를 맡았다.

노숙은 심양령尋陽令으로 있는 여몽을 만나 다음과 같이 말했다.

> "지금 그대의 재능과 지략을 보니, 이제 더 이상 오나라의 시골뜨기 아몽阿蒙이 아니구려!"

그리고 여몽의 모친에게 절을 하고, 친구가 되기로 하고 헤어졌다. 여몽 역시 이후 노숙을 대신하여 오나라를 다스렸다.

여몽이 육구陸口[52]에 있을 때 병이 나서 귀향하려고 하자 손권이 물었다.

> "당신을 대신할 만한 사람은 누구입니까? "

여몽은 말했다.

촉한의 유비를 대패시켜, 손권의 통치 기반을 확보했다.

52 陸口 : 적벽시赤壁市 육수호陸水湖가 장강으로 나오는 출구 지역으로, 삼국시대 요충지였으며, 지금의 호북 가어현嘉魚縣 육계진陸溪鎮 지역이다.

"육손이 사려가 깊고 넓으며, 중요한 임무를 맡을 만한 재능을 지녔습니다. 그의 태도와 생각을 보면 큰 임무를 맡을 만합니다. 이보다 나은 사람은 더 이상 없습니다."

결국 육손이 여몽의 뒤를 이었다.

이렇게 네 사람이 서로 이어 서쪽 국경을 3·40년 지키면서 위엄을 떨치는 명장이 되었고, 조조와 유비·관우 등이 모두 그들에게 저지당하였다. 비록 그들끼리 돌아가며 추천했다고 하지만, 손권은 마음을 맡기어 그들을 믿었다. 오나라가 그렇게 강대해진 것은 우연이 아니었다.

13. 소식의 「나부산시」 東坡羅浮詩

소식이 나부산羅浮山[53]에 유람갔다가 시를 지어 숙당叔黨[54]에게 보여주었다. 그 말미에서 다음과 같이 말했다.

책을 지고 나를 따라 어찌 돌아가지 않으리오,	負書從我盍歸去,
신선들이 한창 신궁명을 써놓았네.	羣仙正草新宮銘.
너는 응당 채소하의 저 밑으로 들어가야 하고,	汝應奴隸蔡少霞,
나 또한 산현경의 아우뻘 되겠구나.	我亦季孟山玄卿.[55]

이에 대해 소식은 다음과 같이 주석을 첨가했다.

당나라 때 꿈에서 「신궁명新宮銘」을 쓴 사람이 있었다. 명문은 자양진인紫陽眞人 산현경山玄卿이 지은 것이라고 한다. 그 내용은 대략 다음과 같다.

양상산[56] 서쪽 산록,	良常西麓,

53 羅浮山 : 광동 혜주惠州 박라현博羅縣 경내에 있으며, 중국 도교 10대 명산 중의 하나이다. 예로부터 '영남제일산嶺南第一山'이라고 일컬어졌다. 해발 1281m.

54 叔黨 : 소식의 셋째 아들 소과蘇過(1072~1123). 자 숙당, 호 사천거사斜川居士. 문재가 뛰어나, 당시 사람들이 소파小坡라고 불렀다.

55 「遊羅浮山一首示兒子過」.

56 良常山 : 강소 구용현句容縣에 있는 산 이름으로, 원래 구곡산句曲山의 일부였다. 진시황제 31년 진시황제 일행이 구곡산 북쪽에 올랐는데, 수행 관리들이 감탄하며 "순수巡狩의 즐거움

원래 호수 물이 동으로 나왔다. 原澤東泄.
웅장하게 솟은 신궁, 新宮宏宏,
높디 높이 뻗은 건물. 崇軒轥轥.

또 채소하蔡少霞라는 사람이 있었는데, 누군가 그에게 비명碑銘을 쓰라고 하는 꿈을 꾸었다. 그 비문은 "공은 예전에 어거魚車를 타고, 지금은 서운瑞雲을 밟고 다니는데, 공중을 내디디면 하늘에 길이 있어, 잘 꾸민 큰 수레 타고 간다"였고, 말미의 제사題詞에 "오운서각리五雲書閣吏 채소하가 썼다"고 적혀 있었다.

당나라 때 소설인 설용약薛用弱의 『집이기集異記』를 살펴보니, 채소하가 꿈에서 누군가가 불러서 가보니 비문을 쓰라고 하였는데, 비문은 자양진인紫陽眞人 산현경山玄卿이 지은 「창룡계신궁명蒼龍溪新宮銘」이라고 했다. 그 내용은 38구이고, '오운각리'라는 말은 어디에도 보이지 않는다. '어거魚車'와 '서운瑞雲' 등은 바로 『일사逸史』에 실려 있는 진유하陳幼霞의 일로, 창룡계주蒼龍溪主 구양歐陽 아무개가 지은 것이라고 되어 있다. 아마도 소식이 실수로 유하幼霞를 소하少霞로 착각한 것일 뿐이다. 현경의 글은 엄정하고 고묘高妙하여, 신선神仙 같은 혜강嵇康이나 이백李白 같은 부류가 아니면 지을 수가 없는 것이기에 지금 여기에 기록해둔다.

양상산 서쪽 산록, 良常西麓,
동으로 나오는 호숫물. 源澤東泄.
웅장하게 솟은 신궁, 新宮宏宏,
높디 높이 뻗은 건물. 崇軒轥轥.
옥을 깎고 초석 깔고, 雕瑁盤礎,
단목 새기고 절목을 세워. 鏤檀竦楶.
비늘처럼 늘어선 벽옥 기와, 碧瓦鱗差,
옥을 깎아 세운 계단. 瑤階肪截.
각에 서린 상서로운 안개, 閣凝瑞霧,
누에 놓인 길상의 무지개. 樓橫祥霓.
추우騶虞[57] 연주에 순행 나가니, 騶虞巡徼,

은 산과 바다보다 나은 곳이 없습니다. 지금부터 이후로는 자주 하는 것이 좋겠습니다自今已往, 良爲常也"라고 하여, 구곡산 북쪽을 양상산으로 바꿨다고 한다.

밝게 활짝 열리는 문. 昌明捧闑.
주수 둥글게 이어 열리고, 珠樹規連,
옥천玉泉[58] 곧게 솟아난다. 玉泉矩洩.
영험한 바람 멀리서 불어오고, 靈飆遐集,
신성한 태양 밝게 굽어본다. 聖日俯晰.
태상으로 동궁에서 노닐고, 太上遊儲,
무극으로 궁궐에서 지낸다. 無極便闕.
모든 신이 지켜주고, 百神守護,
모든 신선 늘어섰다. 諸眞班列.
선옹仙翁은 학처럼 서 있고, 仙翁鵠立,
도사道師는 얼음처럼 깨끗하다. 道師冰潔.
옥을 마셔 진액 되고, 飮玉成漿,
구슬 먹어 가루 된다. 饌瓊爲屑.
계수 깃발 움직이지 않고, 桂旗不動,
난초 장막 설치되어 있네. 蘭幄牙設.
좋은 음악 앞 다투어 연주되고, 妙樂競奏,
방울 소리 간간이 울린다. 流鈴間發.
천뢰天籟는 서서히 허공을 가르고, 天籟虛徐,
맑고 차갑게 퍼지는 바람 소리. 風簫泠澈.
음악에 맞추어 봉이 노래하고, 鳳歌諧律,
박자에 맞추어 학이 춤을 춘다. 鶴舞會節.
세 번 변화하는 현운 음악, 三變玄雲,
아홉 번에 완성되는 강설 단약. 九成絳雪.
이천궁[59]에서의 허언, 易遷徒語,
동년 초에 어찌 말하리오. 童初詎說.
건과 곤이 무너져도, 如毀乾坤,
저절로 해와 달은 있으리라. 自有日月.

청녕淸寧 231년 4월 12일에 건립하다.

내가 일전에 「광주삼청전비廣州三淸殿碑」를 지었는데, 「신궁명」 체제를 본떠 명시銘詩를 지어 보았다.

57 騶虞 : 악곡 이름.
58 玉泉 : 전설에서 곤륜산에 있다는 샘 이름.
59 易遷 : 신선이 사는 궁 이름.

천지의 북쪽 터,	天池北阯,
월령과 동록이로다.	越領東鹿.
높이 솟아오른 은궁,	銀宮旟旟,
층층 뻗어나간 요전.	瑤殿矗矗.
구치九齒 들어간 계단,	陛納九齒,
사목四目 열리는 성문.	閶披四目.
맑은 기운 쌓인 난간,	楯角儲淸,
예쁜 장식 뻗은 처마.	簷牙衺縟.
활짝 열린 조각 아름다운 창문,	雕牖紺閜,
반짝반짝 빛이 나는 세공 기둥.	鏤楹熠煜.
원존은 장엄하고 단정하게 임하고,	元尊端拱,
태상은 비문秘文을 쥐고 있다.	泰上秉籙.
주욱 늘어선 수놓은 예복,	繡黼周張,
따뜻하고 장엄한 신성의 광채.	神光睟穆.
황금빛 흐르는 보석 장식 장막,	寶帳流黃,
초록빛 맺히는 따사로운 병풍.	溫幈結綠.
취봉 새겨진 천 개의 깃발,	翠鳳千旗,
자리에 흐르는 보랏빛 무지개.	紫霓溜褥.
성백은 백로 타고 일어나고,	星伯振鷺,
선옹은 학처럼 서 있다.	仙翁立鵠.
해뜰 무렵 책상 들고 시립하여,	昌明侍幾,
미련眉連[60]이 독纛을 받들고 있다.	眉連捧纛.
달은 한 달이면 떨어지고,	月節下墮,
해는 널리 사방을 비춘다.	曦輪旁燭.
얼고 비오고 맑고 먼지 날리고,	凍雨淸塵,
삼색 구름 주름진 비단처럼 흩어져.	矞雲散縠.
균뢰鈞籟 소리 느긋하게 퍼지고,	鈞籟虛徐,
계속 이어지는 방울 소리.	流鈴祿續.
동초 물은 소용돌이치고,	童初渟瀯,
움츠러드는 구루산.	勾漏蓄縮.
악嶽의 군君으로는 형衡이 있고,	嶽君有衡,
해海의 제帝로는 숙儵이 있다.	海帝維儵.
안과 밖을 어떻게 지키나,	中邊何護,

60 眉連 : 전설에 나오는 선녀 양도녀陽都女.

때가 오면 조회 와서 묵는다네. 時節朝宿.
구모颶母가 위세를 잃고, 颶母淪威,
학질이 독기를 내렸네. 瘧妃謝毒.
단애에서 순시를 파하고, 丹崖罷儌,
적자에게 복이 쌓일지니. 赤子纍福.
억 년 이을 성인 수명, 億齡聖壽,
만세토록 기록에 남기리. 萬世宋籙.

모두 40구句로 독자들은 혹 괜찮게 평가했는지 모르겠지만, 「신궁명」의 풍격과는 차이가 아주 크다.

14. 간언을 허용한 위 명제 魏明帝容諫

위魏나라 명제明帝 때, 소부少府 양부楊阜가 상소를 올려, 궁녀 중 총애를 받지 않는 자들을 삭감하기를 원했다. 이에 어부御府의 관리를 불러 후궁 인원수를 물었다. 관리는 오랜 법령을 지켜 다음과 같이 대답했다.

"황궁의 비밀을 누설할 수 없습니다."

양부는 노하여 관리에게 곤장 100대를 때리도록 하고 다음과 같이 꾸짖었다.

"국가조차도 구경九卿과 비밀을 만들지 않는데, 오히려 네 놈 같은 말단 관리와 비밀을 만들어 놓았단 말이냐!"

명제는 양부를 더욱 어려워하고 두려워했다.

방현령房玄齡과 고사렴高士廉이 소부소감少府少監 두덕소竇德素에게 북문北門[61]에서 최근 무슨 일을 벌이고 있는 지 묻자, 두덕소는 사실대로 대답했다.

61 北門 : 당나라 금군禁軍의 북아北衙를 지칭한다. 금군은 궁성의 북에 주둔하면서 황제와 황가의 호위를 담당하는 황제의 사병이다.

이를 전해들은 태종太宗이 대노하여 방현령 등에게 말했다.

> "그대들은 남아南牙[62]의 일만 알고 있으면 그만일 뿐, 북문의 소소한 작업이 그대들의 일과 무슨 관계가 있다는 말인가!"

방현령 등은 절하며 사죄했다. 태종을 명제와 비교할 수는 없지만, 방현령을 꾸짖은 말을 통해 보니, 명제가 양부를 어려워하고 두려워한 것과 정말 큰 차이가 있다. 현명한 군주의 말 한 마디 행동 하나가 후세의 본보기가 된다.

그러나 『삼국지三國志·위서魏書』에서는 명제가 신하들이 직간한 말을 비록 모두 채용할 수는 없어도 모두 온화하게 받아들이려고 했다고 하면서, 비록 그가 훌륭한 군주는 아닐지라도 군주의 도량은 갖추었다고 칭하였다. 안타깝다!

15. 한나라 때 여러 대신의 의견을 묻다 漢世謀於衆

양한兩漢 때, 큰 일 작은 일 가리지 않고 반드시 여러 사람에게 의견을 들어보았다는 것을 내가 앞에서 말한 적 있다. 그러나 또한 이를 구실로 여러 사람의 의견을 막은 적도 있다.

곽광霍光[63]이 세상을 떠나자, 선제宣帝는 중앙의 요직에 있던 그의 친족들을 외지로 내보내 지방관을 맡게 하려고 했다. 장창張敞이 말했다.

> "조정의 신하 중 곽씨의 전횡을 공개적으로 논하면서, 곽광의 후손으로 제후에 봉해진 세 사람을 파면시키고 귀양 보내야 한다고 말하는 사람이 반드시 있을 것입니다. 그러면 조서를 통해서 그동안의 정 때문에 차마 그럴 수 없다고 말씀

62 南牙 : 남아南衙로, 재상을 비롯한 문관을 지칭한다.

63 霍光(?~B.C.68): 전한前漢의 정치가. 자 자맹子孟. 곽거병霍去病의 이복 동생으로, 10여 세 때부터 무제武帝를 측근에서 섬기다가, 무제가 죽을 무렵에는 대사마대장군大司馬大將軍·박륙후博陸侯가 되었다. 무제가 임종시 곽광과 김일제金日磾·상관걸上官桀·상홍양桑弘羊에게 후사를 위탁하였기에 소제를 보필하여 정사를 집행했다.

을 하십시오. 그러면 신하들이 정의를 위하여 굳게 간쟁할 터이니, 그 후에 다시 허락하는 형식을 취하십시오. 지금처럼 폐하께서 직접 조서의 초안을 작성하셔서 이를 명하는 것은 좋은 계책이라 할 수 없습니다."

애제哀帝가 동현董賢 등을 책봉하려고 하자, 왕가王嘉가 말했다.

"마땅히 공경과 대부·박사·의랑議郎에게 널리 물어 그 뜻을 바르게 밝힌 뒤에 작위와 봉토를 주셔야 합니다. 그렇지 않으면 아마도 대중의 마음을 크게 잃을 것입니다. 갑자기 이 일을 논의에 부치면, 마땅히 책봉해야 한다고 말하는 사람이 필시 있을 것이니, 폐하는 그 의견을 따르는 방식을 취하시면 됩니다. 천하 사람들이 비록 좋아하지 않아도, 그 허물이 나뉘어져 폐하에게만 있게 되지 않게 할 수 있습니다.

예전에 성제成帝께서 애초에 순우장淳于長을 책봉할 때, 그 일 역시 논의에 부쳤습니다. 곡영谷永이 순우장을 마땅히 책봉해야 한다고 하여, 사람들은 그 허물을 곡영에게 돌렸기 때문에, 선제께서는 혼자 그 비난을 뒤집어쓰지 않으셨습니다."

애제는 신하들의 책봉을 잠시 보류하였다.

이를 통해 볼 때, 위곡천취委曲遷就 즉 살짝 에둘러서 일을 처리하면 은덕은 왕으로부터 나오고 허물은 아래로부터 나오게 할 수 있음을 알 수 있다. 한나라 때 이런 경우가 많았다.

16. 『국조회요』 國朝會要

『국조회요』는 신종神宗 원풍元豐 시기에 300권이 편찬된 이후 휘종徽宗 숭녕崇寧[64] 연간과 정화政和[65] 연간에 또 전담 부서를 설치하여 편찬했다. 휘종 선화宣和[66] 연간 초에 왕보王黼[67]가 정권을 잡자 편찬 장소 58곳을 폐지했다.

64 崇寧 : 북송 휘종徽宗 시기 연호(1102~1106).
65 政和 : 북송 휘종徽宗 시기 연호(1111~1118).
66 宣和 : 북송 휘종 시기 연호(1119~1125).
67 王黼(1079~1126) : 북송의 대신. 초명은 보甫고, 자는 장명將明이다. 휘종徽宗때에 관리가 되었는데, 지략이 많고 언변이 좋아 채경蔡京이 다시 재상이 되는 것을 도와 급거 어사중승御史中丞에 올랐다. 권력을 잡고서 사방에서 기이한 산물들을 가혹하게 착취하여 자기 소유로

당시 『회요』는 이미 110권이 왕에게 진상되었고 나머지 400권도 완성된 상태였으나, 편찬국에서는 한 부분씩 차례대로 진상함으로써 상을 많이 받고 싶어서 아직 진상하지 않은 상태였다. 편찬국을 폐지하라는 명이 떨어지자, 편찬국 관리는 만약 조정에서 기한을 정해서 작업을 완료할 것을 허락한다면 두세 달 지나지 않아서 모두 진상할 수 있을 것이라고 했다. 그러나 왕보는 채경蔡京[68]의 행위를 바로잡는 것에 모든 힘을 쓰고자 하여, 편찬국을 모두 폐지했고 관리들은 흩어져 원고가 모두 폐기물이 되었다.

고종 건염建炎 3년(1129), 고종의 장인 장연도張淵道가 태상박사가 되었다. 당시까지 태상시太常寺에 있던 서적이 대부분 없어졌다. 그러나 수도가 아직 함락되지 않은 때라 장연도가 재상에게 말했다.

> "마땅히 관리를 옛 터로 보내서 남아 있는 도서를 모두 수레에 싣고 와서, 이후 관례를 살펴야 할 경우에 대비해야 합니다. 이 일이 급하지 않은 것 같지만 매우 급합니다."

재상은 그 건의를 들어주지 않았고, 그 후 유예劉豫가 수도를 탈취하여 모두 잿더미가 되었다. 아, 너무 안타깝구나!

17. 손빈의 감조전법 孫臏減竈

손빈孫臏[69]이 방연龐涓[70]을 이긴 일을 병가에서는 기발한 계책이라고 한다.

삼았으며, 여진女眞과 손을 잡아 함께 요遼나라를 공략하는데 찬성하여 대대적으로 민간의 재물을 수거하는데 앞장섰다. 흠종欽宗이 즉위하자 사형되었다.

68 蔡京(1047~1126) : 북송北宋 말기의 재상·서예가. 16년간 재상자리에 있으면서 숙적 요遼를 멸망시켰으나, 휘종에게 사치를 권하고 재정을 궁핍에 몰아넣었다. 금군金軍이 침입하고 흠종 즉위 후, 국난을 초래한 6적賊의 우두머리로 몰려 실각하였다. 문인으로서 뛰어나 북송 문화의 흥성에 크게 기여하였다.

69 孫臏 : 전국시대 중기 탁월한 전공을 세웠던 제나라의 군사軍師. 손무의 군사사상을 계승하고 발전시켜 군사이론과 실천에서 대단히 높은 수준을 과시했다. 그가 창안한 '삼사법三駟法'은 군사응용학의 시초가 되었고, '위위구조圍魏救趙(위나라를 둘러싸 조나라를 구원하다)'와 '감

그러나 내가 보기에 의심되는 점이 있다. 손빈의 계책은 다음과 같았다.

> 제齊나라 군대가 위魏나라 땅으로 들어가 취사용 화덕 10만 개를 만들고, 다음 날 5만 개를 만들고, 또 다음 날 2만 개를 만들었다.

군대가 전공을 올리러 행군을 하는데, 매일 저녁 이 공사를 벌이려면 도대체 몇 명을 투입해야 했던 걸까, 아니면 사람마다 각각 화덕 하나씩 만들었을까!

방연이 행군하여 사흘이 지나서 크게 기뻐하며 "제나라 군대 중 탈영하여 도망친 자가 반을 넘었다"고 했는데, 그렇다면 필시 지나는 곳마다 반드시 사람을 시켜서 하나하나 세도록 했을 것이다. 이게 어떻게 나라의 위급함을 구하고자 적에게 달려가는 군대이겠는가!

그리고 이런 기록도 있다.

> 따져보니 저녁 무렵 마릉馬陵에 도착할 것이 틀림없어, 큰 나무의 껍질을 찍어내 하얗게 만들어 '방연이 이 나무 밑에서 죽다'라고 글씨를 써 놓고, 만 명의 궁수를 매복시켜 해가 저물 무렵 불이 켜지는 것이 보이면 일제히 발사하기로 약속했다. 방연이 밤에 껍질이 벗겨진 나무 밑에 도착하여 글을 보기위해 부싯돌로 불을 켜서 내용을 읽는데, 다 읽기도 전에 화살 만 발이 일제히 발사되었다.

군대의 행군이 느린지 빠른지는 다른 사람이 알아낼 수 있는 것이 아닌데, 어떻게 그들이 일각의 오차도 없이 해질 무렵 도착한다고 반드시 확신할

조유적減灶誘敵(솥을 줄여 적을 속이다)'과 같은 전법은 지금도 적을 굴복시키는 데 유용한 사례로 꼽힌다. 손빈은 중국 군사사에서 중대한 지위를 차지하는 군사 이론가이자 군사모략가이다.

70 龐涓(?~B.C.342) : 전국 시대 위魏나라 사람. 제齊나라 사람 손빈孫臏과 함께 귀곡자鬼谷子에게 병법을 배웠는데, 손빈만 못했다. 나중에 위혜왕魏惠王의 장수가 되어 손빈을 위나라에 오도록 하여 빈형臏刑(슬개골을 없애는 형벌)으로 처벌했다. 나중에 손빈이 제나라 사신의 도움으로 귀국하여 제위왕齊威王의 군사軍師가 되었다. 위혜왕 20년(B.C 354) 조趙나라의 한단邯鄲을 공격하다 제나라 군사에 패배했고, 28년(B.C 342) 한韓나라를 공격했지만 구원 나온 손빈이 제나라 군대로 하여금 곧바로 위나라의 수도 대량大梁을 공격하게 했다. 바로 철군하여 돌아오다가 유인책에 말려 마릉馬陵에서 복병에 걸려 패하고 자신의 목을 찔러 자살했다. 손빈의 계략으로 그렇게 되었다는 설도 있다.

수 있겠는가? 옛날 사람들은 수레를 타고 다녔고 게다가 분명 저물 무렵에 도착했다고 했는데, 어떻게 나무에 글씨가 써 있는 것을 알 수 있었겠는가? 그리고 또 그것을 읽기 위해 불을 켤 것이라는 걸 어떻게 알 수 있겠는가? 또 제나라 활이 아직 모두 발사되기 전까지 방연이 여덟 글자를 미처 다 읽지 못했다는 것도 모두 믿을 수 없다.

아마도 호사가가 그렇게 꾸몄을 것이고, 다른 사람들이 이를 자세히 고증해보지 않았을 것이다.

18. 벌레와 새의 지혜 蟲鳥之智

죽계竹雞의 본성은 같은 부류를 만나면 꼭 싸운다는 것이다. 죽계를 잡으려는 사람은 낙엽을 쓸어 성을 만들고 그 가운데에 유인용 죽계를 놓아두고 뒤에 몸을 숨기고 그물을 조절한다. 유인용 죽계의 감정을 건드려 울게 하면, 소리를 들은 놈은 반드시 소리를 따라 온다. 그리고 눈을 감고 성으로 날아 들어가 유인용 죽계 바로 앞에 다가가서 싸우려고 하게 되는데, 그물이 이미 올려져 벗어날 수가 없게 된다. 달려들 때 눈이 이미 감겼으니 사람이고 뭐고 보일 리가 없다.

자고鷓鴣의 본성은 깨끗함을 좋아한다. 사냥꾼이 무성한 숲 사이에서 땅을 깨끗하게 쓸고 땅 위에 곡식을 약간 뿌려놓으면 자고가 오가며 노닐면서 걸으면서 쪼아 먹는데, 이 때 막대기로 잡는다.

노루는 풀 섶을 다닐 때 사람이 그 발자국을 볼까봐 두려워하여, 원근을 따지지 않고 오직 한 길만을 따라 다닌다. 마을 사람들이 끈을 묶어 고리 모양으로 만들어서 노루가 다니는 곳에 놓는데, 노루의 발이 걸렸다 하면 나뭇가지 위에 거꾸로 매달리게 된다. 이렇게 해서 산 채로 잡게 된다.

강남에 토봉土蜂이 많다. 사람은 그 구멍을 알 수 없어서, 왕왕 긴 종이 띠를 고기에 붙여놓는다. 벌이 그걸 보고 필시 입에 물고 구멍으로 들어갈 것이니, 이렇게 해서 그 흔적을 따라가 찾아서 연기를 쏘여서 애벌레를 잡는다.

벌레나 새는 지혜가 자기들 몸에 두루 퍼져 있다고 생각하지만, 사람의 어질지 않은 행위에 어떻게 대처할 수 있단 말인가!

1. 諫說之難

韓非作說難, 而死於說難, 蓋諫說之難, 自古以然。至於知其所欲說, 迎而拒之, 然卒至於言聽而計行者, 又爲難而可喜者也。秦穆公執晉侯, 晉陰飴甥往會盟, 其爲晉游說, 無可疑者。秦伯曰:「晉國和乎?」對曰:「不和。小人曰必報讎, 君子曰必報德。」秦伯曰:「國謂君何?」曰:「小人謂之不免, 君子以爲必歸。以德爲怨, 秦不其然。」秦遂歸晉侯。秦伐趙, 趙求救於齊, 齊欲長安君爲質。太后不肯, 曰:「復言者, 老婦必唾其面。」左師觸龍願見, 后盛氣而胥之入, 知其必用此事來也。左師徐坐, 問后體所苦, 繼乞以少子補黑衣之缺。后曰:「丈夫亦愛憐少子乎?」曰:「甚於婦人。」然後及其女燕后, 乃極論趙王三世之子孫無功而爲侯者, 禍及其身。后旣寤, 則言:「長安君何以自託於趙?」於是后曰:「恣君之所使。」 長安遂出質。范雎見疏於秦, 蔡澤入秦, 使人宣言感怒雎, 曰:「燕客蔡澤, 天下辯士也。彼一見秦王, 必奪君位。」雎曰:「百家之說, 吾旣知之, 衆口之辯, 吾皆摧之, 是惡能奪我位乎?」使人召澤, 謂之曰:「子宣言欲代我相, 有之乎?」對曰:「然。」卽引商君、吳起、大夫種之事。雎知澤欲困己以說, 謬曰:「殺身成名, 何爲不可?」澤以身名俱全之說誘之, 極之以閎夭、周公之忠聖。今秦王不倍功臣, 不若秦孝公、楚、越王, 雎之功不若三子, 勸其歸相印以讓賢。雎竦然失其宿怒, 忘其故辯, 敬受命, 延入爲上客。卒之代爲秦相者澤也。秦始皇遷其母, 下令曰:「敢以太后事諫者殺之。」 死者二十七人矣。茅焦請諫, 王召鑊將烹之。焦數以桀、紂狂悖之行, 言未絶口, 王母子如初。呂甥之言出於義, 左師之計伸於愛, 蔡澤之說激於理, 若茅焦者, 具所謂劘虎牙者矣。范雎親困穰侯而奪其位, 何遽不如澤哉! 彼此一時也。

2. 韓馥劉璋

韓馥以冀州迎袁紹, 其僚耿武、閔純、李歷、趙浮、程渙等諫止之, 馥不聽。紹旣至, 數人皆見殺。劉璋迎劉備, 主簿黃權、王累, 名將楊懷、高沛止之, 璋逐權, 不納其言, 二將後爲備所殺。王浚受石勒之詐, 督護孫緯及將佐皆欲拒勒, 浚怒欲斬之, 果爲勒所殺。武、純、懷、沛諸人, 謂之忠於所事可矣, 若云擇君, 則未也。嗚呼, 生於亂世, 至死不變, 可不謂賢矣乎!

3. 蕭房知人

漢祖至南鄭, 韓信亡去, 蕭何自追之。上罵曰：「諸將亡者以十數, 公無所追, 追信, 詐也。」何曰：「諸將易得, 至如信, 國士亡雙, 必欲爭天下, 非信無可與計事者。」乃拜信大將, 遂成漢業。唐太宗爲秦王時, 府屬多外遷, 王患之。房喬曰：「去者雖多不足吝, 杜如晦, 王佐才也, 王必欲經營四方, 捨如晦無共功者。」乃表留幕府, 遂爲名相。二人之去留, 係興替治亂如此, 蕭、房之知人, 所以爲莫及也。樊噲從高祖起豐、沛, 勸霸上之還, 解鴻門之厄, 功亦不細矣, 而韓信羞與爲伍。唐儉贊太宗建大策, 發蒲津之謀, 定突厥之計, 非庸臣也, 而李靖以爲不足惜。蓋以信、靖而視噲、儉, 猶熊羆之與狸狌耳。帝王之功, 非一士之略, 必待將如韓信、相如杜公而後用之, 不亦難乎！ 惟能賓蕭、房於帷幄中, 拔茅彙進, 則珠玉無踁而至矣。

4. 兪似詩

英州之北三十里, 有金山寺, 予嘗至其處, 見法堂後壁題兩絕句。僧云：「廣州鈐轄兪似之妻趙夫人所書。」詩句洒落不凡, 而字畫徑四寸, 遒健類薛稷, 極可喜。數年後又過之, 僧空無人, 壁亦隳圮, 猶能追憶其語, 爲紀於此。其一云：「莫遣韝鷹飽一呼, 將軍誰志滅匈奴。年來萬事灰人意, 只有看山眼不枯。」其二云：「傳食膠膠擾擾間, 林泉高步未容攀。興來尚有平生屐, 管領東南到處山。」蓋似所作也。

5. 吳激小詞

先公在燕山, 赴北人張總侍御家集。出侍兒佐酒, 中有一人, 意狀摧抑可憐, 扣其故, 乃宣和殿小宮姬也。坐客翰林直學士吳激賦長短句紀之, 聞者揮涕。其詞曰：「南朝千古傷心地, 還唱後庭花。舊時王、謝, 堂前燕子, 飛向誰家？恍然相遇, 仙姿勝雪, 宮髻堆鴉。江州司馬, 青衫濕淚, 同是天涯。」激字彦高, 米元章壻也。

6. 君子爲國

傳曰：「不有君子, 其能國乎？」古之爲國, 言辭抑揚, 率以有人無人占輕重。晉以詐取士會於秦, 繞朝曰：「子無謂秦無人, 吾謀適不用也。」楚子反曰：「以區區之宋, 猶有不欺人之臣, 可以楚而無乎？」宋受鄭賂, 鄭師慧曰：「宋必無人。」魯盟臧紇之罪, 紇曰：「國有人焉。」賈誼論匈奴之嫚侮, 曰：「倒懸如此, 莫之能解, 猶謂國有人乎？」後之人不能及此, 然知敵之不可犯, 猶曰彼有人焉, 未可圖也。一士重於九鼎, 豈不信然！

7. 兌爲羊

兌爲羊, 易之稱羊者凡三卦。夬之九四曰「牽羊悔亡」, 歸妹之上六曰「士刲羊, 無血」,

皆兌也。大壯內外卦爲震與乾, 而三爻皆稱羊者, 自復之一陽推而上之, 至二爲臨, 則兌體已見, 故九三曰「羝羊觸藩, 羸其角」, 言三陽爲泰而消兌也。自是而陽上進, 至於乾而後已。六五「喪羊于易」, 謂九三、九四、六五爲兌也, 上六復「觸藩不能退」, 蓋陽方夬決, 豈容上兌儼然乎! 九四中爻亦本兌, 而云「不羸」者, 賴震陽之壯耳。

8. 晏子揚雄

齊莊公之難, 晏子不死不亡, 而曰:「君爲社稷死則死之, 爲社稷亡則亡之, 若爲己死而爲己亡, 非其私暱, 誰敢任之!」及崔杼、慶封盟國人曰:「所不與崔、慶者。」晏子歎曰:「嬰所不唯忠於君利社稷者是與, 有如上帝!」 晏子此意正與豫子所言衆人遇我之義同, 特不以身殉莊公耳。至於毅然據正以社稷爲辭, 非豫子可比也。揚雄仕漢, 親蹈王莽之變, 退託其身於列大夫中, 不與高位者同其死, 抱道沒齒, 與晏子同科。世儒或以劇秦美新貶之; 是不然, 此雄不得已而作也。夫誦述新莽之德, 止能美於暴秦, 其深意固可知矣。序所言配五帝、冠三王, 開闢以來未之聞, 直以戲莽爾。使雄善爲諛佞, 撰符命, 稱功德, 以邀爵位, 當與國師公同列, 豈固窮如是哉!

9. 一以貫之

「一以貫之」之語, 聖賢心學也, 夫子以告曾子、子貢, 而學者猶以爲不同。尹彦明曰:「子貢之於學, 不及曾子也如此。孔子於曾子, 不待其問而告之, 曾子復深喩之曰『唯』。至於子貢, 則不足以知之矣, 故先發『多學而識之』之問, 果不能知之以爲然也, 又復疑其不然而請焉, 方告之曰『予一以貫之』。雖聞其言, 猶不能如曾子之『唯』也。」范淳父亦曰:「先攻子貢之失, 而後語以至要。」予竊以爲二子皆孔門高第也, 其聞言而「唯」, 與夫聞而不復問, 皆已默識於言意之表矣。世儒所以卑子貢者, 爲其先然「多學而識之」之旨也, 是殆不然。方聞聖言如是, 遽應曰「否」, 非弟子所以敬師之道也, 故對曰「然」, 而卽繼以「非與」之問, 豈爲不能知乎? 或者至以爲孔子擇而告參、賜, 蓋非餘人所得聞, 是又不然。顔氏之子, 冉氏之孫, 豈不足以語此乎? 曾子於一「唯」之後, 適門人有問, 故發其「忠恕」之言。使子貢是時亦有從而問者, 其必有以詔之矣。

10. 裴潛陸俟

曹操以裴潛爲代郡太守, 服烏丸三單于之亂。後召潛還, 美其治代之功。潛曰:「潛於百姓雖寬, 於諸胡爲峻。今繼者必以潛爲治過嚴, 而事加寬惠, 彼素驕恣, 過寬必弛, 旣弛又將攝之以法, 此怨叛所由生也。以勢料之, 代必復叛。」於是操深悔還潛之速。後數十日, 單于反問果至。元魏以陸俟爲懷荒鎭將, 高車諸莫弗訟俟嚴急無恩, 復請前鎭將郎孤。魏使孤代俟, 俟旣至, 言曰:「不過期年, 郎孤必敗, 高車必叛。」世祖切責之。明年,諸莫弗果殺孤而叛。帝召傒問曰：「何以知其然？」 傒曰：「高車不知上下之禮，故臣制之以法，使知分限，而諸莫弗訟臣無恩，稱孤之美。孤獲還鎭，悅其稱譽，專用寬恕待之，無禮之人，易生驕慢，孤必將復以法裁之，衆心怨懟，必生禍亂矣。」帝然之。裴潛、陸傒，可謂知爲治之道矣。鄭子産戒子大叔曰：「惟有德者，能以寬服人，其次莫如猛。」大叔不忍猛而寬，是以致萑苻之盜，故孔子有寬猛相濟之說。烏丸、高車不知禮法，裴、陸先之以威，使其久而服化，必漸施之以寬政矣。後之人讀紙上語，專以鷹擊毛摯爲治，而不思救弊之術，無問華夷，吾見其敗也。

11. 拔亡爲存

燕樂毅伐齊，下七十餘城，所存者唯莒、卽墨兩城耳，賴田單之力，齊復爲齊，尺寸之土無所失。曹操牧兗州，州叛迎呂布，郡縣八十城皆應之，唯鄄城、范、東阿不動，賴荀彧、程昱之力，卒全三城以待操，州境復安。古之人拔亡爲存，轉禍爲福，如此多矣。靖康、建炎間，國家不競，秦、魏、齊、韓之地，名都大邑數百，翦而爲戎，越五十年矣，以今準古，豈曰無人乎哉！

12. 孫吳四英將

孫吳奄有江左，亢衡中州，固本於策、權之雄略，然一時英傑，如周瑜、魯肅、呂蒙、陸遜四人者，眞所謂社稷心膂、與國爲存亡之臣也。自古將帥，未嘗不矜能自賢，疾勝己者。此諸賢則不然。孫權初掌事，肅欲北還，瑜止之，而薦之於權，曰：「肅才宜佐時，當廣求其比，以成功業。」後瑜臨終與權牋曰：「魯肅忠烈，臨事不苟，若以代瑜，死不朽矣。」肅遂代瑜典兵。呂蒙爲尋陽令，肅見之，曰：「卿今者才略，非復吳下阿蒙。」遂拜蒙母，結友而別。蒙遂亦代肅。蒙在陸口，稱疾還，權問：「誰可代者？」蒙曰：「陸遜意思深長，才堪負重，觀其規慮，終可大任，無復是過也。」遜遂代蒙，四人相繼，居西邊三四十年，爲威名將，曹操、劉備、關羽皆爲所挫，雖更相汲引，而孫權委心聽之，吳之所以爲吳，非偶然也。

13. 東坡羅浮詩

東坡遊羅浮山，作詩示叔黨，其末云：「負書從我盍歸去，羣仙正草新宮銘。汝應奴隸蔡少霞，我亦季孟山玄卿。」坡自注曰：「唐有夢書新宮銘者，云紫陽眞人山玄卿撰。其略曰：『良常西麓，原澤東泄。新宮宏宏，崇軒轗轗。』又有蔡少霞者，夢人遣書碑銘曰：『公昔乘魚車，今履瑞雲，躅空仰塗，綺輅輪囷。』其末題云，五雲書閣吏蔡少霞書。」予按唐小說薛用弱集異記，載蔡少霞夢人召去，令書碑，題云：蒼龍溪新宮銘，紫陽眞人山玄卿撰。其詞三十八句，不聞有五雲閣吏之說。魚車瑞雲之語，乃逸史所載陳幼霞事，云蒼龍溪主歐陽某撰。蓋坡公誤以幼霞爲少霞耳。玄卿之文, 嚴整高妙, 非神仙中人嵇叔夜、李太白之流不能作, 今紀于此。云:「良常西麓, 源澤東泄。新宮宏宏, 崇軒轞轞。雕珉盤礎, 鏤檀竦桀。碧瓦鱗差, 瑤階肪截。閣凝瑞霧, 樓橫祥霓。騶虞巡徼, 昌明捧闑。珠樹規連, 玉泉矩洩。靈飆遐集, 聖日俯晣。太上游儲, 無極便闕。百神守護, 諸眞班列。仙翁鵠立, 道師冰潔。飮玉成漿, 饌瓊爲屑。桂旗不動, 蘭幄牙設。妙樂競奏, 流鈴間發。天籟虛徐, 風簫泠澈。鳳歌諧律, 鶴舞會節。三變玄雲, 九成絳雪。易遷徒語, 童初詎說。如毁乾坤, 自有日月。淸寧二百三十一年四月十二日建。」予頃作廣州三淸殿碑, 仿其體爲銘詩曰:「天池北阯, 越領東鹿。銀宮旟旟, 瑤殿矗矗。陛納九齒, 閶披四目。楯角儲淸, 簷牙衺縟。雕牖紺閎, 鏤楹熠煜。元尊端拱, 泰上秉籙。繡黼周張, 神光晬穆。寶帳流黃, 溫幈結綠。翠鳳于旗, 紫霓溜褥。星伯振鷺, 仙翁立鵠。昌明侍几, 眉連捧纛。月節下墮, 曦輪旁燭。涷雨淸塵, 矞雲散縠。鈞籟虛徐, 流鈴祿續。童初渟瀯, 勾漏蓄縮。嶽君有衡, 海帝維儵。中邊何護, 時節朝宿。颶母淪威, 瘧妃謝毒。丹厓罷徼, 赤子纍福。億齡聖壽, 萬世宋籙。」凡四十句, 讀者或許之, 然終不近也。

14. 魏明帝容諫

魏明帝時, 少府楊阜上疏, 欲省宮人諸不見幸者。乃召御府吏, 問後宮人數。吏守舊令, 對曰:「禁密, 不得宣露。」阜怒, 杖吏一百, 數之曰:「國家不與九卿爲密, 反與小吏爲密乎!」 帝愈嚴憚之。房玄齡、高士廉問少府少監竇德素北門近有何營造, 德素以聞。太宗大怒, 謂玄齡等曰:「君但知南牙耳, 北門小小營造, 何預君事耶!」玄齡等拜謝。夫太宗之與明帝, 不待比擬, 觀所以責玄齡之語, 與夫嚴憚楊阜之事, 不迨遠矣。賢君一話一言, 爲後世法。惜哉! 魏史以謂羣臣直諫之言, 帝雖不能盡用, 然皆優容之, 雖非誼主, 亦可謂有君人之量矣。」

15. 漢世謀於衆

兩漢之世, 事無小大, 必謀之於衆人, 予前論之矣, 然亦有持以藉口掩衆議者。霍光薨後, 宣帝出其親屬補吏。張敞言:「朝臣宜有明言霍氏顓制, 請罷三侯就第。明詔以恩不聽, 羣臣以義固爭而後許之。今明詔自親其文, 非策之得者也。」哀帝欲封董賢等, 王嘉言:「宜延問公卿、大夫、博士、議郎, 明正其義, 然後乃加爵土。不然, 恐大失衆心。暴平其事, 必有言當封者, 在陛下所從。天下雖不說, 咎有所分, 不獨在陛下。前成帝初封淳于長, 其事亦議。谷永以長當封, 衆人歸咎於永, 先帝不獨蒙其譏。」哀帝乃止。是知委曲遷就, 使恩出君上, 過歸於下, 漢代多如此也。

16. 國朝會要

國朝會要, 自元豐三百卷之後, 至崇寧、政和間, 復置局修纂。宣和初, 王黼秉政, 罷修書五十八所。時會要已進一百十卷, 餘四百卷亦成, 但局中欲節次覬賞, 故未及上。既有是命, 局官以謂若朝廷許立限了畢, 不過三兩月可以投進。而黼務悉矯蔡京所爲, 故一切罷之, 官吏既散, 文書皆爲棄物矣。建炎三年, 外舅張淵道爲太常博士, 時禮寺典籍散佚亡幾, 而京師未陷, 公爲宰相言:「宜遣官往訪故府, 取見存圖籍, 悉輦而來, 以備掌故。此若緩而甚急者也。」宰相不能用, 其後逆豫竊據, 鞠爲煨燼。吁, 可惜哉!

17. 孫臏減竈

孫臏勝龐涓之事, 兵家以爲奇謀, 予獨有疑焉, 云:「齊軍入魏地爲十萬竈, 明日爲五萬竈, 又明日爲二萬竈。」方師行逐利, 每夕而興此役, 不知以幾何人給之, 又必人人各一竈乎! 龐涓行三日而大喜, 曰:「齊士卒亡者過半。」則是所過之處, 必使人枚數之矣, 是豈救急赴敵之師乎! 又云:「度其暮當至馬陵, 乃斫大樹, 白而書之, 曰:『龐涓死于此樹之下。』遂伏萬弩, 期日暮見火擧而俱發。涓果夜至斫木下, 見白書, 鑽火燭之, 讀未畢, 萬弩俱發。」夫軍行遲速, 既非他人所料, 安能必其以暮至不差晷刻乎! 古人坐於車中, 既云暮矣, 安知樹間之有白書, 且必擧火讀之乎? 齊弩尙能俱發, 而涓讀八字未畢, 皆深不可信。殆好事者爲之而不精考耳。

18. 蟲鳥之智

竹鷄之性, 遇其儔必鬪。捕之者掃落葉爲城, 置媒其中, 而隱身于後操罔焉。激媒使之鳴, 聞者隨聲必至, 閉目飛入城, 直前欲鬪, 而罔已起, 無得脫者, 蓋目既閉則不復見人。鷓鴣性好潔, 獵人於茂林間淨掃地, 稍散穀于上, 禽往來行遊, 且步且啄, 則以 (黐)竿取之。麂行草莽中, 畏人見其跡, 但循一逕, 無問遠近也。村民結繩爲繯, 置其所行處, 麂足一絓, 則倒懸於枝上, 乃生獲之。江南多土蜂, 人不能識其穴, 往往以長紙帶黏於肉, 蜂見之必銜入穴, 乃躡尋得之, 熏取其子。蟲鳥之智, 自謂周身矣, 如人之不仁何!

••• 용재수필 권14 (17칙)

1. 장뢰의 『시경』 논의 張文潛論詩

이전 선배 학자의 논의 중에서 생각이 치밀하지 않고 경솔하게 주장을 내세워 이치가 막히는 경우가 종종 있다. 장뢰張耒[1]가 말했다.

> 『시경』 300편은 비록 부인과 여자·평민·노비 등이 지은 것이라고는 하지만, 문장에 깊은 조예가 있는 사람이 아니면 지을 수 없다. 이를테면 '칠월재야七月在野'에서 '입아상하入我牀下'까지[2], 7월 이후는 모두 언급하지 않고, 10월에 이르러서야 비로소 귀뚜라미를 말했으니, 문장에 깊은 조예가 있는 사람이 아니면 이렇게 지을 수 있을까!

내가 보기에 300편 중에는 확실히 이른바 부인과 여자·평민·노비 등이 지은 것이 있다. 주공周公과 소강공召康公·목공穆公·위무공衛武公·예백芮伯·범백凡伯·윤길보尹吉甫·잉숙仍叔·가보家父·소공蘇公·송양공宋襄公·진강공秦康公·사극史克·공자소公子素 등과 같은 경우는 그 성씨가 대서大序에서 분명히 보이는데, 하나로 싸잡아 논할 수 있는가?

또한 "7월에는 들에 있고七月在野", "8월에는 집에 있고八月在宇", "9월에는 방에 있고九月在戶"라는 것은 본래 농민이 드나드는 때를 스스로 말한 것일

1 張耒(1054~1114) : 북송의 시인. 자 문잠文潛, 호 가산柯山. 초주楚州 회음淮陰 사람으로, 태상소경太常少卿 등의 벼슬을 지냈으나, 정치적으로 소식을 따랐기 때문에 일찍이 좌천당하였다. 시부詩賦 등 문학에 뛰어났고, 황정견黃庭堅·조보지晁補之·진관秦觀과 함께 '소문사학사蘇門四學士'로 불렸다. 시는 평담한 것을 추구했고 백거이白居易의 시풍을 본받았으며, 악부는 장적張籍을 배웠다. 촉학파蜀學派의 중요 인물로, 촉학이 전파되는 데 기여해, 시문을 창작하면서 유학의 이치를 밝히는 것을 중요한 임무로 여겼다.

2 『시경·빈풍豳風·칠월』 : 七月在野, 八月在宇. 九月在戶, 十月蟋蟀, 入我床下.

뿐이다. 정현鄭玄이 아래 구절과 병합하여 모두 귀뚜라미를 말한 것이라고 하였지만, 그렇지 않음이 이미 판명되었다. 그런데도 지금 이 다섯 구절만 가지고 문장에 깊은 조예가 있다고 칭찬하면, 나머지는 이보다 못하단 말인가? 이런 걸 가지고 『시경』을 논하면 너무 편협하다.

2. 한 고조의 세 차례 속임수 漢祖三詐

한 고조가 한신韓信을 기용하여 대장으로 삼고 나서 그를 세 차례나 속임수로 대하였다. 한신이 조趙를 평정하자 고조는 성고成皐에서 황하를 건너 한왕이 보낸 사절이라면서 새벽에 한신의 군영에 뛰어들어, 아직 자리에서 일어나지 않은 한신의 침실로 가서 그의 인장과 부절을 빼앗아 장수들을 지휘하여 배치를 바꿨다. 항우가 죽고 나서 또 기습적으로 한신의 군권을 빼앗았다. 그리고 마지막으로 운몽雲夢을 순시한다는 거짓 명분을 내세워 한신을 사로잡아 포박했다. 활달하고 통 큰 개국 군주로서 한다는 행위가 이와 같았으니, 한신이 결국 반역을 꾀하도록 길을 터 준 것이다.

3. 화를 피하려는 마음 有心避禍

화禍를 피하려는 마음을 가지는 것보다 운명에 맡기어 무심한 것이 낫다. 그러나 이것도 일률적으로 그렇다고 할 수는 없다.

동탁董卓[3]은 나라의 대권을 훔쳐 쥐고 미郿[4]에 성을 쌓고, 30년은 족히

3 董卓(?~192) : 후한 말기의 무장이자 정치가. 자 중영仲穎, 농서군隴西郡 임조현臨洮縣(지금의 감숙성甘肅省 민현岷縣) 출신. 소제少帝를 강제로 폐위시키고 헌제獻帝를 옹립한 뒤에 공포정치를 행해 후한後漢의 멸망을 가속화하였다. 동탁의 폭정에 대한 반대가 전국적으로 발생하여, 후한의 영토가 군웅들에 의해 분할통치 되었다. 동탁은 사도司徒 왕윤王允의 모략으로 부장 여포呂布에게 살해되었고, 동탁의 사후 부장들의 다툼으로 혼란이 거듭되자 헌제는 장안을 탈출하여 조조曹操에게 의탁하면서 조조가 천하를 제패하는 계기가 되었다.

4 郿 : 지금의 섬서성 미현眉縣 동북쪽.

먹을 만한 곡식을 쌓아놓고 다음과 같이 혼잣말을 했다.

> "일이 이루어지지 않아도 이곳을 지키며 지낸다면 노년을 마치기 충분할 것이다."

일단 패하면 모든 것이 사라진다는 것을 꿈에도 몰랐으니 성에서 노후를 보내는 것이 어찌 용납되겠는가!

공손찬公孫瓚[5]은 유주幽州를 점거하고 있을 때, 이易[6] 지역에 높은 언덕을 쌓고, 문을 철로 만들고, 누각을 천 겹 늘어세우고, 곡식 300만 곡斛을 비축하고, 그 정도면 천하의 변란에 대비하기 충분하다고 보았다. 그런데 누각 위에서 원소袁紹의 운제와 충거가 난무할 줄 꿈에도 몰랐으니 성을 어찌 보호할 수 있겠는가!

조상曹爽이 사마의司馬懿의 탄핵을 받자, 병사를 일으킬 것을 환범桓範이 권했다. 그러나 조상은 따르지 않고 이렇게 말했다.

> "나는 부옹의 자리를 잃지 않을 것이다."

하루 아침에 주살되고 멸망할 줄도 몰랐으니, 어찌 부를 얻을 수 있겠는가!

장화張華[7]가 진晉의 재상으로 있을 때, 가후賈后의 난을 만나서도 퇴직을 하지 않았다. 작은아들이 중태성中台星이 갈라진 것을 이유로 들어 자리를 양보할 것을 권했다. 그러나 장화는 따르지 않고 "천도天道는 아득하고 머니

---

5 公孫瓚(?~199) : 후한後漢 말기의 군웅群雄. 자 백규伯珪. 오환 토벌의 공을 세웠으며 황건적을 무찌르고 원소袁紹와 싸웠다. 유우劉虞를 쳐서 유주幽州를 차지하고 근거지로 삼았다. 특히 그는 백마를 탄 부하들을 거느려 백마장군으로 명성을 떨쳤다. 그러나 유우의 아들 유화劉和, 원소·오환의 연합군과 싸워 패배하였다. 199년(건안 4) 원소의 대군에게 크게 패하자, 역경루에 불을 지르고 처자식과 함께 자살하였다.

6 易 : 지금의 하북성 웅현 서북쪽.

7 張華(232~300) : 서진西晉의 문장가. 자 무선茂先. 범양範陽 방성方城 사람. 완적阮籍에게 재능을 인정받아 위나라 때 중서랑中書郎에 올랐고, 오나라를 멸망킨 공으로 광무현후光武縣侯에 봉해졌으나, 조왕趙王 사마륜司馬倫에게 살해당했다. 화려한 시문으로 알려졌고, 장재張載, 장협張協과 함께 '삼장三張'으로 불렸다.

조용히 기다려보는 것만 못하다"라고 했다. 그러다가 결국 조왕趙王 사마륜司馬倫에게 살해당했다. 돌아가는 상황이 간발의 차이도 용납하지 못하는 때인데 조용히 기다리려고 했다니, 또한 정말 우스운 일이다. 다른 사람은 말할 것도 없고, 장화는 박식하고 식견도 많은데 또 이처럼 세상 돌아가는 것에 어두웠구나!

4. 건괘와 해괘에서 말하는 어려움 蹇解之險

건蹇괘는 아래가 간艮[☶]이고 위가 감坎[☵]으로, 위험이 보여서 멈추는 것이기 때문에, 각 효爻에 모두 어려움에 대해 말하는 효사가 있다. 유독 육이六二 효에서 다리를 절뚝거려 잘 걷지 못하여 앞으로 나아가지 못하는 형상을 뜻하는 '건蹇'을 중복하여 '건건蹇蹇'이라고 말했는데, 어떤 이는 육이가 구오九五와 바로 호응하는 것이라고 해석하였다. 마치 신하가 군주를 모시듯 마땅히 자신이 국가의 중대한 책임을 맡아서 비록 힘들고 또 힘들어도 전심전력으로 나서서 대처해야 한다는 뜻이라고 하였는데, 이는 괘사의 종지宗旨를 해석한 것이다.

그러나 효상爻象을 따져서 풀어보면 또 다른 해석이 나올 수 있다. 외괘(상괘)가 감괘이면, 각 효가 같아 육이로부터 올라가 위로 구삼·육사를 이어받으면 또 감괘가 되니, 이는 한 괘 안에 이미 두개의 감괘가 있는 것이어서, '건蹇'을 중복하여 말한 것이다.

해解괘는 아래가 감[☵]이고 위가 진震[☳]으로, 움직여 위험에서 벗어나는 것이다. 육삼에서 위험에서 벗어나려는데, 그래도 외부의 도적이 습격하는 흉상을 업고 있으니, 위로 구사와 육오를 이어받아 또 감괘가 되기 때문이 아니겠는가!

감괘는 수레[輿]도 되고 도적[盜]도 되니, 위험에서 벗어나게 되었는데 다시 위험에 발을 들여놓아 극도로 어려운 상황에서 새로운 외환이 나타나는 것으로, 이는 모두 중효中爻의 뜻이다.

5. 처세 士之處世

선비는 처세함에 있어 부귀이록富貴利祿 보기를 마치 배우가 연극에서 군관을 연기하는 것처럼 보아야 한다. 탁자에 버티고 바르게 앉아서 우렁우렁 호령하면 모든 배우들이 두 손 앞에 모으고 명을 따르지만, 연극이 끝나면 또한 모두 끝인 것처럼 말이다.

호화롭고 아름다운 것 보기를 마치 노인이 계절의 경물을 어루만지듯 해야 한다. 상원上元[8]과 청명清明[9]을 예로 들면, 젊은 시절 한창 때는 상원과 청명에 마치 시간이 모자란 듯 밤낮으로 나가 놀면서 등이 꺼지고 꽃이 시들면 서글퍼하며 며칠이 지나도 그날의 즐거움을 잊지 못한다. 노인은 그렇지 않다. 일찍이 가슴 속에 기쁨과 슬픔을 두지 않는다.

황금과 구슬·진주 등의 보석 보기를 마치 아이가 소꿉장난하듯 해야 한다. 앞에 이것저것 잔뜩 늘어놓아 있을 때는 아주 좋아하는 듯하다가도, 다 놀고 놓고 가버릴 때는 아무런 미련도 없어야 한다.

모함을 당하고 함정에 빠지는 경우를 만나면 마치 취객이 욕을 먹듯 해야 한다. 귀로는 들은 게 없고, 눈으로는 본 게 없이, 술이 깨고 나면 나는 여전히 예전 그대로인 것, 그렇게 하면 무슨 손해가 있겠나!

6. 장전의의 낙양 통치 張全義治洛

당나라 때 낙양洛陽은 황소黃巢의 난을 거치고 난 후, 성에는 주민이 없고

8 上元 : 음력 1월 15일 즉 정월 대보름의 이칭. 원소절元宵節·원석절元夕節·원야元夜·원석元夕·등절燈節·제등절提燈節이라고도 한다. 이에 상대하여 7월 보름날을 중원中元, 10월 보름날을 하원下元이라고도 한다.

9 淸明 : 24절기 중 하나로 춘분春分과 곡우穀雨 사이에 든다. 음력으로는 3월이지만, 양력으로는 4월 5·6일 무렵이므로 태양의 황경黃經이 15°에 있을 때이다. 보통 한식寒食의 하루 전날이거나 한식과 같은 날이 많고, 오늘날의 식목일植木日과도 겹치는 경우가 흔하다. 이 날 부터 날이 풀리기 시작해 화창해지기 때문에 청명이라고 한다. 농가에서는 이 무렵 바쁜 농사철에 들어간다.

현읍은 황폐해져서 겨우 작은 성 세 개를 쌓을 수 있었다. 그러나 또 이한李罕의 정권 쟁탈 싸움을 만나서 그저 벽의 잔해만 남았을 뿐이었다. 장전의張全義[10]가 유민을 다독이고 성읍을 정돈하여 다시 번듯한 번진이 되었다. 『오대사五代史·장전의전張全義傳』에서 매우 간략하게 기록했고, 『자치통감資治通鑑』에서는 비록 조금 상세해졌지만 역시 모두 제대로 기록하지는 않았다. 장재현張齊賢이 저술한 『낙양진신구문기洛陽搢紳舊聞記』에서 채집하여 그 요점을 여기에 싣는다.

> 지금 형荊·양襄·회淮·면沔 일대는 전쟁이 할퀴고 간 상처로 얼룩진 땅이 수천 리 이어져 있다. 백성을 돌보는 관리로서 변경을 지키고 안전을 호위한 공로로 특별 승진되고 발탁된 사람이 몇 명인지는 모르겠으나, 정말로 장전의가 한 것처럼 할 수 있었던 사람을 나는 아직 보지 못했다. 혹시 전기를 쓰는 문장의 규정에 따른 비판에 제한당하고 견제당하여 제대로 쓰지 못했단 말인가?
>
> 장전의가 처음 낙양에 도착했을 때 휘하 100명 중 일을 시킬 만한 사람 18명을 선발하여 둔장屯將으로 임명하고, 각각 깃발 하나와 공고문 하나를 나눠주며 옛 18현縣 안에서 스스로 경작하고 파종할 농민을 불러오게 했다. 이에 유민들이 점점 돌아왔다.
>
> 일을 시킬 만한 사람 18명을 또 선발하여 둔부屯副로 임명하여 돌아오는 백성들을 다독이게 하고, 살인을 저지른 자를 사형에 처하는 것 이외로 나머지는 그저 곤장형에 처하게 해서, 중형을 없앴고 조세를 없앴다. 이에 돌아오는 사람이 점차 많아졌다.
>
> 또한 기록과 계산을 할 줄 아는 사람 18명을 선발하여 둔판관屯判官으로 임명하여, 한두 해가 되지 않아 매 둔屯마다 가구가 수천에 이르게 되었다.
>
> 농한기에 장정을 선발하여 궁술·창술·검술을 가르치고, 앉고 일어나고 나아가고 물러나는 진법의 규정을 제정하였다. 시행한 지 한두 해만에 장정 2만 명을 얻었으며, 도적이 있으면 즉시 체포했다.
>
> 관문과 시장의 세금은 거의 없는 것이나 마찬가지였고 형벌이 관대하고 업무 수속이 간결하여 원근에서 사람들이 몰려오기를 마치 시장에 몰리듯 하였으며, 5년 안에 부유하고 풍족하다고 일컬어져, 매 현마다 관리할 현령縣令과 주부主簿를 임명해달라고 주청했다.

10 張全義(852~926) : 당 나라 말기 정치가. 본명 언言. 황소의 난 때 기의군에 참가했다가 패한 후 당소종唐昭宗에 의해 전의全義라는 이름을 하사받았다.

주민들이 경작과 방직에 힘쓰는 것을 기뻐하여, 아무개 집이 양잠과 맥황이 좋다는 것을 알게 되면 반드시 그 집을 찾아가 남녀노소 모두 불러 모아 그 수고를 직접 위로하고 술과 음식·차·과일을 내려주고 포삼군고布衫裙袴를 보내주어, 안색에 기쁨이 넘쳤다.

지나가다 전답에 잡초가 없는 것을 보면 반드시 말에서 내려 살펴보고 밭 주인을 불러 의복을 내려주었고, 만약 벼 밑에 잡초가 있고 밭갈이가 익숙하지 않으면 사람들을 모이게 하여 꾸짖었다. 누군가가 소가 없다고 호소하면 통반장을 불러 꾸짖었다.

"이 자에게 소가 없다고 하는데, 어찌 다들 도와주지 않는단 말인가!"

이때부터 백성들은 경작과 양잠을 급선무로 삼아, 집집마다 여유가 쌓이고 홍수와 가뭄에도 굶주리는 사람이 없었다. 낙양에서 40여년 있었는데, 지금까지 제사를 받고 있다.

어허, 지금의 군자도 역시 장전의와 같은 마음으로 사람들에게 베풀어주려고 해야 할 것이다!

7. 박고도 博古圖

휘종徽宗 정화政和[11] 연간과 선화宣和[12] 연간에 조정에서 서국書局을 수십 곳이나 설치했는데, 그 중 제일 황당하고 조잡하여 우스운 것 중 『박고도博古圖』만한 것이 없다. 내가 최근 한나라 때의 주전자[匜]를 손에 넣어 『박고도』 한 권을 갖다가 읽었는데, 책을 펼쳐보고 배꼽이 빠지도록 웃고 나서 몇 가지를 여기 기록한다.

'부계이父癸匜'의 명문銘文에 "작방부계爵方父癸"라고 적혀 있었다. 이것에 대해서 다음과 같이 해석하였다.

주周나라 때 군신君臣 중 봉호에 '계癸'를 쓴 사람은 오직 제齊의 4대 계공癸公이 있었다. 계공의 아들이 애공哀公이다. 그렇다면 이 그릇을 만든 것은 아무래도 애공 때가 아닐까 한다! 명문에서 '부계父癸'라고 한 것은 이 때문이다.

11 政和 : 북송 휘종 시기 연호(1111~1118).
12 宣和 : 북송 휘종 시기 연호(1119~1125).

10개의 천간으로 호號를 정하여 부갑父甲·부정父丁·부계父癸 등으로 부르게 된 것은 하夏와 상商 때도 모두 그랬었다. 『박고도』를 편찬한 사람도 원래 알고 있었을 텐데, 유독 이 그릇만 주나라 때 물건이라고 하고, 게다가 계공의 아들이 자기 아버지를 지칭한 것이라고 하니, 그 우스운 첫 번째이다.

주나라 때 '의모이義母匜'의 명문에 "중길의모작仲姞義母作"이라고 적혀 있었다. 이것에 대해서 다음과 같이 해설하였다.

> 진晉 문공文公의 희첩 두기杜祁가 핍길偪姞에게 양보하여 자기가 그 다음 서열에 있으려고 했다. 조맹趙孟(조돈趙盾)[13]이 '모친이 정의로워 아들이 존귀하다'라고 하였으니, 바로 두기를 말한 것이요, 이른바 중길은 자칭한 것이요, 의모는 양공襄公이 두기를 지칭한 것이다.

주나라 때 길姞을 성으로 쓴 여자가 많은데, 이 사람이 핍길이라는 것을 어떻게 알겠는가? 두기는 단지 위에 있는 것을 양보했을 뿐인데, 어떻게 갑자기 모친이 되는가? 중길이 자칭한 것이라고 해놓고 또 양공이 두기를 위하여 만든 것이라고 하니, 그렇다면 과연 누구의 그릇인가? 그 우스운 두 번째이다.

한漢나라 때 '주수이注水匜'의 명문에 "시건국원년정월계유삭일제始建國元年正月癸酉朔日制"라고 적혀 있었다. 이에 대한 해설은 다음과 같다.

> 한漢 초시初始 원년 12월에 건국建國으로 연호를 개정하였으니, 여기서 원년 정월이라고 한 것은 마땅히 다음 해이다.

『한서漢書』를 살펴보면, 왕망王莽은 초시 원년(8) 12월 계유 삭일에 제위를 찬탈하여 즉위하고, 마침내 그 날을 시건국始建國 원년(9) 정월로 삼았다.

13 趙盾 : 진晉나라의 권신權臣. 진양공晉襄公 사후 공자 옹雍을 옹립하려다 조야의 반대로 번복하고 그대로 어린 세자 이고夷皐를 영공靈公으로 옹립한 후 정권을 장악했다. 그러나 영공의 타락과 무도를 막지 못했고 영공 시해 사건이 일어났을 때는 지나치게 소극적이고 미온적으로 대처함으로써, 결국 사관史官 동호董狐로부터 "조돈이 그 군주를 시해했다"는 필주筆誅를 받았다. 제후국 간의 외교 책략에 능했고 빠른 상황 판단력과 현실적인 정치 감각, 통솔력 등을 지녔으나 정도正道만을 걸었다고는 할 수 없는 행적을 종종 남겼다.

그런데 어찌 다음 해를 도리어 원년이라고 칭하는 이치가 있겠는가? 그 우스운 세 번째이다.

초희楚姬의 소반[盤]의 명문에 "제후작초희보반齊侯作楚姬寶盤"이라고 적혀 있었다. 이에 대한 해설은 다음과 같다.

> 초楚와 제齊가 합종하여 서로 사이 좋게 지낸 것은 제나라 민왕湣王 때로, 제후齊侯라고 칭한 것은 민왕을 말한다. 주나라 말기에 제후가 스스로 왕이라고 칭하는 사례가 많았는데, 그릇에 후侯라고 명문을 남긴 것은 아직 예의를 차릴 줄 안다는 것이다.

제나라와 초나라가 나라를 형성한 것이 각각 수백 년인데, 어찌 꼭 민왕 때만 사이 좋게 지냈겠는가? 또한 민왕은 제나라 여러 왕 중 가장 교만하고 포악하여 동제東帝라고 칭한 적도 있는데, 어찌 자칭 후侯라고 할 리가 있겠는가? 그 우스운 네 번째이다.

한나라 양산梁山 솥[鋗]의 명문에 "양산동조梁山銅造"라고 적혀 있는데, 이에 대해 다음과 같이 해설했다.

> 양산동梁山銅이란 그것을 공물로 바치는 곳을 기록한 것으로, 양효왕梁孝王이 동이 산출되는 산에 의거하여 동전을 주조하여 나라의 부를 이루었으니, 동이 여기서 나왔기 때문이다.

그런데 산에 가서 동전을 주조한 것은 오왕吳王 비濞 뿐이다. 양산梁山은 그 자체가 산 이름으로 풍익馮翊 하양현夏陽縣에 속하니, 양나라와 무슨 상관이 있단 말인가? 그 우스운 다섯 번째이다.

이 몇 가지 해설을 보면, 다른 것도 어떤지 알 수 있으리라.

8. 정책의 이해득실을 논하는 사대부의 자세 士大夫論利害

사대부가 정책의 이해득실을 논할 때는 본디 마땅히 우선 이점이 되는 실상을 진술해야 한다. 그러나 이점 안에도 작은 손해가 존재한다. 또한 마땅히 그 전말을 잘 구분하여 주군한테 선택하여 대처하도록 해야 한다. 그래야만 숨기지 않고 속이지 말아야 한다는 도리에 맞게 된다.

조충국趙充國이 선령先零[14] 정벌을 나섰다가 기병을 해체하고 둔전屯田을 하겠다고 했다. 선제宣帝는 기병이 해체되었다는 소식을 선령이 듣고 둔전을 공격하여 소요를 일으킬까봐 염려했다. 조충국이 말했다.

> "선령은 소규모 도적으로 때때로 사람을 죽이는데, 근본적으로 이것을 금지할 수는 없습니다. 만약 군대를 출동시켜 저들이 절대 더 이상 도적질을 하지 않는다면 군대를 출동시킬 수도 있습니다. 지금에 와서는 결과는 같은데 앉아서 승리를 취하는 길을 버린다면, 오랑캐[蠻夷]들을 대하는 방식이 아닙니다."

반용班勇이 서역교위西域校尉를 다시 설치할 것을 요청했다. 논의에 참여한 자가 힐난했다.

> "반용 그대는 흉노가 더 이상 변방에 해를 끼치지 않는다고 보장할 수 있소?"

반용이 말했다.

> "지금 서역에 주목州牧을 설치하여 도적을 방지하려는데, 만약 각 주목이 각 주에서 도적이 일어나지 않을 것을 보장한다면, 저 또한 요참의 형벌을 걸고 흉노가 변방에 해를 끼치지 않을 것을 보장하겠습니다. 지금 우리가 서역과 왕래하면 흉노의 세력이 필시 약해질 것이니, 우환이 되는 게 미미합니다. 만약 서역이 흉노 수중에 들어가면 중국의 비용은 10억에 머물지 않을 것이니, 서역에 주목을 설치하는 것이 편합니다."

이 두 사람이 일을 논한 것은 이해利害의 요점을 지극히 다 파악했다고 할 수 있으니, 본받기에 충분하다.

---

14 先零 : 한漢 나라 때의 강족羌族. 서쪽 오랑캐의 일종으로 지금의 감숙성甘肅省 도하현導河縣 서쪽의 청해靑海에 거주하였다.

9. 서원여의 글 舒元輿文

서원여舒元輿는 당나라 중엽의 문인으로, 그가 남긴 글 중에서 지금 전해지는 것은 겨우 24편이다. 감로甘露의 화 때문에 죽고 나서, 문종文宗이 모란을 보며 그의 부賦 중에서 뛰어난 구절을 다음과 같이 뽑아 읊으며 눈물을 흘렸다.

이 쪽을 보는 건 마중하는 듯, 向者如迓,
저 쪽을 보는 건 작별하는 듯. 背者如訣.
꽃잎을 벌린 건 말을 하는 듯, 拆者如語,
꽃잎을 다문 건 흐느끼는 듯. 含者如咽.
아래를 보는 건 원망하는 듯, 俯者如怨,
위쪽을 보는 건 기뻐하는 듯. 仰者如悅.

나는 그가 『옥저전지玉筯篆志』[15]에서 이사李斯와 이양빙李陽冰의 서예를 논한 것을 가장 사랑한다. 그 내용은 다음과 같다.

> 이사가 떠난 지 천 년 만에 이양빙이 당나라 때 태어났다. 이양빙이 또 떠나면 뒤에 올 자 누구인가. 천 년 후 누군가 나오면 누가 맞이할 수 있을까? 천 년 후 사람이 없으면, 전서篆書는 이사에게서 멈출 것이다. 아하! 주인이여, 나를 위해 소중하게 해주시오.

이 명문은 뭔가 형용할 수 없는 묘함이 있는데, 세상에서 아는 사람이 드물다.

10. 화답할 수 없을 만한 절창 絶唱不可和

위응물韋應物[16]이 저주滁州에 있을 때, 전초全椒라는 산중 도사에게 술을

15 玉筯篆 : 전서체의 일종으로, '옥저전玉箸篆'이라고도 한다. '옥저'는 '옥젓가락'이다. 전서의 필획이 처음부터 끝까지 굵기 변화가 없이 매끈하게 써서 마치 옥젓가락과 같기 때문에 옥저전이라고 한다. 진나라 이사의 『태산각석泰山刻石』 글씨체가 유명하다.

보내면서 다음과 같은 시를 지었다.

오늘 아침 군내 집에 냉기 차오르니, 今朝郡齋冷,
문득 산중의 객이 생각나네요. 忽念山中客.
골짜기 다니며 형신荊薪 다발로 묶어서, 澗底束荊薪
돌아와 백석白石을 데우겠지. 歸來煮白石.
술 한 동이 들고, 欲持一樽酒,
멀리 찾아가 비바람 몰아치는 저녁 위로하고 싶어. 遠慰風雨夕.
빈 산에 낙엽만 가득하니, 落葉滿空山,
어디서 자취를 찾을까. 何處尋行跡.

그 오묘함과 빼어남이 참으로 과장할 필요도 없으되, 특히 마지막 두 구는 언어와 사색만으로 도달할 수 있는 경지가 아니다. 소식이 혜주惠州에 있을 때, 그 운에 따라 시를 지어 나부羅浮의 등도사鄧道士에게 보냈다.

나부산의 봄을 맞아 한 잔 장만하여, 一杯羅浮春,
멀리 채미객采薇客에게 보낸다. 遠餉采薇客.
지금쯤 독작을 마치고, 遙知獨酌罷,
취해서 소나무 아래 바위에 누워 있겠지. 醉臥松下石.
산 사람 만나진 못하고, 幽人不可見,
달 밤 맑은 소리만 듣는다. 清嘯聞月夕.
암자에서 사는 그 사람은, 聊戲庵中人,
허공에 날아 올라 본래 자취 없는 것을. 空飛本無跡.

유우석의 「석두성石頭城」에는 다음과 같은 구절이 있다.

산은 옛 도읍을 에워싸고 성곽은 남아 있는데, 山圍故國周遭在,
조수가 텅 빈 성으로 밀려오니 적막이 감돈다. 潮打空城寂寞回.

16 韋應物(737~804) : 당나라 시인. 젊어서 임협任俠을 좋아하여 현종玄宗의 경호책임자가 되어 총애를 받았다. 현종 사후에는 학문에 정진하여 관계에 진출하여 좌사낭중左司郎中과 소주자사蘇州刺史 등을 역임하였다. 그의 시에는 전원산림田園山林의 고요한 정취를 소재로 한 작품이 많으며, 당나라의 자연파시인의 대표자로서 왕유王維·맹호연孟浩然·유종원柳宗元 등과 함께 왕맹위유王孟韋柳로 병칭되었다.

이 구절에 대해 백거이는 후세의 시인이 더 이상 손을 댈 사람이 없을 것이라고 했다. 소식이 이를 모방하여 「차운진소장화전몽중次韻秦少章和錢蒙仲」에서 다음과 같이 노래했다.

> 산은 옛 도읍을 에워싸고 있는데 성은 텅 비어있고, 山圍故國城空在,
> 조수는 서릉으로 밀려와 마음 편치 않네. 潮打西陵意未平.

소식은 천재적인 문인으로, 작품을 발표했다 하면 세상을 놀라게 했다. 이를테면 도연명을 추모하고 그에게 화답한 시는 그야말로 도연명의 시와 함께 세상에 널리 유행할 정도이다. 그런데 이 두 시만은 위응물과 유우석에 미치지 못한다. 너무나 뛰어난 노래에는 화답이 드물다더니, 이치가 그런 것이 아니겠는가!

11. 추증의 경중 贈典輕重

송나라는 신종 원풍元豐[17] 연간에 관제官制를 개편하기 이전에는 종관從官 승丞과 낭郎·직학사直學士 밑으로 당사자가 사망해도 추증을 한 전거가 거의 없었다. 상서尙書와 학사學士는 추증한 전거가 있었다. 그러나 역시 매우 드물었다. 여양공余襄公과 왕소王素는 공부상서工部尙書에서 형부상서刑部尙書를 추증 받았을 뿐이고, 채군모蔡君謨는 단명전학사端明殿學士·예부시랑禮部侍郎에서 이부시랑吏部侍郎을 추증 받았을 뿐이다. 원풍 이후 대제待制[18] 이상은 모두 4급 관직의 혜택을 입었고 나중에 드디어 정식 제도가 되었고 사퇴해도 또한 한 등급 올려주었다.

양양조梁揚祖는 보문각학사寶文閣學士·선봉대부宣奉大夫가 마지막 관직이었

17 元豐 : 북송 신종神宗 시기 연호(1078～1085).

18 待制 : 당 태종이 즉위하자 경관京官 5품 이상의 관리들에게 중서성과 문하성에서 번갈아 숙직하게 하여 수시로 불러 제서制書의 초안을 작성하게 하였던 것에서 비롯되었다. 송나라 때에는 각 전殿과 각閣에 대제를 두었다. 예를 들면 보화전대제保和殿待制·용도각대제龍圖閣待制와 같은 것들로 학사·직학사보다 아래 등급이었다.

는데, 사퇴하고 나서 광록대부光祿大夫로 승급되었고 결국 특진特進·용도각학사龍圖閣學士가 추증되었다. 아마도 은청銀青·금자金紫·특진特進 세 관직뿐이어서 하나 더 보태준 것으로, 좌승左丞에서 복야僕射를 받은 것이다.

절도사節度使는 옛 제도에 따르면 시중侍中 혹은 태위太尉를 추증했는데, 새로운 관제가 시행되면서 개부開府를 추증하는 경우가 많았다. 진회秦檜[19]가 검교소보檢校少保의 사례를 만들어 왕덕王德과 섭몽득葉夢得·장징張澄을 추증하여, 최근에 왕언王彥이 그것을 활용했는데 사실 이점이 없었다.

철종 원우元祐[20] 연간에 왕암수王巖叟가 조봉랑朝奉郎·단명전학사로 마쳤는데, 일찍이 추밀원樞密院에서 첨서簽書를 지냈기 때문에 정의대부正議大夫로 초월 추증되었다. 양원楊願은 조봉랑·자정전학사資政殿學士로 마쳤지만 조청대부朝請大夫만 추증되었다. 집정관이었는데 낭郎 등급만 추증되어 경중이 한결같지 않았으니, 모두 낡은 제도의 잘못이다.

12. 양지수 揚之水

『좌전』에 실린 여러 나라 사람들의 언어와 서신을 보면 그 말과 뜻이 마치 한 사람의 손에서 나온 듯하다. 그러다 보니 해설하는 사람도 마침내 모두 좌씨가 쓴 것이라고 하기에 이르렀다. 그렇지만 나는 좌씨가 윤색하고 정리를 했을 수는 있지만, 그가 『좌전』을 모두 쓴 것은 아닐 것이라는 의심이 든다. 『시경』을 가지고 증명을 해보겠다.

「양지수揚之水」는 세 편이 있는데, 「주시周詩」와 「정시鄭詩」·「진시晉詩」이다. 그 중 두 편에 다음과 같은 묘사가 나온다.

19 秦檜(1090~1155) : 남송의 정치가. 자 회지會之. 고종高宗의 신임을 받아 24년간 재상의 자리에 있었다. 충신 악비岳飛를 죽이고, 금나라에 항전하여 잃어버린 영토를 회복하자는 항전파를 탄압했으며, 금나라와 굴욕적인 강화를 체결했다. 민족적 영웅인 악비와 대비되어 간신으로 평가받는다.

20 元祐 : 북송 철종哲宗 시기 연호(1086~1093).

마른 나무 흘러가지 않네.　不流束薪.
가시나무 흘러가지 않네.　不流束楚.

이외에도 유사한 표현이 많은데, 다음과 같다.

「패풍邶風 · 곡풍谷風」:
솨아 솨아 곡풍 불어,　習習谷風,
흐려지고 비가 오네.　以陰以雨.

「아雅 · 곡풍谷風」:
솨아 솨아 곡풍 불어,　習習谷風,
바람 불고 비가 오네.　維風及雨.

「소남召南 · 은기뢰殷其雷」:
남산 남쪽에서 들려오네.　在南山之陽.
남산 아래에서 들려오네.　在南山之下.
남산 옆쪽에서 들려오네.　在南山之側.

「용풍鄘風 · 간모干旄」:
준의 교외에 이르렀네.　在浚之郊.
준의 도읍에 이르렀네.　在浚之都.
준의 성문에 이르렀네.　在浚之城.

「왕풍王風 · 갈뢰葛藟」:
황하 가에 있네.　在河之滸.
황하 가에 있네.　在河之漘.
황하 가에 있네.　在河之涘.

「당풍唐風 · 산유추山有樞」:
산에는 스무나무 있고,　山有樞,
진펄에는 느릅나무 있네.　隰有榆.

「진풍秦風 · 신풍晨風」:
산에는 새순 돋는 상수리나무 있고,　山有苞櫟,
진펄에는 빽빽한 가래나무 있네.　隰有六駁.

「소아小雅 · 사월四月」:
산에는 고사리와 고비가 있고,　山有蕨薇,

진펄에는 구기자나무와 들메나무가 있네. 隰有杞桋.

「주남周南·한광漢廣」:
말을 먹인다네. 言秣其馬.

「용풍鄘風·재치載馳」:
패모貝母를 뜯네. 言采其虻.

「소아小雅·채숙采菽」:
깃발이 보이네. 言觀其旂.

「소아·都人士도인사」:
활집에 활을 넣네. 言韔其弓.

모두 여러 시에서 뒤섞여 나왔으되 그 흥취는 같다. 선왕의 은택이 미쳤던 때로부터 그리 멀지 않았기 때문에, 천하가 같은 문자를 쓰고 스승은 다른 학설을 말하지 않았고, 사람들은 다른 풍습이 없었기에, 입에서 나오면 말이 되고 모두 예의에 맞았다. 그렇기 때문에 '미리 입을 맞춘 것이 아닌데도 같은 말을 한 것이다[不謀而同]'.

13. 이릉의 시 李陵詩

『문선文選』[21]에 이릉李陵·소무蘇武의 시가 모두 일곱 편이 실려 있다. 많은 사람들이 "장강長江과 한수漢水가 흘러가는 것을 굽어보다[俯觀江漢流]"라고 한 부분을 보고 "소무가 장안에 있을 때 지은 것이라면, 어찌 장강과 한수에 갈 수 있었단 말인가" 하고 의혹을 품었다. 소식은 "모두 후세 사람의 위작이다"라고 했다.

내가 이릉의 시를 보니 "잔에 가득한 술 한 잔, 그대와 혼인을 하였다네[獨有

21 『文選』: 양梁나라의 소통蕭統(소명태자昭明太子)이 진秦·한漢나라 이후 제齊·양나라의 대표적인 시문을 모아 엮은 책이다. 주석본이 여러 종류가 있는데 당나라 이선李善이 주註한 것이 가장 유명하다. 이 외에 당대 여연제呂延濟와 유량劉良·장선張銑·여향呂向·이주한李周翰 등 5명이 주를 단 것을 '오신주五臣註'라고 한다.

盈觴酒, 與子結綢繆"라고 되어 있는데, 가득차다는 뜻의 '영盈'은 바로 혜제惠帝의 이름이다. 한나라의 법에 휘諱를 범하면 죄가 있었으니, 이릉이 감히 이 글자를 썼을 리가 없다. 소식의 견해가 믿을 만하다는 것을 분명히 알겠다.

14. 대곡 중의 '伊이'와 '涼양' 大曲伊涼

현재 악부시樂府詩로 전해지는 대곡大曲은 모두 당나라 때 나온 것이다. 그 중 주州의 명칭으로 명명한 것이 다섯 가지로, 이伊 · 양涼 · 희熙 · 석石 · 위渭이다. 양주涼州는 이미 양주梁州로 변경되었는데, 당나라 때 사람들 대부분이 잘못 일컫는 경우가 많았다. 사실 서량부西涼府에서 온 것이다. 이 여러 곡 중에서 「이伊」 · 「양涼」이 가장 두드러지는데, 당나라 때 시사詩詞에서도 매우 많이 언급하였다. 여기서 그 근거로 몇 연聯을 기록해본다.

늙어가니 객지의 시름을 장차 어떻게 풀까, 소옥더러 이주 노래나 새로 불러보라고 하네.	老去將何散旅愁, 新教小玉唱伊州.[22]
은은히 퍼지는 관악기 현악기 소리, 측상조 곡조 맞춰 나오는 이주 노래.	求守管絃聲款逐, 側商調裏唱伊州.[23]
전선鈿蟬 금안金鴈 달던 시절 모두 영락하고, 이주 노래 한 가락에 흐르는 만 줄기 눈물.	鈿蟬金鴈皆零落, 一曲伊州淚萬行.[24]
공자 나를 불러 달빛 가득한 누각에서 기쁘게 만나, 둘이서 가락에 맞춰 이주 노래 부른다.	公子邀歡月滿樓, 雙成揭調唱伊州.[25]
문득 들려오는 누각 여인 노래 소리, 이주 노래건만 석주 노래 가락에 맞추었구나.	賺殺唱歌樓上女, 伊州誤作石州聲.[26]

22 白居易, 「伊州」.
23 王建, 「宮詞」.
24 溫庭筠, 「彈箏人」.
25 高駢, 「贈歌者二首」 제2수.

호부에서 생을 타며 부르는 서부두 노래,
이원제자가 양주 노래로 화답하네.

胡部笙歌西部頭,
梨園弟子和涼州.[27]

뜻밖에 듣게 된 양주 노래 소리,
친구들은 그저 미가영을 손에 꼽네.

唱得涼州意外聲,
舊人空數米嘉榮.[28]

예상곡 연주에 맞추어 양주 노래 부르니,
붉은 소매 흩날리며 어여쁜 얼굴엔 시름 가득.

霓裳奏罷唱梁州,
紅袖斜翻翠黛愁.[29]

밤에 나그네가 서쪽 성 올라가 묵는데,
뒤를 따라 들려오는 쌍피리 연주와 양주 노래.

行人夜上西城宿,
聽唱涼州雙管逐.[30]

승상이 새로 만든 이별곡,
한 마디 한 마디 날아오는 옛 양주 소리.

丞相新裁別離曲,
聲聲飛出舊梁州.[31]

양주 노래 박자 끝나,
바람 우레 소리 연주될까 염려될 뿐.

只愁拍盡涼州杖,
畫出風雷是撥聲.[32]

양주 노래 한 곡 이제 맑게 퍼지지 못하여,
쇄쇄 변방 바람 강성을 흔드는구나.

一曲涼州今不淸,
邊風蕭颯動江城.[33]

고향에서 온 사람들이라 눈물 가득,
게다가 양주 노래를 연주하는구나.

滿眼由來是舊人,
那堪更奏梁州曲.[34]

어젯밤 변방 군대에서 나라 원수 갚아,
사주 도호가 양주를 격파했다.

昨夜蕃軍報國讎,
沙州都護破梁州.[35]

26 施肩吾, 「望騎馬郎」.
27 王昌齡, 「殿前曲二首」 제2수.
28 劉禹錫, 「與歌者米嘉榮」.
29 白居易, 「宅西有流水牆下構小樓臨玩之時頗有幽趣」.
30 李益, 「夜上西城聽梁州曲二首」 제1수.
31 熊孺登, 「奉和興元鄭相公早春送楊侍郎」.
32 張祜, 「王家琵琶」.
33 張喬, 「宴邊將」.
○ 『전당시』에는 "一曲涼州今不淸"이 "一曲梁州金石淸"으로 되어있다.
34 高駢, 「宴犒蕃軍有感」.

변방 장수 모두 주군의 은택을 받아, 邊將皆承主恩澤,
양주 취할 대책 말하는 사람 없네. 無人解道取涼州.[36]

모두 왕건王建과 장호張祜·유우석劉禹錫·왕창령王昌齡·고병高駢·온정균溫庭筠·장적張籍 등의 시이다.

15. 원결의 『원자』 元次山元子

원결元結의 문집 『문편文編』 10권은 이상은李商隱이 서문을 썼고, 지금의 구강九江에서 찍은 판본이 바로 그것이다. 또 이서李紓가 서문을 쓴 『원자元子』 10권은 우리 집에 있다. 모두 105편으로, 그 중 14편은 『문편』에도 수록되어 있으며, 나머지는 대체로 산만하고 내용도 다르다. 그런데 제8권에 실려 있는 「혼방국睿方國」의 20개의 나라를 소개하는 내용을 보면 가장 황당무계하다. 그 내용은 대략 다음과 같다.

> 방국方國(네모 나라)의 괴물은 몸이 온통 네모이고, 그 풍속이 둥근 것을 미워한다. 만약 누군가 '네 심장은 둥근가?'라고 물으면, 두 손으로 가슴을 갈라서 심장을 드러내고 '이 심장이 둥근가?'라고 한다. 원국圓國(동그라미 나라)은 그 반대이다. 언국言國(말 잘 하는 나라)의 괴물은 입이 세 개이고 혀가 세 개이다. 상유국相乳國(유방 나라)의 괴물은 입 아래로 단지 구멍이 하나밖에 없다. 무수국無手國(손 없는 나라)에서는 발이 손보다 편하다. 무족국無足國(발 없는 나라)에서는 피부를 사용해 날아다니는데, 바람처럼 가볍게 날아다닌다.

그 내용이 『산해경山海經』에 상당히 가까우면서 황당무계한 이야기이다. 심지어 다음과 같은 내용도 있다.

> 악국惡國(나쁜 나라)의 괴물은 남자가 다 크면 아버지를 죽이고 여자가 다 크면 어머니를 죽인다. 인국忍國(참는 나라)의 괴물은 부모가 자식을 보면 신하가 왕을 만난 듯한다. 무비국無鼻國(코 없는 나라)에서는 형제가 만나면 서로 해친다. 촉국

35 薛逢, 「涼州詞」.
36 張籍, 「涼州詞三首」 제3수.

觸國의 괴물은 자손이 자라면 죽인다.

위와 같은 부류의 글은 모두 이치를 망치고 교화를 해치는 것으로, 아무 도움이 안 된다. 원결의 「중흥송中興頌」은 해와 달과 빛을 다툴 만큼 뛰어난데, 이와 같은 책을 써서는 안 되는 것이었다. 안타깝다!

16. 원결의 사직 표 次山謝表

원결이 도주자사道州刺史가 되어 「춘릉행春陵行」을 지었다. 그 서문에서 이렇게 말했다.

> 옛날 도주에는 4만여 가구가 있었다. 그런데 전란을 겪은 이후 4천 가구도 채 남지 않아, 태반이 부세를 감당하지 못했다. 부임한지 50일도 안 되어, 이런저런 사절로부터 조세 상납을 요청하는 문서를 200여 통이나 받았다. 모두 '기한을 지키지 못하면 죄를 물어 폄직과 삭관을 할 것이다'라고 했다. 아하! 만약 그 명령대로 모두 응한다면 주현州縣은 망하고 혼란할 것이니, 자사가 어찌 죄를 피할 수 있으리오! 명령대로 응하지 않는 것 또한 죄를 짓는 것이다. 나는 조용히 백성들을 편안하게 하면서 처벌을 기다릴 뿐이다.

그 시의 내용은 매우 씁쓸하다. 대략 다음과 같다.

작은 주州 난리를 겪으니,	州小經亂亡,
남은 사람 실로 피곤하다.	遺人實困疲.
아침에 먹는 것은 풀뿌리요,	朝飡是草根,
저녁에 먹는 것은 나무껍질이다.	暮食乃木皮.
말을 하면 숨이 끊어질 듯,	出言氣欲絶,
빨리 가려 하나 걸음은 더디다.	意速行步遲.
쫓아가 부르는 것도 차마 못하겠거늘,	追呼尚不忍,
하물며 채찍으로 치려하다니.	況乃鞭扑之.
우편정 통해서 급한 소식 전한다며,	郵亭傳急符,
오고 가는 발자국이 줄을 잇네.	來往跡相追.
너그러운 은혜라곤 찾아볼 수 없고,	更無寬大恩,
오로지 기일만 독촉하네.	但有迫催期.

자녀라도 팔게 하라는데, 欲令鬻兒女,
말이 떨어지면 난이 뒤따를까 염려될 뿐. 言發恐亂隨.
어찌 이리 거듭거듭 몰아대어, 奈何重驅逐,
살 수 없게 만드는가? 不使存活爲?
백성을 편안하게 해주라는 천자의 명, 安人天子命,
그 부절을 내가 가지고 있도다. 符節我所持.
조령을 어기고 체포를 늦추면, 逋緩違詔令,
책임을 뒤집어씀이 틀림없으리. 蒙責固所宜.

또 「적퇴시관리賊退示官吏」 시가 있다. 반란군이 영주永州를 공격하고 소주邵州를 격파하면서 도주를 침범하지 않은 것은 도주가 작고 궁한 것을 마음아파하고 가련하게 여겨서일 뿐인데, 어찌하여 여러 사절들은 가혹하게 징수를 하려고 하느냐고 서문에서 말을 했다. 시의 내용은 다음과 같다.

성이 작아 도적도 노략질 하지 않고, 城小賊不屠,
가난한 주민들 불쌍하고 맘 아프다. 人貧傷可憐.
그래서 이웃 주는 함락되어도, 是以陷鄰境,
이 주는 홀로 안전하거늘. 此州獨見全.
왕명을 전달 집행하려는 사신은, 使臣將王命,
어찌 도적만도 못하단 말인가? 豈不如賊焉?
당장 부세 납부하라고 닦달해 대는 이들, 今彼征斂者,
불판 위에서 볶아대듯 몰아치는구나. 迫之如火煎.

두 시에서 백성을 염려하는 것이 이처럼 처절하고 간절하다. 두보는 「동원사군춘릉행同元使君春陵行」 서문에서 다음과 같이 말했다.

> 지금 도적이 아직 사그러들지 않았는데, 공과 같이 백성의 질고를 알아주는 사람 십여 명만 찾아서 천하 여기저기 배치하여 방백邦伯이 되게 한다면, 천하의 안정을 즉시 기다릴 수 있을 것이다.

그리고 결국 시에 "두 시가 가을 달 마주하니, 한 글자 한 글자 모두 빛나는 별이다[兩章對秋月, 一字偕華星]"라는 구절을 넣었다.

현존하는 『차산집次山集』에 그의 사직 상소인 「사상표謝上表」 두 편이 실려 있다. 그 중 한 편의 내용은 다음과 같다.

> 오늘날 자사가 폭동과 난리를 견제할 무략武略이 없거나, 피폐한 주민을 구제할 문재文才가 없거나, 청렴의 덕으로 자신이 솔선수범을 보이지 않거나, 융통성이 있게 시급히 해결할 일을 해결하지 못하거나 하면 장차 난이 일어날 것입니다. 제가 보기에 오늘날 주현州縣에는 세금 징수를 감당할 수 있는 사람이 거의 없으며, 실로 이미 망하고 파산한 사람만 많아졌습니다. 백성들 중 대대로 조상이 묻혔던 고향에 연연하는 사람은 아주 적어졌고, 고향 떠나 떠돌 것만을 생각하는 사람만 많아졌습니다. 그렇기에 자사 선발은 엄정하고 신중하게 택하셔야 합니다. 혹여 관직 등급이 된다고 해서 또 많은 뇌물을 상납한다고 해서, 그리고 권문세가 출신이라 해서 자사로 선발해서는 절대 안 됩니다.

다른 한 편에서도 다음과 같이 말하였다.

> 지금 사방에는 전란이 아직까지 그치지 않았는데, 세금 징수 또한 끊이지 않습니다. 고향을 등지고 여기저기 유랑하는 백성들이 너무 많아 졌지만, 세금을 독촉하고 백성들을 착취하는 관리들의 행태는 나날이 심해지고 있습니다. 실로 흉악하고 저열하며 탐욕스런 자들과 아래 사람들을 우습게 여기는 무리들이 권세 있는 자에게 뇌물을 써서 주·현의 장관이 되는 것은 이치에 맞지 않습니다.

원결의 이 사직 표를 보면, 왕에게 사직의 뜻을 표명하면서 백성의 고통과 관리의 패악을 논하고 황제에게 관리를 잘 선발할 것을 권하고 있으니, 이런 글은 유사 이래 지금까지 보지 못했던 것이다. 세상 사람들은 두보가 원결을 칭찬했기 때문에 간혹 그의 시를 낭송하기도 하고, 「중흥송」의 유명세 때문에 그의 글을 낭송하기도 하지만, 그의 표를 칭찬하는 것은 내가 아직 듣지 못했다. 그래서 여기에 기록해두어 후세의 군자에게 귀감이 되게 하려 한다. 원결이 도주에 부임한 것은 계묘년(763)으로, 당 대종 광덕廣德 원년이다.

17. 광무제는 어진 군주 光武仁君

한漢 광무제光武帝[37]는 비록 무력 정벌로 천하를 평정했지만, 그의 마음은

37 光武帝(B.C.4~57 / 재위 25~57) : 후한의 초대 황제 유수劉秀. 신나라를 세운 전한의

일찍이 인은仁恩으로 품어주는 것을 근본으로 삼지 않은 적이 없다.

외효隗囂가 관작을 받고 다시 반란을 일으켰는데, 조서를 내려서 이렇게 말했다.

> 만약 저항을 그만 두고 스스로 찾아와 항복한다면 다른 처분을 내리지 않을 것을 보장한다.

공손술公孫述[38]이 촉蜀을 점거하자, 대군을 이끌고 정벌을 감행하여 공손술 무리들을 거의 궤멸시켰을 때도 조서를 내려 공손술을 회유했다.

> 그대가 짐의 장수인 내흡來歙과 잠팽岑彭을 죽였기에 짐의 진의에 의심을 품겠지만, 의심하지 말고 적절한 때에 투항하면 가족이 모두 온전할 것이다. 황제의 조서와 친필을 자주 받을 수 있는 게 아니며, 짐은 식언을 하지 않는다.

풍이馮異를 보내 서역을 정벌하게 하는데, 평정平定과 안무按撫를 급선무로 삼을 것을 단단히 일렀다. 또 성도成都에서 오한吳漢이 항복한 반군을 죽인 것에 분노하여 장수를 참하고 백성을 위로하는 도의를 잃었다고 질책했다. 진실로 광무제는 인군仁君이라고 할 만하다.

소선蕭銑이 형초荊楚 지역에서 할거하다가 당唐에 항복했는데, 고조高祖는 그가 자기와 천하를 다투던 상대였다는 것에 분노하여 장안 저자거리에서 주살할 정도로 속이 좁았다. 그런데 『신당서』에서는 여전히 고조를 성군聖君이라고 하였으니, 이것이 이치에 맞는가?

재상 왕망의 군대를 격파하고 즉위해 한나라를 재건하였다. 왕조를 재건, 36년에 전국을 평정하였다. 묘호는 세조世祖이며, 그가 재건한 왕조를 후한 또는 동한東漢이라고 한다.

38 公孫述(?~36) : 후한 때의 군웅. 자 자양子陽. 지금의 섬서성陝西省 흥평興平에 해당하는 부풍扶風 무릉茂陵 출신. 처음에는 왕망王莽을 섬겼으나, 전한前漢 말 경시제更始帝가 반란을 일으키자, 성도成都에서 군사를 일으켰다. 촉蜀·파巴를 평정하고, 25년 스스로 천자라 칭하고 국호를 성가成家라고 하였다. 36년 후한의 광무제光武帝에게 패하여, 일족과 함께 멸망하였다.

1. 張文潛論詩

前輩議論, 有出於率然不致思而於理近礙者。張文潛云:「詩三百篇, 雖云婦人女子、小夫、賤隸所爲, 要之非深於文章者不能作。如『七月在野』至『入我牀下』, 於七月已下, 皆不道破, 直至十月方言蟋蟀, 非深於文章者能爲之邪!」予謂三百篇固有所謂女、婦、小、賤所爲, 若周公、召康公穆公、衛武公、芮伯、凡伯、尹吉甫、仍叔、家父、蘇公、宋襄公、秦康公、史克、公子奚其, 姓氏明見於大序, 可一槪論之乎? 且「七月在野, 八月在宇, 九月在戶」, 本自言農民出入之時耳, 鄭康成始幷入下句, 皆指爲蟋蟀, 正已不然, 今直稱此五句爲深於文章者, 豈其餘不能過此乎!以是論詩, 隘矣。

2. 漢祖三詐

漢高祖用韓信爲大將, 而三以詐臨之。信旣定趙, 高祖自成皐度河, 晨自稱漢使馳入信壁, 信未起, 卽其臥, 奪其印符, 麾召諸將易置之。項羽死, 則又襲奪其軍。卒之僞游雲夢而縛信。夫以豁達大度開基之主, 所行乃如是, 信之終於謀逆, 蓋有以啓之矣。

3. 有心避禍

有心於避禍, 不若無心於任運, 然有不可一槪論者。董卓盜執國柄, 築塢於郿, 積穀爲三十年儲, 自云:「事不成, 守此足以畢老。」殊不知一敗則掃地, 豈容老於塢耶! 公孫瓚據幽州, 築京於易地, 以鐵爲門, 樓櫓千重, 積穀三百萬斛, 以爲足以待天下之變, 殊不知梯衝舞於樓上, 城豈可保耶? 曹爽爲司馬懿所奏, 桓範勸使擧兵, 爽不從, 曰:「我不失作富家翁。」不知誅滅在旦暮耳, 富可復得耶? 張華相晉, 當賈后之難不能退, 少子以中台星坼, 勸其遜位, 華不從, 曰:「天道玄遠, 不如靜以待之。」竟爲趙王倫所害。方事勢不容髮, 而欲以靜待, 又可嗤也。他人無足言, 華博物有識, 亦闇於幾事如此哉!

4. 蹇解之險

蹇卦艮下坎上, 見險而止, 故諸爻皆有蹇難之辭。獨六二重言蹇蹇, 說者以爲六二與九五爲正應, 如臣之事君, 當以身任國家之責, 雖蹇之又蹇, 亦匪躬以濟之, 此解釋文義之旨也。若尋繹爻畫, 則有說焉, 蓋外卦一坎, 諸爻所同, 而自六二推之, 上承九三、六四,又爲坎體, 是一卦之中已有二坎也, 故重言之。解卦坎下震上, 動而免乎險矣。六三將出險, 乃有負乘致寇之咎, 豈非上承九四、六五又爲坎乎! 坎爲輿爲盜, 既獲出險而復蹈焉, 宜其可醜而致戎也, 是皆中爻之義云。

5. 士之處世

士之處世, 視富貴利祿, 當如優伶之爲參軍, 方其據几正坐, 噫嗚訶箠, 羣優拱而聽命, 戲罷則亦已矣。見紛華盛麗, 當如老人之撫節物, 以上元、清明言之, 方少年壯盛, 晝夜出游, 若恐不暇, 燈收花暮, 輒悵然移日不能忘, 老人則不然, 未嘗置欣戚於胸中也。覩金珠珍玩, 當如小兒之弄戲劇, 方雜然前陳, 疑若可悅, 卽委之以去, 了無戀想。遭橫逆機穽, 當如醉人之受駡辱, 耳無所聞, 目無所見, 酒醒之後, 所以爲我者自若也, 何所加損哉!

6. 張全義治洛

唐洛陽經黃巢之亂, 城無居人, 縣邑荒圮, 僅能築三小城, 又遭李罕之爭奪, 但遺餘堵而已。張全義招懷理葺, 復爲壯藩, 五代史於全義傳書之甚略, 資治通鑑雖稍詳, 亦不能盡。輒采張文定公所著搢紳舊聞記, 芟取其要而載于此。「厥今荊、襄、淮、沔, 創痍之餘, 綿地數千里, 長民之官, 用守邊保障之勞, 超階擢職, 不知幾何人, 其眞能髣髴全義所爲者, 吾未見其人也。豈局於文法譏議, 有所制而不得騁乎? 全義始至洛, 於麾下百人中, 選可使者十八人, 命之曰屯將, 人給一旗一牓, 於舊十八縣中, 令招農戶自耕種, 流民漸歸。又選可使者十八人, 命之曰屯副, 民之來者綏撫之, 除殺人者死, 餘但加杖, 無重刑, 無租稅, 歸者漸衆。又選諳書計者十八人, 命之曰屯判官, 不一二年, 每屯戶至數千。於農隙時, 選丁夫, 敎以弓矢槍劍, 爲坐作進退之法。行之一二年, 得丁夫二萬餘人, 有盜賊卽時擒捕。關市之賦, 迨於無籍, 刑寬事簡, 遠近趨之如市, 五年之內, 號爲富庶, 於是奏每縣除令簿主之。喜民力耕織者, 知某家蠶麥善, 必至其家, 悉召老幼, 親慰勞之, 賜以酒食茶綵, 遺之布衫裙袴, 喜動顔色。見稼田中無草者, 必下馬觀之, 召田主賜衣服; 若禾下有草, 耕地不熟, 則集衆決責之。或訴以闕牛, 則召責其鄰伍, 曰:『此少人牛! 何不衆助!』自是民以耕桑爲務, 家家有蓄積, 水旱無飢人, 在洛四十餘年, 至今廟食。」嗚呼! 今之君子, 其亦肯以全義之心施諸人乎!

7. 博古圖

政和、宣和間, 朝廷置書局以數十計, 其荒陋而可笑者莫若博古圖。予比得漢匜, 因取一冊讀之, 發書捧腹之餘, 聊識數事于此。父癸匜之銘曰「爵方父癸」。則爲之說曰:「周之君臣, 其有癸號者, 惟齊之四世有癸公, 癸公之子曰哀公, 然則作是器也, 其在哀公之時歟！故銘曰『父癸』者此也。」夫以十干爲號, 及稱父甲、父丁、父癸之類, 夏、商皆然, 編圖者固知之矣, 獨於此器表爲周物, 且以爲癸公之子稱其父, 其可笑一也。周義母匜之銘曰「仲姞義母作」。則爲之說曰：「晉文公杜祁讓偪姞而己次之, 趙孟云『母義子貴』, 正謂杜祁, 則所謂仲姞者自名也, 義母者襄公謂杜祁也。」夫周世姞姓女多矣, 安知此爲偪姞, 杜祁但讓之在上, 豈可便爲母哉！ 既言仲姞自名, 又以爲襄公爲杜祁所作, 然則爲誰之物哉？其可笑二也。漢注水匜之銘曰「始建國元年正月癸酉朔日制」。則爲之說曰：「漢初始元年十二月, 改爲建國, 此言元年正月者, 當是明年也。」案漢書, 王莽以初始元年十二月癸酉朔日, 竊卽眞位, 遂以其日爲始建國元年正月, 安有明年却稱元年之理！ 其可笑三也。楚姬盤之銘曰「齊侯作楚姬寶盤」。則爲之說曰：「楚與齊從親, 在齊湣王之時, 所謂齊侯, 則湣王也。周末諸侯自王, 而稱侯以銘器, 尙知止乎禮義也。」夫齊、楚之爲國, 各數百年, 豈必當湣王時從親乎！ 且湣王在齊諸王中最爲驕暴, 嘗稱東帝, 豈有肯自稱侯之理！ 其可笑四也。漢梁山銷之銘曰「梁山銅造」。則爲之說曰：「梁山銅者, 紀其所貢之地, 梁孝王依山鼓鑄, 爲國之富, 則銅有自來矣。」夫卽山鑄錢, 乃吳王濞耳, 梁山自是山名, 屬馮翊夏陽縣, 於梁國何預焉！ 其可笑五也。觀此數說, 他可知矣。

8. 士大夫論利害

士大夫論利害, 固當先陳其所以利之實, 然於利之中而有小害存焉, 亦當科別其故, 使人主擇而處之, 乃合毋隱勿欺之誼。趙充國征先零, 欲罷騎兵而屯田, 宣帝恐虜聞兵罷, 且攻擾田者。充國曰：「虜小寇盜, 時殺人民, 其原未可卒禁。誠令兵出而虜絶不爲寇, 則出兵可也。卽今同是, 而釋坐勝之道, 非所以視蠻夷也。」班勇乞復置西域校尉, 議者難曰：「班將能保北虜不爲邊害乎？」 勇曰：「今置州牧以禁盜賊, 若州牧能保盜賊不起者, 臣亦願以要斬保匈奴之不爲邊害也。今通西域, 則虜勢必弱, 爲患微矣。若勢歸北虜, 則中國之費不止十億, 置之誠便。」此二人論事, 可謂極盡利害之要, 足以爲法也。

9. 舒元輿文

舒元輿, 唐中葉文士也, 今其遺文所存者才二十四篇。既以甘露之禍死, 文宗因觀牡丹摘其賦中桀句, 曰：「向者如迓, 背者如訣。拆者如語, 含者如咽。俯者如怨, 仰者如悅。」爲之泣下。予最愛其玉筯篆志論李斯、李陽冰之書, 其詞曰：「斯去千年, 冰生唐時。冰復去矣, 後來者誰。後千年有人, 誰能待之。後千年無人, 篆止於斯。嗚呼主人, 爲吾寶之。」此銘有不可名言之妙, 而世或鮮知之。

10. 絕唱不可和

韋應物在滁州, 以酒寄全椒山中道士, 作詩曰：「今朝郡齋冷, 忽念山中客。澗底束荊薪, 歸來煮白石。欲持一樽酒, 遠慰風雨夕。落葉滿空山, 何處尋行迹?」其爲高妙超詣, 固不容夸說, 而結尾兩句, 非復語言思索可到。東坡在惠州, 依其韻作詩寄羅浮鄧道士曰:「一杯羅浮春, 遠餉采薇客。遙知獨酌罷, 醉臥松下石。幽人不可見, 淸嘯聞月夕。聊戱庵中人, 空飛本無迹。」劉夢得「山圍故國周遭在, 潮打空城寂寞回」之句, 白樂天以爲後之詩人無復措詞。坡公仿之曰:「山圍故國城空在, 潮打西陵意未平。」坡公天才, 出語驚世, 如追和陶詩, 眞與之齊驅, 獨此二者, 比之韋、劉爲不侔。豈非絶唱寡和, 理自應爾邪!

11. 贈典輕重

國朝未改官制以前, 從官丞、郎、直學士以降, 身沒大抵無贈典, 唯尙書、學士有之, 然亦甚薄。余襄公、王素自工書得刑書, 蔡君謨自端明、禮侍得吏侍耳。元豐以後, 待制以上皆有四官之恩, 後遂以爲常典, 而致仕又遷一秩。梁揚祖終寶文學士、宣奉大夫, 旣以致仕轉光祿, 遂贈特進、龍圖學士, 蓋以爲銀靑、金紫、特進只三官, 故增其職, 是從左丞得僕射也。節度使舊制贈侍中或太尉, 官制行, 多贈開府。秦檜創立檢校少保之例, 以贈王德、葉夢得、張澄, 近歲王彦遂用之, 實無所益也。元祐中, 王巖叟終於朝奉郞、端明殿學士, 以嘗簽書樞密院, 故超贈正議大夫。楊愿終於朝奉郞、資政殿學士, 但贈朝請大夫, 以執政而贈郞秩, 輕重爲不侔, 皆掌故之失也。

12. 揚之水

左傳所載列國人語言書訊, 其辭旨如出一手。說者遂以爲皆左氏所作, 予疑其不必然。乃若潤色整齊, 則有之矣, 試以詩證之。揚之水三篇, 一周詩, 一鄭詩, 一晉詩, 其二篇皆曰「不流束薪」、「不流束楚」。邶之谷風曰「習習谷風, 以陰以雨」, 雅之谷風曰「習習谷風, 維風及雨」。「在南山之陽」,「在南山之下」,「在南山之側」;「在浚之郊」,「在浚之都」,「在浚之城」;「在河之滸」,「在河之漘」,「在河之涘」;「山有樞, 隰有榆」,「山有苞櫟, 隰有六駮」,「山有蕨薇, 隰有 (杞)桋」;「言秣其馬」,「言采其蝱虻」,「言觀其旂」,「言韔其弓」。皆雜出於諸詩, 而興致一也。蓋先王之澤未遠, 天下書同文, 師無異道, 人無異習, 出口成言, 皆止乎禮義, 是以不謀而同爾。

13. 李陵詩

文選編李陵、蘇武詩凡七篇, 人多疑「俯觀江、漢流」之語, 以爲蘇武在長安所作, 何爲乃及江、漢。東坡云「皆後人所擬也。」予觀李詩云:「獨有盈觴酒, 與子結綢繆。」「盈」字正惠帝諱, 漢法觸諱者有罪, 不應陵敢用之, 益知坡公之言爲可信也。

14. 大曲伊涼

今樂府所傳大曲, 皆出於唐, 而以州名者五, 伊、涼、熙、石、渭也。涼州今轉爲梁州, 唐人已多誤用, 其實從西涼府來也。凡此諸曲, 唯伊、涼最著, 唐詩詞稱之極多。聊紀十數聯, 以資談助。如「老去將何散旅愁, 新教小玉唱伊州」, 「求守管絃聲款逐, 側商調裏唱伊州, 鈿蟬金雁皆零落, 一曲伊州泪萬行」, 「公子邀歡月滿樓, 雙成揭調唱伊州」, 「賺殺唱歌樓上女, 伊州誤作石州聲」, 「胡部笙歌西部頭, 梨園弟子和涼州」, 「唱得涼州意外聲, 舊人空數米嘉榮」, 「霓裳奏罷唱梁州, 紅袖斜翻翠黛愁」, 「行人夜上西城宿, 聽唱涼州雙管逐」, 「丞相新裁別離曲, 聲聲飛出舊梁州」, 「只愁拍盡涼州杖, 畫出風雷是撥聲」, 「一曲涼州今不清, 邊風蕭颯動江城」, 「滿眼由來是舊人, 那堪更奏梁州曲」, 「昨夜蕃軍報國讎, 沙州都護破梁州」, 「邊將皆承主恩澤, 無人解道取涼州」。皆王建、張祜、劉禹錫、王昌齡、高駢、溫庭筠、張籍諸人詩也。

15. 元次山元子

元次山有文編十卷, 李商隱作序, 今九江所刻是也。又有元子十卷, 李紓作序, 予家有之, 凡一百五篇, 其十四篇已見於文編, 餘者大抵澶漫矯亢。而第八卷中所載 (宮)方國二十國事, 最爲譎誕。其略云 :「方國之 (僵), 盡身皆方, 其俗惡圓。設有問者, 曰『汝心圓』, 則兩手破胸露心, 曰『此心圓耶?』 圓國則反之。言國之 (僵), 三口三舌。相乳國之 (僵), 口以下直爲一竅。無手國足便於手, 無足國膚行如風。」 其說頗近山海經, 固已不韙, 至云 :「惡國之 (僵), 男長大則殺父, 女長大則殺母。忍國之 (僵), 父母見子, 如臣見君。無鼻之國, 兄弟相逢則相害。觸國之 (僵), 子孫長大則殺之。」 如此之類, 皆悖理害教, 於事無補。次山中興頌與日月爭光, 若此書, 不作可也, 惜哉!

16. 次山謝表

元次山爲道州刺史, 作舂陵行, 其序云 :「州舊四萬餘戶, 經賊以來, 不滿四千, 大半不勝賦稅。到官未五十日, 承諸使征求符牒二百餘封, 皆曰『失期限者罪至貶削』。於戲, 若悉應其命, 則州縣破亂, 刺史欲焉逃罪! 若不應命, 又卽獲罪戾, 吾將靜以安人, 待罪而已。」 其辭甚苦, 大略云 :「州小經亂亡, 遺人實困疲。朝飡是草根, 暮食乃木皮。出言氣欲絶, 意速行步遲。追呼尙不忍, 况乃鞭扑之。郵亭傳急符, 來往跡相追。更無寬大恩, 但有迫催期。欲令鬻兒女, 言發恐亂隨。奈何重驅逐, 不使存活爲。安人天子命, 符節我所持。逋緩違詔令, 蒙責固所宜。」 又賊退示官吏一篇, 言 :「賊攻永破邵, 不犯此州, 蓋蒙其傷憐而已, 諸使何爲忍苦征斂!」 其詩云 :「城小賊不屠, 人貧傷可憐。是以陷鄰境, 此州獨見全。使臣將王命, 豈不如賊焉。今彼征斂者, 迫之如火煎。」 二詩憂民慘切如此。故杜老以爲 :「今盜賊未息, 知民疾苦, 得結輩十數公, 落落參錯天下爲邦伯, 天下少安, 立可待矣。」遂有「兩章對秋月, 一字偕華星」之句。今次山集中, 載其謝上表兩通。其一云:「今日刺史, 若無武略以制暴亂; 若無文才以救疲弊, 若不淸廉以身率下; 若不變通以救時須, 則亂將作矣。臣料今日州縣堪征稅者無幾, 已破敗者實多, 百姓戀墳墓者蓋少, 思流亡者乃衆。則刺史宜精選謹擇以委任之, 固不可拘限官次, 得之貨賄出之權門者也。」其二云:「今四方兵革未寧, 賦斂未息, 百姓流亡轉甚, 官吏侵刻日多, 實不合使凶庸貪猥之徒, 凡弱下愚之類, 以貨賂權勢, 而爲州縣長官。」觀次山表語, 但因謝上, 而能極論民窮吏惡, 勸天子以精擇長吏, 有謝表以來, 未之見也。世人以杜老褒激之故, 或稍誦其詩, 以中興頌故誦其文, 不聞有稱其表者, 予是以備錄之, 以風後之君子。次山臨道州, 歲在癸卯, 唐代宗初元廣德也。

17. 光武仁君

漢光武雖以征伐定天下, 而其心未嘗不以仁恩招懷爲本。隗囂受官爵而復叛, 賜詔告之曰:「若束手自詣, 保無他也。」公孫述據蜀, 大軍征之垂滅矣, 猶下詔諭之曰:「勿以來歙、岑彭受害自疑, 今以時自詣, 則家族全, 詔書手記不可數得, 朕不食言。」遣馮異西征, 戒以平定安集爲急。怒吳漢殺降, 責以失斬將弔民之義。可謂仁君矣。蕭銑擧荊楚降唐, 而高祖怒其逐鹿之對, 誅之於市, 其險如此。新史猶以高祖爲聖, 豈理也哉。

••• 용재수필 권15(19칙)

1. 소식 두보 시 애호가 장뢰 張文潛哦蘇杜詩

냇물 돌아 흐르는 솔숲에 바람 크게 불고, 溪迴松風長,
늙은 쥐 옛 기와 뚫고 들어간다. 蒼鼠竄古瓦.
어느 왕이 세운 전각인가, 不知何王殿,
절벽 밑에 세우다니. 遺締絶壁下.
차가운 건물 안 푸른 귀화 일어나고, 陰房鬼火青,
무너진 길에는 급류 흘러든다. 壞道哀湍瀉.
자연의 소리는 진정한 음악이러니, 萬籟真笙竽,
경치 가장 아름다운 가을이라. 秋色正蕭灑.
예전의 미인은 모두 이미 황토 되었으니, 美人爲黃土,
진흙이나 나무 인형은 말할 것도 없어라. 况乃粉黛假.
당시 황제 좌우에서 모실 수 있었던 것 중, 當時侍金輿,
오직 석마만 남았다. 故物獨石馬.
근심 속에 풀 위에 앉아서, 憂來藉草坐,
큰 소리로 노래하니 눈물이 한 웅큼. 浩歌淚盈把.
길고 긴 정벌 길, 冉冉征途間,
오래 살 수 있는 사람 누구일까. 誰是長年者.

위는 두보의 「옥화궁시玉華宮詩」이다. 장뢰張耒[1]가 만년에 완구宛丘[2]에서 살았

1 張耒(1054~1114) : 북송의 시인. 초주楚州 회음淮陰 사람으로, 자는 문잠文潛이고, 호는 가산柯山이다. 태상소경太常少卿 등의 벼슬을 지냈으나, 정치적으로 소식을 따랐기 때문에 일찍이 좌천당하였다. 시부詩賦 등 문학에 뛰어났고, 황정견黃庭堅·조보지晁補之·진관秦觀과 함께 '소문사학사蘇門四學士'로 불렸다. 시는 평담한 것을 추구했고 백거이白居易의 시풍을 본받았으며, 악부는 장적張籍을 배웠다. 촉학파蜀學派의 중요 인물로, 촉학이 전파되는 데 기여해, 시문을 창작하면서 유학의 이치를 밝히는 것을 중요한 임무로 여겼다. 저서에 『시설詩說』과 『완구집宛邱集』, 『명도잡지明道雜志』 등이 있다.

는데, 하대규何大圭가 스무살 무렵 찾아가 방문했다. 장뢰가 사흘 동안 끊임없이 이 시를 읊조리는 것을 보고, 하대규가 그 까닭을 물었다. 장뢰가 말했다.

> "이 시는 『시경』의 「풍」·「아」처럼 나를 고무시키는 바가 있는데, 자네에게 뭐라고 설명하기가 쉽지 않네."

하대규가 말했다.

> "선생님께서 지으신 것이 어찌 이 시보다 뒤지겠습니까?"
> "평생 동안 있는 힘을 다해 베껴, 겨우 한 편 비슷한 것이 있기는 하지. 그러나 그래도 같은 수준으로 논할 수는 없지."

드디어 그가 지은 「이황주시離黃州詩」를 낭송하는데, 우연찮게도 이 시와 운이 같았다.

외로운 성을 출발하는 조각배,	扁舟發孤城,
전송 나온 사람에게 손 흔들어 고마움 표한다.	揮手謝送者.
굽이굽이 돌아드는 산세와 지세,	山回地勢卷,
하늘이 끝없이 강 수면에 펼쳐졌네.	天豁江面瀉.
물결 타고서 적벽을 바라보니,	中流望赤壁,
석각石脚은 물 밑에 꽂혔다.	石腳插水下.
안개 낀 산 고개 가물가물,	昏昏煙霧嶺,
어부와 초부의 집 여기저기 뚜렷하다.	歷歷漁樵舍.
만이蠻夷 땅에 거주한 지 3년,	居夷實三載,
이웃과 말할 때도 통역으로 해야 하지.	鄰里通假借.
헤어짐에 어찌 정이 없으리오,	別之豈無情,
노인 눈물 흩뿌리네.	老淚爲一洒.
고공篙工이 일어나 북소리 울리고,	篙工起鳴鼓,
가볍게 젓는 노는 말보다 힘 있네.	輕櫓健於馬.
아무래도 강을 지나 묵으려니,	聊爲過江宿,
적적한 번산樊山의 밤.	寂寂樊山夜.

이 시의 운률과 박자가 두보의 시와 비슷하여, 읽어보면 말 안 해도

2 宛丘: 지금의 하남성 회양淮陽.

알 수 있다. 또한 소식의 「이화절구梨花絶句」 낭송을 좋아했다.

이화梨花는 옅은 백색 버들은 깊은 청색,	梨花淡白柳深靑,
버들개지 날릴 무렵 성에는 꽃이 가득.	柳絮飛時花滿城.
동쪽 난간 한 그루에 쌓인 눈 애처롭구나,	惆悵東欄一株雪,
남은 인생 청명 시절 얼마나 보게 될까.	人生看得幾淸明.

매번 낭송할 때마다 박자를 맞추며 감탄을 그치지 않았으니, 장뢰는 아마 이 시 또한 매우 깊게 이해했었던 듯하다.

2. 임안과 전인 任安田仁

임안任安과 전인田仁은 모두 한 무제武帝 때 유능한 신하였다. 그런데 한대漢代의 역사서에는 그들의 얘기가 매우 간략하게 실려 있다. 저소손褚少孫[3]이 이를 보충하여 다음과 같이 서술했다.

두 사람은 모두 위청衛靑 장군 집의 식객이었다. 위장군 집의 집사가 그들에게 사람을 무는 못된 말을 사육하는 일을 시켰다.
전인이 말했다. "집사가 사람을 몰라봤구나!"
임안이 말했다. "장군도 사람을 몰라보는데 집사야 어떻겠는가!"
나중에 조서가 내려와 위장군 집 식객에서 사람을 뽑아 낭郎으로 삼으라고 했다. 마침 현명한 대부 조우趙禹가 와서 식객 백여 명을 모두 모아놓고 차례대로 이것저것 물어보고 전인·임안 두 사람을 선발하여 '오직 이 두 사람 뿐입니다. 나머지는 쓸 만한 사람이 없습니다'라고 하여, 장군이 이들의 인적사항을 보고했다. 조서를 내려 이 두 사람을 불러 보고 무제는 드디어 그들을 등용했다.
전인은 삼하三河 지역 징관의 불법 행위를 적발했다. 당시 하남河南[4]·하내河內의 태수는 모두 어사대부 두주杜周의 자제요, 하동河東[5]의 태수는 승상 석경石慶의 자손인데, 전인이 삼하三河 지역의 죄행을 적발하고 나서 모두 재판에 회부하여 사

3 褚少孫 : 서한 때의 문학가이자 사학가로 생졸 연대는 알려지지 않았고, 서한 말에 활동했을 것으로 추정된다. 사마천 사후에 유실된 『사기』의 편 들을 보충하는 일을 담당했다.
4 河南 : 당시 관아는 유양維陽, 지금의 하남성 낙양에 위치했다.
5 河東 : 당시 관아는 안읍安邑, 지금의 산서성 하현夏縣에 위치했다.

형에 처했다.

이 일을 통해 보면, 무제는 인재를 구하는 데 신분의 미천함을 따지지 않았음을 알 수 있다. 정말로 인재를 풍성하게 얻은 것은 후세에 아무도 따라올 바가 못 되었다. 그러나 반고는 『한서』에서 이렇게 서술했다.

> 곽거병霍去病[6]이 귀한 신분이 되자 위청의 친구나 문인 중 그 곁을 떠나 곽거병에게로 가는 사람이 많았으나, 임안만은 가려고 하지 않았다.
> 위장군이 진언하여 전인을 낭중으로 삼았다.

이렇듯 저소손이 기록한 것과는 다르다. 「두주전杜周傳」에서도 이 두 사람이 대한 언급이 있다.

> 두 사람이 황하를 끼고 군수를 하였는데, 그 통치가 모두 잔혹하고 포악했다.

그들이 어떻게 생을 마감했는지 기록하지 않았는데, 모두 누락이 있는 듯하다.

3. 두연년과 두흠 杜延年杜欽

『한서』에는 이렇게 기록되어있다.

> 두연년杜延年은 본래 대장군 곽광霍光의 속리屬吏로, 곽광은 형벌을 엄하게 적용하려고 하는 편인데 두연년은 관대함을 주장하는 것으로 보좌함으로써, 형량의 논의가 균형을 유지하여 조정이 화평하고 화합했다.
> 두흠杜欽은 대장군 왕봉王鳳의 막부에 있으면서 풍야왕馮野王과 왕존王尊의 죄를 구제할 방법을 찾았고, 당시의 선정善政이 두흠으로부터 나온 것이 많다.

내가 알기로 곽광은 후사오侯史吳의 일로 하루아침에 구경九卿 세 사람을

6 霍去病(B.C.140~B.C.117) : 전한前漢 무제武帝 때의 명장. 흉노 토벌에 큰 공을 세웠다. 18세 때 시중侍中이 되어 곧 위청衛青을 따라 흉노토벌에 나서 공을 세워 관군후冠軍侯로 봉해졌다. 한제국의 영토 확대에 지대한 공을 세워 위청과 함께 대사마大司馬가 되었으나 불과 24세로 요절하였다.

죽였는데도 두연년은 이에 대해 간언하지 못했다. 왕장王章이 왕봉의 죄과를 말하자, 천자가 깨달은 바가 있어 왕봉을 내치려고 했는데, 두흠이 왕봉에게 상소를 올려 사죄하라고 권했다. 황제는 차마 왕봉을 내치지 못했으나 그래도 왕봉이 끝내 물러나고자 하였기에, 두흠이 그를 말려서 결국 물러날 생각을 버렸다.

왕장이 죽자 사람들이 그가 억울한 죽음을 당했다고 생각하자, 또 두흠이 왕봉을 설득하여 다음과 같이 말했다.

> "천하 사람들은 왕장이 실제로 죄가 있다는 것을 모르고, 그가 어떤 일에 대해 간언한 것에 연루되어 억울하게 죽었다고 생각하고 있습니다. 마땅히 직간하여 왕장의 일을 밝히어 천하 사람들이 모두 주상께서 덕성스럽고 영민하시어 말로 신하를 벌하지 않는다는 것을 알게 해야 합니다. 그렇게 해야 소문이 사라질 것입니다."

두흠의 말대로 왕봉이 간언하니, 모두 그의 책략대로 되었다.

신新나라 정권을 세운 왕망이 국권을 훔친 것은 왕봉으로부터 시작되었는데, 왕봉의 사퇴를 그만 두게 한 것은 모두 두흠의 꾀에서 나왔다. 두흠 같은 자는 한나라의 역적이다. 그런데 당시의 선정이 그의 손에서 나왔다고 하니, 이 어찌 잘못 된 것이 아니겠는가!

4. 범엽의 역사 저술 范曄作史

범엽이 감옥에 있을 때 생질들에게 편지를 보냈다.

> 내가 이미 『후한서後漢書』를 완성했다. 고금의 저술과 평론을 상세히 살펴봤는데 뜻에 맞는다고 할 만한 것이 거의 없었다. 반고의 저술이 가장 훌륭하긴 한데 되는대로 써내려가 체계가 없어서 어떻다 평가를 내리기는 곤란하고, 다만 그 '지志'만은 칭찬할 만하다. 자료 수집의 풍부함과 방대함은 내가 그를 따를 수 없으되, 정리 측면에서는 꼭 부끄럽다고 할 수만은 없다.
> 전傳마다 내가 엮어 넣은 평론은 모두 정련되고 깊이 있는 뜻이 있다. 「순리전循吏傳」으로부터 이후 육이六夷에 이르기까지 모든 서론은 필세가 거침이 없어, 실로

> 천하의 기작奇作이다. 그 중 마음에 드는 건 가의賈誼의 「과진론過秦論」에도 뒤지지 않는다.
> 내가 일찍이 반고가 지은 것과 함께 놓고 비교를 해보았는데, 부끄럽지 않을 뿐만이 아니다. '찬贊'은 물론 내 글의 걸출한 구상을 담은 것으로, 한 글자도 헛되이 쓴 것이 없으며 기발한 변화가 끝이 없고 소재는 같되 체재는 달리 하여, 스스로도 어떻게 칭찬해야 할 지 모를 정도이다. 이 책이 세상에 알려지면 찬탄의 소리가 마땅히 있을 것이다. 예로부터 체제가 크고 구상이 정밀한 것이 이것만한 것이 없다.

범엽이 스스로 자기를 치켜세우며 잘난 체하며 과대평가한 것이 이 정도이다. 반고를 뛰어넘었다고 하기에까지 이르렀는데, 반고를 어찌 뛰어넘을 수 있는가? 범엽이 저술한 서序와 논論은 별로 취할 만한 것이 없고, 열전 중에서는 등우鄧禹·두융竇融·마원馬援·반초班超·곽태郭泰 등 몇 편만 손에 꼽을 수 있을 뿐이다. 사람이 자기 스스로를 아는 현명함을 가지지 못한 것이 바로 세상에서 가장 두려운 것이니, 그렇게 되면 범엽처럼 영원한 웃음거리를 내놓게 될 뿐이다.

5. 이름을 날리지 못한 당나라 시인 唐詩人有名不顯者

『온공시화溫公詩話』에서 다음과 같이 말했다.

> 당대唐代 중엽 문장이 특히 융성했는데, 그 성명이 인멸되어 세상에 전해지지 않는 사람이 매우 많다. 예를 들면 하중부河中府[7] 관작루鸛雀樓에 왕지환王之渙과 창제暢諸 두 사람의 시가 남아 있는데, 이 두 사람은 당시에는 별로 손꼽히지 않았었다. 하지만 후세에 시로 이름을 날리는 자가 어찌 이들에게 미칠 수 있겠는가!

내가 『소릉집少陵集』에 실린 위초韋迢와 곽수郭受의 시를 보니, 두보의 수답酬答에 "새로 지은 시는 비단도 그만큼 아름답지 않을 것이다[新詩錦不如]"라든가 "수후의 구슬을 손에 넣어 밤에 빛을 발하는 듯하다[自得隨珠覺夜明]"는 말이

7 河中府 : 지금의 산서성 영제永濟 포주진蒲州鎭.

있는 것으로 보아, 두 사람의 시의 명성을 알 수 있다. 그러나 두보의 문집에 실리지 않은 것은 거의 전해지지 않는다. 또한 엄휘嚴惲의 「석화惜花」 절구 한 수가 있다.

봄빛 어름어름 어디로 돌아가는가,	春光冉冉歸何處,
다시 꽃 앞을 찾아가 한 잔 기울인다.	更向花前把一盃.
하루 종일 꽃에게 물어도 꽃은 말이 없네,	盡日問花花不語,
누구를 위해 지고 누구를 위해 피나?	爲誰零落爲誰開?

이전 사람들은 누가 지은 것인지 모르는 경우가 많았는데, 바로 피일휴皮日休와 육구몽陸龜蒙의 『창화집唱和集』에 보였다. 대체로 당대 사람들은 시에 뛰어난 경우가 많았는데, 소설·희극이라 할지라도 귀물鬼物 등에 가탁하여 생각을 흠뻑 담지 않은 것이 없었다. 꼭 전문작가의 작품을 보아야만 칭찬할 만한 것이 있는 것이 아니었다.

6. 소철의 시 蘇子由詩

다음은 소철蘇轍의 시 「남창南窗」이다.

경성에 사흘 동안 눈이 내려,	京城三日雪,
눈이 다 녹으니 진흙탕이 깊어졌네.	雪盡泥方深.
문을 닫아걸고 왕래 사절하여,	閉門謝還往,
거마 소리 안 들린다.	不聞車馬音.
서재에는 책이 어지러이 뒹굴뒹굴,	西齋書帙亂,
남쪽 창가에는 아침 해가 올라온다.	南窗朝日昇.
이리저리 뒤척이며 침상 지키면서,	展轉守牀榻,
일어나려 해도 되지 않네.	欲起復不能.
문을 여니 경옥 같은 해는 어디 가고,	開戶失瓊玉,
계단 가득 소나무 대나무 그늘.	滿階松竹陰.
친구가 멀리서 찾아와,	故人遠方來,
내게 무슨 고민이 있는 지 염려하네.	疑我何苦心.
엉성하고 재주 없어 이러는 것 당연하니,	疏拙自當爾,
그저 있는 술 함께 대작하네.	有酒聊共斟.

이는 그가 소년 때 지은 것이다. 소식은 이 시를 필사 하는 것을 좋아했는데, 이 시가 세상에 몇 백 본 정도는 당연히 유포되어야 한다고 생각했다. 그 이유는 이 시가 여유롭고 담백하고 간략하고 심원하여 미외지미味外之味가 느껴지기 때문이라고 했다.

7. 왕에 대한 호칭 '爾이'와 '汝여' 呼君爲爾汝

소식은 말했다.

> 사람들이 누군가를 호칭할 때, 존귀하다고 여기면 '공公'이라고 하고, 현명하다고 여기면 '군君'이라고 하고, 자기보다 아래이면 '이爾'·'여汝'라고 한다. 세상 사람들은 왕공王公의 귀한 신분이라 겉으로는 두려워하지만, 마음으로는 인정하지 않아서 앞으로 나아가서는 '군君'·'공公'이라고 하고 뒤로 물러나서는 '이爾'·'여汝'라고 하는 경우가 많다.

내가 보기에는 위의 설명은 정확하지 않은 것 같고, 후대의 풍속에 따라 그러한 호칭이 생겼다고 생각한다. 옛날 사람들은 마음과 말이 일치하고 매사에 진실을 따랐다. 비록 군신부자 사이라도 마음에 있는 그대로 말을 하고 더 이상 따지고 꺼리지 않았다. 『시경』과 『서경』에 실린 것을 보면 알 수 있다.

기자箕子는 「홍범洪範」을 저술하면서 무왕武王에 대해서 여汝라고 했다. 「금등金縢」의 책문策文 축사祝辭에서 주공周公이 태왕大王과 왕계王季·문왕文王 세 세대 조상에게 고하는 축사에서 '너희 세 왕[爾三王][8]이라고 호칭하고, 자기는 '여予'라고 호칭했다. 심지어 다음과 같이 말하기도 하였다.

> 네가 내 말을 받아들이면 나는 벽璧과 규珪를 네게 주어 명을 기다릴 것이요, 네가 내 말을 받아들이지 않으면 나는 벽과 규를 감추겠다.[爾之許我, 我其以璧與珪, 歸俟爾命, 爾不許我, 我乃屛璧與珪.][9]

8 『사기·노주공세가魯周公世家』 참조.

거의 질책과 흥정에 가까운 말투를 사용한 것을 알 수 있다.

『시경·소아·천보天保』는 왕을 찬미하는 시인데 "하늘이 너에게 보장하노니, 네가 복록을 누리도록 하리라[天保定爾, 俾爾戩穀]"라고 했고, 「노송·비궁閟宮」은 왕을 송축하는 시인데 "네가 부유하고 창성하게 하리라[俾爾富而昌]", "네가 창성하고 흥성하게 하리라[俾爾昌而熾]"라고 했다.

「절남산節南山」과 「정월正月」·「판板」·「탕蕩」·「권아卷阿」·「기취既醉」·「첨앙瞻卬」 등의 시에서도 모두 왕을 '이爾'라고 호칭했다.

「대아·대명大明」에서 "상제께서 너를 살펴[上帝臨女]"라고 했는데, 여기에서 '너'는 무왕武王을 지칭한다.

「대아·민로民勞」에서 "왕이 너를 소중하게 여기시어[王欲玉女]"라고 했는데, 여왕厲王을 지칭한다. 심지어 '소자小子'라고 호칭한 경우도 있었는데, 유왕幽王·여왕厲王같은 왕도 또한 화를 내지 않고 그것을 받아들였다.

오호! 삼대三代의 풍속을 다시 볼 수 있을까? 진무공晉武公이 천자에게 명을 청하자, 그의 대부大夫가 「당풍唐風·무의無衣」라는 시를 지어 "네 옷만은 못하다네[不如子之衣]"라고 했는데, 역시 주왕周王을 지칭한다.

8. 예측할 수 없는 세상 일 世事不可料

진시황은 여섯 나라를 병합하여 천하를 통일하고 동쪽으로 회계會稽를 순시하러 가서 절강浙江을 건너면서 자손들이 만세토록 제왕의 자리를 누릴 굳건한 기틀이라고 자신 있게 말했다. 그런데 항우項羽가 이미 그 곁에서 보면서 그 자리를 차지할 뜻을 세우고 유방劉邦이 함양咸陽에서 후우 하고 탄식하고 있을 줄은 몰랐다.

조조가 군웅을 제거하여 드디어 해내를 평정하고 자신은 한나라의 승상이 되어 밤낮으로 황제의 자리를 엿볼 때, 사마의가 이미 막부에 들어온 것을

9 『사기·노주공세가』.

알지 못했다.

양무제梁武帝가 동혼후東昏侯[10]를 죽여서 제나라 대통을 엎어버렸는데, 후경侯景이 그 해에 막북漠北에서 태어난 것은 몰랐다.

당 태종太宗이 자신의 형인 황태자 이건성李建成과 아우 이원길李元吉을 죽이고 드디어 제왕의 자리에 올랐지만, 무후武后가 이미 병주並州에서 태어난 것은 몰랐다.

선종宣宗 때 아무 탈 없이 하河와 농隴을 수복하니 오랑캐의 세력이 쇠퇴하고 번진이 명을 따랐지만, 주온朱溫[11]이 태어났다.

이 어찌 사람의 지혜나 사고로 알 수 있겠는가?

9. 채양의 서신 蔡君謨帖語

한강韓絳[12]이 성도成都 지부知府가 되었을 때 채양蔡襄[13]이 서신을 보냈다.

> 양襄이 아룁니다. 세월은 흐르고 흘러 또 한 해가 되었습니다만, 저는 바탕이 완고하고 둔한 데다 나날이 노쇠해지기만 합니다. 비록 애써 기운내서 직무에 충실하려고 합니다만, 기력이 노고를 감당하지 못할 듯합니다. 군君의 출생을 생각해보면, 저와 10여일 차이가 납니다. 최근 보양과 치료에 이러저런 처방을 받으셨다고 들었으니, 마땅히 쾌유하여 건강하셔야 할텐데, 과연 어떠신지 모르겠습니다. 제가 경성에 있을 때, 잠시 머물러 있으면서, 군께서 돌아오시길 기다렸다가,

10 東昏侯 : 소보권蕭寶卷(483~501). 원명은 소명현蕭名賢, 자는 지장智藏. 남조 제齊의 6대 황제, 명제明帝 소란蕭鸞의 둘째아들. 명제 사후 16세 나이로 제위를 이어서 4년 만에 피살되고, 동혼후로 추폄되었다.

11 朱溫(852-912) : 후량後梁 태조 주전충朱全忠의 본명. 황소를 따라 도적이 되었다가 당에 귀순한 후 전충全忠이라는 이름을 하사받고 선무절도사가 되었다. 나중에 당을 찬탈하고 칭제했다.

12 韓絳(1021~1088) : 북송의 재상. 자 자화子華, 개봉開封 옹구雍丘(지금의 하남성 기현杞縣) 사람. 한억韓億의 셋째 아들. 1042년 진사 이후 여러 관직을 거쳐서 원우元祐 2년(1087) 사공司空·검교태위檢校太尉로 퇴직했다.

13 蔡襄(1012~1067) : 북송의 문인·서예가. 자 군모君謨. 송나라의 4대가라 불릴 만큼 글씨가 뛰어났고 문학적 재능도 뛰어났다. 왕희지체를 잘 썼으나 안진경顏眞卿의 글씨를 배운 뒤 골력骨力있는 독자적 서풍을 이룩했다.

눈썹이 펴지며 활짝 웃을 만큼 마음껏 기쁘게 회포를 풀었습니다. 지금 번도관樊都官이 서쪽으로 가는 길에, 서신을 보내 문안을 드리오니, 다른 것은 일일이 말씀드리지 않겠습니다.

자화子華께 단명전端明殿 학사 각하 채양 올림.

이 서신을 보면 말은 간략하지만 두터운 정이 있다. 시작할 때 추우니 더우니 묻거나, 먹고 자는 것에 대한 축원을 하거나, 상대방 인품을 추켜주거나 하는 것이 없다. 지금은 풍속이 나날이 경박해져서, 사대부 중 부박한 사람은 척독尺牘에서 더욱 새로운 기교를 부리곤 하는 것이 습관적이고 자연스럽게 되어 버렸다. 비록 선구적이고 독실한 현자가 있어도 남들과 다르게 써서 조롱과 비판을 불러오려고 하지 않았다.

매번 서신을 보낼 때마다 10여 장에 이르는 장문의 글을 보내면서 반드시 직함을 언급하고, 서로 주고받는 사이에도 진심을 모두 잊어버린 채 정답게 말하지 않으니, 성의가 땅에 떨어진 것이다. 서로 호칭할 때 '자字'로 하지 않고 모장某丈이라고 하고 관직의 칭호를 제멋대로 남발하며 더 이상 차등을 두지 않고 있으니, 그들이 이 서신을 보면 상당히 부끄러울 것이다! 20여 년 전 내가 관에 있을 때를 회상하면, 비서소감 증길보曾吉甫가 어떤 사람에게 쓴 서신을 보았는데 공문 형식으로 쓰지 않았다. 또 그는 함께 방을 쓴 자들을 자字로 호칭하여, 함께 방을 쓴 자들은 이로 인해 약속을 하나 정했다고 한다.

증공曾公 선배는 존중할 만 하므로, 이 경우 마땅히 '장丈'이라고 해야 하고, 나머지는 지금부터 각각 자字로 호칭한다. 실수를 저지르는 자는 벌로 당직을 한 차례 선다.

이것이 시행된 지 몇 개월 만에 낭서郎署와 대성臺省의 소속 관리들이 흐뭇해하며 모두 이전 관습을 바꾸려고 했다. 그런데 이 규약을 폐지하기를 원하는 자가 술을 가져다가 함께 방을 쓰는 자들에게 먹이고 그냥 예전대로 하자고 애걸했다. 이리하여 규약이 모두 해체되어 더 이상 원래의 관습을 바꾸지 못했으니, 참으로 탄식할 만한 일이다.

10. 공의보의 야사 孔氏野史

세상에 공의보孔毅甫의 『야사野史』 1권이 전해진다. 모두 40가지 일이 실려 있다. 내가 청강清江 유정지劉靖之로부터 그 책을 손에 넣었다. 그 중 몇몇 내용은 다음과 같다.

> 조변趙抃이 청성青城 현령을 지낼 때 악기樂妓를 데리고 귀가했다가, 읍위邑尉가 뒤쫓아와 빼앗아 돌려보내자 크게 애통해하고 또한 분노했으며 처와의 다툼까지 생겨 정신이 이상해졌다.
>
> 문언박文彥博이 태원太原 태수를 지낼 때 사마광司馬光을 발탁하여 통판通判으로 삼았는데, 문언박 부인의 생일 때 사마광이 소사小詞를 지어 바쳐 축수를 했다가, 도조都漕 당자방唐子方의 준엄한 질책을 받았다.
>
> 구양수歐陽脩[14]와 사강謝絳·전황田況·윤수尹洙 등이 하남河南에서 관기官妓를 데리고 용문龍門에 놀러 갔다가 반달이 되도록 돌아오지 않아, 유수留守 전사공錢思公이 서신을 보냈지만 역시 답변이 없었다.
>
> 범중엄范仲淹이 경동京東 사람 석만경石曼卿·유잠지劉潛之 무리와 어울려 명예를 추구하여 복상 기간에 만언서萬言書를 올렸는데, 복상 기간에 화려한 문사를 쓰지 않는다는 도의에 매우 어긋났다.
>
> 소철이 「저상궁기儲祥宮記」를 지으라는 명을 받았다. 태감 진연陳衍이 궁중의 사무를 담당하고 있었는데, 소철이 명을 받자 연회석을 마련하여 소철과 마음껏 즐겼다. 소철이 은밀히 사람을 시켜 고발하게 하여, 어사 동돈일董敦逸이 즉시 탄핵 상소를 올리려 했는데, 마침내 진연의 계략에 빠졌다. 또한 소철이 사륙문으로 상소문을 작성했는데 문장이 제대로 나오지 않았다고도 했다.

그밖에 노공潞公과 범순인范純仁·여대방呂大防·오충吳充·부요유傅堯俞 등이 모두 비난을 면할 수 없었다. 내가 보기에 이것은 결코 공의보가 지은 것이 아니고, 대체로 위태魏泰의 「벽운하碧雲騢」[15]같은 것일 뿐이다. 사마광은

---

14 歐陽脩(1007～1072) : 북송의 정치가 겸 문학가. 자 영숙永叔, 호 취옹醉翁, 육일거사六一居士. 길안吉安 영풍永豊(지금의 강서성江西省)인. 송나라 초기의 미문조美文調 시문인 서곤체西崑體를 개혁하고, 당나라의 한유를 모범으로 하는 시문을 지었다. 당송8대가唐宋八大家의 한 사람이었으며, 후배들에게 많은 영향을 주었고, 『신당서新唐書』와 『신오대사新五代史』를 편찬하였다.

15 碧雲騢 : 원래 말의 이름으로, '碧雲霞벽운하'라고도 한다. 여기서는 송대 위태魏泰가 매요신梅堯

방영공龐潁公의 추천으로 등용되었고, 노공·당자방과 같은 시기 사람이 아니다. 그것이 얼마나 잘못되고 황당한지 굳이 말 할 필요도 없다. 유정지는 유원보劉原甫의 증손으로 훌륭한 인물인데, 이 책의 발문에 다음과 같은 기록이 있다.

> 공씨 형제는 우리 증조부와 동년배로, 그들을 생각하고 그 목소리를 듣고 싶은 것이 오래 되었으니, 그러므로 기록하여 보관한다.

왕응진汪應辰 역시 책 뒤에 발문을 써서, 상관균上官均의 일 한 가지만 기록했는데, 그들은 이 책의 내용을 깊이 살펴보지 않았던 듯하다.

11. 유약 有若

『사기·유약전』에서 다음과 같이 말했다.

> 공자가 세상을 떠나고 나서, 제자들은 유약의 외모가 공자와 닮았다고 하여 그를 스승으로 모시기로 했다.
> 어느 날 누군가 물었다.
> "지난번에 선생님께서 외출을 하시는데 제자들에게 우산을 갖고 가라고 말씀하셨지요. 얼마 후 정말로 비가 왔습니다. 어떻게 아셨느냐고 제자가 묻자, '『시경』에서도 말하지 않았느냐? 달이 필畢 별자리를 떠나면 주룩주룩 비가 온다고 말이다'라고 선생님께서 말씀하셨습니다. 다른 날 달이 필 별자리에 있을 때는 비가 오지 않았습니다. 상구商瞿가 나이가 들도록 아들이 없어서, 공자께서는 상구가 나이 마흔 이후에는 마땅히 다섯 아들이 있을 것이라고 하셨는데, 얼마 후 과연 그렇게 되었습니다. 어떻게 해서 이렇게 되었는지 묻고 싶습니다."
> 유약은 대답을 하지 못했다.
> 제자들이 일어나 말했다.
> "유자有子는 그 자리를 떠나시오. 그곳은 그대의 자리가 아니오."

내가 보기에 비를 예측하고 사람의 미래를 예측하는 이 두 가지 일은

臣을 가탁하여 지었다는 책을 말한다. 당시 거물들의 잘못과 실수를 비판하는 내용이었다고 한다.

거의 천문과 역법·점복·기도에 가까운 것인데, 이걸 잘 한다고 어찌 성인이 될 수 있으며, 어찌 공자가 한 말이라고 했단 말인가! 유약이 그것을 모른다고 해서 무엇이 덕망에 해를 끼칠 것이며, 그렇다고 제자들은 또 왜 그리 성급하게 꾸짖으며 물러나라고 했는가!

맹자가 말했다.

> "자하子夏와 자장子張·자유子遊는 유약이 성인과 닮았기 때문에 공자를 모시던 그대로 유약을 모시려고 했는데, 증자曾子는 안 된다면서 '공자는 장강長江·한수漢水·가을 햇살과 같아서 그보다 더 나을 수 없다'고 했다."

그리고 더 이상 유약을 비난한 말은 없다.

『논어』에 여러 좋은 말이 실려 있는데, 유자有子의 말이 제2장에 배치되어 있다. 제자들이 유약더러 자리를 내놓으라고 했던 일이 있었다면, 제자들이 이렇게 하려고 했겠는가!

「단궁」에 실린 내용을 보면, 증자가 "공자께서는 '관직을 떠나면 빨리 가난해지는 게 낫겠고, 죽으면 빨리 썩는 게 낫겠다[喪欲速貧, 死欲速朽]'고 말씀하셨다"고 말한 것을 유자가 듣고, "군자의 말이 아니다"라고 했다가, 또 "선생님께서 뭔가 의도가 있어서 말씀하신 것이다"라고 했다. 이에 대해 자유子遊는 "매우 닮았구나! 유자의 말이 선생님과 매우 닮았구나"라고 했다.

그렇다면 그가 문하 제자들의 존경을 받은 것이 이미 오래 된 것이다. 태사공의 책은 이 점에서 착오가 있었다. 또한 문하 제자들이 전하는 것은 도道이다. 어찌 외모가 닮았다고 하여 스승으로 모시겠는가! 세상 사람들이 그린 '칠십이현화상七十二賢畵像'을 보면, 그 그림에서 유약을 공자와 대략 같게 그렸는데, 이 또한 우스운 일이다.

12. 장천각의 사람 됨됨이 張天覺爲人

장천각張天覺의 사람 됨됨이가 현명한지 아닌지, 사대부들은 자세히 알고 있지 않은 듯하다. 휘종徽宗 대관大觀[16] 연간과 정화政和 연간에 그의 이름이 매우 알려져, 많은 사람들은 그를 충직하다고 보았다. 아마도 그가 때마침 채경蔡京[17]의 뒤를 이어 재상을 지냈기 때문인 듯하다. 채경이 나라를 갖고 놀며 온갖 못된 짓을 하여 온 세상이 함께 미워했으므로, 그의 정치를 조금만 변화시켜도 칭송을 받기에 충분했다. 굶주린 사람은 무얼 먹어도 맛있고 고맙듯 말이다. 그렇기에 현자의 이름을 얻어서 흠종欽宗 정강靖康[18] 초년에 사마광·범중엄과 함께 포상을 받았다. 그런데 사실을 근거로 따져 보니, 그는 그저 간인의 우두머리일 뿐이었다. 그의 외손 하기何麒가 가전家傳에서 다음과 같이 썼다.

> 희녕熙寧[19] 연간에 어사가 되었다가 희녕 연간에 쫓겨나고, 원우元祐[20] 연간에 정신廷臣이 되었다가 원우 연간에 쫓겨나고, 소성紹聖[21] 연간에 간관이 되었다가 소성 연간에 쫓겨나고, 숭녕崇寧[22] 연간에 대신이 되었다가 숭녕 연간에 쫓겨나고, 대관大觀[23] 연간에 재상이 되었다가 정화 연간에 쫓겨났다.

그의 관직 경력이 위와 같은데, 그가 관직에서 쫓겨난 이유는 권력투쟁 같은 것 때문이 아니었다. 어사로 있을 때 옥사의 판결에 타당성을 잃어 추밀원의 감찰 조사를 받았는데, 박주博州에서 있었던 일을 끌어들여 감찰 조사한 추밀원 관리들에게 보복을 하고, 추밀원의 세명의 관리가 모두 사퇴를 청하여, 이 때문에 폄직되었다. 간관으로 있을 때, 우선 내시 진연陳衍을 공격하여 선인宣仁 황태후를 뒤흔들었는데, 심지어 여후와 무후에 비유하

16 大觀 : 북송 휘종 시기 연호(1107~1111).
17 蔡京(1047~1126) : 북송北宋 말기의 재상·서예가. 16년간 재상자리에 있으면서 숙적 요遼를 멸망시켰으나, 휘종에게 사치를 권하고 재정을 궁핍에 몰아넣었다. 금군金軍이 침입하고 흠종 즉위 후, 국난을 초래한 6적賊의 우두머리로 몰려 실각하였다. 문인으로서 뛰어나 북송 문화의 흥륭에 크게 기여하였다.
18 靖康 : 북송 흠종 시기 연호(1126~1127).
19 熙寧 : 북송 신종神宗 시기 연호(1068~1077).
20 元祐 : 북송 철종哲宗 시기 연호(1086~1093).
21 紹聖 : 북송 철종 시기 연호(1094~1097).
22 崇寧 : 북송 휘종 시기 연호(1102~1106).
23 大觀 : 북송 휘종 시기 연호(1107~1111).

기까지에 이르렀다. 사마광과 여공저呂公著의 추증 시호를 소급 박탈하고 비석을 넘어뜨리고 비루碑樓를 허물 것을 주장했다. 문언박이 나라의 은혜를 배반했고, 여대방呂大防이 선열의 지위를 뒤흔들었다고 탄핵했으며, 여혜경呂惠卿과 채확蔡確이 죄가 없다고 변호했다. 나중에 영창潁昌[24]의 갑부 개점蓋漸과 내통한 것이 발각되어 또 폄직 당했다. 원부元符[25] 말년, 중서사인中書舍人으로 임명되자, 감사를 표하는 표에서 원우元祐[26] 연간의 현인들을 하나하나 비난하여 다음과 같이 말했다.

원우 8·9년 사이에 작당하여 사리사욕을 꾀한 20여 명을 발탁했다.

재상의 자리에 있을 때는 곽천신郭天信과 결탁하여 왕래한다는 이유로 파직 당했다. 그의 평생 언행이 이와 같았는데도 훌륭하다고 칭찬을 받은 것은 바로 채경蔡京과 사이가 좋지 않았기 때문이다. 그러나 두 사람 모두 장돈章惇 문하의 식객으로, 그 시작은 다르지 않았다. 채경이 재상에 임명된 것에 감사하는 표는 바로 장천각이 쓴 것으로, 이로 인해 정치에 참여할 수 있게 된 것이다.

13. 글을 써서 일을 논하기 爲文論事

글을 써서 일을 논할 때는 반복하여 다듬어서 주제가 명확히 드러나게 하고 처음과 말미가 어울리게 하면, 문장이 조리 있고 사리가 분명하여 열람한 사람이 즉시 결정을 내릴 수 있게 된다.

서한 때 진탕陳湯이 흉노 선우 질지郅支를 참하였다. 조정에서 그 공을 기록해주지 않자, 유향劉向이 상소하여 그 일을 논하였다. 첫머리에서 다음과 같이 말했다.

24 潁昌 : 지금의 하남성 허창許昌.
25 元符 : 북송 철종 시기 연호(1098~1100).
26 元祐 : 북송 철종 시기 연호(1086~1093).

주周나라 때 방숙方叔과 윤길보尹吉甫가 험윤玁狁[27]을 주살했습니다.

그리고 이렇게 말했다.

제환공齊桓公이 항項나라를 정벌하여 멸망시킨 죄가 있었지만 군자는 그의 공으로 과실을 덮어주었습니다. 이광리李廣利는 억만의 비용을 소모하고 5만의 군대를 희생하여 겨우 완왕宛王의 머리를 얻었습니다만, 효무제는 그의 과실을 기록하지 않고 열후에 책봉했습니다.

말미에는 또 이렇게 서술했다.

상혜常惠는 그저 전쟁을 원하는 오손烏孫을 따라서 흉노를 공격했을 뿐이고 정길鄭吉은 그저 스스로 투항하려는 흉노왕 일축日逐을 맞이했을 뿐입니다만, 모두 땅을 나누어받고 작위를 받았습니다.

그리고 나서 극력 진언했다.

지금 강거국康居國은 대완보다 강하고, 질지郅支의 칭호는 완왕宛王 보다 무게있고, 한나라에서 보낸 사신을 죽인 것은 그 죄가 한혈마를 공물로 바치지 않고 억류시킨 것보다 심합니다. 그런데 진탕은 한나라 군사를 번거롭게 하지 않고 단 한 말의 식량도 소모하지 않았으니, 이사貳師 장군에 비하면, 공덕이 백배입니다. 위무威武와 수고를 말하자면 방숙과 윤길보 보다 크고, 공적을 나열하여 과실을 덮자면 제환공과 이사 장군보다 훨씬 낫고, 최근의 공과 비교하자면 안원후安遠侯(정길)와 장라후長羅侯(상혜)보다 높습니다. 그런데 큰 공은 드러나지 않고, 작은 실수만 자꾸 유포되니, 저는 매우 마음 아픕니다!

이리하여 천자가 조서를 내려 책봉을 논의하도록 했다. 상소 한 편에서 기세의 억양과 실증의 동원이 이토록 명백했기에 승상 광형匡衡과 중서령 석현石顯이 있는 힘을 다해 저지해도 끝내 그 뜻을 빼앗을 수 없었던 것이다. 그렇지 않다면, 광형과 석현의 논의에 어찌 별 볼일 없는 일개 구경 출신이 맞설 수 있었겠는가!

27 玁狁 : 흉노의 옛 이름이다.

14. 연창궁사 連昌宮詞

원진과 백거이는 당나라 원화元和[28] 연간과 장경長慶[29] 연간에 나란히 이름을 날렸다. 천보天寶[30] 연간에 일어났던 일을 노래한 「연창궁사連昌宮詞」와 「장한가長恨歌」는 모두 사람들의 입에 오르내렸으며, 읽으면 마음이 요동치면서 마치 자신이 그때 살았던 듯하고 직접 그 일들을 본 듯하여, 우열을 논하기가 거의 쉽지 않다. 그러나 「장한가」는 현종이 양귀비를 추모하며 슬퍼하는 전말을 기술한 것에 불과할 뿐 감정을 불러일으키는 다른 요소가 없어서, 「연창궁사」가 경계와 풍유의 뜻을 담고 있는 것만 못하다. 다음 부분을 보자.

요숭과 송경이 재상일 때는,	姚宗宋璟作相公,
상황께 권하고 간하는 말이 절실했었네.	勸諫上皇言語切.
음양이 조화를 이루어 농작물이 풍성했고,	燮理陰陽禾黍豊,
중앙과 변방이 조화를 이루어 전쟁이 없었다네.	調和中外無兵戎.
관리는 청렴 공평하고 태수는 훌륭했으며,	長官淸平太守好,
가려 뽑는 것은 모두 상공이 했다고 하네.	揀選皆言由相公.
개원 말에 요숭과 송경이 세상을 떠나자,	開元欲末姚宋死,
조정은 점점 양귀비의 뜻대로 되었다네.	朝廷漸漸由妃子.
안록산은 궁중에서 양귀비의 양자가 되었고,	祿山宮裏養作兒,
괵국부인의 집 문 앞은 시장처럼 소란했네.	虢國門前鬧如市.
권세를 휘두르던 재상의 이름은 기억나지 않지만,	弄權宰相不記名,
어렴풋이 양씨와 이씨였던 것으로 기억한다네.	依俙憶得楊與李.
국가의 대계가 무너져 온 천하가 동요하니,	廟謨顚倒四海搖,
오십 년 동안의 큰 재앙을 입었다네.	五十年來作瘡痏.

마지막 장에서 관군이 회서淮西를 토벌한 일을 언급하고, "조정에서 용병을 그만 둘 것을 모의"했다는 말을 보면, 원화 11·12년간에 지은 것으로 보이는

28 元和 : 당 헌종憲宗 시기 연호(806~820).
29 長慶 : 당 목종穆宗 시기 연호(821~824).
30 天寶 : 당 현종玄宗 시기 연호(742~756).

데, 풍유의 뜻이 특별히 담겨 있어, 「장한가」와 비교할 바가 못 된다.

15. 두 인물의 회담 二士共談

『유마힐경維摩詰經』에서 말하기를, 문수文殊가 부처가 있는 곳에서 유마힐 거사가 있는 방장실로 문병을 가려고 하자, "두 인물이 만나 함께 이야기를 나눈다면, 필시 묘법妙法을 말할 것이다"라면서 따라가는 보살이 억만 명이나 되었다고 했다. 두보가 이백에게 시를 보내 다음과 같이 말한 것을 본 적이 있다.

언제 술 한 잔 기울이며,	何時一尊酒,
거듭 함께 글에 대해 자세히 얘기나 해볼까.	重與細論文.

두 사람이 정말 이 말을 실천해서 그 때 그 곁에서 물 뿌리고 마당 쓸고 지팡이 짚고 신발 들고서라도 있을 수 있었다면, 이른바 전해주기 힘든 묘법을 차별 없이 평등하게 설파하여 몽매함을 깨우치고 총명함을 계발하여, 아주 작은 은택으로 천 리를 윤택하게 할 수 있었던 것을 어찌 다 말할 수 있을까!

16. 장구성의 제문 張子韶祭文

선친께서 영남嶺南에서 의춘宜春으로 인사 이동되어 가시던 중, 보창保昌에서 세상을 떠나셨다. 운구를 하던 길에 남안南安을 지나게 되었는데, 그 때까지만 해도 재상 진회秦檜[31]의 사망 소식을 아직 듣지 못했다. 장구성 선생이 와서

31 秦檜(1090~1155) : 남송의 정치가. 자 회지會之. 고종高宗의 신임을 받아 24년간 재상의 자리에 있었다. 충신 악비岳飛를 죽이고, 금나라에 항전하여 잃어버린 영토를 회복하자는 항전파를 탄압했으며, 금나라와 굴욕적인 강화를 체결했다. 민족적 영웅인 악비와 대비되어 간신으로 평가받는다.

제사를 올렸는데, 그 제문에서 그저 다음과 같이 말할 뿐이었다.

> 몇년 몇월 몇일 관리 아무개는 삼가 맑은 술로 고인 아무개 관리의 영혼 앞에 말하노니, 오호 슬프구나! 상향!

그 정과 뜻이 많은 말을 한 것보다 훨씬 애통하니, 이전 사람들의 제문에는 이런 풍격이 없었다.

17. 경사의 늙은 관리 京師老吏

경사京師가 한창 번성할 때, 각 부서의 고참 서리胥吏들은 업무의 요체를 잘 알고 전고典故에 익숙한 사람이 많았다. 한림원翰林院에 공목孔目이라는 관리가 있었는데, 학사들이 문서의 초안을 작성하여 낼 때마다 반드시 안건에 근거하여 자세히 읽고서, 의문이나 오류가 있으면 곧바로 당사자에게 말하였다. 유사명劉嗣明이 일찍이 「황자체태발문皇子剃胎髮文」을 지으면서 '극장극군克長克君'이란 말을 사용하였는데, 공목이 발문을 가지고 와서 왜 그 말을 썼는지 가르침을 청했다. 유사명이 말했다.

> "'극장극군克長克君'은 '어른이 될 만하니 군자가 될 만하다'라는 의미로 최고의 찬사입니다."

공목이 손을 모아 말했다.

> "궁중에서 문서를 읽을 때는 그렇게 이해하지 않을 겁니다. 용어의 금기를 가장 조심해야 하니, 이 말은 '극장剋長'하기도 하고 '극군剋君'하기도 하다 즉 윗사람과 싸우고 군자와 싸운다는 의미로 이해하기 쉬우니, 이렇게 쓰면 안 될 듯합니다."

유사명은 두려워 떨면서 서둘러 고쳤다.

정강靖康 연간에 도성이 금나라 군대에 포위를 당하여, 적을 막는 무기와 갑옷이 모두 해졌다. 혹자가 태상시太常寺에 옛날 제복 수십 벌이 있는데 쓸 곳이 없으니 그것으로 갑옷을 만들 수 있다고 말했다. 태상소경 유각劉珏이 즉시 문서 초안을 준비하여 조정에 올리려고 문서 담당 관리에게 필사를 의뢰했다. 문서 담당 관리는 평소에는 글자를 또박또박하고 민첩하게 잘 쓰고 실수가 없었다. 유각이 말을 타려고 서서 기다리고 있는데, 보내온 문서를 보니 끝맺는 직함에 탈자 두 글자가 있었다. 속히 다시 쓰라고 했는데, 세 차례 쓰면서 처음과 똑같은 실수를 반복했다. 유각이 노하여 꾸짖자 머뭇머뭇 사과하며 말했다.

> "사실 감히 잘못 쓰면 안 되는 것입니다만, 외람스럽게도 제가 전부터 보아온 것이 있사온데, 『예기』에 따르면 '제복은 해지면 태운다'고 하였습니다. 지금 국가가 위급한 시기이기에 평상시처럼 따지면 안 되겠습니다만, 용대容臺(예부) 관리로서 마땅히 예에 따라 처리할 수밖에 없습니다. 소경少卿께서는 나라의 상황을 잘 이해하십니다만, 이번 경우에는 조정에서 제복을 찾으러 오면 그때 바치는 것이 좋을 것입니다. 먼저 나서서 예를 어기고 제복을 바치는 것은 현명하지 않다고 생각됩니다."

유각은 부끄러워하고 감탄하며 제복을 갑옷으로 만들 것을 상소하려는 것을 멈추었고, 나중에 사람들에게 이 이야기를 하면서 문서 담당 관리의 생각을 가상히 여겨 칭찬을 아끼지 않았다.

지금 서리들은 비록 공관에서 높은 직위라고 하여 각 성省 각 시寺에서 일을 맡아보기는 한다. 그러나 허황된 것을 부추기고 선동할 줄만 알고 재물을 챙기는 것만 업으로 삼으며, 장부와 문서와 의전 등의 업무에는 태만하여 아는 것이 없으니, 앞에서 말한 두 사람 같은 자들을 찾고 싶어도 어찌 찾을 수 있으리오!

18. 조조와 후당의 장종 曹操唐莊宗

조조가 연주兗州에서 주둔하고 있다가 군대를 이끌고 동쪽으로 가서 서주徐州에서 도겸陶謙을 공격했다. 그때 진궁陳宮이 몰래 여포呂布를 맞이하여 연주 목牧으로 추대하여, 소속 군현이 모두 조조를 배반했다. 그러나 정욱程昱과 순욱荀彧은 동아東阿와 견鄄·범范 세 성을 온전히 지키며 조조를 기다렸다. 조조는 돌아와 정욱의 손을 잡고 말했다.

"자네의 힘이 없었다면, 나는 돌아올 곳이 없었을 것이오."

그리고 동평東平 상相으로 임명을 건의하는 표를 올렸다.

후당後唐의 장종莊宗[32]이 양梁나라 군대와 황하 가에서 대치하고 있었다. 양나라의 장수 왕단王檀이 빈틈을 노려 진양晉陽을 습격했는데, 성은 전혀 대비를 하고 있지 않아서 거의 함락될 뻔한 위기를 여러 차례 겪게 되었다. 다행히 안금전安金全이 청년들을 이끌고 성 안에서 적을 물리치고, 석군립石君立이 소의昭義의 군대를 이끌고 밖에서 격파한 것에 힘입어, 진양은 위기를 극복하고 온전할 수 있었다. 그러나 장종은 그 계책이 자기로부터 나온 것이 아니라고 하여, 안금전 등에 대한 포상을 모두 시행하지 않았다.

조조는 결국 천하를 차지하고, 장종은 비록 양을 멸망시킬 수는 있었지만 얼마 못 가 자기도 멸망하였으니, 그들의 평소 행동을 살펴보면 알 수 있다.

19. 운중 태수 위상 雲中守魏尙

『사기』와 『한서』에 기록된 풍당馮唐이 위상魏尙을 구한 일을 살펴보자. 풍당은 처음에 다음과 같이 말했다.

"위상이 운중 태수가 되어 흉노와 싸우고 막부에 공을 보고하면서 말 한 마디를 사실과 맞지 않게 했다하여, 법에 따라 위상을 처벌하고 공을 세운 것에 대한 포상을 시행하지 않았습니다. 제 생각에 폐하께서는 포상을 너무 가볍게 하시고

32 莊宗 : 오대 후당의 시조. 돌궐突厥 사타족沙陀族 출생의 진晉나라 왕 이극용李克用의 장자로서 908년 왕위를 계승, 914년 연燕나라 유수광劉守光을 멸하고 이어 후량後梁을 쳤다. 923년 제위에 올라 국호를 당唐이라 칭하였으며, 같은 해 후량을 멸하고 도읍을 낙양洛陽에 정하였다. 925년 전촉前蜀도 병합하여 하북의 땅을 평정하였다. 뛰어난 무장이었으나 측근들에게 정치를 맡기고 사치에 빠진 탓으로 반란이 일어나 부하에게 살해당하였다.

처벌은 너무 무겁게 하십니다."

또 거듭해서 다음과 같이 말하였다.

"또한 운중 태수 위상이 공을 보고하는데 적의 수급 숫자에 여섯 개 차이가 있다 하여, 폐하께서 법관에게 내려 보내 그 작위를 삭감하고 벌을 주셨습니다."

이렇듯 운중 태수와 성명을 거듭 말함으로써 글의 기세가 더욱 강건하고 힘이 있다. 지금 사람들은 이런 필력이 없다.

1. 張文潛哦蘇杜詩

「溪迴松風長, 蒼鼠竄古瓦。不知何王殿, 遺締絶壁下。陰房鬼火靑, 壞道哀湍瀉。萬籟眞笙竽, 秋色正蕭灑。美人爲黃土, 況乃粉黛假。當時侍金輿, 故物獨石馬。憂來藉草坐, 浩歌淚盈把。冉冉征途間, 誰是長年者?」此老杜玉華宮詩也。張文潛暮年在宛丘, 何大圭方弱冠, 往謁之, 凡三日, 見其吟哦此詩不絶口。大圭請其故。曰:「此章乃風、雅鼓吹, 未易爲子言。」大圭曰:「先生所賦, 何必減此?」曰:「平生極力模寫, 僅有一篇稍似之, 然未可同日語。」遂誦其離黃州詩, 偶同此韻, 曰:「扁舟發孤城, 揮手謝送者。山回地勢卷, 天豁江面瀉。中流望赤壁, 石脚揷水下。昏昏煙霧嶺, 歷歷漁樵舍。居夷實三載, 鄰里通假借。別之豈無情, 老淚爲一洒。篙工起鳴鼓, 輕櫓健於馬。聊爲過江宿, 寂寂樊山夜。」此其音響節奏, 固似之矣, 讀之可默喩也。又好誦東坡梨花絶句, 所謂「梨花淡白柳深靑, 柳絮飛時花滿城, 惆悵東欄一株雪, 人生看得幾淸明」者, 每吟一過, 必擊節賞歎不能已, 文潛蓋有省於此云。

2. 任安田仁

任安、田仁, 皆漢武帝時能臣也, 而漢史載其事甚略。褚先生曰:「兩人俱爲衛將軍舍人, 家監使養惡齧馬。仁曰:『不知人哉家監也!』安曰:『將軍尙不知人, 何乃家監也!』後有詔募擇衛將軍舍人以爲郞。會賢大夫趙禹來, 悉召舍人百餘人, 以次問之, 得田仁、任安, 曰:『獨此兩人可耳, 餘無可用者。』將軍上籍以聞。詔召此二人, 帝遂用之。仁刺擧三河, 時河南、河內太守皆杜周子弟, 河東太守石丞相子孫, 仁已刺三河, 皆下吏誅死。」觀此事, 可見武帝求才不遺微賤, 得人之盛, 誠非後世所及。然班史言:「霍去病旣貴, 衛靑故人門下多去事之, 唯任安不肯去。」又言:「衛將軍進言仁爲郞中。」與褚生所書爲不同。杜周傳云:「兩子夾河爲郡守, 治皆酷暴。」亦不書其所終, 皆闕文也。

3. 杜延年杜欽

前漢書稱杜延年本大將軍霍光吏, 光持刑罰嚴, 延年輔之以寬, 論議持平, 合和朝廷;杜欽在王鳳幕府, 救解馮野王、王尊之罪過, 當世善政, 多出於欽。予謂光以侯史吳之事, 一朝殺九卿三人, 延年不能諫。王章言王鳳之過, 天子感寤, 欲退鳳, 欽令鳳上疏謝罪。上不忍廢鳳, 鳳欲遂退, 欽說之而止。章死, 衆庶冤之, 欽復說鳳, 以爲「天下不知章實有罪, 而以爲坐言事, 宜因章事擧直言極諫, 使天下咸知主上聖明不以言罪下, 若此, 則流言消釋矣」。鳳白行其策。夫新莽盜國, 權輿於鳳, 鳳且退而復止, 皆欽之謀。若欽者, 蓋漢之賊也, 而謂當世善政出其手, 豈不繆哉!

4. 范曄作史

范曄在獄中, 與諸甥姪書曰:「吾旣造後漢, 詳觀古今著述及評論, 殆少可意者。班氏最有高名, 旣任情無例, 不可甲乙, 唯志可推耳。博贍可不及之, 整理未必愧也。吾雜傳論, 皆有精意深旨。至於循吏以下及六夷諸序論, 筆勢縱放, 實天下之奇作。其中合者, 往往不減過秦篇。嘗共比方班氏所作, 非但不愧之而已。贊自是吾文之傑思, 殆無一字空設, 奇變不窮, 同合異體, 乃自不知所以稱之。此書行, 故應有賞音者。自古體大而思精, 未有此也。」曄之高自夸詡如此。至以謂過班固, 固豈可過哉。曄所著序論, 了無可取, 列傳如鄧禹、竇融、馬援、班超、郭泰諸篇者, 蓋亦有數也, 人苦不自知, 可發千載一笑。

5. 唐詩人有名不顯者

溫公詩話云:「唐之中葉, 文章特盛, 其姓名湮沒不傳於世者甚衆, 如河中府鸛雀樓有王之奐、暢諸二詩, 二人皆當時所不數, 而後人擅詩名者, 豈能及之哉!」予觀少陵集中所載韋迢、郭受詩, 少陵酬答, 至有「新詩錦不如」,「自得隨珠覺夜明」之語, 則二人詩名可知矣, 然非編之杜集, 幾於無傳焉。又有嚴惲惜花一絶云:「春光冉冉歸何處, 更向花前把一盃。盡日問花花不語, 爲誰零落爲誰開?」 前人多不知誰作, 乃見於皮、陸唱和集中。大率唐人多工詩, 雖小說戲劇, 鬼物假託, 莫不宛轉有思致, 不必顓門名家而後可稱也。

6. 蘇子由詩

蘇子由南窗詩云:「京城三日雪, 雪盡泥方深。閉門謝還往, 不聞車馬音。西齋書帙亂, 南窗朝日昇。展轉守牀榻, 欲起復不能。開戶失瓊玉, 滿階松竹陰。故人遠方來, 疑我何苦心。疏拙自當爾, 有酒聊共斟。」此其少年時所作也。東坡好書之, 以爲人間當有數百本。蓋閑淡簡遠, 得味外之味云。

7. 呼君為爾汝

東坡云:「凡人相與號呼者, 貴之則曰公, 賢之則曰君, 自其下則爾汝之。雖王公之貴, 天下貌畏而心不服, 則進而君公, 退而爾汝者多矣。」予謂此論, 特後世之俗如是爾, 古之人心口一致, 事從其眞, 雖君臣父子之間, 出口而言, 不復顧忌, 觀詩、書所載可知矣。箕子陳洪範, 對武王而汝之。金縢策祝, 周公所以告大王、王季、文王三世祖考也, 而呼之曰爾三王, 自稱曰予。至云:「爾之許我, 我其以璧與珪, 歸俟爾命, 爾不許我, 我乃屛璧與珪。」殆近乎相質責而邀索也。天保報上之詩, 曰「天保定爾, 俾爾戩穀」, 閟宮頌君之詩, 曰「俾爾富而昌」,「俾爾昌而熾」, 及節南山、正月、板蕩、卷阿、旣醉、瞻卬諸詩, 皆呼王爲爾。大明曰「上帝臨女」, 指武王也。民勞曰「王欲玉女」, 指厲王也。至或稱爲小子, 雖幽、厲之君, 亦受之而不怒。嗚呼, 三代之風俗, 可復見乎! 晉武公請命乎天子, 其大夫賦無衣, 所謂「不如子之衣」, 亦指周王也。

8. 世事不可料

秦始皇幷六國, 一天下, 東游會稽, 度浙江, 撊然謂子孫帝王萬世之固, 不知項籍已縱觀其旁, 劉季起喟然之歎於咸陽矣。曹操芟夷羣雄, 遂定海內, 身爲漢相, 日夜窺伺龜鼎, 不知司馬懿已入幕府矣。梁武帝殺東昏侯, 覆齊祚, 而侯景以是年生於漠北。唐太宗殺建成、元吉, 遂登天位, 而武后已生於幷州。宣宗之世, 無故而復河、隴, 戎狄旣衰, 藩鎭順命, 而朱溫生矣。是豈智力謀慮所可爲哉!

9. 蔡君謨帖語

韓獻肅公守成都時, 蔡君謨與之書曰:「襄啓。歲行甫新, 魯鈍之資, 日益衰老。雖勉就職務, 其於精力不堪勞苦。念君之生, 相距旬日, 如聞年來補治有方, 當愈彊健, 果如何哉! 襄於京居, 尙留少時, 佇君還軫, 伸眉一笑, 傾懷之極。今因樊都官西行, 奉書問動靖, 不一一。襄上子華端明閣下。」此帖語簡而情厚, 初無寒溫之問, 寢食之祝, 講德之佞也。今風俗日以媮薄, 士大夫之獧浮者, 於尺牘之間, 益出新巧, 習貫自然, 雖有先達篤實之賢, 亦不敢自拔以速嘲罵。每詒書多至十數紙, 必繫銜, 相與之際, 悉忘其眞, 言語不情, 誠意掃地。相呼不以字, 而云某丈, 僭紊官稱, 無復差等, 觀此其少愧乎! 憶二紀之前, 予在館中見曾監吉甫與人書, 獨不作箚子, 且以字呼同舍, 同舍因相約云:「曾公前輩可尊, 是宜曰丈, 餘人自今各以字行, 其過誤者罰一直。」行之幾月, 從官郎省, 欣然皆欲一變, 而有欲敗此議者, 載酒飮同舍, 乞仍舊。於是從約皆解, 遂不可復革, 可爲一歎。

10. 孔氏野史

世傳孔毅甫野史一卷, 凡四十事, 予得其書於淸江劉靖之所, 載趙淸獻爲靑城宰, 挈散樂妓以歸, 爲邑尉追還, 大慟且怒, 又因與妻忿爭, 由此惑志。文潞公守太原, 辟司馬溫公爲通判, 夫人生日, 溫公獻小詞, 爲都漕唐子方峻責。歐陽永叔、謝希深、田元均、尹師魯在河南, 攜官妓游龍門, 半月不返, 留守錢思公作簡招之, 亦不答。范文正與京東人石曼卿、劉潛之類相結以取名, 服中上萬言書, 甚非言不文之義。蘇子瞻被命作儲祥宮記, 大貂陳衍幹當宮事, 得旨置酒與蘇高會, 蘇陰使人發, 御史董敦逸卽有章疏, 遂墮計中。又云子瞻四六表章不成文字。其它如潞公、范忠宣、呂汲公、吳沖卿、傅獻簡諸公, 皆不免譏議。予謂決非穀甫所作, 蓋魏泰碧雲騢之流耳。溫公自用龐潁公辟, 不與潞公、子方同時, 其謬妄不待攻也。靖之乃原甫曾孫, 佳士也, 而跋是書云 :「孔氏兄弟, 曾大父行也。思其人欲聞其言久矣, 故錄而藏之。」汪聖錫亦書其後, 但記上官彥衡一事, 豈弗深考云 !

11. 有若

史記有若傳云 :「孔子沒, 弟子以若狀似孔子, 立以爲師。他日, 進問曰 :『昔夫子當行, 使弟子持雨具, 已而果雨。弟子問 : 何以知之 ? 夫子曰 : 詩不云乎 ? 月離于畢, 俾滂沱矣。昨暮月不宿畢乎 ! 他日, 月宿畢, 竟不雨。商瞿年長無子, 孔子曰瞿年四十後當有五丈夫子。已而果然。敢問何以知此 ?』有若無以應。弟子起, 曰 :『有子避之, 此非子之座也。』」予謂此兩事殆近於星曆卜祝之學, 何足以爲聖人, 而謂孔子言之乎 ? 有若不能知, 何所加損, 而弟子遽以是斥退之乎 ! 孟子稱「子夏、子張、子游, 以若似聖人, 欲以所事孔子事之, 曾子不可」, 但言「江、漢秋陽不可尙」而已, 未嘗深詆也。論語記諸善言, 以有子之言爲第二章。在曾子之前, 使有避坐之事, 弟子肯如是哉 ! 檀弓載有子聞曾子「喪欲速貧, 死欲速朽」兩語, 以爲「非君子之言」, 又以爲「夫子有爲言之」。子游曰 :「甚哉 ! 有子之言似夫子也。」則其爲門弟子所敬久矣, 太史公之書, 於是爲失矣。且門人所傳者道也, 豈應以狀貌之似而師之邪 ! 世所圖七十二賢畫像, 其畫有若遂與孔子略等, 此又可笑也。

12. 張天覺為人

張天覺爲人賢否, 士大夫或不詳知。方大觀、政和間, 時名甚著, 多以忠直許之。蓋其作相適承蔡京之後, 京弄國爲姦, 天下共疾, 小變其政, 便足以致譽, 飢者易爲食, 故蒙賢者之名。靖康初政, 遂與司馬公、范文正同被褒典。予以其實攷之, 彼直姦人之雄爾。其外孫何麒作家傳, 云 :「爲熙寧御史, 則逐於熙寧 ; 爲元祐廷臣, 則逐於元祐 ; 爲紹聖諫官, 則逐於紹聖 ; 爲崇寧大臣, 則逐於崇寧 ; 爲大觀宰相, 則逐於政和。」其跡是矣, 而實不然。爲御史時, 以斷獄失當, 爲密院所治, 遂摭博州事以報之, 三樞密皆乞去, 故坐貶。爲諫官時, 首攻內侍陳衍以搖宣仁, 至比之於呂、武 ; 乞追奪司馬公、呂申公贈諡, 仆碑毀樓 ; 論文潞公背負國恩, 呂汲公動搖先烈 ; 辯呂惠卿、蔡確無罪。後以交通潁昌富民蓋漸故, 又貶。元符末, 除中書舍人, 謝表歷詆元祐諸賢, 云 :「當元祐之八九年, 擢黨人之二十輩。」及在相位, 乃以與郭天信交結而去耳。平生言行如此, 而得美譽,則以蔡京不相能之故。然皆章子厚門下客, 其始非不同也。京拜相之詞, 天覺所作, 是以得執政云。

13. 為文論事

爲文論事, 當反復致志, 救首救尾, 則事詞章著, 覽者可以立決。陳湯斬郅支而功未錄, 劉向上疏論之。首言:「周方叔、吉甫誅獫狁。」 次言:「齊桓公有滅項之罪, 君子以功覆過。李廣利靡億萬之費, 捐五萬之師, 厘獲宛王之首, 孝武不錄其過, 封爲列侯。」 末言:「常惠隨欲擊之烏孫, 鄭吉迎自來之日逐, 皆裂土受爵。」然後極言:「今康居國彊於大宛, 郅支之號, 重於宛王, 殺使者罪甚於留馬, 而不煩漢士, 不費斗糧, 比於貳師, 功德百之。」 又曰:「言威武勤勞則大於方叔、吉甫, 列功覆過則優於齊桓、貳師, 近事之功則高於安遠、長羅, 而大功未著, 小惡數布, 臣竊痛之。」於是天子乃下詔議封。蓋其一疏抑揚援證明白如此, 故以丞相匡衡、中書石顯, 出力沮害, 竟不能奪。不然, 衡、顯之議, 豈區區一故九卿所能亢哉!

14. 連昌宮詞

元微之、白樂天, 在唐元和、長慶間齊名。其賦詠天寶時事, 連昌宮詞、長恨歌皆膾炙人口, 使讀之者情性蕩搖, 如身生其時, 親見其事, 殆未易以優劣論也。然長恨歌不過述明皇追愴貴妃始末, 無它激揚, 不若連昌詞有監戒規諷之意。如云:「姚崇、宋璟作相公, 勸諫上皇言語切。長官清平太守好, 揀選皆言由相公。開元之末姚、宋死, 朝廷漸漸由妃子。祿山宮裏養作兒, 虢國門前鬧如市。弄權宰相不記名, 依稀憶得楊與李。廟謨顚倒四海搖, 五十年來作瘡痏。」其末章及官軍討淮西, 乞「廟謨休用兵」之語, 蓋元和十一、二年間所作, 殊得風人之旨, 非長恨比云。

15. 二士共談

維摩詰經言:文殊從佛所將詣維摩丈室問疾, 菩薩隨之者以萬億計, 曰:「二士共談, 必說妙法。」 予觀杜少陵寄李太白詩云:「何時一尊酒, 重與細論文。」 使二公眞踐此言, 時得洒掃撰杖屨於其側, 所謂不二法門, 不傳之妙, 啓聰擊蒙, 出膚寸之澤以潤千里者, 可勝道哉!

16. 張子韶祭文

先公自嶺外徙宜春, 沒於保昌, 道出南安, 時猶未聞檜相之死。張子韶先生來致祭, 其文但云:「維某年月日具官某, 謹以淸酌之奠, 昭告于某官之靈。嗚呼哀哉, 伏惟尙饗。」其情旨哀愴, 乃過於詞, 前人未有此格也。

17. 京師老吏

京師盛時, 諸司老吏, 類多識事體, 習典故。翰苑有孔目吏, 每學士制草出, 必據案細讀, 疑誤輒告。劉嗣明嘗作皇子剃胎髮文, 用「克長克君」之語, 吏持以請。嗣明曰:「此言堪爲長堪爲君, 眞善頌也。」吏拱手曰:「內中讀文書不如是, 最以語忌爲嫌, 旣剋長又剋君, 殆不可用也。」嗣明悚然亟易之。靖康歲, 都城受圍, 禦敵器甲刓弊。或言太常寺有舊祭服數十, 閒無所用, 可以藉甲。少卿劉珏卽具稾欲獻于朝, 以付書史。史作字楷而敏, 平常無錯誤, 珏將上馬, 立俟之, 旣至, 而結銜脫兩字。趣使更寫, 至于三, 其誤如初。珏怒責之, 逡巡謝曰:「非敢誤也, 某小人竊妄有管見。在禮『祭服敝則焚之』, 今國家迫急, 誠不宜以常日論, 然容臺之職, 唯當秉禮。少卿固體國, 不若俟朝廷來索則納之, 賢於先自背禮而有獻也。」珏愧歎而止, 後每爲人言, 嘉賞其意。今之胥徒, 雖公府右職, 省寺掌故, 但能鼓扇猥浮, 顧賕謝爲業, 簿書期會之間, 乃漫不之曉, 求如彼二人, 豈可得哉!

18. 曹操唐莊宗

曹操在兗州, 引兵東擊陶謙於徐, 而陳宮潛迎呂布爲兗牧, 郡縣皆叛, 賴程昱、荀彧之力, 全東阿、鄄、范三城以待操。操還, 執昱手曰:「微子之力, 吾無所歸矣。」表爲東平相。唐莊宗與梁人相持於河上, 梁將王檀乘虛襲晉陽。城中無備, 幾陷者數四, 賴安金全帥子弟擊却之於內, 石君立引昭義兵破之於外, 晉陽獲全。而莊宗以策非己出, 金全等賞皆不行。操終有天下, 莊宗雖能滅梁, 旋踵覆亡, 考其行事, 槪可睹矣。

19. 雲中守魏尙

史記、漢書所記馮唐救魏尙事, 其始云:「魏尙爲雲中守, 與匈奴戰, 上功莫府, 一言不相應, 文吏以法繩之, 其賞不行。臣以爲陛下賞太輕, 罰太重。」而又申言之云:「且雲中守魏尙, 坐上功首虜差六級, 陛下下之吏, 削其爵, 罰作之。」重言雲中守及姓名, 而文勢益遒健有力, 今人無此筆也。

••• 용재수필 권16(19칙)

1. 문장은 작은 재주가 아니다 文章小伎

"문장은 하나의 작은 재주일 뿐, 도의 차원에서 보면 그리 존중할 것이 못 된다"라는 말은 두보가 뭔가에 격동되어 했던 말이다. 그러나 실언이라고 봐야지, 가르침으로 삼아선 안 된다. 문장이 어찌 작은 일이겠는가! 『역경·분賁』의 「단彖」에서 다음과 같이 말했다.

> 강함과 부드러움이 교차되는 것이 천문天文이다. 문文에 밝아져 멈추는 것이 인문人文이다. 천문을 보아서 시기의 변화를 살피고, 인문을 보아서 천하의 교화를 이룬다.

공자는 요제堯帝 때 찬란하게 '문장文章'이 있었다고 칭찬했다. 자공子貢은 "선생님의 문장에 대해서 알 수 있다"고 했다. 『시경』에서는 위무공衛武公을 찬미하는데 역시 문장이 있다고 했다. 요堯·순舜·우禹·탕湯·문文·무武·성成·강康 등의 성스럽고 현명함과 걸桀·주紂·유幽·여厲의 혼란함을 『시경』과 『서경』에서 문장으로 싣지 않았다면, 어떻게 전해졌겠는가? 복희伏羲가 팔괘八卦를 그리고 문왕이 연역하여 64괘로 만들었지만, 공자가 문장으로 날개를 달지 않았으면, 어떻게 전해졌는가?

공자의 지극한 요체는 『효경』과 『논어』의 문장에 의하여 전해졌다. 증자와 자사·맹자가 성인의 심학을 전하는데, 『중용』 및 7편의 책이 없었다면 후세 사람들이 어떻게 그 문을 들여다볼 수 있었겠는가? 노자와 장자는 예학을 멸절시키고 언어를 잊고 인위를 제거한다 하였지만, 『도덕경』 5천언과 『장자』 「내편」·「외편」은 문장의 수식이 극에 달하였다. 불가에서 선을 행하는 자들이 언어는 군더더기라고 하는데, 대승 계열의 불경들을 없앨 수 있는지 모르겠다. 그렇다면 작은 재주라고 폄하하는 것은 이치가 잘못된 것이다. 후세에 시문을 짓는 사람들이 말단을 추구하고 근본은 잊고 꽃을 즐기고 열매는 떨어뜨려 그 기풍에 휩쓸려 점점 멀리 흘러갔지만, 그것이 문장의 잘못은 아니었다.

두보가 '문장文章'을 언급한 시 구절들을 살펴보자.

문장은 천고의 일이다.	文章千古事.[1]
나는 문장을 사랑하는 듯하다.	已似愛文章.[2]
나날이 문장에 자부를 가지다.	文章日自負.[3]
문장이 실로 내게 이르다.	文章實致身.[4]
문장이 오묘한 경지가 열리다.	文章開宎奧.[5]
문장은 명달을 미워하다.	文章憎命達.[6]
문장의 명성이 드러나리라.	名豈文章著.[7]
매승의 문장은 늙었다.	枚乘文章老.[8]
문장이 감히 스스로를 속이다.	文章敢自誣.[9]
해내 문장에서 으뜸이다.	海內文章伯.[10]

1 「偶題」.
2 「又示宗武」.
3 「八哀詩之六·故秘書少監武功蘇公源明」.
4 「奉贈鮮于京兆二十韻」.
5 「秦州見勑目, 薛三璩授司議郎, 畢四曜除監察, 與二子有故, 遠喜遷官, 兼述索居, 凡三十韻」.
6 「天末懷李白」.
7 「旅夜書懷」.
8 「奉漢中王手劄」
9 「大曆三年春, 白帝城放船出瞿唐峽, 久居夔府將適江陵, 漂泊, 有詩凡四十韻」.

문장은 조식처럼 파도 일렁이듯하다. 文章曹植波瀾闊.[11]

유신의 문장은 늙어서 더욱 성숙해졌다. 庾信文章老更成.[12]

어찌 문장으로 세상을 놀라게 할 수 있을까. 豈有文章驚海內.[13]

매번 말할 때마다 문장이 으뜸임을 인정해주었네. 每語見許文章伯.[14]

문장에 정신이 있고 교유에 정도가 있다. 文章有神交有道.[15]

위에서 인용한 두보의 시 구절에서의 '문장'은 시를 가리켜 한 말이 많았기에, 소견이 좁았다.

2. 삼장월 三長月

불가에서는 정월과 5월·9월을 '삼장월三長月'이라고 하는데, 부처를 모시는 사람은 이 세 달 동안에는 모두 채식을 한다. 그 이유는 다음과 같다.

> 천제와 석가모니가 큰 거울로 사방 천하를 돌면서 비추고 인寅과 오午·술戌의 달에 바로 남섬南贍 부주部洲에 도달하니, 마땅히 채식을 하고 복을 빌어야 한다. 관료들 사이에서는 '단월斷月'이라고 한다. 그렇기 때문에 역권驛券을 받아보아서 양고기라고 한 것이 있으면 지급하지 않는다. 세속에서는 '악월惡月'이라고 하여, 사대부들이 관리로 부임할 때 이 달을 피한다. 혹자가 말하기를, 당나라 때 번진藩鎭에서 어떤 일을 보려면 반드시 군사들에게 크게 연회를 베풀기 위해 양이나 돼지를 매우 많이 도살해야 하므로, 이 세 달에 부임하지 않으려고 했다고도 한다. 지금 다른 관직에서는 물론 이와 같이 하지 않는다.

10 「暮春陪李尙書, 李中丞過鄭監湖亭汎舟, 得過字韻」.
11 「追酬故高蜀州人日見寄」.
12 「戲爲六絶句」.
13 「賓至」.
14 「戲贈閿鄕秦少府短歌」.
15 「蘇端薛復筵簡薛華醉歌」.

그러나 이러한 설은 경전에서 찾아 볼 수 없다. 내가 『진서晉書·예지禮志』를 보니, 목제穆帝가 황후를 맞이하는 것을 9월에 하려고 했는데, 9월은 '기월忌月'이라고 했다. 『북제서北齊書』에서 말하기를, 고양高洋이 동위東魏 정권 찬탈을 도모하는데, 그의 신하 송경업宋景業이 "마땅히 중하仲夏에 선양을 받아야 합니다"라고 했다. 혹자는 "5월에는 입궁하면 안 된다. 이 금기를 어기면 그 지위에서 끝나게 된다"고 했다. 송경업은 말했다. "왕께서 천자가 되시면, 더 이상 바랄 게 없으니, 그 지위에서 끝나지 않을 수 있겠습니까?" 이러한 기록으로 보아, 이 금기가 전해진 유래가 이미 오래 되었는데, 끝내 그 뜻이 무언지 어느 경전에서 나왔는지는 알 수 없었다.

3. 형제가 서원에서 근무하다 兄弟直西垣

『진소유집秦少遊集』의 「여선우자준서與鮮于子駿書」에서 다음과 같이 말했다.

> 지금 중서사인中書舍人 중 형제가 이어서 서원西垣[16]에서 근무하는 경우가 많은데, 전에는 없었던 일입니다. 참으로 국가가 흥성함의 미덕이요, 한 가문에서 인재가 많이 배출된 경사 이상이겠지요. 임명 문서가 내려오자 안팎에서 기뻐하고 술잔을 들어 서로 권했습니다.

내가 그 때를 살펴보니, 아마도 철종哲宗 원우元祐 2년(1087) 소철蘇轍과 증조曾肇·유공보劉貢甫 세 사람을 말한 것인 듯하다. 소철의 형 소식蘇軾, 증조의 형 증공曾鞏과 증포曾布, 유공보의 형 유원보劉原甫가 모두 이 자리를 거쳤기 때문에, 진관秦觀이 그렇게 말한 것이다.

고종高宗 소흥紹興 29년(1159)에 나의 둘째 형이 처음으로 서성西省에 들어가고, 효종孝宗 융흥隆興 2년(1164)에 큰 형이 이어 들어가고, 효종 건도乾道 3년(1167)에 내가 또 뒤를 이어, 앞뒤 서로 9년을 이었다. 그래서 다음과 같은 감사의 표를 썼다.

16 西垣 : 중서성. 관서가 궁성 서쪽에 있었기 때문에 서원 혹은 서성西省이라고 했다.

부자가 이어서 네 차례 난파鑾坡[17]의 자리에 오르고, 형제가 이어서 세 차례 봉각鳳閣[18]의 유람에 참여하였다.

이전의 현인에 비하면 실로 좋은 때를 만났으며, 참으로 가문의 영광스런 일이지만, 또한 이 때문에 부끄럽기도 하다.

4. 『속수훤록』 續樹萱錄

얼마 전에 비각秘閣에서 책을 옮겨 적다가 『속수훤록續樹萱錄』 한 권을 발견했다. 그 안에 은사隱士 원찬元撰이 밤에 오왕吳王 부차夫差를 만나고 당나라 때 시인들과 시를 읊은 이야기가 실려 있었다.

이백李白의 시는 다음과 같다.

부용이 짙은 색 드러내자 붉음이 가지를 압도하고,	芙蓉露濃紅壓枝,
새는 가을 맞아 감회에 젖어서 꽃 옆에서 운다.	幽禽感秋花畔啼.
그 님은 떠나서 말머리 돌리지 않는데,	玉人一去未回馬,
들보 사이 집 지은 제비는 세 번째 돌아왔구나.	梁間燕子三見歸.

장적張籍의 시는 다음과 같다.

초록 머리 새끼 오리 물풀 쪼아대고,	綠頭鴨兒咂萍藻,
연꽃 따는 아가씨 꽃이 늙었음을 비웃는다.	采蓮女郎笑花老.

두목杜牧의 시는 다음과 같다.

북소리 울리던 야간 전투 북쪽 창에 바람 불어오고,	鼓鼙夜戰北窗風,
단풍잎은 계단 따라 어지러이 붉은 물들였네.	霜葉沿階貼亂紅.

세 사람의 시는 모두 전편이 실려 있다.

17 鑾坡 : 한림원.
18 鳳閣 : 당휘唐輝 원년(684)에 중서성을 봉각鳳閣으로 개칭했다.

두보杜甫의 시는 다음과 같다.

자주 옷깃 넓은 도포 주건으로 술을 걸러, 紫領寬袍漉酒巾,
강가에서 느긋하게 한가로운 사람이라. 江頭蕭散作閑人.

백거이白居易의 시는 다음과 같다.

잎이 서리에 젖었다 하여 숲을 떠나지 않으니, 不因霜葉辭林去,
산속 늙은이는 아직 가을 느끼지 못하네. 的當山翁未覺秋.

이하李賀의 시는 다음과 같다.

비늘처럼 하늘에 늘어선 기와
푸른 빛 여리게 감돌고, 魚鱗甃空排嫩碧,
계수나무 가지 끝에 걸린 이슬
둥근 구슬처럼 걸려 있다. 露桂梢寒挂團璧.

세 사람의 시는 모두 미완성이다.

그 풍격과 어구를 자세히 음미해보니 상당히 핍진했다. 나중에 『진소유집秦少遊集』을 보니 「추흥秋興」 9수가 있었다. 모두 당나라 사람이 지은 것 같더니, 앞에서 실려 있던 것이 모두 있었다. 관자동關子東이 『진소유집』의 서문에서 "옛 것을 모방한 작품 몇 편이 있는데 당대의 풍격을 빼닮았다"고 했는데 바로 이것을 말한 것이다. 하자초何子楚가 "『속훤록續萱錄』은 왕성王性이 지은 것인데 다른 사람 이름을 가탁했다"고 했는데, 지금 그 책에 거론되는 이름이 셋으로, 가박유賈博喻라고도 하고, 전약허全若虛라고도 하고, 원찬元撰이라고도 했다. 명명한 뜻을 자세히 보면 아마도 자허子虛와 망시공亡是公에서 따온 듯하다.

5. 관직의 존폐 館職名存

나라에서 관각館閣의 인재를 뽑을 때는 모두 천하의 영명한 인재를 뽑았다.

그래도 반드시 시험을 거친 후 임명했다. 일단 이 직위를 거치면 드디어 명류가 된다. 그 중 높은 자리로는 집현전수찬集賢殿修撰 · 사관수찬史館修撰 · 직룡도각直龍圖閣 · 직소문관直昭文館 · 사관史館 · 집현원集賢院 · 비각秘閣이 있다. 그 다음 등급으로는 집현集賢과 비각교리秘閣校理가 있다. 관위가 낮은 것으로는 관각교감館閣校勘과 사관검토史館檢討가 있다. 여기까지는 일률적으로 관직館職이라고 한다. 수기거주修起居注 관원에 결원이 생기면 반드시 이들 중에서 찾아 보충했고, 수기거주 단계를 거치지 않고 직접 지제고知制誥에 임명되는 경우는 없었다.

관위가 원외랑員外郎에 이르면 자제를 임명할 수 있었으니, 그렇게 임명된 자제를 안팎에서 모두 학사學士라고 호칭했다. 신종 원풍 연간에 새로운 관제官制가 시행됨에 이르러, 관직 중 다른 직사관職事官을 겸직하던 자들은 모두 1급 승진시키되 관직을 파했다. 그런데 비서성秘書省 관직은 대부분 직사관과 같은 등급이어서 도리어 정체되는 현상이 나타났다.

휘종 정화 연간 이후에는 수찬修撰과 직각直閣 · 첩직貼職을 추가하여 9등급으로 하였다. 이리하여 재능 있고 일 잘하는 관리와 귀한 신분 출신으로 젖비린내 나는 자제들이 뒤섞이고 많아져서, 관직館職의 명성이 갈수록 가벼워졌다. 남송에 와서 처음으로 교서정자校書正字를 임명하고 종종 불러 시험을 치렀다. 비록 관직 임명을 쉽게 하지 않았기에 그들의 승진은 시寺 · 감監처럼 빠르지 않았지만, 순서대로 발탁되어 낭郎이 되면, 다른 관직과 섞여서 특별한 구분이 없어졌다.

6. 남궁괄 南宮适

예羿와 오奡는 제 명에 죽지 못하고 우禹와 직稷은 천하를 차지하였으니, 힘을 천시하고 덕을 귀하게 여겨야 한다는 말이냐고 남궁괄이 공자에게 물었다.[19] 그 뜻이 이미 다 나왔으니 대답할 것이 없었다. 그렇기 때문에 공자는 그가 나가기를 기다렸다가, 그가 군자라고 감탄하고 그가 덕을 숭상하는 것을 거듭 칭찬하기에 이르렀다. 성인의 뜻을 여기서 볼 수 있다. 그런데 명도明道 선생 정호程顥는 다음과 같이 말했다.

> 우禹·직稷을 공자와 비교했기 때문에 대답을 하지 않았다.

범조우范祖禹는 우와 직이 천하를 차지한 것에 대해 공자가 대답을 하지 않은 것은 감히 비교를 할 수 없었기 때문이라고 보았다.

양시楊時가 말했다.

> 우·직이 천하를 차지한 것은 단지 몸소 경작을 했기 때문만은 아니었다. 공자는 그 말이 모두 옳다고 여기지 않았기 때문에 대답을 하지 않았다. 그러나 남궁괄의 말을 저지하고 책망하지 않은 것은 덕을 숭상하는 그의 뜻을 꺾지 않으려고 해서였다. '옹雍(중궁仲弓)의 말이 맞다'라고 한 것과는 다르다.

내가 보기에 남궁괄은 애초에 우·직을 공자와 비교하려는 뜻이 없었음이 분명한데도, 두 선생이 어찌 그렇게 말을 했는지 모르겠다. 양시의 견해는 너무 천박하다. 오직 사현도謝顯道만이 이렇게 말했다.

> 남궁괄은 궁행을 할 일로 삼을 줄 알았기에 군자라고 한 것이다. 말의 요체를 아는 것은 덕을 숭상하는 사람이 아니면 할 수 없다. 당시 질문하는 사이사이 반드시 눈짓으로 도가 있다고 하거나 머리를 끄덕여서 뜻을 보였을 것이다. 그저 대답을 하지 않기만 한 것은 아니었을 것이다.

이 설이 가장 타당하다.

7. 오왕전 吳王殿

한 고조高祖 5년, 장사長沙와 예장豫章·상군象郡·계림桂林·남해南海 등 지역을 번군番君 오예吳芮에게 책봉하여 장사왕長沙王으로 삼았다. 12년, 세 군郡을

19 『논어·헌문』: 南宮适問於孔子曰 "羿善射, 奡盪舟, 俱不得其死然; 禹稷躬稼, 而有天下." 夫子不答, 南宮適出. 子曰 "君子哉若人! 尚德哉若人!"

오왕吳王 유비劉濞에게 책봉하였는데, 예장이 그 안에 있었다. 그리고 조타趙佗가 먼저 남해南海를 차지하고, 나중에 계림桂林과 상군象郡을 공격하여 합병했다. 그렇다면 오예에게 있던 것은 단지 장사 한 군뿐이었다. 살펴보면 오예는 본래 진秦나라의 번양령番陽令이었다. 그래서 번군番君이라고 했다.

항우가 오예를 형산왕衡山王으로 책봉하고 주邾를 도읍으로 했다. 주邾는 지금의 황주黃州이다. 나중에 또 그 땅을 침략하여 빼앗았다. 그래서 고조는 장사로 옮겨서 임상臨湘에 도읍을 정하도록 했는데 1년 만에 세상을 떠났으니, 그가 번을 떠난 지 오래였다. 지금 우리 고향에서는 아직도 군郡의 정청正廳을 오왕전吳王殿이라고 부르면서, 오예가 제후였을 때 거주하던 곳이라고 한다. 우승유牛僧孺의 『현괴록玄怪錄』에 다음과 같은 내용이 있다.

> 당대 원화 연간에 요주자사饒州刺史 제추齊推의 딸이 주州 관사에서 기거하며 아이를 낳았는데, 신인神人이 때려서 죽었다. 나중에 어떤 도사가 이 일을 처리하면서 "이는 서한 파양왕鄱陽王 오예가 액을 가져온 것이다. 지금 자사의 사택이 오예가 옛날 거주했던 곳이다"라고 했다.

모두 사실이 아니다.

8. 왕위위 王衛尉

한 고조가 재상 소하蕭何로 인해 화를 내며, 왕위위王衛尉에게 말했다.

> "이사李斯[20]가 진秦 황제의 재상으로 있을 때 좋은 일은 주군에게 돌리고 나쁜 일은 자기에게 돌렸는데, 지금 재상은 내 상림원上林苑을 달라 하여 백성에게 잘 보이려고 하니 잡아들여 죄를 묻겠소!"

위위가 말했다.

20 李斯(?~B.C.208) : 초나라 출신. 원래는 여불위의 식객이었으나 후에 재상이 되어 진시황을 도와 중앙집권의 군현제를 확립하였고, 분서갱유 정책을 추진하였다.

"진나라 황제는 자기 잘못을 들으려고 하지 않아 천하를 잃었으니, 이사가 나쁜 일을 자기에게 돌린 것을 어찌 본받을 필요 있겠습니까!"

당 태종이 3품 이상 관리들이 위왕魏王을 우습게 본다고 의심하여 꾸짖었다.

"내가 수隋나라 조정에 있을 때 1품 이하 관리들은 왕들에게 모두 무릎 꿇고 머리 조아리는 예를 제대로 갖추는 것을 보았었다. 나는 황자皇子들이 제멋대로 그릇된 행동을 하는 것을 용인할 수 없다."

위징魏徵이 말했다.

"수나라 고조高祖는 예의를 몰랐고 자식들을 지나칠 정도로 총애하여, 자식들의 방종을 초래했습니다. 결국 무례한 짓을 일삼는 자식들을 모두 쫓아내는 지경에까지 이르렀으니, 이를 본받으면 안 됩니다. 어찌 말할 필요가 있겠습니까!"

보아하니 고조와 태종이 일시에 실언을 하자, 두 신하가 즉시 바로잡았다. 그 말의 뜻이 곧으면서도 통절한 가운데 완곡함이 있어, 간쟁의 정도正道라고 할 만하다. 두 황제가 아니었다면 누가 겸허하게 들어줄 수 있었을까!

9. 앞 시대를 본보기로 삼다 前代爲監

신하가 군주에게 옛 선례를 인용하여 어떤 것을 권할 때는 마땅히 가까운 이전 시대에서 선례를 취해야 한다. 그러면 일의 흐름이 이어져서, 말하는 사람은 확실한 증거가 있고 듣는 사람은 충분히 귀감龜鑑으로 삼을 수 있다. 『시경』에서 다음과 같이 말했다.

은나라의 거울은 멀리 있지 않으니,	殷監不遠,
바로 하나라에 있다.	在夏後之世.

『서경·주서周書』에서는 다음과 같이 언급했다.

이제 은나라가 그 천명을 잃었으니, 우리가 그것을 거울로 삼지 않을 수 있는가!

우리는 은나라를 거울로 삼지 않으면 안 된다.
은나라는 천명을 받아서 누린 기간이 적지 않지만, 천명을 공경한 그 덕을 잃어서 천명을 일찍 잃고 말았다.

주공周公은 「무일無逸」을 지어서 상商나라의 중종中宗과 고종高宗·조갑祖甲 세 왕을 칭송했다. 한 고조는 신하들에게 명하여 자기가 천하를 얻은 까닭과 항우가 천하를 잃은 까닭을 말하게 했으며, 육가陸賈에게 명하여 진秦이 천하를 잃은 까닭을 말하도록 했다.

장석지張釋之[21]는 문제文帝[22]를 위하여 진·한 교체기의 일을 말하여, 진나라가 망한 까닭과 한나라가 흥한 까닭을 분석했다. 가산賈山은 진나라를 비유로 들었다. 가의賈誼는 주군에게 상商과 주周·진秦의 일을 인용한 자료를 보도록 했다. 위징魏徵은 태종에게 글을 올려 다음과 같이 말했다.

수隋나라가 아직 어지러워지지 않았을 때 스스로 말하기를 필시 어지러워지지 않을 것이라고 했고, 수나라가 아직 망하지 않았을 때 스스로 말하기를 필시 망하지 않을 것이라고 했습니다. 저는 지금 모든 동정動靜에서 수나라를 거울로 삼기를 원합니다.

마주馬周도 이렇게 말했다.

21 張釋之 : 한나라의 명신. 자 계季. 남양南陽 도양堵陽 사람으로, 문제文帝 때 기랑騎郎이 된 후 10년 동안 승진하지 못했는데, 나중에 알자謁者와 알자복야謁者僕射·공거령公車令을 지냈다. 태자가 양왕梁王과 함께 수레를 타고 입조했는데 사마문司馬門에서 내리지 않자, 두 사람이 탄 수레를 정지시키고 불경함을 탄핵했다. 문제가 이 일로 기이하게 보아 중대부中大夫에 임명했다. 나중에 정위廷尉가 되었는데 형벌의 집행이 공정하고 후덕하다는 평을 들었다. 경제景帝가 즉위하자 회남왕상淮南王相으로 나갔다.

22 文帝(B.C.202~B.C.157 / 재위 B.C.180~B.C.157) : 전한의 5대 황제. 여씨呂氏의 난이 평정된 후 태위太尉 주발周勃, 승상 진평陳平 등 중신의 옹립으로 즉위하였다. 고조의 군국제郡國制를 계승하고, 전조田租·인두세人頭稅를 대폭 감면하였으며 이러한 정책은 사회와 경제를 발전시켰다. 또한 자신이 직접 농업을 장려하는데 솔선수범하고 농지의 조세를 12년 동안 면제하였다. 문제는 검소한 생활을 실천하였는데 화려한 건물을 신축하지 않았고 자신은 검정색 비단을 입었다. 가혹한 형벌을 폐지하였으며, 흉노에 대한 화친정책 등으로 민생안정과 국력배양에 힘을 기울였다. 문제가 죽고 그의 아들 경제가 즉위하여 선왕의 정책을 잘 이어 나갔다. 중국사에서 문제와 경제景帝의 치세를 '문경의 치文景之治'라고 부르며 풍요로운 시대를 상징하는 칭호로 사용된다.

> "양제煬帝는 제齊·위魏가 나라를 잃은 것을 비웃었는데, 지금 양제를 보는 것 또한 양제가 제·위를 보는 것과 같습니다."

장현소張玄素는 태종이 낙양궁을 건축하는 것에 대해 간언하면서 다음과 같이 말했다.

> "건양궁乾陽宮 공사가 끝나고 수나라는 해체되었습니다. 폐하의 과오가 양제보다 심할까 염려되옵니다. 만약 이 공사를 멈추지 않으면 수나라와 마찬가지로 어지러워지는 결과를 초래할 뿐입니다."

『시경』과 『서경』에 실린 것과 한나라 당나라 때 여러 명신들이 논한 것을 살펴보면, 나라를 다스리는 자의 귀감이 담겨 있다. 간언을 하려는 신하는 마땅히 본받아야 할 것이다.

10. 도적을 다스리는 방법 治盜法不同

당나라 때 최안잠崔安潛이 서천西川 절도사가 되어 부임을 했는데, 도적을 심문하지 않았다. 그는 "내통하고 받아주지 않으면 도적질은 할 수 없다"고 말하고, 창고에서 돈을 꺼내 세 곳의 시장에 놓아두고, 그 위에 방을 발표했다.

> 도적 한 명을 사로잡아 고발하면 상금 500민緡을 준다. 동료를 사로잡아 고발하면, 도적질 했던 죄를 사면해주고 일반인과 똑같이 상을 준다.

얼마 안 되어서, 도적을 사로잡아 온 사람이 있었다. 도적은 인정하지 않으면서 말했다.

> "네가 나와 함께 17년 동안 도적질을 해서, 장물도 모두 공평하게 나누었는데, 네가 어떻게 나를 사로잡을 수 있단 말이냐?"

최안잠이 말했다.

> "너는 내가 방을 붙였다는 것을 이미 알았을 텐데, 왜 저 자를 사로잡아 오지 않았느냐? 그랬다면 저 자가 마땅히 죽고 네가 상을 받았을 것이다. 네가 이미

먼저 이렇게 되었으니, 죽은들 무슨 할 말이 있겠느냐?"

사로잡아 온 자에게 즉시 상금을 주라고 명령하고, 도적들이 볼 수 있게 저자거리에서 처형했다. 그러자 도적들이 한 패끼리 서로 의심하여 발붙일 땅이 없어, 밤에 새벽을 기다릴 틈도 없이 흩어져 도망하고 국경을 넘어가, 드디어 경내에는 도적이 하나도 없게 되었다.

나는 매번 위 내용을 볼 때마다 최고의 계책이라고 생각했었다. 그런데 이공택李公擇이 제주齊州[23]를 다스린 일에 대한 기록을 구해 보고서, 최안잠의 계책이 최고가 아니라고 생각하게 되었다. 제주에는 평소 도적이 많아서 이공택이 다스리느라 고생을 했건만, 어떻게 해도 도적을 소탕할 수 없었다. 어느 날 도적을 심문하는데, 보아하니 쓸 만한 자여서 묵형에 처하고 병사가 되게 하여 자기 휘하에서 일을 하게 했다. 기회를 보아서 도적을 아무리 잡아들여도 그치지 않는 까닭을 물어보았다. 그 자가 말했다.

"부자들이 도적을 비호해주기 때문입니다. 만약에 도적더러 자신을 비호하는 자를 불게하고 그를 체포하여 일벌백계一罰百戒로 다스리면, 머지않아 도적으로 인한 근심은 없어질 것입니다."

이공택이 말했다.

"드디어 방법을 찾았구나!"

그리고 도적이 숨어 있는 집을 모두 찾아내서 집을 철거하고 기둥을 부수자, 비로소 도적이 모두 사라졌다. 나는 이를 통해 세상일을 다스리는데 종이의 진부한 기록에 얽매여서는 안 된다는 것을 알게 되었다. 최안잠의 방법과 같은 경우 훌륭하다고 할 수 있다. 그렇지만 제주의 도적이라면 숨는 방법을 택했을지도 모른다. 그러니 사람이 변통을 할 줄 모르면 되겠는가!

23 齊州 : 지금의 산동성 제남濟南.

11. 화답시는 그 뜻에 맞게 화답해야 한다 和詩當和意

옛 사람들은 시에 응수 화답할 경우 반드시 그 뜻에 화답했지, 지금 사람들처럼 운을 맞추어 화답하는 것에 연연하지 않았다. 『문선文選』[24]에 실린 하소何劭와 장화張華[25]·노심盧諶·유곤劉琨·이륙二陸(육기陸機·육운陸雲 형제)·삼사三謝(사령운謝靈運·사혜련謝惠蓮·사조謝朓) 등의 증답시를 보면 알 수 있다. 당대唐代 사람들의 예는 더 많아서, 일일이 자세히 실을 수 없을 정도이다. 되는대로 두보 문집에서 몇 편 뽑아 여기 대략 적어본다.

○ 고적高適과 두보의 증답시

고적 : 부끄럽게 동서남북 떠도는 사람. 媿爾東西南北人.[26]
두보 : 동서남북 떠돌면 더 말이 통하겠네. 東西南北更堪論.[27]

고적 : 「초현」을 이제 다 썼으니, 草玄今已筆,
그외 또 무엇을 말할까? 此外更何言.[28]
두보 : 「초현」을 내가 어찌 감당하리오, 草玄吾豈敢,
부는 혹시 사마상여 닮았을까? 賦或似相如.[29]

○ 엄무嚴武와 두보의 증답시

엄무 : 보고 싶은 마음 일면 준마 타고 내달려서, 興發會能馳駿馬,
결국 그대 있는 물가까지 도달할지 모르겠소. 終須重到使君灘.[30]
두보 : 시는 길 깃발 날리며 성문 나서면, 枉沐旌麾出城府,

24 『文選』: 양梁나라의 소통蕭統(소명태자昭明太子)이 진秦·한漢나라 이후 제齊·양나라의 대표적인 시문을 모아 엮은 책이다. 주석본이 여러 종류가 있는데 당나라 이선李善이 주註한 것이 가장 유명하다. 이 외에 당대 여연제呂延濟·유량劉良·장선張銑·여향呂向·이주한李周翰 등 5명이 주를 단 것을 '오신주五臣註'라고 한다.

25 張華(232~300) : 서진西晉 때의 학자. 자 무선茂先. 박학했고 문장이 뛰어났다. 완적阮籍에게 재능을 인정받아 위나라 때 중서랑中書郞에 올랐고, 오나라를 멸망킨 공으로 광무현후光武縣侯에 봉해졌으나, 조왕趙王 사마륜司馬倫에게 살해당했다. 화려한 시문으로 알려졌고, 장재張載, 장협張協과 함께 '삼장三張'으로 불렸다.

26 「人日寄杜二拾遺」.

27 「追酬故高蜀州人日見寄」.

28 「贈杜二拾遺」.

29 「酬高使君相贈」.

30 「寄題杜拾遺錦江野亭」.

초가삼간 길 없으니 호미질 시켜야겠네. 草茅無逕欲教鋤.[31]

두보 : 어느 길로 파산 나서야 하나. 何路出巴山.
층층 바위 길에 세국 섞여 피었구나. 重巖細菊班.
안장 채비하고 오는 길에, 遙知簇鞍馬,
고개 돌려 흰 구름 사이로 바라보리. 回首白雲間.[32]
엄무 : 누워서 파산을 향하니 달 저무네. 臥向巴山落月時.
울타리 밖 노란 국화 누구와 보려나. 籬外黃花菊對誰.
말을 타고 그대 오나 바라본 적 跋馬望君非一度.[33]
한 두 번 아니네.

○ 두보와 위소韋迢의 증답시
두보 : 동정호에 지나는 기러기 없어, 洞庭無過雁,[34]
서신 드물어도 잊지 마세. 書疏莫相忘.
위소 : 그리워도 남쪽에는 기러기 없어서, 相憶無南雁,[35]
언제나 소식 전할 수 있을지요? 何時有報章.
두보 : 비록 남쪽 가는 기러기 없어도, 雖無南去雁,
북쪽에서 오는 물고기 잡아보리다. 看取北來魚.[36]

○ 곽수郭受와 두보의 증답시
곽수 : 봄날 흥취에 지은 시 몇 수나 되는지요? 春興不知凡幾首.[37]
두보 : 약에만 마음 쏠려 시 짓기를 작파했소. 藥裹關心詩總廢.[38]

모두 틀虡에 매달린 종경鐘磬이 두드리면 소리가 울리듯, 주고받고 오고감에 여운이 있다.

31 「奉酬嚴公寄題野亭之作」.
32 「九日奉寄嚴大夫」.
33 「巴嶺答杜二見憶」.
34 「潭州送韋員外牧韶州」.
35 「早發湘潭寄杜員外院長」.
36 「酬韋韶州見寄」.
37 「寄杜員外」.
38 「酬郭十五受判官」.

12. 후직의 천하 稷有天下

후직后稷[39]이 몸소 경작을 하여 천하를 가지다.
태백泰伯[40]이 천하를 세 번 양보하다.
문왕文王[41]이 한 번 분노하여 천하의 백성을 편안하게 하다.

이런 내용들은 모두 후손의 일을 빌어 소급하여 말한 것이다. 후직은 태邰에 책봉되었고, 고공단보古公亶父는 양산梁山 아래 성읍을 쌓았고, 문왕은 겨우 기주岐周의 땅을 가지고 있었기에, 천하라고 말하기에는 멀었었다. 우禹는 몸소 경작을 한 적이 없는데도 후직을 통해 칭찬받았다.[42]

13. 한 시대의 인재 一世人材

한 시대의 인재는 당연히 그 시대의 요구에 부응할 수 있을 것이다. 정말로 인재를 얻을 수 있다면, 인재를 어디서 어떻게 구할지는 따지지

39 后稷 : 주周 나라의 전설적 시조. 농경신으로 오곡의 신이기도 하다. 성姓은 희姬씨고, 이름은 기棄다. 『사기史記 · 주본기周本記』에 따르면 유태씨有邰氏의 딸로 제곡帝嚳의 아내가 된 강원姜原이 거인의 발자국을 밟고 잉태하여 아들을 낳았다고 한다. 그러한 태생을 불길하다 여겨 세 차례나 내다버렸지만, 그때마다 구조되었다고 한다. 나중에 요堯 임금의 농관農官이 되고 태邰(지금의 섬서성陝西省 무공현武功縣 부근)에 책봉되어 후직이 되었다.

40 泰伯 : 주나라 태왕太王 고공단보의 장남으로, 성은 희姬이고, 씨氏는 오吳이며, 오나라의 개국군주이다. 고공단보가 셋째 아들인 계력季歷의 아들인 희창姬昌(문왕文王)에게 성덕이 있음을 알고 왕위를 물려주려고 하자, 태백은 왕위를 아우 계력에게 양보하고 둘째 중옹仲雍과 함께 형월荊越지방으로 피하여 오吳나라를 창건하였다.

41 文王 : 주 왕조의 기초를 닦은 명군 희창姬昌. 만년에 현상賢相인 태공망太公望 여상呂尙의 도움으로 덕치德治에 힘써, 서방 제후의 패자霸者로서 서백西伯의 칭호를 받았다. 은나라와 평화주의적 태도를 취하면서 우虞와 예芮의 분쟁을 중재하여 제후들의 신뢰를 얻어 천하 제후의 3분의 2가 모두 그를 따르게 되었다. 그의 사후 아들 무왕武王 발發이 즉위하여 은나라를 쓰러뜨리고 주 왕조를 창건하였고, 부왕 창에게 문왕이라는 시호를 추존하였다. 후세 유가儒家로부터 이상적인 성천자聖天子로서 존경을 받았다.

42 우임금의 치수의 공적을 후직의 농경 교육 성과를 빌어 칭찬했다는 의미이다. 맹자는 『맹자 · 이루離婁』에서 우禹임금과 후직을 칭송하여 각기 치수와 농경을 가르치기 위해 세상을 돌아다닐 때 세 번이나 자기 집 문 앞을 지났지만 들어가지 않았다고 했다. 그리고 우임금은 자신이 사명을 다하지 못해 백성들이 물난리로 고초를 겪고 있다고 생각했고, 후직은 자기가 일을 잘하지 못해서 백성들이 굶주리고 있는 것으로 여겼다고 했다.

않아도 된다. 지금 논의하는 사람들은 과거시험에서 경의經義와 시부詩賦를 가지고 말을 한다. 시부는 뿌리가 없고 부화浮華하여 실제적 능력을 지닌 인재를 찾을 수 없다고 보아서, 그들은 항상 경의를 높게 보고 시부를 낮게 본다.

그러나 그렇지 않다. 주나라 때부터 전국시대에 이르기까지 관리는 모두 세습되었다. 주나라의 유씨劉氏·단씨單氏·소씨召氏·감씨甘氏, 진晉나라의 한씨韓氏·조씨趙氏·순씨荀氏·위씨魏氏, 제나라의 고씨高氏·국씨國氏·진씨陳氏·포씨鮑氏, 위衛나라의 손씨孫氏·영씨甯氏·공씨孔氏·석씨石氏, 송나라의 화씨華氏·상씨向氏·황씨皇氏·악씨樂氏, 정鄭나라의 한씨罕氏·사씨駟氏·국씨國氏·유씨遊氏, 노魯나라의 계씨季氏·맹씨孟氏·장씨臧氏·전씨展氏, 초나라의 투씨鬪氏·위씨蔿氏·신씨申氏·굴씨屈氏 등은 모두 각 시대의 현인으로 부족함이 없었으며, 시종일관 나라와 운명을 함께 했다.

한나라는 경술經術과 찰거察擧로 인재를 뽑았고, 위·진 시대에는 주향州鄕의 구품중정九品中正으로 인재를 뽑았다. 동진東晉·송宋·제齊 때는 가문으로 인재를 뽑았고, 당나라와 송나라는 진사進士로 인재를 뽑는 한편 부형의 공적에 따라 자제의 임용을 보장하는 임자任子 제도를 함께 활용하여, 시대마다 모두 충분히 인재를 뽑을 수 있었다. 그렇다면 이른바 과목科目은 단지 단계일 뿐이다. 경의經義니 시부詩賦니 따지지 않는 것이 좋다.

14. 왕봉원 王逢原

왕봉원王逢原은 학술로, 형돈부邢敦夫는 문채로, 인종 가우嘉祐 연간과 신종 원풍元豐 연간에 대단한 명성을 날렸다. 그러나 그들이 지은 시문에는 원망·억압·침울·분노와 애상·눈물의 정서가 많아서, 마치 고생이 심하고 초췌하여 평온을 얻지 못한 것 같았다. 그렇기에 모두 천수를 누리지 못하여, 왕봉원은 겨우 28세에, 형돈부는 겨우 20세에 세상을 떠났다. 하늘은 그들에게 재능을 내려주었으되 천수에는 인색하였으니, 아! 안타까운 일이로다.

15. 가소로운 공문 吏文可笑

관청에서 공문서를 발행할 때 오로지 규정된 양식만 사용함으로 인해 매우 가소로운 경우가 있다. 이를테면 문관이 서명하고 날인하는데 궁宮·관觀·악嶽·묘廟같은 경우에도 반드시 '일찍이 휴가를 신청한 적 없음[不曾請假]'이라고 써야 하고, 혹은 이미 과거 급제하여 대성臺省의 요직에 있어도 반드시 '일찍이 과거에 응시하거나 형법 시험을 보거나 한 적 없음[不曾應擧若試刑法]'이라고 써야 한다.

내가 서액西掖[43]에서 근무할 때 한주漢州[44]에서 상소가 올라와, 얼마 전에 선무사宣撫司가 편의상 임시로 현혜후신顯惠侯神에게 소응공昭應公을 추가 책봉하였는데, 정식 공문으로 바꿔 발행해달라고 했다. 예부·시감寺監에서 상세히 살펴본 결과, 원래 내려 보낸 조령에 따라서 1년 기한 내에 스스로 신청을 하지 않았다고 하여, 한주에 공문서를 내려 보내 본래대로 신神으로 하라고 고지하려 했다. 내가 재상께 말해 별도로 심의를 해보도록 하여 문서를 고쳐서 내려 보낼 수 있게 되었다.

효종 순희 6년(1179), 내가 대례大禮의 은택을 입어서 한 살짜리 아들이 관직을 받는 문서를 올리게 되어 이부에서 요주饒州로 문서를 내려 보냈다. 그런데 관직 보장 문서에는 반드시 해당자가 예전에 법을 어겨서 태형 판결을 받은 적이 있는지, 전자翦刺의 형벌을 받은 적이 있는지, 그리고 예전에 관직에 임용되었거나 죄를 저질러서 정직 또는 폐직된 적이 있는지에 대해 자세히 설명한 문서를 별도로 구비하게 했다. 또한 나와 무슨 친족관계인지 쓰게 했다. 아비와 아들 사이인데 무슨 친족관계인지 묻다니, 한 살짜리 아이에게 벼슬을 했는지 죄를 지었는지 묻다니, 이 얼마나 우스운가!

43 西掖 : 중서성.

44 漢州 : 지금의 사천성 광한廣漢.

16. 정강 때의 일 靖康時事

등애鄧艾[45]가 촉蜀을 공격했을 때, 유선劉禪이 항복하면서 전방에서 종회鍾會와 싸우고 있는 강유姜維에게도 항복하라고 칙명을 내렸다. 그러자 촉한의 장수와 병사가 모두 분노하여 칼을 뽑아 돌을 베었다.

북위北魏가 후연後燕의 도성인 중산中山을 오랫동안 포위했을 때, 성 안의 모든 장수와 병사들은 성문을 열고 나가 북위군과 결전을 펼치려 했다. 수천 명이 너도나도 나서서 후연의 왕 모용린慕容麟에게 출전을 허락해달라고 청했는데, 특히 모용융慕容隆이 간절하게 청했다. 그러나 모용린은 그들의 청을 전혀 들어주지 않았다.

오대 때 거란契丹이 몇해 동안 후진後晉을 공격했는데, 후진은 항거하면서 매번 전투에서 필승을 거두었다. 그후 두중위杜重威가 몰래 투항을 모의하여, 장수와 병사더러 밖에서 진을 치라고 명하자, 병사들은 모두 솟구쳐 뛰어오르며 드디어 출전을 한다고 들떴다. 그런데 잠시 후에 무장을 해제하라고 명하자 병사들이 모두 통곡하여 그 소리가 들판을 진동했다.

내가 최근 『정강실록靖康實錄』을 수찬하는데, 당당히 큰 나라로서 안팎의 병사가 수십만이나 되건만 일시의 환난에 북쪽을 향하여 화살 하나 못 쏴보고 오랑캐 하나 못 잡아보고 도성에 단정히 앉아서 속수무책으로 쓰러지고 만 것이 애통했었다. 맹호 같은 병사들이 구름처럼 모여들어 있었건만, 촉한·후연·후진처럼 분노하고 통곡하는 자들이 있었다는 말을 듣지 못했다.

최근에 본 『주신중시집朱新仲詩集』에 「기석행記昔行」이라는 글이 한 편 있

45 鄧艾(195~264) : 삼국시대 위魏나라 명장. 자는 사재士載. 오랫동안 위나라 서쪽 전선에서 촉한의 강유姜維를 방비했고, 촉한의 유선을 투항시킴으로써 촉한을 멸망시키는 큰 공을 세워 태위에 책봉되었다. 그러나 나중에 종회鍾會와 연맹을 맺은 위관衛瓘의 모함을 당하여 죽었고, 아들 등충鄧忠 역시 같이 변을 당했다.

었는데, 바로 정강 때 일을 기록한 것이었다. 그 중 "종사도種師道는 싸워보지도 못한 것이 분하여 죽었고, 종택宗澤은 분하여 종기가 도졌으니 어떻게 낫겠는가?"라고 한 것을 보면, 그때 충의를 아는 사람이 없었던 게 아니지만, 당시의 상황이 그들의 충의를 드러낼 수 없었기에 알려지지 않았던 것이다.

17. 병소 并韶

양무제梁武帝 때 병소并韶라는 교지交趾사람이 있었다. 문장에 뛰어나 이부吏部를 찾아와 관리로 선발해줄 것을 부탁했다. 이부상서吏部尚書 채준蔡撙은 성姓이 '병并'인 사람 중에서 이전에 현인이 없었다는 것을 이유로 그를 광양문랑廣陽門郎으로 임명했다. 병소는 치욕으로 여겨 결국 귀향하여 난을 일으킬 것을 도모하였다. 가문과 명성에 따라 선발 관리의 직위를 결정하는 것은 진晉·송宋 이래의 몹쓸 법이다. 채준은 현명한 사람이건만 비속함을 벗어나지 못했으니, 왜 그랬을까?

18. 참위지학 讖緯之學

도참성위圖讖星緯의 학설이 간혹 적중할 경우가 어찌 없겠는가! 그러나 대체로 사람을 그르치는 경우가 많았다. 그러므로 성현은 입에 담지 않았다.

서한 때 휴맹眭孟이 "공손병기公孫病己"[46]의 글을 보고, 현인을 찾아서 제위를

46 公孫病已 : 한나라 소제昭帝 원봉元鳳연간에 태산에 있는 높이 1장丈 5척尺, 둘레 48아름[圍]이나 되는 큰 돌이 저절로 일어섰다. 또, 상림원에서 바람에 쓰러진 나무가 저절로 다시 일어서서 새 잎과 가지가 돋았는데 그 잎을 벌레가 갉아먹은 자리에 "公孫病已立(공손병기가 섬)"라는 글자의 형상이 나타났다.
○ 病已 : 한나라 선제宣帝의 초명으로, 무제의 증손자이며 여태자戾太子의 손자이다. 조부 여태자가 무고巫蠱의 난에서 죽었기 때문에 태어나서부터 민가에서 자랐다. 선제는 "공손병기"의 글로 인해 18세에 황위를 이을 수 있었다. 그는 지방행정제도를 정비하고 상평창 설치로 빈민구제를 도모했으며, 대외적으로는 흉노를 격파해 서역 36국과 남 흉노도 복속시

선양하라고 한소제漢昭帝에게 권했다. 그런데 이것이 선제宣帝를 지칭한 것임을 몰랐다. 휴맹은 이로 인해 주살되었다.

남조 송나라 때 공희선孔熙先은 문제文帝에게 골육의 화가 일어나 강주江州에서 마땅히 천자가 나올 것을 알고, 강주자사 팽성왕彭城王 유의강劉義康을 세울 것을 모의했다. 그러나 이것이 효무제孝武帝 유준劉駿을 지칭한 것임을 알지 못했으니, 이로 인해 그는 죽임을 당했다.

당도고當塗高[47]의 참위에 한 광무제가 공손술公孫述[48]을 힐난했고, 원술袁術과 왕준王浚은 자기 성명姓名이나 부친의 자字를 지칭하는 것이라고 받아들였지만 결국 멸망하고 말았는데, 그 징조는 결국 조조의 위나라를 지칭한 것이었다.

양각독자兩角犢子의 참위가 나오자 주자량周子諒은 이것으로 우선객牛仙客[49]을 탄핵했고, 이덕유李德裕[50]는 이것으로 우승유牛僧孺[51]를 지칭하는 것이라고 보았는데, 사실 그 징조는 주온朱溫[52]을 가리키는 것이었다.

켰다. 전한의 여러 황제 중에서도 현제賢帝로 꼽히고 있다.

47 當塗高 : 한대 참서에 나오는 은어. 결과적으로 삼국시대 위나라를 말한다. 『후한서』「원술전袁術傳」에서 "원술이 젊었을 때 참서를 보았는데 '한나라를 대신할 것은 당도고當塗高다'라는 말을 보고 자기 명자名字를 말하는 것이라고 생각했다"는 내용이 나온다. 이현李賢은 주에서 "당도고는 위나라를 말한다"고 했다.

48 公孫述(?~36) : 후한 때의 군웅. 자 자양子陽. 지금의 섬서성陝西省 흥평興平에 해당하는 부풍扶風 무릉茂陵 출신. 처음에는 왕망王莽을 섬겼으나, 전한前漢 말 경시제更始帝가 반란을 일으키자, 성도成都에서 군사를 일으켰다. 촉蜀·파巴를 평정하고, 25년 스스로 천자라 칭하고 국호를 성가成家라고 하였다. 36년 후한의 광무제光武帝에게 패하여, 일족과 함께 멸망하였다.

49 牛仙客(675~742) : 당나라의 관리. 현의 말단 관리였는데 현령 부문정傅文靜이 그를 좋게 보아, 부문정이 농우영전사隴右營田使로 갈 때 우선객을 좌리로 삼아서 군공을 세웠다. 후에 우선객은 하서절도사 소숭蕭嵩을 보좌하여, 모든 대권을 우선객에게 주었고, 태복소경太僕少卿에 올랐다. 개원 24년(736) 이림보李林甫가 우선객을 상서로 추천하자 장구령張九齡이 반대했지만 현종은 듣지 않았다. 우선객은 매사에 결단을 내리지 못하여 전전긍긍했다. 감찰어사 주자량周子諒이 우선객은 불학무식하다고 탄핵했다.

50 李德裕(787~849) : 당나라 무종武宗때의 재상. 자 문요文饒. 경학經學·예법을 존중하고 귀족적 보수파로서 번진藩鎭을 억압하고, 위구르 등 이민족을 격퇴하는 데 힘써 중앙집권의 강화를 꾀하였다. 이종민李宗閔·우승유牛僧孺 등의 반대파를 탄압하였고, 폐불廢佛을 단행하였다. 선종宣宗 즉위와 함께 실각하여 해남도海南島로 추방되었다.

51 牛僧孺(779~847) : 당나라 목종·문종 때 재상. 자 사암思黯. 안정安定 순고鶉觚(지금의 감숙 영대靈臺) 사람. 우이牛李 당쟁에서 우당의 우두머리였다.

52 朱溫(852~912) : 주전충朱全忠이라는 이름을 하사받았으며, 칭제 이후 주황朱晃으로 개명했

수 양제煬帝는 이씨李氏가 천하를 차지할 것이라고 여겨 결국 이금재李金才 일족을 주살했다. 그러나 당 고조高祖가 수나라를 대신했다.

당 태종太宗은 무씨武氏 여자가 나라의 운명을 훔칠 것을 알고, 결국 오낭자五娘子 주살을 제멋대로 했다. 그런데 아무파阿武婆가 거의 역성易姓을 할 뻔했다.

무후武后는 무씨를 대신하려고 하는 자는 유씨劉氏라고 생각했는데, 유씨 중에는 강력한 인물이 없자 아마도 유민流民일 거라고 짐작하고 결국 여섯 도道로 사람을 보내 유민을 모두 죽이도록 했다. 그러나 유유구劉幽求가 임치왕臨淄王을 보좌하여 내란을 평정하고, 위韋·무武 두 일족은 모두 멸족을 당했다.

진晉나라의 장화張華·곽박郭璞, 위魏나라의 최백심崔伯深 등은 모두 천문과 복서卜筮에 정통하고 일을 말하는 것이 신과 같았지만 자신은 주벌당하고 가족은 멸족되는 것을 벗어나지 못했으니, 하물며 그보다 아래인 사람은 어떻겠는가!

19. 진짜와 가짜의 혼동 眞假皆妄

올라가고 찾아가서 보는 아름다운 강산, 노닐고 즐기는 빼어난 경치의 샘이나 바위 등은 세상에서 가장 아름다운 광경으로, 보는 사람들은 꼭 그림 같다고 말한다. 그렇기 때문에 다음과 같은 말이 있는 것이다.

> 강과 산이 그림 같다. 江山如畫.[53]
>
> 하늘이 펼쳐낸 그림이 바로 강과 산이다. 天開圖畫即江山.[54]

다. 송주宋州 탕산碭山(지금의 안휘 탕산) 사람. 만년에 황음무도하여 며느리를 강간하고, 후에 셋째 아들 주우규朱友珪에게 피살되어, 제위는 후량의 마지막 황제 주우정朱友貞에게 넘어갔다.

53 蘇軾, 「念奴嬌·赤壁懷古」.

54 黃庭堅, 「王厚頌二首」 제2수.

몸이 그림 속에 있다. 身在畫圖中.[55]

단청丹青의 묘함과 같은 경우, 호사가나 군자들이 아무리 찬탄해도 부족할 경우 또한 진짜에 가깝다는 의미로 '핍진逼眞하다'고 평가한다.

두보의 시에는 다음과 같은 구절들이 있다.

인간 세상에서 또 진짜 승황乘黃을 보았네. 人間又見眞乘黃.[56]

시대가 위태로운데
어찌 정말로 이곳에 이를 수 있었나. 時危安得眞致此.[57]

조용히 우리 천모天姥 밑에 앉다. 悄然坐我天姥下.[58]

이는 마치 구중에서 진짜 용이 나오는 듯하다. 斯須九重眞龍出.[59]

건물에 기대니 문득 마치 단청이 없는 듯하다. 憑軒忽若無丹青.[60]

고당에서 살아 있는 골鶻을 보다. 高堂見生鶻.[61]

삼송杉松이 찬 것이 의아하고, 直訝杉松冷,

또한 능행菱荇이 향기로운 것이 의문이다. 兼疑菱荇香.[62]

진짜를 가짜로 여기고, 가짜를 진짜로 여기어, 모두 경계가 뒤죽박죽이다. 인생만사가 이와 같으니 어찌 단지 이 것뿐이겠는가!

55 黨懷英, 「漁村詩話圖」.
56 「韋諷錄事宅觀曹將軍畫馬圖」.
57 「題壁上韋偃畫馬歌」.
58 「奉先劉少府新畫山水障歌」.
59 「丹青引·贈曹將軍霸」.
60 「題李尊師松樹障子歌」.
61 「畫鶻行」.
62 「奉觀嚴鄭公廳事岷山沱江畫圖十韻」.

1. 文章小伎

「文章一小伎, 於道未爲尊。」雖杜子美有激而云, 然要爲失言, 不可以訓。文章豈小事哉！ 易賁之彖言：「剛柔交錯, 天文也；文明以止, 人文也。觀乎天文, 以察時變；觀乎人文, 以化成天下。」孔子稱帝堯煥乎有文章。子貢曰：「夫子之文章, 可得而聞。」詩美衛武公, 亦云有文章。堯、舜、禹、湯、文、武、成、康之聖賢, 桀、紂、幽、厲之昏亂, 非詩書以文章載之, 何以傳？ 伏羲畫八卦, 文王重之, 非孔子以文章翼之, 何以傳？ 孔子至言要道, 託孝經、論語之文而傳。曾子、子思、孟子傳聖人心學, 使無中庸及七篇之書, 後人何所窺門戶？ 老、莊絶滅禮學, 忘言去爲, 而五千言與內、外篇極其文藻。釋氏之爲禪者, 謂語言爲累, 不知大乘諸經可廢乎？ 然則詆爲小伎, 其理謬矣。彼後世爲詞章者, 逐其末而忘其本, 翫其華而落其實, 流宕自遠, 非文章過也。杜老所云「文章千古事」, 「已似愛文章」, 「文章日自負」, 「文章實致身」, 「文章開宎奧」, 「文章憎命達」, 「名豈文章著」, 「枚乘文章老」, 「文章敢自誣」, 「海內文章伯」, 「文章曹植波瀾闊」, 「庾信文章老更成」, 「豈有文章驚海內」, 「每語見許文章伯」, 「文章有神交有道」, 如此之類, 多指詩而言, 所見狹矣。

2. 三長月

釋氏以正、五、九月爲三長月, 故奉佛者皆茹素。其說云：「天帝釋以大寶鏡, 輪照四天下, 寅、午、戌月, 正臨南贍部洲, 故當食素以徼福。官司謂之『斷月』, 故受驛券有所謂羊肉者, 則不支。俗謂之『惡月』, 士大夫赴官者, 輒避之。或人以謂唐日藩鎭涖事, 必大享軍, 屠殺羊豕至多, 故不欲以其月上事, 今之它官, 不當爾也。」然此說亦無所經見。予讀晉書禮志, 穆帝納后, 欲用九月, 九月是「忌月」。北齊書云高洋謀簒魏, 其臣宋景業言：「宜以仲夏受禪。」或曰：「五月不可入官, 犯之, 終於其位。」景業曰：「王爲天子, 無復下期, 豈得不終於其位乎。」乃知此忌相承, 由來已久, 竟不能曉其義及出何經典也。

3. 兄弟直西垣

秦少游集中有與鮮于子駿書, 云：「今中書舍人皆以伯仲繼直西垣, 前世以來, 未有其事, 誠國家之美, 非特衣冠之盛也。除書始下, 中外欣然, 擧酒相屬。」予以其時考之, 蓋元祐二年, 謂蘇子由、曾子開、劉貢甫也。子由之兄子瞻, 子開之兄子固、子宣, 貢甫之兄原甫, 皆經是職, 故少游有此語云。紹興二十九年, 予仲兄始入西省, 至隆興二年, 伯兄繼之, 乾道三年, 予又繼之, 相距首尾九歲。予作謝表云:「父子相承, 四上鑾坡之直; 弟兄在望, 三陪鳳閣之游。」比之前賢, 實爲遭際, 固爲門戶榮事, 然亦以此自愧也。

4. 續樹萱錄

頃在祕閣抄書, 得續樹萱錄一卷, 其中載隱君子元撰夜見吳王夫差與唐諸詩人吟詠事。李翰林詩曰:「芙蓉露濃紅壓枝, 幽禽感秋花畔啼, 玉人一去未回馬, 梁間燕子三見歸。」張司業曰:「綠頭鴨兒咂萍藻, 采蓮女郎笑花老。」杜舍人曰:「鼓鼙夜戰北窗風, 霜葉沿階貼亂紅。」三人皆全篇。杜工部曰:「紫領寬袍漉酒巾, 江頭蕭散作閑人。」白少傅曰:「不因霜葉辭林去, 的當山翁未覺秋。」李賀曰:「魚鱗甃空排嫩碧, 露桂梢寒挂團璧。」三人皆未終篇。細味其體格語句, 往往逼眞。後閱秦少游集, 有秋興九首, 皆擬唐人, 前所載咸在焉。關子東爲秦集序云「擬古數篇, 曲盡唐人之體」, 正謂是也。何子楚云:「續萱錄乃王性之所作, 而託名它人。」今其書才有三事, 其一曰賈博喩, 一曰全若虛, 一曰元撰, 詳命名之義, 蓋取諸子虛、亡是公云。

5. 館職名存

國朝館閣之選, 皆天下英俊, 然必試而後命。一經此職, 遂爲名流。其高者, 曰集賢殿修撰、史館修撰、直龍圖閣、直昭文館、史館、集賢院、祕閣。次曰集賢、祕閣校理。官卑者, 曰館閣校勘、史館檢討, 均謂之館職。記注官缺, 必於此取之, 非經修注, 未有直除知制誥者。官至員外郎則任子, 中外皆稱爲學士。及元豐官制行, 凡帶職者, 皆遷一官而罷之, 而置祕書省官, 大抵與職事官等, 反爲留滯。政和以後, 增修撰、直閣貼職爲九等, 於是材能治辦之吏, 貴游乳臭之子, 車載斗量, 其名益輕。南渡以來, 初除校書正字, 往往召試, 雖曰館職不輕畀, 然其遷敍, 反不若寺監之徑捷。至推排爲郎, 卽失其故步, 混然無別矣。

6. 南宮适

南宮适問羿、奡不得其死, 禹、稷有天下, 言力可賤而德可貴。其義已盡, 無所可答, 故夫子俟其出而歎其爲君子, 獎其尙德, 至於再言之, 聖人之意斯可見矣。然明道先生云:「以禹、稷比孔子, 故不答。」范淳父以爲禹、稷有天下, 故夫子不敢答, 弗敢當也。楊龜山云:「禹、稷之有天下, 不止於躬稼而已, 孔子未盡然其言, 故不答。然而不止之者, 不責備於其言, 以沮其尙德之志也, 與所謂『雍之言然』則異矣。」予竊謂南宮之問, 初無以禹、稷比孔子之意, 不知二先生何爲有是言? 若龜山之語, 淺之已甚。獨謝顯道云:

「南宮适知以躬行爲事, 是以謂之君子。知言之要, 非尙德者不能, 在當時發問間, 必有目擊而道存, 首肯之意, 非直不答也。」其說最爲切當。

7. 吳王殿

漢高祖五年, 以長沙、豫章、象郡、桂林、南海立番君吳芮爲長沙王。十二年, 以三郡封吳王濞, 而豫章亦在其中。又趙佗先有南海, 後擊幷桂林、象郡, 則芮所有, 但長沙一郡耳。按, 芮本爲秦番陽令, 故曰番君。項羽已封爲衡山王, 都邾。邾, 今之黃州也。復侵奪其地。故高祖徙之長沙而都臨湘, 一年薨。則其去番也久矣。今吾邦猶指郡正廳爲吳王殿, 以謂芮爲王時所居。牛僧孺玄怪錄載, 唐元和中, 饒州刺史齊推女, 因止州宅誕育, 爲神人擊死, 後有仙官治其事, 云:「是西漢鄱陽王吳芮。今刺史宅, 是芮昔時所居。」皆非也。

8. 王衛尉

漢高祖怒蕭何, 謂王衛尉曰:「李斯相秦皇帝, 有善歸主, 有惡自予。今相國請吾苑以自媚於民, 故繫治之。」衛尉曰:「秦以不聞其過亡天下, 李斯之分過, 又何足法哉。」唐太宗疑三品以上輕魏王, 責之曰:「我見隋家諸王, 一品以下皆不免其躓頓, 我自不許兒子縱橫耳。」魏鄭公曰:「隋高祖不知禮義, 寵縱諸子, 使行非禮, 尋皆罪黜, 不可以爲法, 亦何足道。」觀高祖、太宗一時失言, 二臣能因其所言隨卽規正, 語意旣直, 於激切中有婉順體, 可謂得諫爭之大義。雖微二帝, 其孰不降心以聽乎!

9. 前代為監

人臣引古規戒, 當近取前代, 則事勢相接, 言之者有證, 聽之者足以監。詩曰:「殷監不遠, 在夏后之世。」周書曰:「今惟殷墜厥命, 我其可不大監。」又曰:「我不可不監于有殷。」又曰:「有殷受天命, 惟有歷年, 惟不敬厥德, 乃早墜厥命。」周公作無逸, 稱殷三宗。漢祖命羣臣言吾所以有天下, 項氏所以失天下, 命陸賈著秦所以失天下。張釋之爲文帝言秦、漢之間事, 秦所以失, 漢所以興。賈山借秦爲喩。賈誼請人主引殷、周、秦事而觀之。魏鄭公上書於太宗, 云:「方隋之未亂, 自謂必無亂;方隋之未亡, 自謂必無亡。臣願當今動靜以隋爲監。」馬周云:「煬帝笑齊、魏之失國, 今之視煬帝, 亦猶煬帝之視齊、魏也。」張玄素諫太宗治洛陽宮, 曰:「乾陽畢功, 隋人解體, 恐陛下之過, 甚於煬帝。若此役不息, 同歸於亂耳。考詩、書所載及漢、唐諸名臣之論, 有國者之龜鏡也, 議論之臣, 宜以爲法。

10. 治盜法不同

唐崔安潛爲西川節度使, 到官不詰盜, 曰:「盜非所由通容, 則不能爲。」乃出庫錢置三市, 置牓其上, 曰:「告捕一盜, 賞錢五百緡。侶者告捕, 釋其罪, 賞同平人。」未幾, 有捕盜而至者。盜不服, 曰:「汝與我同爲盜十七年, 贓皆平分, 汝安能捕我?」安潛曰:「汝旣知吾有牓, 何不捕彼以來? 則彼應死, 汝受賞矣。汝旣爲所先, 死復何辭!」立命給捕者錢, 使盜視之, 然後殺盜於市。於是諸盜與其侶互相疑, 無地容足, 夜不及旦, 散逃出境, 境內遂無一人之盜。予每讀此事, 以爲策之上者。及得李公擇治齊州事, 則又不然。齊素多盜, 公擇痛治之, 殊不止。它日得黠盜, 察其可用, 刺爲兵, 使直事鈴下。間問以盜發輒得而不衰止之故。曰:「此繇富家爲之囊。使盜自相推爲甲乙, 官吏巡捕及門, 擒一人以首, 則免矣。」公擇曰:「吾得之矣。」乃令凡得藏盜之家, 皆發屋破柱, 盜賊遂淸。予乃知治世間事, 不可泥紙上陳迹。如安潛之法, 可謂善矣。而齊盜反恃此以爲沈命之計, 則變而通之, 可不存乎其人哉!

11. 和詩當和意

古人訓和詩, 必答其來意, 非若今人爲次韻所局也。觀文選所編何劭、張華、盧諶、劉琨、二陸、三謝諸人贈答, 可知已。唐人尤多, 不可具載。姑取杜集數篇, 略紀于此。高適寄杜公:「媿爾東西南北人。」杜則云:「東西南北更堪論。」高又有詩云:「草玄今已畢, 此外更何言?」杜則云:「草玄吾豈敢, 賦或似相如。」嚴武寄杜云:「興發會能馳駿馬, 終須重到使君灘。」杜則云:「枉沐旌麾出城府, 草茅無逕欲敎鋤。」杜公寄嚴詩云:「何路出巴山, 重巖細菊班, 遙知簇鞍馬, 回首白雲間。」嚴答云:「臥向巴山落月時」,「籬外黃花菊對誰, 跂馬望君非一度。」杜送韋迢云:「洞庭無過雁, 書疏莫相忘。」迢云:「相憶無南雁, 何時有報章?」杜又云:「雖無南去雁, 看取北來魚。」郭受寄杜云:「春興不知凡幾首?」杜答云:「藥裹關心詩總廢。」皆知鐘磬在簴, 扣之則應, 往來反復, 於是乎有餘味矣。

12. 稷有天下

稷躬稼而有天下, 泰伯三以天下讓, 文王一怒而安天下之民, 皆以子孫之事追言之。是時, 稷始封於邰, 古公方邑于梁山之下, 文王才有岐周之地, 未得云天下也。禹未嘗躬稼, 因稷而稱之。

13. 一世人材

一世人材, 自可給一世之用。苟有以致之, 無問其取士之門如何也。今之議者, 多以科擧經義、詩賦爲言, 以爲詩賦浮華無根柢, 不能致實學, 故其說常右經而左賦。是不然。成周之時, 下及列國, 皆官人以世。周之劉、單、召、甘, 晉之韓、趙、荀、魏, 齊之高、國、陳、鮑, 衛之孫、甯、孔、石, 宋之華、向、皇、樂, 鄭之罕、駟、國、游, 魯之季、孟、臧、展, 楚之鬭、蔿、申、屈, 皆世不乏賢, 與國終畢。漢以經術及察擧, 魏、晉以州鄉中正, 東晉、宋、齊以門地, 唐及本朝以進士, 而參之以任子, 皆足以盡一時之才。則所謂科目, 特借以爲梯階耳, 經義、詩賦, 不問可也。

14. 王逢原

王逢原以學術, 邢敦夫以文采, 有盛名於嘉祐、元豐間。然所爲詩文, 多怨抑沈憤, 哀傷涕泣, 若辛苦憔悴不得其平者, 故皆不克壽。逢原年二十八, 敦夫才二十。天畀其才而嗇其壽, 吁, 可惜哉!

15. 吏文可笑

吏文行移, 只用定本, 故有絶可笑者。如文官批書印紙, 雖宮、觀、嶽、廟, 亦必云不曾請假, 或已登科級, 見官臺省淸要, 必云不曾應擧若試刑法。予在西掖時, 漢州申顯惠侯神, 頃係宣撫司便宜加封昭應公, 乞換給制書。禮、寺看詳, 謂不依元降指揮於一年限內自陳, 欲符下漢州, 告示本神知委。予白丞相別令勘當, 乃得改命。淳熙六年, 予以大禮恩澤改奏一歲兒, 吏部下饒州, 必欲保官狀內聲說被奏人曾與不曾犯決笞, 有無翦刺, 及曾與不曾先經補官因罪犯停廢, 別行改奏; 又令供與予係是何服屬。父之於子, 而問何服屬, 一歲嬰兒, 而問曾與不曾入仕坐罪, 豈不大可笑哉!

16. 靖康時事

鄧艾伐蜀, 劉禪旣降, 又敕姜維使降於鍾會, 將士咸怒, 拔刀斫石。魏圍燕於中山, 旣久, 城中將士皆思出戰。至數千人相率請於燕主, 慕容隆言之尤力, 爲慕容麟沮之而罷。契丹伐晉連年, 晉拒之, 每戰必勝。其後, 杜重威陰謀欲降, 命將士出陳於外, 士皆踴躍, 以爲出戰, 旣令解甲, 士皆慟哭, 聲振原野。予頃修靖康實錄, 竊痛一時之禍, 以堂堂大邦, 中外之兵數十萬, 曾不能北向發一矢、獲一胡, 端坐都城, 束手就斃! 虎旅雲屯, 不聞有如蜀、燕、晉之憤哭者。近讀朱新仲詩集, 有記昔行一篇, 正敘此時事。其中云:「老种憤死不得戰, 汝霖疽發何由痊。」乃知忠義之士, 世未嘗無之, 特時運使然耳。

17. 并韶

梁武帝時, 有交趾人并韶者, 富於詞藻, 詣選求官, 而吏部尙書蔡撙以并姓無前賢, 除廣陽門郎。韶耻之, 遂還鄕里謀作亂。夫用門地族望爲選擧低昂, 乃晉、宋以來弊法, 蔡撙賢者也, 不能免俗, 何哉?

18. 讖緯之學

圖讖星緯之學, 豈不或中, 然要爲誤人, 聖賢所不道也。眭孟睹「公孫病己」之文, 勸漢昭帝求索賢人, 禪以帝位, 而不知宣帝實應之, 孟以此誅。孔熙先知宋文帝禍起骨肉, 江州當出天子, 故謀立江州刺史彭城王, 而不知孝武實應之, 熙先以此誅。當塗高之讖, 漢光武以詰公孫述, 袁術、王浚皆自以姓名或父字應之, 以取滅亡, 而其兆爲曹操之魏。兩角犢子之讖, 周子諒以劾牛仙客, 李德裕以議牛僧孺, 而其兆爲朱溫。隋煬帝謂李氏當有天下, 遂誅李金才之族, 而唐高祖乃代隋。唐太宗知女武將竊國命, 遂濫五娘子之誅, 而阿武婆幾易姓。武后謂代武者劉, 劉無强姓, 殆流人也, 遂遣六道使悉殺之, 而劉幽求佐臨淄王平內難, 韋、武二族皆殄滅。晉張華、郭璞, 魏崔伯深, 皆精於天文卜筮, 言事如神, 而不能免於身誅家族, 況其下者乎!

19. 眞假皆妄

江山登臨之美, 泉石賞翫之勝, 世間佳境也, 觀者必曰如畫。故有「江山如畫」、「天開圖畫卽江山」、「身在畫圖中」之語。至於丹青之妙, 好事君子嗟歎之不足者, 則又以逼眞目之。如老杜「人間又見眞乘黃」, 「時危安得眞致此」, 「悄然坐我天姥下」, 「斯須九重眞龍出」, 「憑軒忽若無丹青」, 「高堂見生鶻」, 「直訝杉松冷」, 「兼疑菱荇香」之句是也。以眞爲假, 以假爲眞, 均之爲妄境耳。人生萬事如是, 何特此耶!

찾아보기

• 서명 •

/ 가 /

『간록諫錄』 224
『개원천보유사開元天寶遺事』 14, 15
『경전석문經典釋文』 171, 172, 204
『곡량전穀梁傳』 108, 109, 111, 221
『공양전公羊傳』 108, 109, 110
『구가집해九家集解』 172
『구당서舊唐書』 5, 27, 99, 147, 198, 200, 224, 269, 272
『국사보國史補』 48
『국어國語』 20, 204, 221, 227
『규염객전虯髥客傳』 409
『금낭장경錦囊葬經』 8
『기년통보紀年通譜』 189

/ 나 /

『낙양진신구문기洛陽搢紳舊聞記』 474
『노두사실老杜事實』 14
『노자老子』(도덕경道德經) 221, 529
『논어論語』 62, 66, 67, 95, 512, 529
『논형論衡』 174

/ 다 /

『담총談叢』 256
『당서唐書』 48, 93, 114, 261, 407, 408
『당유표唐類表』 7
『대반야경大般若經』 5
『대집경大集經』 6, 192
『동강시화桐江詩話』 407
『동재기사東齋記事』 278
『동파지림東坡志林』 23
『동한지東漢志』 370
『동헌필록東軒筆錄』 138

/ 마 /

『맹자』 20, 174, 219, 221, 303
『명황잡록明皇雜錄』 112
『모시음의毛詩音義』 235
『모시정전毛詩鄭箋』 234
『몽계필담夢溪筆談』 139, 140
『문선文選』 16, 236, 484, 542
『문자文子』 227

『문편文編』 487

/ 바 /

『박고도博古圖』 475, 476
『백관표百官表』 297
『보예부운략補禮部韻略』 176
『보적경寶積經』 181
『부휴집浮休集』 122
『북제서北齊書』 532

/ 사 /

『사기史記』 17, 18, 20, 98, 121, 141, 162, 177, 221, 234, 235, 308, 329, 345, 346, 520
『산해경山海經』 487
『삼국지三國志』 456
『서경書經』(『상서尙書』『서書』) 11, 12, 21, 91, 220, 221, 222, 236, 400, 506, 538, 540
『서청시화西淸詩話』 407
『서해書解』 401
『석노기石砮記』 259
『설문해자』 177
『세본世本』 235
『세설신어世說新語』 8, 135, 232, 416
『소릉집少陵集』 504
『속수기문涑水記聞』 278
『속수훤록續樹萱錄』 533
『속자치통감장편續資治通鑑長編』 278
『속훤록續萱錄』 534
『송서宋書』 209
『순자荀子』 221
『시경詩經』(『시詩』) 20, 21, 91, 138, 169, 176, 195, 196, 220, 221, 222, 234, 236, 274, 303, 400, 469, 470, 482, 500, 506, 507, 511, 529, 538, 540
『신당서新唐書』 5, 26, 147, 207, 208, 209, 224, 265, 269, 272, 491

/ 아 /

『여양공집余襄公集』 98
『역해易解』 171
『열자列子』 191, 192
『엽운보주葉韻補注』 235
『예기禮記』(『예禮』) 91, 177, 221, 240, 241, 256
『예석隷釋』 174
『오대사五代史』 474
『옥저전지玉筯篆志』 479
『온공시화溫公詩話』 504
『용성록龍城錄』 338
『용천지龍川志』 278
『운남록雲南錄』 145
『운선산록雲仙散錄』 14, 15
『원자元子』 487
『위소주집韋蘇州集』 47
『유마힐경維摩詰經』 517
『육일집六一集』 178
『육첩六帖』 14
『이태백집李太白集』 8, 93
『일명집一鳴集』 351
『일사逸史』 452

/ 자 /

『자치통감資治通鑑』 15, 112, 122, 147, 207, 208, 224, 272, 290, 301, 474

『장자莊子』 191, 220, 221, 286, 529

『전국책戰國策』 290

『정강실록靖康實錄』 547

『제의祭儀』 127

『좌전左傳』 108, 110, 111, 166, 193, 197, 201, 202, 203, 210, 211, 220, 227, 400, 401, 442, 482

『주례周禮』 88, 98, 303

『주신중시집朱新仲詩集』 547

『주역거정周易擧正』 169

『주역周易』(『역경易經』 『역易』) 158, 171, 172, 204, 220, 221, 222, 236, 377, 387, 395, 401, 402, 443, 529

『중용中庸』 64, 303, 529

『진서晉書』(『진사晉史』) 232, 260, 301, 383, 416, 532

『진소유집秦少遊集』 532, 534

『진종실록眞宗實錄』 142

『집이기集異記』 452

『집현주기集賢注記』 113

/ 차 /

『차산집次山集』 489

『창화집唱和集』 505

『춘추春秋』 209, 210, 220, 221, 346

『치하책治河策』 233

『칠림七林』 225, 226

/ 타 /

『태공가교太公家敎』 223

『태현경太玄經』 236

『통미지洞微志』 127

/ 파 /

『풍유악부諷諭樂府』 44

『필록筆錄』 278

/ 하 /

『학림學林』 235

『한관의漢官儀』 368

『한서음의漢書音義』 236

『한서漢書』(『전한서前漢書』) 17, 52, 91, 98, 121, 196, 210, 226, 233, 235, 236, 307, 328, 476, 502, 520

『한시韓詩』 195

『현괴록玄怪錄』 537

『형통刑統』 99

『황보지정집皇甫持正集』 292

『효경孝經』 529

『후한서後漢書』 101, 173, 174, 189, 227, 228, 503

• 인명 •

/ 가 /

가군賈君 201
가산賈山 287, 539
가양賈讓 233
가연지賈捐之 68, 374
가의賈誼 287, 375, 442, 504, 539
가후賈后 471
간보干寶 172
간사簡師 292
간적簡狄 234
감영甘英 92
갑관요蓋寬饒 145, 146
강숙康叔 421
강원姜嫄 234
강유姜維 547
강충江充 76, 269
거정蘧政 101
건숙蹇叔 109
걸桀 436
견제甄濟 295
경무耿武 436, 437
경방京房 53
경봉慶封 444
경엄耿弇 228
경위耿湋 126
계무자季武子 313, 314, 442
계손씨季孫氏 377
계손의여季孫意如 210
고개지顧愷之 134
고경高熲 104
고공단보古公亶父 544
고력사高力士 93
고병高駢 380, 487
고사렴高士廉 455
고수신高守信 4
고약눌高若訥 305
고양高洋 532
고예高睿 381, 382
고요皐陶(구요咎陶) 137, 202
고위高緯 381
고유高柔 413, 414
고적高適 48, 147, 542
고증생高甑生 363
고패高沛 437
고환高歡 13, 420
곡아谷兒 23
곡영谷永 69, 457
곤鯀 12
공광孔光 143, 295
공목孔目 518
공손술公孫述 491, 549
공손앙公孫鞅 58
공손저구公孫杵臼 346, 347
공손찬公孫瓚 471
공손홍公孫弘 53, 162, 163
공수龔遂 344
공승龔勝 295, 339
공안국孔安國 400, 401
공의보孔毅甫 510
공자孔子 95, 96, 175, 196, 197, 205, 303, 314, 315, 334, 445, 446, 529, 535

공전孔傳 14
공희孔僖 374
공희선孔熙先 549
곽가郭嘉 411, 414
곽개郭開 361
곽거병霍去病 77, 165, 502
곽경郭京 169
곽광霍光 100, 102, 285, 286, 456, 502
곽박郭璞 8, 196, 550
곽수郭受 504, 543
곽옹郭雍 22
곽외郭隗 59
곽우霍禹 102, 377
곽원진郭元振 15
곽위郭威 378
곽자의郭子儀 364, 387, 405
곽천신郭天信 514
곽태郭泰 504
곽해郭解 53
곽황후郭皇后 75, 76
곽회郭淮 412
곽흠郭欽 295
관고貫高 55
관부灌夫 77, 168
관영灌嬰 237
관우關羽 412
관자동關子東 534
관중管仲 16, 262
광무제光武帝 75, 161, 228, 352, 362, 365, 366, 368, 385, 386, 396, 397, 421, 422, 490, 491, 549
괴외蒯聵 96
괴첩蒯輒 96
굉요閎夭 435
교림喬琳 295
구순寇恂 196
구양수歐陽脩 17, 43, 121, 123, 142, 178, 510
구양순歐陽詢 3
구준寇準 138, 139, 259, 276, 278
굴원屈原 222
권고權皐 295
권덕여權德輿 125
극결郤缺 110
극신劇辛 59
근준靳準 298
금경禽慶 295
급암汲黯 307
기夔 137
기겁騎劫 350
기리계綺里季 24
기자箕子 506
김일제金日磾 161, 422

/ 나 /

나은羅隱 380
나홍신羅洪信 19
남궁괄南宮适 535, 536
내흡來歙 491
노공량盧公亮 87
노래자老萊子 261
노魯 소공昭公 210, 377
노魯 애공哀公 196, 198

찾아보기

노륜盧綸 125, 316
노숙魯肅 449, 450
노식盧植 386
노심盧諶 542
노알거魯謁居 297
노애嫪毐 94
노자老子 66, 223, 529
노중련魯仲連 289
뇌유종雷有終 144
뇌의雷義 304
누완樓緩 58
누정원婁定遠 381, 382

/ 다 /

단문창段文昌 87
단수실段秀實 295
달기妲己 94
담계聃季 208, 209
담영曇瑩 23
담자郯子 97
당검唐儉 439
당唐 고조高祖 268, 407, 408, 409, 491, 550
당唐 대종代宗 201
당唐 덕종德宗 201
당唐 목종穆宗 200
당唐 문종文宗 26, 371, 378
당唐 소종昭宗 378
당唐 숙종肅宗 5, 201
당唐 순종順宗 201
당唐 태종太宗(이세민李世民) 224, 225, 237, 269, 363, 366, 367, 368, 387, 407, 408, 438, 439, 456, 508, 550
당唐 헌종憲宗 5
당唐 현종玄宗(명황明皇) 4, 7, 111, 112, 201, 268, 294, 516
대숙륜戴叔倫 125
도간陶侃 263
도겸陶謙 519
도안고屠岸賈 346
도연명陶淵明 90, 91, 261, 262, 481
독고회은獨孤懷恩 439
동돈일董敦逸 510
동방삭東方朔 225
동중서董仲舒 162
동탁董卓 381, 470
동혼후東昏侯 508
두광정杜光庭 409
두기杜畿 412
두기杜祁 476
두덕소竇德素 455
두목杜牧 311, 378, 533
두보杜甫 29, 30, 92, 124, 125, 26, 128, 132, 241, 255, 266, 339, 405, 410, 489, 490, 499, 500, 504, 530, 531, 534, 543, 551
두섬杜暹 158
두순학杜荀鶴 379
두습杜襲 412, 414
두심권杜審權 208
두여회杜如晦 157, 158, 166, 238, 240, 405, 438

두연杜衍 258
두연년杜延年 502, 503
두영竇嬰 73, 74, 76, 77, 168
두예杜預 203, 400, 401
두융竇融 504
두종杜悰 206, 207
두중위杜重威 547
두태후竇太后 72, 73
두헌竇憲 101, 377, 398
두흠杜欽 502, 503
등신鄧晨 228
등애鄧艾 386, 547
등우鄧禹 504
등즐鄧騭 173
등태후鄧太后 70

/ 마 /

마등馬騰 18, 412
마원馬援 362, 504
마융馬融 130, 131, 225
마제백馬第伯 368
마주馬周 539
마지절馬知節 141
마초馬超 412
마현馬賢 129, 130
막제莫濟 418
매승枚乘 225
맹경자孟敬子 315, 316
맹명孟明 109
맹분孟賁 101, 102
맹서孟舒 55, 56, 57
맹자孟子 21, 67, 109, 174, 529
맹지상孟知祥 131
맹창孟昶 131
맹초孟椒 442
맹획孟獲 144
모용린慕容麟 547
모용수慕容垂 299, 387
모용융慕容隆 547
모용준慕容儁 299
모용황慕容皝 136
모초茅焦 436
모형毛亨 234, 235
묘증苗曾 397
무원형武元衡 28
묵돌冒頓 301
묵철默啜 285
문언박文彦博 107, 418, 510, 514
문창文暢 89
미불米芾 441
미자微子 96
민자閔子 334

/ 바 /

박소薄昭 398
박태후薄太后 72
반고班固 226, 236, 307, 502, 504
반맹양潘孟陽 105
반용班勇 70, 478
반초班超 91, 504
방숙方叔 515
방연龐涓 458, 459
방현령房玄齡 157, 158, 166, 238, 239, 240, 363, 367, 405, 438, 455,

456
배광정裴光庭 5, 158
배도裴度 25, 26, 199, 200, 226, 271, 272, 353
배요경裴耀卿 113
배잠裴潛 412, 446, 447, 448
백거이白居易 10, 11, 23, 24, 25, 26, 27, 28, 29, 30, 33, 34, 43, 44, 45, 46, 48, 49, 87, 125, 132, 244, 304, 337, 481, 516, 534
백고伯高 314
백기柏耆 271, 272
백기白起 61, 350
백리자百里子 109
백리해百里奚 219
백이伯夷 95
번소樊素 23
번쾌樊噲 237, 439
번흠繁欽 414
범명우范明友 285, 286
범방范滂 326
범선范先 412
범순부范淳父 446
범순인范純仁 510
범식范式 304
범엽范曄 101, 174, 189, 503, 504
범저范雎 58, 61, 435, 436
범조우范祖禹 62, 208, 536
범중엄范仲淹 99, 98, 257, 510, 513
범증范增 309
범진范鎭 278
범질范質 302, 404
변호卞壺 263
병길丙吉 157, 158, 362
복식卜式 163
봉양군奉陽君 58
봉유封裕 136
부개자傅介子 285
부견符堅 16, 17, 195, 263, 299, 387
부섭傅燮 71
부요유傅堯兪 510
부의傅毅 225
부차夫差 227, 241
부필富弼 257
부현傅玄 225
북위北魏 효장제孝莊帝 377
불도징佛圖澄 300, 301

/ 사 /

사강謝絳 510
사공도司空圖 350, 351, 352
사궁謝躬 397
사량좌謝良佐 63, 66
사령운謝靈運 542
사마광司馬光 25, 121, 122, 208, 228, 229, 278, 290, 399, 417, 510, 513
사마급司馬伋 123
사마도자司馬道子 263
사마륜司馬倫 472
사마부司馬孚 383
사마상여司馬相如 220, 275

사마소司馬昭 377
사마예司馬睿 262
사마욱司馬昱 263
사마원현司馬元顯 263
사마의司馬懿 254, 255, 471
사마정司馬整 383
사마천司馬遷 141, 220, 235, 308
사안謝安 16, 240, 263, 387
사언駟偃 425
사조謝朓 16, 542
사첨謝瞻 103, 104
사초종謝超宗 135
사현도謝顯道 536
사현謝玄 16, 17
사혜師慧 424, 442
사혜련謝惠蓮 542
사회謝晦 103
산도山濤 133
상관걸上官桀 100, 160
상관균上官均 511
상구商瞿 511
상민중向敏中 139, 140, 141
상백분向伯奮 190
상앙商鞅(상군商君) 113, 435
상혜常惠 515
상홍양桑弘羊 100
서릉徐陵 9
서서徐庶 253
서순絮舜 296, 297, 298
서원여舒元輿 479
서응徐凝 45, 311, 336, 338
서황徐晃 412
석기자石祁子 256
석도石韜 301
석륵石勒 299, 437
석만경石曼卿 510
석선石宣 300, 301
석태중石駘仲 256
석현石顯 397, 398, 399
석호石虎 260, 299, 300, 301
선우중통鮮于仲通 146
선진先軫 143
설契 20, 234, 235
설광덕薛廣德 339
설능薛能 241, 243
설용약薛用弱 452
설직薛稷 440
섭몽득葉夢得 127, 128, 482
섭청신葉淸臣 305
성탕成湯 20
소공召公 166, 421
소광疏廣 145, 339
소도성蕭道成 105, 295
소란蕭鸞 105, 378
소망지蕭望之 192, 397, 398, 400
소무蘇武 484
소선蕭銑 491
소성蕭誠 264
소수疏受 146, 339
소순蘇洵 121
소순흠蘇舜欽 258
소숭蕭嵩 5, 114, 158
소식蘇軾(소동파蘇東坡) 14, 16,
22, 23, 45, 46, 47, 90, 145, 146, 168,

226, 259, 261, 274, 304, 309, 338, 339, 350, 417, 451, 480, 481, 501, 506, 532
소업蕭鄴 208
소완蕭浣 371
소장蘇章 295
소적蕭籍 26
소정蘇頲 15
소철蘇轍 46, 47, 65, 278, 505, 510, 532
소하蕭何 60, 61, 157, 236, 237, 294, 422, 438, 537
소해蕭該 236
손권孫權 164, 253, 268, 269, 412, 415, 449, 450
손변孫抃 305
손빈孫臏 458, 459
손석孫奭 340
손위孫緯 437
손유孫儒 312
손책孫策 18, 415, 449
손패孫霸 269
손하孫何 88
손화孫和 269
송경宋璟 7, 157, 158, 285, 294
송경업宋景業 532
송교宋郊 305
송상宋庠 91, 189, 257
송宋 경공景公 206
송宋 신종神宗 107, 108
송宋 양공襄公 143
송宋 진종眞宗 138, 139, 141, 178
송宋 효무제孝武帝 104
송宋(남조南朝) 문제文帝 549
송의宋義 307, 309
송지문宋之問 43
수隋 문제文帝 159
수隋 양제煬帝 105, 159, 195, 409, 540, 550
숙제叔齊 95
순상荀爽 172
순舜 137, 175, 220
순언荀偃 332
순우장淳于長 457
순욱荀彧 411, 413, 449, 520
순유荀攸 411
신경기辛慶忌 306, 307
신도가申屠嘉 330
신릉군信陵君 350, 386
신생申生 203
신이현辛怡顯 144, 145
신평辛評 414
심괄沈括 139, 140, 141
심약沈約 209
심이기審食其 94
심전기沈佺期 43
심필선沈必先 340

/ 아 /

악의樂毅 59, 333, 350, 385, 386, 449
악정자춘樂正子春 315
안금전安金全 520
안도安燾 305

안록산安祿山 94, 295
안사고顔師古 260
안솔顔率 290
안수晏殊 277
안연顔淵(안자顔子) 334, 446
안연지顔延之 104
안자晏子 444
안준顔竣 104
안진경顔眞卿 113, 231
안함顔含 231
양견楊堅 102
양경楊慶 208
양공경楊公慶 206, 207
양국충楊國忠 15, 146, 147
양귀비楊貴妃 93, 94, 516
양기梁冀 102, 377
양梁 무제武帝 168, 268, 508, 548
양부楊阜 455
양상梁商 101, 102
양소楊素 409
양송梁松 366
양수楊脩 422
양습梁習 412
양시楊時 63, 65, 96, 536
양억楊億 276, 277
양우경楊虞卿 370, 371
양운楊惲 145, 146, 193
양웅揚雄 69, 78, 220, 223, 225, 444, 445
양원楊願 482
양정楊定 101
양치楊寘 305
양표楊彪 325, 326, 422, 423
양행밀楊行密 19, 312
양형楊衡 123, 126
양회楊懷 437
어조은魚朝恩 5
엄광嚴光 212
엄무嚴武 105, 542
엄유嚴維 123
엄정지嚴挺之 114
엄후嚴詡 298
엄휘嚴惲 505
여공저呂公著(여신공呂申公) 417, 514
여단呂端 140
여대림呂大臨 62
여대방呂大防 510, 514
여戾태자 74, 76
여록呂祿 329
여몽呂蒙 449, 450
여몽정呂蒙正 302, 304
여범呂範 415
여불위呂不韋 59
여신呂臣 307
여이간呂夷簡 257
여포呂布 18, 449, 519
여혜경呂惠卿 514
여후呂后(여태후呂太后) 60, 94, 330
역이기酈食其 24
연燕 소왕昭王 59, 385
열자列子 223
염구冉求 446
염유冉有 95
염파廉頗 61, 350, 361

영호도令狐綯 208
예양豫讓 444
오격吳激 441
오기吳起 59, 435
오역吳棫 235
오예吳芮 536, 537
오원제吳元濟 271
오처후吳處厚 346, 347
오충吳充 510
오한吳漢 491
온교溫嶠 327, 328
온정균溫庭筠 487
온중서溫仲舒 178, 179
완안량完顏亮 335
완적阮籍 416
왕가우王嘉祐 179
왕건王建 19, 311, 334, 487
왕검王儉 295
왕경무王敬武 19
왕계王季 20
왕공진王拱辰 305
왕관국王觀國 235
왕규王珪 238, 305, 406, 407, 408, 409
왕기王起 87
왕념王恬 135
왕단王旦 140, 141, 142, 302
왕단王檀 520
왕덕王德 482
왕도王導 16, 17, 135, 232, 239, 263
왕돈王敦 263, 327, 328, 378
왕랑王郎 396
왕량王梁 352
왕루王累 437
왕망王莽 102, 190, 294, 296, 421, 444, 445, 476, 503
왕보王黼 457, 458
왕봉王鳳 54, 502, 503
왕봉원王逢原 96, 545
왕부王溥 302
왕사원王思遠 106
왕생王生 344
왕성王性 534
왕소王素 303, 481
왕소王劭 135
왕승종王承宗 271
왕시형王時亨 340
왕안석王安石 121, 305
왕안王晏 105
왕암수王巖叟 482
왕애王涯 24
왕언王彦 482
왕연세王延世 298
왕연王衍 133
왕온王蘊 295
왕요신王堯臣 305
왕우칭王禹偁 179
왕유王維 124
왕윤王允 141
왕융王融 16
왕융王戎 17, 416
왕음王音 54
왕응진汪應辰 511

왕인유王仁裕 14
왕장王章 54, 307, 503
왕장王臧 73
왕전王翦 350
왕종관王宗貫 208
왕준명王浚明 190
왕준王晙 157
왕준王濬 386
왕준王浚 437, 549
왕중영王重榮 19
왕증王曾 142
왕지환王之煥 504
왕집王集 225
왕창령王昌齡 125, 487
왕충王充 174
왕포王褒 222
왕필王弼 22, 169, 172
왕흘王齕 61, 350
왕흠약王欽若 139, 140, 141, 142, 276
외효隗囂 386, 491
요립廖立 254
요숭姚崇 14, 157
요堯 137, 175
우경虞卿 289
우문융宇文融 158
우번虞翻 172
우선객牛仙客 112, 113, 158, 549
우세남虞世南 224
우승유牛僧孺 537, 549
우禹 11, 12, 137, 220
우정국于定國 68, 193
우후虞詡 70
울림왕鬱林王 378
원건요源乾曜 157, 294
원결元結 266, 267, 487, 488, 490
원소袁紹 18, 413, 414, 419, 420, 436, 437, 471
원술袁術 18, 549
원앙爰盎(원앙袁盎) 52, 327, 329, 330, 384
원종袁種 327
원진元稹 43, 44, 45, 46, 49, 90, 304, 337, 516
원찬元撰 533
위고衛固 412
위권韋瓘 264, 265
위기衛覬 412
위상魏相 157, 192
위상魏尙 56, 57, 58, 521
위소韋迢 543
위수韋綬 201
위술韋述 113
위야魏野 142
위연魏延 255
위염魏冉 58
위魏 명제明帝 455
위衛 무공武公 529
위魏 문후文侯 348
위衛 성공成公 143
위魏 혜왕惠王 348
위응물韋應物 47, 48, 479, 481
위징魏徵 166, 224, 238, 367, 408, 539

찾아보기

위척韋陟 114
위청衛青 77, 165, 501
위초韋迢 504
위태魏泰 138, 141, 510
위항韋抗 111
위현韋賢 339
유각劉玨 518, 519
유강劉彊 161
유곤劉琨 542
유공보劉貢甫 532
유담劉惔 134
유량庾亮 263
유보劉輔 306, 307
유복劉馥 412
유비劉備 165, 253, 415, 419, 437
유비劉濞 383, 537
유비劉非 74
유빙庾冰 263
유상劉商 126
유상항劉相沆 305
유선劉禪 254, 144, 547
유소劉昭 370
유약有若 174, 511
유예劉豫 458
유요劉曜 298
유우석劉禹錫 26, 43, 124, 135, 243, 244, 272, 304, 370, 371, 480, 481, 487
유욱劉昱 126
유원보劉原甫 511, 532
유유구劉幽求 550
유유劉裕 103, 263
유의강劉義康 549
유익庾翼 263
유인공劉仁恭 19
유잠지劉潛之 510
유장劉璋 18, 419, 437
유정지劉靖之 510, 511
유종원柳宗元 199, 219, 221, 225, 304, 338
유준劉駿 549
유지劉摯 305
유창劉昶 416, 417
유초游酢 64
유총劉聰 298
유표劉表 18, 413, 414, 415
유하劉賀 161
유해빈劉海賓 295
유향劉向 223, 295, 296, 375, 376, 514
유효의劉孝儀 128
유휘劉輝 305
유흑달劉黑闥 407
유흠劉歆 295, 296
육가陸賈 539
육구몽陸龜蒙 505
육기陸機 542
육덕명陸德明 169, 171, 172
육사陸俟 447, 448
육손陸遜 449, 451
육엽陸曄 263
육완陸玩 263
육운陸雲 542
윤길보尹吉甫 515

윤돈尹焞 63, 96, 445
윤사尹射 210
윤수尹洙 510
율융栗融 295
은호殷浩 134, 263
음이생陰飴甥 433, 436
응소應劭 368
의제義帝 308, 309
의종義縱 160
이간지李柬之 340
이건성李建成 269, 407, 408, 508
이경李景 195
이고李翺 199, 221, 223, 265, 272
이고李固 71
이공택李公擇 541
이광李廣 286, 287, 296, 297, 361
이광리李廣利 515
이광필李光弼 387
이극용李克用 19
이금재李金才 550
이기李頎 123
이덕유李德裕 265, 371, 549
이도李燾 278, 418
이력李歷 437
이릉李陵 484
이림보李林甫 114
이목李牧 350
이무정李茂貞 19
이밀李宓 146, 147, 148, 419, 420
이백李白 92, 93, 94, 266, 452, 533
이변李昪 103
이사李斯 59, 479, 537
이사원李嗣源 195
이삭李朔 17
이상은李商隱 487
이서李紓 487
이선李善 17
이섭李涉 379
이성李晟 387
이소李愬 271
이수李受 107, 108
이수李壽 76
이순李順 144
이신李信 350
이양빙李陽冰 92, 479
이엄李嚴 254
이원길李元吉 269, 508
이원불李元紱 158
이윤伊尹 137, 236
이응李膺 326
이익李益 316
이잉숙李仍叔 26
이적李迪 276, 277
이적李勣 238
이정李靖 238, 363, 387, 409, 439
이조李肇 48
이종민李宗閔 265, 371
이종악李宗諤 140
이좌거李左車 163
이주조爾朱兆 420
이주한李周翰 16
이창무李昌武 139, 140
이천李闡 231

이하李賀 534
이한李漢 272, 273
이한李罕 474
이항李沆 140, 240
이호李鄗 114
이후주李後主 168
인상여藺相如 61
임안任安 76, 77, 501, 502
임준任峻 412
임지기林之奇 401
임포任布 258

/ 자 /

자공子貢 95, 174, 314, 445, 446, 529
자대숙子大叔 425, 448
자로子路 303
자반子反 442
자산子産 332, 425, 529
자소紫綃 23
자유子遊 512
자장子張 512
자하子夏 334, 512
자한子罕 424
잠팽岑彭 491
장가정張嘉貞 15, 111, 112, 157
장경충張敬忠 4
장구령張九齡 15, 112, 113
장구성張九成 517
장규張逵 101, 102
장균張均 114, 295
장기張垍 295
장단張彖 15
장돈章惇 305, 326, 514
장량張良 50, 51, 294
장뢰張耒 469, 499, 500, 501
장료張遼 412
장막張邈 413, 414
장박張博 54
장방張放 74
장보광張葆光 22
장부張扶 418
장사손張士遜 302
장석지張釋之 275, 539
장소張劭 304
장손무기長孫無忌 408
장순민張舜民 121, 122
장신蔣伸 208
장악張諤 126
장안군長安君 434
장안세張安世 421, 422
장양張讓 381, 382
장연도張淵道 458
장열張說 7, 157, 294
장영張泳 258, 259
장우張禹 143, 306
장원부張元夫 371
장의張儀 58, 288
장이張耳 419
장자莊子(장주莊周) 222, 223, 529
장재현張齋賢 474
장적張籍 487, 533
장전의張全義 474
장제구張齊丘 111, 112

장제현張齊賢 140, 178, 304
장징張澄 482
장창張敞 161, 296, 297, 298, 456
장천각張天覺 512
장총張總 441
장탕張湯 297, 400, 421
장현소張玄素 540
장협張協 225
장형張衡 225, 226
장호張祜 311, 312, 487
장화張華 471, 542, 550
장횡거張橫渠 22
장후蔣詡 295
장흘臧紇 442
재아宰我 174, 315
저분褚賁 105
저소褚炤 105
저소손褚少孫 345, 346, 501, 502
저수량褚遂良 4
저연褚淵 105, 295
저정회褚庭誨 114
적양翟讓 419
전광명田廣明 285
전기田忌 58
전단田單 348, 386, 449
전문田文 58
전봉錢鳳 328
전분田蚡 73, 74, 76, 77
전사공錢思公 510
전상田常 377
전숙田叔 55, 56, 57
전영田嬰 58
전유연錢惟演 275, 276, 277, 278
전인田仁 501
전주田疇 415
전천추田千秋 74, 75, 76
전초全椒 479
전황田況 510
전휘錢徽 87
전희백錢希白 127, 128
정거중鄭居中 26
정경망鄭景望 67
정고보正考甫 97
정곡鄭谷 379
정길鄭吉 515
정도丁度 258
정병鄭丙 418
정영程嬰 346, 347
정욱程昱 449, 519, 520
정위丁謂 140, 141, 258, 277, 404
정이程頤 22, 62, 64, 175
정자산鄭子産 448
정전鄭戩 305
정전鄭畋 332
정鄭 문공文公 143, 227
정중익鄭仲益 340
정중鄭衆 101
정처회鄭處誨 112
정현鄭玄 138, 176, 234, 470
정호程顥 62, 536
정혼鄭渾 412
정홍鄭弘 54
정홍배鄭弘輩 339
정환程渙 437

제갈량諸葛亮(제갈공명諸葛孔明) 253, 254, 415
제곡帝嚳 20, 234, 235
제량諸梁 210
제齊 간공簡公 196, 198, 377
제齊 민왕閔王 348
제齊 애공哀公 475
제齊 장공莊公 444
제齊 환공桓公 143, 515
제추齊推 537
조개趙槪 305
조경曹竟 295
조공무晁公武 171
조공미趙公美 145
조관趙綰 73
조괄趙括 59, 60, 61, 346, 350
조광한趙廣漢 192
조기趙岐 175
조담趙談 327, 330
조돈趙盾 476
조동趙同 346
조등曹騰 101, 102
조명성趙明誠 173
조무趙武 346
조변趙抃 510
조보趙普 238, 239, 240, 302, 404
조부趙浮 437
조불우趙不虞 17
조비曹丕 254, 325
조비연趙飛燕 94, 306, 337
조사趙奢 60
조사웅趙師雄 338
조상曹爽 471
조설지晁說之 96
조식曹植 225
조신趙信 165
조앙趙卬 362
조엄趙儼 412, 414
조이도晁以道 90
조이용曹利用 277
조이정趙頤貞 264
조절曹節 101
조조曹操 19, 164, 165, 253, 254, 378, 383, 411, 412, 413, 414, 415, 422, 446, 447, 449, 519, 520
조조晁錯 52, 330, 384, 399, 400
조지棗祗 412
조참曹參 59, 60, 61, 157, 237, 239, 421, 422
조총趙葱 350
조충趙沖 130
조충국趙充國 113, 131, 361, 362, 478
조타趙佗 537
조형晁逈 340
종사도種師道 548
종요鍾繇 411
종택宗澤 548
종회鍾會 254, 547
좌구명左丘明 203
좌사左思 436
주공周公 137, 166, 236, 421, 435, 506, 539
주근朱瑾 19

주매신朱買臣 162
주발周勃 72, 237, 329, 330
주방朱放 125
주보언主父偃 53, 162
주부朱浮 228
주선朱宣 19
주아부周亞夫 51, 52, 384
주영朱榮 377
주온朱溫 19, 378, 508, 549
주왕周王 507
주왕紂王 94
주운朱雲 306, 307
주유周瑜 164, 165, 415, 449, 450
주자량周子諒 549
주周 무왕武王 20, 260, 506, 507
주周 문왕文王 208, 506, 544
주周 여왕厲王 53, 507
주周 유왕幽王 53, 507
주周 평왕平王 291
주紂 436
주차朱泚 295
주하周賀 126
주한장朱漢章 335
주회정周懷政 278
주邾 문공文公 205
증공량曾公亮 305
증공曾鞏 532
증길보曾吉甫 509
증자曾子 64, 303, 314, 445, 446, 512, 529
증조曾肇 532
증조曾慥 190
증포曾布 532
진고년陳鼓年 141
진관陳瓘 22
진관秦觀 338
진군陳群 325, 326, 327
진규陳騤 418
진만년陳萬年 68
진사도陳師道 256, 259
진상陳常 197
진성자陳成子 196, 198
진시황제秦始皇帝 94, 158, 176, 195, 420, 436, 507
진여陳餘 163, 164, 419
진연陳衍 510, 513
진요수陳堯叟 140, 141
진유하陳幼霞 452
진중陳重 304
진晉 경공景公 346
진陳 노공魯公 340
진秦 목공穆公 108, 109, 201, 219, 433
진晉 무공武公 507
진晉 무제武帝 159
진晉 문공文公 143, 476
진秦 소왕昭王 436
진晉 여공厲公 202, 203
진晉 원제元帝 377
진晉 헌공獻公 203
진晉 혜공惠公 201, 202, 433
진秦 환공桓公 203
진秦 효공孝公 435
진진陳軫 288

진탕陳湯 386, 514
진평陳平 50
진함陳咸 295
진회秦檜 340, 482
진희열陳希烈 114, 295
질도郅都 73
질운郅惲 74, 75, 76
질지郅支 386, 514

/ 차 /

참료參寥 90, 91
창제暢諸 504
채경蔡京 326, 404, 458, 513, 514
채모蔡謨 263
채양蔡襄(채군모蔡君謨) 106, 107, 481, 508
채조蔡絛 407
채준蔡撙 548
채택蔡澤 58, 435, 436
채확蔡確 347, 514
첨백詹伯 227
첩치捷菑 108, 110
초楚 도왕悼王 59
초楚 성왕成王 143
초楚 소왕昭王 205
초楚 유왕幽王 420
초楚 은왕隱王 308
초楚 회왕懷王 288, 307, 308, 309, 348, 349
촉룡觸龍 434
최노崔櫓 126
최림崔琳 114
최백심崔伯深 550
최안잠崔安潛 540, 541
최열崔烈 71, 353
최인崔駰 225
최저崔杼 444
최적崔勣 226, 374
치감郗鑒 263

/ 타 /

탕기공湯歧公 341
탕왕湯王 191
태백泰伯 544
태자진太子晉 20
토돌승최吐突承璀 5

/ 파 /

팽총彭寵 227, 228
평원군平原君 58
포사褒姒 94
포숙아鮑叔牙 262
포승지暴勝之 298
포영鮑永 397
풍당馮唐 57, 520
풍방馮方 343
풍연馮衍 397
풍이馮異 385, 386, 491
풍증馮拯 276, 277, 404
피일휴皮日休 505
필사탁畢師鐸 312
필함畢諴 208

/ 하 /

하간헌왕河間獻王 235
하극夏革 191
하대규何大圭 500
하병何幷 298
하소何劭 542
하송夏竦 257
하자초何子楚 534
하진何進 380, 381
하충何充 135, 263
하황공夏黃公 24
하후승夏侯勝 54, 373, 374
하후자夏侯孜 208
학령전郝靈佺 285
한강백韓康伯 169
한강韓絳 305, 508
한건韓建 19
한궐韓厥 347
한기韓琦 257, 305, 404
한복韓馥 419, 436, 437
한비韓非 433
한선자韓宣子 425
한수韓遂 18, 412
한신韓信 163, 164, 165, 237, 294, 438, 470
한언韓嫣 74
한연수韓延壽 145, 146, 192
한유韓愈 89, 136, 137, 198, 199, 200, 220, 221, 226, 265, 266, 269, 270, 271, 272, 273, 274, 292
한장민韓莊敏 189
한漢 경시제更始帝 396, 397
한漢 경제景帝 53, 72, 73, 383, 384
한漢 고조高祖(유방劉邦) 50, 55, 59, 60, 61, 164, 236, 237, 294, 308, 309, 438, 439, 470, 507, 536, 537, 539
한漢 무제武帝 53, 73, 74, 75, 76, 141, 160, 161, 163, 165, 244, 268, 269, 285, 297, 345, 346, 361, 364, 365, 373, 374, 501
한漢 문제文帝 52, 55, 56, 57, 72, 286, 327, 329, 375, 539
한漢 선제宣帝 54, 77, 161, 193, 297, 344, 361, 373, 377, 456, 478
한漢 성제成帝 54, 69, 71, 74, 306, 376, 375, 398, 399, 457
한漢 소제昭帝 100, 269, 549
한漢 순제順帝 70, 71, 101, 129, 130
한漢 안제安帝 70, 71
한漢 애제哀帝 69, 70, 71, 77, 78
한漢 영제靈帝 71
한漢 원제元帝 53, 68, 69, 71, 77, 374, 397, 398, 399
한漢 은제隱帝 378
한漢 장제章帝 374, 398
한漢 헌제獻帝 325, 378, 414
한漢 혜제惠帝 60, 61, 485
한漢 화제和帝 101, 377
한漢 환제桓帝 377
항량項梁 307
항우項羽 51, 237, 307, 308, 309,

507, 537
허혼許渾 45
형과邢顆 415
형돈부邢敦夫 545
혜강嵇康 452
호광胡廣 143
호돌狐突 203
호종유胡宗愈 305
호한야呼韓邪 68
호해胡亥 158, 195, 420
홍공弘恭 397, 398, 399
홍소紅綃 23
홍적洪適 174
홍호洪皓 241
화음華歆 325, 326, 327
화흡和洽 413
환범桓範 471
환온桓溫 134, 136, 232, 263, 387
황개黃蓋 164
황계종黃啓宗 176
황보규皇甫規 130, 131
황보식皇甫湜 265, 266, 271, 272, 273, 291
황소黃巢 473
황정견黃庭堅 9, 10, 11, 12, 13, 410, 411
후경侯景 168, 268, 508
후당後唐 장종莊宗 195, 520
후응侯應 69
후중량侯仲良 65
후직后稷(직稷) 234, 235, 544
후한後漢 명제明帝 161
휴맹眭孟 548

• 지은이 •

홍매洪邁

저자 홍매洪邁(1123~1202)는 자는 경로景盧, 호는 용재容齋이며, 시호는 문민공文敏公으로 강서성江西省 파양鄱陽 사람이다. 홍매의 부친과 두 형들은 모두 당시의 저명 인사였다. 부친인 홍호洪皓는 금나라에 사신으로 갔다가 억류되어 15년 만에 송나라로 돌아왔는데, 고종 황제는 "한나라 시기 흉노에게 억류되었다가 19년 만에 돌아왔던 소무와 같은 충절"이라며 칭송하였다. 홍매의 두 형들 또한 재상과 부재상을 지낸 고위 관료이자 학자였기에 당시 '홍씨 삼 형제의 학문과 문학적 명성이 천하에 가득했다三洪文名滿天下'는 평판이 있었다.

홍매는 고종 소흥紹興 15년(1145) 박학굉사과博學宏詞科에 급제한 후 여러 관직을 거쳐 단명전학사端明殿學士로 관직생활을 마감하였다. 저작으로는 『이견지夷堅志』와 『만수당인절구萬首唐人絶句』, 『용재수필容齋隨筆』, 『야처류고野處類稿』가 있다. 또한 30여 년 동안 사관史官을 지내면서 북송 신종神宗, 철종哲宗, 휘종徽宗, 흠종欽宗 4대의 역사인 『사조국사四朝國史』와 『흠종실록欽宗實錄』, 『철종보훈哲宗寶訓』을 집필하였다.

• 옮긴이 •

홍승직洪承直

고려대 중문과를 졸업하고 동대학원에서 석사와 박사학위를 취득하였다. 현재 순천향대학교 중문과 교수로 재직하고 있다. 중국 섬서사범대학에서 방문학자로 연구한 바 있다. 주로 중국 고전 산문 분야를 연구 강의하며 중국 고전의 번역에 힘쓰고 있다. 『논어』, 『대학·중용』, 『이탁오평전』, 『분서』, 『아버지 노릇』, 『유종원집』 등의 번역서와 「유종원산문의 문체별 연구」, 「풍자개의 산문세계」, 「사부에 나타난 유종원의 우환의식」 등의 논문이 있다.

노은정盧垠靜

성신여대 중문과를 졸업하고 고려대학교에서 석사와 박사학위를 취득하였다. 현재 성신여자대학교 인문과학연구소 연구원으로 재직하고 있다. 중국 고전시 분야를 연구하며 중국 고전을 강의하고 있다. 『중국문학이론비평사』(선진편, 양한편, 수당오대편, 송원편, 명대편/ 공역), 『그림으로 읽는 중국고전』 등의 번역서와 「사시가의 연원과 범성대 『전원사시잡흥』의 시간」, 「양성재楊誠齋와 이퇴계李退溪 매화시의 도학자적 심미관」 등의 논문이 있다.

안예선安芮璿

순천향대 중문과를 졸업하고 고려대에서 석사를, 중국 푸단復旦대학에서 박사학위를 취득하였다. 현재 고려대와 순천향대에서 강의하며, 중국 고전 산문 분야를 연구하고 있다. 「구양수歐陽脩『신오대사新五代史』의 서사 기획 — 『구오대사舊五代史』와의 비교를 중심으로」, 「『한서漢書』 중 한漢 무제武帝 이전 시기 서사 고찰 — 『사기史記』와의 비교를 중심으로」 등의 논문이 있다.

한국연구재단
학술명저번역총서
[동 양 편] 615

용재수필 容齋隨筆 ❶

초판 인쇄 2016년 7월 1일
초판 발행 2016년 7월 15일

지 음 | 홍매洪邁
옮 김 | 홍승직 · 노은정 · 안예선
펴 낸 이 | 하운근
펴 낸 곳 | 學古房

주 소 | 경기도 고양시 덕양구 통일로 140 삼송테크노밸리 A동 B224
전 화 | (02)353-9908 편집부(02)356-9903
팩 스 | (02)6959-8234
홈페이지 | http://hakgobang.co.kr/
전자우편 | hakgobang@naver.com, hakgobang@chol.com
등록번호 | 제311-1994-000001호

ISBN 978-89-6071-596-7 94820
978-89-6071-287-4 (세트)

값 : 46,000원

■ 이 책은 2010년도 정부재원(교육부)으로 한국연구재단의 지원을 받아 연구되었음(NRF-2010-421-A00053).
This work was supported by National Research Foundation of Korea Grant funded by the Korean Government(NRF-2010-421-A00053).

이 도서의 국립중앙도서관 출판예정도서목록(CIP)은 서지정보유통지원시스템 홈페이지(http://seoji.nl.go.kr)와 국가자료공동목록시스템(http://www.nl.go.kr/kolisnet)에서 이용하실 수 있습니다. (CIP제어번호 : CIP2016016153)

■ 파본은 교환해 드립니다.